KB198417

열대 고딕 이야기

일러두기

— 이 책은 《The Woman Who Had Two Navels and Tales of the Tropical Gothic》(2017) 중 1950~1960년대 작품을 옮긴 것이다.
— 인명, 지명 등은 한글맞춤법 외래어표기법을 따르되, 국내에서 이미 굳어져 사용되거나 현지의 발음과 너무 다른 경우에는 예외를 두었다.
— 본문의 각주는 옮긴이가 작성한 것이다.

PHILIPPINES

동남아시아 문학총서

5

열대 고딕 이야기

닉 호아킨Nick Joaquin 지음 | 고유경, 배효진, 백지선 옮김

HANSAE YES24 FOUNDATION

서문

닉 호아킨은 무자비한 황제와 절제된 수도사의 모습을 동시에 지녔다. 그는 태어난 도시에서 살고, 일하고, 영면했다. 평소 산미겔 맥주를 즐기고, 마닐라 거리를 산책하고, 미사에 참석하는 걸 좋아했다. 타갈로그어, 스페인어, 영어를 구사했으며 타갈로그 속어 및 영어 은어도 사용했다. 호아킨의 문체를 일컫는 용어가 있다. 바로 호아키네스크(Joquinesque)다. 호아킨이 지휘하는 목소리, 언어 및 형식은 절대적이다. 그의 문장 중 일부는 미로와 같아서 끈을 잡아당기면 확실하고 경이로운 구조를 발견할 수 있다.

작가로서 나는 늘 호아킨과 새로운 사랑에 빠진다. 그리고 호아킨의 문장을 연구한다. 그의 명료한 문장에는 교묘한 말장난이 숨어 있다. 호아킨이 가장 좋아하는 말장난은 "제정신이 아님(going for lost)"이다. 이 문구는 '잃다'와 '미치다'를 뜻하는 타갈로그어 나과왈라(nagwawala)를 담고 있다. 호아킨은 동명사화(타갈로그어는 동사를 기반으로 한다)한 단어와 역사적인 말장난을 좋아한다. 필리핀 사람들에게 호아킨은 참 독특하다. 거의 맹렬하게 마닐레뇨적이고, 엄청나게 종교적이고, 완벽하게 부르주아적이고, 기이할 정도로 페미니스트적이고, 역사적 사실에 탐닉하는 호아킨의 작품에는 치명적인 면이 있다. 바로 간결함이다.

나는 어렸을 때 레이테섬에서 호아킨의 작품을 읽었다. 1944년 맥아더가 우리 섬에 상륙했는데, 1898년 5월 1일 필리핀 마닐라만에서 스페인 함대가 미군 대포에 함락된 이후 그 메이데이(5월 1일)를 영어로 비난한 예술 작품이 폭력의 씨앗에서 태동했다.

지리적으로 분열되고 언어적으로 갈라진 군도, 한 명도 아닌 두 명의 침략자에게 점령당한 필리핀은 식민지 독립 이후 뿔뿔이 흩어진 과두 정치의 전리품이 지배하는, 지형적으로도 기후적으로 해체될 운명에 처한 땅에서, 격렬하지만 너덜너덜해진 공화국의 탄생을 예고한다. 그래서 어쩌면 필리핀은 허구를 통해서만 통합을 구상할 수 있었을 것이다.

필리핀 소설은 여러 언어로 쓰여 있다. 어떤 이들은 호세 리살(José Rizal)의 《나를 만지지 마라(Noli Me Tangere)》[1]에서 이 분야가 탄생했기 때문에 독특하다고 한다. 호아킨의 작품은 리살의 분위기와 완전히 다르다. 호아킨은 영어로, 리살은 스페인어로 작업했으며, 리살의 소설은 전쟁 전에 쓰였지만, 호아킨은 안키세스를 업은 아이네이아스[2]처럼 지루한 전쟁의 영향을 받았다. 하지만 호아킨은 번역 사이의 의식적이고 저항적인 공간에서 삼중 언어(혹은 이중 언어)로 미끄러지듯 아이러니한 유머를 구사하고 있어 신탁처럼 신비롭게 해석된다.

호아킨의 작품을 다시 읽는 동안 유령이 느껴졌다. 그리고 그 유령은 전부 여자다. 호아킨이 좋아했던 축제인 라 나발 마닐라[3]의 행렬을 이끌기 위해 시간을 여행하는 〈의장대〉의

1 호세 리살(1861~1896)은 필리핀의 국민 영웅이자 독립운동가, 작가였다. 그의 대표작 《나를 만지지 마라》는 스페인 식민 통치의 모순과 부패를 날카롭게 비판하여 필리핀 민족주의 운동에 큰 영향을 미쳤으며, 필리핀 문학사상 가장 중요한 작품 중 하나로 꼽힌다.

2 아이네이아스는 그리스 로마 신화에 등장하는 트로이 장군이다. 그는 트로이가 패망할 때, 아버지 안키세스를 업고 어린 아들의 손을 잡고 불타는 성을 탈출한다.

나탈리아, 자유에 굶주린 다양한 욕망으로 변신을 거듭하지만, 그 어느 모습으로도 해방되지 못하는 〈멜기세덱의 반차〉의 어린 상속녀 구이아, 정신병을 달래는 〈칸디도의 종말〉의 할머니, 무엇보다, 머릿속에서 절대 지울 수 없는, 필사적이고 전제적인 두 인물, 〈메이데이 전야〉의 아게다와 내가 가장 좋아하는 〈하지〉의 루펑까지.

특히 루펑은 남편 펭이 "바닥을 긁어대며 마치 고통에 시달리는 거대한 도마뱀처럼 숨 가쁘게 기어갔다 (…) 펭은 땀이 뚝뚝 떨어지는 얼굴을 들고 아내의 발가락에 멍든 입술을 갖다 댔다. 그리고 두 손으로 아내의 하얀 발을 움켜쥐고는 우악스럽게 입을 맞췄다"라는 문장은 마치 열병처럼 내 머릿속에 각인되었다. 그 문장을 읽었을 때, 나는 내가 너무 어리다는 걸 깨달았다. 그리고 〈메이데이 전야〉에서 아게다가 거울이 예언한 악마를 바라보는 장면은 여전히 이혼을 허락하지 않는 필리핀을 투영한 불변의 초상화다. 강인한 루펑과 비극적인 아게다가 강렬하고 필연적인 어머니의 양면성을 상징하고 있

3 필리핀에서 매년 10월 둘째 주 주일에 열리는 거룩한 성모 축제(La Naval de Manila).

다고 느끼는 필리핀인은 나뿐만이 아닐 것이다.

호아킨은 특히 소설 속 여성들을 통해 열정적이지만 단절된 삶의 영적인 공포, 즉 그의 실존적 주제를 진단한다. 그 치료법은 바로 같은 여성들에게 있다. 여성들은 삶의 정신, 즉 바바일란과 타다린, 마녀들과 초능력자들이 호아킨의 작품을 관통한다. 또한 호아킨의 작품은 고대 여성들을 발굴한다는 점에서 통찰력이 있고 현대적이다. 그 여성들은 변형된 신성을 나타내는 사람으로, 정령 숭배자이자 현세의 마리아로 대두된다.

하지만 〈배꼽 두 개인 여자〉의 여주인공은 남성 유령, 즉 필리핀 독립 전쟁이 실패한 후 미국에 대한 충성 서약을 거부하고 1901년 이후 홍콩으로 망명한 혁명가 몬슨의 부차적인 존재로 등장한다.

파행적 독립이라는 몬슨의 트라우마가 이 작품의 핵심을 이루고 있다.

1899년에서 1904년까지 일어난 필리핀-미국 전쟁은 우리가 기억하지 못하는 사각지대다. 용감하고 반제국주의적인 이 전쟁은 필리핀의 태생적 권리였다. 필리핀은 미국이 스페인을 해방하지 않고 점령하기로 한 1898년, 이른바 스페인-

미국 전쟁의 여파로 제국주의 미국에 대한 반란으로 건국된 나라다. 그래서 혁명의 역사를 기릴 때 1896년 스페인과의 전쟁을 기념한다. 하지만 스페인 전쟁을 계승한 필리핀-미국 전쟁은 이상하게도 잊히고 있다. 호아킨은 한때 "할아버지들을 불러내 뿌리를 밝히기 위해" 글을 썼다는 유명한 말을 남겼다. 어떤 이들은 호아킨의 히스패닉 중심주의를 비난하지만, 스페인을 향한 그의 시선은 향수가 아니라 무기고에 보관한 장비, 즉 제국주의를 비판하는 무기다. 실패한 혁명과 미국 전쟁의 상처는 호아킨의 소설에서 보이지 않는 흉터로 존재한다.

〈배꼽 두 개인 여자〉에서 호아킨은 사교계 인사 콘차 비달의 자기중심적 수다를 통해 몬슨의 과거를 회상한다(부르주아적 목소리의 풍자가 호아킨의 특기다). "비달 부인은 항상 제 어린 시절을 눈물과 영웅으로 찬란히 빛나는 서사시의 한 페이지로 인식했다."

호아킨은 지루한 콘차를 통해 혁명의 밑그림을 그린다. 마찬가지로, 〈멜기세덱의 반차〉는 사기꾼 멜초르에 대한 한 문장만으로도 미국 점령기를 떠올리게 한다. "1901년 3월, 오티스 장군이 (…) 미군 보병 대대를 보"내 그 이교도 집단을 감옥에 집어넣었다. 이 작품의 줄거리에서 전쟁과 저항은 언뜻 희극처럼 다뤄지고, 거의 그려지지 않으며, 전면에 등장하지 않는다. 호아킨의 작품에서 반복되는 구조적 요소인 역사적 줄임표는 조국을 향한 능숙한 이해, 즉 상처를 나타낸다.

닉 호아킨의 아버지는 에밀리오 아기날도(Emilio Aguinaldo)[4] 장군 휘하의 대령이었다. 1899년 마닐라 전투는 그의 아버지 세대에게 영원한 선물이었으나, 패배 이후 그 전투를 회상하는 건 선동이었다. 1945년 마닐라 전투는 호아킨도 겪은 전투였다. 유능한 마닐레뇨 호아킨은 1899년 마닐라가 미국인에 점령당하고 1945년 마닐라가 미국인에게 파괴되는 이 두 가지 사건을 이중 입체 사진처럼, 역사적인 말장난처럼 그려낸다. 마치 다시 초점을 맞추면 같은 트라우마를 겪는 것처럼. 〈필리핀 예술가의 초상〉과 〈배꼽 두 개인 여자〉에서 가장 노골적으로 묘사된 폐하가 된 도시, 찬양받지 못한 영웅, 잃어버린 희망에 대한 애도는 호아킨이 관찰력이 뛰어난 아들이었기에 가능했을 것이다. 그는 아버지의 적이 사용하는 언어를 대수롭지 않게 받아들이고 습득하며 한 나라가 살아남는 역설

4 1869~1964. 필리핀 독립운동가이자 정치인으로, 필리핀 초대 대통령을 지냈다.

적인 방식을 목격했다.

호아킨의 당당한 칼리반식 영어 선택은 점령자를 향한 질책이자 복수를 나타낸다.

망명자 몬슨은 조국이 자유를 찾아야만 돌아오겠다고 맹세한다. 1946년 미국은 필리핀에 자유를 "주었다". 하지만 비달 부인은 전쟁으로 파괴됐다면서 말한다. "이제는 거기에 없어요. 선생님 아버지네 집이요…."

2차 세계대전 당시 미군은 옛 마닐라를 탈환하기 위해 폭격을 가했고 도시를 폐허로 만들었다. 이 옛 도시는 절대 회복되지 않았다. 연합군의 수도 중 바르샤바만이 더 큰 타격을 입었다. 호아킨은 이 파괴를 뼈저리게 알고 있었다. 〈성 실베스테르의 미사〉에서 호아킨은 이렇게 회상한다. "그가 알던 도시는 그로서는 상상도 못 할 만큼 실용적이고 효과적인 마법으로 전멸"했다. 비논도에 있는 몬슨의 집에 남은 것이라곤 "폐허가 된 들판"에 서 있는 "아무 데도 오르지 못하는" 슬픈 계단뿐이었다.

호아킨은 역사를 "언짢게" 한다. 항상 관습을 거스르고 규범에 의문을 품는다. 혁명가는 긴장병에 시달리고, 노예 여성은 보스고, 남성은 엉망진창이고, 동맹 미군은 본인이 저지른 파괴를 마치 환상처럼 목격한다. 호아킨은 〈칸디도의 종말〉에 등장하는 몽상적인 광인처럼 조국을 이해한다. 사람들은 발가벗은 채로 돌아다니며 자신의 진짜 모습을 드러낸다. 하지만 그들은 진짜 자기 모습을 알지 못한다. 시대착오, 정신병, 시간 여행, 환상, 거울, 유령 등은 호아킨이 더 제대로 보기 위해 시야를 왜곡하는 구조다.

과거는 닉 호아킨을 괴롭힌다. 하지만 오늘 다시 읽어보니 닉 호아킨은 내 주변 세상보다 더 생생하게 존재한다. 호아킨의 목소리는 선명하고 독특하며 확실하고 충만하다. 누군가 호아킨을 읽을 때, 호아킨은 그 사람의 선구자를 만들어낸다. 선구자의 존재가 원문의 풍경을 바꿔놓는다.

닉 호아킨이 제시한 별난 선구자 목록에는 홀든 콜필드(Holden Caulfield)[5]를 접목한 마샤두 지 아시스(Machado de Assis)[6](〈칸디도의 종말〉)를 비롯해 멜빌(Melville)[7]의 난파선(〈제로니마 부인〉), TV 미니 시리즈에 나오는 신경증에 걸린 여인(〈배꼽 두 개인 여자〉), 초서(Chaucer)[8](〈성 실베스테르

---

5 미국 문학가 제롬 데이비드 샐린저의 작품 《호밀밭의 파수꾼》 주인공.

6 1839~1908. 브라질 문학가.

7 《모비딕》을 쓴 미국 문학가 허먼 멜빌.

의 미사〉), 타갈로그어 만화의 바스토 정복자(〈죽어가는 탕아의 전설〉), 가르시아 마르케스(García Márquez)의 멜키아데스(Melquíades)[9](〈멜기세덱의 반차〉), 딜런 토마스(Dylan Thomas)[10]의 시(〈삼대〉), 또 다른 꿈을 꾸는 보르헤스[11]의 마술사(〈의장대〉) 등이 있다.

내 생각에 호아킨은 선구자를 바꾸기도 하는 것 같다. 주인공 홀든에게 필리핀 할머니가 없어서인지 〈칸디도의 종말〉 이후에는 〈호밀밭의 파수꾼〉이 밋밋해 보이고, 멜빌의 작살잡이들이 이름 모를 마닐라 갤리온 잔해를 지나치는 모습에서는 리살의 〈미 울티모 아디오스(Mi Último Adiós)〉[12]를 낭송하는 요부들이 떠오른다. 또한 초서의 낭만주의는 고풍스럽지만, 호아킨의 낭만주의는 제국 치하의 슬픔을 다룬다는 점에서 현

8 1343~1400. 영국 문학가 제프리 초서.

9 콜롬비아 문학가 가르시아 마르케스(1927~2014)의 《백 년의 고독》에 등장하는 집시 마술사로 여러 번 죽었다가 되살아나는 신비한 존재.

10 1914~1953. 영국 문학가.

11 1899~1986. 20세기 라틴 문학을 대표하는 아르헨티나 작가 호르헤 루이스 보르헤스.

12 호세 리살이 총살형으로 처형되기 전 쓴 시로 '나의 마지막 인사'라는 뜻이다.

대적이다.

물론 이 재미있는 기교는 독서의 역설(그리고 탈식민지 이후에 관한 우화)에 대한 보르헤스식 농담 〈카프카와 그의 선구자들〉에서 적절한 텍스트를 빌린 것이다. 보르헤스는 "모든 작가는 자신만의 선구자를 창조한다. 작가의 작품이 미래를 수정할 것이기에 과거에 대한 우리의 개념을 수정한다"라고 말한다. 따라서 호아킨의 어떤 이야기에서는 필리핀이 토착 유럽, 즉 기묘하고 중세적인 곳으로 드러나기도 하고, 또 다른 이야기에서는 맨해튼과 홍콩이 마닐라의 경박스러운 지역이 되기도 한다. 이 모든 이야기는 여성이 중심이며 호아킨 이전에 등장한 모든 남근 중심적인 줄거리에 건강한 의심을 던진다.

호아킨은 성직자가 되고 싶어 했다. 하지만 70년 동안 쉬지 않고 글을 썼다. 호아킨의 저널리즘은 소설만큼이나 심리적으로 날카로웠고, 그의 시는 역사만큼이나 소중했다. 끔찍한 시기를 거치는 동안 호아킨은 진실성을 잃지 않는 기적적인 글을 써내는 어려운 위업을 달성했다. 그리고 누구도 따라올 수 없는 위상을 가졌다. 하지만 은둔자처럼 살았다. 1976년 페르디난트 마르코스가 필리핀의 국립 작가로 그를 선정했을 때, 호아킨은 거절하려고 했다. 그러나 감옥에 투옥된 시인

호세 F. 라카바를 석방한다는 한 가지 조건을 내걸어 독재자의 제안을 수락했다. 그렇게 라카바는 집으로 돌아갔다. 호아킨의 제스처는 오랫동안 알려지지 않았다. 이 재치는 호아킨의 작품에 나타난다.

호아킨의 이야기에서 중요한 것은 등장인물들이 지닌 삶의 능력이다. 호아킨은 생명력에 흥미를 느낀다. 조국과 마찬가지로, 전쟁과 식민 통치에서 태어난 호아킨은 책, 책상, 수동 타자기만 있는 수도사 같은 방에 앉아 날마다 글을 썼다. 역사는 선구자일 뿐, 호아킨의 글에는 과거가 폐허로 남아 있다. 글쓰기는 호아킨의 승리다.

호아킨을 읽는 건 우리의 승리다.

지나 아포스톨(Gina Apostol)

지나 아포스톨은 첫 소설 〈Bibliolepsy〉와 〈The Revolution According to Raymundo Mata〉로 필리핀 내셔널 북 어워드를 수상했다. 세 번째 소설 〈Gun Dealers' Daughters〉는 윌리엄 사로얀 인터내셔널상 후보에 올랐으며 펜/오픈 북 어워드를 수상했다. 현재 아포스톨은 미국 뉴욕시와 매사추세츠 서부를 오가며 살고 있다.

목차

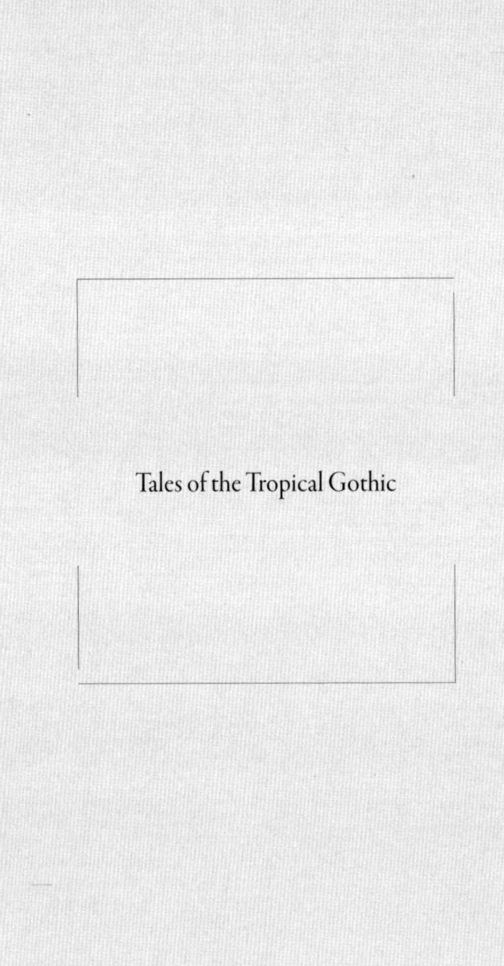
Tales of the Tropical Gothic

필리핀 예술가의 초상
— 3장의 비가

관습과 예법 속에서가 아니라면

순수와 아름다움이 어찌 태어날 수 있겠는가?

윌리엄 버틀러 예이츠

장면 설명

1장: 1941년 10월 초 어느 늦은 오후, 마닐라 인트라무로스의 마라시간가(家) 집 거실

2장: 일주일 뒤 늦은 아침, 같은 장소

3장: 그로부터 이틀 뒤 10월 둘째 주 일요일 오후, 같은 장소

등장인물

칸디다 마라시간: 로렌조 마라시간의 미혼 딸로, 셋째

파울라 마라시간: 로렌조 마라시간의 미혼 딸로, 막내

페팡: 로렌조 마라시간의 큰딸, 기혼

마놀로: 로렌조 마라시간의 아들로, 둘째며 기혼

비토이 카마초: 마라시간 가족의 친구

토니 하비에르: 마라시간가의 집 하숙인

피트: 《선데이매거진》 편집장

에디: 작가

코라: 신문사 사진 기자

수잔, 바이올렛: 보드빌 공연자들

페리코: 상원 의원

롤렝: 페리코의 아내

패츠: 페리코와 롤렝의 딸

엘사 몬테스, 찰리 다카나이: 롤렝의 친구

마라시간 가족의 친구들

알바로, 그의 아내 우펭

페페

미겔, 그의 아내 이레네

아리스테오

경비원

형사

경찰 두 명

1장

막이 열리고 달빛 아래 폐허가 된 인트라무로스[1]를 나타내는 또 다른 장막이 보인다. 무대 양쪽은 어둠에 가려져 있다. 비토이 카마초가 왼쪽 끝에 서 있다. 그는 모습을 드러내지 않고 어둠 속에서 말하기 시작한다.

비토이 인트라무로스! 옛 마닐라. 본래의 마닐라. 고귀하며 그 어느 곳보다도 고결한 도시….
초기 정복자들에게 이곳은 새로운 두로와 시돈[2]이었고, 선교사들에게 새로운 로마였다. 중국의 비단, 자바의 향신료, 인도의 금과 상아, 온갖 보석까지 동양의 부가 이 성벽 안으로 모였다. 십자가를 위해 동양을 정복하려는 그리스도의 전사들 또한 이 성벽 안으로 모였다. 한때는 믿기 어려울 만큼 다양한 사람이 이 오래된 거리를 가득 메웠었다. 식민지 총독과 대주교, 신비주의자와 상인, 이교도 주술사와 기독교 순교자, 수녀와 창녀, 우아한 후작 부인, 영국의 해적, 중국 관리, 포르투갈

1 파시그강 남쪽, 필리핀 수도 마닐라에서 가장 오래된 지역. 스페인어로 '성벽 안'을 의미하며, 말 그대로 성벽으로 둘러싸인 도시다.

2 두로 및 시돈은 고대 페니키아 시절 이스라엘 북서쪽 지중해 연안에 있던 도시 국가다. 두로는 현재 레바논의 도시로 남아 있다.

에서 온 반역자, 네덜란드 출신 간첩, 모로의 술탄, 미국 쾌속선 선장들까지. 이 중세 도시는 그렇게 300여 년 동안 상업에서의 바빌론이자 신앙에서의 새로운 예루살렘이었다….

그런데 보라, 지금 남은 것은 이게 전부다. 잡초와 돌무더기, 고철 더미. 일부만 남은 벽, 부서지고 파편이 된 계단, 저쪽에 고딕 양식의 건물 정면만 남은 산토도밍고 교회….

하나님의 도시여, 어찌 이리도 황폐해졌는가!

[이때부터 비토이를 비추는 조명이 서서히 밝아진다.] 나는 이곳 달빛 아래 서서 이 황량한 거리를 내려다보고 있다. 얼마 전만 해도 이곳에서 사람들이 죽어갔다. 아주 끔찍하게, 칼과 불에 의한 죽음을 맞이했다. 그들의 비명은 날카로운 총성에 가려 들리지 않았다. 그러나 지금은 오직 적막만 있을 뿐이다. 오직 적막과 달빛, 사방에 무성한 수풀뿐….

이곳은 이 도시의 중심가, 이 땅의 중심가, 우리 역사의 중심가인 칼레 레알이다. 필리핀에 칼레 레알 같은 곳이 없거나 한 번도 없었던 도시는 없을 것이다. 그리고 이 칼레 레알이 바로 그 모든 곳의 어머니 격이다. 식민지 총독들은 이 거리를 통해 공식적으로 도시에 입성했다. 왕의 인장이 찍힌 서신이 도착할 때마다 이 거리를 따라 휘날리는 깃발들 사이로 행렬이 열렸고, 도시 연례 대행진이 이 거리를 따라 내려갔다. 유력 가문들은 이 거리에 붉은 기와지붕과 철제 발코니가 있고 안뜰에 분수가 솟아오르는 화려한 고대 건축 양식의 도심 저택을 두었다.
내가 어릴 적에는 그 오래된 집들 가운데 몇 채가 버티고 서 있었지만, 아, 그 집들마저 지금은 몰락하고 말았다! 더 이상 화려하지 않고, 더 이상 권력의 자리도 아니다. 버려지고 잊힌 채 이 거리를 따라 썩어가며 과거의 영광을 되새김질하고 있을 뿐이다. 세월이 흐를수록 점점 더 어둡고 지저분하고 허름해지더니 결국 빈민층 주거지로 전락해버렸다. 낡은 방마다 수십 가구가 빽빽이 들어앉고, 안뜰에는 쓰레기 더미가 여기저기 쌓이고, 휘어진 발코니 사이로 빨랫줄이 매달렸다….
전쟁이 일어나기 전에도 이미 인트라무로스는 죽어가고, 썩어가고 있었다. 진짜 정글만큼이나 무자비하고 효과적으로 인간의 역사적 순간들을 파괴하고 기념비들을 집어삼키는 오늘날의 밀림인 빈민가 정글이 다시 나타났다. 이 고귀하고 고결한 도시가 또 하나의 빈민가 정글이 되어버린 것이다. 그리고 우리 대부분은 우리 조상들이 살아가던 제국의 중심지를 이렇게 기억하고 있다.
하지만 이 거리에도 빈민가로 전락하지 않은 집이 하나 있었다. 정글을 받아들이지 않고 끝내 막아낸, 완강히 싸워 온전하게 홀로 남은 집이. 결국 그 집과 그 집을 위해 싸운 세 사람을 무너뜨린 것은 세계대전이었다. 그러나 그들은 무너졌을지

언정, 절대 굴복하지 않았다. 그들은 그들의 집과 함께, 그들의 도시와 함께 죽었고, 어쩌면 그것이 차라리 다행이었을지 모른다. 옛 마닐라가 파괴되는 모습을 차마 눈 뜨고 지켜볼 수 없었을 테니….

그들의 집은 칼레 레알 모퉁이에 있었다. 하지만 이제 깨진 벽 조각과 부서진 돌무더기만이 로렌조 마라시간의 집에 남은 전부다. 그 집은 이곳에 수 세대 동안 서 있었다. 아, 밖에서 보면 당신은 그저 또 다른 빈민가 주택이라 생각했을 것이다. 이끼가 검게 내려앉은 지붕에, 녹슨 발코니가 축 늘어지듯 휘고, 금이 간 벽은 페인트가 벗겨지기까지… 이 거리에 늘어선 다른 모든 오래된 집들과 다를 바가 없어 보였다. 그러나 거대한 낡은 문을 활짝 밀어젖히고 안에 들어서면 아무것도 없이 깔끔한 통로가 나타나고, 환하고 깨끗한 안뜰이 보일 것이다. 쓰레기도 없고, 빨랫줄도 없다. 그리고 매끈하게 윤이 나는 계단을 올라가 반짝이는 거실로 들어서면 '모든 것이 한결같이 일정하고 격식을 갖춘' 세상… 아예 다른 세상에 들어가게 된다. [무대 안쪽의 불이 켜진다. 투명한 장막 뒤로 마라시간가의 집 거실이 보인다.] 계단을 따라 늘어선 조개껍데기 장식이나 바로크 양식 가구들, 벽에 걸린 오래된 초상화들, 책꽂이를 채운 가족 앨범 때문만은 아니었다. 집의 분위기 자체가 다른 시대, 예컨대 등불과 가스등, 하프와 구레나룻, 고급 마차의 시대,

예절과 신파극, 종교와 혁명의 시대를 연상시켰다.
['인트라무로스 커튼'이 열리기 시작하면서 본 무대가 드러난다.] 그 집, 위대한 로렌조 마라시간의 집은 이제 사라졌다. 깨진 벽 조각과 부서진 돌무더기를 제외하면 이제는 아무것도 남아 있지 않다. 그러나 사라지기 전에는 이런 모습이었고, 아마 100년 전에도 이 모습이었을 것이다. 그 집은 결코 바뀌지 않았고, 전혀 달라지지 않았다. 나는 어릴 적부터 그 집을 알고 있었지만 늘 이 모습이었다. 내가 자라면서 도시도 나와 함께 성장했고, 온 사방이 빠르게 변화했다. 아무것도, 어느 곳도 내가 기억하는 모습 그대로 남아 있으리라 확신할 수 없었다. 오직 하나, 이 집만이 내가 유일하게 확실히 말할 수 있는 곳이었다. 이 집만이 내가 언제 찾아와도 늘 변함없는 모습으로 맞아주는 곳이었다. 아, 물론 전보다 낡은 건 맞지만, 그리고 더 어둡고 조용해졌지만, 그래도 여전히 똑같았다. 내가 어릴 적 아버지가 금요일 저녁마다 데려와주셨던 기억 속 그 모습 그대로였다.
[이제 거실이 완전히 드러난다. 넓고 깨끗하며 세련된 방이지만, 가구들과 마찬가지로 쓸쓸하고 오래되었음이 느껴진다. 벽에 칠한 페인트가 변색되어 벗겨졌고, 창문 유리는 깨졌다. 문틀도 더 이상 네모반듯하지 않다. 바로크 양식의 우아함이 퇴색한 모습이다.

뒤쪽 벽 유리창 두 개가 거리 위로 튀어나온 휘어진 발코니로 이어진다. 그 사이 벽에는 가운데에 큰 소파가 놓여 있다. 보통 이 소파 옆에는 흔들의자 두 개와 둥근 탁자, 식탁 의자 두 개가 있다. 그런데 지금은 탁자와 식탁 의자들이 오른쪽 발코니 앞으로 옮겨졌고, 창은 닫혔다. 탁자 위에는 간식이 차려져 있다. 반대편 발코니의 열린 창문을 통해 늦은 오후의 햇살이 방 안으로 흘러 들어오고, 길 건너의 어수선한 빈민가 풍경이 언뜻 보인다.

방의 왼쪽에는 무대 앞쪽에 난간 일부와 계단 시작 부분이 뒤편을 향하고 있다. 왼쪽 벽 가운데에는 닫힌 문이 있고, 그 뒤 계단을 마주 보는 곳에 거울이 달린 고풍스러운 모자걸이 겸 우산꽂이가 벽에 기대어 세워져 있다.

한편 방의 오른쪽에는 무대 앞쪽으로 조개껍데기, 작은 조각상, 가족 앨범, 잡지, 책들이 가득한 장식장 같은 것이 벽에 붙혀져 있다. 오른쪽 벽 가운데에는 커튼이 쳐진 커다란 문이 열려 있고, 그 옆에는 직립형 피아노가 마찬가지로 벽쪽에 놓여 있다.

의자 쿠션은 자수로 장식되어 있고, 화분이 놓인 받침대가 오른쪽 문 옆과 발코니마다 있다. 소파와 피아노, 장식장 위쪽 벽에는 화려한 액자에 큰 가족사진이 걸려 있다. 천장에는 샹들리에가 매달려 있다. '필리핀 예술가의 초상'이라는 제목의 그림이 무대와 관객 사이의 보이지 않는 '네 번째 벽' 한가운데에 걸려 있다. 지문에 나오는 '왼쪽'과 '오른쪽'은 모두 관객이 보는 방향을 기준으로 한다. 비토이 카마초가 방에 들어선다.]

1941년 10월 초의 어느 날, 전쟁이 발발하기 두 달 전 이곳에 왔던 기억이 난다. 1941년! 그해를 기억하는가? 유럽 사람들에게는 히틀러의 해였겠지만, 이곳에 있는 우리에게는 콩가[3]와 부기우기[4]의 해였으며, 소등 훈련의 해였고, 배꼽티의 해였다. 아, 우리 모두 전쟁이 얼마 남지 않았다고, 그리 오래가지 않을 것이고 우리에게 아무 일도 없으리라 생각했다. "계속 달려보자!", "평소처럼 일하자!"라고 외치는 우리의 목소리는 씩씩하고 활기찼으며, 걱정도 불안도 없었다. 오히려 너무 안전한 것 같고 너무 자신이 넘쳤던 나머지 일부러 두려움을 느끼려고 애쓰기까지 했다. 우리가 퍼뜨렸던 끔찍한 소문들을 기억하는가? 그 소름 끼치는 이야기들을 하면서 몸서리치는 것도 즐거웠고, 들으면서 몸서리치는 것도 즐거웠다. 전부 재미있는 게임이었을 뿐이다. 우리는 반쯤 진짜였으면 하고 바라며 강간과 살인 놀이를 하던 복잡한 아이들이었으니 말이다.

3 아프리카 문화에서 기원하여 중남미에서 사용하는 타악기. 쿠바 댄스 밴드의 필수 악기다.

4 아프리카 음악의 영향을 받은 블루스 계열 음악으로 1930~1940년대 유행했다.

[그는 마치 지금 막 계단을 올라온 듯 계단참에 자리 잡는다.]
그 10월 오후, 나는 머릿속이 소문들로 가득한 채 이곳에 도착했다. 길거리에서는 사람들이 서로를 붙들어 세우고 최신 뉴스들을 어떻게 받아들여야 할지 의견을 주고받고 있었다. 식당과 이발소에서도 사람들은 군사 전문가라도 된 양 유럽에서 벌어지는 전쟁에 대해 열띤 논쟁을 벌였다. 모든 거리의 모든 집마다 라디오에서 최신 소식들이 집이 떠나가도록 크게 울려 퍼졌다. 나는 한껏 들떴고, 들뜬 기분을 느끼는 것이 기뻤다. 내가 세상 돌아가는 일에 얼마나 관심이 깊으며 인간사를 얼마나 염려하는지, 얼마나 품위 있는 걱정을 하는지 보여준다고 생각했기 때문이다. 그렇게 계단을 올라 이 계단참에 멈춰 서서 어린 시절 이후로 한 번도 본 적 없었던 이 방을 바라본 그 순간, 돌연 내 귀에 대고 악을 쓰듯 들리던 모든 사람, 모든 뉴스, 모든 라디오 소리가 뚝 멈췄다. 나는 이곳에 가만히 섰고, 온 세상이 조용해졌다. 놀라웠고, 동시에 매우 불쾌하기도 했다. 이 방의 고요함이 마치 따귀라도 한 대 맞은 것 같은 모욕처럼 느껴졌다. 나는 내가 그토록 즐기던 고귀한 흥분감이 갑자기 부끄러웠다. 그러나 그다음으로 찾아온 감정은 격렬한 분노였다. 이 방이 원망스러웠다. 그 오래된 의자들이 그렇게 차분히 서 있는 것이 싫었다. 당장이라도 다시 내려가 이 집을 벗어나서 소리 지르는 사람들과 뉴스, 라디오가 있는 거리

로 달려가고 싶었다. 하지만 나는 그러지 않았다. 그럴 수 없었다. 정적이 나를 무력하게 했다. 그런데 잠시 후 분노가 사그라들자, 슬며시 미소가 지어졌다. 정말 오랜만에 처음으로 내 생각을 들을 수 있었고, 내 감정과 호흡, 삶과 기억을 느낄 수 있었다. 나 자신이 독립된 나만의 삶이 있는 개별적인 사람이라는 사실을 의식하게 된 것이다. 낡은 방이 다시 생기를 되찾았고, 친숙해졌다. 고요가 기억을 속삭였다…. 밖에서는 세상이 파멸을 향해 즐겁게 달려가고 있었다. 그러나 이 안에서는 삶이 평소처럼 계속되고 있었다. 변함없이 그대로 모든 것이 제자리에 있고, 어제와 같은, 작년과 같은, 100년 전과 같은 오늘이 이어지고 있었다….

[비토이가 잠시 멈추고 방을 바라보며 미소 짓는다. 오른쪽에서 쟁반에 초콜릿 냄비를 든 칸디다 마라시간이 들어온다. 그녀는 비토이를 보고는 문간에 서서 의아하게 바라본다. 칸디다는 마흔두 살이며 1920년대 스타일의 옷을 입고 있다. 자르지 않고 기른 이미 희끗희끗해진 머리는 옛날식으로 말아 올려 묶었다. 곧고 탄탄하며 마른 체격이다. 전통적인 미인상은 아니나 친구들과 함께 있을 때는 소녀 같은 매력과 순수함으로 빛난다. 숫기가 없어 낯선 사람들 앞에서는 심술궂은 노처녀처럼 엄격하고 무서운 표정을 짓곤 한다. 지금도 계단에서 싱긋이 웃고 있는 젊은 남자를 무척이나 엄한 표정으로 쳐다

보고 있다.]

비토이 안녕하세요, 칸디다. [그는 미소를 띠고 기다리지만, 그녀의 딱딱한 표정이 풀리지 않자 그녀 쪽으로 걸음을 내디딘다.] 칸디다, 저 알죠? [그가 다가오자, 칸디다는 누구인지 알아본 기색으로 얼굴이 환해지며 그에게 가까이 간다.]

칸디다 물론, 당연히 알지! 카마초 씨 아들 비토이잖아! 너무했어, 비토이 카마초. 너무했지, 오랜 친구들도 잊어버리고 말이야!

[그들이 무대 중앙에서 마주한다.]

비토이 옛 친구들을 잊은 적이 없는걸요, 칸디다.

칸디다 그러면 왜 한 번도— [그녀의 격한 손짓으로 냄비에서 초콜릿이 튄다. 비토이가 물러선다. 그녀가 웃음을 터뜨린다.] 아, 미안해, 비토이!

비토이 자, 저한테 주세요. [비토이는 쟁반을 받아들고 탁자 위에 놓는다. 그녀의 시선이 그를 따라간다. 그는 돌아서서 미소 지으며 그녀의 눈길을 받는다.] 네?

칸디다 [그에게 다가가며] 왜 이렇게 말랐어, 비토이? 게다가 벌써 얼굴에 이렇게 주름이 생긴 거야? 스무 살도 안 됐을 것 같은데.

비토이 저 스물다섯이에요.

칸디다 스물다섯이라고! 세상에나! [그녀가 무대 앞쪽으로 물러선다.] 마지막으로 봤을 땐 반바지에 세일러 블라우스를 입은 꼬마였는데….

비토이 제가 마지막으로 본 칸디다는—

칸디다 [격렬하게 돌아서며] 아냐! 됐어!

비토이 [놀라서] 뭐라고요?

칸디다 [웃으며] 아, 비토이, 네가 나처럼 나이 들기 시작하면, 그게 마음 아프다니까!

비토이 뭐가요?

칸디다 얼마나 변했는지 듣는 거.

비토이 하나도 안 변했어요, 칸디다.

칸디다 아니, 아니야, 변했는걸! 비토이 네가 마지막으로 날 봤을 때, [그녀는 마치 생기발랄하고 아름다운 여인과 같은 몸짓을 하며 말한다.] 나는 아주 성숙하고 젊은 아가씨였어, 손에는 반지를 여러 개 끼고, 머리에는 리본을 묶고 눈이 별처럼 반짝이던 아주 자부심이 강한 젊은 아가씨였지. 아, 나는 자만심으로 가득 차 있었고, 활기가 넘쳤지! 언제든 아주 멋진 누군가가 나를 데리러 올 거라고 확신했어! 나만의 완벽한 왕자님을 기다리고 있었던 거야!

비토이 그리고 그 완벽한 왕자님은 아직 안 온 건가요?

칸디다 아아, 유감스럽게도 전혀 오지 않았어. 우리 옛 친구들도 더 이상 안 오고….

비토이 금요일 저녁에도요?

칸디다 금요일 저녁에도 안 와. 더 이상 금요일 저녁 모임 '테르툴리아'[5]도 안 해. 우리도 포기했어, 비토이. 나이 든 사람들은 하나둘 세상을 떠나고, 비토이 너 같은 젊은 사람들은 오고 싶어 하지 않아. [그녀는 고개를 돌려 오른쪽 문 쪽을 쳐다보고 목소리를 높인다.] 파울라! 파울라! [무대 밖에서 파울라의 목소리가 들린다. "갈게!" 칸디다가 비토이에게 다가가 두 손을 잡는다.] 비토이, 우리를 기억해줘서 고마워. 정말 기쁘다. 네 덕분에 좋았던 날들이 다시 떠오르네.

비토이 맞아요. 칸디다도 저한테 즐거웠던 기억들, 이곳에서 아버지와 함께 보냈던 금요일 저녁들을 다시 떠올리게 해주고요.

칸디다 [그의 손을 놓으며] 그런데 어떻게 기억하는 거야? 넌 그때 어렸잖아.

비토이 그렇지만 기억나요, 정말! 그 모임들 다 기억해요! 토요일 밤에는 비논도의 몬손 집에서 모이고, 월요일 밤에는 키아포의 모레타 박사님 약국에서, 수요일 밤에는 카리에도의 아리스테오 씨 서점에서, 그리고 금요일 밤에는— 들어 봐요, 칸디다. 전 아직도 금요일이면 가끔 일어나서 이렇게 생

5 지인들의 모임을 뜻하는 포르투갈어.

각할 정도라니까요, '오늘 금요일이지. 인트라무로스에 있는 마라시간가의 집에서 모임이 있는 날이네. 아버지랑 가서….'

[비스킷 쟁반을 든 파울라가 문 앞에 나타나자 그는 말을 멈춘다. 파울라는 마흔 살이며, 언니와 마찬가지로 벌써 흰머리가 언뜻 보이고 오래된 드레스를 입고 있다. 칸디다보다 작고, 더 연약하고 소심해 보인다. 그녀가 침울하고 쓸쓸한 노처녀라 생각할 수 있지만, 빙그레 미소를 짓는 순간 희끗거리는 머리 아래 여전히 생기 있고 매력적인, 유머러스한 소녀의 모습이 숨어 있다는 것을 발견하고 깜짝 놀라게 되기에 그녀 역시 칸디다처럼 무어라 한마디로 표현하기 어렵다.]

칸디다 글쎄, 파울라, 오랜만에 누가 왔는지 좀 봐.

파울라 [급히 탁자로 가서 쟁반을 내려놓으며] 어머, 비토이! 비토이 카마초! [그녀가 비토이에게 다가가 두 손을 내민다.] 하느님 맙소사, 이렇게 다 큰 것 좀 봐! 얘가 정말 우리 아가 맞아, 칸디다?

비토이 반바지에다 세일러 블라우스를 입고 있던 그 아가요?

칸디다 얘가 기특하게 우리 옛 금요일 테르툴리아를 아직도 기억하고 있지 뭐야.

파울라 아, 그때 네가 얼마나 손이 많이 갔는지, 비토이! 내가 늘 코를 닦아주거나 작은 방으로 데리고 나가야 했다니까. 네 아버지는 왜 항상 널 데려오셨던 거야?

비토이 아버지가 저를 두고 나가려 하면 제가 계속 울고 또 울어댔거든요!

파울라 [머리를 뒤로 젖히며] 아, 그 옛날 금요일 밤들! 얘기를 얼마나 많이 했는지! [그녀가 마치 북적북적한 테르툴리아가 진행 중인 것처럼 방 곳곳을 활기차게 오가며 상상 속 손님들에게 말을 걸거나 상상 속 부채로 부채질한다.] 브랜디 더 드릴까요, 페페 씨? 브랜디 더요, 이시드로 씨? 우펭 부인, 창가로 오세요, 여기가 더 시원해요! 뭐라고요, 알바로 씨? 다리오의 새로 나온 시를 아직 안 읽어보셨다고요? 아니, 당연히 《블랑코 이 네그로》[6] 최신 호에 실려 있죠! 이레네 부인, 저희 그 대단한 시인, 루벤에 관해 이야기하던 중이었어요! 가장 최근에 나온 시 읽어보셨어요?

> "머리칼이 하얗게 센 할머니 말씀이 옳았어,
> 곱슬머리가 하루를 휘감는 네 말보다 훨씬…."

아, 페페 씨, 페페 씨, 어서 말해봐요. 이 시 정말 경이롭지 않나요? 오, 다들 보세요, 드디어 아리스테오 씨가 왔어요! 저희

6 스페인 마드리드의 예술 및 문학 잡지로, '흑과 백'이라는 뜻이다.

집에 오신 것을 환영해요, 훌륭한 군인이시잖아요! 칸디다, 이 분 앉으실 곳 좀 찾아드려!

칸디다 [마찬가지로 연기하며] 여기요, 아리스테오 씨, 이리로 오세요! 지난 금요일에는 어쩌다 못 오셨는지 여쭤봐도 될까요? 파울라, 아리스테오 씨 브랜디 좀 드려!

파울라 [상상 속의 잔을 권하며] 오늘 밤에는 정치 얘기 금지야! 요즘 입만 열면 그 사람 얘기인데, 또 들어야겠어?

칸디다 오, 다들 들어보세요! 알바로 씨가 혁명 때 그분이 어디 계셨는지 말씀해주신대요!

파울라 네, 이레네 부인, 저희가 공연을 전부 가긴 했지만, 이번 사르수엘라 극단은 작년만 못했던 것 같아요.

칸디다 그리고 다음 달에는 이탈리아 가수들이 오죠! 우리 여자들에게는 안타까운 일이지만요. 남자들이 또 극장 뒷문 앞에 줄을 설 테니까요.

파울라 미겔 씨, 브랜디 더 드릴까요? 페페 씨도 브랜디 더요? 이레네 부인, 여기 피아노 옆에 앉으실래요? 알바로 씨 계속, 마저 얘기해주세요! 아귀날도 대장이 정말로 부대에 최후의 공격을 준비시키고 있었나요?

비토이 [열 살짜리 소년의 목소리로] 파울라 이모, 파울라 이모, 저 작은 방 가고 싶어요!

파울라 쉿, 조용히 해, 이 녀석아! 그리고 네 코 좀 봐!

칸디다 그리고 이모라고 부르지 말라고 몇 번이나 얘기 했니!

파울라 파울라, 칸디다라고 부르면 돼.

칸디다 그냥 파울라, 칸디다야, 알겠니?

파울라 나 참, 우린 아직 노처녀가 아니라고!

칸디다 아냐, 아니지. 우린 아직 노처녀가 아니야. 우린 젊고 예쁘고 매력적인걸! 아, 우펭 부인, 제 말 좀 들어보세요. 어젯밤에 저희가 무도회에 갔었는데, 아침이 될 때까지 춤을 추고 또 추었다니까요! [그녀가 방을 돌아다니며 춤춘다.]

파울라 아빠도 모인 사람 중에 저희가 가장 예쁘다고 하셨고요!

칸디다 아, 맞아요, 이레네 부인, 아빠가 함께 가셨는데 그곳에서 가장 유명인이셨어요.

비토이 [여전히 열 살의 목소리로, 신이 나서 문 쪽을 가리키며] 오신다! 오셔요!

칸디다 [몸을 빙그르르 돌리며] 오, 드디어 오셨네요, 아빠! [흥분하여 목소리를 높이며] 미겔 씨, 저희 아빠예요! 저희 아빠예요, 우펭 부인!

파울라 [역시 기뻐하며 들뜬 목소리로] 여기 저희 아빠예요, 알바로 씨! 이레네 부인, 저희 아빠예요!

[자매들이 "저희 아빠예요!"라고 말하며 무대 앞쪽을 가리킨다.]

칸디다 쉿, 쉿, 모두 조용히 해주세요! 아빠가 뭔가 말씀하시려 해요!

[자매들은 고개를 들고 손을 가슴에 모은 채 아버지의 말을 듣는 것처럼 관객을 향해 부동자세로 나란히 선다. 그런 다음 손뼉을 치며 "오, 아빠, 아빠!" 하고 경배하듯 환호한다.

그들은 잠시 더 자세를 유지한다. '초상화'가 그들 바로 앞쪽 벽에 걸려 있고, 그들이 그것을 알아차리자 얼굴에서 환희에 찬 표정이 사라지며 몸이 축 처지고 손이 옆으로 툭 떨어진다. 게임은 끝이다. 상상 놀이가 끝났다. 침묵 속에 그들은 낡은 집에 사는 초라한 노처녀들이 되어 처량하게 위를 바라본다.

비토이는 무대 안쪽에서 그들을 지켜보고 있다. 그들의 시선이 어디에 붙박여 있는지 알게 된 그는 눈을 들어 처음으로 그 초상화를 본다. 그는 눈을 떼지 않으며 앞으로 나와 위를 응시하는 자매들의 얼굴 사이에 그의 얼굴이 보이도록 그들 뒤에 선다.]

비토이 저게 그거예요?

칸디다 [무표정하게] 응.

비토이 아버님께서는 저 그림을 언제 그리신 거예요?

파울라 1년쯤 전에.

비토이 [잠시 그림을 응시한 뒤] 정말 묘하고도 묘한 그림이네요!

칸디다 아버지가 저걸 뭐라고 부르시는지 알아?

비토이 네.

칸디다 '필리핀 예술가의 초상'.[7]

비토이 네, 알아요. '필리핀 예술가의 초상'. 하지만 왜, 왜죠? 필리핀 배경이 아니잖아요…. 아버님께서는 무슨 뜻으로 그렇게 지으신 걸까요? [그가 초상화를 향해 손을 뻗는다.] 젊은 남자가 나이 든 남자를 등에 업고 있고… 그 뒤에는 불타는 도시….

파울라 나이 든 남자가 우리 아버지야.

비토이 네, 얼굴을 보니 알겠네요.

칸디다 그리고 젊은 남자도 우리 아버지야, 젊었을 적 아버지.

비토이 [흥분해서] 과연, 그러네, 그러네요!

파울라 그리고 불타는 도시는—

비토이 불타는 도시는 트로이죠.

파울라 아, 다 아는구나.

비토이 [미소 지으며] 네, 다 알죠. 아이네이아스가 아버지 안키세스를 트로이에서 업고 나오는 장면이잖아요. 그리

---

7 원서에는 스페인어 'RETRATO DEL ARTISTA COMO FILIPINO'로 표기되어 있다.

고 아버님은 본인을 아이네이아스와 안키세스 둘 다로 그리셨고요.

칸디다 아버지는 지금 자신의 모습과 과거에 자신이 어떤 모습이었는지를 그리신 거야.

비토이 그 효과가 꽤 무섭네요….

칸디다 오, 너도 그렇게 느껴?

비토이 마치 둘로 겹쳐 보이는 것 같아요.

칸디다 난 가끔 위에 있는 저 사람이 머리가 두 개 달린 괴물처럼 느껴지기도 해.

비토이 맞아요. 저 이상한 괴물, 예술가…. 그런데 아버님이 그 깨끗하고 순수한 고전적인 단순함을 얼마나 잘 잡아내셨는지 기가 막히네요! 유려한 선에 선명하게 빛나는 색깔, 차분하면서도 광활한 분위기까지! 햇살이 비치고 바닷바람이 불어오는 게 느껴질 정도예요! 공간, 빛, 명료함과 아름다움, 우아함, 그런데 갑자기 맨 앞에 보이는 간담이 서늘한 얼굴들, 거울 속 얼굴들처럼 음울하게 미소 짓는 그 얼굴들… 그리고 그들 뒤로 멀리 타오르는 트로이의 탑들…. 세상에, 이건 정말 멋져요! 대단한 걸작이라고요! [그가 말을 멈추더니 열광적이었던 표정이 이내 근심으로 바뀐다.] 하지만 아버님은 왜 이걸 '필리핀 예술가의 초상'이라 부르시는 걸까요?

파울라 음, 결국은 자신의 초상이니까.

칸디다 사실상 이중 초상화라고 해야겠지.

파울라 그분이 예술가면서 필리핀 사람이시잖아.

비토이 네, 맞죠, 하지만 그러면 왜 아이네이아스로 자신을 표현했을까요? 왜 트로이 전쟁을 배경으로 자신을 그렸을까요?

파울라 [어깨를 으쓱하며] 우리도 몰라.

칸디다 우리한테 말씀해주지 않으셨거든.

비토이 그거 아시죠, 전에 왔던 어느 프랑스인이 이 그림에 대해 아주 열정 넘치는 기사를 썼어요.

칸디다 아, 그랬지. 그 사람, 그 프랑스인 정말 좋은 사람이었어. 오래전부터 우리 아버지의 팬이었다고 했었어. 아버지 작품을 굉장히 잘 알고 있더라고. 마드리드와 바르셀로나에서 봤다던데. 그때 다짐했다는 거야— [그녀가 말을 멈춘다. 비토이가 수첩을 꺼내 그녀가 하는 말을 받아 적고 있다. 그녀와 파울라가 눈빛을 주고받는다.]

비토이 [기대감에 찬 눈으로 올려다보며] 그래서요? 뭐라고 다짐했는데요?

칸디다 [무미건조한 말투로 이어가며] 글쎄, 필리핀에 오게 되면 꼭 아버지를 찾겠다고 다짐했대. 그래서 그 사람이 여기 와서 아버지를 만난 거고, 이 새로운 그림을 보고 나서 그 기사를 쓴 거야. 아까 말했던 것처럼, 그 사람은 정말 좋은 사람이었지만, 지금은 그 사람이 왔었다는 게 유감이야.

비토이 [고개를 들며] 뭐라고요?

칸디다 하나만 물어보자, 비토이. 너 신문 기자니?

비토이 [잠시 망설이다] 네. 맞아요.

칸디다 [웃음 지으며] 그러니까 이렇게 오랜만에 우리를 찾아온 이유가 결국 그거구나! [그녀는 여전히 웃음을 띠고 그에게서 멀리 걸어가버린다. 비토이는 멍하니 그녀를 바라본다. 그녀는 탁자로 가서 초콜릿을 휘젓기 시작한다. 비토이가 파울라를 향해 돌아선다.]

비토이 파울라, 무슨 일이죠? 제가 뭘 잘못한 거죠?

파울라 아, 아무것도 아니야, 비토이. 그냥 이제 사람들이 여기에 우리를 보러 오는 게 아니라 이 그림을 보러 온다는 거지.

비토이 아니, 오히려 기뻐해야죠, 자랑스러워해야죠! 사람들은 아버님이 오래전에 돌아가신 줄로만 알았잖아요! 이제 그 오랜 침묵과 잊혀 지내던 세월 끝에 모두가 그분에 대해 이야기하고 있다고요! 온 나라가 필리핀에서 가장 위대한 화가 중 한 명이며 후안 루나[8]의 친구이자 라이벌인 로렌조 마라시간이 살아 있을 뿐 아니라 말년에 또 다른 걸작을 그려냈다

8 19세기 후반 활동한 필리핀의 유명한 화가이자 조각가, 독립운동가.

는 사실을 알게 돼 열광하고 있어요!

파울라 [나직하게] 우리 아버지는 우리를 위해, 칸디다와 나를 위해 이 그림을 그리셨어. 그분은 이 그림을 우리에게 선물하셨고, 그 후 꼬박 1년 동안 이곳에 아무 일 없이 걸려 있었지. 그러다가 그 프랑스인이 와서 이걸 보고 글을 쓴 거야. 그때부터 우리에게 평화가 사라졌어. 하루라도 신문 기자나 잡지사에서 온 사진작가들, 대학생 무리를 마주하지 않는 날이 없어. 그리고 우린— [그의 어깨에 손을 얹으며] 우린 이 상황이 즐겁지 않아, 비토이. [그녀는 돌아서서 탁자로 가 아버지를 위해 쟁반에 요기할 거리를 준비하기 시작한다. 그동안 비토이는 그녀가 떠난 자리에서 그대로 초상화를 응시하며 서 있다. 그러고는 수첩을 주머니에 넣고 탁자 쪽으로 다가간다.]

비토이 죄송해요, 칸디다. 죄송해요, 파울라. [파울라는 계속 쟁반 위에 음식을 차리고 칸디다는 초콜릿을 휘젓는다.] 음… 전 이만 가야겠네요.

칸디다 [고개를 들지 않고] 아냐, 간식 좀 먹고 가. 파울라, 컵 하나 더 가져와.

비토이 [파울라가 문 쪽으로 가자] 정말 괜찮아요, 파울라. 진짜 가야 해요.

파울라 [멈춰 서며] 아니, 비토이!

비토이 사람들이 기다려서요.

칸디다 [초콜릿을 컵에 따르며] 앉아, 비토이, 쓸데없는 소리 그만하고.

비토이 저기 모퉁이에서 다들 절 기다리고 있어요, 칸디다, 곧 여기로 들이닥칠 거예요.

칸디다 [고개를 들며] 또 신문사 사람들?

비토이 네.

칸디다 네 친구고?

비토이 같은 회사에서 일해요.

칸디다 그렇구나. 그리고 네가 우리 가족과 친분이 있으니까 널 먼저 보내서 준비시킨 거고, 맞지?

비토이 네, 맞아요.

칸디다 [웃으며] 정말! 나쁜 놈이구나 너, 비토이 카마초!

비토이 그렇지만 제가 바로 내려가서 더는 오지 말라고 할게요.

칸디다 어, 뭐 어때? [어깨를 으쓱하며] 오게 둬.

파울라 어쨌든, 우리도 익숙해져야 하잖아.

비토이 그래도 그 사람들이 안 왔으면 하니까요.

파울라 넌 우리한테 사람들이 찾아오는 것에 대해 기뻐하라고 했던 거 아니었어?

비토이 아니에요.

파울라 그럼, 네가 원하는 건 뭔데?

비토이 [잠시 멈췄다가 다시 어린아이 목소리를 흉내 내며] 파울라 이모, 저 작은 방 갈래요! [모두 웃는다. 비토이가 자세를 꼿꼿하게 세우더니 한 팔을 허리에 대고 상상 속 콧수염을 만지작거리며 마루 위를 거닐기 시작한다. 이번에는 걸걸한 목소리로 옛날 스타일의 신사 흉내를 낸다.] 나 원 참! 요즘 젊은이들, 정말 형편없지 않습니까? 이봐요, 내가 젊었을 때는요, 혁명 전 말입니다. 아가씨, 실례가 안 된다면 그 훌륭한 브랜디를 조금 더 부탁드리겠습니다.

칸디다 [그에게 컵 받침과 함께 초콜릿 컵을 건네며] 천 번 만 번이라도 기꺼이 드려야죠, 베니토 씨!

파울라 [상상 속 부채를 흔들며] 오, 베니토 씨, 부탁이에요, 파리에서 보낸 학창 시절 이야기 좀 해주세요!

비토이 [천장을 바라보고 눈을 굴리며] 아, 파리! 그 옛날 파리!

칸디다 이레네 부인, 얼른 오세요! 우펭 부인, 이쪽으로 빨리요! 베니토 씨가 파리 사교계에서 코르티잔[9]과 연애했던 이야기를 해주신대요!

파울라 그 사람들, 황홀했나요? 격정적이었나요? 뻔뻔스럽고 외설스러웠나요? 아, 말하지 마요, 말하지 말아요! 머

9 과거 유럽에 존재했던 상류층을 상대하는 고급 매춘부나 정부(情夫).

리가 어지럽고 심장이 뛰네요! 들으면 기절할지도 몰라요! [그녀는 한 손을 이마에, 다른 손을 가슴에 대고 춤추는 듯한 걸음으로 방을 나간다. 칸디다와 비토이는 웃음을 터뜨린다. 칸디다가 초콜릿을 마저 휘젓기 시작한다.]

비토이 [탁자로 다가가며] 정말 미안해요, 칸디다.

칸디다 아이고, 비토이, 앉아서 초콜릿이나 마셔.

비토이 [앉으며] 정말 사람들이 그렇게 성가시게 굴었어요?

칸디다 음, 너도 어떤지 알잖아. 기자들이나 사진사들, 아버지를 만나고 싶어 하는 사람들이 있는데, 아버지가 보지 않겠다고 하시면 그 사람들도 기분이 상하니까. [그녀가 초상화를 올려다본다.] 그거 알아, 비토이? 저 그림 있잖아, 사람들한테 아주 이상한 영향을 주는 것 같아.

비토이 무슨 뜻이에요?

칸디다 화나게 한다고 할까.

비토이 [초상화를 함께 바라보며] 뭔가 알 수 없는 그림이긴 해요.

칸디다 글쎄, 우리가 설명하거든, 모두에게. 이렇게 얘기해. 이건 아이네이아스고, 이건 그 아버지 안키세스라고. 그러면 그 사람들은 그냥 멍하니 우리를 쳐다봐. 그리고 묻지, 아이네이아스가 누구죠? 필리핀 사람인가요? [그녀가 웃는다.] 지난번에는 무슨 시민 단체에서 사람들이 왔었는데 그 프랑스 사람이 오기 전까지 우리가 이 그림을 1년 동안이나 아무도 모르게 갖고 있었다는 사실에 경악하더라고. 그러면서 파울라와 나에게 왜 진작 세상에 알리지 않았냐고 화를 냈어. 그중 하나는 왕방울 같은 눈에 체구가 작은 남자였는데, 내 얼굴에 삿대질하면서 잔뜩 무게 잡고 이렇게 말하는 거 있지. "마라시간 양, 이 그림을 당장 압수하라고 제가 정부에 강력하게 촉구할 겁니다! 당신과 당신 여동생은 이 그림을 소유할 자격이 없어요!"

비토이 [그녀와 함께 웃으며] 얼마나 시달리셨을지 이제 좀 알 것 같네요.

[파울라가 컵을 하나 더 들고 들어온다.]

칸디다 응, 파울라와 난 정말 그리 신경 안 써. 아버지가 그런 일을 겪지 않으시길 바랄 뿐. [그녀는 쟁반을 집어 파울라에게 건넨다.] 여기, 파울라. 그리고 아버지께 옛 친구셨던 카마초 씨 아들이 찾아왔다고 좀 전해드려.

[파울라가 쟁반을 들고 퇴장한다.]

비토이 그런데 좀 어떠세요, 아버님은— [초상화를 가만히 바라보며] 그 위대하신 로렌조 씨는요?

칸디다 [자신의 잔을 채우며] 아, 잘 지내셔.

비토이 방을 나서기엔 몸이 너무 약해지신 건가요?

칸디다 전혀 아니야.

비토이 그래도 무슨 일이 있으시긴 했던 거죠?

칸디다 [얼버무리며] 사고가 좀 있었어.

비토이 언제요?

칸디다 1년쯤 전에.

비토이 그 그림을 그리셨을 무렵이요?

칸디다 완성한 직후였지.

비토이 무슨 일이었는데요?

칸디다 우리도 정확히는 몰라. 직접 본 게 아니고, 밤에 일어난 일이었거든. 우리 생각엔 아버지가 잠결에 걸어 다니셨던 것 같아. 그러다가 그만… 방 발코니에서 아래 뜰로 떨어지신 거지.

비토이 [일어서며] 세상에! 어디 부러진 데는 없으세요?

칸디다 없어, 정말 다행이지!

비토이 지금은 좀 어떠신가요?

칸디다 걸으실 수는 있는데 침대에 계속 있으려고 하시더라. 그게 말이야, 비토이, 아버지는 1년 동안 단 한 번도 방을 나오신 적이 없어. [그녀가 갑자기 이마에 주먹을 대고 지그시 누른다.] 아아, 다 우리 때문이야!

비토이 탓하실 필요 없어요! 사고였는걸요.

칸디다 [잠시 멈췄다가] 그래… 맞아, 사고였지. [그녀가 다시 초콜릿 냄비를 들어 파울라의 잔에 따른다. 비토이는 말없이 그녀를 지켜본다. 이때 파울라가 기뻐하며 문 앞에 나타난다.]

파울라 빨리 와, 비토이! 어서! 아빠가 무척 기뻐하셔! 너한테 얼른 오라고 하시네!

비토이 [문 쪽으로 걸어가며] 고마워요, 파울라.

칸디다 비토이. [비토이가 걸음을 멈추고 칸디다를 쳐다본다.] 아주 조심할 거지, 비토이? 잊지 마, 넌 기자가 아니라 친구야. 아버지를 인터뷰한다거나 사진을 찍으러 온 게 아니야. 그냥 뵈러 온 거지.

비토이 알겠어요, 칸디다.

[파울라와 비토이가 퇴장한다. 칸디다가 자리에 앉아 먹기 시작한다. 그날 온 우편물이 탁자 위에 쌓여 있다. 그녀는 먹으면서 우편물을 열어 훑어본다. 파울라가 돌아온다.]

파울라 [자리에 앉아 초콜릿을 홀짝이며] 아버지가 굉장히 기뻐하셨어. 비토이와 악수하려고 침대에서 일어나시기까지 했다니까. 내가 나올 때도 둘이 아주 즐겁게 얘기하고 있었고. 아, 아버지가 정말 나아지고 있으신가 봐, 칸디다! 그런 것 같지 않아? [칸디다는 대답하지 않는다. 그녀는 탁자에 팔꿈치를 괴고 손에 머리를 기댄 채 우편물을 응시하고 있다.] 또 청구서야, 칸디다?

칸디다 [열었던 우편물을 하나씩 집었다가 다시 내려놓으며] 수도 요금, 가스 요금, 치료비. 그리고 이건— [들고 있는 우편물을 흔들며] 전기 요금이야. 들어봐. [그녀가 읽는다.] “미납금을 즉시 납부하지 않으면 추후 모든 서비스 제공이 중단될 수밖에 없음을 다시 한번 안내해드립니다.” 그리고 이게 세 번째로 온 경고문이야.

파울라 마놀로한테 말해봤어?

칸디다 마놀로에게도 전화했고, 페팡에게도 전화했지. “아, 그래, 그래, 바로 돈 보낼게”라고 하던데. 이번 달 내내 같은 말만 할 뿐, 돈은 절대 안 보내더라.

파울라 [씁쓸한 말투로] 역시 형제자매들밖에 없네!

칸디다 우리 형제자매들은 우리가 이 집을 포기하길 바라는 거야.

파울라 이런, 그럴 순 없지. 언니랑 나는 여기서 한 발짝도 움직이지 않을 거야. 우린 이 집에서 태어났고 이 집에서 죽을 거니까!

칸디다 하지만 계속 돈을 안 보내면 어떻게 해? 더 이상 우리를 도와주지 않겠다고 단호하게 나오면? 이 청구서들 다….

파울라 [생각에 잠겨] 우리가 할 수 있는 무언가가 있을 거야!

칸디다 [파울라가 있는 방향으로 몸을 기울이며] 들어봐, 내가 좀 생각해본 게 있어.

파울라 [관심을 보이지 않으며] 그런데 우리가 뭘 할 수 있지? 우린 쓸모없는 노처녀 둘일 뿐인데….

칸디다 [일어서서 주위를 둘러보며] 그 신문 어디 있지?

파울라 아, 난 밤마다 깰 지경이라니까. 대체 어떻게 벌어야 하냐고, 돈, 돈, 돈!

칸디다 [신문을 찾아 탁자 옆에 서서 페이지를 뒤적이며] 아, 여기 있다. 이제 들어봐, 파울라. 이것 좀 들어봐. 여기 뭐라고 되어 있냐면—

[그녀가 하던 말을 멈춘다. 아래 거리에서 차가 서는 소리가 들린다. 자매들은 귀 기울이며 서로를 힐끗 쳐다본다. 칸디다가 한숨을 쉬고는 신문을 접어 탁자 위에 놓고 자리에 앉는다. 파울라는 초콜릿을 더 따른다. 계단에서 발소리가 들린다. 자매들이 잔을 집어 초콜릿을 마신다. 한 손에 책과 외투를 든 토니 하비에르가 들어선다. 그는 자매들을 흘끔 보더니 이마 위로 모자를 밀어 올려 벗고는 "안녕하십니까, 숙녀분들!" 하고 외친다. 그러고 나서 왼쪽에 닫혀 있던 문을 열어 외투와 모자, 책을 안으로 던진다. 그는 다시 문을 닫고 당당한 미소를 지으며 거실로 걸어 들어온다. 토니는 스물일곱 살쯤 되었고, 아주 남성적이며 냉소적이다. 그의 셔츠와 넥타이는 더없

이 화려하지만 그의 매력은 그보다 더 미묘한 구석이 있고, 자신도 그 사실을 잘 알고 있다.]

토니 아하, 간식 시간이군요!

칸디다 [매우 노처녀답게] 초콜릿 좀 드릴까요, 하비에르 씨?

토니 쯧쯧. 숙녀분들, 그건 수지가 안 맞지 않습니까. 잊지 마세요, 전 식비 빼고 방값만 지불하고 있습니다.

칸디다 [엄숙하게] 하비에르 씨, 저희 식탁에선 저희 지붕 아래 사는 누구든 환영입니다.

토니 하지만 매너가 좋다고 해서 비즈니스에 도움이 될까요?

칸디다 하비에르 씨, 초콜릿 드실 거예요?

토니 [비스킷을 집어 입에 넣으며] 네, 감사합니다! [비토이의 잔을 본다.] 아, 손님이 계셨나 보네요!

칸디다 옛 친구였어요. 파울라, 컵 하나 더 가져와.

토니 아니, 왜요? [파울라가 일어서자, 그는 탁자 너머로 손을 뻗어 그녀의 어깨에 손을 얹는다. 그녀는 깜짝 놀라 그를 바라보지만, 화난 것이 아니라 의아한 표정이다. 그는 천천히 손을 거두고, 그들의 눈이 마주친다.] 안 그러셔도 됩니다, 파울라 양. 이 컵을 써도 괜찮아요. 전 까탈스럽지 않은걸요.

칸디다 [단호하게] 파울라, 컵 하나 더.

토니 아니면 당신 컵을 저에게 주시겠어요, 파울라 양?

파울라 [여전히 순진하고 넋을 잃은 듯한 눈빛으로] 제 컵이요?

토니 [파울라의 컵을 들며] 이 초콜릿 더 마실 건가요?

파울라 [고개를 저으며] 아니요.

토니 그러면, 제가 마셔도 될까요?

칸디다 [일어서며] 하비에르 씨, 그 컵 지금 당장 내려놓으세요!

토니 [칸디다를 무시하며] 감사해요, 파울라 양. [컵을 머리 위로 높이 들며] 성공적인 비즈니스를 위하여! [그러고는 자매들이 경악과 감탄이 동시에 섞인 눈으로 그의 목을 바라보는 동안, 그가 머리를 뒤로 젖혀 천천히, 느긋이 초콜릿을 마신다. 이어 그가 컵을 내려놓고 입맛을 다신다.]

칸디다 [정신을 차린 듯] 하비에르 씨, 이건 정말 말도 안 되는—

토니 [비스킷을 하나 더 집어 게걸스럽게 먹으며] 아뇨, 정말 맛있었습니다!

칸디다 당신한테 예의 있게 대하려고 해도 정말 아무 소용이 없네요!

토니 [허리를 굽혀 인사하며] 무례한 제가 시야에서 사라지도록 부디 허락해주시죠. [그가 자신의 방으로 걸어간다. 자매들이 서로 눈빛을 교환한다. 그가 걸음을 멈추고 뒤돌아본다.] 아, 그리고 간식 감사했습니다!

칸디다 하비에르 씨, 다시 이리로 와주시겠어요. 물어볼 게 있어요.

토니 [돌아오며] 네, 말씀하세요.

파울라 [재빨리 초콜릿 냄비를 집어 들며] 난 이거 부엌에 갖다 놓을게.

칸디다 내려놔, 파울라. 여기 있어.

토니 자, 뭡니까? 어서, 얼른 말해봐요. 저도 시간이 별로 없어요. 다시 나가기 전에 잠시 누워 있다가 가고 싶거든요. [그가 하품하며 팔을 쭉 뻗는데 순간적인 짜증으로 인상이 찌푸려진다.] 세상에, 얼마나 피곤한지 모릅니다! 제가 잠을 못 자요! 전혀 못 잔다고요!

[그가 탁자로 가서 비스킷을 또 하나 집어 든다.] 하루 종일 공부하고 밤새도록 일하고! 야심이 뭔지, 하! 누구나 있죠! [그가 비스킷을 야금야금 먹으며 흔들의자로 가서 털썩 앉는다.] 저 좀 봐요, 값싼, 하찮고 보잘것없는 보드빌[10] 피아노 연주자. 피

10 전통 희극에 비해 낮은 대접을 받은 춤과 노래 따위를 곁들인 가볍고 풍자적인 통속 희극. 노르망디 지역에서 불리던 풍자적인 대중가요에서 비롯되었다.

아니스트도 못 됩니다, 아, 아니, 아니, 피아니스트라니 정말 말도 안 되죠. 자, 피아니스트와 피아노 연주자의 차이가 뭔지 압니까? 제가 설명해드리죠. 피아니스트, 어, 피아니스트란 말이죠, 음, 교양 있는 겁니다. 아, 무슨 말인지 아시잖아요. 교수한테 배웠고, 제대로 된 예술원에 다녔고, 상류층 부인들을 위한 연주회를 열죠. 교양 있는, 그게 피아니스틉니다! 반면 피아노 연주자는, 아, 바로 저 말이죠! 그 누구도 제게 피아노를 가르쳐준 적이 없어요. 독학으로 배웠고, 형편없는 건 저도 압니다!
[그가 일어나 주머니에 손을 찔러 넣는다.] 싸구려 보드빌 피아노 연주자. 냄새나는 삼류 극장에서 하루 세 번씩 공연하는. 관객은 목덜미에 침을 뱉고 피아노는 낡은 깡통처럼 덜거덕거리죠. 그나마도 얼마나 오래 할 수 있을지 알 수 없고요…. [그는 바닥을 응시하며 잠시 말을 멈춘다. 그리고 깊게 한숨을 쉬고 어깨를 으쓱한다.] 그러니 어쩌겠어요? 야심을 품을 수밖에요! 평생 피아노 연주자로 살다 가지는 않겠다고 다짐하는 거예요. 절대 그럴 수는 없죠! 전 변호사가 될 겁니다. 아주 크게 성공한 돈 많은 사기꾼 변호사요! 그래서 학교에 다니는 겁니다. 네, 맞아요! 하루 종일 학교에서 공부하고 밤에는 피아노를 연주하죠. 살맛 참 안 납니다! 뭐, 전에는 상황이 더 안 좋았지만요…. [그가 갑자기 자매들을 향해 돌아선다.] 제가 어떻게

살아왔는지 짐작이나 하시겠습니까, 숙녀분들이?

칸디다 당신 사생활에는 관심 없어요.

토니 [그녀를 똑바로 쳐다보며] 정말로요? [그녀의 눈빛이 흔들리고, 이내 시선을 돌린다. 그는 미소 짓는다.] 세상에! 숙녀분들께서는 정말—

칸디다 [그의 말을 자르며] 하비에르 씨, 우리가 당신에게 방을 세놓을 때 요구한 조건은 방에서 도박이나 음주를 하지 않고, 여자를 들이지 않는다는 것이었어요.

토니 그래서 또 뭡니까?

칸디다 당신은 저희 규칙을 어겼어요.

토니 하지만 여기서는 도박 안 하는데요.

칸디다 도박 얘기가 아니에요.

토니 글쎄요, 가끔 맥주를 들고 오긴 하죠.

칸디다 음주 얘기도 아니고요.

토니 [눈을 크게 뜨며] 아, 그러면— [그가 씩 웃으며 허공에 손으로 여자의 형체를 그린다.]

칸디다 [웃지 않으며] 맞아요!

토니 그런데 언제요?

칸디다 지난밤에요, 하비에르 씨. 동생과 내가 당신이 여자를 데려오는 소리를 들었어요.

토니 이런! 어젯밤 내가 들어왔을 때 자지 않고 있었다고요?

칸디다 어쩌다 보니 깨어 있었던 거죠.

토니 [부끄러운 듯 시선을 떨구며] 혹시 절… 기다리고 있었던 건가요?

칸디다 하비에르 씨, 어젯밤에 여자를 데려왔어요, 안 데려왔어요?

토니 [눈을 크게 뜨며] 친애하는 우리 숙녀분들, 꿈을 꾸신 게 틀림없네요! 간밤에 정말 멋진 꿈을 꾸셨나 본데, 그 즐거움을 망칠 수야 없죠. 그래서, 여러분들 꿈에 제가 나온다는 거죠?

칸디다 아니, 우리가 꿈을 꾼 게 아니에요. 그리고 네, 당신은 분명 여자를 데려왔고요!

토니 네, 꿈을 꾸신 게 맞고요, 아니요, 전 여자를 데려오지 않았어요!

칸디다 어떻게 그렇게 뻔뻔스럽게 거짓말을 할 수 있죠? 제가 확실히 여자 웃음소리를 들었고, 그래서 동생한테 일어나서 창밖을 내다보라고 했어요. 파울라, 어서 말해. 여자를 봤지?

파울라 [자신 없는 목소리로] 그게… 음… 여자였을 수도 있고—

칸디다 였을 수도 있다고—! 네가 분명히 여자를 봤다고 했잖아!

파울라 그건 언니가 분명히 여자 목소리를 들었다고 했으니까 그랬던 거지! 사실 너무 어두워서 뭔가 하얀 것밖에는 보지 못했어. 여자 드레스였을 수도 있고, 아니면 남자 셔츠였을 수도 있고….

토니 남자 셔츠였어요! 그리고 그 셔츠를 입고 있던 남자는, 어, 아, 그래요, 우리 밴드 드럼 연주자였습니다! 지난밤에 저와 함께 온 이유는 제 방에 악보가 있기 때문이었고요. 그래서 그 사람이 올라와서 제가 악보를 줬고, 그런 다음 그 사람은 갔어요. 그게 답니다!

칸디다 그게 정말 사실인가요?

토니 [손을 들어 보이며] 진심으로, 정말로, 전부 사실입니다.

칸디다 과연 그럴까요!

파울라 아, 칸디다, 우리가 하비에르 씨를 부당하게 비난한 거라면, 이제 감정을 상하게 한 데 대해 최소한 사과라도 드려야 하지 않을까?

토니 [그녀의 말이 끝나기 무섭게 불쌍한 목소리로] 오, 아닙니다, 왜 저에게 사과를 하세요! 전 그저 짐승입니다! 짐승은 감정이 없어요! 짐승을 예의 바르게 대한다고 무슨 소용이 있겠습니까!

칸디다 [딱딱하게] 하비에르 씨, 우리가 실수했다면 죄송합니다, 사과드려요.

토니 [그녀를 무시하며 비참함에 빠져] 난 그냥 쓰레기 더미야… 썩은 쓰레기. 밟을 가치도 없는, 역겹고 혐오스러운… 쓰레기 청소부가 빨리 수거해가지 않으면 착한 사람들이 마실 공기나 오염시키는!

칸디다 하비에르 씨, 하나도 재미없어요!

토니 당연히 재미없죠! [그가 그녀를 노려보며 선다. 비토이가 쟁반을 들고 문 앞에 나타난다. 토니의 표정이 놀라움으로 바뀐다.] 아니, 웬일이야, 이 친구!

비토이 안녕, 토니. 파울라, 이거 어디에 두면 될까요?

파울라 [다가가며] 나한테 줘. [그녀가 쟁반을 받아 퇴장한다.]

비토이 [들어오며] 아니, 아니, 토니!

토니 안녕.

칸디다 두 분 서로 아세요?

비토이 전에 같이 일했었어요.

토니 부두에서요.

비토이 [얼굴을 찡그리며] 인생에서 가장 끔찍했던 기억이에요!

토니 나한테는 아니지! 이 친구야, 여기에서 뭐 하고 있어?

비토이 너야말로 뭐 하고 있는데?

토니 나 여기 살아.

비토이 정말?

토니 그렇다니까! 저기 방 보이지? 내 방이야. 한 달에 15페소.

비토이 칸디다, 하숙인을 받아요?

칸디다 아, 우리가 얼마나 가난한지 알잖아! 파울라와 나는, 우린 하숙집을 해보면 어떨까 했어. 그런데 하비에르 씨가 우리의 첫 번째이자 지금까지는 유일한 손님인 거지. [무대 밖에서 파울라가 "칸디다! 칸디다!" 하고 부르는 소리가 들린다. 칸디다가 목소리를 높인다.] 응? 왜 그래, 파울라? [여전히 쟁반을 들고 있는 파울라가 문에 나타난다.]

파울라 아아, 칸디다, 쥐야! 부엌에 쥐가 있어!

칸디다 [고개를 내저으며] 아, 파울라, 파울라!

파울라 [애원하면서] 진짜 큰, 커다란 쥐라고, 칸디다!

칸디다 알겠어, 갈게. [비토이와 토니에게] 실례할게요. [파울라와 칸디다가 퇴장한다.]

토니 [경멸하듯] 정말이지 미친 여자들이라니까!

비토이 [다소 딱딱하게] 우리 가족과는 오래 알고 지낸 사람들이야, 토니.

토니 [신경 쓰지 않는 말투로] 음, 되도록 멀리하는 게 좋을걸. 남자에 굶주렸어.

비토이 [무심코 미소를 지으며] 왜, 너를 잡아먹으려 하기라도 했어?

토니 아, 미쳤다니까. 내가 보기만 해도 덜덜 떨기 시작해. 말을 걸면 열이 나고. 손이라도 대면—

비토이 그러니까, 저들이랑 자는 거구나!

토니 내가? 저 여자들이랑 잔다고? 퉤! [그가 침을 뱉는다.] 차라리 존스 브리지[11]와 사랑을 나누겠어! 아니, 미친 건 내가 아니라 저 여자들이라니까.

비토이 가난 때문일 거야… 저렇게 가난해졌을 줄은 몰랐어….

토니 가난? 절박할 정도야!

비토이 하지만 결혼한 형제자매가 있잖아.

토니 그 형제자매가 돈을 다 내고 있었는데 더는 그럴 마음이 없는 것 같아. 이 집을 팔고 노인은 병원에 보내고 싶어 해.

비토이 그럼 파울라와 칸디다는 어떻게 되는 거야?

토니 칸디다는 형제, 파울라는 자매한테 가서 사는

11 필리핀 마닐라에 있는 아치형 다리.

거지.

비토이 아, 불쌍한 칸디다! 불쌍한 파울라! 그러길 바라지 않을 텐데!

토니 당연히 그러겠지! 그래서 그렇게 절박한 거야. 하숙집을 하는 것처럼 온갖 미친 계획들을 다 세워보고 있다니까, 하! 누가 이런 집에서 살고 싶어 하겠냐고? 아, 인트라무로스에는 잘 곳을 찾는 학생들이 가득하잖아. 걔들이 여기 와서 한 번 보고는 바로 도망간다니까! 겁을 먹는다고! 여기선 편안하게 느끼지 못해서 그래.

비토이 그런데 너는 꽤 편해 보이는데.

토니 아, 난 여기 좋아해. 난 독학하고 있으니까, 너도 알다시피. 그리고 파울라와 칸디다는 날 내쫓고 싶어 하지만 감히 그렇게 못 해. 돈이 너무 필요하거든. 게다가, 내가 근처에 있는 걸 좋아하기도 하고. 아, 저 사람들 미쳤다니까. 왜, 돈을 엄청 벌 수도 있는 건데, 저것만— [그는 하던 말을 멈추고 초상화를 쳐다본다.]

비토이 저것만?

토니 [무대 앞쪽으로 나오며] 이 그림 보이지? 내가 아는 어떤 미국인은 이 그림에 2천 달러를 낼 의향이 있어. 달러라고, 페소가 아니라.

비토이 [역시 무대 앞으로 나오며] 그런데 파울라와 칸디다는 안 판대?

토니 절대 안 판대. 생각 좀 해봐, 2천 달러라니까! 아, 내가 이 그림 팔게 하려고 설득하고 또 설득했는데—

비토이 네가, 토니?

토니 물론 내가. 그 미국인이 거래를 성사시키려고 날 고용했거든, 무슨 말인지 알지?

비토이 그런데 안 됐구나.

토니 그 여자들 미쳤어!

비토이 어쩌면 이 그림을 너무 사랑해서 그런 걸지도 모르지.

토니 사랑한다고? 증오할걸!

비토이 어떻게 알아?

토니 아, 그냥 알아. 나도 이 그림을 증오하고.

비토이 아니, 세상에, 하지만 왜?

토니 [초상화를 응시하며] 이 빌어먹을 그림은 항상 날 쳐다보고 있어, 항상 날 내려다보고 있다고. 내가 이 집에 들어올 때마다, 내가 그 계단을 올라갈 때마다. 나를 쳐다보고, 나를 내려다봐. 그리고 내가 돌아서서 마주 보면 그때는 웃어, 젠장! 내가 방에 들어가서 문을 닫아도, 문을 통해서나 벽을 통해서 여전히 느낄 수 있어, 이 그림이 날 쳐다보고, 날 보고 웃고 있는 것을! 오, 나는 그 눈을 증오해, 그 웃음을 증오해, 이 망할 그림을 다 증오해!

비토이 진정해, 진정, 토니! 그냥 그림일 뿐이야. 널 잡아먹는 것도 아니라고.

토니 자기가 뭐라고 생각하는 거야? 대체 자기가 뭐라고 생각하는 거냐고?

비토이 지금 그림을 말하는 거야, 아니면 화가를 말하는 거야?

토니 방금까지 그 사람 방에 있다 나온 거지?

비토이 로렌조 씨 얘기하는 거야?

토니 그래, 그래! 로렌조 마라시간, 머릿속에 빌어먹을 자존심만 가득하고 주머니는 텅 빈 그 위대한 로렌조 씨 말이야. 그 사람이 널 방에 부른 거지, 맞지? 너와 얘기한 거지, 그렇지?

비토이 그분은 아주 친절하셨어.

토니 난 몇 달을 여기 살았는데도 단 한 번도 날 방에 부르지 않았어!

비토이 하지만 널 모르시잖아, 토니.

토니 날 알고 싶어 하지 않는 거지! 내가 여기 사는 걸 창피하게 생각한다고! 자기 집이 하숙집이 된 걸 수치스럽게 생각해! 그런데 왜 그게 그렇게 수치스러운 거냐고! 도대체 그 사람이 뭔데, 뭐길래!

비토이 글쎄, 일단은 학자이자 예술가, 애국자시지.

토니 그래, 위대한 사람이고, 위대한 화가고, 그래, 혁명에서 싸웠지. 근데 그래서 뭐? 그 옛날 옛적 혁명이 나랑 무슨 상관인데? 그 사람이 그렇게도 자랑스러워하는 그 옛날 혁명이 이루어졌어도 난 여전히 배고프고 이리저리 쫓겨 다니는 신세였어! 그 사람한테 감사할 이유가 전혀 없다고! 그리고 지금은 뭔데? 그냥 거지잖아! 그게 바로 지금 그 사람 모습이라고, 비참한 늙은 거지! 그런 주제에 낯 두껍게도 날 깔보기나 하고!

비토이 널 깔보는지 어떻게 알아?

토니 아, 알지. 나도 얘기해봤거든. 한 번 내 멋대로 그 방에 들어갔었어.

비토이 그래서 널 쫓아내셨고?

토니 아니, 아니! 아주 예의 바르고 정중했어. 난 이 미국인이 그림을 2천 달러에 사고 싶어 한다고 말하러 갔고, 그 사람은 아주 예의 바르고 정중하게 들어줬어. 그리고 하는 말이 무척 유감이지만 그가 정할 일이 아니라고 하더라. 이렇게 말했어. "그 그림은 제 딸들의 소유고, 제 것이 아닙니다. 누구든 그 그림을 사고 싶다면 제 딸들과 의논해야 할 겁니다." 그러더니 내게 양해를 구하며 낮잠을 자고 싶다고 했고, 나는 방을 나가야 했지. 아, 그 사람이, 그 망할 거지가 날 쫓아낸 거야, 다만 아주 예의 바르고 정중하게. 어쨌든 그 사람은 대가를 치르게 될 거야! 내가 그 대가를 치르게 할 거라고!

비토이 너 좀 말도 안 되는 것 같아, 토니.

토니 [초상화를 바라보고 웃으며] 그리고 정확히 어떻게 해야 하는지도 알지!

비토이 그 노인이 너한테 무슨 짓을 했다고?

토니 사랑하는 딸들이 이 그림을 팔아치우면 그 빌어먹을 가슴이 찢어지지 않겠어?

비토이 음, 그래서 그림을 팔라고 그렇게 열심히 설득하는 거야?

토니 게다가 이 미국인이 나한테 아주 괜찮은 수수료를 주겠다고 약속하기도 했고 말이지! [칸디다와 파울라가 들어온다. 토니가 초상화에서 시선을 돌린다.] 아이고, 숙녀분들, 쥐는 잡으셨나요?

파울라 [자랑스럽게] 아, 당연하죠! 저희 언니는 절대 실패하지 않는답니다! [그녀와 칸디다가 탁자 위를 정리하기 시작한다.]

토니 참, 쥐 잡기 챔피언이신가 봐요?

칸디다 [겸손하게] 아뇨, 전문가라고 해두죠.

비토이 칸디다는 어릴 때부터 이 집안 공식 쥐 잡기 선수였어요.

파울라 오, 심지어 밤에도, 한밤중에도요, 누가 찍찍 소리를 들으면 이렇게 외치곤 했어요. "칸디다, 쥐야! 얼른 와, 쥐가 있어, 칸디다!" 그러면 칸디다는 항상 일어났어요. 그리고 와서 이곳저곳을 돌아다니며 여기 보고 저기 보고 하다가 갑자기 달려드는 소리가 나고, 잠깐 바둥대는 소리, 희미한 찍찍 소리, 그다음엔 졸린 칸디다가 잠자리로 돌아가는 소리 말고는 아무것도 들리지 않았죠. 한 번도 쥐를 놓친 적이 없어요!

비토이 어떻게 하는 거예요, 칸디다?

칸디다 아, 그냥 그런 재능이 있나 봐.

토니 정말 특별한 재능이에요, 칸디다 양.

칸디다 [생각에 잠긴 듯] 맞아요, 그런데 전 그 재능을, 뭐랄까, 발전시켜보려고 해요. 그러니까, 어떤 보편적인, 이윤을 낼 수 있는 방향으로요. [토니와 비토이가 얼빠진 표정으로 서로를 바라본다.] 결국, 재능이 있다고 한들 돈이 되지 않으면 무슨 소용이겠어요?

토니 그렇죠, 소용이 없겠죠.

비토이 돈 얘기가 나와서 말인데, 토니 말이 아버님이 새로 그리신 이 작품을 사고 싶어 한 미국인이 있었다던데요.

토니 그리고 여전히 사고 싶어 하죠.

칸디다 하비에르 씨에게 몇 번을 말했는지 모르겠지만, 저 그림은 팔지 않아요.

토니 2천 달러라고요! 한두 푼도 아니고요!

파울라 죄송해요, 하비에르 씨. 아버지가 저희를 위해 특별히 그리신 거라서요. 절대 팔지 않을 거예요.

[아래층에서 노크 소리가 들린다.]

칸디다 누구일까요?

비토이 저는 알 것 같아요.

칸디다 네 친구들?

비토이 가라고 할까요?

칸디다 바보같이! 올라오라고 해.

[비토이가 계단 위로 간다. 토니는 피아노 쪽으로 다가가 서서 피아노 뚜껑을 열고 건반을 손가락으로 훑는다.]

비토이 [계단에서] 여러분, 올라와요. [피트와 에디, 코라가 들어온다. 피트는 다소 부스스하고 너저분한 모습이다. 에디는 깔끔하고 도시 남자 같다. 코라는 슬랙스를 입고 지루해하는 표정에 플래시 카메라를 들고 있다. 피트, 에디, 코라는 모두 30대 중반이다. 비토이가 자매들에게 돌아선다.] 칸디다, 파울라, 이분들이 제가 말씀드렸던 분들이에요. [방문객들에게] 칸디다와 파울라 마라시간 양, 로렌조 씨의 따님들이세요. [방문객들이 저마다 "안녕하세요", "좋은 오후입니다" 하고 인사한다.]

칸디다 [앞으로 나서며] 앉으시겠어요? 비토이가 말하길 저희 그림을 보러 오셨다고요.

에디 그리고 위대한 화가분도 만나 뵙고 싶고요, 마라시간 양, 가능하다면요.

비토이 지금은 좀 어렵겠는데요, 에디. 로렌조 씨가 낮잠을 주무시거든요. 저한테 안부와 사과의 말을 전해달라고 하셨어요.

칸디다 아버지를 이해해주세요. 나이가 드셔서, 나이 드신 분들이 어떤지 아시잖아요. 그저 자고 또 자고 싶어 하면서 방해받기 싫어하시죠. [그녀가 탁자를 힐끗 본다.] 저희는 막 간식을 먹던 참이었어요. 초콜릿 좀 드시겠어요? [방문객들이 저마다 "아니요, 괜찮습니다" 하고 대답한다.] 그러면 잠시 실례하겠습니다. 그림은 저쪽에 있어요. 비토이, 저분들에게 그림 보여드릴래?

[칸디다는 방문객들에게 미소 지으며 고개를 끄덕여 보이고 탁자로 돌아간다. 비토이와 피트, 에디는 무대 앞쪽으로 이동해 초상화 앞에 선다. 파울라와 칸디다는 각자 쟁반을 들고 방을 나간다. 코라는 소파에 카메라를 내려놓고는 방문객들에 관심을 두지 않고 〈베레다 트로피컬〉의 멜로디를 한가로이 연주하고 있는 토니가 서 있는 피아노 쪽으로 걸어간다.]

코라 안녕, 토니.

토니 [돌아보며] 안녕, 코라.

코라 [방 안을 둘러보며] 이제 여기 사는 거야?

토니 아주 우아하지 않아?

코라 [담배를 꺼내며] 내가 보기엔 낡아빠진 것 같은데. 여기서 담배 피워도 되나? [고갯짓으로 피아노 위 사진을 가리키며] 저 늙은이가 벽에서 떨어지진 않겠지?

토니 [피아노에 등을 대고 의자에 앉으며] 아, 내 오랜 친구지. 여기, 나도 하나 줘봐. [그들이 담배에 불을 붙인다. 코라는 관객을 향해 토니 옆에 놓인 의자에 앉는다.]

코라 [토니 쪽으로 몸을 비스듬히 기울이고 초상화 앞에 서 있는 사람들을 머릿짓으로 가리키며] 지식인들이야. 정말이지 황홀해서 말문이 막힐 지경이군. [그녀가 목소리를 높여 조롱하듯 낭송한다.]

> "그때 나는 하늘을 바라보는 관측자가 된 것처럼 느꼈다네
>
> 새로운 행성이 시야로 헤엄쳐 들어오는 때…
>
> 고요히, 다리엔의 봉우리 위에서—"

[잠시 멈춘 후] 아니, 말 좀 해봐, 다들. 뭐라도 말해봐. 아니면 내가 아스피린이라도 구해다 줘야겠어?

토니 저 그림 어떤 것 같아, 코라?

코라 나한테 묻지 마. 난 클래식한 것에는 알레르기

가 있으니까. 어이, 피트!

피트 왜, 코라?

코라 글쎄, 어때 보여, 피트? 예술이야, 순 엉터리야?

피트 아, 분명 예술이긴 한데, 이에 뭐가 낀 것처럼 좀 찝찝하달까.

코라 오, 잘됐네! 예술 만세!

비토이 어떻게 생각해요, 에디?

에디 전혀 마음에 안 들어.

피트 음, 어떤데?

에디 내 생각을 잡지에 실을 수 없을 것 같은 정도.

코라 오, 난 너무 읽고 싶은데, 에디!

에디 코라, 준비됐어?

코라 [연필과 노트를 꺼내며] 준비 완료야, 자기.

에디 자, 어디 보자… 우리 어떻게 시작하면 좋을까?

비토이 우리라고? 이 특집 기사는 우리가 아니라 당신이 쓰는 거잖아요, 에디.

에디 하지만 이 그림에 대해 누가 대체 뭐라고 할 수 있겠어?

코라 나 계속 기다리고 있어요, 천재님.

토니 그냥 쓰레기통에 들어가야 한다고 해요.

코라 오, 토니, 너도 이 그림이 마음에 안 드는 거야?

토니 난 좋아하지! 나한테는 2천 달러의 값어치가 있는걸!

코라 들었지, 에디? 이제 프롤레타리아가, 너 프롤레타리아 맞지, 토니?

토니 그게 뭔데?

코라 맞네, 맞아. 이봐, 친구들, 이쪽은 토니 하비에르, 끝내주는 피아노 연주자야. 나랑 톤도의 빈민가에서 자랐어. 자, 에디! 이제 톤도의 빈민가 얘기까지 넣을 수 있겠네.

에디 오, 안 돼, 또 시작이라고?

피트 예술 이야기를 쓰면서 어떻게 톤도의 빈민가를 빼놓을 수 있겠어?

비토이 그리고 상아탑도요.

코라 그리고 프롤레타리아까지. 여기 토니처럼 말이야. 그리고 토니가 이 그림이 그에게 2천 달러의 가치가 있다고 한다면—

에디 뭐라고 하든 상관없어. 이 그림은 나한테 2센트만큼의 가치도 없다고. 이 그림을 가지고 왜 이렇게들 호들갑 떠는지 이해할 수가 없네. 글로 쓸 가치조차 없는 것 같은데. 아, 난 왜 글 쓰는 법을 배워서 이 꼴일까!

코라 자기, 누가 자기 보고 글쓰기를 배웠대?

에디 어서, 피트, 나 좀 도와줘.

피트 식은 죽 먹기잖아, 에디. 그냥 이 그림에 화를 내고 사회의식 한마디 얹으면 돼.

에디 사회의식 가지고 쓰는 건 지긋지긋해!

코라 게다가, 이제 유행도 아니고.

피트 멋진 말로 시작할 수도 있잖아. "프롤레타리아가 아니면 예술이 아니다."

에디 그래… 어디 보자… 이런 식으로 말이지. "늘 얘기하는 바지만, 예술은 독자적이지 않다. 예술은 세속으로부터 초연할 수 없다. 예술은 사회적으로 유의미해야 한다. 예술은 역할이 있다…."

비토이 예를 들면 사람들이 이를 닦게 하는 것?

피트 예를 들면 사람들이 이를 닦게 하는 것.

비토이 그러면 로렌조 씨는 아주 성공한 예술가네요.

피트 콜리노스 치약 회사[12]에서 일해도 되겠어.

코라 내가 항상 얘기하는 거지만, 우리 시대의 진정한 예술가는 광고인들이라니까.

비토이 미켈란젤로와 셰익스피어를 합치면 콜리노스 광고 하나 정도죠.

12 원래 남미의 유명 치약 제조사였는데, 1995년 미국 기업 콜게이트에 인수되었다.

피트 이 친구야, 제 역할을 완벽하게 소화해내는 콜리노스 광고에 비하면 미켈란젤로나 셰익스피어는 아마추어 급이야.

코라 닥쳐, 피트. 계속해, 에디. '예술은 역할이 있다.' 그다음은?

피트 이제 우리 주변에 널린 예술적 소재의 풍부함과 지역 예술가의 상상력 부족을 대비시켜서 강조해야지.

코라 오 맙소사, 그 얘길 또 들어야 한다니!

피트 코라, 코라, 비평가가 돼서 그 얘길 못 꺼낸다고 생각해봐!

비토이 [연설조를 흉내내며] 저 바깥에는 톤도의 빈민가가 있고, 중국의 전쟁터가 있다—

피트 [같은 톤으로] 그리고 예술가는 무엇을 하는가?

코라 [같은 톤으로] 그는 아이네이아스에 대해 꿈꾼다—

비토이 그는 트로이 전쟁에 대해 꿈꾼다—

피트 예술에서 가장 진부한 주제!

비토이 그리고 의미가 사라진 가치를 과장된 반항으로 찬양한다!

코라 갈망하는 향수로 과거의 더 완벽한 세계를 되돌아본다!

피트 그리고 이 끔찍한 그림을, 타락한 상상력의 역겨운 산물인 이 그림을 그려낸다!

코라 타락한 부르주아적 상상력의 산물이지, 피트.

피트 타락한 부르주아적 상상력의 산물을, 코라!

에디 그만 노닥거리고 나 생각 좀 하자, 멍청이들아!

피트 하지만 우린 노닥거리는 게 아니야, 에디, 그리고 넌 생각할 필요가 없고! 네 기사는 사실상 저절로 써지는 거나 다름없어. 이 그림을[초상화를 향해 손짓하며], 이 졸작을 프롤레타리아 예술과 비교하기만 하면 돼. 프롤레타리아 예술, 비열함과 비참함을 다루면서도 너무나도 순수하고 건전하며 활기찬 바로 그 프롤레타리아 예술이 혁명적이고, 현실적이고, 역동적이기 때문에 인류 진보의 선두이자 한 가지, 오직 한 가지 불가피한 결과가 올 수밖에 없는 힘의 표현인 거야!

코라 낙원!

비토이 천국 그 자체!

피트 독재자도, 자본가도, 사회 계급도 없는—

비토이 입 냄새도 없고 땀 냄새도 없는!

코라 콜리노스 치약도 안녕! 라이프부이[13] 세정제도 안녕!

---

13 비누, 손 세정제 등을 판매하는 유니레버의 생활용품 브랜드.

피트 자, 에디. 이제 투지 넘치는 기사 하나 뚝딱이지!

에디 아, 모르겠어, 모르겠어….

피트 뭐가 문젠데?

에디 글쎄, 코라가 말한 것처럼 이제 시대에 뒤떨어지고 유행이 지났잖아.

비토이 인류에 대한 사랑이 어떻게 유행이 지날 수 있어요?

피트 이 친구야, 무언가를 하는 것과 그것에 대해 글을 쓰는 건 달라. 여기 있는 우린 모두 작가고, 우리는 이웃을 사랑하는 것이나 프롤레타리아 체계를 세우는 것처럼 무언가에 대해 쓸 수 있는 특권이 있어. 하지만 우리가 쓰는 그런 글은 말이야, 안타깝게도, 유행이 지날 수 있어. 여기 에디만 해도. 사회의식에 대한 글을 쓰는 것이 지겹다고 하지만 그렇다고 사회의식 자체에 질렸다는 뜻은 아니잖아. 아니면 맞나?

에디 아, 아니지, 아니야. 내가 하층 계급을 얼마나 사랑하는데!

코라 그 사람들이 콜리노스를 써준다면—

비토이 그리고 매일 목욕한다면—

피트 그리고 여기 에디처럼 넥타이에 코트를 입는다면—

에디 그리고 여기 피트처럼 마르크스주의와 트로츠

키주의에 대해 논할 수 있다면—

코라 이봐, 이봐, 싸우지들 말라고.

에디 코라—

코라 왜, 자기?

에디 닥쳐.

코라 내가 이래서 에디를 좋아한다니까. 민중을 다루는 법을 알아. 평범한 사람들이 그렇게 좋으면, 에디, 우리가 일하는 곳에도 쌔고 쌨잖아. 우리랑 같은 건물 안에도 기계들 사이에 매일 나와서 일하고 있는걸. 자그마한 사람들, 땀 냄새가 나고 생선을 먹고 사는 사람들이. 난 너희들이 놀라워. 날마다 아침저녁으로 들락거리는 프롤레타리아들이 코앞에 있는데 그 사람들을 조직해서 조합을 결성한다거나 가까이 지내려고 내려가는 모습을 본 적이 한 번도 없으니까. 사실, 그 사람들을 보러 내려가는 걸 오히려 피하려 하는 모습을 봤어. 그 사람들을 상대할 일이 있으면 늘 다른 누군가를 보내려 하더군. 왜지? 혹시 너희랑 다른 언어를 쓰기라도 하나, 아니면 두려운 건가?

피트 코라, 코라, 오해야. 그건 두려움이 아니라 단지 경외감과 존경심일 뿐이라고.

비토이 게다가 거리를 두면 프롤레타리아를 사랑하기가 훨씬 쉬워요.

피트 아주 안전한 거리를 두는 거지.

코라 땀 냄새와 생선 냄새로부터.

에디 그리고 그게 우리의 사회의식이 이르는 곳이야. 안전한 문학적 거리에서 그저 시끄럽게 짖어대는 것. 문학적 유행의 왈왈거림….

코라 달리 말하면—

코라·비토이 [함께] 그냥 왈 왈 왈—

코라 끝.

에디 세상이 얼간이들과 젊은 엘리트들로 나뉘어 있던 시절 기억나? 우리가 젊은 엘리트들이었고 얼간이들은 싱클레어 루이스[14]나 멘켄[15] 그 아름다운 카벨[16]의 작품을 읽지 않는 촌뜨기들이나 교양 없는 실업가들이었어.

코라 그런데 갑자기 그 촌뜨기들이 프롤레타리아가 된 거지.

피트 맞아, 그리고 나머지는 다 끔찍한 부르주아와 반동분자들이 되었고.

에디 그리고 당연히 우리는 프롤레타리아들의 챔피

14 1885~1951. 미국 소설가로 1930년 노벨 문학상을 받았다.

15 1880~1956. 헨리 루이스 멘켄은 미국 평론가다.

16 1879~1958. 제임스 브런치 카벨은 미국 판타지 소설가다.

언이었고, 진보의 선봉이었고, 혁명이었어! 카르텔, 파업, 변증법에 대해 모르는 게 없었다고!

코라 그리고 우리가 스페인에는 싸우러 가지 않았지만, 뉴욕에서 열린 작가 대회는 다 갔잖아.

에디 그리고 이제 우리는 세상을 파시스트와 선한 사람들로 나누었어.

피트 우리가 그 선한 사람들이고.

코라 그리고 분홍은 더 이상 유행하는 색이 아니야. 우린 이제 애국적인 빨강, 하양, 파랑을 입지. 동조자가 되는 것도 더는 똑똑한 행동이 아니야. 우린 모두 독립기념일 연사가 되었어.

에디 어쨌든 우리에게 한 가지 분명한 건, 문학적 유행에 관해서라면 우리가 항상 앞장서고 있다는 거야—

피트 항상 현장에 나가 있고—

코라 바람이 움직이는 대로 행동하며.

비토이 내일은 또 뭐가 유행할지 궁금하네요.

코라 제발 동양의 자존심을 지키는 그 정중하면서도 영웅적인 일본인들에 대한 사랑만 아니길.

비토이 아, 설마요!

코라 해병대가 일본인들을 계속 지원할 테니까?

비토이 유행이 항상 미국에서 만들어지니까요. 미국에 있는 동지들이 일본인을 사랑하는 유행을 시작한다고 상상해 보세요! 아, 전쟁이 일어날걸요, 전쟁이 일어날 거예요! 아아, 가엾은 문화여, 예술이여!

에디 문화는 무슨, 예술은 무슨! 될 대로 되라지! 내일이라도 당장 전쟁이 일어나면 좋겠네!

피트 난 오늘 밤이면 좋겠는데!

에디 전부 날려버리는 아주아주 크고 피투성이의 폭발적인 전쟁!

피트 클수록 좋아!

코라 너희 정말 웃긴다니까.

피트 에디, 우리가 웃긴대!

에디 [가성으로] 우린 즐거운 소녀 폴리아나[17]야!

피트·에디 [손을 맞잡고 껑충거리며] 우리는 외로운 마음에 기쁨을 주는 행복하디 행복한 소녀들이라네!

코라 [무미건조하게] 하, 하, 하.

에디 봐, 우리가 또 웃겼어!

코라 그래, 너희 참 재밌다. 저 그림을 마주하지 않으려고 전쟁이 일어나길 기도하다니.

17 엘레너 호지먼 포터가 쓴 아동 문학 《Pollyanna the Girl》(1931)의 주인공으로 긍정적인 성격을 지닌 인물이다.

피트 에디, 우리가 이 그림을 마주하기 싫은 거야?

코라 아니, 두려워하고 있는 거지.

에디 [진지하게] 저 그림은 제기랄! 언제든 우릴 날려 버릴 수 있는 큰 전쟁이 다가오고 있는데 누가 그림 따위에 신경 쓰겠어? 우리가 사는 이 시대는 시인들과 예술가들의 예쁘기만 한 환상에 낭비하기엔 너무 엄청나다고! 유럽에서는 바로 이 순간에도 수천 명의 젊은이가 죽어가고 있어! 민주주의와 인류 전체의 미래가 위기에 처해 있어! 그런데 넌 우리가 여기 서서 어떤 보잘것없는 남자가 그린 보잘것없는 그림 하나 갖고 씨름하길 바라는 거야! 영국에서 지금 무슨 일이 일어나고 있는지 생각해봐! 중국에서 지금 무슨 일이 일어나고 있는지 생각해보라고! [그가 말을 멈춘다.]

코라 계속해봐.

에디 뭘 계속해?

코라 저 그림을 안 보려는 이유를 계속 늘어놓으라고. 저 그림에서 도망치려는 너 자신을 계속 정당화해보라고.

피트 잠깐만. 우리가 왜 이 그림을 두려워해야 해?

코라 왜냐면 이건 예술 작품이고, 우리가 다 가짜고 무력한 존재인 것처럼 느끼게 하니까.

피트 나는 전혀 그런 느낌 안 들어!

코라 진짜?

[모두 잠시 멈추고 초상화를 바라본다.]

피트 아니… 아니야, 그런 느낌 전혀 안 들어! 로렌조라는 사람이 누구길래 내가 그 초상화를 마주하는 걸 두려워해야 하는데?

코라 그는 창조자고, 우린 위조자지. 그는 과거에서 온 심판의 천사야.

피트 글쎄, 나는 현재고, 과거에 심판받기를 거부하겠어! 오히려 과거가 내 심판을 받아야 해! 내게 무언가 잘못이 있다면, 과거 탓이겠지! 두렵다고? 누가 두려워? 난 여기서서 로렌조 당신을 마주 보며 물을 거야, 당신은 누구고 무엇을 했기에 날 심판할 권리가 있다고 생각하는지!

비토이 피트, 피트, 그분은 할 수 있는 일을 했어요! 글을 쓰고 그림을 그리고, 체계를 세우고, 혁명에서 싸웠다고요.

피트 그래서 어쩌라고? 그 이후는 어떤데? 계속 싸울 배짱이 있었나? 그림이라도 계속 그렸나? 최고로 여겨지는 작품들은 다 혁명 전에 완성된 거잖아. 그 이후로 뭘 만들어냈는데? 이 그림 하나뿐이고, 그나마도 최근에 그린 거라고. 그사이엔? 그 수많은 해가 지날 동안 뭘 했는데? [그는 주변을 둘러보지만 아무도 대답하지 않자 미소를 짓는다.] 그렇지? 하지만 여기 비토이가 말해줄 거야. 비토이는 알거든.

비토이 무슨 말이에요, 피트?

피트 어서, 그 사람들의 모임에 대해 말해줘, 이 늙은이들, 이 늙은 참전 용사들, 이 영광스러운 과거의 잔재들이 하던 모임 말이야! 너도 알잖아, 너도 거기 있었잖아. 그 모임을 뭐라고 했지?

비토이 테르툴리아요.

피트 그래, 테르툴리아! 그리고 거기서 그 사람들이 뭘 했지? 이 늙은이들이 뭘 했냐고?

비토이 음, 그분들은… 그분들은 이야기를 나눴죠.

피트 뭐에 대해서? 말하지 마. 내가 맞춰볼게. 과거에 대해 이야기했겠지. 마닐라와 마드리드와 파리에서 보낸 학창 시절 얘기를 했겠지. 애국자들끼리 옛날에 다투고 싸웠던 얘기를 했을 거야. 그리고 물론, 경외심을 가득 담아 속삭이듯 자기들의 대장 얘기도!

비토이 맞아요, 그렇지만 시와 예술과 연극에 대해서도, 정치와 종교에 대해서도 얘기하셨어요.

피트 아, 불쌍한 늙은이들이 이 방에 모여서 서로 위로하는 모습이 눈앞에 그려지는 것 같네. 초콜릿을 마시며 발린타왁 전투, 산후안 전투, 틸스 파스 전투[18]에서 계속해서 싸

18 필리핀은 1565년부터 1898년까지 약 333년간 스페인의 식민 지배를 받았다. 이 전투들은 필리핀 독립 전쟁에 있었던 주요 전투들이다.

우고, 또 싸우고! 자기가 중요한 것처럼 느껴야 하니까 서로 옛날에 얼마나 용감했는지 상기시켰겠지. 밀려나고 잊혀서 현재를 증오했던 거야. 현재가 무례하고 천박하고 멸망의 길로 향하고 있다고 생각했겠지. 맞지, 비토이?

비토이 현재에 대해 못마땅해하셨던 점이 많긴 했어요.

피트 하지만 무엇보다도 지금 정부를 운영하는 사람들을 싫어했어.

비토이 네, 별로 안 좋아하셨죠.

피트 그리고 그렇게 혁명은 끝났어! 그렇게 혁명이 끝난 거라고! 먼지가 풀풀 날리는 서점이나 망한 약국, 아니면 이렇게 낡아빠진 주택에 모인, 원통함과 질투로 가득 찬 늙은이들 무리로! 이 방도 봐, 무엇을 보여주지? 실패! 패배! 가난! 향수! 그리고 여기서 그 분노에 찬 늙은이들이 모여 과거를 한탄하고, 현재를 저주하며, 권력자들을 맹렬히 비난했지! 하지만 이 늙은 전사들에게 무슨 일이 있었길래? 혁명 당시, 그들은 중요한 인물이었고, 바로 그들이 권력을 쥐고 있었어. 그들은 왜 그 권력을 잃었을까? 그들은 왜 밀려나고 잊혔을까? 결국 그들이 미래를 다룰 만큼 큰 인물이 아니었기 때문이야! 시간을 멈추려고 했기 때문이야! 아, 항상 같은 이야기지, 오늘의 혁명가들이 내일의 반동분자가 된다! 그래서 새로운 사람들이 나타났고 이 젊고 대담한, 무례하고 천박하고 멸망의 길로 가더라도 두려워하지 않는 새로운 사람들이 그들을 대체했어! 혁명에서 주요한 역할을 했던 인물 중에 혁명 이후에도 정상에 남은 사람을 단 한 명이라도 댈 수 있어? 없어, 모두 쓸려갔으니까! 아, 리살과 보니파시오, 마비니[19]가 젊어서 죽은 것이 오히려 다행일지 몰라! 누가 알겠어? 그 사람들도 쓸모없는 늙은이들 숫자나 늘렸을지. 이름없는 존재가 되어 분개하며 썩어갔을지도 모르고, 초콜릿을 마시며 후회 속에서 테르툴리아를 전전하며 인생을 낭비했을지도 몰라. 여기 로렌조처럼. 그래, 이 위대한 로렌조처럼! 그를 봐! 무명과 원망 속에서 마음을 갉아먹고 있잖아. 그렇게 자기 자존심을 위로하고, 실패를 정당화하고 싶은 나머지 뭘 하냐고? 그래서 자신을 영웅으로, 그 영웅 아이네이아스로 그리는 거야! 권위 있는 옷을 입고, 권위 있는 자세를 취하고, 고귀하고 권위 있는 풍경을 뒤로하고 그렇게 서 있는 거지. 고향 땅은 완전히 지워버렸지, 왜냐하면 고향이 그를 버렸으니까. 현재가 자신의 중요성을 인정하지 않으니 그 무례하고 천박한 현재 위에 자신을 올려놓은 거야. 이 얼마나 측은한 그림인가! 아, 얼마나 가련하고 가련한 그림인가! 더 이상 쓸모가 없어진 예술가의 초상이여!

19 호세 리살, 안드레스 보니파시오, 아폴리나리오 마비니는 필리핀의 독립운동가다.

[침묵. 모두가 초상화를 응시한다. 아무도 눈치채지 못한 사이에 수잔과 바이올렛이 계단을 올라와 층계참에 멈춰 서서, 거실에 있는 사람들이 말없이 그림을 바라보고 있는 것에 놀란다. 그들은 서로를 힐끗 보고 손으로 입을 가리며 킥킥댄다. 수잔과 바이올렛은 어리지 않고, 통통하고 애교가 많으며 두꺼운 화장을 했다. 그들은 몸에 딱 붙는 민소매 드레스를 입고 있으며, 둘 다 꽤 취했다.]

바이올렛 [몸을 앞으로 숙이며 손으로 입을 동그랗게 감싸고] 유후!

[거실에 있던 모두가 놀라서 움찔한다. 수잔과 바이올렛이 크게 키득거린다.]

코라 [쏘아붙이며] 당신들 누구야?

토니 [일어서며] 와, 이런!

수잔 [토니를 무시하며] 방해해서 죄송해요.

바이올렛 저희 모르세요?

수잔 저는 수잔이에요.

바이올렛 그리고 저는 바이올렛이고요.

수잔 저희는 예술가예요.

바이올렛 파리지앵 극장에서요. 아시죠, [몸을 흔들며] 보드빌!

피트 [부리나케 그들에게 다가가며] 물론 알죠! 당연히 알죠! 수잔과 바이올렛, 마닐라 무대에서 가장 밝게 빛나는 스타잖아요! 아니, 여러분들, 제가 얼마나 열렬한 팬인데요! 공연을 한 번도 놓친 적 없다고요!
[수잔과 바이올렛이 또 킥킥거린다.] 정말 운이 좋네요! 신이 주신 기회인 것 같아요! 어서 들어와요, 여러분, 어서! 코라, 카메라 가져와.

코라 [일어서며] 이번엔 또 무슨 꿍꿍이야?

피트 카메라 가져오라니까.

[코라가 카메라를 가지러 간다.]

바이올렛 세상에, 우리 사진 찍으시려고요?

수잔 신문사에서 나온 분들이신가요?

피트 저희는 《데일리스크림》에서 나왔어요. 당신들을 일요일 잡지 표지에 실으려고 해요.

수잔 [의심스러워하며] 왜요?

피트 왜냐면 당신들은 위대하고 정직한 예술가들이니까요.

수잔 농담하지 마요, 아저씨.

피트 사진 찍히고 싶지 않아요?

바이올렛 아, 지금은 안 돼요! 지금은 끔찍한 모습인걸요!

피트 아주 멋진데요.

바이올렛 [킥킥대며] 솔직히 말하면요, 아저씨, 저희가 좀 취했어요.

수잔 난 아냐. 난 괜찮아.

바이올렛 저희가 길에서 선원들을 몇 명 만났거든요. 그냥 이렇게, 이렇게 말했어요. "계속 날아올라요, 여러분!" 그런데 어떻게 됐는지 아세요? 그 사람들이 저희를 데려가서 더 마실 수 없을 때까지 술을 사줬다니까요!

수잔 아, 좋은 분들이셨어요. 진짜 신사들이었죠.

토니 [마침내 그들에게 다가와서 엄한 목소리로] 너희 둘 여기서 뭐 하는 거야?

바이올렛 안녕, 토니.

수잔 그냥 네가 어디 사는지 보고 싶었어.

토니 그래, 봤잖아. 이제 어서 꺼져!

수잔 아니, 이거 봐, 토니, 나한테 그런 식으로 말하지 말라고! 우린 원하는 만큼 여기 있다가 갈 거야.

피트 당연히 계셔야죠. 에이, 토니, 착하게 굴어야지. 우린 저분들 사진을 찍고 싶다고.

바이올렛 믿어져? 이분 진지하게 말씀하시는 건가 봐!

피트 물론 진지하죠! 얼른 이쪽으로 와요, 여러분.

바이올렛 [키득거리고 서둘러 단장하며] 아, 하지만 우리 진짜로 꼴이 말이 아닌데요! 정말 멋진 표지 모델이 되겠어요!

수잔 [뚱한 표정으로 따라가며] 무슨 장난이나 그런 건 아니었으면 좋겠는데.

코라 정말이지 소녀다운 낙관주의인 건가!

피트 [그녀들의 등을 관객이 있는 쪽으로 돌리고 초상화 앞에서 자세를 취하게 하며] 이제 거기 딱 그대로 있어요. 준비됐어, 코라?

코라 네가 지금 뭘 하는지 알고 하는 것이길 바라.

비토이 피트, 제발 그만해요!

에디 아, 그냥 내버려둬. 로렌조 씨를 제자리로 돌려놓는 거야.

피트 맞아, 동료 예술가들 옆으로. 잘난 척하는 버릇을 고쳐줘야지. 자, 들어봐요, 여러분. [위에 있는 초상화를 가리키며] 저 그림 보여요?

바이올렛 [올려다보며] 흠, 되게 예쁘네요.

수잔 저 두 사람은 뭐 하는 거죠? 등 짚고 넘는 놀이?

피트 젊은이가 늙은이를 등에 업은 거예요. 전쟁이 나서 피난 가는 거죠, 이해하겠죠?

바이올렛 자동차는 어쨌는데요?

에디 군에 징발됐겠죠.

수잔 [여전히 올려다보며] 어쩜 눈이 소름 끼치네요!

피트 늙은이 말하는 거죠?

수잔 [초조한 듯 어깨끈을 고쳐 매며] 벌거벗은 것 같

은 기분이 들게 해요, 소름 돋아요— [두 여자 모두 초상화를 뚫어져라 응시한다.]

피트 [카메라에 걸리지 않도록 물러나며] 잠시만요, 여러분! 아니, 아니, 카메라 말고 그림을 올려다봐요! 그렇죠. 찍어, 코라! [코라가 사진을 찍는다.] 됐습니다, 예쁘게 잘 나왔어요. 고마워요, 여러분.

바이올렛 [피트에게 다가가며] 정말 우릴 당신 잡지 표지에 실어줄 거예요?

피트 그렇고말고요! 제가 생각할 수 있는 가장 멋진 타이틀도 달 거고요. 뭐가 좋을까, 에디?

에디 '죽은 예술가 하나와 살아 있는 예술가 둘의 초상'은 어때?

코라 촌스러워.

피트 그래, 뭔가 더 명쾌한 그런 거.

코라 네 글자로 된 단어를 써보는 건 어때?

수잔 [여전히 같은 자리에 서서 초상화를 올려다보며] 정말 눈이 소름 끼쳐요!

바이올렛 세상에! 저 노인네한테 꽂힌 거야! 야, 수잔, 저 사람이 널 잡아먹기라도 하겠니!

수잔 [초상화에서 눈을 떼지 않으며] 마치 우리 아버지 같아….

에디 아버님이 무척 걸출한 분이신가 봐요.

수잔 [발끈하며] 아니, 아버지랑 닮았다는 게 아니라요! 절 보는 눈빛이 같다는 거예요—

에디 아버님이 아주 교양 있는 분이신가 보네요.

수잔 아, 그럼요, 아주 교양 있죠. 그래서 제가 집을 나온 거예요. 나쁜 짓을 할 때마다 아버지는 아무 말도 하지 않았어요. 그저 절 쳐다봤죠, [초상화를 향해 고개를 까딱하며] 저 늙은이처럼요. 아, 젠장! 소름 돋아요!

피트 왜요, 잘못한 것도 없지 않나요?

수잔 없어요! 그리고 설령 있다고 하더라도, 무슨 권리로 절 그렇게 쳐다보는 건데요? 아버지도 아니에요!

에디 아무도 그렇다고 말 안 해요.

수잔 [갑자기 소리를 빽 지르며] 그러면 대체 왜 날 저렇게 보는 거야!

토니 [다가오며] 자, 봐, 수잔. 너 지금 완전히 취했어. 우리 한 시간 뒤에 공연이 있잖아. 집에 가— [그가 그녀의 팔에 손을 얹는다.]

수잔 내가 가고 싶을 때 갈 거라니까! 그리고 그 손 치워!

토니 대체 뭐가 문제야?

수잔 네가 언제부터 신경 썼다고!

토니 나 때문이구나, 그렇지?

수잔 너 어젯밤에 어디 있었어? 공연 끝나고 어디 갔냐고?

토니 두통이 있었어. 그래서 집에 곧장 갔고.

수잔 나한테 말할 생각도 안 했지? 우리 데이트하기로 했던 것도 기억 못 했지?

토니 미안해, 잊어버렸어. 하지만 정말 머리가 빠개질 것처럼 아팠어—

수잔 웃기지 마!

토니 자, 내 말 들어, 수잔, 공연이 한 시간 남았어. 정신을 차려야 한다고. 바이올렛, 수잔 좀 집에 데려가서 씻겨줘.

바이올렛 그럴 일 없어. 우린 여기 연습하러 온 거야.

토니 뭘 연습하는데?

바이올렛 [노래하고 몸을 흔들며] "아-티스켓, 아-티스켓, 갈색과 노란색 바스켓—"[20] 우리가 새로 하는 곡이야. 공연 끝나고 연습했어야 했는데 널 도무지 찾을 수가 있어야지.

수잔 두통이 있으셨다잖아, 바이올렛, 하!

토니 [피아노 쪽으로 성큼성큼 걸어가며] 좋아, 좋아,

20 A-tisket, a-tasket, a brown and yellow basket. 19세기 후반 미국 동요 가사로, 1938년 재즈 가수 엘라 피츠제럴드가 부르면서 유명해졌다.

연습해 그럼!

바이올렛 괜찮죠, 여러분?

에디 영광이죠!

바이올렛 자, 수잔.

[그들은 이미 피아노에 앉아 달가닥거리며 빠르게 곡의 도입부를 연주하고 있는 토니 쪽으로 간다. 그들이 토니 뒤에 나란히 서서 노래에 맞는 동작과 함께 〈아-티스켓, 아-티스켓〉 노래를 부르기 시작한다. 그녀들이, 윾, 취한 까닭에 그들의 공연은 물론 활기차지만, 멜로디를 거의 알아듣기 힘들다. 신문사 사람들이 그들의 노래를 잠시 듣다가 하는 수 없이 목소리를 높여 대화를 이어간다.]

코라 즐거워, 피트?

피트 너무 신나!

에디 나도! 부기우기 만세!

비토이 [퉁명스럽게] 전쟁이 내일 터지면 좋겠네요!

코라 난 오늘 밤이었으면!

피트 이봐들, 좀 둘러봐! 생각해보라고! 이 방, 저 의자들, 저 고전적인 그림, 저 벽에 걸린 사진들—

코라 벽에서 떨어져야 할 것 같은데!

피트 하지만 안 떨어지지! 떨어질 수 없지!

에디 저것들은 무력해! 죽었다고!

피트 만세!

코라 [비꼬며] 하지만 우리는 살아 있지, 만세! 우리는 뭐든 원하는 대로 할 수 있지!

비토이 여기서 부기우기를 연주하는 것처럼요!

피트 바로 그거야! 아, 생각해봐! 이 방에서, 이 집에서, 이 과거의 성전에서, 울분에 찬 노인들이 모여 옛날을 회상하던 이곳에서 부기우기라고! 주위를 둘러봐! 완전히 누리라고!

비토이 뭘요? 그 분노요?

에디 그거 제목으로 딱 좋네, 피트! '부기우기, 과거의 성전을 침략하다!'

코라 정말 침략이네! 우리가 야만인인가?

비토이 아니요, 저흰 바이올린을 든 네로죠!

[칸디다와 파울라가 문간에 나타나 방 안을 멍하니 바라본다. 토니는 연주에 몰두해 그들을 보지 못한다. 수잔과 바이올렛이 계속 노래하고 춤춘다.]

피트 오셨군요, 마라시간 양, 그리고 마라시간 양! [칸디다와 파울라가 무대 앞으로 나온다.] 아버님이 그리신 그림에 감탄하느라 말문이 막힐 지경입니다!

칸디다 뭐라고요?

피트 [소리치며] 아버님 그림이 아주 멋지다고요! 이 그림이 너무 좋아서 정신이 혼미하고 미쳐버릴 것 같아요! 저희가 몇 주만 빌릴 수 있을까요?

칸디다 네?

비토이 아, 그만해요, 피트!

에디 하지만 우리가 온 이유가 그거잖아!

코라 그러면, 젠장, 계획이고 뭐고 다 보류하던가!

피트 여러분, 좀 닥치고 나한테 맡겨줄래?

칸디다 무슨 말씀이세요? 이게 다 뭐죠?

파울라 제발! 그래서 저희한테 뭘 원하시는 건데요?

피트 이 그림을 빌려주셨으면 합니다!

칸디다 뭐라고요!

파울라 그림을 빌린다고요!

에디 훌륭한 대의를 위해서죠!

칸디다 그걸로 뭘 하시려고요?

피트 미술 전시회를 열 겁니다, 자선 전시회요!

에디 저희가 G.U.D.M. 소속이거든요!

파울라 그게 뭔데요?

피트 세계 민주주의 남성 연합(Global Union of Democratic Men)이요. 이 전시회를 열어 기금을 모으려고요!

에디 전 세계 민주주의를 위한 기금이죠!

피트 저희는 이 그림이 필요해요, 마라시간 양!

에디 꼭 빌려주셔야 해요!

파울라 죄송하지만 그럴 수 없어요!

칸디다 불가능해요!

피트 몇 주만요!

비토이 저분들 말씀 들으셨잖아요!

에디 왜 불가능하죠?

피트 가능하지만 안 빌려준다는 얘기겠지!

코라 어쨌든 이분들의 소유니까!

피트 예술 작품이라면 인류의 것이야!

에디 전 세계의 소유라고!

칸디다 아니, 아니, 아니에요! 이 그림은 저희 것입니다! 절대 저희 집을 나갈 수 없어요!

피트 [고함치며] 마라시간 양, 당신 아버지는 자유를 위해 싸웠고, 민주주의를 위해 싸웠어요! 지금은 늙어서 더는 전쟁터에서 싸울 수 없지만 전 세계의 자유와 민주주의가 위기에 처한 암울한 이때, 그분의 그림이 그분을 대신해 자유를 위해 싸우고 민주주의를 위해 싸우는 것만이 올바른 일이고 맞는 일입니다! 그분 자신도 그걸 바랄 거예요! 마라시간 양, 대의를 위해 이 그림을 빌려주는 것이 당신의 의무입니다! 우리 모두가 누리는 이 삶의 방식을 지키기 위한 투쟁을 돕는 것이 당신의 의무라고요! 이 행복과 평화, 존엄의 삶을 위해서요!

[수잔과 바이올렛은 곡의 절정에 다다랐고 사실상 목청껏 소리 지르고 있다. 피트도 마찬가지로 고래고래 악을 쓴다.] 생각해봐요, 마라시간 양, 지금 이 순간 전 세계에서 일어나고 있는 일들을 생각해봐요! 젊은 남자들이 수천 명씩 죽어갑니다! 여자와 아이들이 산산조각 나고 있어요! 폭탄이 하늘에서 비 오듯 쏟아지면서 도시가 통째로 파괴되고 있어요! 죽음, 기아, 살인, 전염병, 그리고 권력에 미친 독재자들이 인류가 흘린 피 위에서 뒹굴고 있습니다! 이기적으로 굴 때가 아니에요! 개인적인 감상에 젖을 때가 아니라고요! 우리 모두와 관련된 일이고, 우리 모두 위험에 처해 있어요! 누구를 위하여 종은 울리냐고요? 인류를 위한 종입니다! 그리고 당신의 의무는 이 그림을 보내 싸우게 하는 거예요! 당신의 의무는 아버지의 대의를 돕는 거예요! 당신의 의무는—

칸디다 [귀를 막고 비명을 지르며] 아, 그만, 그만, 그만! [피아노 앞에 있던 사람들이 갑자기 멈춘다. 일순간 당혹스러운 침묵이 흐른다. 칸디다가 정신을 차린다.] 저… 미안해요. 실례할게요.

바이올렛 도무지 믿을 수가 없네! 완전 히스테리잖아! 뭐가 문제래? 우리 노래 마음에 안 들어요?

토니 [자리에서 일어서며] 자, 너희는 집에 가.

수잔 잠시만! 우리가 뭘 잘못했는데?

토니 집에 가라고.

바이올렛 하지만 왜? 아, 저 사람들이 집주인이야, 토니? 그러면 우리한테 소개해주는 건 어때?

수잔 [앞으로 천천히 나오며, 한쪽 팔을 허리에 올리고] 우리가 부끄러운 거지, 바이올렛. 우리가 고상하지 않다고 생각하니까. 우리가 취했다고 생각하니까.

토니 [급히 그녀를 쫓아가서 팔을 잡으며] 나가라고 했다!

수잔 [팔을 비틀어 그의 손을 풀며] 젠장, 내가 가고 싶을 때 간다고! 나도 여기 있을 권리가 있어! 내가 이 집이 어떤 집인지 모를 거라고 생각해? 아, 내가 어젯밤에 다 알아냈어, 당신! 그 상하이 여자랑 있는 걸 봤다고—

토니 [주먹을 들며] 닥쳐! 안 닥치면 내가 맹세코—

수잔 [물러나며] 그래, 내가 봤다고! 어젯밤에 봤어! 그리고 그 여자를 이 집에 데려오는 것도 봤지! [그녀가 자매들을 향해 돌아선다.] 자, 당신들이 여기 주인이에요? [그녀가 초상화를 향해 돌아선다.] 아니면 당신이 여기 주인인가?

토니 [그녀의 팔을 잡아끌며] 내가 널 내던져서라도 여기서 내보낼 거야!

수잔 [비명을 지르며 발버둥 치면서] 놔! 이거 놔! 놓으라고— 아야! [그가 그녀의 입을 세게 때렸다. 그녀는 입을

감싸며 몸을 웅크린다.]

토니 이제 나가! 여기서 나가라고!

바이올렛 [눈물을 흘리는 수잔을 안으며] 알았어, 진정해! 우리가 갈게. 가자, 수잔. [그녀가 흐느끼는 수잔을 데리고 나간다. 그녀는 계단에서 걸음을 멈추고 뒤돌아본다.] 여자를 때리다니, 그것도 취했을 때! 흥!

[토니는 그들이 계단을 모두 내려갈 때까지 기다렸다가 자기 방으로 성큼성큼 걸어 들어가 문을 쾅 닫는다.]

비토이 여러분, 저희는 이만 가는 게 좋겠어요.

피트 마라시간 양, 그 문제에 대해서는—

칸디다 [침착하게] 그건 안 됩니다. 그림을 빌려드릴 수 없어요. 죄송해요.

피트 글쎄요…. [어깨를 으쓱한다.] 음, 그래도 감사합니다, 저희가 방문할 수 있게 해주신 점이요. 안녕히 계세요.

[사람들이 저마다 "감사합니다"와 "안녕히 계세요"라고 인사하며 계단으로 이동하고, 칸디다와 파울라가 그들을 배웅한다. 피트와 에디, 코라가 퇴장한다. 비토이는 계단참에 남아 있다.]

칸디다 아니, 비토이— 친구들이 그림을 보러 오는 거라고만 했잖아.

파울라 그림을 빌리고 싶어 한다는 얘기는 안 했어.

비토이 죄송해요.

칸디다 그 사람들이 그림을 정말 좋아하긴 했어?

비토이 아니요, 아닌 것 같아요.

칸디다 우리 예상대로네. 아무도 저 그림을 좋아하지 않아.

비토이 [초상화를 바라보며] 전 좋아해요.

파울라 하지만 넌 우리랑 오래 알고 지냈잖아. 다른 사람들은 그렇게 친절하지 않아. 다들 그림이 아름답다고 하지만 마음을 빼앗기거나 하지는 않아.

비토이 왜 그래야 하죠? 예술은 마법이 아닌걸요. 예술의 목적은 마음을 빼앗는 게 아니라 환상에서 깨어나게 하는 데 있어요!

파울라 세상에!

칸디다 그것참 멋진 말이다!

비토이 또 와도 될까요?

파울라 [미소 지으며] 환상에서 깨어나는 게 즐거워?

비토이 그렇진 않지만 필요한 일이니까요.

칸디다 언제든지 와, 비토이. 우린 항상 집에 있어.

비토이 고마워요, 그러면 그때까지 잘 지내요.

칸디다·파울라 잘 가, 비토이.

[비토이 퇴장. 칸디다와 파울라가 계단에서 내려와 의자와 탁

자를 소파가 있는 가운데로 제자리에 돌려놓기 시작한다. 이 시점부터 해가 지면서 무대 조명이 아주 서서히 어두워진다.]

파울라 [가구를 옮기면서] 우리 어떡하지, 칸디다?

칸디다 뭘 말하는 거야?

파울라 [토니의 문 쪽을 고갯짓으로 가리키며] 저 사람 말이야.

칸디다 이 집에서 나가라고 해야지.

파울라 맞아— 당연히!

칸디다 여자를 데려오다니—

파울라 그리고 거짓말까지 했다니!

칸디다 우리가 너무 관대했어!

파울라 음, 우리도 돈이 필요했잖아.

칸디다 그 돈 지금 당장이라도 다른 데서 쓰라고 하지! 이 집에서 바로 내보내야 해! [토니의 방문이 열리고, 코트를 입고 모자를 든 토니가 나온다. 그는 이제 온화하고 다소 아련한 표정을 짓고 있다. 자매들은 몸이 경직된 채 최대한 냉정한 표정을 짓는다. 칸디다가 탁자를 톡톡 두드린다.] 하비에르 씨, 이쪽으로 와주세요. 할 말이 있어요.

토니 [다가오며, 죄책감에 모자를 만지작거리며] 네, 알고 있어요. 그리고 저도 여러분께 드릴 말씀이 있어요.

칸디다 당신이 무슨 말을 해도 우리는 관심 없어요!

토니 보세요, 어떤 남자가 당신에게 영혼을 구원해달라고 부탁한다면, 거절하시겠어요?

칸디다 무슨 터무니없는 소리예요!

파울라 왜 우리에게 영혼을 구원해달라고 하겠어요?

칸디다 우리가 신이라도 돼요?

토니 좋은 사람들이잖아요, 두 분 모두.

칸디다 하비에르 씨, 입에 발린 말은 이제 정말 지긋지긋해요—

파울라 우리 둘 다 지긋지긋하다고요!

칸디다 그리고 거짓말도요!

토니 그러면 거절하겠다는 건가요?

파울라 다신 아첨이나 속임수에 넘어가지 않을 거예요!

토니 하지만, 보세요— 저는 여러분께 아첨하는 것도 아니고, 속이는 것도 아니에요! 제발 믿어주세요! 이 집이 저의 구원이에요! 이 집은 이 세상에서 유일하게 제가 선해지고 싶었던 곳, 선해지려고 노력했던 곳이에요! 그래요, 웃으시네요, 저를 안 믿으시는 거죠. 아, 그러실 만도 해요! 저도 제가 나쁜 놈인 거, 못된 놈인 거 알아요. 하지만 바로 그거라고요! 제가 어떤 사람인지 안다는 것, 그게 구원의 시작 아닌가요?

칸디다 자신의 사악함을 인정하는 것이요?

토니 그리고 그것을 매우 부끄러워하는 것까지지요.

파울라 그렇다면 왜 계속하는 거죠? 왜 이런 짓들을 하는 거예요?

토니 [어깨를 으쓱하며] 평생의 습관이죠.

파울라 그런데 당신은 그런 짓들을 이 집에서, 당신이 구원이라고 부르는 이 집에서 하고 있잖아요!

토니 아, 저도 가끔은 정말 역겨워요!

칸디다 우리 집이요?

토니 저 자신이요.

파울라 자신에게 역겨움을 느낀다고 하지만, 더럽혀지는 건 우리 집이잖아요!

토니 그렇죠… 제가 처음 여기 왔을 때 기억나요? 아, 그땐 정말 처참했죠! 막 일자리를 잃은 데다가 싸움 한 번 했다고 머물고 있던 지독하게 더러운 여관에서 쫓겨난 후였어요. 그래서 여기로 온 거예요. 문에 붙은 간판을 보고 인트라무로스에 있는 또 다른 그저 그런 여인숙이겠거니 생각했어요. 하지만 계단을 오르면서 갑자기 마침내 집에 온 것 같은 기분이 들었죠. 다 깨끗해 보였고, 너무나 조용했어요. 이곳은 제가 한 번도 가져보지 못했던 집이었고, 그 누구도 제게 주지 않았던 집이었어요. 오, 저는 술에 취해 있었어요, 일주일 동안이나 술에 취해 있었죠. 그리고 여기 더러운 신발에 더러운 옷을 입고 서 있는 저 자신이 너무 부끄러워서 제가 뭘 했는지 아세요? 바닥에 침을 뱉었어요! 이제 이해하시겠어요?

칸디다 [차갑게] 아니요.

토니 당연히 이해 못 하시겠죠! 어떻게 이해할 수 있겠어요? 두 분은 이 집에서 태어났고, 이 집에서 자랐잖아요! 제가 어디서 태어났는지 아세요? 제가 어디서 자랐는지 아세요? 제 말 좀 들어봐요. 두 분이 깨끗한 옷을 입고 수녀원에 딸린 좋은 학교에 다닐 때, 저는 거리를 이리저리 떠돌고 있었어요. 누더기를 입고 항상 지저분하고 항상 배가 고픈 어린아이였다고요. 그리고 제가 어디서 음식을 구했는지 아세요? 쓰레기통이요!

파울라 [힘이 빠진 듯 의자에 털썩 주저앉으며] 아, 저런!

토니 정말 그랬다니까요! 그리고 고작 작은 아기일 때 거리에서 구걸하는 게 어떤지 아세요? 아버지라는 사람이, 그 잔인한 사람이 나가서 구걸하라고 내모는 게 어떤 기분인지 아시냐고요? 그런 어린 시절을 상상이나 할 수 있어요?

칸디다 [역시 소파에 주저앉으며] 당신이 힘들게 살아왔다는 건 알아요—

토니 두 분은 아무것도 몰라요! [잠시 멈추고, 기억을 떠올리며 얼굴을 찌푸린다. 그러다 이내 찌푸린 얼굴에 허세 섞인 미소가 번진다.] 오, 하지만 저는 무슨 일이 있어도 울지 않아요! 저는 절대 울지 않아요! 정말로 힘들었던 적도 없어요. 전 항상 강하고 터프했으니까, 그리고 영리하고 뭐든 빨리 배우니까요. 게다가, 전 아주 잘생겼고 아시다시피 매력도 넘치죠. 에이! 자만처럼 들릴 수도 있겠지만 어쩌겠어요, 사실인걸! 어릴 적부터 사람들은 제게 푹 빠져 어쩔 줄을 몰랐어요. 절 데려가서 이런저런 기회를 주더라고요. 좋은 사람들, 품격 있는 상류 사회 사람들까지도요. 솔직히 말하면, 제가 어떤 놈인지 알게 되면 마치 손을 데기라도 한 것처럼 급히 손을 떼긴 했지만, 뭐 어때요! 항상 누군가가 또 와서 절 다시 데려갔는걸요. 누구도 절 거부할 수 없어요! 전 그저 미소를 지으면서 살짝 불쌍해 보이기만 하면 돼요. 무슨 말인지 아시죠, 아주 젊고, 아주 용감하고, 하지만 아주 가난한 것처럼. 사람들은 항상 거기에 넘어가요. 아, 전 그 매력을 이용해서 여기저기 돌아다닐 수 있었어요. 실제로 그 덕분에 정말 멀리까지 가봤고요! 스무 살이 되기도 전에 미국에 다녀왔거든요.

파울라 [감탄하며] 미국에!

토니 [가슴을 펴며] 샌프란시스코, 로스앤젤레스, 시카고, 뉴올리언스, 멕시코시티, 하바나, 그리고 뉴욕까지!

파울라 정말 멋지네요!

칸디다 [그녀도 꽤 감명받은 듯] 어떻게 그럴 수 있었죠?

토니 아, 어떤 나이 든 미국인 부부가 함께 데려가줬어요. 그분들, 저를 미치게 좋아하셨거든요. 제가 어린 사무엘처럼 보인다나.

칸디다 좋은 시간이었겠네요?

토니 와! 제 인생 최고의 시간이었죠! 그분들이 저를 버리기 전까지는 말이에요. 그다음엔, 아, 정말! 정말 고생 많이 했어요! 그래도 전 별로 신경 쓰지 않았죠. 제 배움의 일부였으니까요. 저는 뭐든 스스로 배웠어요. 그리고 집에서 도망쳤죠. 평생을 집에서 최대한 멀리 도망쳤어요. 하지만 심지어 미국도 집에서 충분히 멀지 않더군요. [그는 생각에 잠긴 듯한 눈빛으로 방 안을 둘러본다.] 농담이 아니고, 이 집이 제가 어린 시절에서 가장 멀리 도망쳐 온 곳이에요…. 이 집과 저 피아노, 아무 피아노든…. [아련한 눈빛이 다시 찡그리는 표정으로 바뀐다.] 하지만 물론 여기 숙녀분들은 제가 한 번도 집을 떠난 적이 없다고 말씀하실 수도 있겠죠! 당신들의 눈에, 저는 여전히 해충이고, 여전히 쓰레기고, 여전히 톤도 슬럼가 출신이니까요! [그가 초상화 쪽으로 몸을 돌린다.] 당신들 아버지가 절 어떻게 보는지 좀 보세요! 그리고 제가 왜 여기서 이러고 있는지 궁금하시겠죠!

칸디다 우리에게 복수하려고요?

토니 그리고 이 집에 복수하려고요, 그리고 이 안에 있는 모든 것에요!

칸디다 그런데도 이 집이 당신의 구원이라고 말하는 거예요?

파울라 그런데 당신은 이 집을 좋아하는 거예요, 싫어하는 거예요? 매 순간 너무 갑자기 이랬다저랬다 하시니. 저희가 어떻게 당신을 믿겠어요? 무슨 말이 진심인지 어떻게 알겠냐고요?

토니 [갑자기 다시 씩 웃으며] 어떻게 알 수 있겠냐고요? 저도 모르죠!

칸디다 오, 파울라, 늘 그렇듯이 지금도 마찬가지야. 저 사람은 우리를 비웃고 있는 거야!

토니 오, 아니에요, 정말로, 아닙니다!

칸디다 영혼을 구해달라고 했던 말씀은 진심이었나요?

토니 [손을 이마에 대며] 오 주여, 제가 그런 말을 했나요?

[자매들은 속절없이 미소를 짓는다.]

파울라 분명 그렇게 말씀하셨죠!

토니 [몸을 숙이며] 그래서 그렇게 해줄 거예요?

칸디다 진심이에요?

토니 [손을 들어 올리며] 그럴 수도 있고 아닐 수도 있죠. 아, 제기랄! 그게 중요합니까? 그냥 어떤 말이 듣고 싶은지 얘기해줘요. 그러면 그렇게 말할게요.

칸디다 그게 당신의 진심이군요?

토니 저는 가난한 사람이라 진심을 찾을 여유가 없어요. 저는 제 기분을 저보다 잘사는 사람들에게 맞춰야 해요. 그게 제가 제일 먼저 배운 것 중 하나고, 이제 거기엔 전문가나 다름없어요. 오, 어렵지 않아요. 제가 느끼는 감정은 어차피 눈물이 나올 정도로 깊지도 않으니까. 그래서 전 제게 이득이 되는 한, 제가 원하는 것을 얻을 수 있는 한 얼마든지 기분을 바꾸고 색깔을 바꿀 겁니다. 그게 제 진심이에요! 자, 이제 말해봐요, 제가 진지했으면 좋겠어요, 아니면 웃겼으면 좋겠어요?

칸디다 오, 정말 당신은 구제 불능이네요!

토니 그러면 제 영혼을 구원해주지 않겠다는 거예요?

칸디다 이미 너무 늦었어요.

토니 [시계를 흘낏 보며] 오 주여, 맞다! 이러다 공연에 늦겠어요! 서둘러야겠네요! [그는 재빨리 모자를 쓰고 계단으로 달려가다가 갑자기 멈추고 돌아본다.] 오, 잊을 뻔했네요, 저한테 하실 말씀이 있다고 하셨죠. [그가 어깨를 으쓱하는 모습이 불쌍해 보인다.] 자, 말씀하세요.

[자매들은 그를 보고, 서로를 보고, 손을 내려다본다. 잠시 침묵이 흐른다.]

칸디다 [올려다보지만 토니를 쳐다보지 않고] 하비에르 씨, 저희가 하려고 했던 말은요, 그냥… 술에 취한 사람의 증언은 받아들이지 않겠다고요.

토니 [진지하게] 알겠어요. [잠시 멈추며] 그게 다인가요?

칸디다 [이제 그를 보며] 그게 다예요, 하비에르 씨.

파울라 다녀오세요, 하비에르 씨.

토니 [모자를 높이 들어 올리며 웃음 띤 표정으로] 안녕히 계세요, 숙녀분들. 안녕히 계세요, 아름다운 숙녀분들. 안녕, 안녕히! [그는 으스대듯 모자를 쓰고 계단을 달려 내려간다. 자매들은 웃음을 터뜨린다.]

파울라 아, 저분 정말 웃기지 않아?

칸디다 그런 의심스러운 증거 때문에 이 집을 나가라고 하는 건 부당했을 거야.

파울라 게다가 우리는 돈이 필요하니까.

칸디다 [일어나며] 오, 돈, 돈, 돈! 우리는 움직여야 해, 파울라, 지금 당장 움직여야 해. 그리고 난 우리가 뭘 할 수 있을지 알지. [그녀가 신문을 집어 든다.]

파울라 새로운 계획이야?

칸디다 맞아. 들어봐. "쥐 한 마리 잡을 때마다 50센타보.[21]" 그런데 이 보건과학국이 어디 있는지 모르겠네? 어쨌든

21 필리핀 화폐 단위인 센티모를 현지인은 대개 '센타보'라고 부른다. 센티모는 100분의 1 페소다.

난 거기 가서 내 서비스를 제공할 거고, 파울라 너는—

파울라 응?

칸디다 넌 레슨을 할 거야.

파울라 [경악하며] 레슨이라고!

칸디다 피아노 레슨, 스페인어 레슨. 간판도 달자.

파울라 [일어나며] 아, 안 돼, 못 해!

칸디다 자, 파울라, 명심해, 우리 이제 대담해져야 해, 이제 물정에 익숙한 여자가 되어야 해. 그 신문에 나온 여자애 봤지? 그 아이는 우리보다 어리잖아. 우리도 돈 벌 수 있어. 그게 이 집을 지킬 유일한 방법이야, 파울라. 우리는 마놀로와 페팡에게 우리가 스스로 부양할 수 있고, 그들의 돈이 없어도 된다는 걸 보여줘야 해.

파울라 하지만 레슨을 누구한테 해, 여자아이들?

칸디다 피아노는 여자애들, 스페인어는 남자들도 좀 되겠지. 요즘 스페인어를 배우고 싶어 하는 젊은 학생들이 많잖아. 그리고 남자들이 돈이 더 많아, 알다시피.

파울라 날 비웃기만 할 거야.

칸디다 말도 안 돼! 대담해지라니까! 그 사람들 만나기 전에 포도주라도 조금 마셔. 큰 소리로 말하고. 혹시 건방지게 굴거나 치근덕대면, 경찰을 불러. 첫 며칠 동안은 가까운 곳에 경찰이 와 있도록 할 수도 있으니까.

파울라 언니는 여기 안 있을 거야?

칸디다 나는 이 [신문을 보며] 보건과학국에서 일할 거야. 쥐 한 마리에 50센타보를 기꺼이 낼 사람들이라니, 원하는 만큼 쥐를 잡아준다고 하면 얼마나 환영하겠어. 내가 얼마나 잘 잡는지 알잖아. 아, 파울라, 좋아하는 일을 하면서 돈을 번다고 상상해봐! 내가 얼마나 전문가인지 보고는 깜짝 놀라겠지, 그러면 일도 더 많이 맡길 거야. 도시 전체의 쥐 없애는 일을 맡게 될지도 몰라. 물론, 그러면 실제로 쥐 잡는 일은 거의 할 시간이 없겠지. 그냥 책상엔 지도를, 밑에는 직원들을 둔 일종의 관리자가 될 거야….

파울라 [키득거리며] 그리고 모두가 언니를 마라시간 양이라고 부르겠지!

칸디다 그리고 나는 모두에게 유니폼을 입히겠어. [그녀가 감상에 젖는다.] 그래도 가끔은, 직접 쥐를 잡고 싶을 거야, 물론 더 까다로운 경우에는 내가 나서야겠지….

파울라 그런데 얼마나 벌게 될까?

칸디다 급여로 얼마를 요구해야 할지 마놀로에게 물어봐야겠어. 아아, 정부는 돈이 넘쳐나잖아!

파울라 맞아. 신문만 봐도 항상 수백만을 벌어들인 사람들 이야기가 나오니까!

칸디다 난 계획을 다 세워놨어. 우리는 돈을 벌 거야,

파울라, 우리는 돈을 벌 거라고! 그리고 마놀로와 페팡에게 이 집을 우리 힘으로 유지할 수 있다는 걸 똑똑히 보여줘야지.

파울라 [황홀하게] 그러면 더 이상 우리를 여기서 쫓아낼 수 없을 거야! 우리는 더 이상 두려워하지 않을 거고! [그녀가 흔들의자에 주저앉는다.]

칸디다 [피아노에 앉으며] 우리는 죽을 때까지 여기 있어야지! 너와 나, 그리고 아빠까지. 그래, 아빠도! 아빠는 건강을 회복하고, 방에서 나올 거고, 우리는 다시 행복해질 거야, 우리 셋. 옛날처럼 다시 행복하게 지낼 거야…. [그녀는 〈유쾌한 미망인〉의 왈츠를 아주 부드럽게 연주하기 시작한다.]

파울라 [몸을 기대고 음악에 맞춰 의자를 흔들며] 옛날… 그래, 우리 셋이 얼마나 행복했었는지, 언니와 나, 그리고 아빠… 아침에는 우리 셋이 함께 교회에 갔잖아. 그러고 나서 아침 식사 후, 언니는 시장에 가고 나는 여기 남아서 아빠가 신문을 읽으시는 동안 집을 청소했어. 언니가 시장에서 돌아오면, 우리 모두 테라스로 내려가 햇볕을 쬐곤 했지. 아빠는 흔들의자에 앉아 파이프를 피우고, 우리는 팔짱을 끼고 분수 주위를 돌며 시를 낭송하거나 노래를 부르곤 했어. 우리 주위를 비둘기들이 빙빙 돌았지…. 그러면 아빠는 의자에서 잠이 드셨고, 우리는 요리하러 올라갔지. 점심 후에는 낮잠을 자고, 낮잠 후에는 간식을 먹었어. 그러고 나서 아빠는 오후 산책을 가시고, 언니와 나는 빨래와 다림질을 했어. 저녁 식사 후에는 묵주 기도를 하고, 그다음에는 우리가 아빠를 위해 피아노를 치거나, 아빠가 칼데론[22]의 책을 읽어주셨지. 손님들이 오면, 우리는 '트레스 시에테'[23]를 했어. 게임에 너무 열중해서 자정이 넘도록 계속했던 거 기억나? 오, 그때 파렴치하게도 언니가 반칙을 얼마나 했었는지, 칸디다, 그리고 아빠와 서로 맞붙었을 때 얼마나 난리였는지!

[그녀는 미소를 지으며 가만히 앉아 있다. 그러다 일어나 왈츠를 흥얼거리며 치맛자락을 손으로 잡고 방을 돌며 춤추기 시작한다. 음악이 끝나고, 그녀는 빙글빙글 돌다가 천천히 바닥에 주저앉는다. 잠시 침묵이 흐른다. 칸디다는 피아노 앞에서 얼굴을 들고 있고, 파울라는 바닥에 앉아 미소를 지으며 얼굴을 들고, 손을 무릎 위에 얹고 있다. 방은 빛이 희미하지만 어둡지 않아 자매들의 모습과 가구들, 발코니의 네모난 윤곽이 뚜렷이 보인다.]

칸디다 우리가 그 시절을 되돌릴 수 있을까?

파울라 [생각에 잠겨] 뭐라고?

칸디다 정신 차려, 파울라!

---

22 17세기에 활동한 스페인의 유명 극작가.

23 스페인 문화권의 주사위 게임.

파울라 무슨 시절?

칸디다 그 시절, 그 사고 전에… 아버지가 그 그림을 그리기 전으로 말이야.

파울라 오, 칸디다, 그때 우리는 무척 행복했었는데, 그걸 몰랐어! 우리가 누리던 행복을 망가뜨렸어…. 아, 왜 그랬을까, 칸디다, 우리가 왜 그랬을까!

칸디다 쉿, 그만, 파울라, 이미 벌어진 일이야. 가서 불 좀 켜.

파울라 [일어나서 '제4의 벽' 왼쪽 모퉁이에 있는 스위치로 가면서] 아, 왜 그랬을까! 왜 아버지에게 그런 사고가 났을까! 왜 그 그림을 그리셨을까!

칸디다 이 힘든 일들도 다 지나갈 거야, 파울라. 우리는 다시 행복해질 거야. 우리가 필요한 건 돈, 돈과 안정만 있으면 돼. 우리는, 우리 셋은 다시 평화를 찾을 거고… 아버지는 우리가 한 일을 용서해주실 거야. 그러면 우리는 다시 함께, 다시 행복해질 거야, 우리 셋이….

파울라 [놀란 목소리로] 칸디다, 불이 안 들어와!

칸디다 [주위를 둘러보며] 뭐라고! 다시 켜봐!

파울라 스위치를 열 번도 넘게 눌러봤어. 정말로 불이 안 들어와!

칸디다 [빠르게 일어나며] 계단에 있는 스위치 눌러봐,

나는 복도에 있는 스위치를 눌러볼게. [파울라는 계단참으로 가고, 칸디다는 오른쪽 문 안으로 들어간다. 잠시 후, 칸디다가 다시 들어와서 방 건너편의 파울라를 바라본다.] 계단에도 불 안 들어와?

파울라 안 들어와! 복도는 어때?

칸디다 복도도 안 들어와. 그리고 아버지 방도 불이 안 들어오는 것 같아.

파울라 이런, 칸디다, 전기가 끊어졌어!

칸디다 쉿!

[자매들은 두려움에 떨며 무대 중앙으로 모여 서로 꼭 붙는다.]

파울라 [속삭이며] 전기 회사에 전화해볼까?

칸디다 소용없을 거야….

파울라 그러면 마놀로한테 전화하자, 페팡한테 전화하자! 우리가 어떤 상황에 처했는지 말해야지! 당장 돈을 보내줘야 해! 아, 어떻게 우리에게 이럴 수 있지! 어떻게 우리가 이런 끔찍하고 끔찍한 수모를 겪게 놔둘 수 있냐고!

칸디다 [쓴웃음을 지으며] 어떻게 전화할까, 파울라? 나가서 모퉁이 약국에서 전화라도 빌려?

파울라 하지만 우리 항상 거기서 전화하잖아—

칸디다 하지만 어떻게, 어떻게 지금 거리로 내려가겠어! 생각해봐, 파울라, 지금쯤 이 거리 사람들 모두가 우리 집에 불이 안 들어온다는 거, 우리 전기가 끊어졌다는 걸 알 거야!

파울라 [점점 커지는 공포 속에서] 오, 칸디다…오, 칸디다! [떨면서, 열린 발코니를 뒤돌아본다.]

칸디다 가서 창문 닫아.

파울라 [떨면서] 안 돼, 안 돼! 사람들이 날 볼 거야! 이웃들이, 다들 창문에 모여 우리 집을 보고 손가락질하고 있을 거야, 거리에서 유일하게 불이 켜지지 않은 집이라고! 오, 칸디다, 모두 창문에 모여서 손가락질하고 웃고 조롱하고 있을 거야!

칸디다 맞아, 그리고 뭐라고 말할지도 뻔해. 오래도록 이때만 기다려왔겠지! 그래, 다들 놓치지 않고 보고 있을 거야. "봐, 저기 봐!" 그리고 이렇게 말할걸. "저 노처녀들 좀 봐, 저 고상한 척하던, 얼마나 예의가 바르고 우아한지 고개를 아주 높이 쳐들고 다니던 저 여자들, 그런데 봐, 보라고, 전기 요금조차 못 내고 있어!"

파울라 [얼굴을 가리며] 오, 이건 끔찍해, 정말 끔찍해! 우리가 어떻게 거리에서 얼굴을 들고 다닐 수 있겠어!

칸디다 창문을 닫아야 해.

파울라 안 돼, 칸디다! 우리를 볼 거야!

칸디다 하지만 아직 아무도 우리가 불을 못 켜는 걸 눈치 못 챘을지도 몰라…. [그녀가 밖에서 보이지 않게 몸을 숨기며 조심스럽게 발코니 쪽으로 살금살금 걸어간다. 창문을 닫으며 거리에서 뭔가 이상한 것을 발견하고 밖을 빼꼼히 내다본다. 그러다 대담하게 발코니 밖으로 나가 거리를 이리저리 살핀다. 그녀가 기쁜 표정으로 뒤돌아 방으로 돌아온다.]

칸디다 파울라, 불이 켜진 곳이 아무 데도 없어!

파울라 불이 없다고?

칸디다 [기쁨에 찬 안도감으로] 모든 집이 다 어두워! 모두, 전부 다!

파울라 무슨 일이지?

칸디다 와서 봐! 도시 전체가 완전히 깜깜해!

파울라 [발코니로 다가가며] 아니, 그러네, 그렇구나! 불 켜진 곳이 없네! [감사에 손을 모으며] 오, 자비로우신, 자비로우신 하나님!

칸디다 [갑자기 웃음을 터뜨리며 무대 앞으로 나가며] 그런데 우리 정말 바보 같다! 우리가 얼마나 무지하고 바보 같았는지!

파울라 [따라가며] 무슨 일이 있었던 거야?

칸디다 [제어할 수 없이 웃으며] 아무 일도 없었어! 전혀 아무 일도 없었다고! 오, 파울라, 파울라, 우리도 신문을 더 신경 써서 읽어야겠어! 신문에 다 나왔었잖아! 너도 읽지 않았어? 오늘 밤 말이야, 파울라, 오늘 밤은 소등 훈련의 밤이야!

그래서 불이 다 꺼진 거야!

파울라 왜?

칸디다 다 준비 과정의 일부지, 전쟁을 준비하고 있으니까!

파울라 [안도의 한숨을 쉬며] 아, 그게 다야?

칸디다 [히스테릭하게 웃으며] 그런데 우리는… 오, 파울라, 우리는… 우리 집 전기가 끊겼다고 생각했다니!

파울라 오, 감사합니다, 하나님, 감사해요!

칸디다 그리고 우리가 얼마나 겁에 질렸는지, 파울라! 거의 몸이 덜덜 떨릴 지경이었잖아!

파울라 [웃기 시작하며] 그리고 창문 닫는 것도 무서워했어! 거리로 내려가는 것도 무서워했어!

칸디다 [웃음으로 숨이 차서] 그리고 우리가… 우리가 다시는… 다시는 거리에서… 얼굴을 들고 다닐 수 없을까 봐 무서워했어! 오, 파울라, 얼마나 우스운지! 우리 모습이 얼마나 우스웠는지! [그녀는 또다시 크게 웃다가 갑자기 울음을 터뜨린다. 그녀가 얼굴을 손에 묻는다.]

파울라 [놀라서 다가가며] 칸디다, 칸디다!

칸디다 [울음에 몸을 떨며] 더는 못 견디겠어! 더는 못 견디겠다고!

파울라 칸디다, 이웃들이 듣겠어!

칸디다　　[얼굴 앞으로 손을 들어 올리며] 그 모든 치욕, 파울라… 우리가 겪은 그 모든 치욕, 파울라… 우리가 겪은 그 모든 쓰라린, 쓰라린 치욕!

파울라　　[칸디다를 품에 안으며] 그만, 칸디다! 진정해!

칸디다　　[파울라에게서 벗어나 두 손을 꽉 쥐고 초상화 앞에 서며] 그리고 저기 서 있어! 저기 서서 웃고 있어! 저기 서서 우리를 비웃고 있어! 아, 저기 서서 조롱하고, 우리의 고통을 조롱하고 있잖아! 오, 신이여, 신이여, 신이여! [그녀가 흐느껴 울며 바닥에 주저앉는다.]

파울라　　[무릎을 꿇고 다시 칸디다를 품에 안으며] 제발, 칸디다! 제발, 제발, 칸디다! [칸디다는 여전히 격렬하게 울고 있고 파울라는 그녀를 꼭 안고 머리를 쓰다듬으며 "칸디다, 칸디다"라고 속삭인다.]

막이 내린다.

2장

앞선 장면과 마찬가지로, 막이 열리자 '인트라무로스 커튼'이 보이고, 비토이 카마초가 왼쪽 끝에 조명을 받으며 서 있다.

비토이 아버지가 돌아가신 후, 내가 열다섯 살 무렵에 돌아가셨는데, 그 후로 나는 마라시간가의 집에 가지 않았다… 더 이상 테르툴리아에 갈 시간이 없었다. 학교를 그만두고 일해야 했기 때문이다. 어린 시절은 1920년대의 평온한 순수함 속에서 보냈지만, 이후에는 모두가 가난하고 초라하고 환멸에 차 있으며 성질이 고약한 것처럼 보였던 1930년대의 힘들고도 힘든 시절 속에서 자라야 했다. 나는 구두닦이, 신문팔이, 제빵사 보조, 웨이터, 부두 노동자 등 여러 일을 전전했다. 가끔은 내가 살면서 한 번도 깨끗했던 적이 없었고, 한 번도 행복했던 적이 없었던 것처럼 느껴졌다. 내 어린 시절이 나한테 있었던 일이라고 믿기 어려운 나머지 다른 사람에게 일어났던 일처럼 생각했다. 부두에서 일할 때, 나는 종종 늦은 밤에 이 길을 지나가곤 했다. 불이 환하게 켜진 마라시간가의 집 창문을 보고, 로렌조 씨와 칸디다, 파울라, 그들의 옛 친구들이 웃고 떠드는 소리를 듣곤 했다.

[무대 안쪽에 조명이 켜지고, 막을 통해 거실이 보이기 시작한

다.] 나는 피곤하고 지저분하고 배고프고 졸린 상태로 이 거리에 서 있곤 했다. 그리고 예쁜 세일러복과 멋진 하얀 구두를 신고 아버지와 함께 그곳에 갔던 날들을 떠올렸다. 하지만 다시 그곳에 가고 싶다는 생각은 들지 않았다. 나는 그 사람들을 모두 경멸했다. 게다가 내가 너무 더럽기도 했고. 나는 한 번도 뒤돌아보지 않고 거리를 걸어 내려갔다.

['인트라무로스 커튼'이 열리고, 햇빛이 비치는 마라시간가의 집 거실이 드러난다.] 나는 그 집과 그 세상, 로렌조의 세상이자 우리 아버지의 세상에 작별을 고했다. 나는 그 세상이 불만이었다. 나를 속였으니까. 나는 로렌조 씨와 아버지가 나에게 순 거짓말만 가르쳤다고 되뇌었다. 내 어린 시절은 거짓말이었다. 1920년대는 거짓말이었다. 아름다움과 신념, 예의와 명예와 순수함은 모두 거짓말이었다.

[페팡 마라시간이 오른쪽 문에서 들어온다. 그녀는 자기 가방이 올려진 중앙에 놓인 탁자로 간다. 그녀가 가방을 열고 담배를 꺼내 불붙인다.]

진실은 두려움이었다, 항상 두려움이었다. 상사에 대한 두려움, 집주인에 대한 두려움, 경찰에 대한 두려움, 늦는 것에 대한 두려움, 아픈 것에 대한 두려움, 일자리를 잃는 것에 대한 두려움. 진실은 신발도 없고, 돈도 없고, 담배도 못 피우고, 빈둥거리지도 못하고, 빈자리도 없고, 무단침입 금지와 개 조심

뿐이었다.

[페팡이 방을 둘러보다가 초상화에서 시선을 멈춘다. 그녀는 초상화를 바라보며 앞으로 나아가 반쯤 그리움에 찬, 반쯤 조롱하는 미소를 지으며 서 있다.]

1940년대가 찾아왔을 때, 나는 내 시대의 완성된 산물이 되었다. 나는 그것을 완전히 받아들였고, 그것을 믿었다. 그것은 힘든 세상이었지만 진실이었고, 나는 진실만을 원했다.

[마놀로 마라시간이 오른쪽 문에서 들어온다. 그는 페팡을 바라보며 탁자로 가서 그녀의 담배를 집어 피운다. 담배에 불을 붙인 후, 그 역시 앞으로 나와 그녀 옆에 서서 초상화를 물끄러미 바라본다.]

나는 과거를 거부했고 미래를 믿지 않았다. 오직 현재만이 실제였다. 나는 그렇게 생각했었다, 그 10월 오후까지, 처음으로 마라시간가의 집에 돌아갔던 오후, 처음으로 그 이상한 그림을 보았던 오후까지는. 나는 아무것도 찾는 것 없이, 아무것도 기억하지 않으면서 오직 현재의 유행어와 슬로건 외에는 귀를 막은 채 그곳에 갔었다. 하지만 그 집을 나서자, 바깥세상은 마치 소리가 죽은 것 같았고, 저만치 물러나 내가 한눈에 볼 수 있을 만큼 멀어진 것 같았다. 나는 더 이상 그 안에 갇혀 있지 않았다. 나는 해방되었다. 나는 밖에 서 있었고, 내 옆에 누군가가 있었다. 오랜 세월의 쓰라린 헤어짐 끝에, 나는 다시 아버지를 찾았다.

[비토이를 비추던 조명이 꺼지며 그가 퇴장한다. 페팡과 마놀로는 침묵 속에서 잠시 더 초상화를 바라본다.] 페팡과 마놀로는 아버지에게 준수한 외모를 물려받았으나, 세월이 흘러 페팡은 이목구비가 단단히 굳어졌고, 마놀로는 축 늘어져 흐물흐물해졌다. 그녀는 야심만만해 보이고, 그는 방탕해 보인다. 그녀는 냉소적이고, 그는 눈빛이 교활하다. 둘 다 매우 세련되었고, 점점 더 통통해지고 있다.]

페팡 우리 어린 시절의 영웅이야, 마놀로.

마놀로 아, 우리한테 영웅 그 이상이었지.

페팡 어린아이들이나 그렇게 사랑할 수 있는 거 아니겠어.

마놀로 우리한테는 신이었고 하느님이었어.

페팡 그리고 땅이자 하늘이자 달, 태양, 별, 우리한테 온 우주나 다름없었지!

마놀로 천재를 아버지로 둔다는 건 어떤 아이에게나 엄청난 일이니까. 아, 정말로 엄청난 일이지!

페팡 그리고 가장 잔인한 일이기도 해.

마놀로 맞아.

페팡 어린 시절의 영웅을 부숴버리고, 어린 시절의 신을 버려야 한다는 것….

마놀로 오, 페팡, 우리는 누구나 성장해야 해!

페팡 자라는 것은 잔인해. 젊은이들은 동정심이라곤 없잖아.

마놀로 하지만 저기 위의 아이네이아스를 봐. 늙은 아버지를 등에 업고 있어. 모든 가족의 우상들과 아버지를 등에 업고 앞으로 함께 나아가고 있다고.

페팡 하지만 너와 난 아이네이아스가 아니잖아…. 마놀로, 아버지가 의미하셨던 게 그거였을까?

마놀로 [찡그리며] 항상 비꼬는 듯한 유머 감각을 지니고 있으시긴 했지!

페팡 그리고 이젠 업고 나아갈 사람이 자기 자신뿐인 거고….

마놀로 [짜증 내며] 아, 그만해, 페팡! 우리가 아버지를 죽게 내버려두지는 않았잖아? 아버지의 낡은 수법 중 하나라고, 죄책감을 느끼게 만드는 거.

페팡 [미소 지으며] 맞아. 불쌍한 아버지! [그녀는 고개를 돌린다.]

마놀로 아, 저 위에선 여전히 영웅이고 여전히 신인걸!

페팡 그리고 이제는 숭배할 사람이 없지. [그녀는 소파에 앉는다.]

마놀로 파울라와 칸디다가 있잖아, 아니야? [그도 고개를 돌린다.] 그런데 걔네는 어디에 있는 걸까, 아직 안 보이네?

페팡 아마 시장에 갔을 거야.

마놀로 걔들은 날이 갈수록 더 미쳐가는 것 같아.

페팡 걔네랑 얘기해야 해, 우리 말을 듣게 해야 한다고. 잊지 마, 너 단호하게 나가기로 했다. 상원 의원님은 어디 계셔?

마놀로 아직 아버지 방에 계셔. 아직도 이야기 중이셔!

페팡 [시계를 보며] 벌써 두 시간째네, 좋았던 옛 시절 얘기 말야.

마놀로 아, 저 안은 완전히 동창회야.

페팡 상원 의원님이 계시면 칸디다와 파울라를 설득할 수 있어. 걔들이 그분을 얼마나 존경하는지 알잖아.

마놀로 상원 의원이라서?

페팡 시인이니까.

마놀로 시인이었던 거지, 페팡, 시인이었다고! 그분이 시를 안 쓴 지 얼마나 오래됐는데.

페팡 어쨌든, 걔넨 여전히 그분을 정치판으로 들어가기 전에 여기 와서 시를 낭송하던 시절의 모습으로 기억하고 있어.

마놀로 그리고 우릴 완전히 잊어버렸지, 늙은 속물 같으니!

페팡 게다가 그분이 걔네 대부이시기도 하잖아.

마놀로 음, 상원 의원님이 걔네를 설득해서 이 집을 떠나게 할 수 있다면—

페팡 설득할 수 있는 사람이 있다면, 그분일 거야. 그리고 내가 거래를 했어. 그분 말씀이 정부가 그 그림을 무척 사고 싶어 한다더라. 그래서 칸디다와 파울라를 설득해서 이 집을 나가게 해준다면, 그 그림을 팔도록 설득하는 걸 도와주겠다고 약속했어.

마놀로 이 집을 살 사람이 있어?

페팡 내가 말했잖아, 이미 살 사람을 찾았다고.

마놀로 자, 봐, 그런 일은 나한테 맡겨. 어쨌든 내가 이 집 장남이잖아.

페팡 [부드럽게] 바로 그게 문제야 네가 장남인 것. 난 이 집안 남자들의 사업 실력을 도무지 믿을 수가 없다고.

마놀로 불쌍한 아버지! 누나 말을 들으셨어야지!

페팡 우리 모두 성장해야지.

마놀로 [주위를 둘러보며] 가구는 어떻게 할까?

페팡 [일어서며] 음, 어디 보자…. 내가 저 샹들리에를 가져갈게, 우리 집 현관에 필요해. 그리고 서재에 있는 대리석 테이블도. 여기 거실에 있는 가구는 다 너 가져, 마놀로, 피아노만 빼고. 그건 내가 가져갈게. 그리고 식당에 있는 가구들도 내가 가져가고. 접시랑 은식기는 나눠 갖자.

마놀로 [비꼬며] 아, 뭐 하러 그래? 그냥 다 가져가지 왜, 페팡?

페팡 고맙네. 그러지 뭐.

마놀로 [목소리를 높이며] 그럼! 다 가져가! 바닥도 가져가고 계단도 가져가고 벽도 가져가고 지붕도 가져가고—

페팡 쉿! 상원 의원님한테 들리겠어!

마놀로 [목소리를 낮추며] …그리고 이 망할 집까지 다 가져가버려! 내가 아주 목구멍에 쑤셔 넣어줄 테니! [이어지는 장면에서도 그들은 계속 격렬하게 대화하지만 목소리가 높아지지 않도록 조심한다.]

페팡 낡은 의자 몇 개 때문에 싸우려고?

마놀로 미안하지만, 그 낡은 의자는 이미 나한테 줬잖아. 그것도 싸워서 얻어야 하는 거였어? 나머지는 전부 가져가 놓고!

페팡 너도 알다시피 우리 밀라가 내년에 결혼해, 가구가 필요하다고.

마놀로 밀라는 내년이지, 우리 로디는 올해 결혼하고 그 아이도 가구가 필요해! 나는 여기 거실에 있는 가구 전부, 식당에 있는 가구 전부, 침실 세 개에 있는 가구 전부, 거기다 서재에 있는 책과 캐비닛, 아래층의 큰 거울, 부부용 침대까지

다 가져갈 거야!

페팡 웃기지 마!

마놀로 누나 얼굴이 웃는 걸로는 안 보이는데!

페팡 부부용 침대는 우리 밀라 꺼야!

마놀로 좋아, 가져가봐! 내 허락 없이 이 집에서 하나라도 꺼내가기만 해봐!

페팡 네 허락을 왜 받아야 하는데? 지난 10년 동안 이 집을 유지하는 데 필요한 비용을 누가 냈는데!

마놀로 그래, 누군데? 내가 내 몫을 안 냈다고 말하려는 거야?

페팡 그래, 기억났을 때나 한번씩 냈겠지!

마놀로 내 말 좀 들어봐, 내가 가끔 돈 보내는 걸 잊는다고 해서—

페팡 잊는다고! 너한테 돈을 쥐어 짜내려면 달마다, 달마다 전화하고 또 전화해야 해! 네 몫을 내라고! 너는 장남이야, 이건 너의 의무지, 내 의무가 아니야! 하지만 너한테 완전히 맡겼다면, 아버지는 지금쯤 굶어 죽었을 거야! 그리고 나는 쉬웠을 것 같아? 매달 남편한테 돈을 달라고 해서 아버지와 동생들을 부양해야 했어. 그게 나한테 즐거웠을 것 같아? 남편이 너는 왜 돈을 대지 않냐고 이유를 물어볼 때마다 내가 수치심으로 움츠러들지 않았을 것 같아?

마놀로 아, 그래서 남편이 그렇게 물어보는구나?

페팡 여기 보낼 돈은 절대 없으면서, 경마에 돈을 펑펑 쓰고 애인들한테도 아낌없이 쓰던데!

마놀로 그래, 누나 남편한테 말해—

페팡 [계단 쪽을 보며 속삭이며] 조용히 해!

마놀로 아니면, 아니다, 내가 직접 말할게—

페팡 조용히 해, 정말! 애들이 오고 있다고! [마놀로는 부루퉁해서 의자에 몸을 던진다. 페팡은 소파에 앉는다. 파울라는 장을 본 바구니와 우산을 들고 천천히 계단을 올라온다. 그녀는 다소 씁쓸한 표정이지만, 오빠와 언니를 보자 우산을 우산꽂이에 내려놓고 활기를 띠며 그들에게 다가간다.]

파울라 오, 두 사람 왔어?

마놀로 [애정 어린 목소리로] 안녕, 파울리타.

파울라 [페팡에게 다가가며] 오래 기다렸어?

페팡 두 시간밖에 안 됐어.

파울라 난 키아포에서 여기까지 걸어왔어. [페팡의 볼에 키스한다.]

페팡 그래, 우리 막내, 어떻게 지내니? 좀 초췌해 보이네.

파울라 아, 페팡, 일주일 전부터 전기가 끊겼어! 처음에는 그냥 소등인 줄 알았는데, 나중에 보니까 진짜로 끊긴 거였더라고!

마놀로 [모두 잠시 말없이 바닥을 내려다보다가] 그래도 지금은 다시 전기가 들어왔잖아? 네가 전화하자마자 내가 전기 회사에 가서 해결했잖아. 다시 불이 들어왔으니까, 그치? 이제 다 괜찮아졌지?

파울라 [쓴웃음을 지으며] 그래, 다 잘됐어!

마놀로 [마놀로와 페팡은 마지못해 서로를 힐끗 쳐다본다.] 그런 일이 일어나서 미안해, 파울라.

페팡 그런데 칸디다는 어디 있어?

파울라 [얼버무리며] 언니는… 어딜 좀 갔어.

페팡 [단호하게] 어디 갔는데?

파울라 일자리 찾으러 나갔어.

마놀로 세상에, 어디로?

파울라 [다소 자랑스럽게] 보건과학국으로.

마놀로 도대체 무슨 생각으로 거기서 일자리를 찾을 수 있다고 생각한 거야!

페팡 자기가 무슨 과학자라도 된다고 생각한 거야?

파울라 왜 안 돼? 거기서 광고를 냈고, 그걸 보고 언니가 간 거지.

페팡 너희 둘은 정말, 아, 모르겠다! 이런 말도 안 되는 생각을 하다니! 그리고 문에 붙여놓은 그 간판들은 뭐야?

'방 임대.' '전문 피아노 레슨.' '전문 스페인어 레슨.' 그 모든 '전문 레슨'을 누가 하는 건데?

파울라 [소심하게] 내가… 그러니까, 내가 하고 싶어, 내가 하려고 하는데….

마놀로 하지만 아직 학생이 없지.

파울라 [비참하게] 그래, 한 명도! 아무도 문의조차 하지 않았어. 그리고 그 간판을 일주일이나 붙여놨다고! [그녀는 눈물이 나올 것 같자 재빨리 문 쪽으로 간다.] 이 바구니를 부엌에 가져다둬야 해.

페팡 파울라—

파울라 [걸음을 멈추지만 돌아보지 않으며] 응, 페팡?

페팡 페리코 씨가 오셨어.

파울라 정말? 어디?

페팡 아버지 방에.

파울라 아버지를 뵈러 오신 거야?

페팡 그리고 너와 칸디다와 이야기하려고.

파울라 무슨 이야기?

페팡 음, 너의 대부이자 칸디다의 대부로서, 너희 둘의 장래에 대해 조언할 권리가 있다고 생각하시는 것 같아. [그녀가 기다리지만 파울라는 아무 말도 하지 않는다.] 파울라, 내 말 들었어?

파울라 응, 페팡, 하지만 이것들부터 먼저 좀 정리해야 해서. 실례할게. [그녀가 나간다.]

마놀로 [언짢은 표정으로 일어나며] 아, 정말 짜증나네!

페팡 또 시작이야, 마놀로!

마놀로 하지만 걔들이 그렇게 간절히 여기서 살고 싶어 한다면—!

페팡 하지만 어떻게 여기서 계속 살 수 있겠어? 좀 이성적으로 생각해봐! 우리는 더 이상 이 집을 유지할 만한 여유가 없어!

마놀로 정말로?

페팡 [단호하게] 우리가 여유가 있든 없든, 나는 더 이상 이 집을 유지하고 싶지 않아! 이 집이 거슬린다고!

마놀로 그래, 나한테도 거슬려….

페팡 그리고 나는 더 이상 이 집에 대해 감상적으로 굴고 싶지 않아. 이 집은 팔아야 해. 그리고 너는 칸디다를 데리고 살아, 나는 파울라를 데리고 갈게.

마놀로 그래야 사교계 친구들이랑 마작하러 갈 때 집을 봐줄 사람이 있을 테니까!

페팡 그리고 그래야 너의 아내가 클럽과 위원회에 나갈 때 너희 집을 봐줄 사람이 있겠지!

마놀로 불쌍한 칸디다! 불쌍한 파울라!

페팡 결국, 우리가 이렇게 오랫동안 걔들을 먹여 살려 왔잖아. 최소한 걔네도 우리한테 도움이 되어야 맞지. 이제는 걔네도 어떻게든 도움이 되는 법을 배워야 할 때야. 누가 봐도 그럴 나이가 됐잖아!

마놀로 바뀌기엔 걔네도 너무 늙었어.

페팡 오, 말도 안 돼. 걔네 문제는 이 집이야, 이 집! 여기서 산 채로 묻혀 있는 것이나 다름없어. 걔네한테도 여기서 끌어내는 게 좋은 일이야. 우리는 사실상 걔네를 위해서 이렇게 하는 거라고.

마놀로 거기다가 요즘 괜찮은 하녀를 구하기가 정말 어렵지.

페팡 그리고 걔들은 행복해지는 법을, 사는 법을 배우게 될 거야.

마놀로 여기서도 충분히 행복해, 자기들만의 생활 방식이 있어.

페팡 무슨 생활 방식? 세상에 나가지 않고 이 낡은 집에 꼭꼭 숨어서 가족 앨범을 뒤적이며, 어린 시절 추억을 떠들어대고, 아버지 발치에서 떠받드는 것… 그게 네가 생각하는 삶이야, 마놀로? [그녀는 콤팩트를 집어 들고, 그것을 딸깍 열어 입술 화장을 고치기 시작한다.]

마놀로 그럼 누나가 생각하는 생활 방식은 뭔데, 마작하는 거?

페팡 자, 봐, 칸디다와 함께 살고 싶지 않아?

마놀로 설마 칸디다까지도 다 데려가려고?

페팡 얘야, 그러면 네 아내는 날 절대 용서하지 않을 거야! 나보다 더 필요할걸. 클럽과 위원회를 내 마작보다 더 중요하게 생각하니까.

마놀로 이 대화에 내 아내 좀 그만 끌어들여!

페팡 오, 이게 대화야?

마놀로 그리고 여자들이 하고 다니는 그 모든 멍청한 일들도!

페팡 적어도 우리는 우리 시간을 어떻게 쓰는지 항상 알고 있어—

마놀로 페리코 씨 온다.

페팡 [콤팩트를 치우며] 하지만 너희 남자들은 그냥 앉아서 시계를 보며 끙끙거리기나 하지.

[페리코가 들어온다.]

페리코 페팡, 내 아내가 도착했나?

페팡 그분도 여기 오기로 했나요, 페리코 씨?

페리코 10시에 나를 이리로 데리러 오라고 했어. [그가 시계를 꺼낸다.] 지금은 거의 11시야. [그는 '끙' 하는 소리를 낸다.]

마놀로 상원 의원님, 여성들은 항상 자기 시간을 어떻게 쓰는지 알고 있죠.

페리코 나는 그들이 무엇을 하는지 대부분은 전혀 모르겠다네. 그리고 1시에는 말라카냥궁에 있어야 하는데. 대통령님을 점심때 뵙기로 했거든. 현재의 비상 상황에 대해 논의해야 한다네. 아, 이제 먹을 시간도 거의 없군!

페팡 그러면 와서 잠깐 앉으세요, 페리코 씨. 파울라가 왔어요. 마놀로, 가서 파울라 좀 불러와. [마놀로가 퇴장한다.] 그나저나 저희 아버지는 어떠신가요, 페리코 씨?

페리코 [소파 옆에 앉으며] 지금은 잠이 들었네. [그는 잠시 말을 멈추며 얼굴을 찡그린다. 페리코는 70대 초반으로 은발의 덩치가 크고 잘생긴 남자며, 여전히 활력이 넘치고, 세련되고 값비싼 옷을 입고 있다. 그는 성공과 자신감, 그리고 아랫사람들을 놀라게 하는 매우 부유하고 권위 있는 사람들의 매력적인 민주적 친근함으로 빛난다. 하지만 지금은 걱정스러운 찡그림에 진심이 느껴지고, 느긋한 모습이 깨어졌다.] 페팡, 아버지에게 무슨 일이 있었던 건가?

페팡 무슨 뜻이에요, 페리코 씨?

페리코 아, 내가 더 일찍 왔어야 했네!

페팡 이전과 많이 달라졌나요?

페리코 아니, 아니, 그렇게 말할 수는 없지. 여전히 내가 기억하는 로렌조야, 아주 유머러스하고, 아주 매력적이지. 그리고 그 말솜씨! 아, 아무도 자네 아버지처럼 말할 수 없어, 페팡. 화술이란 것이 사라진 기술이 되었다지만, 자네 아버지는 여전히 대화의 천재일세.

페팡 네, 오늘 아버지는 아주 상태가 좋으셨어요, 아주 쾌활하고, 아주 즐거우시더라고요.

페리코 그런데, 뭔가가 부족했어….

페팡 하지만 그렇다고 이젠 그분도 젊지 않다는 것을 잊으시면 안 되죠.

페리코 그 사고 말인데, 정말 별일 아니었나?

페팡 아, 꽤 심각했어요, 신만이 아실 일이지만요! 그 나이에 방 발코니에서 떨어졌다고 상상해보세요!

페리코 그리고 그게 1년 전에 있었던 일이라고?

페팡 그 그림을 다 그리신 직후요.

페리코 그런데 심각한 부상이 없었다고?

페팡 최고로 실력 좋은 의사들을 불러서 진찰받았는걸요.

페리코 그런데 왜 침대에서 나오지 않지?

페팡 저희도 오랫동안 방에서 나오시라고 말씀드렸어요.

페리코 페팡, 정말로 무슨 일이 있었던 건가?

페팡 페리코 씨, 정확히 뭘 보셨길래 그러세요?

페리코 살 의지가 없어 보였네.

[페팡은 침묵하며 그를 응시한다. 이어서 파울라와 마놀로가 들어온다.]

파울라 [다가가며] 좋은 아침이에요, 대부님. 잘 지내셨어요?

페리코 [일어서며] 파울라냐? [그녀가 그의 손에 키스한다.] 세상에, 파울라, 못 알아보겠구나! 마지막으로 봤을 땐 작은 여자아이였는데.

파울라 네, 대부님, 저희가 함께 시간을 보낸 지 참 오래됐네요.

페리코 아, 파울라, 파울라, 나를 용서해줘야 해. 우리처럼 나랏일 하는 사람들은 우리 삶을 우리 것이라 할 수 없어. 하루, 한 시간, 심지어 1분마저도 모두, 모두 국가 것이야!

파울라 지난 선거에서 승리하신 것 축하드려요.

페리코 고맙구나. 상원 의원으로서 나는 너희를 돕기에 아주 좋은 위치에 있어, 파울라.

파울라 고마워요, 대부님, 하지만 우리는 도움이 필요 없어요.

페팡 [일어서며] 아니, 파울라, 일단 들어봐!

페리코 너희 아버지가 받을 수 있는 연금을 신청하지 않았다고 들었다.

파울라 아버지는 정부로부터 어떤 연금도 받지 않으실 거예요.

페리코 물론, 아무도 강요할 수는 없어, 그리고 어차피 많지도 않은 금액이고. 하지만 들어봐, 파울라, 너는 아버지가 잘 지내시길 바라지 않니?

파울라 아버지는 절대 그 돈을 받지 않을 거라니까요.

페리코 그래, 그리고 비록 난 그게 유감스럽지만, 그 이유를 충분히 존중한다. 하지만 그 사람은 이 나라를 위해 이타적으로 봉사했고, 따라서 이 나라가 그의 노년을 내팽개치지 않는 것이 옳은 일이라고 생각할 뿐이란다.

파울라 아, 하지만 이 나라는 기억력이 나빠요!

페리코 기억력이 나쁘다, 정말 맞는 말이야! 우리는 항상 최신 헤드라인과 새로운 유행에만 잔뜩 흥분하곤 하지. 하지만 이제 이 그림이 있어…. [그가 초상화 쪽으로 가고, 다른 사람들도 뒤따른다.] 그래, 이 그림이 있지…. 정말 다행이야, 이 그림이 있다니…. 온 나라가 이 그림에 관해 이야기하고 있어. 이제 너희 아버지를 무시할 수 없어. 우리 모두가 그를 기억하도록 한 거야.

마놀로 이 그림이 대단한 그림이라고 생각하시나요, 상원 의원님?

페리코 얘야, 나로서는 이 그림을 객관적으로 판단하는 것이 불가능하단다. 이 그림은 나의 일부와 너무 맞닿아 있어. 내가 의견을 낸다면 애정 넘치고 감상적이기만 할 거야. 왜냐하면 이것은 나의 젊은 시절의 세계를 담은 그림이고 아주 아름다울 만큼 정확한 그림이니까. 아, 젊은 비평가들이 너희 아버지가 과거의 죽은 세계로 도피했다고 비난하는 것을 들을 때마다 참 재미있어! 나는 그 젊은 비평가들이 불쌍해! 우리가 그 나이였을 땐 마음이 그렇게 편협하지 않았어. 우리에게 있어 과거는 죽지 않았어. 특히 고전의 과거는 말이야. 우리는 6보격의 시와 탈격 독립 어구의 세계에 익숙했지. 그것은 우리에게 꽉 막힌 세계도, 낯선 세계도 아니었어. 우리의 지적이고 영적인 공간이었다고 할까. 우리는 호메로스와 베르길리우스를 뼛속까지 알고 있었고, 아우구스티누스와 아퀴나스, 단테와 세르반테스, 바이런과 빅토르 위고도 마찬가지야. 아이네이아스나 보나파르트나 우리에게 똑같이 현실적이었고, 똑같이 현대적이었어. 호세 리살이 소설에 라틴어 제목을 붙이는 것이 후안 루나가 검투사를 그리는 것만큼이나 자연스러웠어. 아, 우리가 쓰던 라틴어 문구와 고전적인 인유, 학문적인 용어를 너희가 들었어야 했는데—

페팡 아, 알죠, 들었죠!

마놀로 상원 의원님, 저희가 이 집에서 자라는 특권을 누렸다는 걸 잊으시면 안 돼요.

페팡 아버지가 고전과 함께 저희를 키우셨거든요.

마놀로 뭐, 그렇게 하려고는 하셨죠.

페팡 아주 성공적이지는 않았지만.

마놀로 하지만, 아, 그 라틴어 어미 변화 때문에 눈물을 얼마나 많이 흘렸는지!

파울라 페팡, 어렸을 때 우리끼리 썼던 라틴어 암호 기억나?

페팡 [웃으며] 소로르 메아 카리시마, 언니 시부스 좀 줘![24]

파울라 놀로, 놀로, 오늘 그리고 페르 옴니아 세쿨라 퀴아 투 에스 뭐 이니미카![25]

페팡 아비다![26]

파울라 페시마![27]

마놀로 파테르 미, 파테르 미, 베니 스타침! 엣세, 페미

---

24 Soror mea carissima, give me a piece of your cibusl! '사랑하는 언니, 언니 음식 좀 줘!'라는 뜻이다.

25 Nolo, nolo-quia tu es my inimica today and per omnia saecula! '싫어, 싫어, 오늘 그리고 앞으로도 넌 나의 적이니까!'라는 뜻이다.

26 Avida! '욕심쟁이!'라는 뜻이다.

27 Pessimal! '최악이야!'라는 뜻이다.

네 푸그난테스![28]

[모두 웃는다.]

페팡 그리고 아버지가 우리와 함께했던 그 떠들썩한 놀이도 다 기억나?

파울라 이불 가지고!

페팡 맞아, 이불을 가져다 토가를 입은 것처럼 꾸몄지. 그리고 아버지는 신들의 왕 주피터가 되셨고, 우리는 고대 그리스인과 로마인이 되었어—

마놀로 그리고 불쌍한 어머니, 이불이 더러워져서 얼마나 불평하셨는지!

파울라 하지만 아버지는 그저 웃으셨지! 어머니를 부엌의 카산드라라고 부르셨어!

페팡 아, 아버지의 그 옛날 웃음소리!

마놀로 천둥 치는 것 같았지!

페팡 그리고 아무리 아버지에게 화가 나도, 그렇게 웃으시면 더 이상 화낼 수가 없었어!

파울라 불쌍한 어머니가 결국 어쩔 수 없이 웃음을 터뜨리시던 것 기억나?

28 Pater mi, Pater mi, veni statim! Ecce, feminae pug-nantes! '아버지, 아버지, 얼른 와보세요! 보세요, 여자애들끼리 싸워요!'라는 뜻이다.

마놀로 왜냐하면 아버지는 여기 낡은 상자 위에 아주 엄격하고 진지하게 앉아 계셨으니까, 신들의 왕 주피터처럼!

페팡 아, 그런 놀이를 할 때마다 아버지는 정말 대단하셨지! 그리고 왜인지 알아? 아버지는 우리와 놀기 위해 자기를 낮추신 게 아니었어. 우리와 진지함을 공유하셨지. 아버지가 주피터 역할을 할 때면 머리 주변에 번개가 보이는 것 같았어. 토가는 이불이고, 왕좌는 낡은 상자에, 왕관이 낡은 종이 꽃다발이라는 것을 잊어버렸지…. 그게 다 놀이일 뿐이라는 것을 잊고, 정말로 올림포스산에 있는 것처럼 느꼈지…. 아, 우리가 얼마나 여기 앉아서 눈을 동그랗게 뜨고 아버지의 이야기를 들었는지, 그리고 주위를 둘러보면 우리 눈에 보인 건 이 방이 아니었어. 그 의자들, 그 발코니들, 그 낡은 거리도 아니었어. 우리가 본 건 넓게 펼쳐진 대양이었고 하얀 돛, 햇빛에 반짝이는 노였어….

페리코 그래, 그게 바로 너희 아버지지. 아, 그 사람은 마법사였어. 학교에서 우리가 뭐라고 불렀는지 다들 알지, 위대한 로렌조. 어린 시절부터도 무언가 귀족적인 면모가 있었어. 비록 우리 대부분보다 가난했지만 우아함이랄까 화려함이 느껴졌고 또 놀라울 정도로 활기가 넘쳤어. 마치, 하긴 그를 굳이 묘사할 필요가 있을까? 봐라, 저기 있는 사람이 너희 아버지야, 저 빛나는 젊은이 말이다! 저 사람이 젊은 로렌조야,

진정한 로렌조, 그 위대한 사람. 저기 등에 업힌 뼈만 남아서 부들부들 떨고 있는 늙은이가 아니라!

[잠시 침묵이 흐르고, 모두가 초상화를 바라본다. 칸디다가 눈에 띄지 않게 계단을 올라온다. 그녀는 초상화 앞에 있는 사람들을 슬픈 눈으로 바라보고는 모자걸이로 가서 우산을 놓아둔다. 그리고 고개를 숙이고 관객을 등진 채 그곳에 선다. 한편, 찡그리며 초상화를 바라보던 페리코가 파울라 쪽으로 결연하게 돌아선다.]

페리코 파울라, 너희 아버지가 이 그림이 너와 네 언니의 소유라고 말하더구나. 저, 너희 둘이 애국적인 희생을 할 수 있겠니? [그는 기다리지만 파울라는 입을 열지 않는다. 무대 안쪽에서 칸디다가 고개를 돌린다.] 네가 이 그림을 정부에 기부할 만큼 애국심을 보여준다면, 정부는 감사의 표시로서 특별 기금을 마련할 수도 있을 거다. 너와 네 언니가 관리할 기금, 아버지와 너희가 살아 있는 동안 충분히 생활할 수 있는 기금 말이야. 그러면 너희 아버지도 그 돈에 대해 반대하지 않으실 거야. 아버지에게 주어지는 것이 아니라 너와 네 언니에게, 음, 너희의 관대함에 대한 일종의 보상으로 주어지는 것이니까. 파울라, 나는 이런 것을 모두 처리할 수 있는 위치에 있어. 나를 믿어주길 부탁한다. 너희가 관대해지길 부탁한다. 이 그림을 나라에 바치거라, 이 그림을 국민에게 바치거라.

[파울라는 여전히 침묵하며 고개를 숙이고 있다. 무대 안쪽에서 칸디다가 돌아선다.] 오, 파울라, 넌 고귀하고 이타적이며 영웅적인 희생을 하게 될 거야. 알다시피, 우리나라는 너희 아버지의 그림을 단 한 점도 소유하고 있지 않아. 위대한 작품들은 모두 해외에, 스페인과 이탈리아의 박물관에 있지. 그래서 정부가 이 그림을 그토록 간절히 원하는 거야. 그의 고국도 분명 그의 걸작을 하나라도 가질 자격이 있지 않겠니?

페팡 [잠시 후] 자, 어떻게 생각해, 파울라?

마놀로 그래도 물론, 상원 의원님, 파울라와 칸디다는 먼저 이 문제를 서로 논의하고 싶을 겁니다. 이 문제를 깊이 생각해보고 싶겠죠.

칸디다 [앞으로 나서며] 우리는 논의할 필요도 없고, 깊이 생각해볼 필요도 없습니다!

페팡 칸디다!

페리코 오, 네가 칸디다냐? 얘야, 잘 지냈지? 날 기억하니?

칸디다 페리코 씨, 기억나요. 그리고 정말 죄송하지만, 시간만 낭비하실 뿐이에요. 돌아가서 정부에 이 그림은 가질 수 없다고 전하세요. 파울라와 저는 절대 이 그림을 내놓지 않을 거예요!

페팡 칸디다, 조용히 하고 들어봐!

칸디다 들을 만큼 들었어! [그녀가 문 쪽으로 빠르게 돌아선다.]

페리코 칸디다, 기다려라! [칸디다가 멈춘다.] 이리 오렴, 얘야. 늙은 대부에게 화가 난 거냐?

칸디다 [돌아서며] 당신은 이 그림을 저희에게서 빼앗으려 해서는 안 될 사람이에요!

마놀로 페리코 씨는 그저 아버지를 돕고 싶어 하시는 거야, 칸디다.

페리코 너희 둘이 이 그림에 대해 어떻게 느끼는지는 이해한다. 너희 아버지가 마지막 기념품으로 그려주셨으니 당연히 보내야 한다고 생각하면 매우 고통스럽겠지. 하지만 정말로 너희 아버지를 사랑한다면, 너희 자신을 생각할 게 아니라 아버지의 안녕을 생각해야 해. 내 말 좀 들어봐라, 파울라, 들어봐라, 칸디다. 내가 의사는 아니지만 너희 아버지에게 뭔가 문제가 있다는 건 알 수 있어.

[파울라와 칸디다가 서로를 슬쩍 바라본다.]

오, 나는 알아야 하고말고. 나는 로렌조를 평생 알고 지냈어. 우리는 함께 자랐고, 함께 학교에 다녔고, 함께 유럽에 갔고, 혁명에서 나란히 싸웠다. 오랫동안 만나지 못했고, 다 나 때문이지만, 그래, 전부 내 탓이라 생각한다! 내가 더 일찍 왔어야 했어. 하지만, 다들 알다시피 우리의 길은 오래전에 갈라졌어.

나는 나의 길을 갔고, 그리고 그 사람은… 그 사람은 여기 남았지. 오늘 아침에 다시 봤을 때 처음에는 전혀 변한 것이 없는 것 같았다. 여전히 우아함과 매력과 지성의 화신처럼 보였지. 하지만 우리는 한때 너무도 가까이 지냈었고, 너무 친밀했었기에, 음, 무언가 잘못되었다는 것을 알아채지 않을 수 없었어. 나는 볼 수 있었고 느낄 수 있었다. 그리고 안다. 너희 아버지에게 무언가 문제가 있어.

칸디다 [기운 없는 목소리로] 네.

페리코 그 사람은 아프다.

파울라·칸디다 아, 안 돼요!

페리코 나는 그렇게 생각해. 매우 아픈 것 같다고. 어쨌든, 나는 페팡과 마놀로의 의견에 동의한다. 이 낡은 집은 적절하지 않아. 로렌조는 빛과 신선한 공기와 시원함과 고요함이 필요해. 의사의 치료도 계속 받아야 하고, 그러니까 병원이나 좋은 사립 요양원에 들어가야 해. 그런데 그게 꽤 비쌀 거란다. 그리고 너희 아버지가, 음, 돈을 잃었다고 알고 있다. 하지만 너희가 정부의 제안을 받아들인다면, 파울라, 칸디다, 너희는 아버지를 제대로 돌볼 수 있을 거야.

칸디다 아버지는 아프지 않아요! 오, 당신은 몰라요, 당신은 모른다고요!

파울라 아버지를 치료할 수 있는 병원은 없어요!

페팡 무슨 말이야, 파울라?

칸디다 우리는 그 제안을 받아들일 수 없어.

페팡 너희 둘 다 정신 나간 거야? 이 그림이 아버지의 생명보다 더 소중해?

파울라 아버지는 아프지 않아. 그리고 여기 있고 싶어 하셔.

칸디다 그리고 우린 아버지와 함께 여기 있을 거야.

마놀로 하지만 아버지가 아프지 않더라도, 너희는 여기 있을 수 없어, 여기 있어서는 안 돼! 당장이라도 전쟁이 터질 수 있다는 걸 모르는 거야? 인트라무로스는 이 도시에서 가장 위험한 곳이라고! 오, 상원 의원님, 말 좀 해주세요, 얘네한테 말해주세요!

칸디다 [미소 지으며 다가가면서] 네, 상원 의원님, 우리에게 말해주세요. 우리가 뭘 해야 하나요? 우리가 이 집을 버려야 하나요? 당신이 시를 버렸듯이 우리가 이 집을 버려야 하나요? 어서요, 상원 의원님, 말해주세요. 그 누가 당신보다 더 저희한테 조언을 잘 해줄 수 있겠어요? 말씀하신 대로 할게요. 동의하지, 파울라?

파울라 대부님이 최선이라고 생각하시는 대로 할게요, 약속해요.

칸디다 봐요, 저희 둘 다 약속했어요! 저희 생명은 당신

손에 달려 있어요, 상원 의원님. 신중하게 생각해요, 아주 신중하게 생각해요! 아, 그런데 생각할 필요나 있나요? 이미 오래전에 비슷한 결정을 내렸잖아요. 시를 버렸을 때, 우리의 가난하고 죽어가는 과거의 세계를 버렸을 때 이미 이 집을 버렸잖아요! 한 번이라도 그 결정을 후회하신 적이 있나요, 상원 의원님? 하지만 이 얼마나 어리석은 질문인가요! 지금 당신을 보기만 해도 알 수 있겠네요. 부자고, 성공했고, 중요한 사람이니—

마놀로 칸디다, 조용히 해!

칸디다 나는 말해야 해. 누군가는 말해야 하지 않아? 상원 의원님은 대답이 없으신데.

페리코 [약한 목소리로] 칸디다, 파울라, 나는 너희에게 조언할 권리가 없어—

칸디다 왜죠?

파울라 한때 당신의 시를 들었듯이, 지금도 당신의 말을 들을게요.

칸디다 확실히 상원 의원이 시인보다 더 권위 있지 않나요?

페리코 나는 시가 아닌 현실의 관점에서 너희가 생각해주길 바란다.

파울라 오, 시는 현실이 아닌가요?

페리코 시는 너희를 폭탄으로부터 구해주지 못해.

칸디다 그렇죠, 정치만이 우리를 구할 수 있겠죠.

페리코 칸디다, 파울라, 나는 너희가 이 집에 대해 어떻게 생각하는지를 뼈저리게 느낀다. 하지만 지금은 시적인 태도를 취할 때가 아니야! 만약 전쟁이 이 집에 있는 너희를 덮친다면 어떻게 하려고? 너희는 힘없는 여자 둘이고 또 그러면 너희 아버지에게는 무슨 일이 일어나겠니?

파울라 [미소 지으며 초상화를 올려다보며] 저기 아이네이아스처럼 아버지를 등에 업을 거예요!

페리코 네가 말하는 건 고전적인 경건함이야, 아이네이아스의 경건함이지! 하지만 그건 예술에 속하는 경건함이지, 현실에 속하는 것이 아니야! 저 위의 그림에서는 숭고해 보이지만, 현실 세계에서는 우스꽝스러워 보일 뿐이라고!

칸디다 숭고함은 항상 세상에 우스꽝스럽게 보여요, 상원 의원님.

페리코 그렇다면 세상이 옳은 거야.

파울라 늘 그렇게 생각하셨던 건 아니잖아요.

칸디다 그리고 얼마나 격렬하게 그것에 맞서 싸우셨었는지! 그 규율에 대한 멸시, 그 잔인함에 대한 분노, 그 악의에 대한 경멸을 얼마나 아름다운 말들로 쏟아내셨었는지!

페리코 시는 한때 내 젊음의 광기였고, 내 어린 시절의 놀잇감이었다.

파울라 하지만 어른이 되자 어린아이 때 가지고 놀던 것들을 버리셨군요.

페리코 그 누구도 신이라도 된 것처럼 세상과 거리를 두고 있을 권리가 없어.

칸디다 그렇다면, 상원 의원님, 어떤 조언을 주시겠어요? 저희도 당신처럼 항복해야 하나요?

페리코 [잠시 응시한 뒤] 왜 그렇게 나한테 원한을 품고 있는 거지? 내가 무슨 짓을 했길래? 나는 내 운명을 보고 그것을 따른 거다. 내가 한 일에 대해 부끄러워할 필요가 없어! 내 일생을 내 나라를 위한 봉사에 바쳤다. 너희 아버지보다 더! 그래, 난 부자가 되었고, 성공했어, 그게 죄라도 되나? 너희는 내가 어떻게 했길 바라는데? 내 가족이 굶주리는 동안 계속해서 예쁜 시를 끄적이는 것? 너희 아버지가 스스로 생매장된 것처럼 나도 스스로 땅에 묻히는 것? 그리고 그 잃어버린 모든 세월에 대해 보여줄 수 있는 게 뭐가 있는데? 이 그림 하나밖에 없지 않나? 파울라, 칸디다, 너희 자신을 돌아봐, 너희 자신을 돌아보고, 고작 이 그림 하나가 그동안 너희 아버지가 너희에게 한 일을 정당화할 수 있는지 말해봐! 아아, 너희가 그렇게 원한을 품고 있는 건 나한테가 아니야! 내가 아니라고, 나는 알지! 내가 너희에게 뭘 했다고?

칸디다 아무것도요, 상원 의원님. 하지만 당신 자신에게는 무엇을 했나요?

페리코 [정신을 차린 듯 당황하여] 내가 그런 말을 하지 말았어야 했다—

칸디다 말씀하셔야 했어요. 오래전부터 그렇게 말씀하시고 싶으셨나 봐요?

페리코 아니야, 칸디다, 아니란다! 나는 너희 아버지를 원망하지 않아, 존경하지. 매우 행복한 사람이야.

칸디다 아버지가 할 일을 했기 때문에요?

페리코 항상 자기가 뭘 하고 있는지 알고 있었으니까.

칸디다 그리고 당신은 자기 자신이 뭘 하고 있는지를 몰랐나요?

페리코 오, 칸디다, 인생은 예술처럼 그렇게 단순하지 않아! 우리는 의식적으로 선택하지 않고, 우리가 생각하는 것처럼 의도적으로 선택하지 않아. 삶은 우리가 사는 세상, 우리가 사랑하는 사람들, 우리 시대에 일어나는 일들과 유행들, 그리고 우리가 의식조차 못하는 수많은 다른 것들로 인해 형성되고, 결정 내려진단다. 정말이다. 나는 한 번도 "난 더 이상 시인이 되고 싶지 않아, 왜냐하면 굶주리기만 할 테니까. 나는 부자가 되고 싶으니 정치가가 되겠어"라고 다짐한 적이 없어. 나는 그런 말을 한 적이 없다! 확실히 말하지만 나는 "시를 포기할" 의도 없이 그저 최선의 의도로 정치에 입문했어. 아, 나는 정치의 어둠 속에 시의 빛을 가져오기를 꿈꿨지. 그리고 내가 더 이상 시인이 아니게 된 후에도, 실질적으로나 정신적으로나 꽤 오랫동안 내가 시인이라고 생각했다. 어떤 일이 일어나기 전까지는 내게 무슨 일이 일어나고 있는지도 몰랐어. 나는 젊은 시절의 이상에 따라 내가 내 삶을 대담하게 형성해나가고 있다고 생각했지만 사실 항상 나도 모르는 사이에 내 삶이 형성되고 있었어. 사람은 자기 운명에 대해 단순한 방관자일 뿐인 경우가 너무 많단다….

칸디다 [다가가며] 용서해주세요, 대부님. [그녀는 그의 손에 입 맞춘다.]

페리코 네가 나를 용서해야지, 칸디다. 내가 널 몹시 실망하게 했다면. [그가 어깨를 으쓱한다.] 하지만 나도 어쩔 수 없었어, 그리고 널 도울 수도 없다. 내 인생을 되돌아봐도 후회하지 않아, 왜냐하면 내가 다르게 살 수 없었다는 것을 아니까. 내가 바꿀 수 있는 건 없었어. 흐름을 따라가기로 할 수도 있고, 혹은 강둑에 머무르기로 할 수도 있지만, 흐름을 멈추려는 자들은 버려지고 파괴돼. 나는 흐름을 따라가기로 했고, 너희 아버지는 강둑에 머무르기로 했지. 그리고 우리 중 누구도 상대가 잘못했다고 말할 수 없는 거야. 아, 나도 가끔 한때 내 모습이었던 창백하고 멋진 시인을 그리워하며 꿈꿀지도 모르지만, 진심으로 나는 그 시인에 대해 후회가 없어. 내가 그를 죽인 것이 아니라 그가 죽을 운명이었던 거니까.
[그는 잠시 멈추고 미소를 지으며 손을 바라본다. 다시 입을 여는 그의 목소리가 부드럽고 다소 슬프게 들린다.] 시를 쓰고자 하는 그 강렬한 욕구, 절대적인 필요성을 느끼려면, 시인은 청중이 필요하고, 또 그는 청중을 의식해야 하지. 현재의 청중뿐만 아니라 영구적이고 영원한 청중, 모든 후대의 청중까지도. 자신의 시가 새로운 시인을 탄생시킬 거라고 느껴야 해. 그런데 글쎄, 우리가 막다른 길에 다다랐고, 막다른 골목에 다다랐다는 것을 알았기 때문에 시는 내 시대의 작가들에게서 시들어버렸다. 우리가 원하면 계속 글을 쓸 수는 있었겠지만, 그러면 우리는 우리 자신을 위해서만 글을 쓰게 될 거고, 우리 시는 결국 우리와 함께 아무 결실도 맺지 못하고 죽을 거야. 그것들은 죽어가는 언어로 쓰였고, 우리의 아들들은 다른 언어를 쓸 테니까. 오, 혹자는 두 세대가 연달아 같은 언어를 사용하는 일은 없다고 하던데 내 시대와 현재에 대해서는 정말 그게 문자 그대로 사실이더군. 내 세대는 유럽 말을 썼고, 요즘 세대는 미국 말을 쓰니까. 지금의 젊은 작가들 중 누가 내 시를 읽을 수 있겠나? 내 시는 바빌로니아어로 쓰인 것과 다름없다고! 그리고 내 시대의 작가들 중 누구의 시가 새로운 시인을 탄생시켰다고 말할 수 있겠나? 아무도, 아니, 가엾은 리살

조차도! 오늘날 젊은 시인들의 아버지들은 바다 건너에서 왔어. 그들은 우리의 아들이 아니며, 그들은 우리에게 외국인이고, 우리는 그들에게 존재하지도 않지. 그리고 내가 계속 시인이었다면, 지금쯤 나는 어떻게 됐을까? 아주 불행한 노인, 아주 분노에 찬 노인, 실패자이자 짐이고 자신마저 존중하지 않는 이가 되었겠지. 내 앞에 놓인 선택지는 시와 자기 존중이었고, 나는 유럽과 미국 사이에 선택해야 했어. 그리고 나는 선택했지, 아니, 아예 선택하지 않았어. 나는 그저 흐름을 따라갔으니까. 쿼모도 칸타보 칸치쿰 도미니 인 테라 알리에나?[29]

[그는 어깨를 으쓱하며, 초상화를 올려다본다.] 저기 너희 아버지를 보아라. 자기 세대의 비극을 깨달았지. 그 역시 노래할 수 없었다. 그 역시 자신이 낯선 땅에서 길을 잃었다는 것을 알게 되었다. 그 역시 그를 앞으로 나아가게 할 후속 세대가 없기 때문에 자기 무덤으로 자신을 업고 가야만 한다. 그의 예술은 그와 함께 죽겠지. 죽은 언어로 쓰였고, 바빌로니아어로 쓰였으니까…. 그리고 우리는 모두 똑같은 최후를 맞이할 거야, 지난 세기의 우리 노인들 모두 똑같이 끝날 거야. 부자와 가난한 자, 실패한 자와 성공한 자, 앞으로 나아간 자와 뒤

29 Quomodo cantabo canticum Domini in terra aliena? 라틴어로 '이방의 땅에서 어떻게 주님의 노래를 부르겠는가?' 라는 뜻이다.

에 머문 자, 우리의 운명은 같아! 우리 모두, 모두가 죽은 자신을 공동의 무덤으로 업고 가야 해…. 우리는 아들을 낳지 않았으니까, 우리는 잃어버린 세대니까!

아아, 우리가 이토록 비참하게 끝나리라고 누가 생각했겠나? 그렇게 자신감 있게 시작했는데, 그렇게 즐겁게 시작했는데! 우리가 젊었을 때는 전 세계가 아침이었다. 자유의 봄이었다! 그리고 우리처럼 시끄럽고 빛나고 활기찬 젊은이들이 있던 적이 있나? 너희 아버지, 루나 형제들, 호세 리살, 로페스 자에나, 델 필라르, 아, 가엾은 젊은이들![30] 그리고 우리와 함께 젊었던 모든 장소도 가엾구나! 여왕 섭정 아래의 마드리드, 제3공화국의 파리, 세기말의 로마, 그리고 마닐라, 혁명 이전의 마닐라, 우리의 사랑스러운 마닐라! 오, 요즘 혁명에 대해 엄숙하니 뭐니 헛소리들을 하던데 우리는 엄숙하지 않았어! 그 시절 정신은 소년들의 즐거움과 장난 중 하나였다고! 상상해 봐, 중절모와 지팡이, 콧수염, 그리고 한밤중의 비밀회의, 테이블 위 해골, 끔찍한 맹세들, 속삭임과 흔들리는 촛불, 이름을 자기 피로 서명하는 것까지! 오, 우리는 모두 어쩔 수 없는

30 루나 형제(후안 루나와 안토니오 루나), 호세 리살, 그라시아노 로페스 자에나, 마르셀로 델 필라르는 19세기 말 스페인 식민 통치 시기에 필리핀의 독립과 개혁을 위해 활동한 독립운동가다.

낭만주의자들이었어! 그리고 혁명은 갈도스 스타일의 거친 멜로드라마였지! 그리고 난 그 모든 색채와 흥분과 낭만을 다 마셨어! 나는 그때 시인이었어. 내가 음악으로 만들기 위해 세상이 존재했지! 심지어 혁명마저 내 시를 더 생생하게 만들고 내 운율을 더 대담하게 만들기 위해 일어났어! 나는 그때 시인이었지—

[계단에서 발소리와 여성들의 웃음소리, 잡담 소리가 들린다.]

마놀로 여자분들이 오시는군요, 상원 의원님.

페리코 [입가에서 미소가 사라지며] 하지만 나는 배가 고팠고 타고난 권리를 팔아버렸어—

[롤렝, 패츠, 엘사 몬테스, 찰리 다카나이 등장.]

롤렝 누가 배가 고프다고? 안녕, 마놀로! 그리고 페팡도 있네! 얘, 네가 여기 있는 줄 알았다면 더 일찍 왔을 텐데. 그리고 이쪽이 칸디다와 파울라인가? 세상에, 이제 다 컸구나! 다시 만나서 얼마나 기쁜지 몰라! 너희 어머니는 나에게 정말 소중한 친구였어. 이제 평화롭게 쉬렴, 이 불쌍한 여자야! 나를 기억하니?

파울라·칸디다 네, 롤렝 부인.

롤렝 이 아이는 내 딸 패츠야. 우리 막내지. 그리고 여기는 엘사 몬테스, 그 엘사 몬테스야. 누군지는 당연히 다들 들어봤겠지. 콩가를 마닐라에 가져왔잖아. 그리고 여기는 찰리 다카나이야. 아, 다카나이 씨는 그렇게 특별한 사람은 아니고 그냥 항상 우리를 따라다녀. 아, 페팡, 우리는 모두 키카이발레로의 자선 마작 대회에 있었어, 알겠지만. 내가 거기서 얼마나 많이 잃었는지 못 믿을걸! 아, 정말 미치겠어! 하지만 얘기해줘, 파울라, 칸디다, 아버지는 어떻게 지내셔?

파울라 아주 잘 계세요, 롤렝 부인. 감사해요.

칸디다 지금은 잠깐 낮잠을 주무시고 계세요.

롤렝 아, 나에게는 얼마나 불행한 일인지! 로렌조를 다시 보고 싶은데. 아, 너희 아버지는 내 소녀 시절 위대한 영웅이었어! 그분도 언제 날 불러서 만나주셔야 해.

파울라 아버지께 전할게요, 롤렝 부인.

롤렝 그리고 페리코, 아까 뭐라고 말했어?

페리코 배고프다고 말하고 있었어, 여보—

롤렝 미안해! 당신을 데리러 가기로 한 걸 잊어버렸어. 찰리, 이 나쁜 녀석, 나한테 다시 말해달라고 했잖아!

파울라 뭐라도 드릴까요, 대부님? 뭘 드시고 싶으세요?

페리코 죽 한 그릇.

롤렝 그게 대체 무슨 말이야?

페리코 그냥 옛날 농담. 그러니 신경 쓰지 마라, 파울라. 정말로 아무것도 안 먹어도 돼.

롤렝 [앞으로 나서며] 그리고 이게 모두가 얘기하고 있는 그 그림이야?

페리코 볼래, 여보?

롤렝 우리 다 보고 싶어. 와, 이리 와 모두. 이 예술 작품을 감상하고 기분 좋아지게.

[페리코가 아내와 그녀의 친구들에게 자리를 내주기 위해 초상화 앞에서 물러난다. 호화롭게 차려입고 보석을 두른 롤렝은 50세에도 주름도 없고, 흰머리도 없으며, 처진 살도 없이 여전히 조각 같은 아름다움을 지니고 있다. 눈은 나른하고, 코는 귀족적이며, 입은 탐욕스럽다. 그녀의 딸 패츠는 18세로, 예쁘지만 표정이 시무룩하다. 엘사 몬테스는 세련된 40세로, 매우 '지나치게 멋을 부린' 느낌이다. 찰리 다카나이는 대략 25세로, 전형적인 옛날 스타일의 매력 있는 청년이지만 다소 지친 모습이다. 이들은 잠시 침묵 속에 서서 초상화를 올려다본다. 롤렝은 슬픈 미소를 짓고, 패츠는 샐쭉해서, 엘사는 흥미롭게, 찰리는 멍하니. 상원 의원은 무대의 왼쪽에서 아이러니하게 그들을 지켜본다. 페팡과 마놀로는 새로 온 사람들 바로 뒤에 있다. 칸디다와 파울라는 조용히 방을 나갔다.]

롤렝 [초상화에 미소 지으며] 젊은 로렌조… 나의 소녀 시절 위대한 영웅….

페리코 여보, 저 사람이 당신에게 뭐라고 말하고 있는 거 같아?

롤렝 내가… 내가 늙었다고 말하는 것 같아….

찰리 롤렝 부인, 저는 이의 있습니다!

롤렝 조용히 해, 찰리! 누가 너한테 위로해달랬니?

엘사 동감이에요.

페리코 우리 찰리는 그저 신사처럼 대하려고 한 것뿐이야, 여보.

찰리 상원 의원님, 저희는 기사도가 꽃피던 시절에 있지 않습니까!

패츠 아, 그만해요, 찰리! 엄마가 여기저기 자기가 늙었다고 말하고 다니는 걸 얼마나 좋아하는지 알잖아요.

마놀로 패츠, 네 어머니처럼 아름다운 사람은 진실을 말해도 괜찮아. 진실이 해가 될 수 없으니까. 나무랄 데 없이 훌륭한 분이시잖니.

페리코 시저의 아내처럼.

롤렝 고마워요, 마놀로. 고마워, 당신. 둘 다 너무 친절하시네.

찰리 잠깐만요, 저는요!

페팡 불쌍한 찰리! 아무도 위로를 원하지 않는구나!

엘사 나한테 할 수도 있겠지만, 난 아직 늙은 여자가 아니니까, 그렇죠?

롤렝 물론 아니야, 엘사, 사람들이 뭐라고 생각하든.

엘사 [다정한 목소리로] 부인이 사람들에게 뭐라고 생각하게 하려고 하든이라는 말씀이죠?

패츠 아, 엄마는 정말 대단한 독심술가예요! 엄마한테 자전거 얘기를 하면, 내일은 당신이 우체부와 바람을 피우고 있다고 말하고 다닐걸요!

롤렝 패츠—

패츠 [눈을 크게 뜨고] 아, 엄마, 내가 뭔가 잘못 말했나요?

롤렝 [손톱을 보며] 너는 마작을 하면 안 돼. 너는 그럴 만한 냉정함이 없어. 잔뜩 긴장하잖아.

패츠 아, 나는 긴장하는 게 아니에요. 그저 좀 흥분하는 것뿐이라고요. 찰리, 담배 좀 줘요.

찰리 [담배 케이스를 꺼내며] 분부대로, 마드모아젤!

롤렝 [고개를 저으며] 안 돼, 찰리!

찰리 [패츠가 담배를 잡으려 하자 가볍게 그녀의 손을 치며] 미안해요, 마드모아젤, 하지만 모친께서 안 된다고 하시네요.

패츠 [머리를 휘날리며 돌아서며] 하지만, 엄마, 나는 담배를 피워야 해요!

롤렝 [나른하게] 페리코, 당신 딸에게 공공장소에서 담배를 피울 수 없다고 말해줄래? 내 말은 듣지 않아서.

페리코 찰리, 우리 가족이 쓰는 담뱃값은 나한테 청구하는 거 잊지 말게.

찰리 담배는 제가 쏘겠습니다, 상원 의원님. 한 대 드릴까요?

페리코 아니, 찰리. 그래도 고맙네.

찰리 [자신의 입에 담배를 물고 담배 케이스를 돌리며] 자, 담배 피우실 분? 안 돼, 넌 빼고, 패츠! 엘사?

엘사 [담배를 받으며] 오, 네, 좋고말고요!

롤렝 [찰리가 자기 담배와 엘사의 담배에 불을 붙이자] 엘사는 뉴욕에서 돌아온 이후로 입만 열면 "오, 네, 좋고말고요!"만 하고 있어요. 거기서 연습을 많이 했나 봐요.

엘사 뭐라고 하셨죠?

롤렝 뉴욕 여자들은 항상 "오, 네, 좋고말고요!"라고 말하니?

엘사 잘 모르겠어요. 여자들과 어울릴 시간이 없었거든요.

찰리 그렇겠지!

페팡 엘사, 자기, 이 그림에 대해 어떻게 생각하는지 말해줘. 뉴욕에 다녀왔으니 보는 눈이 엄청나게 높아졌을 것 같은데.

엘사 오, 이 그림은 정말 우아하고 대단해요! 아주 아름다워요! 게다가 매우 영감을 줘요!

페리코 [자신의 귀를 의심하며] 엘사, 진짜로 영감을 준다고?

엘사 네, 상원 의원님, 신성한 아이디어가 떠오르게 하는걸요!

롤렝 예를 들면?

엘사 [가까이 다가가 담배로 초상화를 가리키며] 예를 들면, 이브닝드레스에 대한 신성한 아이디어가 떠올라요. 눈길을 확 사로잡는, 저기 저 젊은이가 입은 굉장한 의상처럼요, 보이시죠? 저런 재단, 드레이핑, 흰색 빛깔의, 아니, 흰색이 아니라 옛날에 자주 쓰이던 저런 상아색 같은 느낌….
[페팡, 롤렝, 패츠도 초상화 앞에 더 가까이 모여든다.]
그리고 가장자리에 있는 훌륭한 디자인까지요! 모르셨던 건 아니죠? 페팡, 아버님께 저 디자인의 스케치를 그려달라고 부탁드려줘요!

마놀로 상원 의원님, 이 그림이 바빌로니아어로 쓰였다고 말씀하셨죠! 아무래도 여성분들은 완벽하게 이해하시는 것 같은데요.

찰리 [초상화를 바라보며] 전 저 그림이 이해되지 않아요!

마놀로 그냥 여성분들 말을 들어봐요, 찰리, 그러면 알게 될 겁니다.

엘사 [손짓하며] 여기 드레스 윗부분에 저 디자인을 금으로 수놓는다고 상상해보세요—

페리코 그래, 여성들은 예술을 현실로 바꿀 수 있지.

엘사 그리고 치맛단 끝에도 전부 빙 두르는 거죠.

마놀로 그리고 숭고한 것을 우스꽝스럽게 만들어버리기도 하죠.

엘사 저 사람이 차고 있는 귀여운 벨트 좀 보세요!

페리코 당연하지. 완전무결한 것의 적이라고나 할까.

엘사 저 아름답고도 아름다운 벨트를 보시라니까요! 작고 검은 장식이 주렁주렁 달린 금색 밧줄 같은 느낌의, 오, 이건 정말 특별해요, 아주 신성해요!

페리코 신성하다는 표현이 딱 맞네!

마놀로 라레스와 페나테스[31]인가 봅니다, 상원 의원님.

엘사 저런 드레스를 입고 콩가 춤을 추는 모습을 상상해보세요—

찰리 저 작고 검은 형상들이 뭐라고 하셨죠?

마놀로 그의 아버지 신들이에요.

엘사 치맛자락이 휘날리고—

31 로마 신화에 등장하는 가정의 수호신.

찰리 그렇다면 왜 벨트를 두른 거죠?

엘사 그리고 벨트 장식들이 딸깍딸깍하는 소리를 내겠죠—

페리코 여성들이 훔쳐 가면 안 되니까, 찰리.

엘사 빙글빙글 돌 때요!

마놀로 훔쳐 가면 안 되고 말고요!

페팡 드레스에는 어떤 소재를 사용할 건가요?

엘사 글쎄요….

찰리 그나저나 저 두 인물은 누구죠?

마놀로 아이네이아스라는 남자와 그의 늙은 아버지 안키세스요.

엘사 레이온 벨벳 같은 소재가 좋을 것 같아요.

찰리 그게 대체 누군데요?

페리코 예술가와 그 양심이라네.

롤렌 실크 태피터[32]가 더 좋을 것 같아.

찰리 [초상화를 보고 씩 웃으며] 절 별로 좋아하지 않는 것 같네요….

페팡 아니면 노란색 실크 오간디[33]도 좋겠어요.

32 광택이 있는 얇은 평직 견직물.

33 면사로 제직한 뒤 황산 처리로 까슬하게 만든 평직물.

찰리 사실, 절 전혀 좋아하지 않는 것 같아요!

패츠 오, 엘사, 그런 드레스가 흰색 코튼 튈[34]로 만들어졌다고 상상해봐요!

마놀로 찰리, 처음 겪는 일도 아니실 것 같은데요.

엘사 [주위를 둘러보며] 찰리, 만년필 좀 빌려줄래요? 그리고 종이 한 장도. [아직도 매료된 듯 초상화를 바라보는 찰리는 그녀의 말을 듣지 못한다.]

마놀로 사실, 우리 모두는 서로를 별로 좋아하지 않잖아요.

롤렝 [주위를 둘러보며] 빨리, 어서 가져와, 바보 같으니!

찰리 [멍하니] 뭐라고요?

롤렝 이런, 정말 멍청이라니까!

엘사 찰리, 당신 만년필이랑 종이 한 장이요.

찰리 아, 미안해요, 여러분. 여기요. [찰리가 엘사에게 만년필과 작은 수첩을 건넨다.]

마놀로 아니, 우리도 서로를 전혀 좋아하지 않아요. 우리가 왜 계속 뭉치는지 모르겠네요.

페리코 혼자 죽지 않으려고 그러겠지.

---

34 얇은 명주 망사.

엘사 [초상화를 생각하며, 만년필을 수첩 위에 두고] 저는 그 명확한 고전적인 효과가 나면 좋겠는데—

마놀로 게다가, 우리는 서로 괴롭히는 것을 즐기기도 하죠.

엘사 대리석 같은 화장에—

페리코 그리고 서로에게 괴롭힘을 당하는 것도.

엘사 한쪽 팔과 어깨가 드러난—

찰리 내가 괴롭힘을 당하는 것을 좋아한다고요?

엘사 보석은 하나도 없이—

페리코 그래, 찰리, 그리고 난 자네에게 매우 동정심을 느낀다네—

엘사 그리스식 머리 모양.

페리코 하지만 도울 수는 없어.

패츠 그리고 샌들도요, 엘사?

페리코 자넨 희생자가 될 운명이야—

엘사 당연히 샌들이지—

페리코 자넨 잡아먹히려고 태어났으니까.

엘사 저 사람이 신고 있는 것처럼. 저 빨간색과 검은색 샌들 보이지? 극적이라는 말이 딱 어울려! 아, 머릿속에서 전체적인 옷차림이 완성됐어요. 잠깐만요— [그녀는 초상화를 반복해서 쳐다보며 빠르게 스케치하기 시작하고, 다른 여자들

은 남자들의 대화에는 전혀 신경 쓰지 않으며 그녀의 작업을 주의 깊게 지켜본다.]

찰리 이런, 이런, 이런! 저는 제가 잡아먹는 위치에 있다고 생각했어요! 그래서 정말 유감스러워하려고 했거든요, 상원 의원님. 제게도 양심이 있어요, 저 위의 저 남자처럼요, 제 등에 타고 있는 양심이요. 목 뒤로 뜨거운 숨결이 느껴진다고요.

페리코 그건, 찰리, 자네 양심이 아니야. 그저 공기, 날씨, 우리 시대의 기후, 죄책감으로 가득한 세상의 불안일 뿐이라네.

마놀로 아, 우리 모두 목 뒤로 그 뜨거운 숨결이 느껴져요, 찰리. 그 숨결에 우리 모두 무척 불안해지고요. 아마도 그래서 우리가 서로에게 그렇게 지독하게 못되게 구나 봐요. 벌을 기다리며 서로에게 화풀이하는 못된 아이들처럼요.

페리코 아니면 지옥의 주민들처럼, 마놀로.

마놀로 맞아요, 상원 의원님!

엘사 [스케치를 보여주며] 자, 제 아이디어가 어떤 느낌인지 보이죠? 여러분은 이제 색을 어떻게 쓸지 한번 생각해 보세요!

찰리 좋아요, 그나저나 이 지옥을 누가 시작한 건가요, 상원 의원님? 저는 그냥 와서 열려 있는 지옥문을 발견했을 뿐인데요!

롤렝 무슨 생각인지 알겠어, 엘사, 나도 입고 싶은 걸….

페리코 누구든 와서 '열려 있는 지옥문'을 발견하면 그렇게 되는 것 아니겠나, 찰리.

패츠 새해 전야에 그런 드레스를 입으면 좋을 것 같아요….

찰리 저는 아무래도 한잔해야겠어요!

롤렝 오, 패츠! 네가, 그리스 드레스를 입는다고?

페리코 음료는 내가 내겠네, 찰리. 그 정도는 도와줄 수 있지.

패츠 아, 엄마는 제가 그냥 벌거벗은 아기로 남았으면 좋겠죠!

찰리 저야말로 그냥 벌거벗은 꼬마 녀석으로 남았으면 좋겠네요!

마놀로 오, 이미 그렇지 않나요!

페리코 그리고 마지막 나팔 소리가 울릴 때도 여전히 그러겠지.

롤렝 이 그림 속 스타일은 너한테 너무 과해, 얘야.

마놀로 이 그림 자체가 우리에게 너무 과한 거예요. 우리는 영웅이 아니에요, 그냥 벌거벗은 꼬마들일 뿐이에요!

롤렝 페팡, 내 재봉사를 여기 보내서 이 그림을 보게 해도 될까?

페팡 물론이죠, 롤렝 부인.

페리코 하지만 재봉사라고 나팔 소리가 울릴 때 우리의 벌거벗음을 가릴 수 있을까?

엘사 아니, 잠깐만요, 이 아이디어를 처음 생각해낸 사람이 누군데요?

페팡 엘사, 이 아이디어를 처음 생각해낸 건 우리 아버지고, 누구든지 따라 하고 싶으면 여기 와서 따라 할 수 있어요.

롤렝 [페팡이 말하는 동안 말을 시작하며] 그리고 분명히, 친애하는 엘사, 당신의 재능의 빛을 빌리지 않고도 내 재봉사가 얼마든지 여기 올 수 있지 않겠어?

패츠 [어머니가 말하는 동안 말을 시작하며] 오, 엄마는 이 스타일이 내게 너무 과하다고 생각하면서 자기는 나무 신발을 신고 트로이의 헬레나처럼 보일 수 있다고 하겠죠!

엘사 [패츠가 말하는 동안 말을 시작하며] 지금 제가 화나서 하는 말이 아니라 오히려 저는 매우 영광스럽게 받아들이고 있긴 하지만, 이런 의상이 특정 연령대에 얼마나 위험할 수 있는지 모르시겠어요?

[엘사가 말하는 동안 다음 대사 세 개가 동시에 말해진다.]

마놀로 여러분, 제발 의상 문제로 그만 다투세요. 정말, 그 옷을 입으면 어차피 모두 똑같이 어색하고 불편해 보일 거예요!

찰리 저 그림을 그린 사람이 분명 유머 감각이 뛰어났던 건 맞지만, 굳이 저 망할 그림을 제 목에 걸었어야 했냐고요!

페리코 "디에스 이레, 디에스 일라, 솔벳 사이클룸 인 파빌라, 테스테 다비드 쿰 쉬빌라. 쿠안토 트레모르 에스트 푸투루스—"[35]

[갑작스러운 공습경보가 무대를 가득 채우며 그들의 목소리를 덮어버린다. 모두 깜짝 놀라며 뛰어오른다. 상황을 깨닫자, 그들은 지루한 짜증을 느끼며 계속해서 울려대는 사이렌 소리를 듣는다. 파울라와 칸디다가 문을 열고 뛰어 들어온다. 다음 장면 내내 사람들은 목소리가 들리게 하려고 크게 소리쳐서 말한다.]

파울라 [칸디다가 발코니로 달려가며] 뭐죠? 오, 이게 무슨 일이죠!

35 Dies irae, dies illa, Solvet saiclum in favilla, Teste David cum Sybilla. Cuanto tremor est futurus. 레퀴엠 〈진노의 날〉의 한 대목으로, '진노의 날, 바로 그날, 만물이 잿더미가 되리라 / 다윗과 시빌라의 예언대로 / 얼마나 두려울 것인가'라는 뜻이다.

페리코 종말의 나팔 소리야!

파울라 전쟁인가요?

페리코 진노의 날이야!

롤렝 헛소리는 그만해, 페리코!

마놀로 그냥 공습 사이렌일 뿐이야, 파울라!

파울라 지금 공습을 당하는 건가요?

페팡 물론 아니지! 그냥 공습이 있는 척하는 거야!

파울라 왜요?

페팡 그래야 실제로 어떻게 해야 하는지 연습할 수 있지! 이게 공습 대비 훈련이야!

마놀로 일종의 리허설이지!

칸디다 [발코니에서] 오, 파울라! 와서 봐! 모두가 움직임을 멈췄어! 사람들, 차들 전부! [파울라가 발코니로 달려간다. 잠시 후 사이렌이 멈춘다.]

찰리 소등 훈련, 공습 훈련, 대피 훈련! 이 훈련들 정말 지긋지긋해요! 진짜 전쟁은 언제 일어나는 거죠? 빌어먹을 전쟁이 빨리 터졌으면 좋겠어요!

패츠 입 다물어요, 찰리! 어떻게 그렇게 끔찍한 말을 할 수가 있어요!

페팡 오, 패츠, 무서워할 것 없어! 전쟁은 거의 시작하자마자 끝날 거야!

엘사 불쌍한 일본인들! 무슨 일이 일어났는지도 모르겠지!

페팡 그리고 전쟁이 빨리 시작될수록—

패츠 하지만 새해 전야 전에는 안 되는데! 새해에 열리는 큰 무도회 전에는 안 돼! 새 이브닝드레스를 입고 아주 화려하게 등장하고 싶단 말이에요!

롤렝 얘야, 전쟁이 있든 없든 우리는 새해 전야에 평소처럼 무도회를 열 거야!

페팡 다들 그러잖아요, 평소처럼 일하자!

엘사 [브이 자를 만들며] 그리고 계속 날아오르자!

롤렝 페리코, 마닐라 호텔은 전쟁이 일어나도 계속 영업하겠지?

페리코 여보, 영업은 다 계속할 거야! 우리는 늘 영업을 계속할 거야! 누구도 우릴 파괴할 수 없으니까!

엘사 바로 그거죠, 상원 의원님! 계속 날아오르세요!

페리코 [가슴을 두드리며] 바로 그거였지, 엘사, 하지만, 아쉽게도 더 이상 날 수 없어!

엘사 [놀란 듯] 네?

페리코 날개를 잃었거든!

엘사 누가요?

페리코 하지만 땅에서 기어가는 법을 배웠지, 아주 빠르게!

엘사 롤렝—

페리코 그거 아나? 이제는 하늘의 별보다 땅 밑의 하수구가 더 좋다네!

롤렝 [다가오며] 무슨 뜻이야, 페리코?

페리코 내 말은, 여보, 우리는 모든 변화를 넘어섰고, 모든 희망을 넘어섰다는 거야. 그러니까 우리는 두려워할 것 없어. 땅이 온통 흔들리겠지만 우리는 거의 알아차리지도 못할 거야. 우리는 마작을 하고 누구의 남편이 누구의 아내와 자고 있는지 이야기하느라 너무 바쁠 테니.

롤렝 무슨 말을 하고 있는지 알기나 해!

페리코 지진은 우리한테 아무런 영향을 미치지 않을 거라니까. 아, 어쩌면 여보 찻잔 중 하나가 깨질 수도 있고 마작 테이블 다리가 하나 부러질 수도 있겠지. 아니면 재봉사가 피팅에 늦을 수도 있을 거야. 하지만 걱정하지 마. 지진이 지나가면 여보는 새 컵을 살 거고, 새 테이블을 주문할 거고, 재봉사도 언젠가 도착할 거야. 그리고 우리는 모두 예전처럼 계속 살아갈 거야.

롤렝 페팡, 이 사람한테 무슨 짓을 한 거야?

페리코 여보, 시체에 누가 무슨 짓을 할 수 있겠어?

롤렝 시체라니!

페리코 그래. 아주 웃긴 걸 발견했지. 내가 지난 30년 동안 죽어 있었는데, 그것도 모르고 있었더라고.

롤렝 [잠시 멈춘 후] 오, 우리 불쌍한 페리코! 알겠다, 알겠어! [그녀가 가까이 다가가 그의 어깨에 손을 올린다.] 오, 당신을 왜 여기 오게 했을까! 이런 일이 일어날 줄 알았어야 했는데!

페리코 무슨 일이 일어난 건데?

롤렝 이 집, 페리코, 이 끔찍한 낡은 집! 이 집은 항상 당신에게 이런 영향을 미쳐! 이제 내가 왜 항상 당신이 여기로 못 돌아가게 했는지 알겠어?

페리코 그래, 여보, 알 것 같아.

롤렝 패츠, 너희 아버지 모자를 가져와라. 바로 집으로 데려가야겠어. 그리고 바로 침대에 눕혀야지.

페팡 어디가 아프신 건가요?

롤렝 시적 발작이 좀 왔을 뿐이야.

페팡 [재미있다는 듯이] 어머나!

롤렝 아, 걱정할 필요는 없어. 난 익숙해, 어떻게 해야 하는지도 알고. 아스피린 좀 주고, 뜨거운 수프 좀 먹이고, 푹 자게 하면 내일 다시 평소처럼 일어날 거야.

페리코 그럴 거야, 여보.

롤렝 당연히 그러겠지, 당신! 당신은 항상 그러잖아,

기억나? 그리고 항상 지나고 나서 당신이 했던 말이나 행동이 우습다며 비웃잖아.

페리코 시는 아스피린 앞에서 무력하지. 그리고 내일 일어나면 다시 평소의 내 모습으로 돌아올 거야. 건강하고, 부유하고, 세련되고, 깔끔하고, 우아하고, 냉정하고, 냉혈하고, 자신감 있고, 유능하고, 무정하고, 만족스러운 모습!

롤렝 당신 같은 위치에 있는 사람이 후회한다는 건 말도 안 되는 일이야.

페리코 내일이면 이렇게 터무니없이 굴었던 것이 몹시 부끄럽겠지.

롤렝 그리고 당신을 불쌍히 여겼던 것도.

페리코 그리고 날 불쌍히 여겼던 것도.

롤렝 진심으로, 여보, 당신은 나만큼이나 가난을 못 견딜 거야. 우리는 둘 다 사치스러운 삶을 위해 태어났어. 금단추와 다이아몬드 핀도 없고 개인 재단사도 없는, 수입 와인을 마실 수 없는 당신을 상상해봐! 당신에게는 금욕적인 면이 전혀 없어, 내 사랑 페리코!

페리코 그래, 여보, 나도 전적으로 동의해. 하지만 때때로 사람은 자신이 될 수 있었던 것에 대해 눈물을 흘리며 양심의 가책을 달래려 하기도 해.

롤렝 [경멸스럽게] 남자들은 자기가 무엇을 원하는지 전혀 몰라!

페리코 당신은 내게 정말 대단한 인내심을 보여주었지.

롤렝 아, 내가 시인과 결혼할 때부터 골칫덩이와 결혼하는 줄은 알고 있었어! 하지만 나는 당신을… 지금의 모습으로 만들어야겠다고 다짐했어.

페리코 그리고 그 말이 전적으로 맞아! 내가 지금 이룬 전부는 다 사랑하는 아내 덕분이지!

패츠 [모자를 내밀며] 여기요, 엄마.

롤렝 [모자를 받으며] 좋아. 이제 다 차로 내려가.

페팡 그런데 잠시만요, 지금은 나갈 수 없어요. 사이렌이 다시 울릴 때까지 기다려야 해요. 경보가 내려지면 거리를 돌아다닐 수 없다고요.

롤렝 아, 우리는 할 수 있어. 우리는 상원 의원과 함께 있잖아. [그녀가 페리코의 머리에 모자를 씌우고, 넥타이를 정리하고, 코트 앞섶을 바로잡아주는 동안, 사람들은 각각 작별 인사를 하고 아래층으로 내려간다. 페리코의 코트를 마지막으로 털어준 뒤 그녀는 한 발짝 물러서 그를 찬찬히 살펴본다.] 됐네, 다시 말끔해졌어! 이제 모두에게 인사해.

페리코 잘 있으시게, 모두.

롤렝 [그의 팔을 잡으며] 이제 가자. 페팡, 이렇게 급히 가서 미안해. 그리고 아버지께 안부 전해줘.

페리코 [아내의 손에 끌려가다가 갑자기 몸부림치며] 잠시만! 기다려! 파울라와 칸디다는 어디 있지?

파울라·칸디다 여기 있어요.

페리코 [아내가 잡지 않은 쪽 손을 흔들며] 파울라! 칸디다! 너희 아버지와 함께 버티거라! 로렌조와 함께 버텨라, 세상에 맞서서!

롤렝 [웃으며 그를 끌고 가면서] 가자, 갑시다, 시인 양반! 오늘치 정신 나간 말은 다 했잖아. 모두 안녕! [상원 의원과 함께 떠나는 롤렝.]

마놀로 [의자에 주저앉으며] 불쌍한 페리코 씨!

페팡 늙은 배신자가 따로 없네!

칸디다 [미소 지으며] 페리코 씨 말대로 하기로 약속했잖아, 페팡. 우리는 약속을 지킬 거야.

파울라 [페리코를 흉내 내며] 우리는 아버지와 함께 버틸 거야, 세상에 맞서서!

페팡 [가시 돋친 말투로] 아버지와 함께 버티면서 뭐에 맞서든 여기서는 안 돼, 이 집에서는 안 된다고!

칸디다 이 집이 우리의 요새가 될 거야!

페팡 칸디다, 나 두통 있어. 제발 심해지게 하지 마.

파울라 언니도 아스피린이 필요하려나?

페팡 나한테 필요한 건 너희 둘이 조금이라도 이성을 찾는 거야! 너희는 아무것도 안 보이고 아무것도 안 느껴지니? 이 집이 나와 마놀로에게 얼마나 큰 부담인지 안 보이냐고? 이곳에 돈을, 우리 집에 써야 할 돈을 너무 많이 쓰는 것이 우리 가족들에게 얼마나 부당한지 모르겠어? 내가 너희와 이 집을 부양하려고 매달 남편과 싸워야 한다는 걸 모르는 거야?

칸디다 우리는 더 이상 언니나 언니 남편이나 마놀로한테 우리를 부양해달라고 하지 않을 거야!

파울라 우리가 알아서 할 거라고!

페팡 너희가 뭘 할 건데? 하숙인 받기? 스페인어 '전문 레슨'? 피아노 '전문 레슨'? 정말, 정말 웃긴다! 너희 좀 봐! 너희가 '알아서 할 수 있는' 그런 여자들이라고? 너희 둘 다 아무짝에도 쓸모없어!

마놀로 페팡, 화내지 말고 이 문제를 논의해보자.

칸디다 논의할 필요도 없어!

파울라 우리는 절대 마음을 바꾸지 않을 거야!

페팡 너희 둘 충분히 오랫동안 오냐오냐해줬어!

마놀로 페팡, 나 좀 얘기하자!

파울라 오, 둘이 계속 얘기해보시지, 달라질 건 아무것도 없을 거야!

페팡 멍청하게 고집만 센 노처녀들 같으니라고!

칸디다 파울라, 우린 부엌으로 가는 게 낫겠어.

마놀로 [벌떡 일어나며] 너희 둘 다 여기 있어!

[공습 사이렌이 다시 울리기 시작한다. 그들은 전혀 신경 쓰지 않는다.]

페팡 [목소리를 높이며] 아, 얘네가 왜 이 집에 있고 싶어 하는지 알겠어! 왜 여기를 그렇게 좋아하는지 알겠다고! 나도 알고 모두가 알아! 사람들이 뒤에서 숙덕거리는 걸 들었거든!

마놀로 뭐라고 숙덕거린다는 거야?

페팡 그리고 이 거리의 사람들 전부가 그 얘기만 하고 있겠지!

마놀로 뭔데? 무슨 얘기를 하는데?

페팡 우리의 이 훌륭한 동생들에 대해서 말이야, 마놀로! 오, 얘들은 완전히 웃음거리가 되었어, 이 동네 화제의 중심이지, 정말 큰 스캔들이야!

파울라 페팡, 무슨 소리야! 우리가 뭘 했다고?

마놀로 이게 다 뭐야, 페팡? 도대체 무슨 뜻이야?

페팡 분명히 소문을 들었을 텐데?

마놀로 나는 감사하게도 더 중요한 일들이 있어서!

페팡 오, 내가 얼마나 수치스러웠는지! 모두가 알아, 모두가 비웃고 있어!

마놀로 왜? 왜?

페팡 이 젊은 남자 때문에! 이 입에 담기도 싫은 젊은 남자! 얘네 젊은 남자를 하숙인으로 여기 살게 하고 있어! 도덕 관념도 문란한, 저속한 보드빌 음악가, 평판도 최악인 남자를! 어찌나 악명이 높은지! 그런데 또 내가 들은 바에 따르면, 칸디다와 파울라가 그 사람에게 완전히 빠졌다지 뭐야!

파울라 페팡!

페팡 그리고 그 남자는 애들한테 추파를 던져! 애들도 그걸 내버려두고!

마놀로 페팡, 그만해!

페팡 그 나이에! 그 나이에 속아 넘어가다니, 게다가 그렇게 저급한 남자에게!

마놀로 페팡, 닥치라고 했어!

페팡 그래서 애들이 이 집을 나가지 않는 거야! 그 젊은 남자 곁을 떠날 수 없어서! 그 사람과 도저히 떨어질 수 없어서— [그녀는 몸을 떨며 돌아선다. 그들은 서로를 바라보지 않으며 잠시 긴장 속에 침묵한다. 사이렌 소리가 멈춘다.]

마놀로 [여동생들을 마주 보며 단호하게 말한다.] 이제 너희가 왜 이 집에 계속 있을 수 없는지 알겠지?

칸디다 이 악의적인 말을 믿는 거야?

마놀로 내가 바본 줄 알아?

파울라 아, 그걸 믿을 만큼 바보 같은 사람들도 많겠지!

마놀로 바로 그거야! 그리고 너희가 이 집에 머무는 한 그들은 계속 혓바닥을 놀릴 거야!

칸디다 온 세상이 아무리 그 악의적인 혓바닥을 놀린대도 우리는 여기서 한 발짝도 움직이지 않을 거야!

파울라 그들은 경멸조차 받을 가치가 없어!

마놀로 그러면 우리 가족 평판은? 그것도 너희에게 아무런 가치가 없는 거야? 우리 이름이 악의를 가진 사람들에게 계속 흥미로운 이야깃거리가 되어야 하는 거야? 그리고 아버지는? 이게 그분에게 얼마나 상처가 될지 생각해본 적 있어?

칸디다 아버지는 이 일에 대해 아무것도 모르셔!

마놀로 정말 그럴까?

파울라 아버지는 아무것도 모르신다고!

마놀로 너희 자기기만이야. 아버지는 항상 알고 계셔! 아, 이제야 아버지가 왜 아프신지 알겠네!

칸디다 아버지는 아프지 않아!

마놀로 아니, 아프셔, 그리고 난 그 이유를 알지!

칸디다 아버지는 아프지 않고, 오빠는 아무것도 몰라, 모른다고!

마놀로 내가 뭘 모른다는 거야?

파울라 오, 말해, 칸디다, 말해버려! 알라고 해! 더 이상 숨길 이유가 없어!

마놀로 그럼, 정말 뭐가 있다는 거야?

파울라 그래! 그래!

마놀로 우리한테 뭘 숨기고 있던 거야?

[잠시 침묵. 그리고 칸디다가 자신을 다잡고 돌아서서 오빠와 언니를 마주한다.]

칸디다 아버지는 죽고 싶어 하셔. 자살을 시도하셨어.

페팡 [의자에 주저앉으며] 오, 세상에.

마놀로 자살을 시도하셨다니… 언제?

칸디다 그 사고가 있었을 때. 그건 사고가 아니었어, 마놀로. 아버지가 일부러 그러신 거야.

페팡 하지만 어떻게 알아?

마놀로 너희는 그때 못 봤다고 했잖아.

칸디다 우리는 그 일이 일어나는 걸 보지 못했지만, 아버지가 자살하고 싶어 하셨다는 건 알아. 아버지는 죽고 싶어 하셨어.

마놀로 아버지가 왜 죽고 싶어 하시겠어?

파울라 우리 때문이야! 우리 때문이라고!

칸디다 다 내 탓이야, 파울라. 너는 그냥 나를 따른 것뿐이고.

파울라 아니, 아니야, 우리가 같이한 거지. 우리는 아버지를 마주했고, 함께 아버지를 비난했잖아!

페팡 뭐 때문에 비난했는데?

파울라 우리 인생을 망쳤다고!

마놀로 파울라! 칸디다!

파울라 우리는 젊음을 허비한 걸 아버지 탓으로 돌렸어, 가난을 아버지 탓으로 돌렸어, 우리가 결혼하지 못한 것도 아버지 탓으로 돌렸고, 어머니의 재산을 낭비한 것도 아버지 탓으로 돌렸어!

페팡 [눈을 꼭 감으며] 불쌍한 아버지! 불쌍하고 불쌍한 아버지!

칸디다 그래, 우리는 돈이 없어서 어릴 적부터 겪어온 그 모든 굴욕을 아버지 앞에서 하나하나 따졌어. 그리고 아버지가 무정하고 이기적이라고, 오직 자신과 자신의 예술만을 위해 살아왔다고 비난했어. 페리코 씨 같은 사람들, 지금 부유하고 성공한 사람들 좀 보라고도 했어. 아버지도 페리코 씨처럼 부자가 될 수 있었을 거라고 얘기하면서. 왜 아니겠어? 아버지에게도 똑같은 재능이 있었고, 똑같은 기회가 있었는데. 하지만 아버지는 재능을 낭비했고, 기회를 낭비했어. 너무 겁쟁이였고, 너무 이기적이었으니까. 그래서 이제는 노년을 가난 속에 보내야 하고, 누가 도와주지 않으면 살 수 없어. 그리고 파울라와 내가, 우리 집이 부자였다면 우리가 결혼을 잘할 수 있었을 거라고도 말했어! 우리 젊음이 낭비된 것도, 우리 인생이 망가진 것도 아버지 탓이라고, 다 아버지 탓이라고 했어!

마놀로 너희가 그 말을 다 퍼부었을 때, 아버지는 어떻게 하셨어?

칸디다 아무것도.

마놀로 너희 뺨을 때렸어야 했는데!

파울라 아버지는 우리에게 혼자 있고 싶다고 하셨어.

[잠시 침묵, 모두 천천히 초상화 쪽으로 고개를 돌린다.]

마놀로 그 이후로 아버지께 용서를 구하지도 않았고?

칸디다 오, 그러려고 했어, 그 일이 있고 며칠 뒤에 그러려고 했다고. 우린 너무 절망스러워서 그랬던 거야. 우리도 바로 부끄럽게 느꼈어. 아버지 발밑에 엎드려 용서해달라고, 우리가 했던 모든 못된 말들을 용서해달라고 빌고 싶었어. 하지만 아버지는 우리에게 그럴 기회를 주지 않으셨어. 우리를 멀리하셨지. 그때부터 이 그림을 그리기 시작하신 거야. 밤낮으로 작업을 하셨지. 그리고 그림이 완성되자, 아버지는 우리를 방으로 불러 이 그림을 보여주셨어. 우리를 위해 아주 특별히 그렸다고, 이것이 우리에게 주는 마지막 선물이라고 말씀하셨어. 우리는 그때 무릎을 꿇고 용서를 구하고 싶었지만, 아버지는 그림을 우리에게 내밀며 우리를 물리치셨어. 우리가 문에 다다랐을 때 아버지는 "안녕, 칸디다. 안녕, 파울라"라고 말씀하셨고 그날 밤… 그날 밤 아버지는… 발코니에서 떨어지셨어….

[잠시 침묵, 그녀가 눈물을 삼킨다. 다시 입을 열어 더 쓸쓸하고 기운 없는 목소리로 말한다.] 알겠어? 이제 알겠냐고? 그건 사고일 수 없었어….

마놀로 [엄숙하게] 그래, 칸디다, 그 일은 사고가 아니었어.

파울라 그리고 아버지는 절대, 우리를 절대 용서하지 않으실 거야!

페팡 [일어나서 빠르게 자매들에게 다가가 두 사람을 팔로 끌어안으며] 파울라, 칸디다, 그런 말 하지 마! 당연히 아버지는 너희를 용서하실 거야! 아버지는 우리 아버지야! 다시 아버지께 가서—

파울라 그때부터 계속 노력하고 있었어.

칸디다 소용없어. 아버지는 우리를 용서하지 않으셔.

파울라 우리가 침대 옆에 무릎을 꿇으면, 아버지는 고개를 돌리셔.

칸디다 그래서 이 그림을 놓을 수 없는 거야. 이건 우리의 벌이야. 아버지는 우리를 벌주기 위해 이 그림을 그리셨어. 우리는 이 그림을 볼 때마다 고통받아. 우리는 이 그림에서 절대 벗어날 수 없어. 이건 우리의 벌이니까.

마놀로 [흐느낌과 함께 의자에 주저앉으며] 오, 파울라,

칸디다, 어떻게 그런 짓을 할 수 있었어! 너희는 아버지의 전부였는데 너희는 아버지를 버렸고, 아버지를 등진 거야! [그가 얼굴을 손에 묻는다.]

페팡 우리가 했던 그대로 했을 뿐이야, 마놀로.

마놀로 [손으로 얼굴을 가리고 울며] 오, 아버지! 오, 불쌍한, 불쌍한 우리 아버지!

페팡 우리 모두 성장해야 해, 마놀로, 우리 모두 성장해야 한다고. 우리가 어린 시절 아버지를 얼마나 숭배했는지! 우리는 아버지가 천재였기 때문에, 다른 아버지들과 달랐기 때문에 아버지를 자랑스러워했어. 우리는 항상 어머니보다 아버지 편을 들었어, 기억나? 불쌍한 어머니, 어머니는 늘 끝도 없이 걱정하고 끝도 없이 불평했어. 불쌍한 어머니는 아버지를 이해하지 못했으니까, 물론. 오직 우리, 그분의 자식들만이 아버지를 이해할 수 있었어. 그래서 우리는 아버지를 보호했고, 아버지를 정당화했고, 아버지가 그저 예술가로만 남을 수 있도록 기꺼이 가난해지고 다른 아이들이 가진 것을 가지지 않으려고 했어. 오, 우리는 행복했어, 알아. 심지어 그때도 나는 내 아이들이 우리가 겪어야 했던 고통을 겪지 않게 하겠다고 다짐했는데 말이야. 그리고 우리가 성장했을 때, 마놀로, 그때 우리는 어떻게 했지? 아버지가 우리 나이대 젊은이들이 다 가진 것을 우리에게 줄 수 없었을 때, 너와 내가 어떻게 했냐고! 우리도 아버지에 맞서 비겁함과 이기심을 비난하지 않았니? 우리도 젊은 시절에 우리가 당한 굴욕에 대해 아버지를 탓하지 않았니? 우리도 아버지가 어머니의 재산을 낭비한 것에 대해 책망하지 않았니? 그리고 우리도 아버지가 재능을 세상에서 성공하는 데 썼더라면 부자가 될 수 있었을 거라고 말하지 않았니? 그래, 우리도 그랬어, 마놀로. 너와 나도! 우리도 아버지를 똑바로 보며 비난하고 거부했어! 그런데 어떻게 이제 와서 칸디다와 파울라를 비난할 수 있겠어?

마놀로 [고개를 들며] 하지만 나는 애들이 행복하다고 생각했어. 칸디다, 파울라, 나는 너희가 아버지와 함께 있는 것에 만족한다고 생각했어.

칸디다 그래, 그랬어. 우리가 함께 사는 이 생활이 안정적이었을 때까지만 해도. 하지만 오빠와 페팡이 이 집에 들어가는 돈에 대해 불평하기 시작했잖아. 이 집을 팔겠다고 했지. 그래서 우리는 우리 미래가 얼마나 불안한지 깨달았어.

파울라 우리는 필사적이었어.

칸디다 그리고 우리가 누구를 탓할 수 있었겠어… 그분밖에는….

마놀로 [일어나며] 이제 한 가지는 확실히 정해졌어. 서로를 이렇게 증오하고 원망하는데 셋이 어떻게 같이 살겠어. 이 집을 팔고 아버지는 병원에 모셔야 해.

파울라 아버지를 우리에게서 지금 데려가면 안 돼!

칸디다 우리에게 시간을 줘, 우리가 한 일에 대해 속죄할 시간을!

파울라 우리는 용서받을 때까지 계속 노력해야 해!

마놀로 더 이상 말다툼하고 싶지 않아! 아버지가 여기 계시고 싶어 하신다고 생각하는 한 이 집을 감히 팔지 못했는데. 하지만 이제는 아버지도 여기 계실 마음이 없다는 걸 알았고 너희와 계속 지내고 싶으신 것도 아니니까! 아버지는 너희 둘과 완전히 떨어지지 않으면 절대 회복하지 못하실 거야!

파울라 마놀로!

칸디다 아, 오빠는 잔인할 권리가 있겠지. 양심이 깨끗하니까!

마놀로 이 사실을 알게 되어 기뻐.

칸디다 그래, 기쁘겠지, 둘 다 아주 기쁘겠지! 오, 파울라와 나도 착한 자식이 아니었다는 걸, 둘이 그랬듯이 아버지를 등졌다는 걸 알아서 신나겠지! 그래서 지금 페팡과 얼마나 안도감을 느낄까! 왜냐하면 이제 우리가 모두 똑같아졌으니까, 우리 모두 똑같아, 우리 모두 우리 아버지를 파괴했지!

페팡 칸디다, 좀 진정해. 마놀로, 얘들에게 시간을 줘야 해.

마놀로 이 집이 팔릴 때까지 있을 수는 있지만 하숙인은 당장 내보내야 해. 그리고 가능한 한 빨리 아버지를 병원으로 옮기도록 조치할 거야. 나는 이달 말까지 이 집을 처분할 계획이야. 칸디다, 너는 나와 함께 살게 될 거고, 파울라, 너는 페팡과 살게 될 거야. 그리고 모두 명심해, 이 문제에 대해 더 이상 얘기할 일 없도록 하자. 페팡, 지금 갈 준비됐어?

페팡 [가방을 가지러 가며] 그래, 마놀로.

마놀로 들어가서 아버지가 깨어 계신지 확인하고 올 테니 잠깐 기다려. [퇴장한다.]

페팡 [진지하게] 칸디다, 파울라, 다 잘될 테니까 자신감 잃지 마. 그리고 아버지는 정말 병원에 있는 편이 더 나을 거야. 자책하면 안 돼. 아버지는 너희를 용서하실 거니까. 사실, 이미 용서하신 거야. 너희는 이 그림이 너희의 벌이라고 말하지만, 나는 아버지가 그렇게 잔인할 것 같지 않아. 너희를 벌주기 위해 이 그림을 그리신 게 아니라 너희를 해방하기 위해, 자유롭게 하기 위해 그리신 거야! 이해하지 못하겠니? 너희가 그 모든 원망 섞인 말을 했을 때, 아버지는 화내지 않았어. 너희의 어려움을 이해하고 너희를 불쌍히 여기셨어. 물론 너희에게 돈을 줄 수는 없었지만 이 그림을 주실 수는 있었어. 너희가 이 그림으로 돈을, 너희를 해방하고 자유롭게 할 돈을 벌 수 있다는 것을 아셨으니까! 파울라, 칸디다, 너희 행복은 너희 손에 달려 있어. 너희는 돈을 벌 수 있고, 안정적이며 독립적으로 살 수 있어. 더 이상 미래를 걱정할 필요가 없을 거야.

[마놀로 등장.]

마놀로 아버지는 아직 주무셔. 가자, 페팡.

페팡 [자매들에게 키스하며] 잘 있어, 칸디다. 잘 있어, 파울라.

마놀로 잊으면 안 돼, 너희 하숙인은 즉시 내보내야 해!

파울라 응, 마놀로.

마놀로 칸디다, 내 말 들었어?

칸디다 알겠어, 마놀로.

마놀로 그리고 문에 붙인 간판도 다 치워.

파울라·칸디다 응, 마놀로.

마놀로 그럼, 이제 안녕. 그리고 너희 둘 다 좀 더 분별 있게 행동하도록 해!

파울라·칸디다 안녕, 마놀로.

마놀로 아버지께 내가 곧 다시 올 거라고 전해드리고.

[페팡과 마놀로 퇴장.]

파울라 [잠시 후] 칸디다, 새로운 소식 없어? 아, 제발 좋은 소식이 있다고 해줘!

칸디다 뭐라도 먹으려면 이제 요리해야 해.

파울라 그럼, 안 갔다는 거야?

칸디다 [비통하게] 갔었어!

파울라 그 보건과학국에?

칸디다 [떨며] 아, 파울라, 끔찍했어!

파울라 안 맞는 곳이었어?

칸디다 내가 미쳤다고 생각하더라!

파울라 아, 칸디다!

칸디다 다들 나를 비웃기만 했어. 나를 이 부서에서 저 부서로 보냈어. 아, 나는 그들이 진지한 줄 알았고, 그래서 세상 물정에 밝은 척 아주 똑똑하게 굴려고 했어. 나는 사무실마다 들어가서 쥐를 잡고 싶다고, 내가 전문가라고 말했고, 사람들도 주의 깊게 들었어. 나는 그들이 정말로 관심이 있다고 생각했는데 그들은 나를 비웃고, 나를 놀리고 있었을 뿐이었어. 그러다가 나를 무서워하기 시작했고, 내가 위험한 사람이라고 생각했어. 그들은 점점 더 긴장하더니 흥분해서 뛰어다니고 소리치고 호루라기를 불었어. 사람들이 모이기 시작했어. 그들은 내가 범죄자라고 생각했어! 나는 도망쳐야 했지! 그 사람들은 나를 길거리까지 쫓아왔어! 나는 뛰고 또 뛰어야 했다고!

파울라 [언니의 손을 잡으며] 아, 칸디다!

칸디다 페팡이 한 말이 맞아. 세상 어디에도 우리를 위한 자리는 없어. 우리는 아무 데도 쓸모가 없어. 우리는 이제 따로 살아야 해. 너는 페팡한테 가서 살아. 나는 마놀로와 살게. 나는 마놀로의 아이들을 돌보고 하인들을 감시해야지. 너는 페팡의 빨래를 대신하고, 머리를 빗겨주고, 전화를 받아주게 될 거야.

파울라 페팡이 나에게 헌 옷을 던져주면 감사한 척해야겠지.

칸디다 그리고 마놀로의 아내는 내게 머리를 자르고 화장을 하게 할 거야.

파울라 아, 칸디다, 벗어날 방법은 없는 거야?

칸디다 [초상화를 향해 고개를 돌리며] 페팡이 뭐라고 했는지 들었어? 이 그림이 우리의 해방, 우리의 자유라고 했어…. [그들이 초상화를 감탄스러운 눈으로 바라보고 있을 때, 거리에서 자동차가 멈추는 소리가 들린다. 그들은 서로를 빠르게 쳐다본다. 칸디다는 몸을 덜덜 떤다.] 아, 지금은 그와 얘기 못 하겠어! [그녀가 서둘러 문 쪽으로 가고 파울라도 뒤따른다. 토니 하비에르가 계단을 뛰어오르며 "칸디다 양! 파울라 양!" 하고 외치는 소리가 들린다. 자매들은 문간에서 멈춘다. 토니가 숨을 헐떡이며 계단참에 나타난다.]

토니 아, 여기 계셨군요! 두 분 다 이리 와보세요! 와서 좀 앉으세요! 아, 파울라 양, 칸디다 양, 제가 좋은 소식을 가져왔어요! 이게 여러분의 구원이 될 겁니다!

칸디다 우리의 구원이요?

토니 구원받고 싶다면, 그리고 받고 싶으시잖아요!

파울라 하비에르 씨, 그게 다 무슨 소리죠?

토니 이리 오세요, 숙녀분들, 그러면 알게 될 거예요! 와서 제 말을 좀 들어주세요!

[파울라는 칸디다를 쳐다본다. 칸디다가 방으로 다시 걸어가고 파울라가 뒤따른다.]

칸디다 자, 뭔가요, 하비에르 씨?

토니 [소파를 가리키며] 아, 먼저 앉으세요, 앉으세요. 이야기를 다 듣기도 전에 달려 나가시면 곤란하니까요.

파울라 아, 칸디다, 다 말도 안 되는 소리야!

토니 [애원하는 표정을 지으며] 제발요, 파울라 양!

칸디다 [소파로 가며] 알겠어요, 하비에르 씨, 하지만 금방 끝내요. 저희가 아직 요리를 안 했거든요. [그녀와 파울라가 소파에 앉는다.]

토니 아, 제 이야기를 들으면 요리고 뭐고 잊어버리게 될 거예요! 그리고, 아, 그래요, 여러분이 이 문제에 대해 다시는 언급하지 말라고 하셨던 건 알지만 그 말을 어길 수밖에 없어요.

파울라 또 저 그림에 관한 건가요?

토니 그리고 오랫동안 저 그림을 사고 싶어 했던 미국인에 관한 거예요.

파울라 [일어서며] 아, 하비에르 씨!

토니 앉아요, 파울라 양, 앉아서 좀 들어봐요! [파울라가 그의 말을 따른다.] 이제, 이 미국인이 말이에요, 미국으로 돌아간대요. 미국인들이 모두 집으로 돌려 보내지고 있어요. 전쟁이 터졌을 때 여기서 잡히지 않도록 대피시키는 거죠. 글쎄, 제가 말하는 이 미국인은 일주일 안에 떠날 겁니다. 여전히 이 그림을 원하고 있어요. 그림을 가지고 가고 싶어 해요. 아, 자기 말로는 이 그림에 푹 빠졌다고 하더군요. 그래서 엄청난 가격을 제시했어요. 마지막이에요. 받아들이든지 말든지. 더 이상 흥정하고 싶지 않대요. 그리고, 숙녀분들, 지금 그 사람이 당신들 그림에 얼마를 말하는지 알아요? [그가 자매들을 바라보며 잠시 말을 멈춘다.] 무려 1만 달러를 제안하고 있다고요!

칸디다 [충격에 얼어 있다가] 1만 달러라고요!

토니 페소로 하면 2만 페소죠.

파울라 2만 페소!

토니 아, 그 사람은 그 그림을 정말로 원하고, 또 당장 원해요! 금요일에 떠나거든요. [자매들은 침묵하며 초상화를 바라본다.] 자, 이제 어떻게 하시겠어요? 서두르진 마세요, 서두르지 마시고 신중하게 생각하세요, 아주 신중하게 생각하세요! 아, 그냥 한번 생각해봐요! 2만 페소! 몇 년은 살 수 있는 충분한 돈이에요! 아니, 부자가 될 거라고요! 세상 꼭대기에 앉을 거예요! 손가락만 까딱해서 형제자매들을 불러도 되겠죠!

파울라 [잠시 가만히 있다가 일어서며] 저희는… 저희는 죄송해요, 하비에르 씨. 하지만 이전에 이미 그 그림은 판매하지 않겠다고 말씀드렸죠. 음… 여전히… 여전히 판매하지 않을 겁니다.

토니 뭐라고요?

파울라 자, 가자, 칸디다.

[칸디다는 여전히 앉아 초상화를 바라보고 있다.]

토니 잠시만, 잠시만 기다려요, 기다려봐요! 오, 맙소사! 생각해보세요, 숙녀분들, 생각 좀 해보세요! 이런 기회는 다시 오지 않을지도 몰라요! 일생일대의 기회라고요!

파울라 [희미하게 미소 지으며] 오히려 하비에르 씨에게 일생일대의 기회인 것 같네요.

토니 저한테 기회라고요? 왜요?

파울라 그렇게 판매를 성사하고 싶어 하시는 걸 보니까요. 그 미국인이 당신에게 아주 큰 보상을 제안했나 보죠?

토니 그냥 여러분에게 얼마나 많은 돈을 제시하는지만 생각해보세요!

파울라 그리고 당신에게는 얼마나 많은 돈을 제시했나요, 하비에르 씨?

토니 왜 묻는 거죠?

파울라 많은 돈인가요?

토니 물론이죠! 그리고 저는 그 돈이 필요해요!

파울라 당신이 그 보상을 받을 수 없어서 유감이에요.

토니 하지만 여러분 자신들을 생각해보세요, 자신들을 생각해보세요! 칸디다 양, 당신이 무엇을 놓치게 될지만 생각해보세요!

파울라 저희도 저희가 무엇을 하고 있는지 알아요. 칸디다, 시간 낭비일 뿐이라고 하비에르 씨에게 말해줄래?

토니 칸디다 양, 어떤 기회를 놓치고 있는지 파울라 양에게 말해줄래요?

[칸디다는 침묵 속에 일어나 걸어간다. 놀란 파울라는 그녀를 따라가려 한 발짝 내디딘다.]

토니 [파울라의 팔을 잡으며] 아, 가지 말고 들어주세요! 제발 제 말 좀 들어주세요!

칸디다 [천천히 문 쪽으로 걸어가며] 요리해야겠어….

파울라 오, 칸디다, 나 혼자 두지 마!

칸디다 [갑자기 돌아서며 격렬하게] 왜? 무서워?

파울라 [놀라서] 무섭냐고? [토니가 그녀의 팔을 놓는다.]

칸디다 [맹렬하게] 그래, 그래, 무섭냐고! 여기 남는 게 무섭냐고! 결국 그게 사실이라는 걸 알게 되는 게 무섭냐고!

사람들이 하는 말, 숙덕거리며 비웃는 모든 말이!

파울라 칸디다! 알잖아, 그건 사실이 아니야!

칸디다 그럼 왜 여기 남는 게 무서운데? 왜 항상 내 곁에 있어야 하는 건데? 너 아기야, 내가 네 보모라도 돼?

파울라 [냉정하게] 나는 여기 남는 게 무섭지 않아. 나는 남을 거야, 칸디다. 나는 언니가 필요 없어.

칸디다 네가 왜 나를 필요로 해야 해? 우리가 왜 서로를 필요로 해야 해? 아, 이제는 각자가 혼자서 사실을 직시할 때야! 혼자서, 파울라! 함께가 아니야, 늘 함께가 아니라고!

파울라 [고개를 흔들며] 우리는 더 이상 함께가 아니네, 칸디다. 이미 결정을 내렸구나. [그들은 잠시 서로를 응시한다. 그러다 칸디다가 급히 돌아서서 문 쪽으로 간다. 파울라는 비웃듯이 웃는다.] 그리고 나는 언니가 왜 도망가는지 알아, 칸디다! 알아, 안다고!

칸디다 [문가에서 돌아서며, 싸우는 듯한 말투로] 맞아, 파울라! 네 말이 절대적으로 맞아! 내가 왜 계속 고통받아야 해? 그리고 네가 왜 계속 고통받아야 해? 하지만 너도 스스로 결정해야 해, 파울라, 너 혼자! 그래, 나는 이미 결정을 내렸어! 아, 네가 맞아, 파울라! 우리는 더 이상 함께가 아니야! 우리는 더 이상 함께가 아니라고! [그녀는 얼굴을 손으로 가리고 급히 나간다.]

토니 [잠시 후] 미안해요, 파울라 양. [파울라는 가만히 문가를 바라본다. 토니는 어깨를 으쓱한다.] 물론 알아서 잘하시겠죠…. 하지만 2만 달러인데! [그가 휘파람을 분다.] 2만 달러를 거절하다니! 그런 기회를 잡지 않겠다니! 맙소사, 저였다면! 저한테 온 기회였다면! [그는 초상화 쪽으로 다가가 그 앞에 서서 씁쓸한 표정으로 응시한다.] 내게 2만 달러가 있다면 뭔들 못할까! 그것만 있으면 돼, 그 돈만 있으면 다시 시작할 수 있겠지. 이 시골 마을에서 벗어나고, 보드빌에서 벗어나고, 그 모든 쓸모없는 사람들에게서 벗어나…. 아, 난 뭐라도 이뤄낼 거고, 다들 그 모습을 보게 될 거야! 내 이름을 알리고, 거물이 되는 거지…. 돈만 좀 있으면 돼. 내 밴드를 꾸려서 홍콩, 상하이, 자바, 인도까지 동양 전역에서 공연하는 거야. 나는 돈을 빨리 벌 수 있을 거야. 그리고 유럽으로 가는 거지. 당연한 거 아니겠어? 이 전쟁이 영원히 끝나지 않을 것도 아닌데. 그렇게 유럽에 가서 진짜로 피아노를 배우는 거야….
[파울라는 유럽에 대한 언급에 토니의 얼굴을 바라보며 그의 말을 주의 깊게 듣는다. 그는 그녀를 완전히 잊고 있다.] 내가 그냥 평범한 피아노 연주자가 아니라는 걸 신도 아실 텐데! 난 야망이 있다고. 나는 큰 꿈이 많아, 내 안에는 정말 너무나 많은 것이 있다고! 그런데 그걸 보드빌에서 낭비하고 있다니! 이건 불공평해! 왜 나한테는 저렇게 그냥 와서 2만 달러를 주겠

다고 하는 사람이 아무도 없냐고? 오, 나한테 2만 달러가 있다면 무엇을 할 수 있을지! 파리도 가고, 빈도 가고, 뉴욕도 가고…. [파울라가 와서 그의 옆에 선다. 그는 몽상에 푹 빠져 그녀를 알아차리지 못한다.]

파울라 [일종의 무아지경 속에서 헤매며] 파리…? 빈…? 뉴욕…?

토니 [딱히 그녀를 인식하지 못한 채] 그래, 그리고 저편에 있는 그 모든 화려한 장소들. 스페인, 이탈리아, 남아메리카…. 하지만 난 단순히 즐기려고 가는 게 아니야. 아니, 절대 아니지! 이번에는 지난번처럼 부어라 마셔라 하는 파티나 놀러 다니려는 게 아니야. 이번에는 진지할 거니까. 진짜로 공부하고, 진짜로 배울 거야. 그러고 나서 내가 정말 재능이 있는지 없는지 한번 두고 보자고!

파울라 저도 여행을 꿈꾸곤 했죠….

토니 [이제야 그녀를 바라보며] 뭐라고요?

파울라 [초상화를 향해 꿈꾸는 듯한 미소를 지으며] 유럽… 전 항상 유럽에 가고 싶었어요. 스페인, 프랑스, 이탈리아…. [토니가 약간 흠칫하며 그녀의 옆에서 한 걸음 물러선다. 그녀는 알아차리지 못한다.] 저는 항상 아버지가 젊었을 때 사셨던 곳들에 다 가보고 싶었어요…. [토니는 이제 초상화를 올려다본다. 갑자기 그가 미소를 짓는다.] 지금 갈 수도 있지 않을까요? [그녀는 그의 얼굴을 향해 고개를 돌려 그가 싱긋 웃고 있는 것을 본다.] 왜 웃는 거예요?

토니 [초상화를 보고 웃으며] 아버님이 대가를 치르실 테니까요!

파울라 무슨 대가요?

토니 응당 치러야 할 대가요!

파울라 무슨 뜻이에요?

토니 [웃음 띤 얼굴을 그녀에게 향하며 옆으로 다가가며] 그래서, 당신도 여행을 가고 싶다는 거죠, 그렇죠?

파울라 [다시 미소 지으며] 어릴 때는 그랬어요.

토니 지금은요?

파울라 그냥 꿈이었을 뿐이에요, 아직 어린 소녀의 어리석은 꿈….

토니 꿈을 이룰 수 있어요.

파울라 [한숨을 쉬며] 아, 이제는 너무 늦었어요!

토니 [가까이 다가가며] 파울라—

파울라 [몸이 경직되며] 이젠 너무 늦었어요!

토니 [부드럽게, 다정하게] 파울라…, 너무 늦었다고요?

파울라 [떨기 시작하며] 네!

토니 하지만 왜죠, 파울라, 왜요?

파울라 내가 더 이상 어린 소녀가 아니니까요!

토니 [더욱더 가까이 다가가며] 파울라, 제 말 좀 들어봐요—

파울라 [부들부들 떨며 그 자리에 얼어붙은 채, 그러나 다가오는 그의 얼굴을 단호하게 외면하며] 안 돼, 안 돼요! 이제 너무 늦었어요! 나는 더 이상 젊지 않아요, 나는 더 이상 젊지 않다고요!

토니 파울라, 저를 조금이라도 좋아하지 않나요? [그녀는 그를 외면한 채 긴장한 상태로 침묵을 지킨다.] 저를 조금이라도 좋아한다고 말해줄 수 없나요, 파울라?

파울라 아, 그렇게 말하면 안 돼요! 사람들이 뭐라고 하겠어요?

토니 사람들이 뭐라고 하든 무슨 상관이에요? 그 방정맞은 입이 두려워요?

파울라 [갑자기 활기를 띠며] 저는 그런 사람들을 경멸해요!

토니 그러면 보여줘요! 경멸한다는 걸 보여줘요! 사람들이 뭐라고 하든 당신 하고 싶은 대로 해요!

파울라 [얼굴이 굳어지며] 그래요, 맞아요!

토니 그리고 그 사람들이 어차피 당신한테 뭘 어떻게 할 수 있겠어요?

파울라 전 두렵지 않아요!

토니 뭐라고 지껄이든 신경 쓰지 말아요! 원할 때 언제고 짐을 싸서 가고 싶은 곳으로 떠나는 거예요!

파울라 멀리?

토니 그래요, 파울라, 가고 싶은 만큼 멀리. 꿈을 이룰 수 있어요.

파울라 [주저하며] 내 꿈은 죽었어요.

토니 꿈은 죽지 않아요.

파울라 내 꿈은 죽었어요. 아주 오래전에.

토니 하지만 누가 와서 적절한 말을 해준다면, 그 꿈이 다시 살아날 수 있다고 생각하지 않아요?

파울라 나는 기다리는 걸 그만두었어요, 너무나도 오래전에….

토니 파울라, 저를 봐요. [그녀는 계속 외면한 채로 있다.] 저를 좀 봐요, 파울라! [그녀는 얼굴을 돌리다가 초상화를 보고는 눈이 공포에 질려 휘둥그레지며 얼어붙는다. 그는 그녀를 보고, 다시 초상화를 보더니 물러난다.] 파울라, 그분에게서 등을 돌려요! 그분에게서 돌아서요!

파울라 [고통스러워하며, 움직일 수 없는 듯 초상화에 시선을 고정한 채] 못 해요! 못 하겠어요!

토니 [엄하게] 할 수 있어요! 할 수 있고 말고요! 돌아서요, 파울라! 그분이 여기서 썩고 싶다면, 그렇게 내버려둬요! 왜 당신이 함께 썩어야 하죠? 돌아서요, 파울라, 돌아서요!

파울라 [몸을 움직이려고 애쓰며] 못 하겠어요!

토니 해봐요, 파울라, 노력해봐요! 제가 여기 있어요, 파울라. 제가 당신 뒤에 있어요! 내게 와요, 파울라! [그녀는 극도의 노력을 기울여 관객을 등지고 그를 향해 몸을 돌린다. 그는 큰 안도의 한숨을 내뱉으며 밝게 웃는다.] 거봐요! 해냈잖아요! 오, 파울라, 이제 당신은 더 이상 두렵지 않은 거예요! 당신은 그분에게 등을 돌렸어요! 당신이 이겼다고요! 오, 이리 와요, 이리 와요, 파울라! [그는 팔을 벌리고 천천히 계단 쪽으로 물러나며 계속 말한다. 그녀는 최면에 빠진 것처럼 천천히 그를 따라 앞으로 나아간다.]

자, 이쪽으로 와요! 껍질을 깨뜨린 겁니다! 아니, 뒤돌아보지 말고, 멈추지 말고, 그냥 계속 움직여요! 그래, 바로 그거예요! 잘한다, 파울라! 만세! 오, 해군에 입대해서 세상으로 나아가요! 아니, 그러지 마요, 그럴 필요도 없어요! 이미 아주 부자니까요, 이 운 좋은 여자야! 그리고 생각해봐요! 꿈꿔왔던 모든 곳을, 스페인, 프랑스, 이탈리아! 이제 보는 거예요! 당신 아직 젊어요, 파울라! 행복할 권리가 있어요! 그리고 행복해질 거고요, 파울라! 당신 꿈은 아직 죽지 않았어요! 그 꿈들이 다시 살아날 겁니다! 결국 이뤄질 거예요! [그는 난간에 도착해 걸음을 멈춘다. 그녀도 멈춘다. 그는 팔을 벌리며 그녀에게 다가간다. 그녀는 갑자기 그의 손길을 피하며 몸을 떤다.]

파울라 안 돼, 안 돼요! 손대지 마요! 당신이 제게 손대면 안 돼요! 여기서는, [방을 둘러보며] 여기서는 안 돼요….

토니 [알겠다는 듯한 미소로] 알겠어요, 파울라. 여기서는 안 되는 걸로. [계단참으로 가며] 와요, 파울라. [그는 미소를 지으며 기다린다. 잠시 후, 그녀는 고개를 숙인 채 그의 곁으로 걸어간다. 그는 그녀를 내려다보며 미소 짓고, 그녀는 사뭇 진지한 얼굴로 그를 올려다본다. 그들은 서로의 눈을 바라보며 계단을 내려간다. 잠시 후, 그의 차 시동 소리가 들린다. 동시에, 칸디다가 안에서 "파울라! 파울라!"라고 외치기 시작한다.]

칸디다 [문 앞에 나타나며] 파울라! [차가 떠나는 소리가 들린다. 그녀는 발코니로 뛰어가 서서 거리를 바라본다. 그러고는 목에 손을 얹고 돌아선다.]

칸디다 [충격에 찬 속삭임으로] 파울라! [그리고 결심한 듯 계단 쪽으로 성큼성큼 걸어가지만, 초상화를 흘끗 보고는 겁에 질려 숨을 헐떡이며 움츠린다. 그녀는 초상화에 시선을 고정한 채 몸을 떨며 서 있고, 숨은 점점 더 빨라진다.]

막이 내린다.

3장

앞선 장과 마찬가지로, 막이 열리며 왼쪽 끝에서 조명 아래 서 있는 비토이 카마초와 함께 '인트라무로스 커튼'이 나타난다.

비토이 내가 마라시간가의 집에 다시 갔을 때는 10월 둘째 주 일요일, 차갑고 흐린 오후였다. 태풍 바람이 불었고, 하늘은 우리 마음속 날씨만큼이나 어두웠다. 전쟁이 다가온다는 소문이 빠르게 퍼지며, 공포가 가득했다.

하지만 그날 오후, 인트라무로스는 축제 분위기였다. 마치 죽음을 앞두고 영원히 사라질 것을 아는 듯, 이 오래된 도시는 마지막으로 축제를 즐기고 있었다. 거리는 장식되었고, 바삐 움직이는 사람들로 가득했다. 종소리는 높고 맑게 울려 퍼졌다. 라 나발 마닐라 축제[36]였다. [멀리서 희미하게 종소리와 밴드 음악 소리가 들린다.]

거리를 걸어 내려가며 걸음걸음마다 자갈길에 울려 퍼지는 발소리를 들을 수 있었다. 말하거나 웃을 때마다 목소리가 계속

36 거룩한 성모 축제. 1646년 발생한 해전에서 스페인-필리핀 연합군이 네덜란드 함대의 마닐라 침공 시도를 물리쳤던 것을 기념하는 축제다. 성모 마리아의 중재로 승리했다고 여겨지기 때문에 축제 때 성모 마리아상과 함께 거리를 행진한다.

울리며 메아리치는 것 같았다. 머리 위에 드리워져오는 운명을 의식하며, 나는 더 간절하고 열렬한 눈으로 주위를 둘러보았다. 마지막으로 보는 것일지 모른다고 생각하니 눈에 들어오는 모든 것이, 심지어 빈민가의 주택들조차도 갑자기 매우 아름답고 소중해 보였다. [무대 안의 불이 켜지며, 커튼 뒤로 거실이 보이기 시작한다.]

정말 그것이 마지막이었다. 두 달 후, 폭탄이 떨어지기 시작했다. 이제는 옛 마닐라의 흔적이 아무것도 남아 있지 않다. 옛 마닐라는 죽었고, 영원히 사라졌다. 다만 나의 기억 속에서 살아 있을 뿐이다. 여전히 젊고, 여전히 위대하며, 여전히 고귀하고 언제나 고결한 도시로. 내가 떠올릴 때마다 그곳은 늘 하늘이 어둡고, 태풍 바람이 부는 10월의 라 나발 축제다. ['인트라무로스 커튼'이 열리기 시작하며 거실이 드러난다. 늦은 오후로 방이 다소 어둡다. 오른쪽 문과 발코니는 거친 바람에 계속 휘날리는 축제용 커튼으로 장식되어 있다.]

10월, 북풍이 마닐라를 흔들며 여름의 먼지와 비둘기들을 기와지붕에서 날려버리고, 오래된 벽에 낀 이끼를 싱싱하게 한다. 도시는 성모 마리아에게 바치는 큰 축제를 위해 아치와 종이 등으로 장식된다. [칸디다가 기도서, 묵주, 우산을 들고 천천히 계단을 올라온다. 그녀는 우산꽂이로 가서 우산을 내려놓는다.]

여자들은 위층에서 서둘러 화려한 옷을 입고, 수염을 기른 남자들은 아래층에서 지팡이를 두드리고, 아이들은 문간에서 와글거리며, 마부들은 거리에서 움직이고 싶어 안달인 조랑말을 붙잡고 바람의 찬 기운에 걱정하며 불안하게 위를 쳐다본다. 올해도 비가 올까? [칸디다는 발코니 앞에 멈춰 서서 손을 내밀어 바람을 느낀다.]
그러나 오래전 성모 마리아에게 기도하며 불안하게 위를 쳐다보던 눈들은 더 무서운 비, 불과 금속의 비를 두려워했었다. 해적선이 지평선을 가득 메우고 있었기 때문이다. [칸디다는 중앙에 있는 탁자로 가서 기도서와 묵주를 내려놓는다. 그녀가 베일을 벗어 개기 시작한다. 멀리서 들려오는 종소리와 밴드 음악 소리를 듣고 멈춘다.]
종소리가 다시 크게 울리기 시작하고 맑은 공기 속에 은화가 쏟아지는 소리처럼 들린다. 밴드가 자갈길을 따라 씩씩하게 행진하며 드럼과 트럼펫이 내는 소리에 어린 시절의 행복한 감정이 터져 나와 모두의 마음을 세게 두드린다. 10월의 마닐라! [칸디다는 가만히 서서 듣고 있다. 베일이 그녀의 손에서 탁자 위로 떨어진다. 칸디다는 그녀가 가진 옷 중 가장 좋은 파란색 구식 드레스와 보석을 착용하고 있다.]
그러나 어린 시절에 느꼈던 그 특별한 감정은 더 이상 순전히 자신만의 것이 아닌 것 같다. 처음 그 감정을 느꼈을 때부터 시간 깊숙이 먼 여행을 떠난 것 같다. 점점 더 애절하고 복잡해지며, 어린아이가 맞추던 운율이 서사시로 부풀어 오르는 것처럼, 물려받는 순간 자신의 보석을 더해 다음으로 넘겨주는 가문의 보물처럼. [칸디다는 다른 발코니로 가서 고개를 든 채 눈을 감고, 바람에 머리가 날리는데도 서 있다.]
그리고 시간은 예기치 않은 목적지를 만든다. 역사는 엉겅퀴에서 무화과를 길러낸다. 어제의 해적들이 오늘의 구운 돼지고기와 종이 등, 초조한 지팡이 두드림, 트럼펫 소리가 된다…. [칸디다는 고개를 숙이고 손으로 얼굴을 가린다. 멀리서 들리던 종소리와 음악 소리가 사라진다. 비토이가 방으로 들어와 계단참에 자리를 잡는다.]
안녕하세요, 칸디다. [그녀는 긴장하며 돌아선다.]

칸디다 [안도하며] 아, 너였구나, 비토이.

비토이 [걸어 들어오며] 와, 정말로 멋지게 차려입으셨네요!

칸디다 [앞으로 다가오며] 축제잖아.

비토이 교회에서 당신과 파울라를 봤어요.

칸디다 응, 나는 먼저 집에 왔어. 사람이 너무 많아서 어지러웠거든. 앉아, 비토이. 파울라도 곧 올 거야.

비토이 [서서] 아버님은 어떻게 지내세요?

칸디다 아, 늘 똑같지. 아버지를 뵙고 싶니? 그런데 아버지는—

칸디다 · 비토이 [함께] 지금 낮잠을 주무실 거야.

비토이 [웃으며] 그렇게 말씀하실 줄 알았죠! [칸디다가 미소 짓는다. 종소리가 다시 울린다. 그들은 발코니 쪽을 바라보며 종소리를 듣는다.]

칸디다 행렬을 보러 온 거야?

비토이 다시 10월이에요, 칸디다!

칸디다 응… 아, 비토이, 우리 어린 시절의 10월들! 사랑스럽고 소중한 우리 어린 시절의 10월들!

비토이 우리 가족들이 이 집 발코니에서 해군 행렬을 보러 오곤 했던 것 기억나요?

칸디다 그리고 다른 친구들의 가족들도 그랬지.

비토이 해마다—

칸디다 해마다 이날, 라 나발 축제 날에는 우리 집이 모두에게 열려 있었어. 늘 이 집에서 가장 큰 축제였지.

비토이 식당에는 레촌[37]과 레예노[38]가 차려지고—

칸디다 그리고 여기 거실에는 아이스크림과 뚜론—[39]

---

37 새끼 돼지 구이.

38 고추에 채소와 고기, 치즈 등을 채워 구운 요리.

39 견과류와 꿀로 만든 과자.

비토이 그리고 샹들리에도 다 켜고—

칸디다 우리 집 창문과 발코니가 많은 손님으로 가득했었어—

비토이 행렬이 아래를 지나가고 아이들은 계속 소리쳤었죠, "엄마, 저 사람은 누구예요?" 그리고 "엄마, 저 사람은 또 누구예요?"

칸디다 [신앙심 깊은 어머니의 목소리로] 저 사람은, 아들아, 성 빈센트 페레르야, 그리고 저 사람이 날개를 달고 있는 이유는 천사처럼 설교를 잘했기 때문이지.

비토이 [눈을 크게 뜨고 목을 쭉 빼며] 그리고 지금 오는 저 사람은 누구예요, 엄마?

칸디다 저 사람은, 아들아, 고귀한 성 페드로 마르티르란다.

비토이 오, 보세요, 보세요, 머리에 칼이 꽂혀 있어요! 왜 머리에 칼이 있어요?

칸디다 악한 사람들이 그를 칼로 죽였기 때문이야.

비토이 그러면 지금 깃발을 들고 있는 저 사람은 누구예요?

칸디다 [웃으며] 아, 입 좀 닫아라, 우리 아들! 정말 성가시고 귀찮구나!

비토이 그리고 머리를 한 대 쥐어박고—

칸디다 성가신 아이 또 하나가 울면서 끌려 나가고—

비토이 아이스크림과 뚜론으로 조용해지고—

칸디다 아니면 작은 방으로 끌려가고—

비토이 종이 울리고, 밴드가 연주하고, 거리에 사람들이 시끄럽게 떠들고—

칸디다 그리고 갑자기 비가 내리고!

비토이 아아, 저런!

칸디다 기억나?

비토이 예루살렘아 내가 너를 잊을진대—

칸디다 아, 저 바람 냄새 맡아봐, 비토이! 휴일의 냄새, 우리가 사랑하는 옛 마닐라의 냄새야!

비토이 [고개를 젖히고 노래하며] "아디오스, 하늘의 여왕이여! 어머니, 구세주의 어머니여…."

칸디다 [갑자기 눈을 손으로 누르며] 아, 그만해, 비토이!

비토이 [웃으며] 세상에, 제가 그렇게 노래를 못 불러요?

칸디다 [미소 지으려 하며] 훨씬, 훨씬 더 못 불러!

비토이 제 머리를 한 대 쥐어박아야 했네요!

칸디다 그럴까?

비토이 [머리를 내밀며] 그럼요. 자요. 바로 여기. [칸디다가 울적한 듯 돌아선다. 비토이가 자세를 바로 한다.] 미안해요, 칸디다. 무슨 문제라도 있어요?

칸디다　　[비통하게] 그래! 전부 문제야!

비토이　　네?

칸디다　　이번이 이 집에서, 우리가 태어나고 자란 이 집에서 보내는 마지막 10월이야!

비토이　　마지막 10월이라고요?

칸디다　　우리는 이 집을 나가야 해.

비토이　　왜요?

칸디다　　왜냐하면 삶을 구한다는 건 삶을 잃는 거니까!

비토이　　아, 칸디다, 어쨌든 이 집을 언젠가는 떠나야 했을 거예요. 너무 오래됐잖아요—

칸디다　　이 집은 우리의 젊음이야.

비토이　　전쟁이 일어난다면 여기는 굉장히 위험해질 거예요—

칸디다　　이제 우리에게 안전한 곳은 어디에도 없어.

비토이　　그리고 아버님도 생각하셔야죠, 이 그림도 생각하셔야— [그가 초상화가 있는 곳을 바라보다가 갑자기 눈이 휘둥그레지더니 숨이 턱 막혀 앞으로 나가서 놀란 눈으로 쳐다본다.] 칸디다, 그림이! 사라졌어요!

칸디다　　[둘러보지 않으며] 그래.

비토이　　어디 갔어요?

칸디다　　몰라.

비토이 팔린 건가요?

칸디다 아니.

비토이 도둑맞은 거예요?

칸디다 아니, 아니야!

비토이 그럼, 대체 어디에 있는 거예요!

칸디다 말했잖아, 모른다고!

비토이 아, 칸디다, 그림을 어쩌신 거예요!

칸디다 파울라가 그림을 내려서 치워버렸어. 어디에 뒀는지는 말 안 해줬고.

비토이 그런데 왜 그림을 내리셨죠?

칸디다 그것도 말 안 해줬어.

비토이 하지만 어떻게 그냥 두실 수가—

칸디다 아, 그만 물어봐, 비토이! 난 아무것도 몰라, 정말 아무것도 모른다고! [아래층에서 급하게 문을 두드리는 소리가 들린다. 칸디다는 다시 긴장하며 깜짝 놀라 이마에 손을 댄다.] 오, 하나님, 하나님! 비토이, 제발 누가 온 건지 봐줘. 그리고 명심해, 누가 왔든, 난 집에 없고, 파울라도 집에 없고, 아무도 집에 없는 거야! [그녀는 방을 나가려고 빠르게 돌아서지만, 수잔과 바이올렛이 이미 계단 위에 나타났다.]

수잔 아, 아니죠, 집에 잘 있으신걸요! [수잔과 바이올렛이 방으로 들어온다. 이번에는 술에 취하지 않았고, 매우 결연한 표정이다. 그들은 일요일 낮 공연을 마치자마자 바로 달려왔고, 아직 무대 화장을 한 채로 무대 의상인 매우 짧고 화려한 발레 치마를 입고 있다.]

바이올렛 바로 올라와서 죄송해요.

수잔 그리고 저희보고 가라고 하지 마세요, 안 갈 거니까!

바이올렛 저희가 알고 싶은 걸 알아내기 전까지는 안 갈 거예요!

수잔 [진지하게] 정말 예의 바르고 얌전히 있을게요!

바이올렛 저희 기억하시죠? 파리지앵 극장에서 공연하잖아요. 일주일쯤 전에 여기 왔었고요.

수잔 그리고 지난번에 제가 했던 말이나 보였던 행동은 죄송해요.

칸디다 어떤 일로 오셨는데요?

수잔 토니를 만나고 싶어요.

바이올렛 그 사람 무슨 일 있나요?

수잔 아픈 건가요?

바이올렛 지난 이틀 동안 극장에 나오지 않았어요. 그리고 오늘 밤도 안 나타나면 매니저가 해고할 거예요!

수잔 직장을 잃게 될 거라고요!

바이올렛 저희는 이 중요한 소식을 전하려고 공연 끝나자마자 바로 온 거예요!

수잔 그 사람 어디 있죠?

칸디다 저도 몰라요. 하비에르 씨는 여기도 지난 이틀 동안 오지 않았어요.

수잔 아, 어디 간 거야!

바이올렛 옷도 가지고 갔나요?

칸디다 아니요, 옷과 물건들은 그대로 있어요. 혹시 여러분은 그 사람과 친한가요?

바이올렛 네, 맞아요!

칸디다 그렇다면, 부탁 하나만 들어줄래요? 그 사람의 옷과 물건들을 전부 모아놨어요. 아래층에 뒀죠.

바이올렛 그 여행 가방 두 개요?

칸디다 네. 그걸 가져가서 하비에르 씨를 찾으면 좀 전해줄래요?

수잔 그러니까, 쫓아내시는 거네요!

바이올렛 집세를 못 냈나요?

칸디다 그리고 하비에르 씨에게 내가 절대로, 절대로 여기 다시는 오지 말라고 했다고 전해줘요!

수잔 무슨 짓을 한 거죠?

비토이 자, 여러분, 그건 토니와 마라시간 양 사이의 문제예요. 저희는 알 필요 없어요. 가서 토니의 옷을 가져가요.

언젠가는 나타나겠죠.

수잔 토니한테 무슨 일이 있었는지 알기 전에는 안 갈 거예요!

비토이 아무 일도 없었어요. 아마 그냥 술이나 퍼마시러 나간 거겠죠!

수잔 제가 지난번에 한 말 때문에 쫓아내는 건가요?

칸디다 그건 아무 상관 없어요.

수잔 아, 그 사람 나쁜 사람 아니에요, 나쁜 사람 아니라고요! 하지만 당신은 그가 스스로 하찮게 느껴지게 하죠! 당신 때문에 그 사람이 그렇게 제멋대로 날뛰는 거라고요!

비토이 예의를 차리겠다고 하신 줄 알았는데요!

[사람들이 계단을 올라오는 소리.]

칸디다 오, 하나님, 이번에는 또 누구야!

[모두가 계단 쪽을 바라본다. 롤렝, 엘사, 그리고 찰리가 들어온다. 엘사는 멋진 카르멘 미란다[40] 의상에 높은 머리 장식을 하고 있다. 찰리는 쿠바 룸바 댄서 의상을 입고 있다. 롤렝은 사치스러운 전통 의상을 입고 있다. 그녀가 서둘러 앞으로 나아가 칸디다의 손을 잡는다.]

---

40 브라질 출신 가수. 다채로운 색상의 화려한 의상을 입고 과일로 장식된 높은 머리 장식을 하는 것으로 유명했다.

롤렝 칸디다, 자기, 이렇게 갑자기 쳐들어와서 미안해! 하지만 너무 걱정돼서 말이야, 정말 많이 걱정했어! 아주 믿기 힘든 소문들을 들었거든!

칸디다 무슨 소문이요, 롤렝 부인?

롤렝 [주위를 둘러보며] 파울라는 어디 있어?

칸디다 [그녀에게서 빠져나오려 하며] 앉으시겠어요? 파울라는 곧 올 거예요. 교회에 갔어요.

롤렝 [놀라서, 칸디다의 손을 계속 꽉 잡으며] 그러면 파울라한테 아무 일도 없었던 거야?

칸디다 [가볍게] 왜요, 무슨 소문을 들으셨나요?

롤렝 파울라가 누구랑 눈이 맞아서 도망갔다거나, 납치되었다는 소문!

[경청하던 수잔과 바이올렛이 서로를 힐끗 본다.]

칸디다 [태평한 웃음과 함께] 오, 그건 말도 안 되는 소리예요!

롤렝 [믿지 못하겠다는 듯] 아무 일도 없었다고?

칸디다 파울라는 도망가지 않았고, 물론 납치되지도 않았어요.

롤렝 오, 하나님 감사합니다! 정말로 걱정했다고, 칸디다.

칸디다 친절한 관심에 감사드려요, 롤렝 부인.

롤렝 [열심히 칸디다의 얼굴을 살피며] 그리고 파울라랑 너, 다 괜찮은 거지? 정말이지?

칸디다 요즘 어디서든 터무니없는 소문들만 도는 모양이에요.

롤렝 [실망하며 칸디다의 손을 놓으면서] 그래….

칸디다 가실 건가요?

롤렝 응, 다시 가봐야 해.

칸디다 뭐라도 마시고 가시죠.

롤렝 정말 그러고 싶지만, 의무라는 게, 칸디다, 의무! 오, 우리 모두에게 중요한 시기잖니! 할 일이 너무 많아. 앉을 시간도 없을 정도라니까. 오늘 밤에는 미국 군인들을 위한 춤 파티를 열어. 불쌍한 남자애들이야, 칸디다, 집에서 멀리 떨어져서 얼마나 외롭겠니. 군인들을 위로하기 위해 할 수 있는 건 다 하고 있단다. 여기 엘사는 정글 콩가를 하고 있어.

[아래층에서 노크 소리가 들린다.]

칸디다 비토이, 누군지 좀 봐줄래?

롤렝 그럼, 잘 있어, 칸디다. 그리고 잊으면 안 된다, 상원 의원은 너희 대부고 너희 어머니는 내 가장 친한 친구였어. 그러니 너와 파울라에게 무슨 문제가 생기면 꼭 와서 얘기해줘. 기꺼이 들어줄 테니까.

칸디다 감사합니다, 롤렝 부인.

비토이 [계단참에서] 칸디다, 신문사 사람들이에요. 만나고 싶으세요?

칸디다 [즐겁게 웃으며] 도대체 그 사람들이 나한테 뭘 원하는 걸까! 그래, 비토이, 올라오라고 해.

롤렝 다시 생각해보니… 잠시 있다가 가도 될 것 같아, 칸디다.

칸디다 [영혼 없이] 오, 참 잘됐네요.

롤렝 [소파로 이동하며] 그리고 우리가 여기저기 돌아다니느라 너무 지쳐서 마실 것이 있다면 정말 고맙겠어, 자기, 아직도 줄 마음이 있다면 말이지.

칸디다 당연히 드려야죠, 롤렝 부인. 잠깐만 실례할게요. 비토이, 그 사람들에게 기다려달라고 해줄래?

[칸디다 퇴장. 피트, 에디, 코라 등장. 흰색 반바지와 폴로 셔츠 차림의 피트는 테니스 라켓을 들고 있다. 에디는 야회복 재킷을 입었다. 코라는 멋진 이브닝드레스를 입었으며 카메라를 들었다.]

비토이 [새로 온 사람들이 올라오자] 이제 여러분은 뭘 원하시는 거죠!

피트 [흥분하여] 비토이, 사실이야?

비토이 뭐가 사실인데요?

피트 [그를 밀치고 방으로 들어오며] 오, 맙소사, 사실이네! 그림이 사라졌어!

롤렌 [일어서며] 아니, 정말 그렇군요!

[모두 초상화가 걸렸던 곳을 바라보고 있다.]

에디 그들이 뭐라고 하던가, 비토이? 팔았나?

비토이 아니요.

피트 그러면 어디 있지?

비토이 그냥 숨겨놓은 것뿐이에요, 아마 안전하게 보관하기 위해서요.

코라 하암. 또 헛짓거리였네.

피트 그 자매들은 집에 있어?

비토이 칸디다는 여기 있어요.

에디 그럼 다른 한 명은 여전히 실종 상태인 건가?

엘사 [일어서며] 거 봐요! 내가 그랬잖아요, 롤렌 부인!

비토이 파울라는 실종이 아니에요. 조금 전에 교회에서 봤어요.

에디 그저께 실종 신고가 접수되었는데.

엘사 그리고 파울라가 이 남자랑 있는 걸 우리가 본 것도 그때였어요. 그의 차에 타 있었고요.

수잔 실례합니다만, 누구랑 있었나요?

코라 너희들 남자친구, 하지만 걱정하지 마. 그냥 운전을 가르치고 있었던 것뿐이야.

엘사 딱 좋은 시간이네! 거의 자정이었는데. 찰리, 우리가 그들을 봤던 게 정확히 몇 시였죠?

찰리 11시 15분이요.

엘사 밤 11시 15분.

찰리 [앞으로 나오며] 안녕, 바이올렛. 안녕, 수잔.

수잔 찰리, 정말 토니랑 있는 걸 봤어?

찰리 토니가 너희 공연에서 피아노 치는 남자 맞지?

바이올렛 응, 그 남자.

찰리 그렇다면 그때 같이 있던 남자는 확실히 토니가 맞았어. 달빛 아래서 긴 드라이브를 하고 있었지.

수잔 토니는 그때 이후로 돌아오지 않았어.

피트 내 생각을 말해줄까? 둘이 눈 맞아서 도망간 거야, 그림도 가져갔고!

비토이 말했잖아, 오늘 오후에 내 눈으로 파울라를 봤다고!

에디 그럼 토니가 배신한 거야! 함께 도망가는 척했지만, 사실 그림만 들고 도망가고 그녀를 버린 거지!

코라 그 상상력 좀 본받고 싶네!

피트 우리에게 있는 건 뉴스거리 냄새를 잘 맡는 능력이야.

롤렝 그리고 내 코도 틀리지 않았지, 여기까지 나를 이끌었으니.

바이올렛 우리도 뭔가 썩은 냄새를 맡았어!

코라 [비토이에게 조용히 말하며] 이게 뭐야, 독수리들의 모임인가?

엘사 노처녀만큼 위험한 것도 없어요! 아, 제가 뉴욕에서 다 배웠다고요. 욕구 불만, 알죠?

롤렝 그리고 이 모든 사실을 다 알아내서 얼마나 기쁜지! 아, 이 집, 이 집! 결국 냄새가 나기 시작했어!

엘사 자, 롤렝 부인, 이제 가요!

찰리 이 좋은 소식을 퍼뜨리고 싶어서 안달이 났군!

롤렝 아니, 난 칸디다와 얘기해야 해.

찰리 그리고 세세한 점까지 다 알아내야 해!

[경비원과 형사가 계단을 몰래 올라온다. 형사는 떨리는 손으로 총을 꺼내 든다.]

롤렝 나는 그냥 그림이 정말 어떻게 됐는지 알아야겠어. 찰리, 네가— 어머나 세상에! [그녀는 새로 들어온 두 명과 총을 본다. 다른 사람들도 주위를 둘러보고 얼어붙는다.]

형사 모두 손 들어! 아무도 움직이지 마! [모두 손을 든다. 형사와 경비원이 방으로 들어간다. 경비원은 작고 안절부절못하는 노인이고, 형사는 키가 크고 안절부절못하는 젊은이다.]

경비원 그 여자는 어디 있죠? 그 여자 어디 있냐고요?

비토이 누구요?

경비원 그 늙은 여자!

롤렝 [분개하며] 여기 늙은 여자는 없어요!

경비원 아뇨, 있어요! 조금 전에 여기로 들어오는 걸 봤어요!

형사 따라 들어왔어야죠!

경비원 미쳤어요? 난 무장하지 않았다고요. 당신을 먼저 불러야죠! 시한폭탄을 가지고 있을 수도 있는데!

엘사 시한폭탄이라고요!

형사 그 여자는 스파이에요, 제5열 분자라고요!

피트 그리고 그 여자가 여기로 들어오는 걸 당신이 봤다고요?

롤렝 아아, 이 아래 어딘가에 숨어 있을지 몰라요!

[수잔과 바이올렛이 새된 비명을 지르기 시작한다.]

엘사 우리 모두 곧 폭발할지도 몰라요!

바이올렛 [훌쩍이며] 오, 수잔, 우리가 여길 왜 왔을까!

수잔 왜 집을 수색하지 않는 거예요!

롤렝 경찰을 불러요, 바보들아! 경찰을 불러요!

엘사 오, 롤렝 부인, 우리 여기서 당장 나가요!

형사 조용히 해! 아무도 움직이지 마!

에디 당신이 누군지 말씀해주셔야 할 것 같은데요.

형사 [배지를 보여주며] 저는 형사입니다!

경비원 그리고 저는 보건과학국의 경비원이고요!

코라 그러면 우선 총을 치워요. 우리는 스파이나 제5열 분자가 아니에요.

바이올렛 [울며] 우리는 아무 잘못이 없어요!

수잔 우린 평화롭고 법을 준수하는 납세자들이에요!

롤렝 [분노하며] 누구든 내가 누군지 저 사람들한테 좀 말해줘요!

찰리 [경비원에게] 이봐, 이리 와봐요! [경비원이 다가오고, 찰리가 그의 귀에 속삭인다. 경비원이 롤렝을 쳐다보며 눈이 휘둥그레진다. 그는 급히 형사에게 다가가 속삭인다. 형사의 눈도 휘둥그레진다. 그는 즉시 총을 치운다.]

롤렝 [소파에 주저앉으며] 멍청이들 같으니라고!

[다른 사람들도 힘없이 손을 내린다.]

형사 정말 죄송합니다, 부인!

경비원 정말, 정말 죄송합니다, 부인. 제발 저희를 용서해주세요!

형사 저희의 의무를 다하고 있었을 뿐입니다, 부인!

경비원 저희는 이 늙은 여자를 잡으려고 했어요 —

피트 어떻게 생겼나요?

경비원 수상하게요!

형사 우리는 지난 이틀 동안 그 여자를 뒤쫓고 있었어요. 그 여자는 랫츠의 일원입니다!

찰리 랫츠(RATS)? 쥐들? 무슨 쥐들이요?

형사 랫츠! R.A.T.S. 밧줄과 방아쇠 연맹(Rope And Trigger Society)이요!

에디 오, 맙소사, 피트, 테러리스트 집단이잖아!

형사 맞습니다! 그들은 공포 정치의 서막을 열기 위해 정부 기관을 돌고 있어요! 이 늙은 여자는 보건과학국에서 마지막으로 목격됐고, 랫츠와의 연관성을 공공연히 선언했죠!

[칸디다가 유리잔과 병이 담긴 쟁반을 들고 들어온다. 경비원은 그녀를 보자마자 갑자기 비틀거리며 뒷걸음치다 다른 사람들에게 부딪혀 거의 넘어질 뻔한다.]

경비원 [칸디다를 가리키며 비명을 지르고, 겁에 질려] 저 여잡니다! 저 여자! 바로 저 여자요!

형사 [총을 홱 꺼내 칸디다에게 겨누며] 당신은… 당신은 체포됐어!

칸디다 [멈추며, 놀라서] 뭐라고요!

찰리 저런!

롤렝 이 멍청이들아, 내가 너희들 목을 부러뜨리기 전에 여기서 나가!

에디 칸디다 양, 이 두 사람에게 마실 걸 한잔 주는 게 좋겠어요. 필요해 보이네요.

형사 [머뭇거리며 주위를 둘러보고, 총을 내리며] 다들 이 여자를 아는 겁니까?

찰리 네! 이제 꺼져요!

형사 갱단이 아닌가요?

코라 저분이 갱단이면, 당신 할머니도 갱단이겠네요!

경비원 하지만 제가 본 여자가 바로 저 여자예요! 위험한 여자라고요! 저 여자가 와서—

롤렝 입 다물어!

경비원 죄송합니다, 부인.

롤렝 이 여자는 내가 보증해, 알겠어?

경비원·형사 네, 부인.

칸디다 [쟁반을 테이블에 놓으며] 무슨 일이 있었던 건가요?

롤렝 저 사람들에게 직접 들어봐. 어서 말해, 멍청이들아! 저 아이가 뭐라고?

엘사 당신이 스파이일지도 모른다고 의심했대요!

칸디다 [웃으며] 제가, 스파이요! 정말 재밌네요! 네, 말해주세요! 오, 마치 로맨틱 소설의 주인공이 된 기분이에요! 롤렝 부인, 제게 맞는 역할이— [경찰관 두 명이 계단에 나타나

자 그녀가 갑자기 하던 말을 멈춘다. 침묵이 흐르고, 경찰관들이 수첩을 꺼내 방을 둘러본다. 아무도 입을 열지 않자 그들은 앞으로 나선다. 그중 한 명은 눈에 멍이 들어 있다.]

경찰1 마라시간 양을 만나러 왔습니다.

칸디다 [소심하게] 제가 마라시간입니다.

경찰2 [수첩을 보며] 칸디다 마라시간 양 맞습니까?

칸디다 무엇을 도와드릴까요?

경찰2 마라시간 양, 그저께 정오쯤에 당신이 우리에게 전화를 걸어 여동생이 납치되었다고 신고했죠—

경찰1 당신의 여동생은 찾지 못했지만, 그 남자를—

칸디다 [빠르게 끼어들며] 죄송해요, 하지만 그건 모두, 모두 착오였어요!

경찰1 뭐가 착오였다는 겁니까?

칸디다 제가 신고한 거요. 실은 아무 일도 없었어요.

경찰2 여동생이 납치되지 않았다는 건가요?

칸디다 네.

경찰1 그리고 실종된 것도 아니고요?

칸디다 제가 그렇게 생각했을 뿐이에요.

[경찰관들이 피곤한 표정으로 서로를 바라보더니 어깨를 으쓱한다.]

경찰1 그렇다면, 왜 다시 전화해서 우리에게 말하지 않았나요?

칸디다 죄송해요. 잊어버렸어요.

경찰2 신고를 철회하는 건가요?

칸디다 모두 착오였어요.

경찰2 [수첩을 주머니에 넣으며] 마라시간 양, 이 눈에 멍 보이세요? 당신의 착오 때문에 생긴 겁니다. 다음엔 더 조심하세요, 알겠죠?

경찰1 전화 좀 쓸 수 있을까요?

칸디다 집에 전화가 없어서요.

경찰1 [동료에게] 너 내려가서 경찰서에 전화해. 그 남자 풀어주라고 해.

피트 [경찰2가 나가자] 그 남자라면 누구 말씀하시는 건가요, 경찰관님?

경찰1 저분 여동생과 함께 도망쳤다고 한 그 남자요. 오늘 아침에 잡았어요.

수잔 [다가오며] 이름이 토니 하비에르인가요?

경찰관 맞습니다.

바이올렛 어디서 찾으셨어요?

경찰관 술집에서요, 가구를 다 때려 부수려 하고 있더군요.

피트 술에 취해서요?

경찰관 그리고 폭력적이기도 했죠. 내 동료를 멍들게 했으니 말입니다.

수잔 그런데 이제 풀려나는 건가요?

경찰관 물론이죠, 벌금만 내면요.

수잔 [칸디다에게 화를 내며] 됐네요! 이제 당신과 당신 여동생도 만족하시겠죠!

경찰관 실제로 무슨 일이 있었던 겁니까, 마라시간 양?

칸디다 정말 아무 일도 없었어요. 여동생은 그냥 드라이브를 간 건데 제게 말하는 것을 잊었을 뿐이에요.

경찰관 그리고 그게 그저께 정오쯤이었나요?

칸디다 [필사적으로] 하지만 곧바로 돌아왔어요!

수잔 그럴 리가 있나!

비토이 입 좀 다물어요!

수잔 곧바로 돌아오지 않았잖아요, 마라시간 양! 아무도 모를 거라고 생각해요? 오, 우리 다 알아요, 마라시간 양! 모두가 알아요! 당신의 그 여동생은 그저께 자정에도 그와 드라이브하고 있었잖아요!

경찰관 언제 돌아왔나요, 마라시간 양?

비토이 경찰관님, 신고한 내용이 없으니 이런 질문들은 아무 소용이 없는 것 같습니다.

수잔 저는 소용이 있다고 생각해요! 이 더러운 일을 공개적으로 끄집어내야 한다고요!

바이올렛 왜 저들을 그냥 넘어가야 하죠? 저 사람들이 이 난리를 시작했으니, 그 대가를 치러야 해요!

롤렝 오, 불쌍한 우리 칸디다!

수잔 불쌍한 칸디다라니, 웃기지 마세요! 저 사람들은 불쌍한 토니를 감옥에 넣고, 직장까지 잃게 만들고 웃으면서 이렇게 말할 뿐이죠, "오, 죄송해요! 모두 착오였어요!" 그리고 사람들에게는 조용히 하라고 하죠! 오, 그들은 토니에게서 원하는 것을, 오랫동안 원해왔던 것을 얻었어요. 그리고 이제 그냥 저렇게 넘어갈 수 있다고 생각해요! 오, 다 아무 일 없던 것처럼 조용히 넘어갈 수 있다고 생각하는 거죠? 마라시간 양, 그렇지 않아요! 내가 그렇게 두지 않을 거예요!

바이올렛 우리가 당신들 이름을 온 도시에 외칠 거예요!

수잔 당신 여동생이 달빛 아래 멋진 드라이브를 했다는 걸 모두가 알게 할 거라고요!

바이올렛 그래서, 곧바로 돌아왔다는 거죠?

칸디다 [무너져 내리며] 아니요! 아니에요, 그녀는 곧바로 돌아오지 않았어요! 내가 거짓말했어요, 나는 거짓말을 했어요, 이제 나는 이제 입만 열면 거짓말, 거짓말밖에 나오지 않아요! 그래요, 곧바로 돌아온 것이 아니에요. 그녀는 새벽 3시에 돌아왔어요. 나는 바로 여기에 서 있었고요. 나는 그녀를 기다리고 있었어요. 네, 그녀는 곧바로 돌아오지 않았어요…
내가 거짓말했어요….

롤렝 칸디다!

칸디다 내가 거짓말했어요, 말했잖아요! 내가 거짓말 했다고요! 네, 그녀는 곧바로 돌아오지 않았어요. 그녀는 새벽 3시에 돌아왔어요. 난 알아요. 나는 기다리고 있었어요. 나는 바로 여기에 서 있었고, 그녀가 돌아오기를 기다리고 있었어요. 그리고 나는 그녀를 쫓아낼 생각이었어요. 오, 나는 그게 도덕적으로 옳다고 느꼈어요! 나는 그녀가 한 일에 충격을 받았어요. 그리고 나는 그녀에게 무슨 말을 할지도 정확히 알고 있었어요, 모든 모진 말을 면전에 대고 해줄 생각이었다고요! 나는 정당하다고 느꼈고, 내가 도덕적인 사람이라고 느꼈어요. 그리고 그녀가 왔죠…. 새벽 3시였어요. 나는 바로 여기에 서 있었어요. 그리고 그녀는 천천히 저 계단을 올라왔어요…. 그리고 거기 서 있었어요, 아무 말도 하지 않고…. 그리고 그 얼굴, 그 얼굴! 어떻게 그 얼굴을 잊을 수 있겠어요!

롤렝 칸디다, 그만해!

칸디다 어떻게 그 얼굴을 잊을 수가 있겠어요! 그리고 그때 나는 누가 죄인인지 알았어요! 그때 누가 악인인지 알았어요! 오, 나를 위해 기도해줘요! 나를 위해 기도해줘요! 저는 제 여동생을 망쳤어요! [그녀는 머리를 좌우로 흔들며 고개를

숙인다.]

코라 비토이, 안으로 들어가시게 해!

엘사 그런데 저 사람들은 대체 누구예요?

바이올렛 [분노하며] 이봐요, 우리를 말하는 거예요?

피트 그래, 이제 닥쳐!

에디 왜요? 그들이 큰 도움이 됐어요. 우리 모두 알아내러 왔잖아요, 아니에요?

칸디다 [희미한 미소를 지으며 고개를 들면서] 그렇죠, 아닌가요?

비토이 칸디다, 안으로 들어가서 좀 눕지 그래요?

칸디다 [미소 지으며] 당신들 다 알고 싶어 했잖아요, 그렇죠? 당신들 모두 알아내러 온 거잖아요, 아니에요? 글쎄, 이제 알았네요! 이제 알아냈네요!

코라 오, 비토이, 데려가!

찰리 우리 모두 그냥 가는 게 어때요!

칸디다 [격하게] 기다려, 기다려요! 당신들은 그녀가 어디에 있었는지, 그녀가 무슨 일을 했는지, 그녀에게 무슨 일이 일어났는지 알잖아요. 하지만 들어봐요, 죄인은 저예요. 제가 더 큰 죄를 저질렀고, 제 여동생에게 끔찍한 죄를 저질렀어요! 그녀를 가게 한 건 저예요, 제가 그녀를 보낸 거라고요! 저는 그 일이 일어날 걸 알고 있었고 그 일이 일어나게 했고, 또 그 일이 일어나길 원했어요! 왜 그랬는지 알아요? 1만 달러 때문이에요! 오, 저는 제 미래가 안전할지, 제 미래에 대해 안심할 수 있을지만 생각하고 있었어요! 더 이상 가난하지 않고, 돈 문제로 다투는 일도 없고, 시장에서 흥정하는 일도 없고, 더 이상 여기 어둠 속에 숨는 일도 없고, 전기가 나가거나 물이 끊기고, 징수원이 문을 두드리고 또 두드리는 일도 없게 하겠다고만 생각했어요!

비토이 [그녀의 팔을 붙잡으며] 칸디다!

칸디다 오, 저는 은행에 있는 1만 달러를 생각하고 있었어요! 그래서 그녀를 보낸 거예요! 그래서 그녀를 사라지게 했어요! 저는 아버지를 파괴했고, 이제는 여동생까지 파괴했어요! 저는 사악하고, 못되고, 악랄한—

비토이 [그녀를 흔들며] 칸디다! 칸디다!

칸디다 [진정하며] 이제 당신들 전부 알았죠… 이제 알아냈죠…. [그녀는 비토이에게서 벗어나 이마에 손을 얹는다.] 이제 좀 실례할게요… 제가… 제가 몸이 좋지 않아서….

[찰리는 즉시 모자를 쓰고 나간다. 롤렝은 움직이지 않는 칸디다를 한 번 쓱 보고 역시 나간다. 엘사도 뒤따라 나간다. 경찰관은 어깨를 으쓱하고 수첩을 주머니에 넣은 뒤 당황한 표정으로 떠나고, 형사와 경비원도 뒤따라 나간다. 피트는 수잔과 바이올렛의 팔을 잡아 함께 나가고, 코라와 에디가 뒤따른다.

비토이만 남는다. 그는 칸디다에게 다가간다.]

비토이 칸디다—

칸디다 [무기력하게] 그녀에게 가, 비토이. 그녀에게로 가줘.

비토이 파울라한테요?

칸디다 교회에 있어. 가서 그녀를 찾아줘. 집에 얼른 오라고 전해줘. 그녀와 이야기해야 해. 오, 비토이, 돌아온 이후로 우리는 서로 말하지 않았어! 우리 사이에는 오직 침묵, 침묵만 있었어. 하지만 나는 이제 그 침묵을 깰 수 있어. 이제 얼굴을 보고 말할 수 있어. 나는 내 죄를 알고, 내 죄를 인정해.

비토이 칸디다, 자책하지 말아요.

칸디다 비토이, 모르겠어? 나는 믿음을 잃었어, 용기를 잃었어. 나는 비겁해졌어. 아버지는 우리를 영웅으로 키우셨지만, 나는 그 영웅적인 모습을 거부했어. 나는 그저 안전하고 싶었고 안심하고 싶었어. 내 죄는 신중함이야.

비토이 그건 죄가 아니에요, 칸디다. 누구나 안전하고 안심하고 싶어 하는걸요.

칸디다 그래서 우리가 서로를 파괴하는 거야—

비토이 우리는 죽이거나—

칸디다 그리고 서로에게 파괴당하는 거고.

비토이 아니면 죽임을 당해야 하겠죠.

칸디다 파울라에게 가줄래?

비토이 뭐라고 전할까요?

칸디다 우리가… 우리가 다시 함께라고 전해줘!

비토이 그것만요?

칸디다 파울라는 내가 그 말을 해주기를 기다리고 또 기다렸어!

비토이 알았어요, 칸디다.

[비토이 퇴장. 칸디다는 잠시 서 있다가, 탁자 쪽으로 돌아선다. 종소리가 다시 울린다. 그녀는 움직임을 멈추고, 바람에 날리는 커튼을 애틋하게 바라보며 그 소리를 듣는다. 그런 다음 그녀는 탁자로 가서 아무도 손대지 않은 음료 쟁반을 치우려고 한다. 쟁반을 잡지만 들어 올리지 않고, 계단을 등지고 탁자 위로 몸을 숙인 채 그대로 있다. 토니 하비에르가 계단을 올라오다가 계단참에 멈춘다. 그는 모자도 쓰지 않았고, 빗질도 면도도 하지 않아 지저분하고 불안정해 보인다. 눈에 멍이 들어 있고, 육체적으로 그리고— 맞다!— 정신적으로도 피폐해 보인다. 그는 2장에서 입었던 것과 같은 옷을 여전히 입고 있는데, 지금은 매우 더럽고 구겨졌으며 단추가 채워지지 않은 셔츠 칼라 주위로 풀려가는 넥타이가 매달려 있다. 이 시점부터 땅거미가 지면서 무대가 아주 서서히 점차 어두워진다.]

토니 [계단에서, 퉁명스럽게] 어디 있어요? [칸디다는 몸을 일으키지만, 주위를 둘러보지도 대답하지도 않는다. 토니가 목소리를 높인다.] 어디 있냐고요?

칸디다 [여전히 주위를 보지 않고] 그녀는 여기 없어요.

토니 [토니가 초상화가 있는 쪽으로 고개를 돌리고, 그의 눈이 이글거린다.] 그리고 그건 어디 있어요? 그림은 어디 있죠?

칸디다 [걸어가며, 지친 목소리로] 나는 몰라요.

토니 [토니가 그녀의 팔을 잡고 돌려세운다.] 그림 어디 있냐고 묻잖아요!

칸디다 [신음하며] 가요… 제발, 제발 가라고요….

토니 아, 갈 거예요, 걱정 안 해도 돼요. 여기서 최대한 멀리 갈 거예요! 하지만 그 그림을 주기 전까지는 못 가요!

칸디다 [고개를 홱 젖히며] 당신에게는 절대 주지 않을 거예요!

토니 [비웃으며] 그래요! 마음을 바꿨구나, 그렇죠? 지난번에는 분명 팔려고 했던 것 같은데요, 칸디다!

칸디다 당신이 제대로 봤었죠!

토니 [음흉한 미소를 지으며] 제가 동생분을 설득해서 팔게 하려는 것도 허락하셨고요!

칸디다 그래요, 그랬죠!

토니 심지어 제가 동생분을 데리고 나가서 설득하는 것까지도 허락하셨죠! 어떻게든 효과만 있으면 상관없었으니까요!

칸디다 [비꼬며] 그래서 효과가 있었나요?

토니 당연하죠! 세상에서 가장 효과적인 방법을 선택했는데요!

칸디다 [경멸 섞인 미소로] 아아, 하지만 정말 그랬던 것 맞아요?

토니 [분노로 얼굴을 붉히며 그녀를 흔들며] 알잖아요! 제가 그랬다는 걸 알잖아요!

칸디다 제가 아는 건 그녀 혼자 돌아왔다는 것뿐이에요! 제가 아는 건 그녀가 당신으로부터 벗어났다는 것뿐이라고요!

토니 글쎄, 지금 와서 발을 뺄 수는 없어요! 당신도 마찬가지고요! 당신들 둘 다 내 손안에 있으니까요! 아, 걱정하지 말아요, 배신하지는 않을 테니! 당신은 1만 달러를 받을 겁니다. 제가 원하는 건 제 수수료뿐이에요.

칸디다 [팔을 확 빼며] 수수료! 당신은 늘 그것만 바라고 있었죠?

토니 당연하죠! 왜요? 제가 당신을 원한다고 생각했어요? 아니면 당신 동생을 원한다고 생각했어요?

칸디다 어떻게 그렇게 뻔뻔하게 그 아이를 건드릴 수 있었지!

토니 잊으면 안 돼요, 칸디다. 허락하셨잖아요! 그날이 방을 나가면서 완전히 제 손에 맡기셨잖아요!

칸디다 [부들거리며, 주먹을 쥐고] 제발 가요! 제발 당장 가라고요!

[그들이 눈치채지 못한 사이, 파울라가 기도서, 묵주, 우산을 들고 계단을 올라왔다. 어깨에는 교회 베일이 걸쳐져 있다. 그녀는 멈춰 서서 희미한 방 안의 두 사람을 바라본다. 파울라도 역시 그녀가 가진 가장 좋은 옷인 파란색 구식 드레스를 입고 보석을 걸치고 있으며, 매우 젊고 행복하고 평온해 보인다. 그녀는 싸웠고, 승리했다. 이제 그녀는 환하게 돌아온다, 어린아이처럼 무자비하고, 순수함처럼 가차 없으며. 깃발을 든 군대처럼 무시무시하게.]

토니 저는 그림을 기다리고 있어요. 그 미국인도 그림을 기다리고 있고요. 그림만 제게 주시면 모두가 원하는 것을 얻을 수 있어요. 그는 그림을 얻고, 당신은 1만 달러를 얻고, 저는 제 수수료를 얻고. 그래요, 칸디다, 제가 정말 바랐던 건 그것뿐이에요! 여기서 벗어나 다시 시작할 수 있는 돈이 좀 필요했다고요! 하지만 당신들이 각각 100만 달러가 있대도 전 당신이나 당신 여동생을 택하지 않을 거예요! 제가 무슨 미친 사람인 줄 아세요? 전 더 젊은 여자를 찾을 수 있어요, 칸디다,

제 취향에 맞는 여자들이요! 빼빼 마른, 나사 빠지고 쭈글쭈글한 할망구들은 절대 아니에요!

[파울라가 우산을 우산꽂이에 놓으러 간다.]

칸디다 나갈 거예요, 아니면 경찰을 부를까요?

토니 제게 그림을 줄 겁니까, 아니면 제가 들어가서 아버님께 말씀드릴까요?

파울라 아버지는 알고 계세요, 토니.

토니 [돌아보며] 파울라!

파울라 [차분히 앞으로 나서며] 아버지는 항상 알고 계세요.

토니 [그녀를 향해 급히 다가가며, 고통스러운 목소리로] 왜 도망갔어요, 파울라? 왜 나를 떠난 거죠?

파울라 [그를 지나쳐 탁자로 가서 기도서와 묵주를 내려놓으며] 해야 할 일이 있었거든요. 아주 중요한 일이요.

토니 [몹시 괴로워하며] 오, 파울라, 저 자신을 죽이고 싶어요! 당신을 건드린 저 자신을 죽이고 싶다고요!

파울라 [그에게 미소 지으며] 정말 변변치 못하시네요!

토니 [다가가며] 당신이 사라진 걸 알고 제가 뭘 했는지 알아요? 나가서 술에 취했어요! 완전히 만취했다고요! 저 자신을 죽이고 싶었어요! 모두를 죽이고 싶었어요!

파울라 불쌍한 토니! 그저 수수료만 받고 싶었을 뿐이었는데!

토니 그딴 건 다 필요 없어요! 이제는 원하지 않아요! 제가 원하는 건… 당신이 날 용서해주는 것뿐이에요!

파울라 토니, 내가 당신에게 한 일을 당신은 절대 용서하지 않을 거예요.

토니 오 파울라, 절 미워하지 말아요!

파울라 제가 왜 미워하겠어요?

토니 그러면 제 말을 들어줘요! 저를 믿어줘요!

파울라 전에 당신 말을 들었고, 당신을 믿었잖아요, 토니, 기억나죠?

토니 그때는 거짓말이었어요, 당신을 속인 거였다고요! 오, 제가 어떤 짐승인지 알잖아요! 전 제가 얻을 수 있는 것이라면 늘 쫓아가죠! 당신은 쉽게 가질 수 있었고, 그래서 당신을 가졌어요!

파울라 게다가 수수료도 생각했잖아요.

토니 그래요, 돈도 생각했어요! 돈이 필요했어요!

파울라 그리고 아버지를 해치려고도 했죠.

토니 그래, 그래요, 그것도 맞아요! 그분을 해치고 싶었고, 괴롭히고 싶었고, 이 집을 괴롭히고 싶었어요! 오래전부터 그렇게 하고 싶었다고요! 오, 저는 앙심 때문에 그랬고, 돈 때문에 그랬고, 또 당신이 이해하지 못할 아주 많은 다른 이유 때문에 그랬어요. 왜냐하면 당신은 저 같은 삶을 살아보지 않았으니까요! 저는 속이 완전히 뒤틀려 있어요, 파울라! 파울라, 제가 한 일 때문에 절 미워하지 마세요! 저를 이해하려고 해줘요! 오, 당신과 제가 시작을 잘못했지만, 다시 시작하면 돼요. 바로 잡을 수 있다고요. 바로 잡고 싶어요, 파울라. 당신에게 한 일을 보상하고 싶어요. 오, 제발 절 믿는다고 말해줘요!

파울라 당신을 믿어요.

토니 그때는 당신을 속였어요, 파울라, 하지만 지금은 진심으로 말하고 있어요! 지금은 솔직하게 말하는 거예요, 제 인생에서 처음으로!

파울라 당신을 믿어요.

토니 그럼, 그림은 어디 있어요, 파울라? 저에게 줘요. 이제 그건 당신만의 구원이 아니라 제 구원이기도 해요. 우리의 구원, 당신과 나의 구원이에요! 우리 떠나요, 파울라, 우리가 말했던 것처럼. 함께 떠나는 거예요. 스페인, 프랑스, 이탈리아로. 새로운 삶을 시작해요. 그리고 제가 당신을 행복하게 만들어줄게요, 파울라, 약속해요! 저는 착하게 사는 법을 배우고, 당신은 자유롭게 사는 법을 배우는 거예요!

파울라 [웃으며] 자유롭게 사는 법이라니!

토니 [몸서리 치며] 오, 파울라, 웃지 마, 웃지 마요!

파울라 지난번엔 당신이 웃었잖아요, 토니. 이제 제가 옷을 차례예요.

토니 [그녀를 바라보며] 절 믿지 않는 건가요?

파울라 [진지하게] 저를… 사랑해요?

토니 당신을 사랑하는 법을 배울게요, 파울라, 약속해요! 우린 여기서 벗어나기만 하면 돼요. 도망가서 자유로워질 수 있도록 돈만 있으면 돼요. 그림은 어디 있죠, 파울라? 그 미국인이 기다리고 있어요.

파울라 그럼, 그 사람한테 가서 기다리지 말라고 전해야겠네요. [그녀는 초상화가 있던 곳을 바라본다.] 그림은 더 이상 없으니까요.

토니 [눈이 커지며] 무슨 짓을 한 거예요?

파울라 제가 없애버렸어요. [잠시 멈춤, 토니와 칸디다가 그녀를 응시한다. 그녀는 손을 내려다본다.]

토니 [충격을 받으며] 오, 안 돼! 안 돼, 안 돼!

파울라 [칸디다를 향해 돌아서며] 내가 뭐라고 했는지 들었어, 칸디다?

토니 [애타게] 사실이 아니라고 말해줘요, 파울라! 사실이 아니라고 말해요!

파울라 내가 우리 그림을 없애버렸어, 칸디다.

토니 아니야! 아니야! 사실이 아냐! 사실이 아니라고!

파울라 [의기양양하게] 그것을 찢고 부수고 갈기갈기

찢은 다음에 불태웠어요! 이제 흔적조차 남아 있지 않아요! 아무것도, 아무것도, 아무것도 없어요!

토니 [울음을 터뜨리며] 오, 당신 미쳤어, 미쳤어!

파울라 화났어, 칸디다?

칸디다 [다가오며] 아니, 파울라. [그녀는 여동생을 껴안는다. 토니는 무릎을 꿇고 오열한다.]

파울라 칸디다, 울어?

칸디다 오, 아니야, 날 보라고!

파울라 [어두운 방을 둘러보며] 하지만 누군가 울고 있어. 누군가 우는 소리가 들려.

칸디다 [토니를 가리키며] 하비에르 씨뿐이야.

파울라 [울고 있는 토니에게 다가가며] 오, 그래…. 불쌍한 토니! 눈물을 찾았네. 울 줄 알게 되었구나.

토니 오, 왜 그랬어요, 파울라? 왜 그랬냐고요!

파울라 전 당신처럼 도망가고 싶지 않았으니까요, 토니.

토니 제가 당신을 행복하게 해줄 수 있었어요! 당신을 자유롭게 해줄 수 있었어요!

파울라 [웃으며] 하지만 저는 자유로운걸요! 저는 다시 자유로워졌어요, 토니! 오, 당신의 세상에는 자유가 없어요. 오직 불안한 사람들이 함께 모여 서로를 불신하며, 항상 도망치려고 하는 것뿐이죠. 오직 두려운 노예들이 탈출할 길을 돈으로 사려고 하는 것뿐이죠! 하지만 제가 가진 자유는 100만 달러로도 살 수 없어요! 오, 저는 미쳤었어요, 순간 미쳤었죠, 당신의 두려움에 감염되어, 당신의 노예가 되길 바랐어요! 그 그림을 태우고 저는 다시 자유로워진 거예요!

토니 [맹렬히 일어나며] 당신, 당신 자신! 그 생각밖에 없었던 거죠? 당신 자신이요! 그러면 저는요? 그 그림을 태웠을 때 당신이 저한테 무슨 짓을 한 건지 알기나 해요?

파울라 이제 누가 희생했는지 아시겠죠!

토니 [그녀를 응시하며] 동정심도 없군요! 당신은 조금의 동정심도 느끼지 못하네요!

파울라 말했잖아요, 당신은 제가 당신에게 한 일을 절대 용서하지 못할 거라고.

토니 당신이 절 구할 수 있었는데—

파울라 하지만 저는 당신을 구한 거예요, 토니. 오, 지금은 모르겠지만—

토니 당신은 저를 구할 수 있었지만 그러고 싶지 않았던 거죠! 좋아요, 이제 전 지옥으로 갈 겁니다! [그는 계단 쪽으로 뒷걸음치기 시작한다.] 저는 더 이상 몸부림치거나 착하게 살려고 하지 않을 거예요! 제가 왔던 곳으로, 하수구로 다시 돌아갈 거예요! 당신이 저를 구해낼 수도 있었던 그 삶으로 돌아갈 거예요!

파울라 당신은 돌아가지 않을 거예요, 토니. 이제 더는 돌아갈 수 없어요. 당신은 절대 예전과 같을 수 없고 그것이 당신이 치를 대가예요. 그리고 당신은 돌아가지 않을 거고요.

토니 [다시 울며, 뒤로 물러나며] 아니, 저는 돌아갈 거예요! 저는 돌아갈 거라고요! 다시, 다시 하수구로 돌아갈 거예요! 이제 싸우는 건 끝이에요! 그냥 썩고 싶어요! 당신은 저를 구할 수 있었지만 구하려 하지 않았어요! 그리고 저도 당신을 구할 수 있었어요, 파울라. 글쎄요, 이제 당신은 저주받은 겁니다! 그리고 저는 기뻐, 그래요, 기쁘다고요! 오, 저는 하고 싶었던 일을 한 거죠, 당신을 저주했고, 당신 아버지를 저주했고, 이 집을 저주했으니! 오, 당신은 그 그림을 태우면서 당신 무덤을 판 거예요, 파울라. 당신이 들어갈 관에 직접 못을 박은 거라고요! 저는 당신을 자유롭게 할 수 있었어요! 그런데 이제 당신은 여기서 썩겠죠! 당신들 셋 모두 이 집에서 썩으며 서로의 얼굴을 보기조차 두려워할 거예요! 다 여기 앉아서 서로를 미워하며 썩어갈 거라고요, 죽을 때까지! 그게 제가 당신들에게 한 일이에요! 그리고 저는 기쁩니다, 기뻐요, 아주 기뻐요!

[그는 눈물범벅이 된 채 계단에 도달한다. 그는 자신을 추스르려 애쓰며 짜증스럽게 주먹으로 코를 문지른다.] 오, 저도 썩을 거지만 저는 기꺼이 썩을 겁니다! 그래요, 기꺼이요! 저는

썩고 싶어요, 저는 지옥에 가고 싶어요! 저는 그곳에 있는 것을 즐길 거고, 인생 최고의 시간을 보낼 거예요, 저는 아주 좋아할 거니까— 오, 당신을 저주해요, 당신을 저주한다고요!
[그는 울음에 목이 메어 다시 말을 멈춘다. 그가 분노에 차서 몸을 똑바로 세우고 마지막으로 허세를 부리려 한다.] 그래서, 당신은 제가 대가를 치러야 한다고 생각하죠? 제가 절대 예전과 같을 수 없을 거라고 생각하죠? 자신을 과대평가하는 모양이에요, 파울라! 오, 당신은 저를 절대 건드리지 않았어요! 절 좀 봐요! 저는 여전히 토니예요! 여전히 예전의 토니라고요! 장담컨대, 여러분, 저는—
[소용없다. 그는 완전히 무너진다. 그는 얼굴을 손에 묻고 목이 쉬도록 울며 몸을 웅크린다.] 아, 왜 그랬어요, 파울라? 왜 그랬어요? 왜 그랬냐고요! [그는 비틀거리면서 계단을 내려간다.]

파울라 우리의 작은 희생의 불쌍한 희생자군!

칸디다 [다가오며, 소심하게] 그게… 우리의 희생이었어, 파울라?

파울라 [돌아보며, 명랑하게] 오, 칸디다, 나는 단지 칼을 휘둘렀을 뿐이야! 제단에 나무를 올린 건 언니였고, 불을 붙인 것도 언니였는걸!

칸디다 [무릎을 꿇으며] 오, 파울라, 용서해줘!

파울라 [그 옆에 무릎꿇으며] 칸디다, 후회 없는 거지?

칸디다 그 그림에 대해서?

파울라 언니라면 어떻게 했을 것 같아?

칸디다 [힘차게] 네가 한 그대로! 나도 그림을 없애버렸을 거야!

파울라 조심해야지, 칸디다! 우리가 무엇을 감수하려는 건지 생각해봤어?

칸디다 어둠과 징수원들, 그리고 함부로 놀려대는 햇바닥들!

파울라 이제 우리가 정신 나갔다고 할 거야. 알지, 우린 1만 달러짜리를 파괴했어. 그들은 절대 이해 못 할 거야. 우리가 미쳤다고 할 거고, 우리가 위험하다고 할 거야! 그리고 칸디다 — 어쩌면 결국 그 말이 맞을 수도 있어….

칸디다 나는 위험을 감수할 준비가 됐어.

파울라 잘 들어! 그들이 이미 우리에 대해 떠들고 있다니까…. 그들이 모이고 있어, 그들이 오고 있다고!

칸디다 [미소 지으며] 우리 재능은 특별해, 파울라.

파울라 아, 그렇지! 우리는 쥐를 잡고 바빌로니아어를 할 수 있을 뿐인데 이 세상에 우리가 설 자리가 있을까?

칸디다 우리한테 왜 꼬리표나 번호표가 있어야 해?

파울라 두렵지 않아, 칸디다?

칸디다 바빌로니아인이 되는 것이…?

파울라 그리고 박멸당하는 것.

칸디다 신이시여, 한순간이라도 평범함의 안전을 원했던 저를 부디 용서해주시길!

파울라 [일어나면서 언니를 일으켜 세우며] 그러면 일어서, 칸디다, 일어서! 우린 다시 자유야! 우린 다시 함께야, 언니와 나, 그리고 아버지. 그래, 아버지도! 모르겠어? 이것이 아버지가 기다리시던 신호야, 우리에게 그 그림을 주신 이후로, 우리에게 해방을 주신 이후로 우리가 다시 신념을 찾았다는, 우리가 다시 용기를 찾았다는 신호라고! 오, 아버지는 우리가 이 결단을 내리고, 이 신호를 주기만을 기다리고 계셨던 거야, 이 최후의 절대적이며 장엄하고 또 확실한 신호를!

칸디다 우리가 해냈어!

파울라 우리의 진정한 소명을 깨달았어!

칸디다 마지막 서약을 한 거지!

파울라 그렇게 돌이킬 수 없이 아버지의 편에 선 거야!

칸디다 아버지도 알고 계실까?

파울라 오, 그럼, 그럼!

칸디다 아버지께 말씀드렸어?

파울라 말씀드릴 필요가 어디 있겠어?

칸디다 [환희에 차서] 오, 파울라!

파울라 아버지는 알고 계셔, 알고 계신다니까!

칸디다 마침내 아버지가 우리를 용서하셨구나! 우리를 용서하셨어, 파울라!

파울라 그리고 우린 아버지와 나란히 설 거지?

칸디다 세상에 맞서서!

파울라 오, 칸디다, 건배하자!

칸디다 [파울라가 술을 따르며] 이제 우리는 인격체로서 아버지와 함께 서는 거야. 우리는 우리가 무엇을 하고 왜 하는지 알고 자유 의지로 함께 서는 거지. 오, 우리 예전에는 몰랐잖아, 파울라. 우리는 그분이 우리의 아버지고 우리가 그분의 딸이었기 때문에 그분을 사랑했어. 하지만 이제 우리는 더 이상 그분의 딸이 아니야, 아니지…. 그리고 그게 얼마나 두려운지 몸이 덜덜 떨릴 지경이지만! 우리는 과거로 돌아갈 수 없어, 파울라. 우리는, 우리 셋은 관계를 새롭게 해야 해. 우리 셋에게 어떤 일이 일어났어, 특히 아버지에게. 파울라, 우리가 더 이상 아버지를 모른다는 것 느꼈어? 더는 우리 어린 시절의 매력적인 예술가가 아니야. 그렇다고 더는 창문 밖으로 뛰어내린 그 울분에 가득찬 노인도 아니야. 올해 아버지에게 무슨 일이 일어났어. 아버지는 삶과 타협했고, 자신만의 평화를 찾으셨어. 해결책을 찾으신 거야. 우리는 무덤 속에서 다시 살아난 사람과 마주하게 되는 거나 마찬가지야…. 오, 파울라, 얼마나 떨리는지! 나는 아버지를 마주하는 게 너무나 기다려져! 아버지가 우리를 어떤 새로운 존재로 만들었는지 보여드리는 게 너무 기다려져! 우린 더 이상 그분 딸이 아니야, 친구고, 제자고, 사제들이지! 우리는 다시 태어난 거야, 이번엔 아버지의 육체가 아닌 영혼에서!

파울라 [잔을 건네며] 그러면, 자! 우리가 태어난 날을 위해 건배하자!

칸디다 [잔을 받으며] 그리고 이제 아무것도 우리를 갈라놓을 수 없어! 우리를 이 집에서 쫓아내고 우리를 떨어뜨려 놓을 수는 있겠지만, 우리는 언제나 함께일 거야, 너와 나 그리고 아버지. 우리가 함께 서 있는 한, 세상은 완전히 사라지거나 멸망하거나 파괴될 수 없어!

파울라 [잔을 들며] 우리는 세상을 구하기 위해 세상에 맞서고 있어!

칸디다 [잔을 들며] 그리고 세상을 구하기 위해, 우리는 세상에 맞서야 해! [그들은 잔을 부딪힌다.]

파울라 생일 축하해, 칸디다!

칸디다 생일 축하해, 파울라! [그들은 잔을 비우며 웃음을 터뜨린다. 종소리가 다시 울리기 시작하고, 장면이 끝날 때까지 계속 울린다. 멀리서 북소리가 들려온다.]

파울라 칸디다, 행진이야!

칸디다 그런데 왜 우리는 어둠 속에 서 있는 거지?

파울라 샹들리에를 켜자!

칸디다 불을 전부 켜자!

파울라 축제야!

칸디다 우리 생일이야!

[파울라는 왼쪽으로, 칸디다는 오른쪽으로 갈라져 불을 모두 켠다. 비토이가 계단참에 나타난다.]

파울라 멈춰! 거기 누구야!

비토이 [눈을 깜박이며] 아니, 파울라!

파울라 친구야 적이야?

비토이 친구요!

파울라 앞으로 나와, 친구, 그리고 누군지 밝혀라!

비토이 [걸어 들어오며] 사방으로 당신을 찾으러 다녔는데.

칸디다 내가 보냈어, 파울라.

파울라 [손을 가슴에 모으며] 나의 영웅이여! 드디어 나를 찾았군요, 이 마법의 성에서!

비토이 [웃으며] 도대체 무슨 일이에요?

파울라 [속삭이며] 사악한 저주가 풀렸어!

칸디다 마법이 사라졌어!

파울라 공주들은 이제 왕국으로 돌아갈 거야—

칸디다 그리고 영원히 행복하게 살 거야!

비토이 저도 왕국의 절반을 받아야 하지 않나요?

파울라 경고할게, 비토이! 우리 왕국은 황량한 땅이야. 그리고 왕인 우리 아버지는 늙었고.

칸디다 등에 업고 다닐 수 있겠어?

비토이 조상신들까지 다 업고 다녀야죠!

파울라 칸디다, 우리의 첫 수련생이야!

칸디다 비토이 카마초, 그대가 정말 마음에 드는구나!

비토이 이제 다 괜찮아요?

칸디다 [표정이 급변하며] 아니! 아니, 아직 아니야!

파울라 오, 칸디다, 그들이 모이고 있어! 그들이 오고 있어!

비토이 누가요?

칸디다 [낄낄거리며] 오, 어쩌면 좋지, 파울라? 어디에 숨을까!

비토이 그게 다 무슨 말이에요!

파울라 쉿! 들어봐!

[그들은 계단 쪽을 바라보며 귀를 기울인다. 알바로와 우펭이 들어온다.]

알바로 이 댁에 계신 모든 분께 인사드립니다!

파울라·칸디다 [달려가 방문객들을 맞이하며 손가락을 입에 대고] 쉿! 쉿!

알바로 부친께서 아프신가?

파울라 오, 아니에요, 알바로 씨!

칸디다 아버지는 아주 건강하세요!

파울라 [방문객들을 방으로 재촉하며] 이리로 오세요, 우펭 부인! 여기로 오세요, 알바로 씨! 오, 오셔서 정말 기뻐요! 칸디다, 손님들께 브랜디 좀 내와!

칸디다 비토이 카마초 기억하시죠. 우리 옛 테르툴리아에도 정기적으로 참석했었잖아요. 비토이, 옛 친구분들께 인사드려.

비토이 안녕하세요, 우펭 부인. 안녕하세요, 알바로 씨.

파울라 비토이도 우리와 해군 축제를 즐기러 왔어요!

알바로 잘 생각했네, 젊은이. 사라지기 전에 오래된 전통을 기리면 좋지.

칸디다 [잔을 내밀며] 사라진다고요?

알바로 그래, 전쟁, 전쟁, 온통 전쟁 얘기뿐이다!

우펭 그래서 우리도 오늘 밤에 온 거야. 옛날처럼 다시 이곳 발코니에서 성모님께 경의를 표하려고. 오, 파울라, 칸디다, 이번이 마지막일지 몰라!

페페 [등장하며] 그래, 우펭, 이번이 정말 마지막일지도 몰라!

우펭 페페! 페페, 이 늙은 물소 같은 양반아, 어디 있다가 오는 거야?

페페 사실상 묘지나 다름없는 곳이지, 우펭. 하지만 오늘 밤에는 꼭 와야겠다 싶어서—

파울라 [그를 맞이하며 서둘러] 쉿! 이리로 오세요, 페페 씨!

페페 [방으로 서둘러 들어가며] 파울라, 이게 무슨 일이야?

알바로 그래, 도대체 무슨 일이야, 얘들아?

파울라 그게, 저희가, 칸디다와 제가 좀 곤란한 상황에 처했어요.

칸디다 여러분의 도움이 필요해요!

페페 칸디다, 파울라, 뭐든 도울게!

칸디다 오, 감사합니다. 오늘 밤에 와주셔서 정말 다행이에요!

파울라 오늘 밤엔 옛 친구들이 필요했거든요!

페페 자, 이렇게 여기 왔잖니! [그가 계단 쪽을 힐끗 본다.] 그리고 몇 명 더 오고 있고! [미겔과 이레네가 계단을 올라오고, 페페가 계단 쪽으로 가서 손가락을 입에 대고 그들을 맞이하며 말한다.] 쉿! 이리 들어와! 칸디다와 파울라가 위험에 처했어!

이레네　　　[자매들에게 키스하며] 우리 파울라! 그리고 우리 칸디다!

미겔　　　무슨 일이니, 얘들아? 우리가 도울 수 있는 거야?

파울라　　　미겔 씨, 이미 우리를 도와주셨어요!

칸디다　　　오늘 밤 와주신 것만으로도!

이레네　　　오, 오늘 밤 꼭 와야만 했어!

미겔　　　전쟁이 난다고들 하던데, 큰 전쟁이!

이레네　　　우리가 그렇게 사랑했던 것들도 하나도 남지 않을 거야!

우펭　　　[그녀의 손을 잡으며] 아니, 이레네, 지금도 남은 게 별로 없다고!

이레네　　　맞아, 우펭. 지금도 별로 남지 않았지….

페페　　　그래도 바람은 남아 있어. 봐, 바람이 불고 있어! 예전 그대로의 바람, 10월의 좋은 옛 바람이야! 오, 느껴봐, 냄새 맡아봐, 모두! 옛날, 우리 젊은 시절에서 불어오는 바람이야! 옛 마닐라에서 불어오는 바람이야, 우리가 사랑하는 마닐라에서!

미겔　　　그리고 우리 옛 체제의 흔적들이 이 자리에 다시 모였지….

[잠시 멈춤, 그들은 발코니의 흔들리는 커튼을 바라보며 종소리와 다가오는 북소리를 듣는다. 방문객들은 모두 매우 늙고,

매우 허약하고, 매우 기력이 쇠했지만, 지금은 가난하더라도 이전에는 지체 높은 사람들이었기에 여전히 기품을 보이며 위엄 있게 말하고 행동한다. 그들은 형편이 좋지 않은 듯하나 깔끔하게 옷을 입었다. 남자들은 목 끝까지 셔츠 단추를 채운 정장 차림에 지팡이를 들었고, 여자들은 옷자락이 뒤로 길게 늘어진 우아한 사야[41]를 입고, 부채를 든 채 어깨에 낡은 숄을 두르고 그 위에 파뉴엘로[42]를 걸치고 있다.

알바로 그리고 기억들도 있잖아? 개인적인 기억들, 우리 조상의 기억들… 저 바람, 저 종소리, 이 축제…. 마닐라의 라 나발 축제! 이 단어들을 들으니 참 가슴 아프군!

미겔 아, 하지만 알바로, 그건 우리한테만 해당하는 얘기인걸.

알바로 그래. 그렇게 보면 우린 마지막 세대인 셈이지.

미겔 이미 우리 자녀들에게는 이런 것들이 전혀 특별한 감정도, 기억도, 부모를 위하는 마음도 일으키지 않아….

이레네 옛 전통들이 죽어가고 있지….

페페 옛 전통을 죽이는 데는 전쟁이 필요 없으니까.

---

41 필리핀어로 치마를 의미한다.

42 목이나 어깨를 덮는 삼각형 혹은 사각형 모양의 천. 필리핀 전통 여성 의상의 일부로 정교한 자수나 장식이 더해진다.

아리스테오 [등장하며] 그래, 안타깝게도 말이지! 그리고 우리를 죽이는 데에도 전쟁이 필요하지 않지!

방문객들 아리스테오!

아리스테오 이런, 다들 여기 계셨군!

방문객들 쉿!

아리스테오 음?

파울라 [다가가 속삭이며] 저희 집에 다시 오신 것을 환영합니다, 고귀한 병사시여!

아리스테오 [우렁차게] 파울라, 내가 죽어가는 몸을 이끌고 마지막으로 성모님께 인사를 드리러 왔다네!

방문객들 쉿!

아리스테오 그런데 모두 무슨 일이야!

우펭 소리치지 마, 아리스테오! 파울라와 칸디다가 큰 위험에 처했어!

이레네 생명이 위협받고 있어!

아리스테오 얘들아, 사실이야?

칸디다 [미소 지으며] 우리를 지켜주실 건가요?

아리스테오 아, 권총을 가져왔어야 했는데!

파울라 당신의 존재만으로도 충분해요, 고귀한 병사님! 칸디다, 우리 챔피언께 브랜디 좀!

아리스테오 [그녀의 손을 잡으며] 잠깐만, 파울라, 널 좀 봐.

세상에, 손이 차갑군!

파울라 아, 그런가요?

아리스테오 [그녀의 눈을 바라보며] 파울라, 이게 다… 그냥 농담은 아닌 거지?

파울라 오, 아니에요, 아니죠!

아리스테오 정말로 심각한 위험에 처한 건가?

파울라 [얼굴을 그에게 가까이하며] 발밑의 바닥이 떨리는 것이 느껴지지 않으세요?

아리스테오 네 손이 떨리는 것은 느껴진다. [그녀는 여전히 미소 띤 얼굴로 손을 뺀다.] 무슨 일이니?

파울라 [어깨를 으쓱하며] 아, 칸디다와 제가 이 집에 있는 것이 이게 마지막일지 몰라요, 마지막 밤이요.

아리스테오 그렇군.

칸디다 [그에게 잔을 건네며] 하지만 물론 저희는 버텨 보려고요!

파울라 그리고, 전 두렵지 않아요.

아리스테오 왜 두려워해야 하지? 내가 여기 있잖니?

우펭 그리고 우리 모두는 파울라와 칸디다와 함께할 거야!

알바로 너희들은 이 집에 남아야 해!

이레네 우린 너희가 이 집에 있어야 해!

페페 우리가 계속하기 위해—

우펭 그리고 우리를 지키기 위해—

알바로 그리고 영원의 상징으로서!

페페 이 집은 삶이 계속될 거라는 우리의 확신이니까!

미겔 그러니까! 아니, 지금 우리를 좀 보게. 파괴의 소문에 겁먹고 모두 이곳에 큰 바위를 찾듯 헐레벌떡 달려오지 않았나! 심지어 테르모필레[43]의 위대한 전사들도—

아리스테오 친애하는 미겔!

미겔 친애하는 아리스테오!

아리스테오 우린 지금 연설할 때가 아니야! 칸디다, 브랜디 좀 주게! 친구들, 힘내자고! 가슴을 펴고! 우리 주머니에 돈은 없지만, 아직 죽지 않았잖아! 아직 술을 마실 수 있어!

칸디다 [웃으며] 아리스테오 씨는 항상 옳아요! 다들 브랜디 더 마셔요!

파울라 그래요, 우리 모두 마시고 행복해져요!

이레네 그런데 어디에 건배할까?

칸디다 성모님을 위해서요! 당연히 성모님을 위해서죠!

---

43 그리스 중동부에 위치한 지명. 기원전 480년 이곳에서 테르모필레 전투가 벌어졌는데, 스파르타의 레오니다스왕이 이끄는 소수의 그리스 연합군이 페르시아 제국의 대군을 상대로 용감히 싸운 것으로 알려져 있다.

아리스테오 친구들, 성모님을 위하여 마시자고. 성모님을 기리기 위해 여기 모였으니까.

알바로 그리고 이건 우리의 축제지—

페페 그리고 우리 조상들의 축제고!

아리스테오 그리고 우리 조상들은 여전히 살아 있어. 그들 일부가 남아 있고, 또 우리가 살아 있는 한, 우리가 알고 사랑하고 소중히 여기는 이 모든 것을 기억하는 한 사라지지 않을 거고 살아남을 거니까….

미겔 그리고 우린 아직 살날이 많아!

페페 우린 백 살까지 살 거야!

우펭 오, 그렇게 겁먹고 그렇게 두려워하다니 얼마나 어리석은 늙은이들이었는지!

이레네 이번이 마지막이 아니야!

우펭 그리고 오늘 밤도 마지막 밤이 아니고!

알바로 우린 천 살까지 살 거야!

미겔 우리는 영원히 살 거야!

모두 만세!

파울라 그리고 여러분, 금요일엔 테르툴리아! 금요일엔 다시 테르툴리아!

칸디다 그래, 그래요! 다음 주 금요일에, 그리고 매주 금요일마다 우리 집은 평소처럼 다시 열릴 거예요! 우리는 계속해야 해요, 우리는 지켜야 해요!

모두 만세! 만세!

파울라 [잔을 들며] 아리스테오 씨?

아리스테오 친구여, 동지여! [그가 잔을 든다.] 필리핀의 위대한 여인에게, 그녀의 영광스러운 해군 축제를 기리며!

모두 성모님이여 영원하라!

[그들이 술을 마신다. 페팡과 마놀로가 나타나 무거운 발걸음으로 방으로 들어선다. 파울라와 칸디다는 중앙에 나란히 서 있다. 방문객들은 그들 뒤에 빽빽이 모여 있다. 비토이는 왼쪽에서 약간 떨어져 걱정스러운 표정으로 바라본다.]

파울라 [명랑하게] 페팡! 마놀로!

칸디다 둘도 성모님을 경배하러 온 거야?

마놀로 [무겁게] 우리가 왜 왔는지 잘 알잖아!

파울라 드디어 털어놓으러 왔어?

페팡 털어놓는다고!

마놀로 너 미쳤니? 우리가—

파울라 털어놔, 마놀로! 털어놔, 페팡! 오, 그러면 정말 행복해질 거야! 자유로워질 거야! 우리를 봐!

마놀로 그래, 너희를 봐! 너희를 좀 봐! 얼마나 공개적으로 아주 훌륭한 구경거리가 되었는지!

페팡 오, 이 수치스러운, 수치스러운 추문!

마놀로 가서 옷 가져와! 너희 둘 다 당장 이 집을 떠나야 해!

칸디다 예의는 어디 갔어, 마놀로? 손님들 안 보여?

페팡 어떻게 그렇게 뻔뻔할 수 있니? 염치가 조금이라도 있다면 얼굴을 숨겨도 모자라!

마놀로 이 사람들에게 가라고 해!

[이제 행렬이 다가오고 있다. 북소리가 점점 더 가까워지고, 점점 더 크게 울린다.]

아리스테오 [앞으로 나서며] 이런, 마놀리토구나! 거의 못 알아볼 뻔했어. 살이 많이 쪘구나!

마놀로 아리스테오 씨, 죄송하지만 나가주세요. 동생들과 저는 가족 문제를 논의해야 합니다.

아리스테오 그리고 이 아이가 페피타인가?

마놀로 아리스테오 씨, 제가 한 말 못 들으셨나요!

아리스테오 아아, 페피타, 너는 정말 사랑스러운 아이였어. 어찌나 다정하고, 애정이 넘쳤는지 모른다! 네가 내 등에 타고 이 방을 빙글빙글 돌던 걸 얼마나 좋아했는지 기억하니?

페팡 아리스테오 씨, 저희는 그럴 시간이—

아리스테오 시간이 없다고, 시간이 없다고! 항상 시간이 없고, 항상 서두르지! 둘 다 진정해! 여기 앉아, 앉아서 한잔 마시고, 옛날이야기 좀 나눠보자!

마놀로 칸디다, 이 사람들 내보내!

아리스테오 쯧! 쯧! 너는 원래 정말 조용한 아이였는데, 아주 말랐고, 아주 공상적이었던—

마놀로 아리스테오 씨—

아리스테오 우펭, 이 아이가 너무 숫기가 없다고 꾸짖던 거 기억하지?

우펭 [웃으며] 오, 항상 얼굴이 빨개졌었지, 특히 여자들 앞에서!

이레네 그리고 어릴 때 그렇게 얼굴을 붉히는 모습이 아주 귀여웠단다, 마놀리토!

마놀로 마지막으로 정중히 부탁드리는데요— 모두—

알바로 그리고 항상 책을 읽고 있었지, 항상 저 구석에서 책을 들고—

페페 아니면 아래 테라스에서 바이올린으로 연주하거나—

미겔 아니면 여기 페피타를 프리마 돈나로 세워 오페라를 연출하거나—

마놀로 [소리치며] 저 말 좀 합시다!

아리스테오 오, 내가 알던 아이들 가운데 가장 똑똑했어!

마놀로 아리스테오 씨, 이렇게 부탁드립니다—

페팡 오, 왜 시간 낭비를 하고 있니, 마놀로! 저 사람들에게 말해봤자 소용없어!

이레네 그리고 페피타, 네가 겨우 일곱 살 때 〈마지막 인사〉를 암송하던 걸 절대 잊지 못할 거야!

페페 내가 그 시를 가르쳤지!

우펭 그리고 네 열다섯 번째 생일날 밤에 내가 너에게 춤을 가르쳤지, 마놀로, 기억하니? 바로 이 방에서!

알바로 우리 모두가 이 집에 대해 얼마나 즐거운 추억을 많이 간직하고 있는지!

미겔 그리고 마놀로와 페팡도 이 어린 시절 옛 추억 속 장면들이 얼마나 소중할까!

파울라 안타깝게도 아니에요!

미겔 소중히 생각하지 않는다고?

칸디다 이 집을 팔고 싶어 하는걸요!

방문객들 판다고!

우펭 끔찍해라!

이레네 왜?

파울라 그 이유는 스스로에게조차 털어놓지를 않더라고요.

아리스테오 그런데 어쩌면 이 집을 더 이상 감당할 수 없어서일지도 모르지.

파울라 오, 비용 때문이 아니에요!

칸디다 비록 그렇게 말하지만!

파울라 하지만 자신을 속이고 있는 거예요!

페팡 파울라! 칸디다!

파울라 비용 때문이 아니에요. 도박장에서 밤낮으로 돈을 여기저기 마구 써버리고도 아무렇지 않게 생각하는데요!

페팡 마놀로, 너 가만히 있을 거야? 애들이 이렇게—

파울라 아니, 비용 때문이 아니잖아! 이 집을 견딜 수가 없는 거지, 참을 수가 없는 거잖아!

칸디다 이 집이 계속 괴롭히고, 즐거움을 망치니까!

파울라 항상 가장 불편한 순간에 눈앞에 아른거리고 나타나니까—

칸디다 친구들과 수다를 떨 때—

파울라 아니면 마작을 할 때—

칸디다 아니면 경마장이나 하이알라이 경기장에서 즐거운 시간을 보낼 때—

파울라 아니면 잠들 수 없을 때—

칸디다 갑자기— 펑!— 이 집의 그림자가 드리워지지!

파울라 그러면 손이 떨리고—

칸디다 피가 차가워지는 거지!

아리스테오 그 말은, 이 집을 두려워한다는 거야?

칸디다 그리고 이 집이 파괴되기를 원하죠!

알바로 하지만 왜?

파울라 왜냐하면 이 집이 저들의 양심이니까요!

마놀로·페팡 파울라!

[이제 드럼 소리가 발코니 바로 아래에서 울린다.]

파울라 [천천히 앞으로 나아가며] 그래, 마놀로! 그래, 페팡! 이 집은 둘의 양심이야, 그래서 이 집을 미워하는 거고, 그래서 이 집을 두려워하는 거고, 그래서 이렇게 오랫동안 필사적으로 이 집을 파괴하기만을 갈망해온 거야! 아니, 둘은 이 집을 감당할 수 없어! 양심을 감당할 수 없어! 왜냐하면—

마놀로 [뒤로 물러서며] 닥쳐! 닥치라고!

파울라 [가만히 서서] 이 집이 여기 서서 비난하고 있는 한, 결코 평화를 얻지 못할 거라는 걸 알고 있으니까!

마놀로 [주먹을 들어 올리며] 닥쳐, 안 그러면, 내가 정말로—

[행렬이 지나가면서 발코니가 눈부시게 환해진다.]

파울라 그래서 이 집을 폐허로 만들기 전까지, 이 집을 벌거벗기고, 벽을 허물고, 토대까지 뿌리 뽑아버리기 전까지는 절대 쉬지 못하겠지!

페팡 마놀로, 이건 참을 수 없어!

칸디다 털어놔, 페팡! 털어놔, 마놀로!

마놀로 미쳤어!

파울라 털어놔, 다 털어놓고 자유로워져!

페팡 너 쟤들이 이렇게 위협하게 둘 거야?

마놀로 지금 당장 이 집에서 나가!

페페 오, 안 돼, 마놀리토, 지금은 아무도 여기서 나갈 수 없어!

우펭 [발코니를 향해 손을 흔들며] 봐! 행렬이야!

알바로 길이 막혔어!

이레네 성모 마리아께서 구원하러 오셨어!

마놀로 [앞으로 나서며] 계단 아래로 던지는 한이 있어도 너희는 지금 당장 이 집을 나가야 해!

아리스테오 그러면, 마놀리토, 나를 먼저 계단 아래로 던져야 할 거야!

페페 [앞으로 나서며] 그리고 나도!

우펭 [앞으로 나서며] 그리고 나도!

이레네 [앞으로 나서며] 그리고 나도!

미겔 너는 먼저 우리 모두를 계단 아래로 던져야 할 거다, 마놀리토!

[마놀로가 멈춰 서서 그들을 응시한다.]

아리스테오 자, 얘야, 이제 어떻게 하겠니?

칸디다 그리고 그게 다가 아니야, 마놀로. 아버지도 있어. 아버지도 계단 아래로 던질 수 있겠어?

페팡 아버지는 오빠를 미워해!

파울라 아버지는 우리와 함께 버티실 거야!

칸디다 그리고 우리도 아버지와 함께 버틸 거고!

비토이 [문 쪽을 향해 놀라서 손짓하며 갑자기 외치며] 그분이 오셨어요! 그분이 여기 오셨어요!

페팡 [응시하며, 마놀로의 팔을 움켜잡고] 마놀로, 봐! 아버지야!

[방문객들이 모두 놀라며 문 쪽을 바라보고 "로렌조!", "로렌조가 온다!", "안녕, 로렌조!" 하고 저마다 외친다. 문을 등지고 있던 칸디다와 파울라는 천천히, 두려운 표정으로 돌아선다. 그러나 갑자기 그들의 얼굴이 밝아지고, 기쁨에 차서 가슴에 손을 모은다.]

파울라·칸디다 [치솟으며 울려 퍼지는 찬란한 기쁨에 차서] 오, 아빠! 아빠! 아빠!

[거리에서 나팔 소리가 울리며 밴드가 가보트[44] 행진곡을 연주하기 시작한다. 비토이 카마초가 자신이 늘 서 있는 무대 왼쪽 앞으로 나오면서 모든 사람이 그대로 움직임을 멈추고, 거실 장면 앞으로 '인트라무로스 커튼'이 닫힌다.]

비토이 [종소리와 음악 소리 속에서 기쁜 목소리로] 마

44 17~18세기에 프랑스 남부에서 유행한 2박자의 경쾌한 춤곡.

닐라의 10월! 태풍 시즌의 한가운데, 도시가 가장 큰 축제를 벌였던 달! 슈퍼마켓에 햄과 치즈가 진열되고, 사탕 가게에 뚜론이 가득했던 달! 시장에는 사과, 포도, 오렌지, 포멜로가 넘쳐났고, 인도에는 밤과 랑삿[45]이 가득했던 달! 어린 시절, 공기가 축제 분위기로 변하고 서커스가 마을로 찾아오며 옛 오페라 하우스에서 시즌이 개막되었던 달!
[무대 안의 불빛이 꺼지고, 종소리와 음악 소리가 희미해진다. 폐허가 뚜렷하게 드러난다.] 글쎄, 그게 옛 도시가 마지막으로 축제를 벌였던 10월이었다. 그리고 그게 아직 살아 있는 옛 마닐라를 내가 마지막으로 본 때였다. 마지막으로 해군 행렬이 이 거리를 따라 내려오는 것을 보고, 옛 마라시간 집 발코니에서 성모 마리아에 경의를 표했던 때였다.
그 집, 위대한 로렌조의 집은 이제 사라졌다. 이 깨진 벽 조각과 돌무더기만 남았다. 결국 세계대전이 이 집과 이 집을 위해 싸운 세 사람을 파괴했다. 그들은 무너졌을지언정, 절대 굴복하지 않았다. 그들은 최후의 순간까지 정글에 맞서 싸웠다. 이제 그들은 죽었다. 로렌조 씨와 칸디다, 파울라, 그들 모두 칼과 불에 의해 끔찍한 죽음을 맞았다…. 그들은 그들의 집과 함께 죽었고, 그들의 도시와 함께 죽었다. 그리고 어쩌면 그게

45 동남아시아 전역에서 즐겨 먹는 과일로 알감자와 비슷한 모양이다.

그들에게 더 나은 일이었을지 모른다. 그들은 옛 마닐라의 죽음을 견딜 수 없었을 테니.

그렇지만 보아라! 이 도시는 죽지 않았다. 멸망하지 않았다! 파울라! 칸디다! 당신들의 도시, 나의 도시, 우리 조상의 도시는 여전히 살아 있다! 이 도시의 일부가 남아 있고, 내가 살아서 기억하는 한, 이 모든 것을 알고 사랑하고 소중히 여긴 내가 살아서 기억하는 한 그 일부는 살아남을 것이다!

[그는 한쪽 무릎을 꿇고 흙을 퍼 올리는 듯한 몸짓을 한다.] 오, 파울라, 칸디다 제 말을 들어줘요! 당신의 흙 앞에서 그리고 모든 세대의 흙 앞에서 제가 계속할 것을 약속해요, 제가 지킬 것을 약속해요! 정글이 다가올 수도 있고, 폭탄이 다시 떨어질 수도 있지만, 제가 살아 있는 한, 당신들도 살아 있어요. 그리고 우리가 사랑하는 이 소중한 도시는 다시 일어설 거예요, 내 노래 속에서만이라도! 기억하고 노래하는 것, 그것이 제 소명이에요.

[비토이를 비추던 조명이 꺼진다. 이제 고요한 달빛 속에 빛나는 황량한 폐허만 보일 뿐이다.]

마지막으로 막이 내린다.

제로니마 부인

대항해 시대 마닐라의 한 대주교가 공의회[1]에 소집돼 멕시코로 가는 길에 해적을 만났다. 그런데 배를 장악한 해적이 선실을 약탈하고 선원들을 죽이고 대주교를 돛대에 묶는 와중에 갑자기 폭풍우가 몰아쳐, 해적선과 필리핀의 범선이 둘 다 난파되고 십자 모양의 돛대에 묶인 대주교만 빼고 배에 타고 있던 모두가 익사했다. 성난 바다 위를 표류하던 대주교는 무사히 무인도에 도착했으나, 바닷속 암초의 일부일 뿐인 메마른 무인도라 1년을 물고기와 기도와 빗물과 명상으로 버티며 해변에 세운 십자가 돛대 밑에서 웅크리고 앉아 밤낮으로 깊은 생각에 잠긴 채 황량한 바다에 홀로 살았다. 그러던 어느 날, 지나가는 배가 거대한 십자가에 반사된 신비로운 빛에 이끌려 신기루를 추적하듯 수평선까지 전진하다 무인도에 이르렀고, 해변에 꽂힌 십자가 돛대와 돛대 밑에 가부좌 자세로 말없이 꼼짝하지 않고 앉은, 등이 굽고 쪼그라든 노인을 발견했

1 교황이 온 세계의 추기경, 주교, 신학자를 소집하여 진행하는 공식적인 종교 회의. 교회 교리나 규율에 관해 토의하고 규정한다.

다. 알몸에 반쯤 눈이 멀고 석탄처럼 검게 그을리고 머리카락이 허옇게 세고 흰 수염이 배꼽까지 자란 노인은 제대로 서지도, 움직이지도, 말하지도, 움켜쥐지도 못하는 참담한 상태로, 떠난 지 약 2년 만에 원래 살던 도시로 옮겨졌다. 떠날 때는 잘생기고 활기찬, 눈부시게 빛나는 남자의 모습으로 종소리와 음악이 울리고 깃발이 펄럭이고 폭죽이 터지는 시끌벅적한 분위기에서 온 도시의 배웅을 받으며 영광스럽게 떠났으나, 돌아올 때는 끔찍하게 변하고, 끔찍하게 늙고, 피부와 뼈와 거친 눈빛만 남은 쇠락한 모습이었다. 그러나 떠들썩한 종소리와 음악, 깃발, 폭죽은 떠날 때와 마찬가지였으니, 그가 무인도에서 구조됐다는 소식이 이미 도시에 퍼졌기 때문이었다. 무인도에서 살아남은 기적이 전설이 되어 전해지고 십자가의 구원을 두 번이나 받은 데다 엘리야처럼 까마귀가 먹여주고 이스라엘 백성처럼 하늘에서 내려온 만나를 먹고 살았다는 소문이 퍼지면서, 대주교는 그야말로 기적의 인물이 되었고 그를 환영하러 몰려든 사람들은 그가 지나갈 때마다 전율하며 무릎을 꿇었다. 그 시절에는 부서질 듯 앙상하게 마른 외모가 감동을 주고 영혼을 사로잡는 힘이 있어 대중을 홀렸으니, 방랑 시인마다 대주교의 이야기를 시로 만들어 노래했고, 장터에서 팔리는 책치고 그의 그림과 그의 모험에 관한 이야기를 담지 않은 것이 없었다. 그렇게 다양한 방식으로 명성이 퍼진 대주교는 신이 신비로운 은총을 베푼 거룩한 자가 되었고, 드디어 오랜 요양을 마치고 한창때로는 절대 돌아가지 못하나 한결 튼튼해진 모습으로 나타났을 때는 이미 그 도시의 성자로 추앙받고 있었다.

그러나 이는 대주교에게 아이러니한 상황이었다. 거룩한 자라고 칭송받는 자신이 사실은 허울뿐인 가짜라는 걸 알기 때문이었다. 아무것도 없는 섬에서 알몸으로 사순절처럼 금식하면서 그는 자기 삶이 얼마나 헛되고 엉터리였는지 깨달았다. 젊은 시절 야망을 품고 출셋길을 탐색한 대주교는 현세에서 요직에 오르는 가장 빠른 길로 교회를 택했고 믿음이 아니라 권력을 갈망해 수도사가 되었다. 젊은 어깨에 수도복을 걸치고 자기가 속한 교단에서 때로는 당기고 때로는 밀면서 아첨하고 싸워 권위의 사다리를 오르기 시작했고, 넘치는 활력으로 비좁은 수도원 정치판을 넘어 오랫동안 목표로 삼았던 높이에 오를 때까지 더 높이, 더 높이 오르다 주교의 자리에 앉았다. 기름 부음을 받고, 주교관을 쓰고, 주교좌에 앉음으로써 마침내 마닐라 대주교가 되었으나, 열망의 끝에 다다르기는커녕 갈망과 탐욕이 더욱 커진 그는 계속 더 멀리 손을 뻗고 더 높은 곳을 갈구했고, 그 때문에 시끄럽고 끊임없는 다툼이 일상인 가장 격동적인 대주교가 되었다. 때로는 귀족들과, 때로는 범선의 상인들과, 때로는 대성당의 수사 신부나 탁발 수도사들과, 때로는 교단의 관리들과도 싸웠으나 가장 자주, 요란하게 다툰 상대는 총독들이었다. 대주교는 말라카냥궁[2]으로 행진하는 시위대를 수없이 이끌었고, 총독들은 잇따라 움츠러들거나 굴복하거나 강제로 끌려 나와 혼쭐이 나고는 깨갱거리며 마드리드로 돌아갔다. 그러는 사이 대주교는 마닐라에서 정부의 고삐를 쥐고 새로운 총독이 부임할 때까지 영적 권력과 세속 권력을 융합한 완벽한 힘을 누렸다. 그럴 때 대주교는 마음속으로 자기가 중세의 영주 주교와 비슷하다며 자신의 운명이 완전히 이루어졌다고 느꼈다. 정치판뿐 아니라 전장에서도 그는 강력한 전사의 모습을 보였다. 모로족[3] 해적이 교구의 연안 지역을 약탈할 때는 급히 현장으로 달려가 신자들을 이끌고 이교도에 맞서 싸웠다. 마닐라의 중국인들이 반란을 일으킬 때는 사제복을 장화 속에 찔러 넣은 차림으로 마닐라 성벽에서 수비대를 결집하거나 직접 대포를 쏘는 모습이 목격됐다. 영국이나 네덜란드의 이단자들이 마닐라만을 위협할 때는 즉시 만 입구에 출동해 전투 계획을 세우고, 군대를 조직하고, 배를 보내고, 해안가에 모닥불을 피워놓고 해전의 진행 상황

2 1750년에 지어진 건물로 당시에는 스페인 부호의 별장으로 사용되다가, 1863년부터 정부 청사로 활용되었으며, 현재는 필리핀 대통령의 거처로 쓰인다.

3 필리핀 남부, 특히 민다나오와 술루제도에 거주하는 무슬림 소수 민족.

을 지켜보았다. 멕시코 공의회에 소집됐을 때 그는 자신의 이름이 얼마나 널리 알려졌는지 잘 알았고, 눈앞에 펼쳐질 새로운 지평을 꿈꾸며 배에 올랐다. 멕시코 너머에는 마드리드가 있었고, 마드리드 너머에는 (혹시 모를) 로마가 기다리고 있었다. 이렇게 배포가 큰데 과연 내가 식민지의 주교로 만족할 수 있을까? 그러나 하느님은 이 질문에 무인도로 답했고, 대주교는 사제복뿐 아니라 모든 껍데기가 벗겨진 몸으로 고작 제 키 높이만 한 척박한 바위섬을 통치하며 냉혹한 한 해를 보냈다. 그 후로 그는 붉은 사제복을 입을 때마다 이때의 기억이 떠올라 몸서리쳤다. 아기처럼 다시 걷고 말하고 눈 뜨는 법을 배운 끝에 도시로 돌아와 두 발로 선 대주교는 그를 만지려고 아우성치는 군중 사이로 나아가며 자괴감에 시달렸다. 군중은 사제복 속 성자를 향해 손을 뻗었지만 사실 그는 영적 유아기로 돌아간 한 인간의 껍데기에 불과했다. 그는 살아 있는 기적의 상징을 보려고 사방팔방에서 찾아온 사람들이 안쓰러웠고 시간이 지나면 열기가 식고 군중이 줄어들 것을 알았으므로 대중의 숭배를 견뎠다. 기적을 행하는 사람이자 성자의 가면을 쓴 마지막 가장무도회가 끝나면 무인도에서 시작한, 실재를 찾는 탐구를 재개할 수 있으니 말이다.

아, 무인도에서 배운 것이 하나 있다면 그것은 바로 배움의 올바른 방식이었다. 대주교는 그동안 취했던 자아상, 즉 야심 찬 젊은이, 민첩한 수도사, 격정적인 대주교, 지칠 줄 모르는 전사가 가면이자 이미지, 유령일 뿐이며 야망과 권력욕, 영광을 향한 갈망으로 타오른 육신의 불길이 방출한 증기에 불과하다는 것을 깨달았다. 무인도에서 욕망이 모두 가라앉자 대주교는 무인도의 바위가 흐르는 물과 갈마드는 낮과 밤을 변함없이 견디듯, 나무가 잠시 머무는 초록 잎으로 황량하고 헐벗은 본질적 뼈대를 감추지 않듯, 인생의 희로애락과 운명의 변화에 흔들리지 않는 존재, 즉 실재하는 자아가 분명 자리하고 있을 고요함의 중심으로 날마다 더 깊이 파고들었다. 바위 가장자리의 십자가 밑에서 가부좌 자세로 꼼짝하지 않고 앉아 밤낮으로 끊임없이 사냥하고 쫓으면 신비한 그 존재가 고요함의 중심에 단단히 뿌리박은 채 드러날 게 분명했다(고 대주교는 생각했다). 그러나 구조선이 깨달음을 방해했고 아쉽게도 대주교는 주교의 옷, 성상의 후광, 유령의 하얀 시트와 같은 도구들로 깨달음을 얻으려는 한 인간으로 변장하는 세상으로 돌아왔다. 이 같은 복장을 갖춰 입으면 외모가 권위가 되고 환상이 진실이 되었고, 그의 의상에 손을 대려고 몰려드는 시장의 군중은 그를 거룩하다고 칭송했다. 그러나 부조리도 자기 인식의 일부였으므로(실재한다고 믿었던 것이 실재하지 않음을 드러내려면 그것의 부조리를 경험해야 한다), 대주교는 텅 빈 인간을 성자로 받드는 부조리를 견디며 무인도에서 얻을 뻔하다가 중단된 깨달음을 향해 다시 나아갈 고요한 날을 참을성 있게 기다렸다. 내면으로 향하는 길은 무인도뿐 아니라 시장을 통한다는 것을, 깨달음의 중단은 그 자체가 깨달음을 향한 길의 일부임을 알았기 때문이다.

시간이 지나도 그에게 목격된 변화가 계속 이어지고 건강이 회복돼도 맹렬하고 격정적인 예전의 그가 돌아오지 않자, 그의 오랜 적들조차 조심스럽기는 하나 기적을 외칠 준비를 했다. 궁으로 행진하는 시위대를 이끌거나, 밀물이 들어 범선이 뜨길 기다리는 동안 격분하며 부두를 오르내리거나, 거만하게 주교 수행단에 등을 돌린 어떤 귀족을 후려치려고 마차에서 뛰어내리는 모습은 더는 목격되지 않았다. 오히려 시간이 지날수록 대주교는 점점 더 공적 자리에서 물러나 대주교구의 업무를 보좌 주교와 대성당의 사제단에 위임했고, 본인은 점차 시야에서 사라졌다. 예상대로 대중의 호기심이 가라앉고 군중의 수가 줄어 더는 대중 앞에 모습을 드러낼 의무를 느끼지 않은 대주교는 파시그강 변에 준비한 은둔처로 자유로이 물러났다. 성벽 바로 밖이지만 교외에서 멀리 떨어진 숲속에 숨겨진, 원주민 스타일의 작은 야자 잎 오두막이었다.

이 암자에는 딱 한 명만 데려갔는데, 요리사와 간호사, 운전사, 배달부, 복사의 역할을 겸하는 남자 하인 가스파르였다. 대주교는 중요한 축일에는 대성당에서 미사를 집전했고, 직책상 필요할 때는 이전에 머물던 성벽 안 관저에 모습을 드러냈다. 그러나 나머지 시간은 모두 파시그강 변 오두막에서 보냈고, 깊은 숲속을 거닐거나 강둑에 쪼그리고 앉거나 강이 내려다보이는 창가 침대에 누워 무인도의 고요함을 되찾고 끊임없는 변화의 흐름 아래에서도 절대 변하지 않는 것을 다시 탐구하려 안간힘을 썼다. 이 같은 몸부림은 그가 (세상의 끝에 다다른 마닐라의 다른 많은 이처럼) 형이상학적 굶주림에 시달리며 망연자실하는 17세기의 자식임을 보여주었다.

이교도와는 거리가 멀지만 정복자 스페인의 교회에서 세례를 받지 않은 17세기 마닐라의 민중은 (유럽의 더 지적인 개신교 형제들과 마찬가지로) 이미 신비주의 영역을 탐험하고 있었고, 십자가의 성 요한이 말한 어두운 밤을 알았으며, 완전한 깨달음을 갈망하며 자발적 고독 속에서, 혹은 실험 공동체를 이뤄 황홀한 고뇌와 함께 영혼을 탐색했다. 이들은 (대부분 단순하고 글을 읽지 못하는 민중이지만) 동시대의 최신 유행의 영향을 받았다. 인생의 한창때, 또는 아름다움이나 재산이 절정에 달했을 때 흥청망청하는 삶에서 도망쳐 갑자기 세상을 등지고 영혼의 열병에 이끌려 변치 않는 무언가를 추구하는 변절자들이 이 유행을 이끌었다.

따라서 고요함을 배우기 위해 강가의 작은 오두막에 은둔한 대주교는 혼자가 아니었다. 그러나 거듭되는 무아지경과 철야를 거치며 그가 갈구한 고요함은 그를 자꾸 피했고, 긴장은 묵상을 방해했다. 그를 지켜보는 눈과 쫓아다니는 발, 그의 고독을 공격하는 무언가를 점점 더 의식하면서 영혼이 불안에 떨었기 때문이다.

그는 유령에 홀리고 있었다.

처음에는 고개를 들거나 어깨 너머로 쳐다보기 직전에 저 너머에서 맴도는 하얀 무언가가 보이지는 않고 느껴지는 수준으로 희미하게 감지됐다. 그러나 그 존재는 날이 갈수록 가까워졌고, 이제는 숲속을 거닐거나 길모퉁이를 돌거나 마차를 타고 시내를 달리거나 기둥 뒤를 지나거나 성당에서 미사를 집전하다 제단에서 신도석 쪽으로 홱 돌면, 나뭇잎 사이로 휙 사라지는 하얀 빛이 곁눈으로 언뜻 보였다. 여전히 곁눈으로만 보이긴 했으나, 드디어 대주교는 초조하게 홱 돌아볼 때마다 돌발적으로, 점점 더 자주, 유령의 물결치는 단편적 모습을 포착할 수 있었다. 눈이 너무 무뎌진 탓에 그 모습만으로 인간의 형상을 조립할 수는 없었으나(머리 없는 하얀 덩어리만 보았을 뿐 얼굴도, 팔도 보지 못했으므로), 결국에는 인간에 가까운 형태가 그려지기 시작했다. 남자인지 여자인지, 아이인지 노인인지는 확실히 알 수 없었지만, 언뜻 보이는 시간이 반복되고 점점 길어지면서 대주교는 마침내 그 유령이 머리부터 발끝까지 흰 베일을 두른 여자라는 걸 알아보았다. 여자는 얼굴이 흰 베일에 가려져 있고 목 부분의 베일을 움켜쥔 손 외에는 아무것도 보이지 않아, 대주교의 눈에 제 모습이 드러났는데도 길모퉁이에서나 교회에서, 심지어 강가의 오두막에서도 더는 피하지 않고 가만히 서서 그의 시선을 받아냈다. 그러다 어느 달밤, 물가에 가부좌 자세로 꼼짝하지 않고 앉아 있던 대주교는 고개를 들어 머리 위 바위에 있는 하얗고 얼굴 없는 여자를 바라보았다. 여자는 그가 움직일 때까지 움직이지 않았고 그가 움직이자 달빛 속으로 눈 녹듯 사라졌다.

그때까지 대주교는 그 유령이 천사인지 악마인지 몰라 잡으려는 노력을 하지 않았으나, 여자의 모습이라는 게 확실해지자 하인 가스파르에게 유령이 나타날 때까지 숨어서 기다리라고 지시했다. 그러나 주인이 보았다고 주장하는 이 이상한 여자는 어찌나 교활한지 가스파르가 놓은 덫에 걸리지 않았고, 왕의 요새에서 군대를 보내 여자의 흔적을 찾기 위해 도시를 샅샅이 뒤졌지만 허탕이었으며, 여자에 관한 탐문 조사도 헛수고였다. 여자가 이제는 달빛이 아니라 햇빛 속으로 눈 녹듯 사라져 한 달 동안 모습을 드러내지 않자 대주교는 자신이 정말 유령을 본 건지 꿈을 현실로 혼동한 건지 의문이 들기 시작했다.

그러던 어느 날, 관저를 찾아온 사람들의 사연을 듣고 있던 대주교는 군중 위를 힐끗 쳐다보다 전처럼 하얀 베일을 두르고 알현실 끝에 서 있는 여자를 보았고, 문 앞에 경비병을 배치하라고 가스파르에게 속삭였다. 마지막 알현 신청자가 떠난 뒤에야 여자는 기다리던 곳에서 나와 알현실을 가로질러 주교좌의 발치까지 걸어왔지만, 대주교의 앞에서 절할 때도 얼굴의 베일을 걷지 않았다.

"주교님, 불만이 하나 있습니다."

여자가 무릎을 꿇은 채 말하자 대주교도 말했다.

"내가 할 말이다! 여자여, 그대는 도대체 누구길래 지금껏 나를 따라다녔는가?"

"주교님이 제 말을 들으신다면 답을 알게 되실 겁니다."

대주교가 계속 말하라고 손짓하자 여자는 자리에서 일어나 여전히 베일에 싸인 채로 말했다.

"주교님과 이 자리에 계신 분들에게 제 사건을 더 잘 판단할 수 있도록 이야기를 하나 들려드리겠습니다. 한 청년이 한 여자에게 평생 사랑하겠다고 맹세하며 결혼을 약속했습니다. 그러나 이 청년은 출세하기 위해 항해를 떠났고, 이교국의 한 섬에 도착해 그 섬을 다스리는 여신과 사랑에 빠졌습니다. 청년이 이미 약혼한 몸이라고 하자 여신은 여신으로서 서약을 취소할 힘이 있으니 그를 서약에서 풀려나게 할 수 있다고 장담했습니다. 그렇게 두 사람은 결혼했고, 청년은 고국에 두고 온 여자에게 돌아가지 않았습니다. 주교님, 이것이 옳은 행동인가요?"

"아주 그릇된 행동이다." 대주교가 말했다. "여신에게 청년을 맹세의 속박에서 풀어줄 힘이 있더라도 두고 온 여자의 뜻을 듣기 전에는 그렇게 할 수 없다. 여신은 하늘의 법에 따라 청년을 고국으로 보내 여자에게 서약을 취소해달라고 간청하게 하되, 청년은 그 여자에게 죄를 물을 합법적 근거가 없다면 그 서약을 함부로 어길 수 없다. 만약 어긴다면 신들이 벌을 내릴 것이다."

"하지만 주교님, 제 말 좀 들어보십시오. 여신에게 한 맹세가 한낱 인간에게 한 맹세보다 우선하지 않을까요?"

"신은 곧 법이다." 대주교가 답했다. "신 스스로 신의를 지키지 않는다면 인간도 지킬 이유가 없지 않은가. 사람과 사람 사이의 서약은 모두 신성하므로 지옥이나 천국에 맺은 서약일지라도 먼저 맺은 서약이 그다음에 맺은 서약으로 무효가 되어서는 안 된다."

"하지만 주교님, 더 들어보십시오. 만약 그 청년이 여신에게 첫 번째 서약을 밝히지 않고 결혼했다면 어찌 되나요?"

"그렇다면 그자는 거짓을 말했을 뿐 아니라 신성을 모독

했으니 그와 그의 종족은 세상에 혼돈이 닥치지 않도록 영원히 불타야 한다. 또한 그의 첫 번째 서약은 그것을 취소하려고 다른 서약을 2천 번 더 하더라도 여전히 유효하다."

그러자 여자는 무릎을 꿇고 큰 소리로 울부짖었다.

"주교님, 말씀하신 대로 해주십시오!"

"그대의 불만이 무엇이길래 그러는가?" 대주교가 놀란 표정으로 물었다.

여자는 바닥에서 다시 일어나면서 답했다.

"제 불만은 영원히 사랑하겠다고 맹세한 연인에게 버림받은 여자의 불만과 같습니다. 제가 말한 우화에는 실화가 담겨 있습니다. 저는 그 남자가 드디어 약속을 이행하도록 제 권리를 주장하러 왔습니다."

진심이 가득 어린 여자의 말투에 대주교는 여자에게는 연민을, 배신한 남자에게는 분노를 느꼈다.

"그 남자는 누구인가?" 대주교가 우레와 같은 소리로 외쳤다. "그를 찾을 수 있는가? 맹세하건대, 그대가 그자를 찾아서 데려올 수 있다면 내 반드시 그자가 약속을 이행하게 만들겠다."

"주교님, 그 남자를 찾았고 데려올 수 있습니다. 이름과 옷차림, 심지어 표정까지 바꿨지만요."

"그 남자의 맹세를 입증할 증거가 있는가?"

"그가 영원한 사랑을 맹세하며 강둑에서 제게 준 서약의 증표를 아직 간직하고 있습니다."

여자는 가까이 다가가 주교좌에 앉은 대주교에게 반지를 내밀었다.

대주교는 여자의 손바닥에 놓인 인장 반지에 새겨진 글자를 흘깃 보고는 얼굴이 창백해졌고, 반지를 집어 들어 더 자세히 살펴보고는 숨이 가빠지면서 놀란 눈으로 반지와 여자를 번갈아 바라보았다. 그러는 사이 여자는 여전히 베일에 싸인 채 대주교 앞에 서서 손바닥을 쭉 내밀었고, 대주교는 떨리는 손으로 반지를 여자의 손바닥에 떨어뜨리고 나서 창백한 얼굴과 튀어나올 듯 휘둥그레진 눈으로 숨을 몰아쉬며 의자 깊숙이 등을 기댔다.

그러나 알현실의 사람들이 웅성거리는 소리가 커지자 모두 나가고 문을 닫으라고 명령했다. 여자와 둘만 남은 대주교는 주교좌에서 몸을 일으켜 여자가 있는 곳으로 내려갔고, 벌벌 떨면서 꼿꼿이 선 여자를 마주 보았다.

"그대는 누구인가?" 그가 두려움에 떨며 속삭였다.

"주교님이 최근에 찾아 헤매신 그 여자가 아닌가요?" 여자가 대수롭지 않게 답했다.

"그 반지는 어디서 났지?" 그가 물었다.

"한 청년이 강둑에서 제게 이 반지를 주며, '당신을 영원히,

언제까지나 사랑할 것을 무릎을 꿇고 맹세하노니, 이 반지가 맹세의 증표며 저 강물이 맹세의 증인이 되게 하소서'라고 했습니다."

"강이라고? 강 어디에서 왔지?"

"호수의 물이 흘러드는 상류의 숲과 언덕에서 왔습니다."

"박쥐의 땅이군!" 여자보다는 자기 자신에게 외치는 말이었다.

"네, 주교님. 박쥐들이 나무의 열매처럼, 하늘의 구름처럼 빽빽이 매달려 있죠."

"동이 트면 집으로 날아가는 박쥐들의 날갯짓 소리가 들리지."

"그 숲의 연인들은 거대한 박쥐들이 머리 위로 우르르 날아오는 것을 신호로 헤어집니다. 그곳의 박쥐들은 연인들의 친구랍니다. 밤의 끝뿐 아니라 밤의 시작을 알려주고, 강둑에서 밀회를 즐기는 연인들을 날개로 숨겨주죠. 연인들은 박쥐가 날이 밝았다고 알릴 때까지 밤새도록 서로의 품에 안겨 누워 있어요. 얼마나 많은 연인이 박쥐를 저주하고 축복했는지 모릅니다! 검고 흉측하고 징글맞은 거대한 생명체지만 아, 제게는 사랑의 천사이자 사랑의 캐노피였답니다. 날갯짓 소리가 울릴 때마다 제가 연인에게 수없이 말했듯 말이죠. 주교님은 그 강둑에서 새벽이 오는 소리를 들은 적이 있으신가요?"

대주교는 잠시 숨을 고르고는 부드럽게 외쳤다.

"제로니마!"

그 말에 여자는 잠시 주춤했고 당당히 들고 있던 고개를 떨어뜨렸다.

대주교는 부들부들 떨면서 여자를 만지려는 듯 두 손을 들었지만 차마 그러지 못했고, 멈춘 손을 머리 위로 들어 올리는 절망의 몸짓을 하고 흐느끼며 다시 더 크게 외쳤다.

"제로니마!"

여자는 그의 부름에 고개를 들고 천천히 얼굴에서 베일을 걷어냈고, 젊음과 아름다움이 찬란히 빛나는 여자의 얼굴을 본 늙은 대주교는 흐느끼다 놀라움에 목이 메었다.

그가 믿기지 않는다는 표정을 짓자 여자는 음산한 미소를 지으며 말했다.

"맞아요, 주교님, 저예요, 제로니마. 오랜 세월 계속 불만을 품고 살았더니 이렇게 되더군요. 당신이 돌아올 때까지 기다리겠다고, 절대 변하지 않고 기다리겠다고 했던 제 약속, 기억하시나요? 절 좀 보세요, 제로니마가 약속을 지켰는지 보시라고요! 주교님은 어떤가요? 수십 년이 지나도록 기다리고 기다리고 또 기다렸지만 당신은 소식 하나 전하지 않았어요. 어디 있는지, 죽었는지 살았는지 알 길이 없었죠. 그러던 어느 날 장터에서 내가 기다리는 사람일 것 같은 남자의 그림을 봤고, 그 남자가 산다는 도시로 와서 그를 따라다닌 끝에 내가 찾는 사람이 맞는다는 확신을 얻었어요."

"하지만 지금의 나는 그 남자가 아니오!" 대주교가 외쳤다. "제로니마, 당신도 나를 좀 보시오. 당신을 사랑하겠다고 맹세한 청년이 맞는지 좀 보란 말이오. 그 청년은 아주 오래전에 죽었소. 그가 당신에게 준 상처는 속죄하겠소. 하지만 당신이 말했듯 지금의 나는 이름도, 옷도, 얼굴도 그 남자와 다르오. 난 그가 아니오, 제로니마!"

그러나 제로니마는 반지를 대주교의 얼굴에 들이밀며 외쳤다.

"이건 당신이 새긴 인장과 글 아닌가요? 당신의 반지고, 당신이 한 맹세의 증표가 아니냐고요!"

대주교는 눈을 질끈 감고 탄식했다.

"거룩한 교회와 결혼해 사제복을 입은 남자가 어찌 그 맹세를 지키겠소?"

"조금 전에 그러셨죠." 제로니마가 반박했다. "신은 곧 법이고 스스로 신의를 지켜야 하며, 신과 맺은 서약이라고 인간과 먼저 맺은 서약을 무효로 할 수는 없다고요. 교회에 맹세하기 훨씬 전에 제게 맹세하셨고, 그 맹세를 취소하려고 새로운 맹세를 2천 번 더 했더라도 제게 한 첫 번째 맹세는 유효하다면서요! 주교님은 위원회 앞에서 판결을 내렸어요. 그러니 그들을 다시 소집해 주교님이 제 사건을 어떻게 판결했는지 말하게 하세요. 제게 당신에 대한 합법적 권리가 있는지 없는지 그들이 결정하게 하세요. '맹세하건대, 그대가 그자를 찾아서 데려올 수 있다면 내 반드시 그자가 약속을 이행하게 만들겠다'라고 당신이 말했는지 안 했는지, 그들의 증언을 들어보자고요. 주교님, 저는 그 남자를 찾았습니다. 이제 위원들을 부를까요?"

"안 돼! 안 돼!" 대주교가 외쳤다.

"그렇다면 약속을 이행하세요!"

"하지만 늙고 죽어가고 삶에 지쳐 열정이 없는 내게 무엇을 원하는 거요?" 대주교가 탄식하며 말했다. "시체 같은 내가 제로니마, 당신에게 무엇을 줄 수 있겠느냔 말이오!"

"사랑을 줄 수 없다면 법대로 심판해주세요!"

"그렇다면 법적으로 보상할 방법을 찾을 때까지 이 문제를 철저히 연구할 시간을 주시오."

"알겠습니다. 다만 주변을 정리하고 주교직에서 물러날 시간을 드리는 겁니다. 초승달이 뜨는 오늘 밤을 시작으로 한 달의 시간을 드리죠. 이 달이 어두워지면 저는 제 것을 요구하러, 약속받은 것과 제 소유의 것을 가지러 오겠습니다."

제로니마는 대주교가 무섭게 아름다운 제 얼굴을 넋을 잃고 바라보자, 미소를 지으며 절하고 말했다.

"제가 주교님의 발 앞에 무릎을 꿇는 건 원래대로라면 당신의 마음처럼 이미 제 것이어야 할 축복을 구하기 위함이 아닙니다. 희망과 당혹, 비탄과 굴욕 속에서 지금도 아물지 않은 이 심장처럼 아프도록 무릎 꿇고 산 세월을 상기하기 위함입니다. 하지만 다음에 우리가 만날 때는 당신의 맹세대로 당신이 영원히, 언제까지나 파시그강 둑에서 무릎을 꿇을 겁니다!"

제로니마는 자리에서 일어나 베일을 다시 얼굴에 뒤집어 쓰고는 주교좌에 앉은 대주교를 뒤로하고 미끄러지듯 알현실을 빠져나갔다.

달은 빠르고 아름답게 차올라 침울한 마음으로 날짜를 세는 대주교를 위로했다. 그의 심장은 '영원히, 언제까지나'라는 말에 고통스럽게 고동쳤다! 대주교는 젊음과 사랑, 식욕, 쾌락이 끝나지 않길 바라는 욕심에 무한을 갈망했던 젊은 시절을 생각하며 몸서리쳤다. 그나마 젊은 시절의 탐욕은 적어도 한 가지 대상에 대해서는 금방 사그라들었다. 육욕은 더 뜨거운 권력욕이 타오르면서 빠르게 시들었고, 강둑에서 밤이 끝나지 않길 기도하던 청년은 근질거리는 욕구와 함께 완전히 사라졌으며, '영원히, 언제까지나'를 즐겨 외치던 기억도 흔적조차 없이 지워졌다! 그러나 그 청년은 죽지 않았다. 지금껏 돌아올 날을 기다리며 다른 곳에 숨어 있었고, 이제는 뜨거웠던 과거와 함께 가까이에서 맴돌았다. 과거의 그 청년이 노인이 된 대주교를 위험에 빠트린 것이다.

대주교는 필리핀 정복 전쟁에 참전한 계급이 낮은 스페인 군인의 아들로 태어나 아버지가 전리품으로 받은 박쥐의 땅에서 자랐다. 강 상류 지역인 이 땅은 농사는 거의 안 짓고, 술은 너무 많이 마시고, 헛된 채굴만 한 아버지에게는 상이 아닌 벌이었다. 박쥐의 땅은 술에 취한 불행한 노병을 찜통 같은 늪에 빠트려 뼈만 남긴 채 삶아버렸고, 세상에 홀로 남은 어린 아들은 왕이 박쥐의 땅을 회수해 갔다는 사실을 알고는 도시에서 출세할 길을 찾기로 했다. 그가 정글에 남은 애정이라고는 딱 하나, 박쥐가 머리 위에서 날갯짓하는 저녁마다 노를 저어 만나러 갔고 다시 박쥐가 날갯짓하는 새벽이 오기 전에 슬그머니 돌아온, 강 건너편에 사는 소녀뿐이었다. 그녀와 마지막으로 헤어질 때 아들은 다시 돌아오겠다고 약속하고 기다리라는 말과 맹세와 반지를 남기고서 딱 붙는 상의와 바지를 입고 깃털 달린 모자를 쓴 멋진 모습으로 눈물을 흘리며 노를 저어 돌아왔다. 노를 저으며 힐끗 돌아본 강둑의 바위에는 늘 그랬듯 그 소녀가 새벽 어스름 속에 희미하게 반짝이며 앉아 있었다. 사랑스러운 얼굴에는 수심이 어려 있었고, 어지럽게 풀린 머리카락은 바람에 날렸고, 그가 머리에 꽂아준 꽃은 우수수 떨어졌으며, 소녀의 머리 위를 맴도는 박쥐들의 어두운 날갯짓은 '영원히, 언제까지나'라는 그의 외침과 같은 소리를 냈다. 그러나 도시에 간 그는 넘쳐나는 매춘부와 스튜에 도취해 깊이 탐닉하면서 과거를 빠르게 잊었고, 이름도 얼굴도 없이 뒤죽박죽된 여자들의 육체와 어지럽게 흩어진 흐릿한 몸들이 합쳐져 하나의 거대한 성적 쾌락의 언덕을 이뤘다. 이 모든 것은 사춘기의 긴 난교가 마침내 끝나자 망각 속으로 묻혔고, 단순한 음란 행위로는 허기를 달랠 수 없다는 것을 깨달은 노병의 아들은 배를 채울 다른 방법을 모색하다 성직자가 되기로 결심했고, 성직에 임명되고 사제복을 입고 수도원의 사다리를 오른 끝에 대주교의 자리에 올랐으며, 그 과정에서 젊은 난봉꾼은 폐기됐다.

세상의 모든 열망을 불사른 젊은 난봉꾼은 버려지고, 묻히고, 완전히 잊혔으나 한 여자의 의식 속에서 끈질기게 버티며 살아남아 다시 수면 위로 오르려 했고, 그 여자에게는 과거에 그가 원했던 것을 현재로 불러낼 힘과 묻혔던 난봉꾼을 끄집어낼 능력이 있었다. 대주교는 과거에서 온 여자가 아니라 과거에서 떠오른 젊은 자신과 그의 과열된 활력이 두려웠다. 늙은 육신에 젊은 감각이 되살아나는 게 두려운 건 아니었다. 오랜 세월 이런저런 규율로 억누른 덕분에 근질거리는 욕구들은 딱 붙는 상의와 바지와 함께 폐기됐고 흥분의 불길은 꺼졌으니, 젊은 감각이 살아날 리 없었다. 그렇다, 감각의 반란은 두렵지 않았다. 그 여자가 베일을 벗고 얼굴을 드러냈을 때, 여자의 빛나는 젊음과 아름다움을 보았을 때도 대주교는 놀랐을 뿐 몸의 변화는 전혀 느끼지 못했다.

그가 두려워한 것은 육신이 아니라 믿음의 실패였다. 세속적 영역과 영적 영역 중 무엇이 실재하는 것일까? 만약 세상의 가면과 이미지, 유령이 경멸해 마땅한 환상이 아니라면 어찌 될까? 생각과 신념의 흐름 속에서 영속하는 건 오히려 감각과 순간적인 쾌락이 아닐까? 내가 깨달음을 반대로 해석한 게 아닐까? 육체의 근질거리는 욕구와 탐욕과 야망이 한낱 연기와 증기에 불과한 정신의 과학과 영혼의 형이상학을 발산하는 진정한 불길이라면 어찌 해야 할까?

대주교는 열망을 양분 삼아 튼튼하고 생기 있는 육체가 유지된 베일 속의 여자를 떠올리며 당혹감을 느꼈다. 젊은 시절 그에게 세상은 흐릿한 몸들이 쌓여 이룬 하나의 거대한 성적 쾌락의 언덕이었다. 그러나 이 타락한 언덕이야말로 흥망성쇠를 거듭하는 신과 여신, 예술과 문화, 그 밖의 영성을 뿜어냈고 언덕 자체는 변함없이 유지됐다. 필멸의 인간은 영적인 것들이 죽을 뿐 감각은 살아남으니 사실 불멸이었다. 이 몸이나 저 몸은 죽지만 육신의 뜨거운 욕망은 신들보다 더 오래 끈질기게, 영원히 살아남았다. 타오르되 사라지지 않는 덤불처럼.

딱 붙는 상의와 바지를 입고 강 하류로 노를 저어 갔던 청년은 그가 앓던 열병처럼 덧없어 보였으나 여전히 강 어딘가에 있고, 여전히 노를 젓고 있으며, 여전히 욕망으로 열병을 앓고 있었다. 그러므로 (대주교가 생각하기에) 모든 욕망이 가라앉은, 사제복을 입은 텅 빈 노인보다 그 청년이 더 실재에 가까웠고, 그걸 꿰뚫어 본 여자는 대주교 안의 그 청년을 붙잡았다.

무인도에서 대주교는 고요함의 중심에 있는 실재를 찾기 시작했으나, 이제는 그러기가 두려웠다. 고요함의 중심에 도달했을 때 영원한 건 소란스러움이며 유일한 실재는 육신임을 깨닫는다면 어찌한단 말인가.

대주교는 생각만 해도 구역질이 났다. 젊을 때는 멈추지 않는 이야기, 바닥나지 않는 음식과 음료, 박쥐가 날갯짓하는 새벽이 오지 않아 끝없이 이어지는 포옹을 갈망했으나, 이제는 무한함이 두려워 몸이 움츠러들었다. 무한함은 젊을 때는 낙원인 줄 알았지만 이제는 메스꺼움으로 영혼을 썩게 하니 이보다 더한 지옥은 없다고 생명을 관장하는 장기들이 울부짖었다. 열기와 땀으로 김을 내뿜는 젊음이 영원히 지속되고, 결국 시체가 될 육신에 뿌리내린 사랑을 영원히 해야 하다니, 지옥살이나 다름없지 않은가! 그러나 젊은 연인은 '영원히, 언제까지나'라고 부르짖을 때 그 말의 진짜 의미를 알지 못했다.

대주교는 의구심이 들어 더는 고요함의 중심을 탐구할 수 없었고, 마음이 어지러워 더는 강가의 오두막에서 홀로 고독을 탐색할 수 없었다. 결국 달이 차자 오두막에서 관저로 도망쳐 주교의 직무를 다시 수행했으나 좀처럼 만족이 되질 않아, 기적이 끝나고 예전의 악마가 돌아왔다고 온 도시가 비웃을 때까지 수사 신부들과 수도사들, 귀족들, 총독과 다시 언쟁을 벌였다.

그러나 달이 어두워지자 다시 전장에 나가 적을 향해 총을 겨누듯 근엄하고 험악한 표정으로 강가의 오두막으로 돌아왔다. 그토록 많은 시간을 묵상했던 오두막을 가만히 들여다보면서 대주교는 그 시간에 대한 그리움보다는 깊은 수치심을 느꼈다. 묵상이 대중의 인기를 한 몸에 받는 성자 못지않게 부조리하며, 또 하나의 가면, 또 하나의 변장이란 걸 알았기 때문이다. 환상에서 도망쳤지만 그 자신이 환상이었고, 오두막은 무인도나 수도원이나 딱 붙는 상의와 바지처럼 벗어야 할 또 하나의 껍데기였다.

대주교는 이제는 감옥처럼 느껴지는 오두막을 견딜 수 없어 숲으로 가 어린 시절 자신과 함께 놀며 청춘의 첫사랑을 선사했던 자애로운 갈색 강으로 내려갔다. 강물은 어두운 달 아래 바람에 일렁이며 어슴푸레 빛났고, 상류의 박쥐의 땅처럼 캄캄한 어둠이 내려앉은 밤이었다. 대주교는 낮을 피하고 세상이 가면을 벗고 무방비 상태로 잠드는 어둠을 택하는 박쥐가 얼마나 현명한지 새삼 깨달았다. 그러나 그는 연인들의 잠자리나 꿈꾸는 자들의 잠꼬대에서 드러나는 비밀을 발가벗기는 어둠이 아닌, 변장을 가능케 하는 빛을 달라고 기도했다. 오직 박쥐들만이 벌거벗은 세상을 보았다.

박쥐의 비유를 곰곰이 생각하던 대주교는 제로니마가 자기 옆에 서 있다는 걸 깨닫고 고개를 들어 그녀를 바라보았다. 제로니마는 베일을 벗고 수심 어린 얼굴로 대주교를 지켜보고 있었고 어지럽게 풀린 머리카락이 바람에 날렸으며 머리에는 꽃이 꽂혀 있었다.

"준비되셨나요?" 대주교와 침묵의 인사를 나눈 뒤 제로니마가 부드럽게 물었다.

"준비됐소, 제로니마." 대주교가 그녀만큼 부드럽고 단단한 목소리로 답했다.

제로니마가 당황하며 기다렸지만 대주교는 그 뒤로 아무 말도 하지 않았고, 그러다 그녀를 향해 미소를 지었다.

"그럼 갈까요?" 그녀가 말했다.

"그대만 갈 것이오, 제로니마." 대주교가 답했다. "내게 반지를 준 다음에 말이오."

이제 제로니마도 미소를 짓기 시작했다. 제로니마는 가까이 다가가 제 사랑스러운 얼굴을 대주교의 냉정한 얼굴에 들이밀며 물었다.

"반지를 달라고요?"

"제로니마, 이 정원에는 당신을 체포하려고 군대가 대기하고 있소. 내가 신호를 보내기만 하면 되오."

"군대라고요?" 제로니마가 웃었다. "나약한 여자 한 명과 작은 반지 하나 때문에 왕의 군대를 부르셨나요?"

"그러니 내놓으시오. 원하든 원치 않든 당신은 반지를 내놓아야 하오."

"이건가요?" 제로니마가 반지를 내밀며 말했다. "주교님을 그토록 괴롭히는 것이?"

"제로니마," 대주교가 탄식하며 말했다. "제발 현실을 직시하시오. 내가 그대에게 보상할 수 있는 건 아무것도 없고 그대가 날 강제할 방법도 없소. 하지만 반지를 주면 평화롭게 떠날 수 있을 것이오."

"제가 거절하면요?"

"억지로 빼앗을 것이오."

"그런 뒤 저는 어떻게 되나요?"

"여기 거룩한 여인들의 집이 있으니, 내가 지참금과 함께 당신을 그곳에 들여보내 평생 돌봐주겠소."

"수녀원의 제로니마라!"

"박쥐의 땅보다 낫지 않소?"

"주교님, 제가 박쥐와 강을 얼마나 좋아하는지 말하지 않았나요?"

"반지를 주시오."

"연인으로서 애원하시는 건가요?"

"주교로서 명하는 것이니, 더 늦기 전에 스스로 구원받으시오."

"반지를 내어줄 수도 없고 사면초가의 상황이라 반지를 간직할 수도 없군요. 하지만 저기에 우리 서약의 증인이 있습니다. 저 증인이 반지를 가져가게 해주세요. 만약 저 증인이 다시 반지를 내어준다면 주교님은 서약에서 풀려날 거예요."

제로니마는 대주교가 채 말릴 틈도 없이 반지를 강물에 던졌다.

반지가 작은 물보라를 일으키며 강물 속으로 떨어지는 것을 본 대주교는 백지장처럼 하얗게 질린 채로 무릎이 꺾이고 비틀거리면서 뒷걸음질을 쳤다.

"무슨 짓을 한 거요, 제로니마!" 대주교가 쓰러지며 울부짖었다. "오, 제로니마, 무슨 짓을 한 거요!"

제로니마는 겁에 질린 표정으로 쓰러진 대주교에게 몸을 숙였다.

"주교님, 주교님, 어디 아프신가요?"

그러나 대주교는 강둑에 쓰러져 누운 채로 그녀에게서 얼굴을 돌렸다.

"가시오, 제로니마!" 대주교가 헐떡이며 말했다. "도망치시오, 어서! 병사들이 올 거요! 서두르시오, 빨리!"

제로니마는 괴로워하는 대주교의 얼굴을 거친 눈빛으로 바라보며 잠시 망설이다가 머리에서 꽃을 우수수 떨어뜨리며 강둑을 달려 숲속으로 도망쳤다.

가스파르에게 발견됐을 때 대주교는 열이 펄펄 끓어오르고 있었다.

그 후 며칠 동안 대주교는 관저에 누워 고열에 시달리고 정신이 혼미해지면서 곧 죽을 것처럼 앓았다. 사람들은 정신착란으로 광풍이 몰아치는 강을 건너야 한다고 소리 지르는 그를 위해 공적 기도를 올렸다. 대주교가 고비를 넘기고 병상에서 일어나서도 너무 초췌하고 음울해 보이자 적들조차 그를 불쌍히 여겨 비통하게 침묵하느니 차라리 호통을 퍼붓는 게 낫다고 했다.

대주교는 시골에서 휴가를 보내라는 주치의의 조언을 일축했고 자포자기의 차가운 열정으로 낮에는 온종일 일하고 밤에는 밤새도록 기도했지만, 무엇으로도 불안을 잠재울 수 없었다. 차마 눈 뜨고 볼 수 없었던 강, 정신착란 속에서 포효하던 강은 이제 그의 마음속을, 그의 절망을, 멈추지 않고, 계속 소란스럽게, 인생의 아물지 않은 상처에서 흐르는 피처럼 거세게 달려들었다. 어릴 때는 친구이자 청춘의 중매인이었던 강이 노인이 된 지금은 악마가 된 것이다.

어느 늦은 밤, 대주교가 대성당에서 홀로 기도하며 성난 강물, 악랄한 강의 물살에 흔들리며 괴로워하고 있을 때였다. 내면의 어둠 속에서 솟구치는 고통에 허덕이는 그의 귀에 뒤편의 어둠 속에서 고통스럽게 흐느끼는 소리가 들렸다. 대주교는 양초를 들고 통로를 뒤지다가 기둥 뒤에서 바닥에 웅크린 채 흐느끼는 형체를 발견했다. 그가 허리를 굽혀 빛을 비추자 얼굴을 들어 올린 형체는 바로 제로니마였다.

제로니마의 첫마디는 강둑에서 대주교가 울부짖은 말과 일치했다.

"제가 무슨 짓을 한 건가요, 주교님! 오, 주교님, 제가 무슨 짓을 한 건가요!"

"제로니마!" 그가 할 수 있는 말은 이 한마디뿐이었다.

제로니마는 젊고 사랑스러운 얼굴이 슬픔으로 어두워져 있었고, 신부의 흰옷 대신 참회의 자주색 옷을 입고 허리에는 하얀 끈을, 머리에는 검은 천을 두르고 있었다.

"용서가 아니라 저주해야 마땅한 당신에게 또 다른 분노를 안겨줄 것을 잘 알지만," 제로니마가 웅크린 대주교를 향해 무릎을 꿇고 일어나 말했다. “고해하고 사죄하러 감히 찾아왔습니다.”

“아니오, 제로니마.” 대주교가 슬픔이 가득한 목소리로 말했다. 두 사람은 서로 무릎을 꿇은 채 마주 보았다. “우리가 이 세상에서 서로를 위해 할 수 있는 일은 용서밖에 없소. 그러니 그대가 나를 용서한다고 하면 나도 그대로 용서한다고 답한 뒤 부디 주께서 우리에게 자비를 베푸시길 빌겠소.”

대주교의 초췌한 얼굴을 바라보는 제로니마의 눈에서 눈물이 주체할 수 없이 흘러내렸다.

“아, 우리 주교님, 얼마나 힘드셨을까요!”

“그래도, 온 세상이 누구보다 가증스럽게 살아온 나를 혐오하더라도, 한 사람만은 지금껏 나를 사랑했다는 생각은 소중히 간직하고 있소.”

그러자 제로니마는 두 손을 쥐어짜고 고개를 가로저으며 통곡했다.

“아니, 아닙니다. 저는 당신을 사랑한 적이 없어요, 한 번도요! 주교님, 제가 사랑한 것은 주교님이 아니라 제 자존심이었으니 주교님은 제게 빚진 것이 아무것도 없습니다! 당신은 그저 나를 기쁘게 한 강과 같았단 걸 이제야 깨달았습니다. 하느님이 은혜를 베푸신 덕분에 우리가 사랑한다고 잘못 생각했던 그 시간의 진실을 마침내 볼 수 있었어요. 제게 당신은 제

허영심의 도구인 빗과 붓과 거울에 지나지 않았습니다. 젊은 저는 당신이 제게 불러일으킨 웃음을 사랑했습니다. 아름다운 저는 당신이 제게 보여준 흠모를 사랑했습니다. 오만한 저는 당신이 제게서 끌어낸 힘을 사랑했습니다. 그리고 여성으로서 당신이 준 쾌락을 사랑했습니다.

주교님이 떠나 돌아오지 않았을 때 눈물 흘린 건 제 마음이었을까요, 제 자존심이었을까요? 제가 기다리고, 기다리고, 기다렸을 때 제가 사랑한 것은 제 인내심과 신의, 힘이 아니었을까요? 그러나 저는 제 자신을 흠모했으면서 당신을 계속 사랑한다고 착각했습니다. 이것이 진실입니다, 주교님. 제가 오랜 세월 동안 지켜왔다고 자랑했던 사랑은 제 얼굴의 젊음만큼이나 얕은 환상이었어요. 비통할 때는 제 슬픔을 사랑했고, 배신당할 때는 제 분노를 사랑했고, 굴욕스러웠을 때는 상처받은 제 자존심을 사랑했습니다. 저는 그 감정들을 사는 보람으로 여겼고, 제 젊은 아름다움은 그 감정들을 양분 삼아 무덤에서 자라는 장미처럼 끈질기게 버텼습니다. 사랑은 싫증 나도 이 감정들은 아니었으니까요.

아, 제가 당신을 진심으로 사랑했다면, 당신을 발견하고 따라다녔을 때, 당신이 어떤 사람인지 직접 봤을 때 복수심과 분개심을 거두고 아무도 모르게 떠났을 겁니다. 하늘을 향해 돌격할 거룩한 자를 보았기 때문입니다. 저는 주교님이 딱

딱한 침대에서 거친 낙타털 옷을 입고 울며 금식하며 기도하는 모습을 보았습니다. 기이한 황홀경에 빠진 모습도 보았습니다. 하느님의 자녀라면 그 누가 그런 고된 시간을 방해할 수 있겠습니까? 그러나 제가 사랑한 것은 당신이 아니라 내 자존심이었기에, 마치 시장에서 산 고깃덩어리나 내 낙인이 찍힌 재산인 것처럼 당신을 끌어내고, 강요하고, 내 것이라 주장하고, 데려갈 수밖에 없었습니다.

신은 곧 법이라고 하셨지만, 신이 단지 법에 불과하다면 결혼하고 다스리고 슬퍼하고 격언에 자비를 더할 줄 아는 인간보다 더 하찮을 것입니다. 제가 그랬듯 율법을 문자 그대로 읽는 것은 정의가 아니라 악의입니다. 그러니 정의라는 이름으로 주교님을 사랑해야 할 영혼이 아니라 소유해야 할 물건으로 여긴 저를 관용의 이름으로 용서해주시길 간청합니다."

하지만 대주교는 제로니마에게 이렇게 말했다.

"나는 당신의 깨달음을 위해 이용된 신의 도구였소, 제로니마. 당신의 영혼을 다듬어 육신의 아름다움만큼 영혼도 밝게 빛나도록 신이 이용한 빗과 붓과 거울이었소."

그러자 제로니마가 대답했다.

"저는 제 자존심의 모태인 아름다움이 지긋지긋하고, 이 육신이 거친 낙타털 옷보다 더 따갑습니다. 이제 저는 영원히 젊고 고운 것보다 더 끔찍한 저주는 없다고 생각합니다. 누가 저를 이 생의 속박에서 구원해줄 수 있을까요?"

대주교는 약간 움찔하며 거룩한 여자들의 집에 들어갈 수 있다고 다시 제안했다.

제로니마는 전에 한 말을 반복하며 웃었다. "수녀원의 제로니마라!"

"그렇다면 어떻게 하고 싶소?" 대주교가 물었다.

"주교님의 반대편 강둑에서 다시 살게 해주십시오. 도시 외곽 동쪽 강둑의 한 마을에 동굴이 있습니다. 그 동굴에서 참회하고 은둔하면서 제 잘못을 속죄하고 천국으로 가는 길을 모색하며 살도록 허락해주십시오."

"허락하겠소. 누구도 동굴에 사는 당신을 건드리지 말라고 명하겠소."

"이제 주교님, 제게 축복과 사죄를 내려주십시오."

사죄하고 사죄를 받은 대주교는 무릎을 꿇은 채 내면에서 포효하던 강물의 소리가 멈추는 걸 느꼈다. 의아해하며 귀를 바짝 기울여도 포효 소리가 들리지 않자 대주교는 주변이 하나도 의식되지 않고 어안이 벙벙해져 꼼짝도 하지 못했고, 내면의 침묵은 '나는 당신을 용서하고 당신은 나를 용서합니다'가 세차게 울리며 반복되는 영원의 노래로 확장됐다. 그러다 종소리가 울리고 용서의 황홀경, 무아지경에서 깨어나 주위를 둘러보았지만, 제로니마는 사라지고 없었고 저 혼자 대성당에 무릎을 꿇고 있었으며 바닥에 떨어진 양초는 마지막 불꽃을 펄럭이고 있었다.

그날 이후 그에게는 새로운 일상과 평온의 시간이 찾아왔다. 그토록 갈망했던 고요함의 중심이 아닌, 존재의 주변부에서 현실을 느긋하게 받아들이는 안식의 시간이었다. 대주교는 강박 없이 일했고, 깨달음을 향한 욕심 없이 기도했으며, 오후에는 코코아차를, 밤에는 포도주 한 잔을 즐기는 법을 다시 배웠다. 낙타털 옷을 벗고 총독의 궁을 방문하기도 했다. 강은 더 이상 그의 내면을 휘저으며 거세게 흐르지 않았고, 이제는 강둑 어딘가에서 강을 지켜보며 때를 기다릴 수 있었다.

그는 이 평온함이 잠깐의 휴식임을 알고 있었다. 곧 다시, 이번에는 완전히 강으로 내려가 영원이 지옥인지 천국인지, 아니면 연옥인지 알아내야 했다. 세상의 허무함과 육체의 덧없음에 경악한 대주교의 영혼은 다른 극단으로 치달았고, 이번에는 무한함에 현기증이 나 그에 대한 반발로 냉소적이기는 하나 육체를 처음이자 마지막이자 유일한 진리로 받아들였다. 스스로 생각하기에, 그는 위로 흔들렸다가 다시 아래로 흔들렸고, 이제는 서두르지 않고 다음 계시를 기다렸다. 그게 무엇이든 계시는 낯선 데가 아니라 그 자신에게서 나올 것이고, 열정을 가진 인간으로서 그가 원하고 초래하고 창조한 무언가일 것이다. 위에서 떨어지는 빛이 아니라 아래에서 자라나는 빛이며, 연기와 수증기가 걷힌 뒤 불타는 덤불에서 나오는 빛과 같을 것이다.

파시그강 변의 동굴에서 참회 중인 제로니마에 관해서는 충격적인 소문이 들렸지만 이 시련이 그녀가 겪어야 할 단계임을 알기에 대주교는 도움을 손길을 내밀지 않았다. 제로니마가 동굴에 거처를 마련한 뒤로 인근 마을에 기이한 일이 벌어졌다. 고기가 없던 강에서 물고기가 풍성하게 잡혔고, 비가 제때 억수같이 내렸고, 밭과 과수원에 열매가 넘쳐났고, 가축이 살찌고 번식했으며, 불임이던 여인들이 갑자기 태동을 느꼈다. 그러나 마을 사람들은 기뻐하는 대신 미신에 근거한 공포에 떨었고, 사실로 믿기에는 지나치게 좋은 일들이라 주술의 환상이 분명하며 거기에서는 악 말고는 나올 게 없다고 소곤거렸다. 누구도 이 지역에 박쥐가 출몰했을 때를 기억하지 못했지만, 지금은 박쥐 떼가 제로니마가 사는 강둑의 동굴 주위로 몰려들었고, 그녀가 부르면 언제든 날아왔다. 제로니마가 박쥐들과 대화하고 이 검은 짐승을 어루만지는 모습이 목격되었고, 마을 사람들은 동굴의 여인이 밤마다 박쥐로 변해 시골 지역을 돌아다니며 잠자는 이들의 피를 빨아먹는다고 속삭였다. 동굴이 마을 사람들에게 기피 대상이 되고 아이들이 돌을 던지자, 제로니마는 감히 동굴이 있는 강변의 숲 밖으로 발을 내딛지 못했다.

제로니마가 동굴에 산 지 겨우 1년 만에 마을 사람들은 그녀를 붙잡았다. 그날, 가스파르는 주인에게 달려와 마을 사람들이 떼를 지어 동굴의 여자를 데리고 대성당으로 행진해 오고 있다고 알렸다. 대주교는 대성당 광장으로 걸어 나가 대표단을 마주했다. 마을 사람들의 대표는 보좌 신부였고, 그들이 끌고 온 여자는 사람들의 요란한 함성과 함께 대주교의 발 앞에 내동댕이쳐졌다. 여자는 지독히도 더러운 누더기를 입고 있었고 머리와 얼굴은 자루로 뒤덮여 있었으며 돼지처럼 온몸이 밧줄로 묶여 있었다.

대주교는 제로니마의 모습에 가슴이 울컥했지만, 농민과 보좌 신부를 향해 근엄하게 우레와 같은 소리로 외쳤다.

"내가 이 여자를 건드리지 말라고 명하지 않았느냐!"

"동굴이 추문의 온상이 되기 전까지는 아무도 그녀를 건드리지 않았습니다." 신부가 대답했다.

"이 여자가 무슨 잘못을 했는가?"

"이 여자는 저주받은 마녀입니다!" 신부가 외치자 뒤에 있던 군중이 부르짖었다.

"마녀! 마녀! 마녀를 불태워라!"

대주교는 분노에 찬 표정으로 손을 들어 소란을 잠재운 뒤 말했다.

"이 여자는 모든 죄인을 위해 기도하고 세상을 위해 참회하는 거룩한 은둔자다."

"이 여자는 거룩한 은둔자가 아니라 마녀이자 창녀입니다!" 신부가 침을 뱉으며 말했다.

"자네 말을 증명할 수 있나?"

대주교가 묻자 신부는 뒤에 있는 군중을 향해 손짓하며 답했다.

"여기 있는 정직한 사람들이 증언할 겁니다. 밤에 한 젊은 남자가 이 여자에게 가서 동이 틀 때까지 밤새도록 동굴에 있는 것을 본 사람들입니다."

군중은 다시 시끄럽게 부르짖었다. "마녀를 태워라! 창녀를 불태워라!"

대주교는 얼굴이 창백해졌지만 옆에 서 있는 가스파르에게 명을 내렸다.

"내가 조용히 심문할 수 있도록 이 여자를 풀어 성당으로 데려오라."

대주교는 제단의 주교좌에 앉아 더러운 누더기를 입고 자루를 덮어쓴 얼굴로 무릎을 꿇은 제로니마와 마주했다.

"제로니마, 저들이 말하는 죄가 무엇이오?" 대주교가 괴로워하며 물었다. "목격자들이 당신을 죄를 고발했소. 부인할 수 있겠소?"

"오, 주교님," 참회자 제로니마가 탄식하며 말했다. "제가 죄인 중에서도 가장 죄가 많기는 하나 저들이 뒤집어씌운 죄는 짓지 않았습니다. 하느님 앞에, 여기 하느님의 집에서 맹세하건대, 어떤 남자도 절 찾아오지 않았고, 동굴을 영적 교섭 외에 다른 용도로 사용한 적은 한 번도 없습니다. 저는 매일 일곱 번씩 일어나 기도하고, 자정과 새벽마다 무릎을 꿇습니다. 금식하고 제 몸을 채찍질하고 양심을 빗질합니다. 그런 제가 성교를 할 겨를과 그럴 욕구가 어떻게 생길 수 있겠습니까? 그런데도 제 말이 믿기지 않으시다면, 제 얼굴이 음행을 위한 미끼가 될 수 있는지 직접 보고 판단하십시오!"

제로니마가 얼굴을 덮었던 자루를 벗자 대주교는 1년 동안 여자의 얼굴에 일어난 변화를 보고 숨이 턱 막혔다. 그가 본 얼굴은 수척하고, 쇠약하고, 쭈글쭈글하고, 비참한, 광채와 아름다움이라고는 없는, 피부와 뼈와 거친 눈만 남은, 죽음의 냄새가 나는 노파의 얼굴이었다.

"도대체 어떤 젊은 남자가 무덤을 갈망할 수밖에 없는 이 더러운 시체와 함께 눕겠습니까? 이제 이 썩은 몸의 나머지도 보십시오."

제로니마가 누더기의 등 부분을 찢고 바닥에 엎드려 절하자 그녀가 말한 대로 고행의 채찍질로 부푼 상처가 드러났다. "이것이 사랑이 담긴 애무의 흔적으로 보이시나요?" 제로니마가 흐느끼며 물었다.

"제로니마, 일어나서 당신을 속박에서 풀어주신 신께 영광을 돌리시오. 당신의 육신이 당신의 말이 진실임을 입증했소. 동굴로 돌아가 우리 죄인들을 위해 기도해주시오."

제로니마가 바닥에서 일어나지 못하자 대주교는 의자에서 일어나 그녀에게 내려갔다.

"얼마나 심한 학대를 받았기에 두 발로 서지도 못하는 거요! 제로니마, 내 손을 잡고 일어나시오!"

"오, 나의 주교님, 지쳐 죽음에 가까워진 저를 이 손으로 일으켜 세우시는군요! 그러나 저는 인사하고 작별할 때만 당신의 손을 잡으렵니다."

대주교는 수하들을 불러 제로니마를 동굴로 데려다주라고 명하고는 농부들과 신부에게 말했다.

"내가 직접 이 수수께끼를 조사할 때까지 아무도 그 동굴의 여자를 건드리지 못하게 하라."

그런 뒤 가스파르에게 말했다.

"말과 마차를 준비하라, 오늘 밤에 출발하겠다."

⁓⁓⁓

해 질 무렵 도시를 떠나면서 대주교는 계시가 임박했을지 모른다는 생각에 걷잡을 수 없는 흥분이 차올라 몸을 떨었다.

무인도와 강둑의 오두막에서 있는 힘을 다해 답을 구하려 애쓰며 (제로니마의 표현대로) 하늘을 향해 돌격했으나 하늘은 그를 피하고, 멈추고, 막았다. 하늘은 지혜롭고 힘센 자에게는 비밀을 감추고 어린아이에게는 드러냈다. 아이들은 솔직하게 기뻐하며 세상을 받아들였고, 자기들이 하늘에서 추방된 존재라는 슬픈 사실을 깨달은 뒤에야 순수함을 잃었다. 그렇다면 진리의 탐구는 아이의 솔직한 기쁨과 멸시받는 육체에 대한 경외심과 경멸받는 세상에 대한 놀라움을 다시 배우는 것이 아닐까? 이 생을 넘어 육체와 육체의 열망을 영원히, 언제까지나 지속되더라도 지옥이 아니라 아무리 나빠도 연옥으로, 연인들을 위한 배움의 장으로 만드는 탐구를 해야 하지 않을까? 제로니마는 "저는 당신을 한 번도 사랑한 적 없어요!"라고 외쳤다. 정말 그랬다. 제로니마가 육신을 성급하게 잠시 소유할 대상이 아니라 영원의 시간 속에서 사랑할 존재로 소중히 여기는 법을 배우기에 인생의 한때에 불과한 청춘은 너무 짧았다. 이것이야말로 연인들이 영원히, 언제까지나를 울부짖을 때 자기도 모르게 받아들이는 지독한 운명이 아닐까? 그러나 그 서약은 "세상에 혼돈이 닥치지 않도록" 지켜질 것이다.

그런 생각을 하면서 대주교는 마차의 속도를 높였다. 마차는 계시를 품은 강을 따라 동굴이 있는 시골 마을을 향해 달렸다. 달빛이 환한 밤이었지만 거리는 쓸쓸하게 텅 비어 있었다. 동굴이 있는 숲에 도착하자 가스파르는 대주교를 반쯤 업다시피 하며 어두운 숲을 지나 동굴의 입구가 내려다보이면서 바위 뒤에 몸을 숨길 수 있는 지점까지 강둑을 타고 내려갔다. 동굴은 가파른 강둑의 중간쯤에 있었고 입구에서 강물로 내려가는 돌계단이 자연적으로 형성돼 있었다.

대주교와 가스파르가 겨우 자리를 잡자 박쥐 떼가 거대한 날개를 펄럭여 바람을 일으키고 동굴 위를 맴돌면서 달빛을 가렸다. 박쥐들의 날갯짓 소리가 종소리나 시계 소리인 듯, 그 소리를 신호로 제로니마가 누더기를 입고 자루로 머리를 가린 채 어두운 동굴에서 모습을 드러내더니 석판 위에 엎드려 기도하기 시작했다. 고요함을 찢으며 울부짖는 그 소리가 얼마나 애끓는지 온 세상의 양심이 함께 참회하며 통곡하는 듯했다. 달은 점점 더 높아졌고 밤의 한기는 더욱 짙어졌지만, 엎드린 여인은 바위에 묶인 신화 속 신들의 희생양처럼 신음하고 탄식하고 하늘을 향해 두 손을 들고 애원하며 계속 기도를 올렸다. 그러다 마침내 침묵이 그녀를 사로잡았다. 아니, 그것은 침묵 그 이상이었다. 바위 위에서 대주교와 가스파르가 지켜보는 가운데 제로니마는 무언가가 머리카락을 오금까지, 발뒤꿈치까지 잡아당기는 듯 자루로 가린 얼굴을 뒤로 홱 젖힌 채 두 팔을 크게 벌리고 더없는 기쁨으로 전율하며 하늘을 올려다보았다. 전율이 곧 멈추자 제로니마는 무릎을 꿇고 털썩 앉아서는 두 손에 얼굴을 묻은 채 한참을 몸을 흔들고 떨었다. 그러더니 자리에서 일어나 동굴의 어둠 속으로 사라졌다.

동굴 위 바위에서 가부좌 자세로 꼼짝하지 않고 앉아 있던 대주교는 달을 향해 얼굴을 들어 올렸다. 그런 그에게 가스파르가 말했다.

"주교님, 저 여자는 진정 하늘이 사랑하는 성스러운 여자입니다. 제가 가서 그녀를 박해하는 짐승 같은 놈들을 꾸짖을 테니 주교님은 여기 계십시오."

그러나 대주교는 여전히 달을 바라보면서 가스파르에게 조용히 하라고 손짓했다.

달이 가장 높이 뜨는 자정이 되자, 갑자기 다시 나타난 거대한 박쥐들이 동굴 위를 천천히 선회하다 갑자기 날개를 펄럭였고 어둠이 짙게 깔렸다.

그 순간 바위 위의 관찰자들은 배를 타고 동굴로 향해 강을 건너는 한 젊은 남자를 발견했다. 딱 붙는 상의와 바지를 입고 깃털 달린 모자를 쓴 멋진 모습의 청년이었다. 강둑에 도착한 청년은 배에서 뛰어내려 배를 말뚝에 붙들어 맨 뒤 돌계단을 뛰어올라 동굴로 향했고, 동굴에서는 광채가 그를 기다리고 있었으며 두 팔이 날아와 그를 껴안으며 동굴 안으로 끌어당겼다. 바위 위의 관찰자들은 동굴 안에서 반짝이는 불빛을 보았고 희미하게 울리는 음악과 환락의 소리를 들었다.

가스파르는 자리에서 일어나 검을 뽑으며 대주교에게 말했다.

"주교님, 저 여자는 진정 지옥에 가까운 사악한 마녀입니다! 제가 가서 독사 같은 그녀와 그녀의 애인을 죽일 테니 주교님은 여기 계십시오."

가스파르는 곧바로 강둑을 따라 동굴로 내려갔지만 놀랍게도 빛과 음악과 환락의 소리는 온데간데없었고 정적과 어둠만 가득했다. 칼을 뽑아 들고 동굴 안으로 조심스럽게 들어간 가스파르는 주위를 둘러보다가 마침내 누더기와 자루로 덮인 채 바닥에 홀로 누워 있는 여자를 발견했지만 불러도, 칼로 쿡 찔러도 꿈쩍도 하지 않았다. 가스파르가 칼로 자루를 걷어 올리자 여자의 늙은 얼굴에 달빛이 비쳤고, 가스파르가 손을 대자 여자의 몸은 밤바람처럼 차가웠다. 가스파르는 무릎을 꿇고 그녀를 위한 기도를 속삭였다.

바위 위로 돌아온 가스파르는 달빛 아래서 가부좌 자세로 꼼짝하지 않고 웅크리고 있는 대주교에게 조금 전 목격한 것을 말했지만, 대주교는 놀라지 않았고 가스파르에게 당장 집으로 가자고 명한 뒤 자기도 갈 때가 됐다고 중얼거리고는 이렇게 말했다.

"오늘 밤, 나는 나 자신의 유령을 보았다."

원하는 대로 강둑의 오두막으로 옮겨진 대주교는 강물이

내려다보이는 창가 침대에서 사흘을 더 머물렀고 죽어가면서도 영원의 강에서 한 번도 눈을 떼지 않았다. 그러다 셋째 날 밤에는 강에서 무언가를 본 듯(임종을 지켜본 사람들에 따르면, 강에 찰나의 빛이 비치더니 여인을 닮은 형체가 달을 향해 얼굴을 들어 올린 채 풀어헤친 머리를 온통 휘날리며 배를 타고 빠르게 지나갔다고 했다), 갑자기 흠칫 놀라며 베개에서 몸을 일으켰고 손짓하거나 인사하거나 긍정하거나 체념하고 받아들이려는 듯 손을 들고 살짝 미소 짓고는 눈을 감고 다시 누워 제 유령을 놓아주었다.

그날부터 제로니마 부인은 자신의 연인과 함께 파시그강에 살았다.

전해지는 바에 따르면, 제로니마 부인이 사는 동굴은 이교도 시대에 명랑하고 친절한 요정이 살던 곳이었다. 어부들이 동굴 밖 강둑에 앉아 긴 머리를 빗고 있는 디와타[4]를 우연히 본 날에는 강에 물고기가 가득했다. 밤이 되면 종종 동굴에서 불빛이 반짝였고 희미한 음악과 환락의 소리가 들렸다(동굴의

4 '요정'을 뜻하는 타갈로그어.

요정은 요정의 세계를 마음껏 즐겼으므로). 그런 날은 다음 날 물속에서 금빛이 반짝였는데, 요정이 강바닥에 펼쳐놓은 접시였다(게으른 요정이 흐르는 강물에 설거지를 맡겼으므로). 연인들이 숲속에 누워 자다가 깨면 둘이 함께 보석을 꼭 쥐고 있을 때가 종종 있었는데, 그 보석은 서로 갖겠다고 다투면 돌로 변했다. 신부들은 결혼식 전날 창문 밖에서 웃음소리가 들려 밖을 내다보면 문 앞에 놓인 요정의 선물을 발견했다. 그러나 요정은 관능적이면서 잔인할 수도 있었다. 젊은 남자가 마음에 들면 동굴로 유인해 황금 접시의 음식을 먹였는데, 그러고 나면 남자는 새벽녘에 멍하니 숲속을 헤맸고, 그 뒤로도 계속 제정신이 아닌 채로 숲속을 돌아다녔다.

그러나 스페인 정복자와 기독교의 등장으로 요정은 쓸쓸하게 떠났고, 요정의 동굴은 침묵에 잠겼다.

이제 어부들은 노를 저어 지나가면서 동굴에 인사를 건네지 않았고, 그들의 부인도 흰 닭을 제물로 바치러 오지 않았다. 밤에 동굴이 불빛으로 반짝이거나 음악과 환락의 소리로 들썩이는 일도 더 이상 없었다. 그러다 제로니마 부인이 나타났다.

은둔자 제로니마가 동굴에서 죽던 날 새벽, 마을 사람들은 동굴 밖에 앉아 있는 젊고 아름다운 제로니마 부인을 보았고, 그녀가 친절한 요정이라는 것을 알았다.

그 이후로 동굴은 새로운 디와타와 함께 다시 살아났고, 강도 마찬가지였다. 제로니마 부인과 그녀의 연인은 호수의 물이 흘러드는 상류의 새벽의 땅에서 강물이 바다로 흐르는 하류의 석양의 땅까지, 요정의 배를 타고 빛처럼 빠르게 파시그강 전체를 누비고 다녔다. 날개가 펄럭이는 소리가 들리는데 고개를 들어도 보이지 않는다면 그들이 지나가고 있는 것이며, 제로니마 부인의 박쥐들이 머리 위를 맴돌고 있다는 뜻이다. 그리고 두 연인이 순식간에 지나갈 때 제로니마는 뒤로 기대 머리를 빗고, 남자는 딱 붙는 상의와 바지와 깃털 달린 모자 차림으로 노를 젓고, 둘이 서로의 눈을 바라보는 모습을 잠시라도 엿본 어부는 만선으로 돌아왔다. 그때부터 어부들은 제로니마 부인의 동굴을 노를 저어 지나갈 때마다 인사를 건넸다.

달이 뜨는 밤이면 동굴은 자주 불빛으로 반짝이고 음악과 환락의 소리로 들썩였다. 다음 날, 강물 속에서 빛나는 황금 접시를 본 사람들은 서로에게 눈짓하며 말했다.

"제로니마 부인이 연인과 밥을 먹었나 보군."

어스름한 석양빛이나 새벽빛 속에 희미하게 빛나는 제로니마 부인이 목격될 때도 있다. 그럴 때 제로니마는 수심 어린 아름다운 얼굴로 어지럽게 풀린 머리카락을 바람에 휘날리고 있고, 옆에서는 연인이 무릎을 꿇은 채 세상의 온갖 열망이 다

타오르는 눈빛으로 그녀를 올려다보면서 머리에 꽃을 꽂아주고 있다. 그러는 동안 머리 위에서 유령 박쥐들은 삐걱거리며 날갯짓하고 두 연인을 둘러싼 공기는 점차 어두워진다.

그렇게 영원히 사랑을 할 대주교와 영원히 젊음을 유지할 제로니마는 강물이 대주교의 반지를 다시 내어줄 때까지 파시그강과 함께할 것이다.

멜기세덱의 반차

죄를 짓고 날개를 잃은 천사처럼 조금 전 하늘에서 내려온 시드 에스티바는 세관원에게 짐은 이것뿐이라고 말하는 듯 칫솔을 든 손을 들어 올린 채 수하물 심사대를 조심스레 지나갔다. 세관원이 엄지로 가리키는 공항 로비로 가려다 자기에게 히죽거리는 사람들을 보고 잠시 몸이 굳었던 시드는 그 사이로 어기적거리며 가다가, 키스할 기세로 그의 얼굴을 향해 입을 삐죽 내미는 초록색 옷차림의 키 큰 여자와 정면으로 부딪쳤다. 여기서 그를 반길 만한 사람은 누나 아델라뿐이었고, 이 여자는 중년의 나이에 키가 자랐으면 모를까 절대 누나일 리가 없었다. 게다가 시드와 아델라는 이제 입을 맞추는 일이 거의 없었다. 어쨌거나 주둥이를 내밀며 돌진한 여자는 시드의 입이나 뺨이 아닌 귀에 입을 맞췄다.

"칫솔!" 여자가 쉿 소리를 내며 속삭였다.

시드는 깜짝 놀라 뒤로 훽 물러났다.

"칫솔 내리라고요!" 여자가 으르렁거리며 말했다. "사람들이 보고 있잖아요!"

그제야 칫솔을 든 오른손을 아직도 높이 들고 있다는 걸 깨달은 시드는 부리나케 손을 내려 가슴에 올렸다. 누군가가 폭소를 터트렸다. 시드는 여자에게 냉담하게 고개인사를 했다. "고맙습니다." 하지만 여자는 시드의 왼팔을 붙잡고 한쪽으로 끌고 갔다.

"이봐요, 왜 이래요!"

"쉿." 여자가 다시 뾰족하게 내민 입술을 그의 귀에 대고 속삭였다. "진입로로 나가 보도에서 기다려요. 차는 녹색과 갈색 무늬의 쉐보레 스테이션왜건이에요. 운전자가 볼 수 있게 칫솔을 손에 들고요. 나 참, 그렇게 높이 들 필요는 없어요!"

"저기요," 시드가 외쳤다. "당신이 도대체 누군지는 말해 줄 건가요?"

"나중에요!" 여자가 눈알을 굴려 좌우를 보고는 숨을 헉 들이쉬었다. 양쪽에서 환영 인파와 도착 인파가 밀려들고 있었다. "받아요!" 여자는 시드의 왼손에 카드를 밀어 넣고는 잰걸음으로 사라졌다.

시드는 카드를 힐끗 보았다. 인쇄된 글자 위에 모가 위로 향한 칫솔이 검은색 잉크로 그려져 있었다. 카드의 메시지를 읽을 틈도 없이 누군가가 외치는 소리가 울려 퍼졌고 로비에 있던 인파가 입국 게이트를 향해 몰렸다. 시드는 떠밀리다가 카드와 칫솔을 주머니에 넣은 뒤 힘겹게 인파를 거슬러 갔다. 항공사 카운터가 길게 늘어선 곳에 도착했을 때는 헐떡일

정도였다. 무슨 이유에서인지 게이트로 몰려들던 군중이 실망한 듯 장난스레 울부짖으며 다시 게이트 반대쪽으로 밀려왔다. 시드는 울부짖음의 의도가 찬양인지 항의인지 알 수 없었다. 10년 만에 돌아온 마닐라였다. 껴입은 옷을 조롱하듯 땀방울이 눈에 눈물처럼 맺혔다. 이틀 전만 해도 쌀쌀한 날씨에 시달렸던 몸이 더위에 허덕였다. 시드는 12월 중순에 마닐라가 이렇게 따뜻하다는 걸 잊어버리고 있었다.

"에스티바 씨?"

옆에 있던 젊은 여자가 물었다. 회색 스웨트셔츠와 신축성 좋은 바지를 입고 직모를 어깨까지 기른 여자였다. 여자의 어깨 너머에서 같은 비행기를 타고 온 초췌한 남자가 시드를 쳐다보고 있었다.

"에스티바 씨, 끔찍한 실수가 있었습니다." 여자가 말했다. "여기 라오 씨에게 드릴 물건이 에스티바 씨에게 간 모양이에요. 라오 씨와 같은 비행기를 타셨다던데요."

두 남자는 서로를 향해 고개를 끄덕였다.

"네, 맞아요." 시드가 말했다. "초록색 옷을 입은 키 큰 여자분이…."

"마냐고 부인인데," 여자가 미소 띤 얼굴로 말했다. "보기보다 유능하지 않으시거든요."

세 사람은 군중 속에서 울부짖는 소리가 또 들리자 주위를 둘러보았다. 무슨 일인지 로비 맨 끝까지 소란스러워졌다.

"도대체," 시드가 여자에게 물었다. "왜들 저러는 거죠?"

여자는 슬픈 눈빛으로 군중을 힐끗 돌아보았다.

"집단으로 모욕당하는 거예요, 에스티바 씨. 여기 있으면 외국의 웬 팝 가수들한테 또 무시당하게 돼 있어요."

"저기 저 남자들인가요?"

"아뇨, 저들은 매니저고 가수들은 아직 도착하지 않았어요. 에스티바 씨, 카드 있으세요?"

"주머니에 넣었는데—" 시드는 정장의 불룩한 주머니를 이쪽저쪽 주물렀다. "어느 주머니인지 잊어버렸네요." 주머니를 뒤질 때마다 겹겹이 쌓인 손수건과 담배, 성냥갑, 아스피린, 껌, 열쇠, 동전에 손가락이 걸렸다. 주머니는 도대체 누가 발명했을까. 여자와 그 뒤에 선 초췌한 남자가 긴장한 표정으로 그 모습을 지켜보았다. "못 찾겠어요." 시드가 자기 칫솔만 겨우 꺼내며 탄식하자 여자와 남자가 움찔했다.

거리에서 사이렌 소리가 울렸다. 이번에는 요란한 사이렌 소리에 군중이 게이트에서 밀려나기 시작했다. 그 바람에 시드는 균형을 잃고 뒤로, 앞으로, 옆으로 넘어질 뻔했지만, 인파에 휩쓸려 발이 이리저리 교차했을 뿐 실제로 넘어지지는 않았다. 인파가 불어나면서 행렬의 속도가 느려진 뒤에야 시드는 똑바로 설 수 있었다. 회색 옷을 입은 여자와 초췌한 동반자는 어디에도 보이지 않았다. 시드가 더는 휩쓸리지 않게 완강히 버티자 군중은 그의 양옆을 미끄러지듯 지나가 계단 위로 우르르 올라갔다. 시드는 자기가 선 곳이 멈춰 선 에스컬레이터의 맨 아래 계단이라는 걸 깨달았다. 시드가 카드에 적힌 수수께끼 같은 문구를 보고 있자 갑자기 누군가가 그의 팔꿈치를 잡아 휙 돌려세웠다. 시드는 초록색 옷을 입은 키 큰 여성과 또다시 정면으로 마주 섰다.

"카드 줘요!" 여자가 시드의 얼굴에 대고 침을 튀기며 외쳤다.

시드가 발뒤꿈치를 단단히 딛고 선 이곳은 그의 모국이었다. 그가 함부로 밀려날 이방인이 아니라 이 땅의 공기를 들이마실 권리가 있는 토착민이자 소유주라는 뜻이었다. 시드는 여자를 노려보면서 두 손가락으로 여자의 손을 제 팔에서 떼어냈다.

"꺼져요."

여자에게 쏘아붙인 다음 등을 돌린 시드는 한 번도 돌아보지 않고 멈춰 선 에스컬레이터를 단호한 걸음으로 올라갔다.

한쪽 면에 술집과 상점이 늘어선 2층에서는 사냥개들이 사냥감, 아니 사냥감의 일부를 잡아놓고 있었다. 바닥에 쓰러진 한 백인 남자가 남자의 갈비뼈와 엉덩이를 장난스레 찌르는 젊은이들을 피해 끙끙대며 네발로 기어가고 있었다. 짧은 치마와 흰 부츠 차림의 소녀들이 비아 돌로로사[1]의 성모 마리아처럼 행렬을 뒤따르며 큰 소리로 울부짖었다. 시드는 이런 일이 미국 못지않게 필리핀에서도 흔하게 벌어지는 줄 미처 몰랐지만, 백인 남자를 좇는 이 지역만의 특별한 행렬이 미국에서 무관심하게 지켜봤던 민권 시위보다 차라리 더 솔직하게 느껴졌다. 피가 들끓는 사냥개들에게 휩쓸리지 않기 위해 술집에 들어가 구석진 자리를 골라 앉은 시드는 맥주를 주문한 뒤 주머니 속 물건을 꺼냈다.

카드는 구겨진 채 손수건 안에 들어 있었다.

인쇄된 문구는 칫솔 그림만큼 불가사의했다.

화요일 오전. 치과 예약. 반드시 갈 것.

화요일 오후. 부서장들과 연수생들의 칵테일 모임.

수요일 정오. 오찬 회의. 선거.

밀키 씨드의 표지판에 갈 것. 데크 6.

시드는 맥주를 마시고 카드를 들여다보며 내심 즐거운 시

1 Via Dolorosa. 라틴어로 '고난의 길'이라는 뜻이다. 예수가 빌라도 법정에서 재판을 받고 십자가를 지고 골고다 언덕까지 오른 십자가 수난의 길을 가리킨다.

간을 보냈다. 내가 이 카드를 순순히 주지 않은 탓에 하루 일정을 망친 조직원은 누굴까? 라오 씨라는 그 초췌한 남자는 조직원으로는 보이지 않았다. 그냥 연수생일까? 샌프란시스코에서 출발한 마닐라행 비행기에서 시드의 통로 건너편 창가 자리에 앉은 라오 씨는 시드가 힐끗 돌아볼 때마다 속앓이를 심하게 하는 듯 괴로운 얼굴로 땀을 흘리며 웅크리고 있었다. 스튜어디스가 몇 번이나 멈춰 서서 라오 씨에게 구토용 봉투의 위치를 알려줄 정도였다.

맥주잔을 비우고 담배를 다 피운 시드는 어떻게든 카드를 돌려줘서 안 그래도 괴로워 보이는 불쌍한 라오 씨를 더 괴롭히지 말아야겠다고 생각했다. 그러고는 카드를 가슴 주머니에 넣고 웨이터와 눈을 맞추려다 필리핀에서는 그 방법이 통하지 않는다는 걸 뒤늦게 기억해냈다. 쉭 하는 입소리를 내거나 '어이' 하고 외쳐야 했다. 계산을 마치고 어둡고 시원한 바에 앉으니 아델라의 다급한 전보에 답하지 않은 일이 또다시 마음에 걸렸다. 남매애 이상의 무언가가 있는 것 같아 회피한 걸까? 비행기는 정오에 도착했고, 지금은 오후 중반이었다. 아델라가 걱정하고 있을지 몰랐다. 시드가 어떤 비행기를 타고 왔는지 확인했을 수도 있다. 바에서 일어나면서 언뜻 보니 테이블을 치우는 웨이터가 곁눈질로 시드를 흘끔대고 있었다.

에스컬레이터는 이제 움직이고 있었다. 시드는 성의 없이 떠나버린 팝 가수들을 괴롭히려고 에스컬레이터를 일부러 멈춰놓았었나 싶었다. 아래층 로비를 둘러보았지만, 초록색 옷을 입은 키 큰 여자나 회색 옷을 입은 여자, 라오 씨는 흔적조차 보이지 않았다. 텅 빈 로비는 왜 이리 아련해 보일까?

멍하니 주변을 살피는 시드에게 한 남자가 다가왔다.

"택시 찾으세요, 선생님?"

불쌍한 라오 씨의 괴로움이 연장되겠지만 어쩔 수 없었다. 시드는 택시 기사를 따라가 뒷좌석에 기다시피 올라탄 뒤 아델라의 집 주소를 알려주었다. 아델라는 교외에 새집을 구해 살고 있었다. 등받이에 기대앉아 눈을 감으니 문득 산 미겔만큼 맛있는 맥주가 없다는 덧없는 생각이 스쳐 지나갔다.

잠시 후 눈을 떠 창밖을 보자마자 시드는 마닐라의 새로운 교외 지역이 듣던 것보다 초목이 훨씬 무성하다는 생각이 들었다. 오른쪽에는 숲으로 둘러싸인 구불구불한 초원이 펼쳐졌는데, 완벽한 시골 풍경이었다. 풍경에 어울리는 대저택을 찾으며 왼쪽을 힐끗 보니 오후 햇살에 반짝이는 물비늘이 저 멀리 보였다. 파시그강이나 베이호일 리는 없었다. 시드는 육감이 경고하는 대로 놀란 기색을 드러내지 않았다. 푸른빛이 반짝이는 물은 호수가 분명했고, 이는 택시가 도시에서 멀어지고 있다는 뜻이었다. 시드는 가만히 기대앉아 눈을 반쯤 감은 채 한쪽 문 안에 적힌 택시 이름과 번호를 외웠다. 기사는 더

좁고 울퉁불퉁한 도로로 우회전하며 주위를 휙 둘러보았다. '추모 공원'이라 적힌 대형 광고판이 얼핏 보였다. 여기에서 미국식 죽음을 맞는 건가? 제임스 본드 영화에서나 일어날 법한 일이 벌어지려는 모양이었다. 마닐라의 택시가 위험하다는 경고를 듣고도 짐과 돈을 수중에 챙기지 않은 게 후회됐다.

택시는 거칠게 흔들리며 나뭇가지가 쌓인 중세풍의 오솔길을 달렸다. 나뭇잎이 햇빛을 받아 길 가장자리가 형광으로 빛나는 초록빛 어스름 속에서 새들이 지저귀었다. 시드는 운전석 거울을 가는눈으로 보면서 가슴 주머니에 살금살금 손가락을 넣어 카드를 꺼낸 뒤 주먹 속에 넣고 구겨서는 뒷좌석의 틈에 밀어 넣었다.

그러고는 갑자기 깨어난 척하며 똑바로 앉아서 소리를 질렀다.

"이봐요, 당신! 대체 어디로 가는 거요?"

기사는 뒤를 돌아보지도 않고 오른팔을 휘둘렀다. 시드는 기사의 손등에 얼굴을 맞고 뒷좌석에 다시 내팽개쳐졌다. 모퉁이를 도니 공터의 오두막 옆에 녹색과 갈색 스테이션왜건이 세워져 있었다. 검은색 재킷 차림의 남자 둘이 왜건 앞에 서서 도착하는 택시를 바라보고 있었다. 택시가 멈추자마자 시드는 손발이 잡힌 채 끌려 나와 바닥에 대자로 내던져졌다. 이런 순간에는 지나온 인생이 주마등처럼 눈앞을 스친다는 속설을 확인할 기회였다. 그러나 그의 눈앞에는 아무것도 스쳐 지나가지 않았다. 그저 거대한 순간에 짓눌려 시간이 멈출 뿐이었다. 호흡과 생각이 정지했고 감각이 꺼졌다. 시드는 찍소리조차 내지 못했지만, 자신이 너무 놀라 제정신을 차리지 못하고 있다는 건 인식했다.

두 남자는 시드를 굴려 엎드리게 한 뒤 재킷과 신발, 넥타이와 양말, 셔츠와 바지, 속옷과 반바지를 동시에 벗겼다. 잠시 후 알몸이 된 시드는 짓누르는 손길이 더는 느껴지지 않자 용기를 내 풀밭에서 얼굴을 들어 올렸다. 두 남자 중 한 명이 시드의 재킷을 거꾸로 잡고 흔들었는데 뒤집힌 주머니에서 손수건, 담배, 성냥갑, 아스피린, 껌, 열쇠, 동전이 쏟아져 나왔다. 다른 한 남자는 한쪽 무릎을 꿇고 웅크린 채 떨어진 물건을 열심히 뒤졌다. 풀밭에 놓인 속옷 사이에는 시드의 여권과 항공권, 구겨진 아델라의 전보, 빌어먹을 칫솔이 있었다. 기사는 한쪽에 세워둔 택시에 기댄 채 따분한 표정으로 담배를 피우고 있었다.

재킷을 흔들던 남자가 재킷을 던져버리고는 시드가 누워 있는 곳으로 걸어왔다. 남자는 시드의 가슴 아래에 한쪽 구둣발을 쑤셔 넣어 시드의 얼굴을 들어 올렸다.

“카드는 어디 있지, 친구?”

남자는 두꺼운 구두로 시드의 어깨를 쿡 찔렀다.

"거기에 없으면—" 시드는 자기 목소리를 의식하며 말했다. "없는데요."

남자는 발로 시드의 턱을 세게 찼다.

"카드는 어디 있지, 친구?"

남자의 구둣발이 위협하듯 시드의 얼굴 위로 떠올랐다.

"자, 자, 이제 그만해." 풀밭에 한쪽 무릎을 꿇고 있던 다른 남자가 말했다. 거대한 구둣발이 허공에서 사라지자 시드는 일어나 앉아 턱을 만졌다. 두 남자가 무언가를 속삭였다. 숨이 제대로 쉬어지고 몸이 근질거렸다. 지금 곤경에 처한 건 시드가 아니라 저자들이었다. 시드는 자리에서 일어나 두 발로 섰다. 택시 기사가 담배를 내던지며 욕설을 내뱉자 두 남자가 기사를 향해 동시에 고개를 휙 돌렸다. 공터 너머에서 사람들의 목소리가 들렸다. 그 소리는 자석처럼 시드의 몸을 땅에서 홱 떼어냈다.

생각이 아닌 관절과 근육이 시드를 공터에서 관목숲으로 내던졌다. 몸이 제어 불가능한 속도로 이리저리 부딪히며 덤불과 덩굴을 뚫고 돌진했다. 돌진하거나 즉흥적으로 방향을 바꿀 때마다 팔다리가 저절로 움직였다. 이 순간 그의 몸은 움직임과 본능, 충동, 엔진 그 자체라 나무도 쪼갤 수 있었다. 짐승의 에너지로 가득한 몸에 불과했던 시드는 풀숲을 뚫고 두 번째 공터로 들어선 뒤에야 비로소 이성을 되찾아 벌거벗었다는 사실을 의식했고, 점차 밀려드는 수치심에 끼익 멈춰 섰다.

비틀거리는 시드를 빤히 보고 있는 사람은 분홍색 원피스를 입은 여자와 흰색 러닝셔츠에 무릎이 찢어진 카키색 바지를 입고 다 닳고 해진 솜브레로[2]를 한 손에 든 맨발의 노인이었다.

시드는 "납치됐었어요"라는 말만 겨우 하고는, 몸에 두른 건 시계뿐이라는 걸 또렷이 의식한 채 숨을 헐떡이며 반응을 기다렸다.

"저기, 그래도 그냥 그렇게 있지는 마세요." 여자가 웃으며 말했다. "좀 가리시라고요."

시드는 사타구니를 움켜쥐었다.

"어떻게 된 거예요?" 여자가 물었다.

시드는 택시 기사에게 속아 두 남자에게 붙잡혀 옷이 벗겨진 이야기만 했다.

"쫓아오고 있나요?"

시드는 귀를 쫑긋 세우며 어깨 너머로 뒤를 돌아보았다.

"그런 것 같지는 않네요."

"이 근처에 경찰 초소가 있습니다, 선생님." 노인이 진지한 어조로 말했다.

---

2 챙이 넓은 멕시코 모자.

"이 근처에," 여자가 킥킥 웃으며 말했다. "제 차가 있습니다, 선생님. 뒷좌석에서 잠시 기다리시겠어요?"

여자의 웃음에 기분이 상한 시드는 냉랭하게 고개인사를 하고는 맨몸으로도 '선생님'이라는 호칭을 들은 사람답게 위엄 있는 걸음걸이로 차를 향해 갔다. 여자의 차는 작은 일제 쿠페였다. 시드는 뒷좌석에 있는 신문을 무릎 위에 펼쳤다. 몸에 X자 모양의 붉은 상처가 났지만 가벼운 찰과상이었다. 여자는 노인과 앞좌석에 타면서 계속 킥킥 웃었다.

"경찰서에 데려다줄게요." 여자가 말했다.

"괜찮으시면 집으로 데려다주시죠." 여자가 시동을 걸 때 시드가 앞으로 몸을 기울이며 말했다. 시드는 방금 필리핀에 도착했다고 말한 뒤 아델라의 주소를 알려주었다. 그러자 여자가 또다시 웃음을 터뜨렸다.

"맙소사, 그 꼴로는 그 동네에 못 가요. 상류층 마을이라고요. 저기, 선생님…."

"에스티바. 이시드로 에스티바예요. 지인들은 시드라고 부르죠."

"하긴, 이 정도 인연이면 시드라고 불러도 되겠네요!"

"그러세요. 저는 뭐라고 부르는 게 좋을…."

"보르하 부인이요. 저기, 시드, 저는 고속도로 바로 근처에 살아요. 우리 집에 잠깐 들러서 옷을 입으시는 건 어때요? 아니면 납치되셨다는 곳으로 가서 옷을 찾아볼까요?"

"꾸며낸 이야기라고 생각하실 수도 있습니다. 하지만 전 정말 발가벗고 막 돌아다니는 사람이 아니에요. 어쨌든 그곳은 안 가는 게 좋겠어요. 두 분이 위험해질지 모르니까요."

보르하 부인은 옆에 앉은 노인을 보며 미소를 지었다.

"이 사람 이름은 망 암보고, 저기 있는 제 부지를 관리해요. 곧 저기에 건물을 세울 계획이에요."

"좀 외지지 않나요?"

"처음에 고속도로 근처에 집을 지을 때도 다들 반대했는데 제가 개척했어요. 이제는 그곳도 너무 붐벼서 새로운 개척지를 찾았죠."

차는 길의 입구가 표시된 추모 공원의 광고판 앞에 도착했다. 부인은 차를 세우고선 내리려는 노인에게 지시 사항을 거듭 전달했다. 노인이 시드에게 고개 숙여 인사하며 말했다. "위로의 말씀을 전합니다, 선생님. 도울 일이 있다면 무엇이든…." 부인은 모퉁이에서 고개 숙여 인사하는 노인을 뒤로하고 좌회전해 늦은 오후의 교통 체증이 시작된 고속도로를 탔다. 시드는 신문을 목까지 끌어올리며 미끄러지듯 몸을 아래로 낮췄다. 부인은 고속도로가 끝나는 곳에서 좌회전해 또 다른 도로를 탔고, 사라토가, 윈저, 비아리츠, 베르사유와 같은 이름의 모텔이 줄지어 늘어선 골목길로 우회전했다. "이사하는 이유 중 하나예요." 부인이 타지마할 모텔이라는 곳을 향해 고갯짓하며 중얼거렸다.

차가 여러 색깔의 사각형이 그려진 대문 앞에서 멈추고 부인이 경적을 울리자 한 소녀가 달려 나와 대문을 열었다. 너울거리는 잔디로 둘러싸이고 층고가 낮은 집 앞까지 차를 몰고 간 부인은 차고에 차를 세우더니 시드를 돌아보았다.

"죄송하지만 빌려드릴 게 10대인 제 아들 옷밖에 없네요."

"제가 남편분보다 작거나 큰가 보죠?"

"남편의 옷은 없어요."

시드는 망설이다 물었다.

"사별하셨나요?"

"아뇨." 부인이 차에서 내리면서 덧붙였다. "그냥 이제 같이 안 살아요."

부인은 시드를 차에 남겨두고 사라졌다. 돌아온 부인의 손에는 겨자색 바지와 검은색과 주황색 줄무늬가 눈에 띄는 셔츠재킷이 들려 있었다. "신발은 드릴 게 없네요." 시드가 차 안에서 옷을 입는 동안 부인은 진입로를 따라 심은 관목을 살폈다. 셔츠재킷은 어깨가 너무 넓었고 바지는 너무 작아 다리를 억지로 구겨 넣어야 했다. 셔츠재킷과 바지 모두 허리 부분의 단추는 채우지 못했다. 바지 때문에 절뚝거리며 차에서 내린 시드는 남자와 소년의 허리둘레 차이를 부인에게 여실히 드러냈다.

"가정부한테 택시를 부르라고 했어요." 부인이 다시 킥킥 웃었다. "택시 타기 두렵지 않겠어요?"

"요즘 젊은 애들 몸은 정말 다 이런가요? 아들 나이가 몇 살이죠?"

"열다섯 살이요." 그렇다면 부인은 서른다섯쯤 되겠다고, 시드는 생각했다. "전화기가 있으니 누나분에게 전화하고 싶으면 하세요." 부인이 말했다.

"괜찮아요."

둘은 진입로와 광장이 만나는 지점에 서 있었는데 그곳에는 집 모퉁이를 배경으로 작은 암석정원이 조성돼 있었다. 암석 위에는 나무로 된 낡은 성자 조각상이 있었고, 그 위에는 카피즈 조개껍데기[3]로 만든 랜턴이 걸려 있었다. 시드는 광장을 흘깃 둘러보았다. 일반적인 연철 대신 고리버들로 만들고 등받이가 수금 모양인 접이식 의자에서 골동품 느낌이 났다. 둥근 대리석 탁자의 다리도 독수리가 발톱으로 공을 잡은 모양이었는데 이 역시 아주 오래전에 유행하던 디자인이었다.

"놀란 표정이네요, 시드."

3 카피즈 조개는 필리핀 자생의 '윈도우페인 굴(windowpane oyster)'을 가리킨다. 이 굴의 껍질은 반투명이라 빛이 통과되어 다양한 장식품을 만드는 재료로 활용된다.

"아주 놀랍네요. 옛것이 정말 이 정도로 유행인가요?"

"얼마 만에 돌아오셨어요?"

"10년 만이요. 제가 떠날 때는 병적인 사람들이나 저런 걸 좋아했거든요." 시드는 흰개미가 갉아먹어 닳은, 암석 위 성자상을 향해 고갯짓하며 말했다.

"요즘은 누구나 탐내는 수집품이에요. 당신은 좋아했었나 봐요?"

"그래서 공격당했죠. 그때는 제가 시인이나 예술가인 줄 알았어요. 민속 축제나 성상, 과거의 실내 장식 등 오래된 것에 매료됐죠. 하지만 그때는 그런 데 관심 있는 사람은 불건전한 반동분자 취급을 받았어요."

"반가운 소식이 있어요, 시드. 그때는 반동적이던 게 지금은 아주 전위적이라는 찬사를 받는답니다. 원정대까지 조직해서 옛 축제를 보러 다니는 사람들도 있다니까요? 당신이 쓴 시는 꼭 읽어봐야겠네요."

"별거 아니었어요. 오래전에 그만뒀고요."

"공격당해서요?"

"그 때문만은 아니었어요. 겁이 났던 것 같아요. 과거를 들여다보면 과거가 다시 돌아올까 봐요."

"무슨 뜻이죠?"

"그런 종류의 관심은 건전하지 않다는 말이 전적으로 틀린 건 아니더라고요."

"그래서 그 관심을 포기하고 무엇이 됐나요?"

"뉴욕에 있는 유엔 기구에 들어갔죠."

"아, 세상을 구하려고요?"

"그런데 과거가 결국 돌아왔네요."

시드는 암석 위의 성자상을 빤히 바라보았다.

"그만해요, 시드. 무섭게 왜 그래요. 택시가 왔으니 가죠."

둘은 함께 진입로를 따라 내려갔다.

"도움이 필요하면," 보르하 부인이 말했다. "전화번호부에 있으니 연락해요. 실내 장식가 항목에 '소냐네'라고 있을 거예요. 내 이름이자 사업장 이름이에요. 창피해서 다시 만나고 싶지 않으시려나?"

"아뇨, 옷 입은 모습도 보여드리고 싶은걸요."

고속도로를 반대쪽으로 타고 올라가면 나오는 아델라의 마을은 요새처럼 보초병이 지키는 문을 통과해야 들어갈 수 있었다. 이 마을의 집은 모두 담벼락이 낮았고 앞마당이 멋지게 꾸며져 있었으며 창문에 창살이 없었다. 시드는 택시를 대기하게 한 뒤 맨발로 절뚝거리며 진입로를 따라 현관문으로 올라갔다. 현관문은 진입로를 마주 보는 건물의 측면에 나 있고 열려 있었다. 그 옆에는 작고 낡은 나무 성모 마리아상이 올려진 받침대가 있었다. 시드는 거실로 들어섰다. 아델라가 오후의 마지막 햇살이 들어오도록 창문에서 커튼을 걷고 있었다. 시드는 양손으로 허리를 짚고 맨발에 10대 소년의 바지와 셔츠재킷 차림으로 거실 한가운데에 섰다. 위험한 여정을 거친 끝에 귀향한 원주민의 모습이었다.

"아, 왔구나, 이시드로?" 아델라가 주변을 둘러보며 말했다. "비행기는 잘 도착했니?"

그날 저녁에 온 손님은 대부분 아델라의 지인이었지만, 아델라가 다음과 같이 설득해 시드의 오랜 친구인 징 투아손과 에토이 바나그와 그들의 아내도 참석했다.

"그리운 옛날의 추억 속으로 사라지기 전에 이시드로한테 얼굴 좀 보여줘요."

다른 여자 손님들처럼 아델라도 기모나[4]와 파타디옹[5]을 입었다. 남자들은 대부분 황갈색이나 빛바랜 파란색 신사복 차림이었고, 시드는 매형에게 빌린 바롱[6]과 회색 바지를 입었

4 필리핀 전통 의상으로 비치는 소재의 블라우스다.

5 필리핀 전통 의상.

6 남성용 필리핀 전통 셔츠.

다. 아델라의 남편이자 매형인 산티아고는 옷깃에 작은 금색 십자가 장식을 달고 흰색 상어 가죽으로 된 남북 전쟁 이전 스타일의 정장을 입었다.

"필리핀에서는," 시드가 방금 소개받은 여자에게 말했다. "밤에 검은색 정장을 입는 게 관례인 줄 알았는데, 아닌가요?"

"비공식 모임에서요?" 여자가 냉랭한 어조로 되물었다. 뉴요커인 시드가 할 말은 아니라고 생각하는 게 분명했다. "아주 어리거나 순진한 사람들이나 그렇게 입죠."

시드는 참석자들의 대화에서 특정 문구가 후렴처럼 반복된다는 걸 알아챘다. 요즘의 사교계에서 통용되는 표현인 듯했다. 시드가 여자들에게 나중에 연락하겠다거나 음료를 가져다주겠다거나 아델라에게 다녀오겠다고 말하면 여자들은 으레 미소를 지으며 "그렇게 해요"나 "네, 그렇게 해요"라고 답했다. 남자들은 지난 선거나 베트남 전쟁, 시사 문제에 관해 물어보면 "노코멘트!"라고 쾌활하게 대꾸했고, 그러면 모두 재치 있는 말을 들은 양 크게 웃음을 터뜨렸다. 시드는 그들만 아는 웃긴 의미가 있는 모양이라고 짐작했지만 사람들이 웃을 때마다 당황했고 그러다 이방인이 된 기분을 느꼈다.

그러면서 한편으로는 모임에 참석한 사람들이 발산하는 광채에 매료됐다. 모두 중년의 나이에 외모는 그다지 뛰어나지 않았지만, 통장의 잔액과 풍부한 식료품을 버팀목 삼아 여유로워 보였다. 이들이 서로의 눈에 아름답고 집단적으로 특유의 분위기를 형성하는 건 바로 그 버팀목 때문인 듯했다. 시드는 여러 사람과 대화를 나누면서 아델라가 '유명한 옷'을 입었고 '매력적인 부인'이라는 말을 듣고 깜짝 놀랐다. 시드가 보기에 누나는 항상 그랬듯 포동포동했지만, 누나의 남편은 은행장이자 교황 기사단의 일원이었다. 물론 이들의 광채는 단순히 서로의 은행 잔고를 동경하는 데서 비롯된 것만은 아니었다. 이들은 최상류층 귀족은 아니지만 깨끗하고 품위 있고 적당히 정직한 사람들, 즉 빛나는 이 땅의 소금과 같은 사람들이었다. 남자는 대머리와 불뚝한 배가 유행이고, 여자는 고급 여성복과 건축 양식을 가볍게 모방한 외팔보[7]식 헤어스타일과 가슴 디자인이 유행이었다. 포도주를 홀짝이는 사람들 사이에서 시드는 다소 긴장된 마음으로 식사 시긴을 기다렸다. 드디어 아델라가 뷔페 테이블을 "덮칠 준비가 다 됐다"라고 선언했고, 타국에서 집밥에 굶주렸을 동포를 위해 오늘의 음식은 '바리오 피에스타'[8]라고 덧붙였다. 뷔페 테이블에는 소파 데 피데오스 수프,[9] 삶은 랍스터, 뼈를 바르고 속을 채

7 한쪽 끝은 고정되고 다른 끝은 받쳐지지 아니한 상태로 있는 보.

8 스페인어권의 축제.

9 토마토, 양파, 마늘, 육수 등을 첨가하여 만든 수프.

운 갯농어, 바궁[10]을 곁들인 카레카레,[11] 돼지고기와 닭고기 아도보,[12] 야자나무 순 샐러드, 레촌[13]이 차려져 있었다. 1950년대의 스테이크와 바비큐 파티를 기억하는 시드에게 접시 가득 채운 음식은 아델라 집의 주랑 현관에 있는 고풍스러운 성모상에 맞먹는 가치가 있었다.

잔디밭과 광장에 촛불로 밝힌 테이블이 준비돼 있었지만, 시드는 오랜 친구인 에토이와 징의 무리에 합류해 아델라의 서재에서 먹기로 했다. 서재에는 아버지의 실물 크기 사진을 끼운 바로크 양식의 낡은 액자가 칸막이벽에 걸려 있었고 그 주위에는 아버지의 집에서 가져온 가구들이 배치돼 있었다.

"감탄하며 보는 중이야." 에토이 바나그가 아내를 한 팔로 감싸 안으며 말했다. "창립자의 사진이잖아. 아주 멋지신데?"

"활력이 넘치셨지." 시드는 사진을 향해 포크를 흔들며 말했다. "무일푼으로 태어나 독학해 변호사 겸 편집자 겸 정치인이 되셨으니 말 다 했지. 결혼도 세 번 하셨는데 상대는 모두 상속녀였어. 자녀는 부인마다 한 명씩 낳았고. 세 번째로 홀아비가 되신 뒤에 돌아가셨지."

---

10 필리핀 새우젓 소스.

11 소꼬리, 돼지나 소의 족에 땅콩 소스 등을 첨가하여 만든 스튜.

12 필리핀 찜 또는 조림 요리.

13 필리핀 통돼지 구이.

"페레르 부인은 친누나가 아닌가요?" 바나그 부인이 시드에게 물었다.

"네. 아델라의 어머니는 비간 출신이세요. 우리 어머니는 바콜로드 출신이고요. 우리 중 제일 어리고 아버지 나이가 제일 많을 때 태어난 구이아는 에르미타 출신이에요."

"북부, 남부, 중부 다 있네." 징 투아손이 웃으며 말했다. "어이, 아버님은 일종의 성 지리학자셨어. 성 경제학자이기도 하셨고. 아델라는 담배 부자, 넌 설탕 부자, 구이아는 부동산 부자던가?"

"예전에는," 시드가 말했다. "구이아가 신데렐라 같다고 생각했어. 전쟁이 끝나고 구이아의 어머니, 에르미타의 부동산은 폐허가 돼 별 가치가 없었거든. 지금은 구이아가 나랑 누나 재산을 몽땅 살 수 있게 됐지만."

"구이아는 나도 기억나." 징 투아손이 말했다. "내가 자꾸 네 조카로 착각했던 그 마른 아이 맞지?"

"누나는 누가 날 자기 조카로 오해하면 엄청 화를 내곤 했어. 우리 셋은 각각 열 살 터울이야. 누나는 마흔 살, 난 서른 살, 구이아는 스무 살이지. 누나는 예전 것들을 되살리고 싶은가 봐. 원래는 1950년대 록 스타처럼 실물 크기의 사진을 꽂은 이런 화려한 액자는 흉물스럽다며 싫어했어. 하도 싫어해서 응접실에서 다른 곳으로 치우게 했어. 품위도 없고 남자 친구들이 보면 무서워 도망친다나. 내가 일곱 살이었으니 전쟁 직전이었는데 아버지는 웃기만 하셨어. 이걸 보니 최후의 승자는 결국 아버지네."

"진부한 소품을 의도적으로 활용하신 거 같은데." 에토이 바나그가 말했다. "어쨌든 보통 배짱으로는 집에 실물 크기의 자기 사진을 못 걸어두지."

"우리는 그런 배짱이 없고." 징 투아손이 어깨를 으쓱하며 말했다.

"배짱이 없다기보다는," 에토이가 말했다. "암묵적 합의를 따르는 거지."

"구이아 에스티바!" 징 투아손의 아내가 갑자기 외쳤다! "저, 그 친구랑 동창이에요. 제가 몇 학년 선배지만 같은 유도 팀이었어요. 그 애랑 마지막으로 만난 곳이 어딘지 아세요? 점집이었어요!"

시드는 투아손의 아내를 보려고 시선을 돌리다가, 에토이 바나그의 팔에 안겨 있던 그의 아내가 자리에서 일어나는 걸 목격했다.

징 투아손의 아내는 접시를 바닥에 내려놓고 손가락을 핥으며 '점집'이라는 말을 반복했다. "무슨 생각으로 거기에 갔는지 모르겠어요. 당신도 기억나지? 작년에 배 속의 아기가 잘못돼 진짜 우울했을 때 말이야. 그때 어떤 여자가 점집을 소개

해줬어. 마음이 편해질 테니 가보라고. 손바닥에 침을 뱉는 퀴아포[14]의 그런 허접한 점집은 아니었어요. 저명한 사교계 부인들도 다녀가는 고급스러운 데라고 했죠. 치과처럼 예약제라 고객들이 서로 마주칠 일도 없었고요. 고해성사실에서 누굴 만나면 민망하잖아요. 그런데 그날은 착오가 있어 구이아와 마주쳤어요. 예약이 같은 시간에 잡힌 거죠. 저는 구이아에게 차례를 양보하고 서둘러 자리를 떴어요. 차라리 다행이었어요. 구이아도 그냥 장난삼아 왔을 거예요. 원래 늘 엉뚱한 구석이 있는 애였으니까요."

"그럼 점쟁이는 못 만났어요?" 에토이 바나그의 아내가 물었다.

"네. 아까도 말했지만 도망치다시피 나왔어요."

"어떻게 생긴 곳인가요?" 시드가 물었다. "점집이요."

"여느 고급 사무실의 응접실과 다를 게 없었어요. 카펫이 깔려 있고 에어컨도 있었죠. 퀴아포 시내에 새로 들어선 대형 건물에 있었어요. 점쟁이는 자신을 대사제인가 뭔가로 불렀어요. 동양의 신비주의 주술사, 뭐 그런 거겠죠. 축제 마당을 기웃거리다 출세해 세상에 나온 도사일 거예요."

"저세상에서 오기라도 했나 보지?" 징 투아손이 아내를

14 필리핀 수도 마닐라의 한 지역으로, 특히 역사와 문화 중심지다.

향해 고개를 저으며 탄식했다.

에토이 바나그의 아내는 조심스러운 목소리로 말했다. "그래 봤자 그자도 그냥 이 세상 사람이에요. 여기, 이 세상이요. 환상적일 게 하나도 없다는 거죠."

시드는 파타디옹과 일종의 사리[15]로 모로족처럼 입은 여자가 이 이야기에 관심이 있는지 자기 일행과 살짝 떨어져 귀를 기울이고 있다는 걸 알아챘다. 여자는 바나그 부인과 눈을 맞추려고 애쓰는 눈치였다.

"이 세상도 환상적일 수 있어요." 시드는 직감적으로 목소리를 높이며 말했다. "오늘 정오에 공항에서 칫솔을 흔들었다는 이유로 나한테 무슨 일이 일어났는지 들어보실래요?"

시드는 바나그 부인을 똑바로 바라보았다.

"칫솔이라." 바나그 부인은 이렇게 말하고는 시드의 다음 말을 기다렸다. 무표정한 얼굴이었다. 모로족 의상을 입은 여자는 이제 시드의 팔꿈치 부근까지 다가와 있었다.

"칫솔이라고요, 에스티바 씨?"

"오, 안녕하세요? 네, 그냥 오래되고 지저분한 녹색 충치 예방용 도구였어요. 자, 여러분. 이리 모여보세요. 끔찍한 이

---

15 인도 여성이 입는 민속 의상. 기다란 옷감 한 장을 허리에 감고 어깨에 두르거나 머리에 덮어 입는다.

야기를 들려드릴게요."

"네, 그렇게 하세요." 여자는 무리를 돌아보며 미소 지었다. "정말 궁금하네요. 무슨 일이 있었죠, 에스티바 씨?"

시드가 유심히 살폈지만, 여자와 바나그 부인은 무언가 알고 있는 기색을 전혀 주고받지 않았다. 바나그 부인은 시드를 볼 때처럼 무표정한 얼굴로 무리에 침입한 여자를 바라보았다.

"무슨 일이 있었냐고요? 어떤 사람이 누군가의 일정이 적힌 카드를 제 주머니에 찔러 넣었어요."

"참 시시한 결말이네요!" 침입자가 눈알을 굴리며 웃었다.

"아, 그게 끝이 아니랍니다." 시드가 말했다. "납치돼 옷이 벗겨지고 두들겨 맞을 뻔했어요."

"겨우 칫솔 하나 때문에요?" 여자가 깔깔대며 웃었다.

"아뇨." 시드가 말했다. "밀키 씨드 때문에요."

시드는 이 말에 바나그 부인이 움찔하는 걸 보았다. 사리를 두른 여자는 여전히 옆에서 깔깔대며 웃고 있었다.

"무슨 단백질 바 이름 같네요." 여자가 킥킥 웃으며 말했다. "아이스크림 가게 같기도 하고요."

"저한테는," 시드가 말했다. "다른 걸로 들리던데요."

"이봐, 그게 대체 무슨 소리야!" 에토이 바나그가 똑바로 앉으며 외쳤다. 바나그 부인은 깍지 낀 두 손으로 배를 잡고 웃었고, 징 투아손 부부는 시드를 대놓고 빤히 쳐다보았다.

“제가 듣기에는 끝이 아주 시시한 우스갯소리 같은데요.” 사리를 입은 여자가 말했다. “좀 보세요, 에스티바 씨. 다들 웃느라 배꼽을 잡고 있잖아요.” 여자는 바나그 부인을 향해 몸을 숙이며 말했다. “이 정도면 최악은 아니에요. 더 심한 이야기도 들어봤는걸요.”

그러자 바나그 부인이 얼굴을 들었다. 두 여자는 서로를 바라보았고, 침입한 여자는 자신을 빤히 쳐다보는 바나그 부인에게 미소 지으며 몸을 곧추세웠다가 뒤로 물러났다.

“왜 그래, 여보?” 에토이 바나그가 아내에게 물었다.

바나그 부인은 기침하며 고개를 저었다.

“너무 많이 마셨나 봐. 실례할게요.” 바나그 부인이 모인 사람들에게 미소를 지으며 말했다. “집에 가봐야겠어요.”

자리에서 일어나 황급히 방을 가로질러 가던 부인은 테이블 가장자리에 부딪혀 바닥에 주저앉았다. 사리를 입은 여자가 먼저 부인 곁에 다가와 부인의 고개를 들게 하더니 귀에 대고 무언가를 속삭였다. 사람들의 비명에 아델라가 문간에 도착했다.

“무슨 재미있는 일이라도 있어요?” 아델라는 기대에 찬 표정으로 안주인의 미소를 지으며 물었다.

에토이 바나그는 부인을 일으켜 세우고 부축해 문 쪽으로 가려 했고, 사리를 입은 여자는 부인의 반대쪽 옆에서 걱정스러운 듯 서성거렸다.

"설마 또 누가 취해서 뻗은 건 아니죠?" 아델라가 웃으며 달려가 바나그 부부를 두 팔로 껴안았다.

아버지의 사진 앞에서 그 모습을 바라보며 시드는 아델라의 고향을 떠올렸다. 아델라는 북부 출신답게 절대 허둥대는 법이 없었다.

재킷을 벗고 넥타이를 느슨하게 풀어 헤친 산티아고 페레르는 조금 전 마지막 커플 손님을 차까지 배웅할 때도 미소 띤 얼굴로 시중을 들었던 파티 때만큼 점잖은 태도를 유지했다. 이제 정중한 대접은 시드에게 집중됐다. 산티아고는 광장의 주류 접대용 텐트를 접은 바텐더에게 술 한 잔을 더 만들어달라고 했고, 술이 준비되자 직접 거실에 있는 시드에게 가져다주었다.

"아니야, 처남. 처남의 친구들이지만 난 바나그 부부를 잘 몰라. 바나그 씨가 강단에 서고 주간지에 칼럼을 쓴다는 건 알아. 열렬한 민족주의자라는 말도 들었고. 바나그 부인도 학생들을 가르치는데 남편의 생각에 동의하는 것 같아."

"모로족 여자분은요?"

"그 여자는 모로족이 아니야, 처남. 여행사를 운영하는 유명한 사업가라고."

그때 아델라가 들어와 바닥에서 접시와 재떨이를 줍는 하인들을 내보냈다.

"산티아고, 앉아요. 이시드로는 그 술 치우고. 두 사람 다 잘 들어."

"왜, 바나그 부부 일로 나 혼내려고?"

"혼내긴 뭘 혼내. 나, 그 부부 좋아해. 그냥 구이아 이야기 좀 하려고."

"이 늦은 시간에?" 산티아고가 말했다.

"내일 그 애가 올지도 모른다고요. 지금은 지방에서 같이 다니는 자들과 전도하고 있겠지만요."

"여보, 내가 말할게." 산티아고가 끼어들었다. "구이아 처제가 지난번에 왔을 때 한 이야기, 처남한테도 해줄게."

"네, 그렇게 하세요."

"나는 처제가 정말 소명 의식이 있어 성직자 수련을 받고 싶다면 이곳의 종교 공동체에서 기꺼이 처제를 청원자로 받아 줄 거라고 했네. 교회의 인정을 못 받았고 앞으로도 받을 일이 없을 교단과 계속 함께한다면 이 나라의 어떤 수녀원도 처제를 받아주지 않을 거라고 경고했지. 하지만 자네 여동생은 고

집이 세더군. 처제의 교단이 언젠가는 교회의 인정을 받으리라 믿고 있었어. 미친 생각이지."

"왜요, 그 단체에 무슨 문제라도 있나요?"

산티아고 매형은 얇은 입술을 꾹 다문 채 눈을 위로 치켜떴다.

"당치도 않은 일이지만," 산티아고는 우스꽝스러우리만큼 과장된 어조로 말했다. "교황청에 반기를 들려는 건 절대 아니야. 하지만 내가 보기에 제2차 바티칸 공의회는 혼란만 초래했어. 요즘 미사에서는 언제 서고 무릎을 꿇어야 하는지 아무도 몰라. 모든 게 뒤죽박죽이야. 어제만 해도 은행에서 나한테 다가온 청년이 신부라는 걸 알고 얼마나 놀랐는지 몰라. 10대 소년처럼 입었더라고. 게다가 허가받은 옷차림이라더군. 도대체 지금 무슨 일이 일어나고 있는 거지?"

"그렇다면 구이아가 희망을 품을 만하네요."

"아니, 아니야, 처남. 처제의 교단은 달라. 뭐, 표면적으로는 현대화 운동 중 하나로 보이기는 해. 그리스도를 우리 시대에 의미 있는 존재로 만들고, 신앙을 오늘날의 세상과 연관시키는 운동 말이야. 맞아, 처제의 교단에서는 그렇게 말해. 자기네 무리는 정식 교단이나 종교 집회, 심지어 신도회도 아니고 그저 독실한 신자들의 비공식 단체일 뿐이라고 주장하지. 하지만 소문에 따르면 교회 당국도 약식이기는 하지만 조사를 진행하는 게 좋겠다고 판단한 모양이야. 우리는 처제의 무리가 하는 운동이 사실은 종교 운동이 아니라 민족주의 운동일 거라고 의심하고 있어. 그자들은 창고로 바뀐 인트라무로스의 오래된 수녀원을 빌려서 본부로 삼았어. 위원회와 방문해봤는데 일종의 예배당이 있었고, 예배당에 이고로트족[16]의 조각상 같은, 원시 이교도의 예술품 같은 것들이 있었어. 내가 똑똑히 봤는데 바탕가스와 민도로섬에서 발굴된 것과 비슷한 임신한 성모상도 있었다고."

"저는 별로 놀랍지 않은데요?" 시드가 큰 소리로 웃으며 말했다.

"잠깐만, 처남, 내 말 좀 들어봐. 그자들은 사제를 신청한 적이 없어. 그런데 들리는 바로는 파문당한 신부가 미사를 집전하고 미사 때 다 같이 춤을 춘다는 거야."

"미사 때 춤추는 건," 시드는 계속 배를 잡고 웃었다. "필리핀 천주교에서 그리 낯선 일이 아니잖아요."

"진지하게 좀 들어, 이시드로." 아델라가 외쳤다. "아, 이게 다 네 잘못이야. 구이아가 독립해 살고 싶다면서 자기 아파트를 달라고 했을 때 나는 나랑 계속 한 지붕 아래 살아야 한

16 필리핀의 루손섬 북부 산지에 사는 종족을 통틀어 이르는 말. 벼농사를 지으며 원시 종교를 믿는다.

다고 했어. 그런데 넌 구이아 편을 들었잖아."

"열여덟 살이 됐으니까."

"스물한 살이 될 때까지는 너와 내가 보호자니까 구이아는 너나 나와 같이 살아야 해."

"아, 노인네처럼 왜 그래, 누나."

"구이아가 독립해 산 뒤로 어떻게 됐는지 좀 봐. 말도 안 되는 일이 연달아 일어나고 있어. 그 이상한 '새로운 기독교도' 무리에 낀 건 최근 일이야. 처음에는 끔찍한 젊은 작가들에 이어 비트족[17] 패거리와 다니더니 광고 일을 하면서부터는 온갖 언론 관계자들과 어울렸어. 그러다 민족주의에 사로잡혔고 지금은 또 종교에 빠진 거야. 나는 구이아가 소명 의식이 있다고는 눈곱만큼도 안 믿어. 구이아는 그저 유행을 좇아할 뿐이야. 지금까지는 누구랑 어울리든 신경 안 썼어. 특별히 용돈을 더 달라고 조르지도 않았고. 하지만 이번 일은 심각해. 위기 상황이라고. 그래서 너한테 전보를 보낸 거야. 이시드로, 이건 네 탓이기도 해. 어떻게든 정신 차리게 하지 않고 애를 부추겼잖아. 이제 어쩌지? 아빠는 우리에게 구이아를 맡겼

17 1950년대 미국의 방랑자적인 문학 예술가 세대. 현대의 산업 사회를 부정하고 기존의 질서와 도덕을 거부하며 문학의 아카데미즘을 반대하는 등의 특징을 보였다.

어. 그 책무를 저버리고 구이아도 이제 성인이니 요구하는 대로 그 애 몫의 부동산을 넘겨주는 게 맞을까? 구이아가 그 미친 종파에 재산을 다 넘기리라는 걸 뻔히 알면서도?"

"우선 구이아와 얘기부터 해볼게."

"모험가들의 손아귀에 잡혀 있는데 네 말이 먹히겠니?"

"애초에 어쩌다 그자들과 어울리게 된 거야?"

"구이아가 여기서 도망쳐 간 세상에서는 그런 자들을 만날 수밖에 없었어. 예술가, 급진주의자, 비트족, 사기꾼 등 온갖 괴짜가 모이는 세상이거든. 시대에 뒤떨어졌을지는 몰라도 나는 구이아의 일에 간섭하지 않았어. 들리는 이야기가 있어도 참았어. 네 말대로 자기 인생을 살게 내버려두자고 다짐했지. 하지만 구이아는 지금 자기 인생을 사는 게 아니라 망치고 있어. 방탕한 딸이 현실 세계에서 도망쳐 긴 휴가를 보낸 셈 치면 돼. 2년 동안 신나게 놀았으면 됐어. 더는 안 봐줄 거야. 구이아가 유산을 허투루 쓰게 두지 않겠어. 이 집으로 다시 돌아와 살면서 여자의 의무를 배우고, 평범한 사람들과 어울리고, 좋은 남자를 만나고, 결혼해서 자녀와 가정을 꾸리게 할 거야. 카를로타 존스가 오래전부터 구이아를 장남의 짝으로 점찍었는데 애가 저렇게 철없이 자유분방한데도 아직 같은 마음인가 봐. 그러니 결혼을 추진할 거야. 나는 구이아가 정착하는 모습을 보기 전까지 마음이 편할 수가 없어. 그 애는 나한테 늘 자매라기보다는 딸 같은 존재였어."

"여보, 너무 서두르지 마." 산티아고가 끼어들었다. "처제가 신비주의에 심취하는 단계를 거치는 중이라면 그 욕구를 충분히 해소하게 두는 게 나아. 나는 처제가 평범한 수녀원에 들어가면 좋겠어. 수녀의 삶이 자기랑 맞지 않다고 판단하면 금방 나올 테고 그러면 결혼시키기도 더 쉬울 거야."

시드는 누나와 매형 같은 부부는 구이아 같은 아이를 감당하기에 무리라는 생각이 들었다. 거실은 하룻밤 파티를 치르고 나니 초토화돼 있었다. 난장판 속에서 아델라와 산티아고는 소파에 나란히 앉아 똑같은 표정으로 서로를 바라보며 현명하고 정중하게 언쟁을 벌였다. 아델라는 빨리 결혼시키자는 쪽이었고 산티아고는 잠시 수녀로 살게 하자는 쪽이었다. 시드는 부부가 생각해낸 진부한 편법이 우스워 미소를 지으면서도 한편으로는, (조금 전 파티에서 자녀를 둔 부인들에게 들었듯) 암흑가가 판을 쳐 어떤 가정도 안전하지 않다는 요즘 세상에서 저토록 실리적일 수 있는 부부가 새삼 놀라웠다. 소위 '가장 좋은 집안'의 자녀들도 체포 영장을 든 경찰이 언제 갑자기 문 앞에 나타날지 모르는 세상이지 않은가.

시드가 이 같은 생각을 한 바로 그 순간, 가정부가 들어와 경찰이 에스티바 씨를 찾으러 왔다는 소식을 전했다. 거실로 안내받아 들어온 경찰은 체포 영장이 없다는 사실을 인정하고는 몇 가지 물어볼 것이 있어 에스티바 씨를 경찰서로 '초대' 하는 것뿐이라고 말했다. "나도 같이 가겠네." 산티아고가 벌써 재킷을 입으면서 말했다. 시드는 아델라가 다시 안주인의 미소를 장착하고 경찰에게 올리브 접시를 건네는 모습을 빤히 바라보았다.

"아란즈 변호사한테 연락해서 바로 보낼게, 이시드로." 아델라가 말했다.

"그렇게 해." 시드는 무어라 생각할 겨를도 없이 답했다.

경찰차 안에서 시드는 죄명도 모른 채 법의 심판을 받은 카프카 소설의 주인공이 된 기분이었다. 그러나 나는 내 죄가 뭔지 안다고, 시드는 생각했다. 시드는 그 빌어먹을 칫솔(지금 일어나고 있는 일은 칫솔이 가장 최근에 일으킨 파문이었다)을 불개입의 표상으로 흔들고 다녔다. 시드가 짐 없이 여행하는 건 도착지에서 옷을 사는 게 세관에게 짐을 공개하고 설명하는 것보다 덜 번거롭기 때문이다. 시드가 외국에 사는 건 외국인은 현지의 모든 것에 초연할 수 있기 때문이다. 제 나라에서는 신문을 읽을 때마다 혈압이 오르지만 외국에서는 신문을 인류학 책처럼 읽을 수 있다. 유엔 기구에서 일하면서도 시드는 무엇에도 개입하지 않았다. 물론 유엔이라는 단체는 세계 어느 곳이든 고통받는 자들에게 구호의 손길을 내미는 쓸모 있는 일을 한다는 환상에 젖어 있었다. 하지만 사실 유엔의 자선은 사무실과 사무실을 오가는 서류나 보고서의 수치, 그래프의 선을 통해 원격 조종으로 부리는 마술이었고, 자선의 수혜자들도 통계에 불과했다. 세관을 건너뛰고 칫솔 하나만 들고 여행하는 시드는 아델라와 구이아나 친척과 친지들을 위한 선물 하나 없이 고향에 돌아왔고, 그 죄로 인해 모국의 관습의 신들로부터 괴롭힘을 당하고 있었다.

“자네는 아무 말도 하지 마.” 경찰차가 경찰서 앞에 멈추자 매형 산티아고가 말했다. “말은 내가 다 하겠네.”

시드는 경찰서에 들어서자마자 누군가의 무릎 위에 놓인 낡은 솜브레로를 발견했다. 흰색 러닝셔츠와 무릎 부분이 찢어진 카키색 바지를 입은 노인이 늦은 시간이고 경찰서인데도 품위 있는 자세로 벤치에 앉아 있었다. 그때 보르하 부인이 시드에게 다가왔다. 부인은 마치 아델라의 파티에 늦게 도착해 미안하다는 듯한 미소를 지었다.

“시드, 아, 시드…. 와, 옷 입은 모습을 이제야 보네요.”

“아직 아니에요. 내 옷이 아니거든요. 그런데 여기는 어쩐 일이에요?”

“아, 시드, 당신의 소재를 말할 수밖에 없었어요.”

“무슨 일인데요?”

“말 안 해주던가요?”

“네, 아무 말도 못 들었어요.”

"공항에서 당신이 탔던 택시, 그 택시의 기사가 살해당했어요."

~~~

택시 기사는 근교의 그 숲속 공터에서 택시를 몰고 막 떠나려던 순간 뒤에서 쏜 총에 맞았다. 순찰 중이던 경찰이 시신을 발견했고, 출동한 경찰이 근처에 있던 망 암보의 오두막으로 찾아오자 망 암보는 경찰을 보르하 부인에게 안내했다.

"경찰은 내가," 부인이 웃으며 말했다. "조직폭력배의 애인이라고 생각한 것 같아요. 시드, 당신의 여자요."

밤새 진술하고 출두 약속을 한 끝에 풀려난 보르하 부인과 시드는 택시 회사 주차장을 찾아가 비극이 일어난 택시 옆에 섰다. 택시는 안팎으로 세차가 완료된 상태였다. 시드가 뒷좌석을 뒤졌지만 카드는 없었다. 둘은 직원이 택시를 세차한 소년들을 데려올 때까지 기다렸다.

"귀향용 택시였군요, 시드."

"아뇨, 휴가용 택시였어요."

"도요타 65년형이네요. 필리핀을 강타한 일본 차 2호죠."

"늘 그랬듯 도피하는 중이었어요."

"우리 꼴이 말이 아니네요. 당신은 셔츠가 구겨지고 난 코
~~~

트가 구겨지고."

"내가 그 망할 카드를 순순히 돌려주지 않은 탓에 사람이 죽었어요."

"오, 시드, 그 얘기는 아침 먹으면서 다 했잖아요. 그자들이 당신의 맥주에 약을 타서 그런 거라니까요."

"아뇨, 아까도 말했지만 난 소란스러운 사건에 개입하는 걸 싫어해요."

"누구나 그렇지 않나요?"

"당신은 즐기고 있잖아요, 소냐. 사건을 좋아하죠. 난 싫어하고요. 어쨌든 난 그래요. 호기심도 없고 모험심도 없죠."

"옛것에는 젊은 피가 끓는다면서요."

"무사히 소멸한 과거에만요. 성상을 보면 쾌감을 느끼죠. 뭐, 나도 재미있긴 해요. 하, 평소라면 그런 대담한 짓은 안 해요. 게다가 내가 아니라 내 안의 아버지가 한 짓이에요. 아버지는 경험이라면 죽고 못 사는 천박한 모험가였어요. 난 아버지가 돌아온다는 생각만 해도 겁이 났어요. 지금은 구이아가 그렇고요. 우리 셋 중 아버지를 닮은 자식은 구이아뿐인 것 같아요."

"누구나 아버지를 닮아요." 소냐 보르하가 한숨을 쉬며 말했다. "본인은 모르지만요."

"아내는 내가 자기 자신과 아내를 제외한 세상 모두가 미쳤다고 말하면서 가끔은 아내조차 의심하는 퀘이커 교도[18] 같다고 했어요. 난 억울해서 내 생각을 설명하려 애썼어요. 그게 실수였어요. 나는 남들이 미치는 건 반대하지 않는다고 분명히 말했지만, 그 말을 듣고 아내는 날 떠났어요. 맨해튼이 우리 둘만 사는 무인도인 척하며 사는 게 부담스럽다면서요. 지금은 서부 해안에서 말먹이를 키우는 필리핀 노인과 결혼해 살고 있어요."

그때 택시 회사 직원이 돌아와 '세차'하면서 아무것도 발견되지 않았다고 말했다.

"나는 늘 사건이 벌어지는 곳은 피하려고 애썼어요." 시드는 햇볕이 잘 들고 분주하고 먼지 많은 주차장에서 소냐와 걸어 나오면서 말했다. 주차장은 안 그래도 혼잡한 도로에 가차없이 차량을 뱉어내고 있었다. "그런데 지금은 사건의 한복판에 들어왔네요."

그때 열다섯 살쯤 돼 보이는, 셔츠와 청바지 차림의 기름투성이 소녀가 갑자기 나타나 인도를 막아섰다.

"선생님, 부인, 찾으시는 게 있나요?" 남부 억양이었다. "제가 찾은 것 같아서요."

---

18 17세기 영국에서 시작된 기독교 교파. 평화, 평등, 사회 정의 등을 중시하고, 내면의 영성을 강조한다.

"세차한 직원인가요?" 보르하 부인이 물었다.

"아뇨, 부인. 전 운전사들이 식사하는 곳에 가판대를 설치하고 물건을 팔아요. 식당 뒤쪽이 세차하는 공간인데 그 근처 자리죠. 세차하기 전에 제가 먼저 차 안을 들여다볼 때가 있는데요. 늘 그러는 건 절대 아니고, 놓고 내린 물건이 있나 살펴봐요. 가끔 잡지나 동전이 있거든요. 팬티가 있을 때는 아주 많고요. 물론 그건 죽어도, 절대 안 건드려요. 금으로 된 팬티라도요."

"기사가 총에 맞은 택시는…." 시드가 말문을 열었다.

"네, 그 차도 살펴봤지만, 아무것도 안 보였어요. 그러다 좌석 가장자리에 손을 넣어봤어요. 가끔 거기에 돈이 떨어지거든요. 그런데 웬 종이 쓰레기만 있더라고요. 그래서 그냥 버렸어요."

"버렸군요."

"그랬는데 선생님이 그 차에 있던 무언가를 찾는다는 말을 듣고는 버렸던 곳으로 달려갔어요."

"그랬는데요?"

"쓰레기를 이미 다 치웠더라고요."

"아아." 시드가 탄식했다.

"얘기 듣다가 사람 죽겠네요." 소냐가 말했다.

"그래서," 소녀가 말했다. "쓰레기를 버리는 곳으로 달려가 뒤지고 또 뒤졌어요." 소녀는 이 상황을 즐기고 있는 듯 두 손을 등 뒤에 감춘 채 잠시 말을 멈췄다. "뒤진 끝에 이걸 찾았어요."

소녀는 내민 주먹을 펼쳐 구겨진 카드를 내보였다. 시드는 카드를 집어 들어 똑바로 폈다.

"이거 맞나요?"

"네, 맞아요."

소녀의 손바닥은 계속 펼쳐져 있었다. 시드는 보르하 부인을 흘끗 쳐다보았다. 부인은 웃으며 가방을 열고 페소 한 장을 꺼내 소녀의 손에 쥐여주었다. "고마워요, 아가씨."

길 건너 커피숍에서 둘은 카드를 자세히 관찰했다.

"내 직감으로는 점쟁이를 통해 여자들에게 접근한 것 같아요."

"밀키 씨드… 밀키 씨드… 데크 6…." 소냐가 중얼거렸다.

"뭐 좀 알겠어요?"

"그 점쟁이 말인데요… 그게, 상류층 고객을 주로 상대하는 예언자라는 자가 있는데 이름이 자칭 멜기세덱이에요. 밀키 씨드와 데크를 붙이면 멜기세덱이잖아요."

"바나그 부인도 그 단어를 썼어요. '예언자'요."

"또 다른 여자가 퀴아포에 새로 생긴 큰 건물 이야기를 했다고 했죠?"

"데크 6은 6층을 뜻할 수도 있겠네요. 퀴아포 시내에 6층 이상의 건물이 많나요?"

"내가 아는 한, 미란다[19]에 딱 하나뿐이에요."

"아주 간단하군, 왓슨. 가볼까?"

'퀴아포에 새로 생긴 큰 건물'의 6층으로 가면서 시드는 엘리베이터의 빠른 속도에 깜짝 놀랐다. 시드와 소냐는 소거의 과정을 거친 끝에(그 층의 다른 사무실은 모두 문에 이름이 적혀 있었다) 반투명 유리문에 이름도 없고 내부에 불도 켜져 있지 않은 666호실에 도달했다.

"당신은 여기서 기다려요, 시드. 내가 문을 열어줄 건물 관리인을 불러올게요. 이 건물의 사무실 중 최소 두 개는 내가 꾸몄거든요."

관리인은 이 방과 관련된 이야기를 장황하게 늘어놓으며 문을 열었다. 문에 이름이 적혀 있지 않은 666호실을 임대한 사람은 바로 전날 밤새 주소를 남기지 않고 이사 간 크루즈 부

19 퀴아포에 위치한 미란다 광장을 가리킨다. 필리핀 정치사에서 중요한 정치 시위가 많이 벌어졌던 이 광장은 지금도 다양한 행사와 집회가 열린다.

인이라고 했다. 부인 쪽 사람들이 (경비원들에게는 성가시게도) 밤새 사무실에서 짐을 뺐다고도 했다. 그러나 불법적인 건 전혀 없었다. 임대 보증금마저 그냥 포기한 모양이었다. 관리인은 어깨를 으쓱하며 부인은 위장용 세입자일 뿐 진짜 세입자는 마술사라는 말을 들었다고 했다.

응접실과 두 개의 안쪽 사무실로 구성된 666호실의 내부를 보니 급하게 철수했는지 바닥에 잔뜩 구겨진 신문과 포장용 지푸라기가 흩어져 있었다. 그러나 서류를 넣고 태운 뒤 남은 재 위에 누군가가 오줌을 싼 쓰레기통 하나를 제외하고는 아무것도 남아 있지 않았다.

나가는 길에 시드는 문을 다시 살펴보았다. 펄프 부스러기가 남은 걸로 보아 스티커를 붙였다가 긁어낸 듯했다. 관리인은 머리를 긁적거리다가 이름 없는 문에 붙어 있었던 작은 그림을 기억해냈다. 곡식 다발에서 낱알이 떨어지는, 그 비슷한 그림이라고 했다.

"이제 집으로 갈까요?" 소냐가 크리스마스 쇼핑이 한창인 미란다 광장의 눈부신 불빛에 시드와 같이 또 한 번 움찔하며 말했다.

"아뇨, 인트라무로스로 가요. 오래된 수녀원이 있어요."

부인의 차가 마닐라의 시내를 가로지를 때 시드는 엉덩이로 전해지는 덜컹거림이 낯설게 느껴졌다. 눈을 감으면 어린 시절 지방에서 여름을 보낼 때 달렸던 비포장도로와 다르지 않을 것 같았다. 하지만 원시적 풍경만큼이나 시선을 사로잡는 마닐라의 풍경에 시드는 눈을 감을 수 없었다. 할머니의 화려한 옷과 보석으로 치장한 연약한 소녀라는 호세 리살[20]의 묘사는 마닐라에 어울리지 않았다. 이제는 유행에 민감한 소녀의 옷으로 어울리지 않게 치장한 추잡한 노파의 이미지였다. 그때 더러운 공기와 혼돈의 다리 너머로 차분하고 위엄 있는 모습으로 놀라움을 자아내는 오래된 성벽이 시야에 들어왔다.

10년 전 시드가 떠날 때 있었던 판자촌은 사라지고 없었다. 그러나 진흙탕 길을 따라 새로 지어졌으나 이질감이 드는 고층 건물은 실제로 보이는 것보다 더 선명히 기억에 새겨지려 애쓰는 판자촌과 그리 다르지 않았다. 현실의 모습과 기억이 일치하는 건 하늘과 맞닿은 건물들의 윤곽이 바뀌면서 홀로 외롭게 솟은 대성당의 돔형 탑뿐이었다.

보르하 부인은 요새의 벽으로, 한쪽 끝이 막힌 막다른 골목으로 차를 몰고 들어갔다. 오른쪽에 또 다른 벽이 있었는데, 바로 오래된 수녀원의 벽이었다. 시드는 수녀들의 예배당으로 이어지는, 아무 장식 없는 이 높은 벽의 문이 성대한 잔치가 시작되면 활짝 열리던 시절을 떠올렸다. 전쟁은 300년간 고이

20 필리핀의 민족 운동가이자 문학가.

숨겨져 있던 수도원을 파괴했고, 수녀들은 삶의 터전을 옮겼으며, 한때 신을 모시던 방에는 화물이 보관되어 있었다.

시드는 정차한 차 안에서 수녀원의 닫힌 문을 멍하니 바라보았다. 여전히 수녀원인 것 같다는 생각이 들 정도로 벽은 조용하고 비밀스러웠다. 시드는 보르하 부인의 시선이 목덜미에 닿는 것을 느끼며 차에서 내려 문을 노크했다. 수도실과 복도의 공간 때문인지 노크 소리가 깊이 울려 퍼지며 되돌아왔다. 시드는 기다렸다가 다시 문을 두드렸다. 그러나 문은 늘 그랬듯 세상에 귀를 닫고 있었다. 안에서 누가 듣고 있다면 메아리로 소리를 가늠할 것 같았다.

차를 후진해 골목을 빠져나오자 햇살 사이로 굵은 빗줄기가 쏟아졌다.

"악마의 아내가 짝짓기하나 보네요." 보르하 부인이 하품하며 말했다.

집에 갈 시간이었다.

하지만 시드의 제안으로, 둘은 골목 어귀의 길 건너편에 차를 주차하고 눈에 띄지 않게 뒷좌석에 앉아 잠시 기다리기로 했다.

"이곳과 퀴아포의 사무실, 구이아의 단체와 예언자 멜기세덱 사이에는 분명 어떤 연결 고리가 있어요."

"이봐요, 시드, 구이아를 못 본 지 10년이나 됐다면서—"

"그건 아니에요. 구이가 열다섯 살 때 아델라 누나가 데리고 세계 여행을 하다가 뉴욕에 들렀을 때 만났어요. 3년 전 고등학교를 졸업할 때는 불러서 여름을 함께 보냈고요."

"그때도 괴짜였어요?"

"내 기억으로는 아니었어요. 그리니치빌리지에만 두어 번 갔어요. 아주 열심이긴 했어요. 미술관과 박물관을 싹 다 둘러보고는, 자유의 여신상에도 데려다달라고 하더군요."

"당신은 그런 동생에게 너무 고지식하게 살지 말라고 했고요?"

"네."

"그런데도 죄책감을 느끼지 않는다고요?"

"말했지만 나는 남들이 미치는 건 상관없어요. 오히려 부추기죠. 누나도 내가 구이아를 부추겼다고 생각해요. 누나는 구이아가 열여덟 살이 되자 사교계에 데뷔시키려 했지만 구이아가 원하지 않았어요. 누나 말로는 먹고살 것만 달라고 했대요. 전 누나에게 주라고 했어요. 그래서 구이아에게…."

"아파트를 줬다고요? 왜 그래요, 시드?"

"차요! 저 차예요!"

모자를 쓴 운전기사가 모는 두 여자를 태운 녹색과 갈색 스케이션왜건이 길을 따라 다가오고 있었다.

"옷을 벗긴 남자 중 한 명인가요?"

"아뇨."

차가 골목 모퉁이에 멈춰 서자 두 여자가 각각 기내 가방과 기타를 들고 내렸다. 한 여자가 기사에게 무언가를 말했다. 시드는 그들을 응시하는 자신을 쳐다보는 보르하 부인의 시선을 느꼈지만 움직일 수도, 숨을 쉴 수도 없었다. 움직이거나 숨을 쉬면 고통스러울 게 분명했다.

그때 보르하 부인의 목소리가 아득하게 들렸다.

"구이아예요?"

갑자기 고통이 엄습했다.

"구이아예요."

시드는 보르하 부인이 다음 할 일을 기다리고 있는 게 느껴졌지만, 충격이 너무 심해 무엇도 할 수 없었다.

"아뇨, 아무것도 안 할 겁니다." 시드가 말했다.

스웨트셔츠와 청바지 차림의 두 소녀는 스테이션왜건이 지나가자 골목을 뛰어 올라가(아직 햇살을 뚫고 보슬비가 내리고 있었다) 수녀원 문을 두드렸다. 문이 열리고 두 소녀가 들어가자 문이 닫혔고 햇살 속에 보슬비가 내리는 골목은 다시 조용해졌다.

시드는 계속 문을 응시했다.

"이제 알았네요." 보르하 부인이 말했다. "저 안에 사람들이 있다는 걸요. 다시 들어가볼까요?"

"아뇨, 지금은 됐어요." 시드는 뒷좌석 등받이에 다시 푹 기대앉았다. "누나네 집에 데려다줘요."

≈≈≈

낮지만 활기찬 구이아의 목소리에 이끌려 시드는 아델라의 서재로 향했다. 놀라서 깨니 주위가 캄캄했고(정오, 오후를 지나 저녁까지 쭉 잔 모양이었다), 면도하고 목욕하고 주문한 옷 중에 셔츠와 바지를 골라 입은 뒤 저녁을 먹으러 아래층으로 내려온 참이었다.

시드는 구이아와의 만남이 두려워 서재 문 앞에서 잠시 멈칫했다. 아델라와 구이아는 마주 앉아 머리를 맞댄 채 조용히 수다를 떨고 있었다. 둘의 머리 위로는 영겁의 턱시도를 입은 아버지의 사진이 보였다. 마주 본 자매와 비스듬한 각도로 놓인 흔들의자에는 또 다른 여자가 앉아 컵의 음료를 홀짝이고 있었는데, 바로 오늘 아침 구이아와 함께 있던 소녀였다. 소녀는 주위를 흘깃 둘러보다 문간에 선 시드를 보고는 앞으로 몸을 기울여 구이아에게 알렸다.

"오빠! 세상에! 영원히 안 깨는 줄 알았잖아!"

구이아가 벌떡 일어나 달려와 시드의 양쪽 뺨에 키스하며 말했다. "불쌍해라, 도착하자마자 끔찍한 일을 당했다며!" 구이아는 시드에게 팔짱을 끼며 서재 안으로 그를 끌어당겼다. "와서 후아나 자매님이랑 인사해."

시드는 흔들의자에 앉은 소녀에게 고개를 숙이고는 아델라에게 눈짓했다. "나 배고파." 아델라에게는 오늘 아침에 정탐한 내용을 하나도 말하지 않았다.

"더 자라고 안 깨웠지." 아델라는 하녀를 불러 식사 준비를 시켰다.

"좋아 보이네." 시드는 구이아를 보며 말했다. 구이아가 비트족에 심취했을 때 시드에게 보낸 사진에는 머리카락이 팔꿈치까지 내려왔었다. 그랬던 머리카락이 지금은 귀를 덮는 길이로 짧게 잘려져 있었다. 옷은 치마가 짧은 단순한 파란색 원피스를 입었고 그에 어울리는 샌들을 신고 있었다. 어머니에게 물려받은 보석은 두르지 않은 듯했다.

"아델라 언니한테 살 빼고 싶으면 같이 여행하자고 말하던 참이었어. 아, 이 여행 정말 재미있어, 오빠. 처음 여행을 떠났던 사도들에 관한 생각이 완전히 달라질 정도라니까."

"방금 도착했어?" 시드는 애써 태연하게 물었다.

"아니, 오늘 아침에. 본부에 보고부터 하느라고. 씻기도 했고. 몇 주째 목욕을 못 했거든."

"새까맣게 탔네." 아델라가 말했다.

구이아는 맨 팔로 아델라를 껴안았다.

"응, 탔어. 그런데 난 이 모습이 좋아. 아빠가 우리 놀렸던 거 기억나? 언니랑 오빠는 시골 애고 난 도시 애 같다고 했잖아. 이 모습을 아빠가 봐야 하는데!"

구이아는 벽에 걸린 사진을 보며 웃었다.

"네가 지금 뭘 하고 다니는지 보셔야지." 아델라가 말했다. "내가 '이사벨라의 딸'[21]인 것도."

"진심으로 하는 말이야? 아빠는 언니네 어머니랑 결혼하려고 아글리파이파[22]로 개종하셨어. 어머니가 아글리파이파 신도셨잖아."

아델라가 너무 불쾌한 표정을 지어 시드는 웃음이 터져 나왔다.

"하지만," 시드가 이사벨라의 딸을 지지하며 말했다. "내 어머니와 결혼하실 때 원래대로 재개종하셨지."

"오빠는 기억 안 나? 어릴 때 툭하면 언니를 울렸던 거?"

"이단자, 이단자, 이단자라고 놀렸지."

"난," 아델라가 코웃음을 치다 같이 웃으며 말했다. "신성, 로마, 가톨릭, 사도 교회의 신도로 세례받았어. 넌 뭔데?"

"어쨌든," 구이아가 말했다. "여기 후아나 자매님이 말해

---

21 여성 가톨릭 자선 단체의 일원.

22 필리핀 독립 교회.

주겠지만 우리 모임에도 이사벨라의 딸이 최소 두 명은 있어."

"그 모임은 무슨 일을 하는데?" 시드가 물었다.

흔들의자에 앉은 소녀가 똑바로 앉아 목을 가다듬었다.

"음, 에스티바 씨, 저희는 뭐랄까, 바티칸 공의회의 가르침을 대중에게 퍼트리려고 노력해요. 예를 들어, 더 많은 대중이 의식에 참여하도록 이끌죠. 하지만 교구의 사제들은 모든 신도에게 예배 절차를 교육할 시간이 없어요. 우리의 역할이 바로 그거예요. 가는 곳마다 군중을 모아 가르치거든요. 순회 외판원의 기술을 활용해 요원들이 쇼를 보여주죠. 보통 기타를 들고 네 명이 한 팀으로 다녀요. 구이아 자매님은 트위스트나 프루그 춤[23]을 추고, 우리는 비틀스 노래를 불러요. 그러면서 미사 때 부르는 노래도 슬쩍 끼워 넣죠. 그러다 보면 관중도 함께해요. 다 기타 덕분이에요, 에스티바 씨. 기타는 성스러운 노래도 현대적이고 친근하게 만들어주거든요. 특히 젊은 친구들에게 먹히죠. 우리는 사람들이 교회에서 노래를 부르지 않는 게 위협적인 오르간 음악 때문이라고 생각해요. 오르간이 없을 정도로 가난한 일부 오지 교구에서는 신부님들이 가끔 대담하게도 우리를 초대해 미사 때 기타 연주를 시켜요. 반

23 1960년대 중반 미국의 청년 문화와 함께 유행한 춤. 트위스트에서 파생된 이 춤은 동작이 빠르고 격렬하다.

응이 얼마나 열광적인지 보면 놀라실걸요."

"우리가 하는 일은," 구이아가 끼어들었다. "들으면 너무나 친숙해서 누구나 따라 부르고 싶어질 정도로 찬송가를 인기 순위 10위 안에 드는 히트곡으로 만드는 거야."

"그러고 나면," 후아나 자매가 말했다. "다들 호기심이 커질 대로 커져 미사 중 대화하는 부분을 가르치기가 훨씬 쉬워져요."

"어디든 우리가 가면," 구이아가 말했다. "교회에 대한 태도가 달라져. 교회에 가는 게 너무 지루하거나 의무적으로 해야 하는 일이 아니라 다들 교회에 가고 싶어 안달이 나. 신나게 예배를 드리고 나올 때 사람들이 어떤 표정을 짓는지 오빠도 봐야 해. 아, 얼마나 빛나는지 눈물이 다 난다니까."

"구이아 자매님, 우리가 너무 감상에 젖어 쏟아낸다고 생각하시겠어요."

"해롭지는 않은 것 같네요." 시드가 말했다.

"해롭지 않다니! 그 정도가 아니야!" 구이아가 외쳤다. "연쇄 반응이 일어난다고. 공동체를 이뤄 하는 시민 활동이니 뭐니 하는 얘기는 하지 않을게. 오빠는 대중의 취향을 늘 탐탁지 않게 여기니까. 어쨌든 이 새롭고 흥분되는 변화에 힘입어 어떤 신부님들은 용기 내서 형편없는 석고상을 근사한 조각상으로 교체하고 있어. 그 움직임에 우리도 동참하고 있고. 우리는 그들의 취향을 잡아주려고 노력해. 필리핀 고유의 느낌을 추구하도록 돕는 거야."

"아, 물론," 후아나 자매가 말했다. "예수상에 바롱을 입히거나 성모상에 기모나를 입히는 것처럼 피상적인 수준의 변화를 말하는 건 아니에요."

"우리는 그저 전통을 따르는 것뿐이야." 구이아가 말했다. "이교도 조각상부터 목제 성인상에 이르기까지 필리핀 고유의 조각상을 계승하는 거지. 그게 우리 전통이니 맥을 잇는 거라고. 전자 기타나 비틀스의 노래, 〈티후아나 택시〉 같은 노래는 전통에 속하지 않는 것 같지만 그렇지 않아, 오빠. 현대적인 것도 얼마든지 신이거나 신이 될 수 있어. 우리가 신성 모독으로 여겨 멀리한다는 이유만으로 신이 될 수 없는 건 아니야. 알다시피 필리핀 사람은 그리스도를 처음 접했을 때 트위스트나 프루그 같은 춤을 췄어. 처음 그리스도에게 예배를 드릴 때는 그런 춤을 춘다고 신성 모독이라고 생각하지 않았잖아. 지금도 그래. 세부[24]에서는 산토 니뇨[25] 상 앞에서 춤을 춰. 그런데 요즘의 행렬은… 꼭 그렇게 양초를 들고 뻣뻣하게 줄지어 서서 가야 하나? 뭐랄까… 좀 더… 즉흥적으로 하면 안 돼?"

---

24 필리핀 중부 비사야제도에 위치한 섬이자 주(州).

25 아기 예수.

"퀴아포에서 행진하는 그 미개인들처럼 말야?" 아델라가 말했다.

"그러면 안 돼? 그래도 그 사람들은 땀과 콧물, 가래를 분출하며 온몸으로 예배를 드리잖아. 신을 지배층으로 생각하는 창백하고 예의 바른 언니네 기독교인들에 비하면 말이지. 언니네 미사 전례서는 꼭 에밀리 포스트[26]의 글 같아. 너무, 너무나 고상하다고. 우리는 예배에 다시 근육을 불어넣고 싶어. 광분과 폭력성도. 팔다리와 온갖 장기를 동원해 격렬하게 기도하는 거지. 원래 우리 민족은 그렇게 예배드렸어. 파테로스나 파킬, 오반도[27]의 성스러운 프루그 춤을 좀 봐. 파코의 타타린 춤[28]도. 우리는 그런 방식의 예배를 되살리려 애쓰고 있어. 일렬로 로봇처럼 움직이는 예배 말고, 다 같이 방방 뛰고, 소리 지르고, 웃는 그런 예배 말이야."

"우리가 생각하기로는요," 후아나 자매가 말했다. "교회에서 가만히 있으라고 하면 아이들은 신을 성질 고약한 노인네

26 에티켓을 중시한 미국 작가.

27 필리핀 북부 루손섬에 있는 지역들.

28 파코는 필리핀 수도 마닐라의 한 지역이다. 여름마다 성 요한 축일이면 이곳에서 타타린 의식이 3일간 있는데 그때 여성들이 추는 전통 춤을 타타린 춤이라고 한다. 닉 호아킨의 단편 소설 〈하지〉에 이와 관련한 이야기가 다루어진다.

로 여겨요. 너무 병약해서 누가 조금만 움직여도 짜증을 내는 노인이요."

"생각해봐." 구이아가 외쳤다. "신이 춤을 죄악시한다는 게 말이 돼? 춤이라는 게 애초에 신을 숭배하며 시작됐을 텐데 말이야. 그러니 다시 춤을 되살려야 해."

"알았어. 너희 모임은 춤을 추는 너희만의 미사가 있다는 거잖아."

시드의 말에 두 소녀가 서로를 흘끗 바라보았다.

"우리만의 미사 같은 건 없어요, 에스티바 씨. 우리도 일반적인 미사에 참석해요." 후아나 자매가 말했다.

아델라의 서재에 잠시 정적이 흘렀다. 시드는 옆에 앉은 구이아가 가만히 입술을 벌린 채 숨죽이고 있는 게 느껴졌다. 구이아는 어릴 때도 그랬다. 크게 흥분할 때마다 동작을 멈추고 입술을 벌린 채 숨을 죽였다. 시선을 돌리니 의자에 쭈그리고 앉아 통통한 두 손으로 허벅지를 꽉 움켜쥔 아델라가 보였다. 아버지가 벽에서 음흉한 눈초리로 그들을 내려다보는 것 같았다.

그때 하녀가 들어와 시드를 위한 식탁이 다 차려졌다고 말했다.

"우리가 오빠 먹는 거 지켜봐줄게." 구이아가 활기차게 벌떡 일어나며 말했다. "어서 가요, 후아나 자매님."

"난 그만 실례할게요. 페레르 부인이 골동품 수집품을 보여주겠다고 해서."

후아나 자매의 말에 똑바로 앉는 아델라의 표정이 다시 교회의 헌금함처럼 축복으로 가득 차자 시드는 내심 안도했다.

"언니는 노인네처럼 괜히 고집이야." 시드와 같이 식탁에 앉아 시드의 음식을 조금씩 뺏어 먹으며 구이아가 말했다. "어차피 9~10개월 뒤면 성인이 되니까 나한테 다 줄 거잖아. 지금 주면 왜 안 돼?"

"9~10개월 뒤에는 그 돈을 거기에 쓰고 싶지 않을 수도 있으니까."

"왜 이래, 이건 내 필생의 사업이라고. 오빠, 그 돼지 갈빗살, 아주 조금만 잘라줄래? 와, 고마워. 손가락으로 좀 먹을게. 어쨌든 그런 거 아니야. 난 작가들이 첫 소설을 쓸 때 하는 말처럼 진정한 나를 찾았다고."

"전에도 수없이 '진정한 나를 찾았'잖아."

"아, 그거? 그건 그냥 정거장이었지. 성장 과정이라는 말, 처음 들어봐? 어쨌든 그 모든 게 여기로 이어진 거야."

"점쟁이니 뭐니 했던 것도?"

시드는 구이아가 다시 경직되는 걸 느꼈지만 잠시뿐이었다. 구이아는 음식을 입에 넣고 식탁보에 손가락을 문질러 닦았다.

“어떻게 여기까지 왔는지는 중요하지 않아, 오빠. 어리석은 짓들도 길이 될 수 있어. 모든 길은 결국 하나로 통해. 오빠도 알잖아.”

“아니, 모르겠어. 네가 지금 있는 곳은 정확히 어디야? 교회에 있다면 왜 공식적인 교회가 네 단체를 반대하지? 그리고 네 단체는 도대체 뭐야? 어떻게 조직돼 있어? 지도자는 누구고? 이름이 있기는 해?”

구이아가 상체를 뒤로 젖히고는 과장되게 입을 떡 벌리고 시드를 바라보았다.

“와, 정말 충격이다. 꼭 꽉 막힌 노인네처럼 말하네. 조직은 무슨 조직이야. 오빠를 사랑하지만 우리가 전염병처럼 피해온 게 바로 그거야. 우리는 심지어 꾸르실료[29]를 이끌고 싶은 생각도 없어. 우리가 추구하는 건 늘 그렇듯 조직을 만나면 죽게 돼 있어. 맹신자들의 모임이나 신도회를 좀 봐. 처음 모일 때는 독실한 신자들이 진정한 형제애를 나눠. 하지만 조직화하기만 하면 자기들끼리 경쟁하기 바쁜, 높은 신분을 상징

29 스페인에서 시작한 가톨릭의 신앙 부흥 운동.

하는 클럽으로 전락해. 우리는 그렇게 되고 싶지 않아. 아웃사이더가 돼야 형식에 얽매이지 않고 자유분방하고 실험적이고 즉흥적일 수 있다면, 차라리 아웃사이더로 남겠어. 조직원이 아니라."

"후아나 자매님은 조직원처럼 말하던데. 기술이니 요원이니 하면서."

"뭐, 본부라는 말도 쓰긴 해. 일부러 요즘 통용되는 말을 쓰지만, 우리는 우리 단체를 어떤 이름으로 떠올리는 것조차 거부해. 물론 조만간 이름이 생기긴 할 거야. 지금 불리기 시작한 이름이 있는데…."

"그래…? 뭔데?"

"살렘, 혹은 살람. 살라맛이라고도 불려. 우리가 누구냐는 질문을 받으면 평화를 뜻하는 '살렘'의 사람들이라고 대답하거든. 스페인 구역에서는 살렘 대신 살람이나 살라맛을 쓰고 특히 공연을 마칠 때마다 '살라맛'이 나오는 찬송가를 불러서 다들 우리를 '살라마티스타'나 '살마티스타라'라고 불러. 우리끼리는 이미 인트라무로스에 있는 본사를 살렘 하우스라고 부르고 있고."

"살렘은 대사제 멜기세덱의 왕국이 아니었나?"

"맞아. 와, 많이도 먹었네. 오빠, 굶주렸나 보다."

"날 거기로 데려다줄 수 있어? 지금 당장."

"이 밤에 살렘 하우스에 가자고?"

"8시밖에 안 됐잖아. 너희 사람들, 즉흥적이라면서."

"뭐, 좋아. 어차피 누군가는 우리를 거기로 데려다줘야 하니까."

"거기는 미성년자 통금 시간이 없어?"

"당연히 없지. 순회공연을 할 때는 가끔 밤 10시나 11시에 시작해. 우리 공연의 주 관객층이 그때쯤 한가하거든. 그래서 우리끼리는 '깊고 깊은 밤의 쇼'라고 불러."

"누나한테 택시를 불러달라고 할게. 타고 온 차가 있어?"

"택시 타고 왔어."

"살렘 하우스에는 차고가 없나 보지?"

"아, 오늘 아침에는 누가 기차역으로 스테이션왜건을 보내줬어. 아주 고급스럽더라. 부유한 회원들이 그런 서비스를 챙겨."

"그렇군." 시드는 숨을 크게 들이마셨다. "좋아, 나랑 같이 탈 거면 손 씻고 와, 꼬맹이."

아델라는 시드를 거실로 따로 불러냈다.

"산티아고한테 연락이 왔는데 너더러 전화 좀 해달래. 지금 클럽에 있다면서. 조심해, 이시드로. 구이아가 너한테 영향을 미치기 시작했어."

"난 그저 어떤 식으로 운영되는지 훔쳐보러 가는 거야. 누나도 같이 가지 그래?"

아델라는 잠시 망설이다 답했다. "아니, 나라도 객관적인 시각을 유지해야지."

시드는 매형에게 전화를 걸었다.

"오늘 밤에 만나야 해, 처남." 산티아고가 말했다. "인트라무로스에 오래 있을 건가?"

"모르겠어요. 갔다가 보르하 부인을 데리러 갈 거예요."

"아, 그 멋진 여인? 여기로 모셔 와. 클럽 위치는 기억하지? 어쨌든 처남, 꼭 와. 중요한 일이야."

차 안에서 구이아는 샌들을 벗고 시드의 몸에 바싹 기대 앉았고, 후아나 자매는 조수석에 앉았다. 시드는 한 팔로 구이아의 어깨를 감싸 안으면서 부모를 잃어 외로웠던 구이아의 어린 시절까지 감싸 안았다.

"아, 오빠… 오빠한테서 강아지랑 초벌용 페인트, 내 첫 자전거 냄새가 나. 예전에 살던 파코의 집 냄새도. 이제는 서글프게 양모제 냄새도 나네."

"나도 기억나, 꼬맹이. 날 아주 귀찮게 했었지."

"그래, 오빠한테 안겨서 울기는 했지. 오빠는 자기도 어렸으면서 다정하게 내 응석을 받아줬고. 오빠가 떠났을 때는 아버지가 또 돌아가신 것 같았어."

"널 버리고 떠나서 미안해."

"오빠 글은 어떻게 됐어?"

"그것도 버렸어. 네 글은 어떻게 됐어?"

"통과의례였지, 뭐. 필리핀대학교 출신 애랑 쿠바오[30]의 끔찍한 아파트에서 살았던 것처럼. 그 아파트, 우리는 '바퀴벌레 농장'이라고 불렀어."

"너랑 서점을 열었던 그 여자애?"

"응. 뭐에 떠밀려 그런 짓을 했는지 모르겠어. 아니, 실은 알아. 같이 어울렸던 젊은 작가들을 아파트로 부를 수가 없어 그랬어. 이웃들이 꼰대 중의 꼰대였거든 아, 진짜 소름 끼치는 인간들이었어. 늘 이런저런 일로 불평을 해댔어. 심지어 한밤중에도. 동업자였던 그 애 이름이 포모나 락슨이었는데, 우리는 럭키라고 불렀어. 그래서 서점 이름도 럭키 스티브였지. 다들 날 에스티바를 줄여서 스티브로 불렀거든. 어쨌든 영업을 시작하고 일주일도 안 됐을 때 멍청한 경찰들이 들이닥쳤어. 대낮에 음란물을 판매했다면서. 럭키랑 나는 겨우 열여덟 살이었는데 말이야. 경찰한테 내가 그랬어. 미성년자 둘이 당신처럼 다 큰 어른을 타락시킨다는 게 말이 되냐고. 우리 때문에 너무 큰 충격을 받았다길래 한마디 해줬지. 다행히 럭키의 인맥을 동원해 잘 무마했고 다시 서점을 열었어. 재고의 절반은

30 필리핀 메트로 마닐라에 위치한 상업 지구.

폐기해야 했지만. 내 스티브 단계는 그 일 때문에 끝난 것 같아. 생각해보면 그 전부터 쌓인 게 많긴 했어. 작가 워크숍에 참석했다가 쫓겨나기도 했어. 그저 해변에서 잠을 잤을 뿐인데 우리를 죄다 쫓아내더라고. 잠을 잤다는 이유만으로. 이게 말이 돼? 그런 일이 한두 번 있었던 게 아니야. 어차피 글쓰기도 진척이 전혀 없었어. 나뿐 아니라 다른 애들도. 다들 시와 소설을 각각 한 편씩 출판했는데 말이야. 자칭 랭보 겸 조이스 겸 케루악 겸 반체제 작가들이었거든. 그러다 난 점점 더 바깥에서 우리를 바라보게 됐어. 그들을, 집단을, 젊은 작가들을. 내가 지껄인 헛소리는 곧 나 자신이라는 생각이 멍청하게 느껴졌어. 말장난이나 하고 행패를 부리고 다니면서 그런 게 창의적인 일인 척 구는 우리가 한심했어. 결국 제멋대로 살 거면 빌어먹을 예술 지상주의를 내세울 필요가 없는 사람들과 함께 하는 게 낫다고 판단했어. 이상한 생각은 하지 마, 오빠. 몸을 함부로 굴리지는 않았으니까. 그때까지는 처녀였어. 한두 번 기회가 있기는 했어. 서점이 망해가서 위층을 세놨을 때 순결을 잃을 뻔했지. 레즈비언이라는 오해를 받기 시작할 때쯤 위층 방에 외모도 괜찮고 자기 그림을 좀처럼 안 보여주는 파키스탄 출신 화가가 세 들어왔어. 어느 날 그에게 몸을 바칠 준비를 하고 올라갔어. 노크하니 문을 열어주길래 아주 멋지고 섹시한 자태로 들어갔는데, 벽에 걸린 그의 그림을 한 번 보고는 확 식어버렸어. 내 처녀성을 그렇게 진부한 사람한테 빼앗기고 싶지는 않았거든."

"그다음 단계는 뭐야?"

"제정신이 아닌 애들과 어울렸어. 무모하게 들이대고 마케팅에 휘둘리는 어린 야만인들. 그 애들은 집단이 아니라 패거리였어. 스쿠터나 오토바이, 드래그 레이스,[31] 밴드에 열광하고, 영화관에서 로큰롤 영화를 보며 발을 구르고, 대공연장에서 팝 가수의 노래를 다 같이 있는 힘껏 따라 부르고, 독한 싸구려 술과 핫도그와 함께 즉흥 연주를 즐기고, 가끔은 부모님이 없는 집의 수영장에서 나체로 수영하고, 툭하면 패싸움을 벌이는 10대의 전형적인 일상을 살았지."

"순결은 잃었겠네."

"노력을 좀 하긴 해야 했지만 놀랍게도 순결은 지켰어. 나는 패거리 사이에서 밀항자 지니로 통했어. 집을 나와 살았거든. 순진하게도 콜걸인 줄 몰랐던 어떤 여학생과 집을 얻어 같이 살았지. 지니 단계는 그리 오래가지 않았어."

"그런 짓을 하기에는 나이가 너무 많아서?"

"많기는 무슨, 열여덟 살밖에 안 됐는데. 뭐, 그 비슷한 이

31 자동차 경주의 일종. 여러 자동차가 평탄한 직선 코스를 나란히 출발해 결승선에 도착하는 순위를 매긴다.

유 때문이기는 했어. 같이 다니는 애들이 다 어린애처럼 보이더라고. 하나 더 있어. 난 샌님들 사이에서는 괴짜고 괴짜들 사이에서는 샌님이 돼. 왜 그럴까? 학교 다닐 때 난 아주 발랄한 애였어. 하지만 그 후 모두가 괴짜가 되려고 애쓰는 뉴욕에서는 어땠는지 기억나? 오빠가 나더러 샌님이라고 했잖아. 그 말에 반발심이 들어 글 쓰는 보헤미안이 되려고 했지만, 그때도 난 나 자신을 완전히 놓을 수 없었어. 끝장을 보지는 못했지. 내 안에 수녀가 들어앉아 있다는 말도 들었어. 말도 안 되는 소리지만 난 애들이 뭘 해도 흥분이 안 됐어. 그래도 난 다 놓고 싶었어. 10대의 정글 한복판에 뛰어들고 싶었어. 단순해서 좋았거든. 음식, 술, 섹스, 사건 같은 단순하고 원시적인 걸 탐닉하는 게 좋았어. 그 외의 모든 것, 특히 법과 교회, 독서, 글쓰기, 산수는 삶을 엉망으로 만들고 사람들을 병들게 하는 불필요한 절차로 보였어. 쓸데없는 짐 같았지. 패싸움을 보면 자주 그런 느낌이 들었어. 10대들의 폭력이 모이고 모여 전 세계에 대폭발이 일어나면 쓰레기가 몽땅 지구 밖으로 내던져질 것 같은 느낌. 그러고 나면 온 세상이 텅 비겠지만 깨끗하게 다시 시작할 수 있지 않을까? 그건 정말 멋진 느낌이었어. 그 느낌 하나로 난 패거리에 헌신했어. 애들이 저기로 가자고 하면 갔고 이걸 하자고 하면 했어. 내 의지는 없이 그저 집단의 일부로 이리저리 휩쓸려 다녔지. 오빠도 그러고 싶을 때가 있지 않아?"

"왜 계속 그렇게 살지 않았어?"

"그것도 가짜였거든. 문란한 예술가의 삶만큼이나. 내가 속한 패거리는 단순하고 원시적이었어. 먹고 마시고 섹스하고 행동하는 것 외에는 아무것도 신경 쓰지 않았어. 그런데 그럴 수 있었던 건 부모가 주는 용돈 덕분이었어. 그 애들은 문제가 생길 때마다 엄마, 아빠에게 달려갔어. 말로는 자유를 원했지만, 그건 그냥 공짜로 얻은 자유였어. 회사에서 보조금을 받는 직원이 파업할 수 있을까? 그래서 그때 난 언니에게 용돈을 그만 달라고 했어. 사기꾼이 된 기분이었거든. 그렇게 밀항자 지니와도 작별했어. 광고 회사에 취직해 언론 업계의 여자들과 살면서 임원급 남자들과 친해졌지."

"'피할 수 없다면 즐겨라'군."

"그래도 치열한 생존 경쟁 속에서 스타일, 마케팅, 색다른 접근 방식 면에서 꽤 괜찮은 광고 문안을 만들어냈어."

"이름도 다시 바꿨고?"

"이번엔 지지였어. 지지가 하고 다니는 꼴을 오빠도 봤어야 하는데. 분홍색 뿔테 안경을 쓰고 부풀린 머리를 하고 리넨 정장을 입고 돌돌 말린 우산과 서류 가방을 들고 다녔어. 싸구려 독주와 핫도그 대신 칵테일을 마셨고, 한밤중에 충동적으로 떼 지어 오토바이를 타고 바기오[32]에 가는 대신 나이트클럽을 순례했어. 그래도 대화라는 걸 다시 할 수 있어 좋았어. 이 새로운 부류의 사람들과는 핫 재즈, 뉴웨이브 영화, 샐린저,[33] 젊은 세대 등 주제가 뭐든 토론을 벌였어. 얼마 전까지만 해도 10대였던 내가 10대에 관해 말하려니 기분이 묘하긴 했지만, 말 하나는 실컷 했어. 참 수다스러운 무리였지. 다들 회사원인데 하나같이 말장난을 강박적으로 했어."

"그렇다고 매디슨가[34]가 다마스쿠스[35]가 될 수는 없지."

"그때는 그걸 미처 깨닫지 못했어. 난 정말 진지하게 일하고 싶었어. 내가 광고하는 제품을 진심으로 믿을 수만 있다면 영혼까지 갈아엎을 준비가 됐었지. 하지만 아무도 그러지 않았어. 다들 홍보하는 상품을 두고 자기가 한 말조차 믿지 않았어. 광고 문구가 좋다는 칭찬을 받으면, '그래요, 광고는 나쁠수록 좋은 거니까'라고 대꾸했지. 게다가 이 업계에서 살아남으려고 살인적인 자리다툼을 벌이면서도 진정으로 원하는 건 '위대한 필리핀 소설'을 쓰는 것인 양 굴었어. 기막히게도 내가 다니던 광고 회사에서만 359권의 책이 쓰이고 있었어. 주제는 서사시부터 필리핀의 정신에 관한 폭로에 이르기까지 다

32 필리핀 루손섬 북부의 도시. 미국풍 고원 도시이자 피서지.

33 《호밀밭의 파수꾼》으로 유명한 미국 작가 제롬 데이비드 샐린저.

34 미국 광고 거리의 대명사.

35 사도 바울의 신앙적 탄생지.

양했어. 책은 사회적 신분의 상징으로 저자를 존경할 만한 사람으로 포장해주는 모양이었어. 나랑 어울려 다니던 한 남자는 온건한 판매 전략을 지향하고 시적인 카피를 쓰는 카피라이터로 고위 간부가 되고 싶어 했는데, 자기가 쓴 카피로 기득권층에 제대로 한 방을 먹였다고 했어. 자기가 만든 헛소리를 대중의 목구멍에 처넣은 뒤 그걸 잔뜩 부풀려 결국에는 한 번에 싹 다 토해내게 하는 전략이래. 혁명가라나 뭐라나. 하지만 참 측은하게도 그러는 내내 그 남자는 영업 담당 임원이 되고 싶어 했어. 산 로렌조에 집이 있고 차고에는 쉐보레 임팔라가 있는 삶을 꿈꿨지."

"그렇게 될 가능성이 있긴 해?"

"지금까지 얻은 거라고는 궤양뿐일걸."

"너는 뭘 얻었는데?"

"극도의 혼란만 얻었지. 거기서 버티려면 조현병 정도는 걸려야 하더라고. 그 업계에서는 말장난조차도 의미를 분해하고 싶은 욕구에서 비롯된 거였어. 나는 민족주의자들과 함께 행진하기 시작하면서 그 욕구에서 벗어났어. 그들은 적어도 의미를 통합하려고 애썼거든. 그러다 보니 어느새 '카미 킬루상 카바탄', 줄여서 KKK단의 정식 회원이 돼 있었어."

"이제 지지가 아니네."

"아니지. 지지는 이중인격이 돼 쓰러졌고 난 지지가 쓰러지게 내버려뒀어. 민족주의자들에게 나는 구이앙었어. 머리를 틀어 올리고 토속적인 옷을 입고, 리살과 렉토[36]의 글을 탐독하고, 의회와 미국 대사관 앞에서 시위하고, 미군 기지로 항의성 가두 행진을 했어. '고 홈 양키, 컴 홈 필리피노'를 외쳤지. 스페인 식민 시대 이전으로 돌아가자면서."

"구이앙은 너랑 비슷한 거 같은데."

"아주 비슷하지는 않아. 나보다는 덜 급진적이야. 진짜 나는 아예 과거로 돌아가고 싶었거든. 구이앙과 구이앙의 무리처럼 분노하며 뒤돌아보기만 하는 게 아니라. 대학교수, 말뿐인 사회주의자, 잡지 기고가, 프롤레타리아 시인, 양심이 있는 부자 소년, 똑똑한 아버지 등이 모여 구이앙이 속한 집단을 이뤘어. 민족의 뿌리로 돌아가자는 말에 난 어서 돌아가고 싶어 몸이 근질거렸어. 그런데 시위만 시작하면 꼭 미국 대사관이나 미국 기지, 미국 회사로 가는 거야. 민족의 뿌리로 돌아가려면 워싱턴 D.C.를 거칠 수밖에 없기는 했지만 말이야. 어떤 불쌍한 자들은 양키를 반대하는 행진을 수없이 하다가 결국 양키와 함께했어. 늘 티셔츠와 청바지 차림으로 씻지도 않고 이발도 하지 않고 분노에 휩싸여 있는, 나랑 제일 친한 친

36 호세 리살과 클라로 렉토(1890~1960). 렉토는 필리핀의 독립과 개혁을 위해 노력한 정치인이자 지식인, 문학가였다.

구가 될 뻔한 시인이 그랬어. 분노에 찬 프롤레타리아 시를 쓸 수 있도록 내가 기금을 조성해주기도 했지. 그런데 어느 순간 그 친구가 미국 회사에 취직한 거야. 마지막으로 봤을 때는 새하얀 정장을 입고, 글쎄 실크 넥타이를 매고 크루 컷[37]으로 머리를 잘랐더라고. 그 차림으로 금도금한 케이스에 담긴 담배를 건네면서도 그 시인은 여전히 분노한 청년을 연기했어. 아, 정말 슬펐어. 다시 광고 업계로 돌아간 느낌이었어. 헛소리를 지껄여도 자기가 먼저 헛소리라는 걸 인정하고 기득권층에 반항하는 의도가 진심이기만 하면 인정받는 분위기였거든. 아, 정말 안타까웠어. 어쨌거나 그 시인에게 실망하고 나니까 마리키나[38] 신발을 신고 빈민가의 은어를 쓰는 구이앙도 눈속임일 뿐이라는 생각이 들었어. 그래서 구이앙도 폐기했지."

"스티브, 지니, 지지, 구이앙과 작별하고 이제 구이아 자매가 됐군."

"맞아."

"다마스쿠스로 가는 진짜 길에 올랐네."

"바로 그거야."

37 머리카락을 짧게 자른 헤어스타일. 한국에서는 일명 스포츠머리라고 한다.

38 신발 산업으로 유명한 필리핀 지역.

"어떻게 그 길에 오르게 됐지?"

"마법으로."

"예언자 멜기세덱 때문에?"

구이아는 똑바로 앉아 두 손바닥으로 머리 양옆을 쓸어 넘기며 말했다.

"다 왔어. 살렘 하우스에."

길바닥에서 한 계단 올라가 문을 여니, 코코넛 껍질 속 기름에 떠 있는 불꽃의 빛을 제외하고는 캄캄하고 좁은 복도가 나왔다. 깜빡거리는 불꽃 앞에는 산티아고가 보고 충격받았다는 이고로트족 양식의 목조 조각상이 있었다. 머리에 별로 이루어진 후광을 두른 채 엉덩이를 대고 쪼그려 앉은, 임신한 성모 마리아를 묘사한 조각상이었다. 원시적인 느낌의 조각상은 측벽의 틈새에서 비치는 희미한 빛을 받으며 어둠을 응시하고 있었다.

시드는 문간에서 잠시 멈춰 서서 두 소녀가 불을 켜기를 기다렸지만, 둘은 어리둥절한 표정으로 시드를 힐끗 뒤돌아보았다.

"여기는 전기가 안 들어오나요?"

"들어와요, 에스티바 씨. 하지만 분위기 때문에 양초와 램프를 켜죠."

"왜 그래, 캄캄해서 무섭기라도 한 거야?"

시드는 포석이 깔린 방 한가운데로 걸어갔다. 방은 대부분 비어 있었지만, 어스름한 불빛 속에서 고가구인 갈레네라 벤치와 등받이가 높은 의자들로 둘러싸인 원형 상감 테이블 두 개, 오래된 제단의 일부를 활용한 책장이 보였다.

"수녀들의 예배당이었던 곳이에요." 후아나 자매가 설명했다. "지금은 휴게실로 써요. 제단이 있는 벽은 이 측벽 뒤에 있던 수녀원 구역과 성구 보관실 및 사제 구역을 분리하는 역할을 했어요. 전쟁이 끝나고 나서 이곳이 창고로 바뀌었을 때 수녀들의 성가대석을 허물어 내부로 이어지는 통로를 만들었어요."

두 소녀를 따라 짧은 통로를 지나자 복원된 2층 건물로 사방이 둘러싸인 작고 네모진 마당이 나왔다. 건물의 위층은 아래층보다 돌출돼 있어 산책하기 좋은 지붕을 형성했고, 건물 모서리 네 기둥에서는 끈으로 묶인 횃불이 타오르고 있었다.

"회랑이었던 곳이에요." 후아나 자매가 말했다. "아치형 구조물은 전쟁 중에 완전히 파괴됐지만 수도실은 복구할 수 있었어요."

후아나는 마당의 가장자리를 따라 늘어선 문들을 향해 손짓했다.

"내 수도실로 가자." 구이아가 말했다.

시드는 구이아가 문을 열어주자 그녀의 어깨 너머로 방 안을 들여다보았다. 싸구려 나무 상자 위에서 타오르는 등잔 불빛으로 대나무 침대와 스툴, 창살 없는 작고 높은 창문이 보였다.

"여기서 몇 명이 지내?"

"보통은 대부분 여행 중이라 대여섯 명을 넘지 않아. 수가 빠르게 늘고 있는 것 같지만 아직 수백 명까지는 아니니까."

"회랑 너머에는 뭐가 있어?"

"이리 와, 보여줄게."

구이아가 문을 하나 열자 좁은 복도가 나왔고 복도 끝에 또 다른 문이 있었다. 후아나 자매가 그 문의 빗장을 풀자 비스듬한 각도로 공터가 보였다. 공터에는 건물의 잔해들이 달빛을 삐죽삐죽 가로지르고 그 너머에는 높은 벽 하나가 달빛을 가리고 있었다.

"전쟁이 끝난 뒤의 수녀원 모습 그대로예요." 후아나 자매가 말했다. "수녀원은 전체가 삼각형 모양인데 가장 긴 변이 성벽과 평행했어요. 이곳은 수녀원의 위쪽 각 부분이에요. 원래 수녀원은 여기까지 뻗어 있었고, 지금은 잔해만 남은 건물이 작은 원형 안뜰을 둘러싸고 있어요."

"전쟁이 특이한 폐허를 남겼지." 구이아가 말했다.

건물은 거의 다 부서지고 안뜰을 둘러싼 벽의 일부만 남아 있었다. 높이가 들쭉날쭉해도 여전히 거대한 벽의 잔해 예닐곱 덩어리는 오랜 시간 곰팡이가 피고 잡초와 관목으로 뒤덮였지만 여전히 안뜰을 둥글게 둘러싸고 있었다. 시드는 안뜰의 가장자리로 걸어가 두 개의 잔해 덩어리 사이에 서서 달빛이 비치는 원형 안뜰을 바라보았다. 구이아와 후아나 자매도 다른 틈새 자리에서 모습을 드러냈다.

"이곳에서 수녀들이 빨래를 했을 거예요." 후아나 자매가 말했다. "안뜰 중앙에 우물이나 웅덩이가 있었을 테고요."

"저기 가운데에 있는 건 뭐죠? 바비큐 화덕인가요?"

"아니야, 이 바보야." 구이아가 킥킥 웃었다. "어도비 점토 벽돌이야. 사방에 흩어져 있는 걸 발견했는데 버릴 엄두가 안 났어. 수백 년 된 벽돌이잖아. 그래서 저렇게 테이블처럼 쌓아 뒀어."

시드는 벽돌이 쌓인 곳으로 걸어갔다. 벽돌 위에 긴 석판 네 개가 나란히 놓여 있고, 그 위에는 또 다른 석판 네 개가 아래의 석판들과 십자로 교차하고 있었다.

"제대인가요?"

시드가 큰 소리로 묻자 후아나 자매가 웃으며 말했다. "안 될 거 없죠. 여기서 미사를 집전하며 제물을 바쳐도 된다는 승인이 떨어진다면 말이죠."

벽돌 더미 앞에 선 시드가 고개를 들자 바로 건너편 잔해 벽에서 작은 불빛이 반짝이는 게 보였다. 가까이 다가가서 보니 그 벽만 잡초와 관목이 제거돼 있었다. 키 높은 창문이 있었던 게 분명한 공간은 이제 달빛을 받아 은색으로 빛나는 둥근 철문으로 막혀 있었다. 닫힌 문 앞에 놓인 키 큰 유리잔 속에서는 불꽃이 타올랐고, 문틀 아래 선반에는 꽃이 흩어져 있었으며 곡식 다발이 놓여 있었다.

시드는 주변과 하늘 쪽을 훑어보다가 뒤에 서 있는 구이아와 후아나 자매를 발견했다.

"동쪽을 향하고 있네요." 시드가 말했다.

"필리핀의 미신을 따랐어요." 후아나 자매가 설명했다. "문과 계단은 동쪽을 향해야 하는 미신이요."

"문을 열면 무엇이 있죠?"

"위대한 봉헌상이요. 그리스도의 몸이죠."

"성체인가요?"

"아뇨, 그냥 조각상이에요, 에스티바 씨."

"성막처럼 닫혀 있네요."

"누구나 이해할 수 있는 건 아니라서요."

"아, 원시 조각상이군요."

"놀라지 않으시네요."

"문을 열어줄 수 있나요?"

"아뇨, 열쇠가 없어요."

"위대한 봉헌상 말인데요."

"에스티바 씨, 이제 들어갈까요?"

"뭐라고 부르죠?"

"우리는 함부로 이름을 붙이지 않아요. 기본 용어들이 너무 많이 변질돼서요."

"위대한 봉헌상은 언제 기념하나요?"

후아나 자매가 어깨만 으쓱하자 구이아가 잘라 말했다.

"새해 첫날이다, 이 바보야. 그만 닥치고 가자."

"왜 새해 첫날이야? 그건 전례 날짜가 아니잖아. 아, 맞다. 할례 축일이 있었지."

"수호성인 축일에 오빠도 초대할 테니까 그만 좀 해. 들어가자. 춥다."

시드가 소녀들을 따라가려고 몸을 돌렸을 때였다. 폐허의 틈새에 그림자를 드리우며 서 있는 형상이 보였다. 시드가 멈춰 서서 빤히 바라보는 동안 그림자는 언뜻 보면 알아보지 못할 만큼 미세하게 절뚝거리며 잔해로 둘러싸인 원형 안뜰을 가로질러 시드 앞에 섰다. 그림자의 주인공은 검은색 양복을 입은 긴 머리의 키 큰 남자였다. 남자를 보고 후아나 자매가 서둘러 돌아왔다.

"멜초르 신부님, 에스티바 씨예요."

시드는 남자의 목을 힐끗 보았다. 성직자용 칼라가 아닌 평범한 넥타이를 매고 있었다.

"사제신가요, 신부님?"

남자는 미소를 지으며 고개 숙여 인사했다.

"정식 사제는 아닙니다, 에스티바 씨."

"아, 그럼 그―"

"…매형분이 말한 파문당한 신부냐고요?"

"멜초르 신부님은," 구이아가 가까이 다가오며 말했다. "파문당한 적 없으셔. 설명하려 했지만 형부도 형편없는 바보라 이해를 못 하더라고."

시드는 뜻하지 않게 남자와 눈이 마주쳤다. 마흔에서 쉰 사이로 보이는 남자는 피부가 검게 그을렸고 어깨가 다부지고 흰머리가 거의 없었으며 어깨까지 기른 굵은 머리카락에 얼굴이 파묻혀 있었다. 그러나 이마의 모반은 비틀스 스타일의 앞머리로도 가려지지 않았다. 피부가 살짝 부풀어 오른 듯 보이는 모반은 짙은 보라색이었고 비스듬하게 자란 나무 같은 모양이었다. 낮게 깔린 목소리는 주변의 소리를 지우는 천둥소리 같았다.

"사연이 깁니다, 에스티바 씨. 저는 중국에서 서품을 받았습니다. 처음에는 제가 속한 교단의 평신도로 중국에 갔는데 상급자들이 신체적 결함에도 불구하고 고민 끝에 저를 사제로 승격시켰습니다. 그 뒤로 푸젠성[39]에 있다가 선교사로 티베트에 파견됐고, 티베트에서 반란이 일어나고 정권이 교체돼 발이 묶였습니다. 동료들과 합류할 수가 없어 어쩔 수 없이 티베트 교구에서 봉사하며 머물다가 2년 전에 겨우 허가받아 출국했습니다. 홍콩에 도착하니 교황청과 결별한 중국 교회에서 사목 활동을 한 혐의로 교단에서 저를 해임했다고 하더군요. 필리핀에 돌아온 저는 제 신분과 관련해 문제를 제기하기보다는 그냥 평신도로 돌아가는 게 낫다고 판단했습니다."

"그리고 이 운동을 창시하셨군요."

"그런 말은 누구도 할 수 없습니다. 여러 사람의 자발적인 참여로 시작된 운동이라서요. 저는 그저 일원일 뿐입니다. 후아나 자매와 구이아 자매가 저를 신부님이라고 부를 때마다 나무라지만 소용없네요."

"우리는 가톨릭 교단에서 먼저 멜초르 신부님을 정식 사제로 인정해주길 바라고 있습니다." 후아나 자매가 말했다. "기쁘게도 관심을 보이시더군요. 매형분이 성직자들과 멜초르 신부님을 만나러 오셨었는데 하필 그때는 신부님이 출타 중이

39 중국 남동부의 성(省)으로 해협을 두고 대만과 마주 보고 있다. 중국에서 가장 먼저 외국과 교류가 시작된 지역 중 하나다.

셨어요."

"여동생분에게 제가 말했습니다. 에스티바 씨가 오고 싶다고 하시면 바로 모시고 와서 다 보여드리라고요."

시드는 철문이 닫힌 돌 제단을 힐끗 돌아보았다.

"에스티바 씨, 어떤 집단이든 그 집단에 속한 자만 걷을 수 있는 최후의 장막이 있습니다. 그 외 일반적인 정보는 얼마든지 제공하겠습니다. 우리 조직의 목표와 절차, 통계 자료 같은 것들이요…."

시드는 남자의 말투에서 조소를 감지하고는 돌아서서 구이아에게 말했다.

"내일 보자."

"언니네 집에서?"

"아니, 사무실에서. 우리 회사에 새 사무실이 생겼다면서?"

"마카티에 생겼어. 아주 고급스러워."

"오후 4시 어때?"

"좋아. 멜초르 신부님이 준비하신 자료도 가져갈게."

시드는 두 소녀를 따라 원형 폐허를 벗어나 뒷문으로 걸어가려다가 뒤돌아보았다.

"신부님은 안 가세요?"

"저는 다른 길로 갑니다. 여기 있을 때 제가 머무는 공간이 따로 있거든요."

시드는 키가 크고 머리털이 텁수룩하고 피부가 까무잡잡한 남자가 원형 안뜰의 가장자리에 서 있는 모습을 바라보았다. 이마의 모반이 더 선명하게 빛났고, 남자의 뒤로 솟은 돌벽의 닫힌 철문 앞에서는 여전히 불꽃이 타오르고 있었다.

산티아고의 클럽으로 가는 길에 소냐 보르하는 시드가 무어라 말하기도 전에 결론을 내렸다.

"예언자 멜기세덱과 멜초르 신부는 같은 사람이에요."

"몇 명의 여자와 이야기해보고 내린 결론이죠?"

"직접 만나본 건 한 명뿐이에요. 하지만 예언자를 만난 사람들은 전부 다 당신처럼 머리가 길고 이마에 눈에 띄는 모반이 있었다고 묘사했어요. 밀키 씨드 표지판에서 약속을 잡는다고 다 예언자를 만나는 건 아니에요. 일종의 선정 기준이 있어요. 자격이 없다고 판단되면 조수에게만 서비스를 받아요."

"손금과 수정 구슬로요?"

"뻔한 속임수죠. 그런데 예언자는 다르대요. 내 고객 중에 그를 만났다는 사람들의 증언에 따르면 속임수 같은 건 없었대요. 정신과 상담과 비슷한가 봐요. 나도 모르게 전부 털어놓는 거죠. 다들 그 남자의 강한 눈빛과 매력적인 목소리를 언급하더라고요. 그리고 재밌는 사실이 하나 있어요. 모두 다시 가고 싶었는데 갈 수 없었대요. 한두 번의 상담을 끝으로 다시는 예약을 잡을 수 없었대요."

"부름을 받는 사람도 적고 선택받는 사람은 더 적군요."

"돈을 뜯어내는 방식치고는 특이하지 않나요?"

"운세를 보는 게 목적이 아닌 거죠."

"아, 재물 운을 잘 보긴 하나 봐요. 한두 번에 그치지 않고 밀키 씨드를 넘어 살렘 하우스까지 갔지만 지금은 그 조직에서 나온 여자를 찾아냈는데 돈 많은 독신녀였어요."

"그러니까 단순히 재산이 많으냐가 아니라 뜻대로 처분할 수 있는 단독 소유의 재산이 있느냐가 기준이네요. 왜 나왔는데요?"

"당혹스럽게도 이유를 모르겠대요. 두 번째 선발 과정이 있나 봐요. 그 여자의 기억으로는 예언자와 예닐곱 번 만나고 나니 예언자가 깨달음을 얻을 준비가 됐다면서 인트라무로스의 살렘 하우스 주소를 알려주며 다음에는 그곳에서 보자고 하더래요. 갔더니 예언자가 자신의 또 다른 신분인 멜초르 신부를 공개하고는 같이 진정한 자아를 찾고 싶으냐고 물었대요. 여자는 그러고 싶다고 했고, 그렇게 그 운동에 합류했대요. 순회를 다니기에는 나이가 많아 차를 빌려주고 장비를 나르는 후방 업무를 맡았나 봐요. 그 여자는 그러다 곧 주입 교육을 받을 줄 알았대요. 그런데 어느 날 살렘 하우스에 가니 문이 닫혀 있더래요. 그날도, 그다음 날도 들어갈 수 없었고 주변에 물어봐도 멜초르 신부에 관해 들어본 사람이 하나도 없었대요. 밀키 씨드 사무실에도 다시 가봤지만, 그곳에도 못 들어갔대요. 불쌍하게도 어찌할 바를 몰라 갈팡질팡하다가 결국은 신비주의를 버리고 과학을 믿기로 했다네요. 지금은 '안드로메다인'이라는 비행접시 관찰자 모임에 가입했대요."

"이용당할 만큼 충분히 세뇌되지가 않아서 그런 거 아닐까요."

"그런 사기꾼들이 그런 여자를 구렁텅이에 빠뜨리는 건 일도 아니에요. 빠져나가려 해도 협박으로 못 나가게 하고, 내보내더라도 최소한 입을 다물게 하죠."

"소냐, 매형한테는 이 일, 입 다물어줘요. 알았죠?"

시드가 보기에 산티아고의 클럽은 필리핀식 바로크 양식의 극치였다. 조상이 없는 문화라고 최근에 비웃음을 샀지만 이 양식은 어떻게든 혈통을 찾아냈다. 시드는 이 클럽에서 놀랍게도 반동주의자와 신민족주의자가 만난다는 사실이 매우 흥미로웠다. 시드의 매형이 이 고풍스러운 클럽을 마음에 들어 하는 이유는 소냐가 시드에게 소개해주었고 진입로에서 자기 차를 기다리고 있는 유명한 여성 칼럼니스트의 이유와는 다를 게 분명했다. 시드는 클럽의 외부만 봐도 내부 모습이 어떨지 짐작할 수 있었다. 1890년대경의 우아한 대저택이 옛 모습 그대로 복원돼 있었다. 화분 밑에는 자기로 된 받침대가 있고, 계단은 쌍을 이룬 조개껍데기로 장식돼 있고, 덧문은 카피즈 조개껍데기로 만들었으며, 식민지 시대의 응접실처럼 꾸며진 중앙 홀 벽에는 10세기 기독교 미술 화가가 그린 듯한 대형 유화가 두 점 걸려 있었다. 하나는 솜털 같은 천사들이 등장하는 빛나는 〈의로운 자의 죽음〉이었고 다른 하나는 악마들이 씩 웃고 있는 선정적인 〈죄인의 죽음〉이었다. 지나가면서 본 어떤 방에는 모로족의 징과 이고로트족의 목공예품이 걸려 있었다. 또 다른 방에는 옛날식 가정 예배실처럼 양단으로 된 성화와 그보다 작고 유리통 안에 넣은 상아 조각상이 가득했는데, 변방 부족 가정의 수호신인 라레스와 페나테스를 묘사한 공예품들이었다.

산티아고는 덩굴나무가 타고 올라가도록 만든 격자 구조물과 별빛 아래에 빈 테이블이 몇 개 놓인 옥상 테라스에서 기다리고 있었다.

"이시드로, 보르하 부인, 마실 걸 주문하세요. 저는 중요한 정보가 있는 사람을 데려올게요. 우리끼리만 있을 수 있게 이곳에 자리를 마련해달라고 했어요."

산티아고가 데려온 사람은 여전히 아델라의 서재에서 쓰러졌을 때처럼 초조해 보이는 바나그 부인이었다.

"이래도 될지 모르겠지만 남편의 친구분이라 마음을 먹었어요. 에스티바 씨, 남편은 이 일을 전혀 모르니 비밀로 해주세요. 공항에서 에스티바 씨에게 있었던 일을 듣고 너무 놀라고 어떻게 해야 할지 고민하다 페레르 씨를 찾아갔어요. 당신에게 다 말하면 여동생분을 구할 수 있을 거라고 하시더군요. 그들이 무력과 폭력을 쓴다는 건 오래전부터 알았지만 계속 외면했는데 살인까지 할 줄은 몰랐어요…."

바나그 부인은 고개를 숙인 채 낮은 목소리로 빠르게 말하다 시드를 힐끗 쳐다보았다.

"멜초르 신부의 폭력배들은 그 택시 기사뿐 아니라 당신도 죽였을 거예요. 게다가 지금 또 다른 사람을 죽이려 해요. 라오 씨 기억나세요? 당신과 같은 비행기를 타고 온 남자요. 그자들이 지금 어딘가에 그를 감금해두고 있어요."

"라오 씨는 같은 편 아닌가요?" 시드가 물었다. "제가 받은 카드가 원래 그 남자에게 줄 카드였다던데요."

"네, 그들과 함께하려고 자발적으로 온 건 맞아요. 하지만 지금은 마음을 바꿨어요."

"제가 제대로 봤다면 비행기에서 바꿨을 겁니다." 시드가 미소 띤 얼굴로 말했다.

"알고 보니," 산티아고가 말했다. "라오라는 남자는 성직자였어."

"저들은 성직자를 모집하고 있어요." 바나그 부인이 말을 이었다. "타락한 성직자들이요. 지방에서 두세 명은 포섭한 것 같아요. 이 운동에 참여한 사람들은 대부분 폭력배와 여자, 교단의 눈 밖에 난 사제예요. 라오 신부는 공부를 목적으로 미국에 파견됐다가 어떤 여자와 어울렸는데 그녀가 떠나고 완전히 무너져 미국에 발이 묶인 참이었어요. 저들은 그 소식을 듣고 밀사를 보내 그와 연락을 취했고 이 운동에 관해 알려주면서 가입하면 계속 성직자로 살 수 있다고 했어요. 부랑자로 떠돌던 라오 신부를 도와준 거죠."

"구교의 성직자를 빼내는 건 새로운 종교의 기본 전략이죠." 소냐 보르하가 지적했다.

"새로운 종교가 맞나요?" 시드가 물었다.

바나그 부인은 눈빛을 번득이고 입을 일그러뜨리면서 어찌할 바를 모르는 듯 머뭇거렸다.

"너무 끔찍해서 말하기 어렵다면—" 산티아고가 말했다.

"왜요, 우리 다 성인이잖아요." 소냐가 조바심을 내며 재촉했다.

"우리는 귀환이라고 해요." 바나그 부인이 고개를 들고는 당혹스러운 표정으로 드디어 입을 열었다.

"무엇으로 귀환하는데요?" 소냐가 캐물었다.

"자세히는 말할 수 없고… 입회 과정이 단계별로 있어요."

“어쩌다 입회하셨어요?” 시드가 물었다.

“그것도 이상했어요. 부유한 여자에게만 관심이 있다고 들었는데 전 아니거든요. 우리는 서로를 몰라요. 순회 활동을 하는 회원들은 서로 알지만, 우리처럼 나이 많은 보조 회원은 우연이 아니면 서로를 알아볼 일이 없어요. 일부러 그러는 것 같아요. 모르는 회원들로 그룹을 짜고 각각 다른 세계에서 활동하도록….”

“이상하다고 하셨는데 왜죠?” 시드가 끼어들었다. “부인이 입회하신 거요.”

“저는 종교가 없거든요. 오래전 신앙을 버렸어요. 남편인 에토이처럼 자유사상가죠. 남편이 올해 초 뉴욕의 시민 단체에서 연사로 초청받았는데 여권도 비자도 발급받지 못했어요. 이 문제로 목소리를 높였다가 직장을 잃을 뻔했고요. 남편이 강단에 서는 학교에서 남편이 소위 빨갱이라는 걸 알고 쫓아내려 했거든요. 말도 안 되는 일이죠. 우리는 민족주의자지 빨갱이가 아니에요. 저는 너무 화가 나 피켓 시위와 데모에도 참여하고 언론에 편지도 썼어요. 그러던 중 멜기세덱이라는 예언자가 제 문제에 관심이 많다는 쪽지를 받았어요. 웬 점성술사인가 싶었지만 그때는 너무 화가 나 뭐든 해야 했어요.

한 번 만난 뒤 다시 만났고, 만남이 계속되니 어느새 예언자가 아니라 멜초르 신부를 만나고 있더군요. 민족주의는 정치적인 문제가 아니라 영적인 문제라는 그자의 말은 일리가 있었어요. 우리 국민은 영적으로 부활해야 한댔어요. 대중은 정치에 딱히 관심이 없어요. 렉토의 운동처럼 정치 운동으로서의 민족주의는 정치적 이상이 없는 대중에게 절대 닿을 수 없어요. 하지만 대중은 마술적 힘을 믿는다는 점에서 매우 종교적이에요. 민족주의 운동은 마술적인 자연 종교, 특히 친숙한 가톨릭교의 형태로 접근해야 대중의 관심을 끌 수 있다는 논리였어요.

아까도 말했듯 그때는 그럴듯하게 들려서 그자의 운동에 헌신했어요. 민족주의적 방식에 매료됐죠. 우리를 해치려 했던 모든 사람에게 복수하고 싶기도 했고요."

바나그 부인은 거친 말들을 쏟아내며 뻣뻣해지다가 갑자기 몸을 축 늘어뜨렸다. 그러고는 고개를 저으며 한숨을 내쉬었다.

"안 되겠어요… 죄송하지만 더 못 있겠네요. 늦어서 가야 해요…."

"무슨 일이 있었죠?" 소냐가 고집스레 물었다.

바나그 부인은 난감해하며 주위를 둘러보다 말했다.

"처음에 합류할 때는 꽤 냉소적이었는데 어느새 깊이 빠져들었어요."

"광신도가 됐다는 건가요?" 소냐가 물었다.

"어느 순간부터는 믿음이나 교리, 사상이 문제가 아니었어요. 생각은 피와 육신으로 느껴지는 지혜에 비하면 하나도 중요하지 않은 듯 보였죠."

"예지력 말인가요?" 소냐가 속삭이는 듯한 작은 목소리로 물었다.

"그보다는 내 안의 본능을 더 잘 자각하게 됐어요. 마치 감정이 곧 생각인 듯 직관과 통찰, 충동을 이해하는 능력이 더 커졌죠."

속삭이던 두 여자는 테이블에 앉은 두 남자는 잊은 듯 서로를 응시하며 서로를 향해 몸을 기울였다.

"회원이 그 단계에 이르면 때가 된 겁니다."

"첫 번째 입회식을 치를 때 말인가요?"

"네."

"입회식은 당연히 충격적이겠죠."

"그자의 말로는 순수함을 회복하려면 내면의 수치심을 모두 태워 없애야 한다고 했어요."

"춤을 추는군요."

"달빛 아래서요. 지난 10월 마지막 날, 살렘 하우스 뒤에서 췄어요. 거기에 부서지고 남은 돌벽이 원형을 이룬 폐허가 있어요. 그중 한 돌벽에 신전이 있고요."

"신전이요?"

"거기에 그리스도의 성상이 있어요."

"그렇겠죠. 원시적인 방식으로 숭배할 테고요."

"그보다는."

"충격적인가요?"

"충격적이라기보다는…."

"알몸으로 하나요?"

"달빛 아래서 춤을 출 때요."

"충격적인데요."

"가장 극단적인 방식이기도 하죠."

"10월의 마지막 날이면 핼러윈이었네요."

"아, 그런 폭력만 없었다면…!"

"바나그 부인," 산티아고가 엄숙하게 끼어들었다. "경찰에 신고하셔야 합니다."

"그럼 어떻게 되는데요?" 바나그 부인은 고개를 들고 조소 어린 표정으로 말했다. "경찰이 그 스테이션왜건을 추적하면 소유자가 최고위 관리의 아내라는 사실만 드러날 거예요. 살렘 하우스를 급습하면 무고한 여학생들의 기숙사만 발견할 테고요. 지방에서 무슨 일이 벌어지고 있든, 경찰이 보게 될 건 소녀 합창단이 찬송가를 부르는 모습뿐일 거라고요."

산티아고는 바나그 부인 쪽으로 몸을 기울였다.

"바나그 부인, 이 조직을 폭로하는 데 도움을 주실 건가요, 안 주실 건가요?"

부인은 고개를 저으며 의자에 가로막힐 때까지 산티아고에게서 물러났다.

"저는 이 일에 관여할 수 없어요… 두려워요… 저들이 제 비밀을 알고 있거든요…. 하지만 알겠어요, 도울게요. 그래야 해요. 저를 통해 남편을 포섭해 이용하려는 것 같으니 막아야죠. 단서를 하나 드릴게요. 멜초르 신부에 관해 아는 노인이 있어요."

"노인이요?" 시드가 되물었다.

"치리아코 라그만이라는 분으로 박사님이세요. 남편이 최근 농민 운동에 관한 글을 쓰면서 1900년 팡가시난[40]에서 일어난 농민 종교 봉기의 몇 안 되는 목격자 중 한 명인 라그만 박사를 인터뷰한 적이 있어요. 라그만 박사는 자칭 예언자 멜기세덱이라는 자가 그 사건을 알 거라며 만나보라고 했지만, 남편은 그럴 가치가 없다고 판단했어요. 저는 남편한테 우연히 그 얘기를 들은 뒤로 라그만 박사를 직접 만나볼까 고민했지만요. 그분의 주소를 알려드릴게요."

산티아고와 시드는 바나그 부인을 집 근처에 내려준 뒤 소냐 보르하를 집에 데려다주었다. 소냐는 바나그 부부의 지

40 필리핀 루손섬 일로코스 지방에 속하는 한 지역.

식인층이라는 계급과 넓은 오지랖이 부부의 어리석음을 상쇄한다고 말했다. 시드는 이 말이 비꼬아 한 말인지 아닌지 헷갈렸다.

"예언자 멜기세덱이라는 자가 흥미롭기는 하네요." 소냐가 말했다. "라그만 박사에게 갈 때 나도 데려가요, 시드."

"안타깝게도 저는 내일 출장을 가야 합니다." 산티아고가 말했다.

"내일 아침에 데리러 올게요." 시드가 소냐에게 말했다. "라그만 박사와 멜초르 신부의 이전 수도사 동료들을 차례로 만나보죠."

그날 밤 시드는 사춘기 이후로 처음 벌어진 일에 놀라 잠에서 깼다. 우왕좌왕하는 행렬이 어둠 속에서 나타나 다가오는 꿈을 꾼 것 같았지만 몽정할 만한 내용은 아니었다. 유엔기구에서 일하면서 웬만한 일로는 성욕이 생기지 않았던 터라 시드는 아랫도리의 자극이 낯설기만 했다. 여느 사춘기 청소년처럼 축축하게 젖은 채 대자로 누운 시드는 이유를 궁금해하며 다시 잠에 들었다.

라그만 박사는 휠체어를 탄 채 창가에 비치는 한 줌의 햇빛에 바짝 붙어 있는 왜소하고 병약해 보이는 노인이었다.

"예언자 멜기세덱이요? 그자에 관해 말하면 다들 나더러 미쳤다고 할 겁니다. 아가씨와 선생님도 똑같이 생각할 테고요. 하지만 이렇게 직접 와서 물어보시니 말씀드리겠습니다. 2년 전 한 남자가 이 방에 들어왔습니다. 낙상으로 자리보전을 한 지 얼마 안 되던 때였죠. 나는 그 남자를 보자마자 내가 열 살 때 본 사람이란 걸 알아봤습니다. 1900년, 부모님이 지주의 물소와 쌀을 훔쳐 자녀들을 모두 데리고 팡가시난의 지상 낙원으로 도망쳤을 때의 일입니다.

우리 가족은 필리핀 북부에서 지상 낙원으로 향하는 대탈출에 합류했습니다. 수천 명의 농민이 한밤중에 지주도, 군인도, 빈부도 없는 세상을 향해 도망쳤습니다. 이 지상 낙원은 하느님이 나타나고 거하시는 곳이었습니다. 하느님에게 도망치는 농민들로 온 도로가 꽉 막혔습니다. 모두 지주의 지시를 받는 십장과 맥아더가 이끄는 미군에게서 달아나는 사람들이었습니다.

팡가시난의 지상 낙원에서 부모님은 다른 농민들처럼 물소와 쌀을 공유 재산으로 바쳤습니다. 기독교 공산주의에 따라 재산은 모두가 평등하게 공유했습니다. 날마다 점점 더 많은 난민이 지주의 물소와 쌀을 가지고 도착해 고기와 곡물은 늘 넘쳐났습니다. 날마다 축제 분위기였어요. 어른들은 농사를 짓지 않았고 아이들은 학교에 가지 않았죠. 밤마다 어른들은 음주와 가무를 즐겼고, 어린 우리는 먼저 자야 해서 전혀 알지 못했던 의식을 치렀습니다.

모든 집은 평등했지만, 몇몇 집은 특별 대우를 받았습니다. 한 집에는 예수 그리스도와 성모 마리아가, 또 다른 집에는 성령이, 세 번째 집에는 장화를 신고 제복을 입은 눈부신 피조물인 열두 사도가 거했습니다. 그러나 가장 특별한 집은 정착지에서 조금 떨어진, 하느님이 거하시는 집이었습니다. 그분을 본 사람은 거의 없었고, 그분을 섬기는 처녀와 어린 소년들만 바닥을 닦고 요강을 비우러 그 집을 드나들었습니다. 그러나 나를 포함해 교대로 드나들었던 소년들도 하느님을 거의 보지 못했습니다. 어두운 방에 거하셔서 들어가도 육중한 몸과 목소리만 느낄 수 있었습니다. 하지만 나는 빛 속에서 세 번 그분을 보았습니다. 한 번은 햇빛 아래, 한 번은 등불 아래, 한 번은 달빛 아래였어요. 머리카락이 물결치고 눈동자가 빛나는 몸집이 큰 남자였고 이마에는 신격을 나타내는 붉은 자국이 있었습니다. 나는 사람들이 경고한 대로 눈이 멀지는 않았지만, 숨어서 볼 때 어지러움을 느꼈고 하느님을 염탐했던 세 번 모두 열병에 시달렸습니다.

우리의 지상 낙원은 겨우 2년밖에 지속되지 않았습니다. 1901년 3월, 오티스 장군이 우리 마을을 점령하기 위해 미군

보병 대대를 보냈습니다. 열두 사도와 성모 마리아는 감옥에 갇혔고 예수 그리스도와 성령은 공개 교수형을 당했습니다. 네, 그게 끝이었어요. 우리는 에덴에서 쫓겨났고, 다들 후회하고 한탄하며 살던 곳으로 돌아가거나 필사적으로 새로운 터전을 찾아다녔습니다. 우리 가족은 마닐라로 향했는데 다행히 미국인 선교사 부부가 우리를 가엾게 여겨 제자로 받아주었습니다. 여기서 의문이 생깁니다. 하느님은 어떻게 되었을까요? 보병이 도착했을 때 그분은 어딘가로 사라지고 없었습니다.

군사 재판에서 그의 본명은 발타자르로 밝혀졌습니다. 다른 이름은 없었어요. 그가 어디에서 왔는지 말할 수 있는 사람은 한 명도 없었습니다. 독립 혁명 때 중앙 평원에 홀연히 나타나 자신의 종교를 내세워 농민들의 봉기를 촉구했습니다. 농민들은 그를 따르기 시작했고, 결국 그는 아기날도 장군과 미군을 거듭 공격할 정도의 군대를 갖게 되었습니다. 1897년에는 후에 지상 낙원이 될 자리에 본부를 세웠고, 증언에 따르면 그의 나이가 이미 마흔 살이 넘었을 때였습니다.

아까도 말했듯 그의 마지막은 시작만큼이나 불가사의합니다. 어느 날은 존재했다가 다음 날은 존재하지 않았어요. 그러나 그의 지상 낙원에 있었던 수많은 사람은 그가 언젠가 돌아와 그의 왕국으로 부르리라는 믿음을 아직도 간직하고 있습니다.

드디어 제 이야기의 핵심에 도달했네요. 2년 전, 한 남자가 이 방으로 저를 찾아왔습니다. 저는 한 치의 의심도 없이 그 남자를 알아보았습니다. 그 방문객은 바로 제가 어릴 때 하느님으로 알았던 불가사의한 남자, 발타자르였습니다. 숱이 많고 물결치는 장발, 약간 절뚝거리는 다리, 불꽃 같은 이마의 자국, 모두 제가 기억하는 모습 그대로였어요. 저는 이렇게 늙어버렸는데 말이죠!

그는 약속대로 돌아왔다면서 멜기세덱이라는 다른 이름으로 왕국을 재건하겠다고 했습니다. 제가 다시 그와 함께할 수 있을까요? 불구만 아니었다면 그 즉시 일어나서 그분을 따랐을 겁니다. 하지만 제가 할 수 있는 건 지상 낙원의 생존자들에 관해 들은 가장 최근 소식을 떠올리는 것뿐이었어요. 그는 고맙다는 인사를 남기고 떠났고, 돌아오지 않았습니다. 하지만 그에 관한 소식은 듣고 있습니다. 지방에서 그의 추종자였던 사람들의 자녀나 손자들을 찾아내고 있고, 워낙 전설적 인물이라 많은 젊은이가 그와 합류하고 있답니다. 그는 무엇을 꾀하고 있을까요? 새로운 반란? 새로운 왕국 건설? 알 수 없습니다. 하지만 가끔 여기에 앉아 사색에 빠질 때면, 정말 그 위대한 시절이, 혁명의 시절이 다시 돌아올지도 모른다는 생각이 듭니다. 내가 다시 젊어지면 얼마나 좋을까 하는 생각도요!"

“망령이 든 걸까요?” 다음 목적지이자 멜초르 신부가 소속됐다고 주장한 수도원으로 가는 길에 시드가 물었다.

“그건 아니에요.” 소냐가 말했다. “환희에 찬 향수에 젖은 걸 거예요.”

“사기꾼이 그걸 이용했고요.”

“네, 사기꾼이겠죠. 아니라면 100살이 넘었는데 마흔으로 보이는 남자가 존재한다는 거니까요.”

“수도사들은 뭐라고 할까요?”

“당연히 사칭한 거죠!” 젊은 스페인 수도사, 프레이 칼레존이 누렇게 변색된 서류 뭉치를 책상 위에 올려놓고 말했다. “사칭이에요, 에스티바 씨. 당신의 전화를 받고 이 서류들을 찾아놨어요. 멜초르 신부라는 자가 우리 수도회 소속이라고 주장한다는 말을 듣고 전부터 모아온 겁니다. 멜초르 신부가 있긴 했어요. 하지만 이 서류들로 멜초르 신부는 그의 이름을 사칭한 사기꾼과 같은 사람일 수 없다는 게 입증될 겁니다. 그건 불가능해요. 멜초르 신부는 18세기 말에 살았거든요. 이거 보세요, 그가 우리 수도회에 입회한 정확한 날짜가 기록돼 있어요. 1776년 1월 6일이죠. 그래서 멜초르 데 라 에피파니아[41]라는 이름을 썼고요.

여기 기록된 바에 따르면 이 문제와 관련해 상당히 많은 서신이 오갔어요. 다소 보기 드문 경우라 그런 건데요. 멜초르는 당시에는 인디오라고 불렸던 원주민으로, 우리 수도회에 원주민이 입회한 건 그때가 처음이었어요. 이건 팡가시난에 있던 우리 수도원의 원장이 보낸 편지예요. 보다시피 원장도 멜초르의 출신에 관한 건 거의 몰라요. 팡가시난 수도원에 소속됐으며 서무를 맡은 그 수도원 신부의 개인 하인이었다는 것 외에는 알려진 바가 없죠.

그 신부는 푸젠성에 선교사로 파견될 때 매우 근면하고 총명하다며 멜초르도 같이 보내달라고 촉구했어요. 결국 수도회는 멜초르를 평신도로 입회시켜 중국으로 보내기로 했고요.

이 세 문서는 그로부터 몇 년 후 중국에서 온 보고서인데요. 멜초르 형제가 선교에 재능을 보이니 사제로 임명해 선교사로서 자유롭게 활동하게 하라고 권고하는 내용이에요. 아쉽게도 이에 대한 답신은 분실됐지만 이때도 상당한 논쟁이 있었음을 짐작할 수 있어요. 여기, 푸젠성의 수도사들이 멜초르 형제를 대신해 특면을 주장하는 단락을 읽어보세요. 특면이 필요했던 건 훈련이 부족해서가 아니라(멜초르 형제는 이미 라틴어와 철학, 신학을 공부한 상태였어요) 육체적 이유 때문이었어

41 예수 공현 축일(1월 6일)을 뜻하는 라틴어.

요. 멜초르는 다리를 약간 절었고 이마에 보기 흉한 모반이 있었어요. 우리 수도원의 규칙상 흉측한 신체적 특징을 가진 후보자는 사제 서품을 받을 수 없거든요. 하지만 결국 특면이 승인돼 멜초르는 1796년에 신부가 됐어요. 그 후 기록은 끊겼어요. 1800년에 인도차이나에서 온 이 보고서가 전부인데, '멜초르 스캔들'이 언급돼요. 보아하니 멜초르 신부가 티베트에서 난해한 불교 종파에 가입한 후 사라진 모양이에요.

여기 서류에 다 있어요, 에스티바 씨. 이런 증거가 있는데 우리 교단의 멜초르 신부라고 주장하는 그 남자가 사기꾼이라는 것 말고 달리 무슨 결론을 내릴 수 있겠어요? 그가 200살이 넘었다는 걸 증명하지 못한다면 말이죠! 네, 알아요, 그자도 다리를 절고 모반이 있다고 하더군요. 하지만 그런 건 얼마든지 위조할 수 있어요. 그자가 그 정보를 어떻게 알았는지는 궁금하긴 해요. 우리가 알기로 진짜 멜초르 신부에 관한 모든 정보는 이 문서에 있고, 이 문서는 그때도 지금도, 말하자면 '기밀 정보'거든요.

이제 이 책을 보여드릴게요. 필리핀에서 우리 교단이 성장한 역사를 기록한 책인데요. 지금부터는 제가 개인적으로 조사한 내용이에요. 여러분에게 뭐랄까, '다양한 관점'을 보여드리고 싶거든요. 멜초르 신부에 관한 서류를 찾으라는 지시를 받았을 때 저는 그의 생김새(절름발이와 이마의 모반)가 기록

된 문서 하나가 어렴풋이 떠올랐어요. 전에 읽은 것 같긴 한데 언제, 어디서 읽었는지는 기억나지 않았어요. 기억을 계속 뒤지니 드디어 떠오르더군요. 필리핀으로 오기 전 아빌라[42]의 오래된 수녀원에서 우리 교단 필리핀 지부의 역사를 공부하다가 읽은 구절이었어요. 그때 읽은 역사책을 뒤져 그 구절, 아니 구절들을 찾아냈습니다.

여기, 이 책에 제가 첫 번째로 표시한 부분이에요. 읽어보세요. 놀랍지 않나요? 맞아요. 우리 교단은 필리핀 중부 평야 지역의 전도를 책임지고 있었지만, 순조롭게 되지 않았어요. 보시다시피 누군지는 몰라도 선배 수도사들은 그 임무를 완수하지 못했어요. 이교도 집단이 끈질기게 버텼나 봐요. 이 구절에 따르면 구 종교의 신자들이 완강히 저항했어요. 특히 봉기를 이끈 지도자를 묘사한 부분을 좀 보세요. 구 종교 집단의 대사제였으며 머리를 길게 기르고 여자처럼 옷을 입고 다리를 약간 절고 이마에 눈에 띄는 자국이 있었는데 추종자들(대부분 여성)은 이를 신성의 표시로 받아들였어요. 신의 손길, 즉 벼락에 맞아 생긴 자국이라고 믿었죠. 중부 평야에서 일어난 반기독교 운동이자 무장 운동은 결국 진압됐어요. 그러나 안타깝게도 신의 표식을 지닌 그 완강한 대사제가 어떻게 됐는지는

42 스페인 중부의 도시.

전해지지 않아요. 1500년대 후반, 다시 말해 사실상 스페인의 정복 전쟁이 마무리될 무렵의 일이었죠. 그런데 이게 다가 아니에요. 페이지를 넘겨 제가 두 번째로 표시한 부분을 보여드릴게요.

이때는 한 세기가 지난 1690년대였어요. 네, 제가 밑줄 친 바로 그 구절이에요. 믿어지시나요? 이번에는 이교도들이 기독교에 저항하는 것이 아니라 기독교인들이 이교도로 회귀하는 봉기가 일어났어요. 여기서 중요한 점은 가스파르라는 이름의 기독교인이 봉기를 이끌었는데 본인이 옛 이교도의 대사제라고 주장했다는 거예요. 이교도 숭배가 게릴라 운동처럼 물밑에서 계속되고 있었던 겁니다. 대사제 가스파르는 자신의 왕국을 재건할 때가 왔다고 선언하고, 중부 평야에서 다시 꽤 큰 반란을 일으켜요. 그런데 이자를 묘사한 부분을 좀 보세요. 이번에도 머리가 길고 다리를 절며 이마에 자국이 있어요. 이 책을 쓴 신부님도 악마가 벌인 짓이라 추측할 뿐 이 우연의 일치를 어떻게 받아들여야 할지 모르겠다고 적었더군요. 어쨌거나 가스파르의 봉기는 진압돼요. 부하들은 체포돼 처형됐지만, 이번에도 왕이 되려 했던 대사제가 어떻게 됐는지는 전해지지 않아요. 가스파르. 한때 왕이었고 앞으로 왕이 될 자. '과거와 미래의 왕'이라는 표현, 보이시죠? 그의 출신과 관련해서도 알려진 게 없어 당황스럽다는 언급도 있어요.

이 모든 기록을 토대로 무엇을 추측할 수 있을까요? 첫째, 처음 등장한 이교도의 메시지와 생김새를 모방하고 삼왕[43]의 이름인 멜초르, 가스파르, 발타자르를 사칭한 사기꾼이 세 명 있었을 가능성이 있습니다. 혹은 둘째, 지금 우리 가운데 400살 먹은 남자가 존재하고, 그 남자가 멜초르 신부로 가장해 신도들이 '뉴 살렘'이라 부르기 시작한 집단을 이끌고 있을 수도 있어요. 네, 우리도 그자가 멜기세덱이라는 이름으로 예언자 행세를 한다는 소문을 들었어요. 그가 어떤 연관을 지으려 하는지는 뻔합니다.

성경에 나오는 멜기세덱은 사제이자 왕이며 아버지도 어머니도 없다고 전해집니다. 우리는 그에 관해 아는 게 없어요. 창세기에 갑자기 나타나 빵과 포도주를 주고 아브라함을 축복하는 인물로 알 뿐이죠. 그러나 멜기세덱은 다채로운 전설의 소유자예요. 헤브론의 동굴에 묻힌 인류의 아버지, 아담의 시신을 맡아 관리했다고 합니다. 탈무드에는 아담의 시신을 숭배한 멜기세덱의 종파가 언급돼 있고요. 아담은 성경에서 아버지와 어머니가 모두 없는 유일한 인물입니다.

아, 저는 이 모든 게 매혹적이에요. 저는 고딕 양식이 흥미로우면서도 두렵습니다. 산타아나 성당의 발굴 현장에 저도

43 3인의 동방박사.

있었는데, 발굴되는 유물들을 보니 머리카락이 쭈뼛 서더군요. 이교도들의 매장지 위에 세운 그리스도교 교회. 하느님에게 바친 땅에서 나온 이교의 흔적들. 또 무엇이 부활하고 무엇이 돌아올지 우리는 모릅니다. 자신을 멜기세덱이자 멜초르라고 칭하는 그 남자는 사기꾼일까요? 아니면 시대를 뛰어넘어 돌아온 옛 이교도 사제일까요? 터무니없는 질문인가요? 하지만 두 분도 잘 아는 셰익스피어가 말했듯 천지간에는 우리의 철학으로 상상할 수 있는 것보다 더 많은 것이 존재합니다. 아, 잘 모르신다고요? 어쨌거나 저는 이 사기꾼의 기지가 마음에 듭니다. 정말 대담해요. 그자가 성경의 어떤 구절을 실연하고 있는지, 저는 압니다. 제가 성경에서 가장 멋지고 신비롭다고 생각하는 구절이죠.

'너는 영원히 멜기세덱의 반차를 따르는 제사장이니라.'"

그날 오후 사무실은 한낮의 무더위 속에서 여정을 마친 일행에게 우아한 이글루와 같았다. 사무실이 있는 마카티[44]의 새로운 심장부는 가로수길부터 펜트하우스 지붕까지 미국의

44 필리핀 메트로 마닐라의 도시 지역으로 외국계 및 금융 기업이 모여 있다.

도심지를 그대로 옮겨놓은 모습이었지만, 마닐라의 쇠락한 시골 풍경과 양철 지붕이 당당하게 늘어선 교외의 풍경 사이에서 번쩍거리니 위화감이 들었다.

구이아는 청바지와 체크무늬 셔츠 차림으로 창문에 커튼이 쳐지고 바닥에 신발이 파묻힐 만큼 두꺼운 카펫이 깔린 안쪽 방에서 기다리고 있었다.

"테이블 세 개 중 하나는 오빠 거, 하나는 아델라 언니 거, 이건 내 거야. 여기 자주 와야겠어. 저 옆방은 임원용 화장실이라 철저히 사적인 공간이지만, 반대편에 있는 형부 사무실과 연결돼 있네. 형부한테 뭐든 다 맡기면 안 되겠다. 우리는 배당금을 받는 것 말고 하는 일이 없잖아. 그런데 여태 어디 있었어? 4시에 보자고 했잖아. 이 짐은 다 뭐야?"

"오는 길에 샀어. 보르하 부인이 서점 몇 군데에 데려다줬거든."

"보르하 부인이랑은 무슨 사이야? 언니가 아주 궁금해 죽던데."

"자료는 가져왔어?"

"여기 이 폴더에 있어. 목표와 절차, 통계 등 우리 그리스도광들에 관한 세속적인 정보가 다 들어 있어."

"태연한 척 그만해. 너희 집단의 꿍꿍이는 모두 파악했으니까."

"그래?"

시드는 자기 쪽 테이블에 짐을 내려놓고 구이아가 앉은 테이블로 건너갔다. 그러고는 두 손바닥으로 광이 나는 테이블 상판을 짚은 채 구이아 쪽으로 몸을 기울이며 말했다.

"그리고 누나처럼 나도 더는 안 봐줄 거야."

구이아는 의자를 앞뒤로 흔들며 껌을 씹는 시늉을 했다.

"심각한 척 그만해, 오빠. 뭐가 그렇게 거슬리는데?"

"너희의 새로운 복음. 사실은 세계에서 가장 오래됐지만."

"그건 맞지."

"인정하는 거야? 이렇게 간단히?"

"내가 사과하길 원하는 거면…."

"날 개종시키려고 노력해야 하는 거 아냐?"

"개종이 절실하긴 하지. 아델라 언니는 더 절실하지만."

시드는 허리를 꼿꼿이 세웠다.

"그게 무슨 뜻이야?"

구이아는 의자에서 벌떡 일어나 팔짱을 끼며 방 한가운데로 성큼성큼 걸어갔다.

"아, 왜 이렇게 고상한 척해. 도대체 뭐가 신경 쓰이는데? 오빠는 내숭 떠는 사람이 아니잖아."

"이간질에 넘어가는 사람도 아니지."

"이간질이라니. 완전히 잘못 봤어. 사람들을 다시 불러들이는 것뿐이야."

"모든 수치심을 태워버리려고?"

"그건 그냥 시작에 불과해."

"그러시겠지."

구이아는 가만히 서서 입술을 벌리고 숨죽인 채 시드를 바라보다가 그를 향해 달려갔다.

"아, 오빠, 제발. 오빠는 날 이해해줘야 해! 날 이해해주길 바랐던 아웃사이더는 오빠뿐이었다고!"

"하지만 넌 너희의 신을 보여주려 하지도 않잖아."

"아, 걱정되는 게 겨우 그것뿐이야? 형상?"

"종교에서 형상이나 상징은 절대 '겨우 그것뿐'일 수 없어."

"그래, 알아. 하지만 형상은 그것의 의미를 아는 사람에게만 보여줄 수 있어."

"누구든 훈련받으면 가장 터무니없는 것도 의미 있다고 믿을 수 있어."

"터무니없다고? 하하. 최초의 기독교인들은 신이 축사의 동물들 사이에서 아기로 태어나는 게 터무니없다고 생각했어."

"그걸 내가 모를 거 같아?"

"알아. 아니까 더는 충격적이지 않은 거야. 바로 그래서 신에 관해 기존과 완전히 다른 새로운 생각이 계속 나와야 해."

"너희가 믿는 형상 같은?"

"이거 봐, 보지도 않았으면서 생각하는 것만으로도 벌써 충격받잖아."

"안 보긴 왜 안 봐. 살렘 하우스에서는 아니지만 나도 봤어. 여기저기 많이 다녔으니까. 인도와 레반트, 그리스와 이탈리아에서도 봤고 멕시코에서도 봤어. 가장 오래된 하느님의 형상, 나도 봤다고."

"하지만 너무나 오래되고 기억에서 사라지고 문명이 발전하면서 밀려났어. 그래서 지금 완전히 새로운 것처럼 보이는 거고."

"너무 터무니없어서 그런 거 아니고? 그런데도 그걸 보고 충격받으면 마음이 병든 거지? 순수한 걸 보고 더러운 생각을 하는 내가 잘못인 거고… 제발 정신 좀 차려, 구이아!"

"오빠야말로 정신 좀 차려줘. 우리가 전에 없던 술책을 새로 찾은 건 아니야. 예수의 새로운 모습을 제시하는 것은 기독교의 가장 오랜 전통이야. 구유에 누인 아기. 고난의 종. 부활한 승리자. 당대에는 이 모든 형상이 충격적이었어. 몇 세기 전만 해도 십자가에서 처참하게 죽어가는 육신을 경배의 대상으로 삼는 건 감히 상상도 하지 못했어, 안 그래? 고대인들에게는 수치였지만 중세인들은 열광했지. 성심도 마찬가지야. 지금은 좀 유치하지만, 감상적인 시대에는 감상적인 예수가 먹혔어. 물론 누군가가 성심의 형상을 처음 제시했을 때는 다들 겁에 질려 격렬히 반대했어. 하느님의 사랑을 어떻게 신체 기관으로 표현할 수 있느냐면서 말이야. 성심 숭배를 처음 주창한 사람들은 성심은 심장이 차가워진 세상의 후세를 위한 거라는 말씀을 그리스도에게 직접 들었다고 주장했어. 지나고 보니 그건 낙관적인 생각이었어. 지금 세상은 시간이 훨씬 더 많이 지났고 심장이 훨씬 더 차가워졌거든. 이 시대에는 우리가 공감할 수 있는 새로운 그리스도가 필요해."

"엉덩이를 깐 그리스도?"

"성욕이 있는 그리스도는 왜 안 돼? 성육신에서 무화과 잎을 떼어내면 2천 년간 수치심 뒤에 가려졌던 남자가 드러나. 우리는 그저 금욕주의자와 청교도들이 부정한 것으로 몰아내기 전에는 늘 그리스도의 핵심이었던 것을 다시 숭배하려는 것뿐이야. 그리스도를 생명의 편에 계신 분으로 표현하기에 이보다 더 나은 형상이 있어? 그리스도의 심장은 숭배해도 괜찮으면서 다른 신체 부위는 왜 안 돼?"

"예의라는 게 존재하니까."

"예의는 신의 죽음을 불러왔어."

"이봐, 어린 아가씨, 예의는 좋든 싫든 네가 다시 돌아가야 할 곳이야. 24시간 내로 짐 싸서 살렘 하우스에 작별 인사를 하고 누나네 집으로 돌아가. 이건 네 법정 후견인으로서 말하는 거야."

구이아는 몸을 돌려 시드를 등지고 앉았다.

"난 어린 아가씨가 아니야, 오빠. 그리고 내가 돌아갈 곳은 예의가 아니라 죽음이야. 내가 왜 그 집에서 도망쳐야 했는지 정말 모르겠어? 그 집은 병들었어. 공기 자체가 해로워서 숨을 쉬려면 뛰쳐나올 수밖에 없었다고."

"이거 왜 이래, 동생. 매형과 누나는 샌님이긴 하지만 착하고 예의 바른 사람들이야."

구이아는 어깨 너머로 시드를 돌아보았다.

"무심해도 너무 무심하네. 두 사람을 어쩜 그렇게 몰라? 아이를 한 명 낳은 뒤 형부는 순결 서약을 했고 언니는 어쩔 수 없이 동의했어. 그때는 사회적 지위를 높이는 데 몰두하던 시기라 견딜 만했겠지만 지금은 달라. 원하는 걸 다 얻은 언니는 이제 얻지 못하는 것을 갈망하느라 마음의 병을 키우고 있어. 알다시피 이건 언니에게 힘든 시련이야. 나이가 들수록 언니가 아버지를 닮아가는 거 눈치 못 챘어? 아버지는 욕구를 쉽게 자제하지 못했어. 아, 언니나 매형이 바람을 피운다는 뜻은 아니야. 둘 다 그럴 사람들은 아니니까. 근데 그래서 더 끔찍해. 둘이 각자 뭘 억누르고 있는지는 몰라도 그것 때문에 집이 곪고 있어. 아들도 기숙 학교가 낫다며 집을 나갈 정도라고."

"부부가 둘만의 사적인 문제를 타협했다면 존중해야지."

"그 문제로 둘 다 비뚤어지고 있는데도? 아니, 언니만 그럴지 몰라. 형부는 주물럭댈 돈이라도 있으니까. 아파트를 얻어 나와 산 뒤로 밤에 가끔 의문의 전화가 걸려 왔어. 집 맞은편에 주차된 차가 보일 때도 있었고. 언니가 옆집 이웃에게 돈을 주고 우리 집 벽과 맞닿은 이웃집 방을 빌려 썼다는 말을 듣고 나서야 그게 다 언니라는 걸 알았어. 내가 어디로 이사하든 언니는 내 주변을 맴돌았어."

"당연하지 않아? 네가 걱정돼 지켜보려 했겠지."

"아니, 언니는 내 인생을 간접적으로라도 맛보고 싶었던 거야. 처음에는 화가 났지만 언니가 그 지경이 되기까지 겪었을 외로움을 생각하니 안쓰러웠어."

"그런다고 달라지는 건 아무것도 없어."

"나더러 그 집으로 돌아가라고?"

"그래, 지금 당장. 일단 돌아갔다가 나랑 뉴욕으로 가자. 가서 내 아파트에서 지내든 따로 집을 구하든 해."

구이아는 여전히 시드를 등지고 있었다. 시드는 구이아의 양어깨를 잡고 얼굴을 마주 볼 수 있도록 부드럽게 몸을 돌렸다. 구이아는 계속 고개를 숙이고 있었다.

"동생아, 그러지 마. 우리 옛날처럼 재밌게 놀자. 센트럴 파크에 자전거도 타러 가고."

구이아는 시드의 가슴에 조용히 뺨을 얹고 말했다.

"내일 밤까지만 시간을 줘."

구이아가 떠난 후(후아나 자매가 데리러 왔다), 시드는 아델라의 집에 전화를 걸었다. 하녀가 전화를 받아, 부인은 외식하러 나갔고 산티아고 씨는 다음 날까지 돌아오지 않을 거라고 했다. 시드는 보르하 부인의 집으로 연락 달라는 메시지를 남겼다.

그런 뒤 구이아가 가져온 폴더와 산 책들을 뒤적거렸다. 주로 역사와 인류학에 관한 책이었다. 한 직원이 문간에서 머리를 들이밀고는 다들 퇴근했는데 에스티바 씨는 더 계실 거냐고 물었다.

"퇴근하세요. 문은 제가 닫을게요."

복도에 나가니 모두 퇴근해 적막감이 감돌았다. 시드는 잠시 멈춰 서서 엘리베이터로 가려면 어느 길로 가야 하는지 떠올리려 애썼다. 망설이며 어느 한 복도를 걸어갈 때였다. 갑자기 문이 열리더니 누군가가 그를 안으로 확 끌어당겼다. 어두운 방에 끌려 들어가자 양옆에 익숙한 두 인물이 서 있었다. 공터에서 옷을 벗겼던 검은 재킷 차림의 사내들이었다.

"대장이 널 보고 싶어 하셔, 친구." 한 사내가 말했다.

"이번엔 옷을 입어도 되나요?"

"아빠, 보통 놈이 아니라니까요." 다른 사내가 말하면서 시드의 등을 손가락으로 밀어 또 다른 문 쪽으로 안내했다. 시드가 밀려 들어가자 사내는 문을 쾅 닫았다.

두 번째 방은 문 근처에 램프 하나만 켜져 있었다. 시드는 주위를 둘러보다 그림자 속에서 사람의 형상을 발견했다. 검은색 양복을 입고 장발이 물결치고 이마의 자국이 희미하게 빛나는, 멜초르 신부였다.

"에스티바 씨, 여기까지 오시게 해서 죄송하지만 두려워하지 마세요. 해치지 않을 겁니다. 그저 대화를 나누고 싶을 뿐입니다."

"내 물건도 돌려주면 좋겠는데요."

"물론입니다. 그런데 지금은 안 됩니다. 서두르는 바람에 형제들이 짐을 가져올 생각을 못 했네요."

"폭력배를 동원하고 여성을 협박하다니 아주 대단한 종교네요."

"그들도 우리를 몰아내기 위해 폭력과 여성을 이용하지 않았나요? 왜 우리는 같은 수단을 써서 돌아오면 안 되죠? 에스티바 씨, 나는 순진하게 수단이 목적을 정당화한다고 믿는, 당신네 도덕주의자들과는 다릅니다. 목적은 오직 성공으로만 정당화돼요. 이기는 것이 무조건 옳죠."

"이제 알겠네요. 이교를 기독교로 변장해 다시 밀반입하려는 거군요. 기독교를 이용해 이교를 되살리려는 거죠."

“그들은 우리 종교의 기반을 이용해 자신들의 신앙을 주입했어요.”

“당신은 진짜 의도는 이교의 부활이면서 그리스도의 새로운 형상이니 뭐니 하는 이야기로 어린 소녀들을 현혹하고 있고요.”

“현혹이라뇨. 쯧쯧, 에스티바 씨, 그렇지 않다는 거 알잖아요. 신은, 진정한 신은 어차피 숭배받아요. 이름이 바알이든 바탈라든 프리아포스든[45] 그리스도든 무슨 상관이죠? 아브라함과 멜기세덱이 함께 예배를 드렸다는 성경 구절은 어떤 의미일 것 같아요? 멜기세덱은 이방신 엘이나 사독을 들먹였고 아브라함은 야훼에게 기도했어요. 그러나 성경은 신을 구분하지 않아요. 멜기세덱도 ‘지극히 높으신 하나님의 제사장’이라 칭하죠. 성 바울은 그리스도를 멜기세덱의 계보 안에 두었고요. 이는 이교의 제사장직이 그리스도를 통해 재개되었고, 옛 종교가 새로운 신앙 안에서 계속되고 있음을 인정한 게 아닌가요? 아브라함은 이교도 대제사장 멜기세덱에게 십일조를 바침으로써 그 사실을 인정했어요. 아브라함에게 멜기세덱이 누

---

45 바알은 고대 가나안, 페니키아에서 토지의 비옥함과 생물의 번식을 주재한다고 여겨졌던 최고 신이다. 프리아포스는 그리스 로마 신화에 등장하는 생식과 풍요를 관장하는 신이다. 바탈라는 필리핀 신화에서 창조주이자 통치자인 가장 중요한 신이다.

구인지, 또는 멜기세덱이 어떤 이름으로 하느님을 경배했는지는 중요하지 않았죠."

"당신이 누구인지도 중요하지 않고요?"

"질문이 많으시다더니 정말이네요. 맞습니다, 에스티바 씨. 나는 중요하지 않다고 생각해요. 아브라함에게 중요한 건 멜기세덱이 자기 편이라는 점이었어요. 내가 당신 편이라는 것도 중요하고요."

"내 편이라뇨!"

"당신도 나를 다시 불러낸 사람 중 한 명이에요."

"그렇게까지 거슬러 올라간 적은 없는데요."

"에스티바 씨, 한번 거슬러 올라가기 시작하면 어느 지점까지만 가겠다고 제한을 두는 게 불가능해요. 무덤을 하나 파헤치면 그 아래에 있는 무덤들도 같이 열리는 이치죠. 르네상스 시대의 발굴이 어땠는지 들어보셨을 겁니다. 사람들은 그릇과 성상 같은 유물과 함께 지하로 사라졌던 옛 신들이 부활할까 봐 두려워했어요.

"지금 여기서 그런 일이 일어나고 있다는 건가요?"

"내가 옛 신 중 하나인 척하려는 건 아닙니다. 나는 그저 그 신들을 모시는 사람일 뿐입니다. 인정하지 않으실지 모르지만, 당신처럼 말이죠. 그리스도의 형상을 넘어 꼭 해야 할 질문, 즉 자신이 숭배하는 신의 이름이 무엇인지 스스로 깨닫는 순간 당신의 동생도 그렇게 될 겁니다. 깨달음의 순간을 맞는 거죠. 그러니 그녀의 앞길을 막지 말아주세요."

"내 동생은 당신네 패거리와 이 나라를 떠날 겁니다."

"그러면 에스티바 씨, 경고하건대 무자비한 힘이 발동될 겁니다."

"조만간 경찰서에서 그 힘을 만나길 바랍니다."

"알겠습니다, 에스티바 씨. 나는 분명 경고했습니다. 내가 할 수 있는 건 그뿐입니다. 당신과 당신의 무리가 움직이면 복수의 여신들도 움직일 겁니다. 내 형제들이 안내할 테니 잘 가세요. 엘리베이터는 복도의 다음 모퉁이에 있습니다. 그리고 경찰을 부를 생각이라면 괜한 수고는 하지 마세요. 경찰이 도착할 때쯤이면 우리는 여기 없을 테니까요."

시드는 소냐네 집 테라스의 대리석 테이블에 차려진 저녁을 보고 조금 놀랐다.

"내 차로 외식하러 나가는 거 아니었어요?"

소냐는 기운 없이 얼굴을 찡그렸다.

"다음에요…. 오늘은 안 내키네요."

소냐는 노란색 민소매 블라우스와 검은색 팔라초 바지[46]

를 입고 동심원 삼각형 모양의 금색 귀걸이를 차고 있었다. 시드는 제 눈동자가 소냐의 목 옆에서 달랑거리는 귀걸이를 따라 움직이는 걸 느꼈다. 둘은 작은 유리 램프 속 양초의 불빛을 받으며 식사했고, 소냐는 테이블 위에 팔꿈치를 올려놓고 무기력하게 음식을 먹었다.

"피곤해요, 소냐?"

"아까 헤어지고 나서 성탄절 쇼핑을 했어요."

"그런데 저녁까지 차렸군요."

"가정부들이 외출하는 날이라서요."

시드는 겹겹의 안에 단둘이 있는 느낌이 들었다. 소냐의 집 잔디밭을 둘러싼 높은 벽과, 속을 드러내지 않지만 에어컨 구멍을 통해 많고 많은 소문이 속삭이며 새어 나오는, 가짜 벽돌로 된 주변 모텔들의 벽이 둘을 에워싸고 있었다.

"오늘 밤은," 시드가 반짝거리는 소냐의 귀걸이를 보며 말했다. "촛불이 제격이죠."

"12월 21일이요?"

"동지 전날이잖아요."

"그러면 모닥불을 피워야죠."

"양초도 괜찮아요. 그래서 크리스마스 랜턴이 있는 거잖

46 통이 넓은 여성용 바지.

아요."

시드는 이제 소냐의 목에 드리워진 귀걸이의 그림자를 보고 있었다.

"오늘 밤 태양신이 죽고 다시 태어나요." 시드가 말했다.

"그래서 모닥불을 피우나요?"

"태양신이 몸을 풀도록 돕는 거죠."

소냐는 부르르 떨면서 구릿빛 맨팔을 감싼 손가락을 쫙 펼쳤다.

"정말 쌀쌀해지긴 하네요." 소냐가 말했다. "태양이 죽어가는데 왜 잔치를 벌이죠?"

"격분하는 거죠. 빛의 죽음에."

"먹고 마시고 불을 피우면서요?"

"사랑도, 아니 특히 사랑하면서요. 사랑은 최고의 마법이었어요. 태양이 다시 타오르게 하는 마법이요."

둘은 서로가 아니라 키안티[47]가 담긴 잔을 바라보았다.

침묵 속에 포도주를 조금 마신 뒤 소냐가 말했다.

"세상이 끝난다고 생각했을 텐데 그 모든 걸 했다니 대단하네요."

"깊고 깊은 밤의 쇼죠."

---

47 이탈리아 토스카나산 적포도주.

"인간의 허세란. 태초부터 그랬죠. 저기, 있잖아요, 시드…."

"우리, 그 허세를 기념할까요?"

"태양의 부활도 도와요. 잔디밭에 쌓인 저 낙엽과 쓰레기 더미로."

시드는 무릎을 꿇고 앉아 더미 안에 불을 붙인 천을 쑤셔 넣은 다음, 잔디밭에서 소냐의 옆자리에 앉아 그녀를 품에 안았다. 서서히 커지던 불꽃은 심장부가 확 타올랐다가 그을리는 수준으로 천천히 사그라지면서 나선형 연기를 내뿜었다. 그러다 다시 타오르기 시작한 불길은 선이 되어 반짝이거나 불티를 날리며 폭발하듯 튀어 올랐고, 움직이는 두 혀는 서로를 갈망하며 뒤엉켜 흔들렸고, 두 사람을 잡아먹을 듯 부풀어 올라 용광로처럼 빛나는 불꽃 주위로는 불티가 휙휙 날아다니고 산산이 부서지며 증식했고, 빛나는 불꽃에서는 더 짙어진 연기가 밀려 나왔다. 자유를 찾은 연기는 제멋대로 풀리고 펼쳐지고 피어오르면서 솟구치고 바스락거리고 포효하고 격분하는, 덤불에 붙어 뜨겁게 타오르는 하나의 불길에서 파문처럼 번졌다. 터져 나온 연기는 아, 아, 마침내 하늘로 솟구치는 불의 샘에서 우아하게 꽃을 피웠고, 절정을 맞은 시드와 소냐는 서로에게 꼭 매달린 채 부르르 몸을 떨었다.

그날 밤, 소냐의 침대에서 자다 깬 시드는 창가에서 창밖의 붉은빛을 보았다. 모닥불은 여전히 타오르고 있었는데, 불꽃은 시드와 소냐가 잠들어서 그렇다는 듯 부드럽게 피어올랐다. 소냐도 잠에서 깨 불빛을 보고 있다는 걸 깨달은 시드는 소냐의 이름을 불렀고, 둘은 아무 말 없이 동시에 몸을 돌려 서로의 육신을 게걸스럽게 탐했다.

시드가 또다시 잠에서 깼을 때 창밖은 어두웠지만 소냐의 몸은 그보다 더 어두워 보였다. 소냐는 시드가 깬 것을 감지하고 힐끗 돌아보았다.

"막 태어나 떠오르는 태양을 보고 싶지 않아요? 우리가 도와줬잖아요."

벌거벗은 채 창가에 나란히 선 두 사람은 태양의 끄트머리가 타지마할 모텔 지붕 위로 떠오르는 모습을 지켜보았다.

"우리만 도와준 게 아니었네요." 소냐가 미소를 지었다.

"이리 와요, 소냐, 어서요."

"아직 더 도와줘야 해요?"

"아직 아기 태양이잖아요."

아침을 먹고 시드는 택시를 불렀다. 소냐는 고도의 기교와 대담성을 잃어버린 듯 전날 밤 시드가 도착했을 때처럼 다시 무기력해져서는 한쪽 팔꿈치를 식탁에 올린 채 황금색 삼각형 귀걸이를 달랑거리며 아침을 먹었다.

"섹스한 다음 날 우울해지는 건 남자인 줄 알았는데요?"

시드가 말했다.

"원래 어젯밤은 깨고 나면 작년처럼 느껴지는 법이죠."

"나는 아직 새벽 3시 같은데요."

"이제 슬슬 잠에서 깨야죠."

"무슨 문제라도 있어요, 소냐?"

"그냥 늘 똑같은 태양일 뿐이에요. 모닥불 때문에 난리 난 것 좀 봐요. 얼른 다 치워야겠어요."

소냐는 팔라초 바지와 터틀넥 스웨터 차림으로 대문에서 손을 흔들며 작별 인사를 했다. 소냐의 목선을 따라 호를 그리며 흔들리는 귀걸이가 햇빛을 받아 번쩍거렸다.

시드가 아델라의 집에 도착하니 통화 중인 아델라 대신 바나그 부인이 그를 맞으러 달려 나왔다.

"제 메시지 받으셨어요?"

"좋은 아침입니다, 바나그 부인. 아뇨, 무슨 메시지요?"

"어제 오후에 전화했었거든요."

"여기로요?"

"처음에는요. 그런데 가정부가 보르하 부인네 집으로 해 보라길래 거기로 전화했어요. 보르하 부인은 당신이 곧 올 거라고 했고요."

"무슨 말을 하고 싶으셨는데요?"

"그들이 어젯밤에 모였어요. 안티폴로에, 신도 전체가요.

네, 그 예언자도 왔어요. 택시 기사를 죽인 그 두 놈도요. 어젯밤에는 라오 신부님이 당할 차례였어요. 어찌할 바를 몰라 당신에게 연락한 거고요. 보르하 부인한테 못 들으셨어요?"

"네." 시드가 말했다. "못 들었습니다."

그때 아델라가 통화를 마치고 나타났다.

"밤새 한숨도 못 자다가," 바나그 부인이 말했다. "아침 일찍 어떻게 됐는지 궁금해 여기로 왔어요. 다시 보르하 부인의 집으로 전화해 당신을 찾으려 했지만…."

"내가 그러지 말라고 했어." 아델라가 말하고는 시드를 쳐다봤다. "괜찮아, 이시드로, 산티아고가 거기 있었어. 현장을 제대로 잡았지. 라오 신부도 구해냈고. 널 납치한 깡패 중 한 명도 잡았대. 어젯밤 안티폴로의 어떤 언덕에서 그자들이 의식 같은 걸 치르고 있었대."

"어젯밤이라면…." 시드는 바나그 부인 쪽으로 시선을 옮겼다.

"동지 전날 밤이었죠." 바나그 부인이 말했다.

"맙소사…."

"그래서 어제 연락하려고 한 거예요. 원래 인트라무로스에서 모일 작정이었지만 살렘 하우스가 너무 알려져 안티폴로로 옮긴 것 같아요. 어젯밤 이후로 지하로 숨을 계획일 거예요. 여동생분도 함께요. 이 내용을 보르하 부인에게 다 말한 뒤 꼭 당신한테 전해달라고 부탁했어요. 정말 아무 말도 못 들으셨어요?"

"네." 시드가 다시 말했다. "못 들었습니다."

≈≈≈

라오 신부와 체포된 괴한은 정오에 안티폴로에서 경찰서로 이송됐고, 시드는 그 괴한이 검은 재킷 차림의 폭력배 중 한 명임을 확인했다. 산티아고는 흥분의 도가니에 빠져 있었다. 옷은 구겨지고 턱은 밤새 자란 수염으로 덮여 있었지만, 행복감에 도취돼 졸리지도 않은 듯했다. 그 순간 산티아고는 산티아고 마타모로스[48]였다! 라오 신부도 여느 때처럼 초췌했고 비행기를 탈 때 입은 회색 양복은 더욱 구겨져 있었지만, 우쭐한 기분에 취해 있는 듯 보였다. 악의 세력을 거부하고 참회의 기도를 올렸으니 그럴 만도 했다.

"처남, 내가 한 일은," 산티아고가 말을 꺼냈다. "진작 해야 했는데 내가 워낙 그런 일을 하는 부류가 아니라서 여태껏 하지 못했었네. 하지만 이 문제로 바나그 부인과 첫 면담을 하

48 예수의 열두 제자 중 하나인 야고보의 스페인어권 별칭으로 기독교군을 지키기 위해 무어인 병사들을 학살했다는 전설이 전해진다.

고 나니 결심이 서더군. 바로 사립 탐정 사무소에 방문해 구이아와 그 동료들을 추적해달라고 요청했지. 바나그 부인과 클럽에서 만난 그저께 밤에 나는 이미 안티폴로[49]에서 무언가가 진행 중이라는 첩보를 입수한 뒤였네. 처남이 인트라무로스를 방문한 직후에 구이아와 일행이 안티폴로까지 차를 몰고 가서 하룻밤을 묵었다고 하더군. 언덕 꼭대기의 아주 외딴 곳에 있는 대목장이자 부유한 과부의 소유지에서 말이야.

어제 나는 안티폴로에서 탐정들과 합류했네. 농장 주변에는 높은 담이 있고 담 주변은 숲과 아주 거친 땅으로 둘러싸여 있었어. 몰래 담을 넘어 들어간 탐정이 그러더군. 큰 집 뒤편의 과수원에 있는 오두막에 한 남자가 감금돼 있다고. 밤이 되자 사람들이 모여들기 시작했네. 자동차가 최소 열 대는 지그재그 모양의 도로를 따라 농장으로 들어갔어. 구이아도 그 예언자와 함께 도착했고.

처음에는 아무 일도 일어나지 않았고 신도들 모두 집 안에 있었네. 우리는 바깥 숲에 숨었고 탐정 한 명은 쌍안경을 들고 나무 위에 올라가 있었지. 그러다 자정 무렵 신도들이 모두 과수원으로 나왔네. 나무 위에 있던 탐정의 보고에 따르면

49 필리핀 메트로 마닐라에 인접한 리살주의 도시. 유명한 성지인 안티폴로 성모 마리아 성전이 있다.

신도들은 모닥불 주위에서 춤을 추기 시작했어. 남녀를 가리지 않고 전부 다 벌거벗은 채로. 바로 그때 나무 위의 탐정이 목격했네. 총을 든 라오 신부가 여기 이 괴한을 재촉해 벽을 따라 어두운 곳을 통과하는 모습을 말이야. 나는 탐정 몇 명에게 담을 타고 올라가 두 사람을 끌어올리라고 시켰네. 그 즉시 둘을 경찰서에 데려왔고 라오 신부는 이 괴한을 택시 기사를 살해한 범인 중 하나로 지목했지.

그런데 수색 영장을 받으려면 판사도 깨워야 했고 절차가 복잡했어. 영장을 받아 농장으로 돌아왔을 때는 이미 너무 늦은 뒤였네. 아무도 없었어. 모두 도망쳐버린 거야. 그래도 괜찮네. 어디 있는지 아니까. 이자가 밤새 많은 걸 알려줬거든. 카비테 해안 어딘가에 대기시켜놓은 밀수꾼의 배를 타고 도망칠 계획이겠지만, 경찰이 출동했으니 분명 오늘 내로 다 잡혀 법의 심판을 받을 거야. 저 괴한의 증언에 따르면 어린 소녀들은 이 패거리의 악랄한 활동에 관해 아무것도 모르는 것 같더군. 그래서 경찰에 부탁해뒀네. 구이아의 신변이 확보되면 그 일당과 즉각 분리시켜 집으로 데려다달라고. 라오 신부님도 진술을 마치면 바로 우리 집으로 오시게 했어. 불쌍하게도 갈 곳이 없으시다더군. 잠시 탈선했지만 회개하셨으니 신부님을 위해 내가 교회 당국에 선처를 호소해주기로 약속드렸네."

그날 오후 아델라의 서재에서 시드와 페레르 부부는 라오 신부의 이야기를 들었다. 시드와 비슷한 나이대인 라오 신부는 유령처럼 초췌한 몰골로 눈빛을 번득거리며 여전히 황홀경에 빠져 주체할 수 없는 듯 손을 떨며 말했다.

"그들이 처음 LA에서 저를 찾아왔을 때 저는 계시를 기다리고 있었습니다. 밤마다 거리를 걸으며 하느님이 절 다시 찾아주시길 기다렸죠. 제게는 2~3년 동안, 아니 그보다 오래 하느님이 부재하셨어요. 기도할 수 없다는 건 끔찍한 일입니다. 기도하고 또 했지만 하느님은 제 기도를 듣지 않으셨어요. 캔자스의 한 대학 도시에 있었는데, 늘 어두운 밤 같은 나날이 이어졌습니다. 그렇게 완전히 버림받은 기분에 시달리다 죄악에 빠지고 말았습니다. 한 소녀를 만났는데… 아, 그녀는 마녀이자 간통녀이자 바빌론의 탕녀였습니다. 사악하기 그지없었죠. 하지만 제가 죄를 지은 건 오직 하느님의 부재로 인한 절망감 때문이었습니다. 죄를 짓고 피폐해진 저는 그 도시에서 도망쳐 LA에 숨었고, 버림받은 자들 사이에서 살면서 그들보다 더 타락한 삶을 살았습니다. 하지만 그러면서도 내게 이렇게까지 지독한 짓을 하셨으니 하느님이 분명 다시 돌아오시리라는 믿음이 있었습니다. 그래서 비참한 상태로 거리를 돌아다니면서 하느님이 돌아오셨다는 계시를 기다렸죠.

그러던 차에 그들이 찾아와 사악한 제안을 했습니다. 내 신성한 사제직을 그들의 신을 섬기는 데 써달라는 제안이었습니다. 악마를 섬기는 것이죠. 아, 저는 그들의 신이 악마라는 걸 바로 알았습니다. 그들은 역사와 부활과 원주민 정신을 들먹였지만, 저는 제가 어떤 일에 초대된 건지 알았습니다. 정말 큰 충격이었습니다! 천사를 보내달라고 신께 간청했건만 악마를 보내시다뇨. 저는 이것이 그분 뜻이라면 받아들이겠다고, 비통하게 되뇌었습니다. 아까도 말했듯 제가 죄를 지었다면 그건 신이 나를 완전히 버렸다고 절망했기 때문이었습니다.

그렇게 저는 그들과 함께 샌프란시스코로 갔고, 그들은 제게 호텔 방을 잡아주고는 결정할 시간을 주겠다며 떠났습니다. 마닐라로 날아갈 때까지도 저는 결정을 내리지 못했습니다. 제 안의 가장 성스러운 것을 거래하지 않는 한 아직 희망이 있다는 걸 알았으니까요. 비행하는 내내 저는 하느님에게 계시를 보여달라고, 제발 보여달라고 애원했습니다.

그러다 공항에서 제가 그토록 기다렸던 계시, 즉 하느님이 절 아끼신다는 명백한 계시를 발견했습니다. 그들은 제게 한 손으로 칫솔을 들고 다니라고 했습니다. 그 가증스러운 상징물은 저를 데리러 온 자들이 저를 식별하기 위한 물건이었어요. 그러나 저와 함께했던 자들은 저보다 먼저 비행기에서 내렸고, 절 데리러 온 자들은 칫솔을 든 다른 누군가를 저로 오해해 제게 줄 메시지를 그 남자에게 줬습니다. 하느님이 저를 구하려고 천사를 보내신 겁니다. 네, 천사가 아니라 에스티바 씨, 당신이었다는 거 압니다. 하지만 우연치고는 너무 기적적이지 않나요? 하느님은 저와 소통하려고 당신을 이용하셨습니다. 그 순간 저는 하느님의 임재를 느꼈습니다. 하느님이 다시 오신 겁니다. 사막과 어두운 밤은 끝났습니다. 저는 다시 기도할 수 있었습니다. 신께서 저를 악의 세력에 연루시키셨다는 게 여전히 의아했지만, 그 역시 그분의 계획이며 목적이라는 것을 더는 의심할 수 없었습니다.

그날 오후 그들이 제 호텔로 찾아왔을 때 저는 그들의 신을 섬길 수 없다고 말했습니다. 그러나 강제로 인트라무로스에 있는 그들의 본부로 끌려가 밤새 그곳에 갇혀 있었고, 가서 보니 정말 도둑과 살인자 패거리라는 걸 알게 됐습니다. 에스티바 씨, 그들은 당신을 납치했고 경찰서에 가려 한다는 이유로 택시 기사를 죽인 이야기를 들려줬습니다. 절 공포에 떨게 한 겁니다. 그러다 평화적으로 설득하려는 시도를 한 번 더 하더군요. 다음 날 정오에 한 소녀를 제가 갇힌 방에 보내 자신들의 종교에 관해 이야기하게 시킨 겁니다. 너무나 예쁘고 순결해 보이는 소녀의 입에서 나오는 이야기라 악의라고는 전혀 없게 느껴졌습니다. 그러나 그 소녀는 마녀였고, 간통녀였고, 바빌론의 탕녀였고, 사악하고 사악한 여자였어요. 바로 그때 저는 왜 하느님이 저를 악의 세력의 요새로 보내셨는지 깨달았습니다. 그 요새를 파괴하고 악의 세력을 죽이기 위한 도구로 저를 선택하신 것이었습니다.

그날 밤 저는 안티폴로의 어딘가로 끌려가 오두막에 갇힌 채 감시를 받았습니다. 그들은 저를 제거할 작정이었습니다. 그들의 악행을 폭로하겠다고 맹세했지만, 어제가 되어서야 저는 그들의 의도를 깨달았습니다. 이교도들이 신에게 바치는 인신 제물처럼 저도 그들의 가증스러운 의식의 희생양이 될 예정이었어요. 의식은 한밤중에 치른다고 들었습니다. 저는 두렵지 않았습니다. 하느님이 저를 구해주시고 그들을 멸하실 것을 알았기 때문이죠. 특히 일당에 속하지 않은 한 남자가 농장 안을 몰래 돌아다니는 것을 보고 확신했습니다.

우선 그들이 가증스러운 짓을 시작할 때 잠든 척했습니다. 제가 갇힌 오두막에는 보초 둘이 상주했는데, 한 명은 의식을 치르러 나갔고 남은 한 명은 창문에 매달려 음란한 구경에 몰두하느라 옆 탁자 위에 올려둔 총을 까맣게 잊은 눈치였어요. 저는 슬그머니 다가가 총을 집어 든 뒤(지금도 가지고 있습니다) 보초의 등을 총으로 찌르면서 협박해 과수원을 통과해 담벼락으로 안내하게 했습니다. 도착하니 산티아고 씨가 기다리고 있더군요. 그를 만나자마자 제가 제일 먼저 뭘 했는지 한번 물어보세요. 산티아고 씨의 가슴에 있는 십자가에 키스부터 했답니다."

시드는 자신이 라오 신부의 수호천사라는 생각에 웃음이

터지려 했지만 최대한 진지한 표정으로 이야기를 들었다. 아델라는 라오 신부가 이야기를 쏟아내고 기진맥진한 표정을 짓자 그만 가서 쉬도록 방으로 돌려보냈다. 그러나 여전히 흥분한 상태인 산티아고가 가장 최근의 정보를 얻으러 경찰서에 가는 걸 막을 수 없었다.

시드는 소냐에게 전화를 걸었다. 전화를 받은 가정부는 잠시 기다리라고 한 뒤 돌아와 미안하지만 보르하 부인이 외출 중이라고 말했다.

그때 경찰서에 간 산티아고에게 전화가 걸려 왔다.

산티아고는 경찰에 잡힌 살렘인들이 서에 도착했지만 구이아가 무리와 떨어지지 않으려 한다면서, 시드에게 와서 구이아와 얘기해보지 않겠느냐고 물었다.

"다 잡혔나요?" 시드가 물었다.

"택시 기사를 죽인 다른 괴한을 말하는 거라면, 잡혔네."

"그럼 다 잡힌 건가요?"

"예언자만 빼고. 그자는 찾지 못했다는군."

구이아는 청바지와 검은색 카디건을 입고 자매들과 함께 앉아 있었다. 공항에서 초록색 옷을 입고 있던 덩치 큰 여자, 스웨트셔츠와 신축성 좋은 바지를 입고 있던 긴 머리의 젊은 여자, 아델라의 파티에서 모로족 의상을 입고 있던 '저명한 여성 사업가', 조용히 흐느끼고 있는 후아나 자매까지, 시드가 본 여자들이 모두 거기에 있었다. 수녀의 베일을 두른듯 어리둥절한 표정을 끈질기게 짓고 있는 이들은 아마도 춘분에 주님을 잃고 그가 마신 식초를 맡아 가지고 있는 마리아들일 것이다.

시드는 누이에게 성큼성큼 걸어갔다. 스티브, 지니, 지지, 구이앙을 거쳐 이제 구이아 자매의 끝에 다다른 누이에게.

"가자, 꼬맹이. 집에 가자."

구이아는 시드를 올려다보고는 아무 말 없이 자리에서 일어났다. 시드는 구이아를 한 팔로 감싸 안은 채 데리고 나와 경찰이 늘어선 복도를 지나 추운 12월의 저녁으로 걸어 나갔다. 차 안에서 구이아는 시드의 품에 조용히 안겼고, 시드는 아버지의 장례식을 마치고 돌아왔을 때 울지 않고 조용히 그의 품에 안겼던, 그저 어린아이에 불과했던 구이아를 떠올렸다. 그리고 생각했다. 집을 떠나는 게 아니었다고.

아델라는 서재에서 기다리고 있었다. 이 가족의 모든 모임에는 서재의 벽에 거대하게 걸린 턱시도 차림의 아버지가 꼭 필요한 모양이었다.

두 자매는 뺨을 맞댔고 아델라는 두 팔로 구이아를 얼싸안았다.

"불쌍한 것. 어린 나이에 이런 일을 겪다니. 이리 와서 내 옆에 앉으렴."

둘은 소파에 앉았고 산티아고는 왕의 의자처럼 등받이가 높은 고풍스러운 의자에 앉았으며 시드는 흔들의자에 앉았다. 아버지는 여전히 벽에 걸린 채 서 있었다.

"그래도 이제 다 끝났어." 아델라가 모로 앉아 구이아를 바라보며 말했다. "이 일은 앞으로 우리 모두 입 밖에도 안 낼 거야. 오늘부로 너는 사교계에 첫발을 딛는 여인이 됐으니 그리 알아. 내일 점심에 카를로타 존스가 아들을 데리고 올 건데 이건 시작이고 앞으로 다양하게 만나볼 거다."

"아니면," 산티아고가 말했다. "과도기가 필요할 수도 있으니 우리가 아는 아주 좋은 종교 공동체에서 잠시 머물러도 좋고."

"구이아와 저는 이미 결정했어요." 시드가 말했다. "저랑 같이 뉴욕에 갈 겁니다."

잠시 침묵이 흐르는 동안 세 연장자는 서로를 바라보았고 구이아는 무릎에 두 손을 겹쳐 올린 채 가만히 앉아 있었다. 그러다 아델라가 이의를 제기했고 산티아고는 반대 의견을 냈으며 시드는 논쟁에 끼길 거부하다 결국 참여했다.

그때 구이아가 갑자기 자리에서 일어났다.

시드는 아델라와 산티아고처럼 구이아를 불신의 눈초리로 올려다보는 자신이 가증스러웠다.

"나를 두고 흥정하지 마." 구이아가 말했다.

아델라는 못 말리겠다는 듯 허공에 두 팔을 내던졌다.

"하지만 구이아, 다 너를 위해 그러는 거잖니."

구이아는 세 사람을 둘러보며 말했다.

"나를 위해서라고? 심술을 부리는 게 아니고? 내가 모를 것 같아? 언니는 내 분노와 열정을 부러워하잖아. 나도 언니처럼 갇혀 살게 할 작정이겠지. 불쌍한 아델라의 인생에 복수하려고! 그래서 내가 존스 부부의 아들과 결혼하길 바라는 거 아니야? 모르는 사람이 없다고, 그자가 결혼할 수 없는 몸이라는 사실을…."

구이아는 산티아고를 향해 몸을 돌렸다.

"바로 산티아고, 당신처럼요! 그래도 당신은 다른 걸 위해 산을 넘고 벽을 오를 수 있겠죠. 그런데 뭘 위해서죠? 더 큰 주님의 영광을 위해서인가요? 솔직하게 말해요. 왜 그렇게 날 막지 못해 난리였죠? 내 몫의 돈과 회사를 잃을까 봐 두려웠나요? 그래서 나를 당신이 거래하는 그 좋다는 종교 공동체에 안전하게 가둬두고 싶은가요? 그 공동체를 위해 내 어마어마한 지참금을 당신이 다 관리하고 싶은 거 아니냐고요…."

"구이아," 시드가 벌떡 일어나며 외쳤다. "너 미쳤어?"

"오빠는 어때? 꿍꿍이가 뭐야? 내가 오빠의 비밀을 맞혀 볼까? 왜 나랑 맨해튼에 숨으려는 거야? 나는 무슨 역할이지? 오빠가 낳지 않으려 했던 아기? 잡을 수 없었던 아내? 강간하지 않는 한은 오빠랑 잠자리할 수 없는 애인?"

시드는 고개를 저었다. "모르면서 함부로 말하지 마."

"아니, 난 알아, 오빠. 나는 오빠를 언제나 사랑할 수밖에 없는 유일한 여자고, 고독하게 살 완벽한 파트너잖아. 나는 타인이 아니라 오빠와 한몸이나 마찬가지니까. 둘이 함께 멋지게 독신으로 늙어가는 모습을 상상한 거 아니냐고…."

시드가 손을 내밀자 구이아가 뒤로 물러서며 외쳤다.

"손대지 마, 아무도 나한테 손대지 마!"

그러고는 가족의 원 밖으로 빠져나오며 말했다.

"날 막은 걸 후회하게 만들어주겠어!"

구이아는 휙 뒤돌아 문간으로 뛰어가다 멈춰 서서 다시 세 사람을 둘러보았다.

"잊지 말아요," 구이아가 미소 띤 얼굴로 말했다. "이제 아홉 달에서 열 달만 지나면 이렇게 같이 있을 일도 없다는 걸요. 내가 여러분에게서 벗어날 테니까요!"

그때 문간 너머의 어둠 속에서 희미하게 나타난 사람의 형체가 세 연장자의 눈에 띄었다. 곧이어 그 형체의 얼굴이 문간의 불빛을 받아 반짝였다. 라오 신부가 덜덜 떨며 구이아를 휘둥그레진 눈으로 바라보고 있었다.

구이아는 세 사람의 시선이 바뀌는 걸 보고는 빙그르르 돌아 문간에 선 남자를 발견했다.

"너는!" 라오 신부가 온몸의 사지를 벌벌 떨며 외쳤다.

아직 흔들의자 옆에 서 있던 시드는 라오 신부가 미친 듯 중얼거리는 말(마녀? 간통녀? 탕녀?)을 들으려고 몸을 앞으로 기울였다. 신부는 중얼거리며 오른팔을 들어 올렸다.

세 사람이 신부의 손에 들린 것을 본 순간, "사악한 것! 사악한 것!"이라는 두 번의 비명과 함께 총소리가 한 번 울리고, 두 번 울렸다.

라오 신부는 총을 떨어뜨리고는 한쪽 문틀을 매달리다시피 붙잡았지만 미끄러지며 쓰러져 무릎을 꿇었다.

산티아고는 왕좌에 앉은 석상처럼 굳었고, 아델라는 소파에 옆으로 쓰러져 무력하게 몸을 떨며 신음했다. 시드는 벽에서 이 모든 장면을 내려다보고 있는 아버지를 의식하며 굳은 표정으로 바닥에 엎드린 구이아를 향해 걸어갔다.

시드는 구이아를 품에 안고 뒤집었다. 구이아는 벌어진 입술로 숨을 쉬지 않고 있었다.

새해 첫날은 추웠다. 장례식이 끝난 뒤로 시드가 머무는 사무실은 북극이나 다름없었다. 장례식은 시드만 참석한 가운데 빠르게 치러졌다. 아델라는 신경 쇠약으로 요양원에 입원했고 산티아고는 수도원에 은둔했다. 시드는 사무실에서 자고 음식은 배달시켜 먹으며 회사 일을 도맡아 했다. 저 아래 거리에서는 성탄절이 소리 없이 지나가고 있었고, 환희에 찬 웃음소리는 창문의 커튼에 가려서 들리지 않았다.

≈≈≈

큼지막한 스웨터를 입은 시드는 창가에 서서 커튼을 한쪽으로 치켜들고 건물 절벽에 비치는 오후의 햇살을 바라보았다. 거리는 한산했다. 인도의 사람도, 도로의 차량도 거의 없었다. 모두 집에서 휴식을 취하고 있을 것이다. 시드는 커튼을 다시 내려 오후의 분홍빛 햇살을 차단했다. 유리판 위에 놓인 종이 한 장에만 램프 불빛이 비치고 있는 책상을 제외하고는 겨울의 어스름이 넓은 사무실에 다시 내려앉았다.

시드는 책상으로 돌아가 바기오에서 보낸 보르하 부인의 편지를 다시 읽었다.

> 이번 성탄절에는 군사 학교에 다니는 아들이 집으로 오는 대신 내가 아들의 학교로 왔어요. 집에는 도저히 머물 수가 없었어요. 그래도 당신에게는 설명해야 할 것 같았어요. 내가 왜 그런 짓을 했는지 궁금할 테니까요.

내가 그들과 한패라고 생각했을 수도 있겠죠.
그건 아니에요. 지금도 아니고 전에도 아니었어요. 그날 오후 바나그 부인의 전화를 받은 뒤 손님이 찾아왔어요. 네, 그 예언자였어요. 그는 바나그 부인이 말한 내용을 당신에게 전하면 안 된다고 했어요. 대화를 나눈 시간은 25분쯤밖에 안 됐지만 그 짧은 시간에 나는 그가 하는 일을 막아서는 안 된다는 확신이 강하게 들었어요. 그의 설득에 넘어가서가 아니에요. 바나그 부인이 말했듯 내 본능이, 아주 강한 본능이 시켜서 한 행동이었어요. 바나그 부인이 특별히 강조한 사실, 즉 한 사람의 목숨이 위험하다는 정보가 갑자기 하나도 안 중요하게 느껴졌다면 믿을 수 있겠어요? 그 순간 나는, 아니 내 안의 무언가는 잔혹해질 각오가 돼 있었어요. 로렌스[50]가 말했듯 피에 내재된 어둠의 신이 조화를 부린 걸까요? 그날 밤 나는 어둠의 신에 사로잡혔어요.
물론 그러고 나니 겁이 덜컥 났어요. 인간은 단번에 이성을 내던질 수 있는 존재가 아니니까요. 남편은 나와 사랑을 나눌 때도 내 이성이 작동하는 소리가 들린다며

50 영국 문학가 데이비드 허버트 로렌스(1885~1930)를 가리키는 것으로 추측된다.

도망쳤어요. 이번에는 내가 도망치고 있네요. 내가 하는 일이 이제는 정말 바보같이 느껴져요. 과거를 소재로 지나치게 복잡한 디자인을 만들거나 파티를 위해 장식하는 일 말이에요. 어쩌면 나는 과거를 너무 경솔하게 단순한 장식품으로 이용해 벌받고 있는지도 몰라요.

그렇대도 여기까지 온 건 미친 짓이었어요. 여기는 어둠의 신의 나라이자 땅이에요. 산골 마을인 본톡과 사가다를 거쳐 이푸가오까지[51] 왔을 때 어둠의 신은 저를 온통 지배했어요. 그 괴한들에게서 알몸으로 도망칠 때, 몸이 움직임 그 자체가 되어 팔다리가 스스로 생각하는 듯 저절로 움직였다고 했죠? 그 기분이 어땠는지 나중에 꼭 말해줘요. 나도 지금 그런 기분이에요. 도망치고 또 도망치지만 언제나 처음 그 자리에 있는 것 같아요….

바로 그때 시드는 누군가가 같은 공간에 있다는 걸 공기의 움직임으로 알아차리고 편지를 떨어뜨렸다. 어둠의 맨 끝 가장자리에서 문이 열려 있었다. 누군가가 문간에 서서 안을 들여다보다 들어와 문을 닫더니 시드가 앉아 있는 빛의 원을

51 본톡, 사가다, 이푸가오는 모두 필리핀 루손섬 북부 고지대의 산골 마을이다.

향해 어둠을 가로질러 천천히 걸어왔다.

멜초르 신부는 이마에 어두운 자국이 있는 얼굴로 슬프고 풀 죽은 표정을 지으며 보따리를 들고 책상 앞에 섰다.

"에스티바 씨, 내가 왔으니 경찰을 부르려면 부르세요."

"꺼져요." 시드가 자리에서 일어나 말했다.

"약속한 대로 짐을 돌려드리고 바로 가겠습니다." 멜초르 신부는 보따리를 책상 위에 올려놓았다. "당신의 옷입니다." 다음으로 주머니에 손을 넣어 꺼낸 물건을 하나씩 책상에 올렸다. "여권, 항공권, 칫솔입니다. 이제 다 돌려드렸죠?"

시드는 책상 위에 놓인 물건들을 빤히 바라보았다. 그러다 모가 닳은 녹색 칫솔을 집어 들며 씁쓸하게 중얼거렸다.

"내 불개입의 상징이네요…."

"우리에게는 최고로 열정적인 헌신을 상징하는 물건이랍니다."

"어떻게 이런 우연이…."

"우연이 아닙니다, 에스티바 씨. 몇 년 전 우리를 다시 불러낼 때 당신은 어떤 힘을 작동시켰습니다. 그 힘 때문에 고향에 돌아왔고 돌아올 때 당신은 미처 몰랐던 관련성을 분명히 드러내는 상징물을 높이 들었던 겁니다. 게다가 자석이나 자철석처럼, 혹은 대양의 생명체를 끌어들이는 피 냄새처럼 당신이 시작한 이 극적 사건에 자기도 모르게 다른 참가자들을 끌어들였죠. 그건 우연이 아니… 왜 그렇게 쳐다보시나요, 에스티바 씨?"

시드는 멜초르의 희끗희끗한 머리와 거미줄 같은 얼굴의 잔주름, 구부정한 어깨, 피곤한 눈빛을 처음으로 알아차렸다.

"제 외모가 변했다고 생각하시는군요? 맞습니다, 실패해서 다시 숨어야 할 때는 피로가 찾아듭니다. 그러나 전에도 그랬듯 저는 또 돌아올 겁니다. 종교는 증인들의 피를 토대로 번성합니다. 게다가 우리에게는 새로운 증인이 생겼습니다. 동정녀이자 순교자인 성 구이아 말입니다."

멜초르는 주머니에 손을 넣고 열쇠 꾸러미를 꺼내 책상에 놓인 항공권 위에 올렸다.

"살렘 하우스의 열쇠입니다. 제가 돌아올 때까지 잘 관리해주세요."

"혹시 모르실까 봐 말하는데 이건 왕복표예요."

"압니다."

"나는 곧 떠날 겁니다."

"아뇨, 에스티바 씨. 당신은 떠나지 않을 겁니다. 집에 돌아왔으니까요."

멜초르는 잠시 말없이 서 있었다. 우수 어린 표정을 뚫고 미소가 언뜻 비쳤다. 뒤돌아 떠나는 멜초르를 보면서 시드는 절뚝거림이 더 심해졌다는 걸 깨달았다. 멜초르는 오른쪽 발을 끌다시피 하면서 어둠 속으로 비틀거리며 사라졌다. 문손잡이가 돌아가고 문이 열리는 소리가 들렸다. 순간 차가운 바람이 휙 들어왔고 다시 문이 닫히는 소리가 들렸다.

시드는 의자에 걸려 있던 재킷을 스웨터 위에 걸치고 여권과 항공권, 열쇠, 칫솔을 주머니에 넣은 뒤 소냐의 편지를 비추는 조명등을 껐다.

살렘 하우스의 문 앞에 차를 세우니 해가 지고 있었다. 시드는 맞는 열쇠를 찾아 문을 열고 포석이 깔린 방으로 들어섰다. 고풍스러운 가구는 그가 지난번에 본 그대였지만 임신한 성모상 앞에서 타오르던 불빛은 꺼져 있었다. 시드는 통로를 지나 햇빛이 지붕과 수평으로 낮게 내리쬐는 회랑으로 걸어갔다. 그런 뒤 나란히 늘어선 닫힌 문들을 지나 뒤쪽의 좁은 복도로 갔고, 복도 끝 문의 빗장을 풀어 비스듬한 각도로 보이는 뒤뜰로 나갔다. 높은 돌벽 뒤로 마지막 붉은 노을빛이 꿈틀거렸다. 잔해의 낮은 부분은 그림자에 묻히고 봉우리는 빛으로 물들어 있었다.

시드는 저녁 햇살을 얼굴에 맞으며 원형 안뜰을 둘러싼 잔해의 틈새에 섰다. 바람 한 점 불지 않았다. 중앙의 벽돌은 사라지고 없었다. 발견된 바에 따르면 안티폴로의 과수원 테이블 위에 다시 쌓여 있었다고 했다. 시드는 원형 안뜰을 가로질러 동쪽을 향하고 있는 돌벽의 제단 쪽으로 걸어갔다. 선반에 흩어져 있던 꽃과 곡식 다발, 양초가 든 키 큰 유리잔은 없었다. 둥근 철문과 움푹 들어간 공간의 한쪽 면 사이로 틈이 보였다. 시드는 그 틈으로 손을 집어넣어 철문을 밀었다. 문은 움푹 들어간 공간으로 밀려 들어가 멈췄다.

신전은 텅 비어 있었다.

그 공간에 밤이 내려앉기 시작했고, 시드는 또 다른 밤의 대화를 떠올렸다.

- 위대한 봉헌상은 언제 기념하나요?

- 새해 첫날이다, 이 바보야. 그만 닥치고 가자.

- 왜 새해 첫날이야? 그건 전례 날짜가 아니잖아. 아, 맞다. 할례 축일이 있었지.

- 수호성인 축일에 오빠도 초대할 테니까 그만 좀 해. 들어가자. 춥다.

이대로 돌아가기는 아쉬웠다. 시드는 주머니에 손을 넣어 칫솔을 꺼내서 손잡이를 신전의 바위틈에 꽂아 칫솔을 세워놓았다.

이걸로는 부족했다. 시드는 항공권을 꺼내 뭉치로 구겨서는 신전에 내려놓고 성냥불을 붙였다. 그런 뒤 뭉치가 타오르기를 기다렸다 자리를 떴다.

시드는 원형 안뜰의 가장자리에 잠시 멈춰 서서 뒤를 돌아보았다. 고요한 저녁 너머로 보이는 돌벽의 신전에서 항공권이 타오르고 있었다. 불꽃은 세워진 칫솔 앞에서 조용히, 높이 타올랐다.

칸디도의 종말

전화벨은 집에서 가장 늦게, 아침 식사 후나 오전에만 울린다. 아침 식사 전 전화벨이 울리면 집에 문제가 생겼다는 뜻이었다.

반쯤 잠들어 있다 전화벨 소리에 깜짝 놀란 헤레디아 부인은 침대 위를 버둥거리며 깊숙이, 더 깊숙이 모래 속에 가라앉듯 얼굴을 파묻었다. 그러다 어깨를 잡아당겨 몸을 일으켜 세웠다.

"엄마! 내가 여러 번 소리쳤잖아요. 전화 왔다고요."

헤레디아 부인은 고집스럽게 눈을 감은 채 엄마 귀에 찰싹 달라붙은 딸의 목을 더듬었다.

"생일 축하한다, 우리 딸."

하지만 딸은 기분 나쁘다는 듯 고개를 치켜들었다.

"헨슨 씨 전화예요. 피트 아버지요."

"누구? 무슨 일인지 물어봐."

"물어봤죠. 엄마 바꿔달래요."

"아니, 아빠는 어디서 뭐 하시길래…?"

"면도 중이세요, 엄마. 바비 일로 전화하신 것 같아요."

헤레디아 부인이 눈을 떴지만 딸은 이미 방을 뛰쳐나간 뒤였다. 햇살이 내리쬐는 유리창은 커다란 다이아몬드처럼 눈부시게 빛나고 있었다. 허공으로 다리를 휙 걷어찬 헤레디아 부인은 몸을 일으켜 침대 가장자리까지 이불을 끌고 갔다. 팬티를 입은 뒤 헛발질로 슬리퍼를 신고는 젖가슴에 이불을 더 단단히 감은 채 바깥 복도를 맨발로 뛰어나갔다.

이 집은 복층 구조였다. 거실에서 세 계단을 오르면 거실이 내려다보이는 난간 달린 복도가 있었고, 그 복도를 따라 세 개의 문이 줄지어 있었다. 그중 두 개는 열려 있어 침대 위에 흩어진 책과 신발, 바닥에 널브러진 베개와 옷가지가 훤히 드러났다. 세 번째 문은 닫혀도 너무 굳게 닫혀 있어 초상집 대문처럼 보였다. 난간 대신 벽 마감재를 붙인 복도 반대편 끝에서는 헤레디아 씨가 욕실 문을 연 채 면도하고 있었다. 파자마 바지 차림의 헤레디아 씨는 세상 주의 깊게 세면대 거울에 몸을 바싹 기대고 있었다. 헤레디아 부인은 아무것도 모르는 척하는 남편 모습에 뿔이 나 일부러 뒤꿈치를 쿵쿵거리며 계단을 내려갔고, 거실을 가로지르며 연필과 메모지 가운데에 전화기가 놓인 조그만 탁자로 향했다.

“여보세요? 네? 헨슨 씨? 걔가 어디 있다고요?”

서서 아침 식사를 하던 딸과 어린 아들은 전화기가 만든 어떤 위기 상황에도 끼어들기 싫은지 아예 귀를 닫고 있었다.

"너 오늘 할머니네서 자!" 오늘 열다섯 살을 맞이한 소피가 소리쳤다. "내 생일 파티에 바보 같은 아기들은 안 돼! 내 생일 파티라고!"

"아빠가 마릴루 페레즈를 초대해도 된다고 하셨어."

"야, 주니어, 그 멍청한 마릴루 페레즈를 내 생파에 데려오기만 해."

우유 한 잔을 손에 든 주니어는 식탁 옆에 삐딱하게 기댔다. 팔꿈치는 가장자리에, 발은 바닥에 놓인 가방에 얹은 모양새가 꼭 술집 주정뱅이 같았다. 물론 주니어는 아직 열한 살도 되지 않았다. 하지만 누나 소피와 눈도 마주치지 않은 채 같잖다는 듯 코웃음 쳤다. 소피는 식탁 반대편에 구부정하게 서서 엄지와 다른 손가락으로는 오믈렛 조각과 빵을 경멸하듯 뜯어먹고, 다른 한 손으로는 넓게 펼쳐 깨끗한 교복 블라우스를 보호했다.

"하긴 뭐," 소피가 손가락을 핥으며 미소 지었다. "걔는 네 유모도 할 수 있을 만큼 나이를 먹긴 했지."

주니어는 술 한 잔을 쭉 마시듯 단숨에 우유를 마시고는 잔을 내려놨다. 그러고는 실눈을 뜨고 고개를 살짝 돌려 누나를 위아래로 훑었다.

"누나가 마릴루 페레즈 샘내는 거 다 알아. 누나가 못 하는 유도를 할 줄 아니까."

"게다가 보나 마나 걔는 널 가르치려 들걸. 꼬맹아."

"어쨌든 어떤 파티를 할 거야? 맥주 파티? 진 파티? 중국 와인 파티? 근데 누나 남자친구들은 콜라만 마셔도 기절할 텐데. 개고기도 먹을 거야?"

"주니어, 너 죽는다!"

"얘들아, 그만 좀 해줄래?" 엄마가 외쳤다. "하나도 안 들리잖아!"

"바비가 결국 집을 나갔군." 주니어는 고소하다는 듯 목소리도 낮추지 않고 중얼거렸다.

그리고 무슨 이유에서인지 이제는 가방을 머리에 이고, 한쪽 다리를 다른 쪽 다리 앞에 두고 섰다. 팔을 가슴에 대고, 팔꿈치를 구부렸다. 검은 띠가 트림을 하기 직전이었다.

소피의 표정이 딱딱하게 굳었지만, 유도 유단자가 꺽꺽대는 소리에 불같이 화난 건 아니었다.

"바비는," 소피는 여전히 한 손으로 가슴을 덮은 채, 속상하다는 듯 애끓는 소리로 울부짖었다. "무슨 짓이든 할 거야. 날 망가뜨리기 위해서라면 그 어떤 짓이라도! 바비는 내 파티를 망치려고 집을 나간 거라고!"

소피가 엄마에게 소리쳤다. "조용히 하라고 했잖니? 아뇨, 아뇨, 헨슨 씨. 다 알아들었어요. 알고말고요. 바비 아버지가 정오 전에 여기 올 거예요."

이때, 식탁에서 아침을 먹던 두 아이가 고개를 돌려 거실과 식당을 잇는 넓은 공간 너머로 구불구불한 시트를 감싼 엄마를 바라봤다. 한 손으로는 수화기를, 다른 한 손으로는 가슴에 두른 시트 주름을 잡은 엄마는 딱히 그 위를 올려다보지는 않아도 난간을 마주 보며 서 있었다. 두 아이는 이제 조심스럽고 나른한 표정으로 몸을 기댄 채, 손에 든 안전면도기를 곰곰이 들여다본 뒤 크림으로 얇고 창백하고 가식적인 얼굴을 씻어내고 있는 아빠에게 주목했다.

헤레디아 씨는 아이들에게 윙크하려고 고개를 들기 전부터 그들의 시선을 눈치채고 있었다. 아이들은 웃음기 없는 얼굴로 뒤를 바라봤다. 가정부가 아이들에게 줄 냉수를 들고 서둘러 들어왔다가 다시 뛰쳐나갔다. 그사이 남매의 엄마가 전화기를 내려놨다.

“정오도 되기 전에 이게 다 무슨 일이야?” 헤레디아 씨가 미소를 지으며 아내에게 물었다.

“바비가 헨슨 씨 집에 있대요.”

“그렇군. 그래서 집에 오라고 했어?”

“헨슨 씨가 11시쯤 데리고 오신다네요.”

“아니 왜 11시쯤이야? 지금 당장 데려오라고 해.”

“헨슨 씨가 그렇게 말했으니까요. 당신이 집에 있어야 할 것 같대요.”

"아니 그 사람이 뭔데 이래라저래라야."

"혹시나 해서 말해주면 생명의 은인이죠. 우리 아들이 무사히 집에 돌아오도록 설득했으니까요. 그것도 헨슨 씨가 자진해서요. 그러니 최소한 당신은 아이가 돌아올 때 집에 있어야 해요."

"당신도 알다시피 내가 어떻게 정오까지 집에 있어?"

"게다가 아직 학교도 있잖아요. 그냥 잠깐 들러서 학교 측에도 얘기해야 해요."

"그래, 알았어. 하루 쉬면 되지. 마침 오늘이 영업 평가일이니까."

"세상에. 여보."

"영업 평가일이 아니야?"

"당신 아들이 집에 오지 않았고, 헨슨 씨는 당신이 아니라 나와 통화했어요. 이건 남자 대 남자, 아버지 대 아버지로 얘기해야 하지 않나요?"

"갑자기 그런 말이 왜 나와. 난 달아나지 않았잖아. 그저 내가 한 말은 오늘 사무실에…."

"당신은 그 일에 책임자가 되어야죠, 여보. 지금 책임자처럼 굴지 않잖아요. 당신이 오전에 쉰다고 회사가 망하기라도 해요?"

"아니, 그건 아니지. 여보. 내가 회사 가서 그 개자식들한테 오늘 일하기 싫다고 하면 돼. 그럼 날 죽이려 들 테지만."

"얘들아." 헤레디아 부인이 말했다. "아침 다 먹었으면…."

"아니, 여보, 모르겠어? 새로 뽑은 직원이 있어. 젊은 남자라고, 그럼 언제든지, 아, 언제든지, 난 짤릴…."

"소피, 주니어, 다 먹었으면 진입로에서 기다려."

하지만 아무도 꼼짝하지 않았다. 심지어 난간에 있던 남편조차도. 남편은 지금 뚱하게 토라져 있었다. 아이들을 노려보던 헤레디아 부인은 초조한 눈빛으로 남편을 바라봤다. 남편은 고개를 살짝 가로저을 뿐, 똑바로 들지 않았다.

그때 소피가 꾹꾹 눌러 왔던 말을 통보하듯 터뜨렸다.

"아, 진짜 다 미워, 밉다고! 오늘 내 생일인데 아무도 관심이 없다니! 엄마도 밉고, 아빠도 미워. 바비도 미워. 다 미워!"

쏟아지는 울분을 삼키며 숨을 들이마신 소피는 헉헉대는 숨소리나 서러운 훌쩍임을 목구멍에 가두고 바로 내뱉지 않았다. 숨죽이며 서 있는 소피 역시 감정적이기보다 엄마처럼 초조하게 기다리는 것처럼 보였다. 잠시 멈칫하는 사이 가정부가 달려들어 아이들이 있는 식탁 모서리를 치우기 시작했다. 가정부는 이 가족과 너무 오래 함께 지낸 터라 침묵을 유발하는 건 물론 침묵이 계속되도록 둘 수 없었고, 불안한 마음에 이렇게 해서라도 불똥이 튀는 걸 막아야 하는 건 물론, 모든 이의 시선을 따라 난간에 기댄 남자를 바라봐야 했다.

헤레디아 부인은 얼굴이 화끈거렸다. 그러다 힘겹지만 힘차게 일어난 부인은 침대 시트를 쓰셔 안고 거실 한가운데를 저벅저벅 걸어갔다. 보기에는 마치 침대 시트 이상의 것을 질질 끌고 가는 것처럼 매우 위엄 있었다.

"소피, 진입로에서 기다리라고 했잖아. 아니, 주니어, 너 당장 가방에서 그 고양이 꺼내야 해. 인데이, 넌 이제 식탁에 생선 올려놔. 여보, 애들 학교에 늦지 않으려면 얼른 가서 옷 입어야 하지 않아요?"

갑자기 집 안에 활기가 되살아났다. 때마침 주니어의 고양이가 가방에서 튀어나와 침을 뱉고 아이 어깨를 긁어댔다. 주니어가 울음을 터뜨렸다. 소피가 인데이를 밀치며 부엌을 뛰쳐나가자 인데이는 접시를 떨어뜨렸다. 접시가 산산조각 났다. 헤레디아 씨는 터벅터벅 욕실로 돌아가 별 이유 없이 문을 쾅 닫았다. 벽이 흔들렸다. 인데이가 눈물을 흘리며 부엌을 나가려 할 때 다시 전화벨이 울렸고, 이번에는 더욱더 놀라움을 금치 못했다. 아침 댓바람부터 잘못 걸려 온 전화였다.

그날 아침 늦게 케이크 가게에서는 10대 자녀를 둔 엄마들 모임이 있었다.

"바비가 그랬군요. 바비가 이제 몇 살이죠?"

"열일곱이에요."

"나도 같은 처지였어요."

"바비 엄마는 운이 좋네요. 우리 조이는 열세 살 때 처음 집을 나갔거든요."

"하지만 애들이 왜 그랬을까요? 세상에, 지금 애들은 우리 때보다 풍족하잖아요. 제 동생은 아들이 이제 겨우 열여섯 살인데, 돈은 다 아들을 위해 써요. 학교에 다니게 하려고 차도 사주겠대요. 바비도 학교에 다니죠?"

"네, 고등학교 4학년이에요."

"어제 아침에 마우라 크루즈가 벌벌 떠는 목소리로 저한테 전화했어요. 마우라는 헤레디아 댁에서 세 집 떨어진 곳에 사는데 욕실에 있는 동안 총소리가 똑똑히 들려서 간 떨어질 뻔했대요. 소리가 들리게 마우라가 항상 문을 열어두니 얼마나 다행이에요."

"아무도 다치지 않았어요." 헤레디아 부인이 구석에서 몸을 앞으로 기울이며 말했다. "바비는 누구에게도 총을 쏘지 않았어요."

"그런데 바비가 폼포이 모렐을 조준했다는 게 다 무슨 소리죠?"

"하지만 폼포이를 쏘지 않았다고요."

"폼포이 모렐은" 한 엄마가 다른 엄마한테 설명했다. "에드와 셜리의 아들이에요. 두 사람이 헤어질 때 셜리가 친정엄마한테 맡겼죠. 아마 자기도 봤을걸요? 눈망울이 커다란 남자애요. 아빠만큼 잘생겼는데, 내가 듣기로는, 좀 불량아래요."

"실은" 헤레디아 부인이 억지웃음을 지으며 입을 열었다. "어제 아침 바비네 악단이 우리 마당에서 연습을 했는데 폼포이가 거기 있는 게 싫었나 봐요. 음, 우리 아들이 좀 짓궂은 장난꾸러기예요. 그래서 총 쏘는 시늉을 하면 폼포이가 겁먹을 줄 알았대요."

"바비 엄마도 거기 있었어요?"

"아 네, 거기 있었어요."

"모렐한테서 바비가 언제부터 총을 쏘기 시작했는지 들었어요."

"아빠 총을 가지러 달려간 줄은 몰랐어요. 그러니까 제 말은…."

묘한 긴장감이 감돌았는데 다행히 가게 주인이 엄마들에게 부랴부랴 다가와 각자 설탕을 얼마나 원하는지 제빵사에게 말해달라고 요청했다.

"고양이들 같으니라고!" 네나 산토스가 말했다. "가요, 바비 엄마. 내가 태워다줄게요."

"언니가 데리러 올 거예요."

"멘추가요? 외국에서 돌아왔어요? 이것 봐요. 대체 무슨 일이 있던 거죠?"

"네나, 나도 알았으면 좋겠어요! 차라리 내가 저 끔찍한 폼포이와 시시덕거렸다면 좋았을걸요. 그럼 뭐든 알아냈겠죠. 하지만 맹세코 난 눈썹 하나 까딱하지 않았어요. 그저 나가서 콜라와 샌드위치가 있는지 확인했을 뿐이에요. 알다시피, 난 아들의 밴드 활동을 지원하는 좋은 엄마 노릇을 하고 있었죠. 하지만 바비는, 내가 밖으로 나온 첫 순간부터 날 이상하게 쳐다봤어요. 지금 생각해보면 바비가 얼마나 창백했는지 알 것 같아요. 그러다 총질이 난 뒤 바비를 방으로 보냈어요. 난 제정신이 아니었고요. 그래서 오브라이언 신부님께 전화를 드렸고, 신부님은 바비를 성당에 데려오는 게 좋겠다고 하셨어요. 어제는 수요일이었고, 우리 교구는 오늘 정오에 미사가 있어요. 바비는 기꺼이 나와 함께 갔고, 컨디션도 괜찮아 보였죠. 우리는 미사 전에 교회에 도착했어요. 바비한테 고해성사하러 가고 싶은지 물어봤더니 그렇다고 했어요. 바비는 고해실 안에서 기다렸고, 난 지켜보고 있었죠. 그런데 신부님이 창문을 열자마자 바비는 유령을 본 것처럼 펄쩍펄쩍 뛰며 성당 밖으로 뛰쳐나왔어요. 그래서 나도 뛰쳐나왔는데, 바비가 계단에서 한쪽 손을 눈에 댄 채 온몸을 부르르 떠는 거예요. 택시에 바비를 태우고 집으로 가는 내내 바비에게 이런저런 말을 걸며 진정시키려 했어요. 그런데 갑자기 바비가 몸을 일으켜 세우더니 대뜸 소리쳤어요. 난 바비가 아니에요! 바비가 아니라고요! 날 바비라고 부르지 마요! 난 순간 우리 중 누군가는 미친 줄 알았어요."

"이제 진정해요, 바비 엄마. 바비는 그저 한 단계를 거치고 있을 뿐이에요."

"알아요. 그리고 남편과 전 이 문제를 처리하는 가장 좋은 방법은 소란 피우지 않는 거라고 결정했죠. 소피는 계획대로 오늘 밤에 파티를 열 예정이고, 저는 폼포이 할머니에게 경찰에 신고하면 상황이 더 나빠질 거라고 설득했어요."

"아이가 집에 안 들어왔어요?"

"아들을 계속 붙잡아둘 걸 그랬나 봐요. 점심 식사 때 바비가 아빠랑 얘기를 나눈 뒤에는 괜찮아 보였어요. 제가 남편한테 아들과 얘기 좀 해보라고 했죠. 그리고 아까 말했듯이, 아무 일도 없었던 것처럼 행동하는 게 현명한 것 같아서 평소처럼 아들을 학교에 보냈어요. 어제는 오후 수업밖에 없었거든요. 하지만 바비가 학교에 도착하자마자 담임 선생님과 교감 선생님을 모욕한 것 같아요. 게다가 교장 선생님까지."

"세상에!" 네나 산토스가 실소했다. "뭐라고 했는데요?"

“거듭 말씀드리고 싶은 일은 아니지만” 교장이 말했다. “충분히 나쁜 짓이었고, 그 영향은 더 심각합니다. 음, 헤레디아 씨. 아드님은, 음, 뭐랄까, 모욕한 사람들의 특정 비밀을 말하고 다니는 것 같아요. 바비가 아마 우릴 염탐하거나 사생활을 엿보는 게 아닐까 합니다.”

“그건 바비답지 않아요.” 헤레디아 씨는 평생 지루한 기운을 내뿜는 교장실 칸막이에서 줄곧 걱정스러운 표정으로 숨을 들이마셨다. 그리고 당혹스러웠던 어린 시절처럼, 학교 담장 밖에서는 사소한 일이 그 안에서는 엄청난 일이 된다는 사실을 다시금 느꼈다. 그래서 짧은 하품을 내뱉으며 무심코 제안했다. “우리 아들은 그저 상식에 불과한 일을 반복하던 게 아닐까요?”

교장은 얼굴을 심하게 붉히며 화가 나 부르르 떨었다.

“대체 내 아들이 무슨 말을 하고 다녔는지 조금만 귀띔해 주시면….”

“함구하겠습니다.” 마침내 교장은 냉정하게 말했다. 하지만 살짝 민망한 기색이 역력했다.

헤레디아 씨는 교장을 향해 진지하게 고개를 끄덕이며 그저 바비는 아마 교장을 망할 노파라고 욕하고 다닌 게 다였을 것이라 생각했다.

그래서 거리낌이 없이 큰 소리로 말했다. "하지만 정의감이 넘쳐서 그럴 수도 있지 않을까요?"

"아, 헤레디아 씨, 그래서 댁에 전화를 드렸습니다. 헤레디아 씨가 학교를 방문해서 아드님의 의사를 묻고 우리가 이 아이를 학교에서 내보내는 게 옳은 일인지 직접 결정해주셨으면 했어요."

"네, 압니다. 아내가 교장 선생님이 전화하셨다고 말했지만, 그때는 바로 퇴근할 수가 없었어요. 어쨌든 아이가 없어졌다며 선생님이 또 전화하셨다고 아내가 다시 전화했고요."

"제가 바비더러 여기 교장실에 있으라고 했어요. 전 다른 할 일이 있었으니까요. 그리고 바비도 아빠가 올 때까지 계속 있겠다고 약속했고요. 헤레디아 씨, 우리 학교는 학생 책임 제도를 엄격하게 지킵니다."

이 개자식, 헤레디아 씨가 생각했다. 했던 말 또 하는 게 무슨 자랑이야.

하지만 이제 한 편의 인생극을 토로할 때라는 생각에(물론 불쾌함에 사로잡힌 헤레디아 씨의 입은 시큰둥했지만), 헤레디아 씨는 솔직히 모두 털어놓겠다는 자세로 교장을 향해 몸을 기울였다.

"제 말을 오해하지 마세요. 하지만 이건 남자 대 남자의 문젭니다. 교장 선생님은 교육자시고, 평생을 아이들과 함께 해오셨죠. 그래서 아이들이 그 자체로 완전하지 않다는 것도 잘 아실 겁니다. 또한 아이들의 가정이나 부모, 현재 가정에서 벌어지는 일들도 그렇고요. 제 아들을 정당화하려는 게 아니에요. 아들이 마땅히 처벌받아야 할 말을 했고, 엄하게 벌을 받아야 한다고 생각합니다. 하지만 교장 선생님과 저는 어른이니까 어떤 행위의 배경을 이해한다면 아량을 베풀 수 있지 않을까요. 그러니 제 아들의 일도 그렇게 생각해주셨으면 합니다.

그리고 1년 전에 제가 병을 좀 앓았어요… 심각한 건 아니지만… 그 때문에 기력이 좀 떨어졌습니다. 물론 병 때문만은 아니었어요. 아시다시피, 우리 남자들도 인생의 특정 시기가 되면 시들기 시작하잖아요. 전 마흔 살에 그렇더군요. 예전에는 바비와 즐겁고 자연스럽고 자발적인 관계였는데, 최근 들어 저 자신에 대한 걱정이 늘었나 봅니다. 그래서 지금 바비에게 일어나고 있는 이 모든 일을 되새겨보면, 바비가 자신을 다시 한번 알아주길 바라는 것 같아요. 제가 왜 교장 선생님께 이런 얘기를 털어놓는지 모르겠군요. 하지만 선생님은 저보다 더 많은 일을 겪으셨잖아요. 이 문제의 핵심이 뭔지 단번에 꿰뚫어 보셨겠죠?"

"글쎄요, 제가 심리학을 전공하긴 했습니다만…."

"그러셨군요? 어쩐지 제가 이렇게 구구절절 설명할 필요가 없을 것 같더라니. 처음엔 오히려 선생님이 절 두렵게 한다고 말해야 할 것 같았는데, 단번에 감이 왔죠. 선생님도 다 이해하실 줄 알았어요."

"자, 잠깐만요, 헤레디아 씨, 말씀드리지…."

"네, 네. 말씀해주세요. 사실 고백하자면 제가 아버지이긴 해도 아이만큼 혼란스럽습니다. 누군가는 절 바로잡아야 해요. 전 그런 말이 듣고 싶었습니다. 교장 선생님께서 그렇게 해주세요."

"음…."

나 완전 사기꾼이네. 헤레디아 씨가 생각했다. 아, 진짜 빌어먹을 사기꾼이야.

"한 가지만 말씀드리겠습니다, 헤레디아 씨. 아드님이 절 모욕했을 때 그렇게 충격받지 않았어요. 심리학자로서 바비의 감정 상태에 더 몰두했으니까요. 바비가 거칠거나 폭력적이거나 어떤 식으로든 매우 감정적이었다는 말은 아닙니다. 네, 바비는 꽤 침착하고 아주 태연했어요. 그 태도가 상황을 더욱 나쁘게 했죠. 아시다시피, 뻔뻔하고 냉담한 태도였지만, 바비는 뻔뻔해 보이지 않았습니다. 정말 흥미로웠던 건 바비가 절 바라보는 눈빛이었는데, 마치 정말로 본 것처럼… 아니, 설명할 수가 없군요. 아기 때 이후로 아무도 절 그런 눈빛으로 보지 않았어요. 제가 심리학자가 아니었다면, 아마 겁에 질렸을지도 모릅니다."

헤레디아 씨는 어제 정오에 아들과 대화를 나누는 동안 바비가 어떤 눈빛으로 자신을 바라봤는지 기억하려 애썼지만, 이상하게도 아들이 대부분 눈을 내리깔고 있었다는 것 말고는 아무것도 기억나지 않았다. 게다가 그 태도는 어른의 훈계를 듣는 아이에게는 그저 자연스러워 보였다. 아니면, 헤레디아 씨는 마음을 묵직하게 짓누르는 통증을 느꼈다. 내가 너무 뒤로 물러나 있어 나와 아주 가깝다고 여긴 사람들의 가장 분명한 것들, 노파같이 생긴 외부인도 단번에 알아챌 수 있는 그 사실들을 못 보는 걸까?

"바비는 지금 어디에 있죠?" 교장이 물었다.

"젠장." 헤레디아 씨는 이제 아빠의 임무는 분명하게 완수했다는 듯 솔직한 속내를 와락 드러냈다. "제가 알면 이러겠습니까?"

"바비는 어젯밤 피트 헨슨의 집에 있었어." 소피가 말했다. "그런데 지금은 어딨는지 몰라. 그 전에도 어디 있었는지 모르겠고. 미니, 오빠 어딨냐고 인제 그만 물어. 코라존 수녀님이 뭐라고 하든 난 오빠의 보호자가 아니니까."

"너희 오빠 진짜 너무해." 미니 모타가 투덜댔다.

"오빠가 날 속상하게 한 만큼 영원히 미워할 거야."

"하, 바비 오빠 정말 나빴어. 네가 나만큼 오빠가 미울까. 세상에, 이제 그만 좀 울어. 그리고 난 늘 너한테 경고했어."

"동전 있니, 소피? 여기 주크박스에 〈인 디스페어(In Despair)〉라는 노래 있었나?"

웨이터가 바나나 플롯[1]을 내려놨다.

"속상해 죽겠다면서," 소피가 호기심 어린 눈빛으로 물었다. "너 이걸 다 어떻게 먹으려고 그래?"

"난 인내심을 배우는 중이야…. 그게 인생이야, 소피. 그게 운명이라고. 자, 봐봐. 이 플롯에도 초콜릿 소스가 모자라잖아."

두 사람은 열다섯 살 동갑내기였다. 하지만 사랑에 빠지는 일은 미니가 앞섰다. 소피의 연애는 지지부진했다. 소피의 남자친구들은 가구나 다름없었다. 소풍이나 농구 경기, 댄스파티 등 친구들 사이에서 존재감을 드러내는 데 꼭 필요한 존재였다. 하지만 소피는 그들 중 누구와도 사랑에 빠지기는커녕 좋아하지도 않았다. 남자친구들 대부분을 싫어했고, 몇 명

1 과일과 생크림 등으로 만든 케이크.

은 아예 경멸했다. 남자애들은 지저분하고, 냄새나고, 교활하고, 거칠고, 따분하고, 비겁했다. 게다가 세상에, 음흉하기까지. 어떻게 가장 친한 친구인 미니가 그 누구보다 지저분하고, 냄새나고, 교활하고, 거칠고, 따분하고, 비겁하고, 음흉하기까지 한 오빠 바비에게 빠졌는지 소피는 도저히 이해할 수 없었다. 그래서 그 불쌍한 친구를 살짝 경멸하는 듯한 동정심을 갖고 쳐다봤다.

"그래서 바비가 너한테 무슨 짓이라도 했어?"

"아, 소피, 그건 창피해서 말 못 해! 바비 오빠가 어제 오후 5시에 나랑 글로 라모스를 데리고 영화를 보러 가기로 했었어. 글로와 내가 오빠를 줄곧 기다리고 있었는데 오빠가 한 대 칠 듯한 얼굴로 나타나서 글로한테 그 나이에 왜 그리 털이 많냐, 계속 깎아서 그런 거냐면서 놀렸어. 그래서 글로가 오빠 뺨을 때리고 욕하며 가버렸지. 그래서 오빠한테 왜 그랬냐고 물었더니 학교에서 쫓겨났다더라. 뭣 때문이냐고 물어보니까 오빠가 선생님들을 쳐다봐서 그랬대."

"오빠가 그런 말을 했다고? 대체 어떻게 쳐다봤길래?"

"늘 그랬듯이, 아마 좀…."

"아니 내 말은, 너한테 말이야."

"아, 항상 날 바라보던 눈빛이거나 어쩌면 더 심했을지도 몰라. 그건 왜 물어?"

"어제 점심때 날 죽일 듯이 쳐다봤거든."

"그럼 바비 오빠가 정말 폼포이 모렐을 죽이려 했을까?"

"난 오빠가 교수형 당했으면 좋겠어."

"맞아. 감옥에 가야 할지 모른다고 오빠도 그랬어. 그래서 내가 말했지. 내가 아는 남자애들은 대부분 감옥에 갔고, 오빠를 사랑하니까 얼마가 됐든 오빠를 기다리겠다고. 그랬더니 무슨 짓을 했는지 알아? 내 앞에서 날 조롱하는 거야. 나더러 네가 사랑에 대해 뭘 아냐고 그러더라. 내가 반창고처럼 딱 붙어 있기만 한대. 그리고 또 다른 끔찍한 소리도 했는데. 오, 소피, 난 죽은 거나 다름없어!"

"난 아니야, 바나나 플롯 더 시킬래."

"그래, 그렇게 해. 내가 낼게. 이건 내가 내기로 했잖아, 알지? 다시 한번 생일 축하해, 소피. 집에 갈 때도 데려다줄게. 헨슨 씨가 11시쯤 온다고 한 게 확실해?"

"다시는 바비 오빠를 안 볼 줄 알았더니?"

"어쩌면 이미 죽었을지도 몰라." 주니어가 숨을 헐떡이며 말했다. "너희들 정말로 피를 봤어?"

"친구야, 네 형이 바닥에 쓰러져 있었고, 얼굴에 케첩이 묻은 것도 아니었다니까."

"오벳과 내가 다 봤어. 안 그래, 오벳? 어젯밤 안뜰에서 오벳의 상자 자동차를 시험하고 있었거든. 처음에는 뱀파이어가 왔고, 그다음에 벌처스가 왔어. 그러다 내가 오벳한테 요란한 소리가 난다고 말했어. 그래서 우리가 교회 뒤로 달려갔더니, 폼포이와 너희 형 바비만 있더라. 그 둘은 광장으로 갔어."

"폼포이의 뱀파이어와 바비 형의 벌처스라니." 눈이 휘둥그레진 주니어는 숨이 턱 막혔다.

"상대가 되지 않았지. 하지만 한 가지 확실한 건 네 형은 도망치지 않았다는 거야. 오벳한테 물어봐."

"그리고 폼포이 말인데, 벌처스가 폼포이를 밀치는 바람에 폼포이가 바비 형한테 쓰러졌어."

"그래서 그게 그 요란한 소리였어?" 주니어가 숨 가쁘게 물었다.

"유감이지만 아니야. 왜냐면 그때 호루라기 소리를 듣고 다들 도망쳤거든. 그런데 오벳이 상자 자동차를 깜빡했지 뭐야. 그래서 그걸 찾으러 다시 돌아가보니 상자 자동차는 그대로인데 너희 형은 없었어. 아마도 경찰들이 데리고 갔나 봐."

"어쩌면 형이 이미 죽었나 봐." 주니어는 헨슨 씨가 11시쯤 무슨 말을 전할지 알기에 와락 겁이 나 숨을 헐떡였다.

쉬는 시간을 알리는 종소리가 울리자, 주니어와 친구들은 어리둥절한 표정을 지으며 흩어졌다.

"이미 죽었나 봐, 이미 죽었어!" 아이들이 뛰면서 외쳤다.

"영안실이 아니라면" 인데이가 세탁소에 있는 사람들에게 말했다. "정신 병원에 있을 거예요. 걘 미쳤다니까요. 어쩌면 이 집에서 총격 사건이 또 일어날지 몰라요."

"아이고, 요즘 10대 말이에요. 걔들 머릿속에는 총, 총밖에 없다니까요. 총 아니면 여자. 그 부모들이 진짜 불쌍해요."

"어머 페트라 좀 봐. 자기 아들은 10대가 아닌 것처럼 말하는군요."

"줄곧 세탁 일만 하고 살았는데, 저한테 어떻게 10대 자녀가 있겠어요?"

"페트라 말이 맞아요! 아무것도 가진 게 없는 우리 애들은 양아치들이고, 가진 자들의 아이들은 10대라고 하니까."

"아니면 청소년이라고 하죠. 그래도 내가 자랑할 수 있는 건, 평생 세탁 일만 했어도 나 역시 애들이 있지, 청소년은 없어요. 뭐 그렇게 부르라고 해요. 그런데 혹시 그 바비라는 애가 괴롭힌 적도 있나요, 인데이?"

"아뇨, 아뇨, 그런 일은 용납하지 않죠. 심지어 대대로 그랬어요. 하지만 어제는 왠지 바비와 문제가 생길 것 같았죠. 바비가 밥 먹으러 내려올 순 있어도 접시를 직접 들고 다녀야 했거든요. 제가 물병을 가져오다가 절 쳐다보는 바비를 봤는데, 세상에, 하마터면 비명을 지를 뻔했어요. 완전 정신이 나갔더라고요. 그래서 제가 그랬죠. '바비, 날 그런 식으로 쳐다보는 거 너희 엄마가 지금 모를 것 같니? 난 그저 그런 여자가 아니라 그냥 여자야.'"

"그런데 그 아버지는 진짜 결코…."

"물론 아버지가 그랬으니, 아들이 더 그러겠죠. 사실 더는 그런 생각을 안 하는 것 같아요. 그 아버지 말이에요. 날 귀찮게 하냐고요? 지금 그 아버지가 원하는 건 그저 귀찮은 일에 엮이지 않는 거예요. 가엾은 우리 마님, 아직 젊고 아름답잖아요. 만약에라도 어떻게 마님을 탓하겠어요…."

목소리가 낮아지자 사람들은 고개를 숙이며 네 개의 울타리가 있는 교차로로 이동했지만, 진입로에서 들리는 헤레디아 부인의 차 소리에 다시 고개를 들었다.

"어머, 우리 마님이 오시네요. 함께 있는 사람은 누구지? 전 이만 가볼게요. 동지 여러분. 헤레디아 댁 식구들한테 또 싫은 소리 듣겠어요."

"세탁실 가정부들이구나." 헤레디아 부인이 뒷마당에서 흩어지는 이들을 진입로에서 힐끗 바라보며 중얼거렸다. "집

앞에서 최신 게시물을 받고 있나 보네."

"가정부야, 캥거루야?"

"가정부지, 멘추. 물론 이 지역에서는 캥거루만큼이나 드문 존재긴 하지. 그나저나 얼른 들어와. 하나님의 은혜로 얻은 집 좀 둘러봐."

"근사해 보이네."

두 자매가 들어선 응접실은 묵직한 커튼이 베네치아식 블라인드에 덮여 있었고, 앞 잔디밭의 대나무 향 때문인지 한적한 황혼 무렵을 암시하는 듯 얼핏 황량해 보였다. 그러다 카우치에서 전화기를 들고 있는 두 소녀를 발견했다.

"전화 끊어, 소피, 이리 와서 이모한테 키스하렴, 인데이!"

"엄마, 저거 내 케이크에요? 오, 이모. 이게 뭐예요?"

"물론이지, 겉만 번지르르하지만. 생일 축하해, 귀요미. 이 친구는 누구니?"

소피는 어깨를 움츠린 채 멀뚱히 쳐다보는 미니를 소개했다. 그사이 인데이는 막 슛을 앞둔 농구공처럼 케이크 상자를 손바닥 위에 높이 들어 올려놓았다.

"내 방에 가자, 멘추."

"엄마, 아빠가 방에 계세요."

"괜찮아. 너희 이모는 그런 거 상관 안 해."

옷을 온전하게 입은 헤레디아 씨가 침대 앞 바로 가장자리에 신발을 벗은 채 이불 덮인 침대에 가로질러 누워 있었다. 멘추가 침대에서 먼 쪽으로 걸어가 몸을 굽혀 그에게 키스했다. 헤레디아 씨가 눈을 떴다. "아니, 멘추." 그러고는 자리에서 일어나서 멍한 표정으로 스포츠 셔츠의 주름을 털어냈다. 아내가 너그럽게 웃으며 팔짱을 끼고 침대 발치에서 지켜보고 있었다.

"그래서 학교에 다녀왔다면서요?"

"학교?"

"바비 일 말이에요. 학교 측과 얘기했어요?"

"응."

"그럼 다 괜찮은 거죠?"

"모르겠어."

헤레디아 씨가 침대에서 일어나 화장대로 걸어가더니 구부정한 자세로 화장대 가장자리에 손바닥을 대고 거울에 비친 자기 모습을 바라봤다. 두 여자는 헤레디아 씨가 낮게 탄식하는 소리를 들었다. 헤레디아 씨는 빗을 집어 들어 머리에 가져다 댔지만, 더 좋은 생각이 떠올랐는지 돌연 빗을 내려놓고 열린 문을 통해 밖으로 나갔다. 하지만 바로 방으로 돌아왔다. "오랜만이에요, 멘추." 헤레디아 씨가 말했다. "잘 지냈어?" 그러고는 다시 밖으로 향했다. 욕실에서 물 흐르는 소리가 들렸고, 그다음에는 거실에서 커튼을 내리며 블라인드를 잡아당기는 소리가 났다.

“화성인이 착륙했나 봐.” 헤레디아 부인이 언니에게 말했다. “우리 집에도 한 명 있거든.”

“별로 화성인 같지 않은데.”

“게다가 그 화성인 왈, 인생은 마흔부터래.”

“아, 이제 우리는 남은 나이를 세면 안 돼. 다음에도 잘할 수 있고 계속 유지할 수 있는지 봐야지.”

“유감스럽게도 그보다 더 심각해. 이 사람은 대체 왜 유지해야 하는지 모르겠대.”

“네 남편은 그냥 한 시기를 지나고 있을 뿐이야.”

“멘추, 내가 걱정하는 건 아이들에게 미칠 영향이야. 지금 바비처럼…. 지금 몇 시지?”

“거의 11시야. 너한테 주는 영향은 없어?”

“아, 그 사람들이 하는 말을 들었나 보네. 아니, 전혀, 아무것도 없어. 너무 열받아서 짜증 나 죽겠어. 하지만 지금 나 같은 여자는 열이 확 오르잖아. 그래서 다들….”

“너도 알다시피 그때는 그 사람들도 날 그렇게 생각했지. 그래서 나도 분노했고. 하지만 난 지금 이혼한 여자이자 외국인이야.”

“난 언니가 아냐. 오, 멘추, 미안해!”

“너무 많은 일을 떠맡지 마. 뭐든 할 수 있다는 기분이 들게 마련이니까. 거기서부터 위험이 시작되는 거야."

"누군가는 요새를 지켜야 해. 드디어 11시야."

시계가 울리는 소리에 맞춰 방을 나온 그들은 복도를 따라 세 계단을 내려가 거실로 들어갔다. 격자무늬 창문과 하얀 대리석 타일 사이로 오후 햇살이 빛났다. 이번에는 두 자매가 바닥에 앉아 전화기를 공유하고 있었다. 헤레디아 씨는 소파 한가운데에 푹 주저앉아 병맥주를 마셨다. 자매는 헤레디아 씨 양옆에 앉아 짜증 난 그의 얼굴을 가로지르며 이야기를 나눴다.

"맥주 마실래, 멘추? 아니면 뭐 마실래? 베르무트나 스카치가 있는 것 같던데. 인데이!"

"외국에 있을 때는 사람들이 술을 가져와서 늘 콜라를 마셨어. 고향에 돌아오니 다들 뭘 마시겠느냐고 묻더라. 샹그릴라? 마티니? 난 맥주를 마실게."

"맞아, 정말 많이 변했지. 인데이, 맥주 두 병 가져와. 차가운 걸로. 언니가 떠난 뒤 제대로 술을 마신 적이 없을걸?"

"1946년 중반인가, 아니. 그때도 10대 애들이 있었는지 기억이 안 나."

"이제 걔들은 공공연한 재앙이야. 그 이유가 정말 미스터리야. 부유한 사람들, 아이들이 제멋대로 굴 만큼 돈 많은 사람들에게 벌어진 일이라면 이해가 돼. 하지만 우리 같은 사람들은… 이 집은 여전히 빚진 상태고, 애들 아빠는 4년 된 자동차를 몰아. 장 보는 일도, 요리도 내가 직접 하고 있어. 이 집의 가구는 아직 한 점도 돈을 다 물지 않았고. 하지만 애들 아빠가 임원이 된 이후로는 겉치레가 늘어야 했어. 늘 우리가 감당할 수 있는 것보다 조금 더. 애들을 막 키우고 싶어도 그러지 못하겠더라."

"그래도 애들은 그 나이 때 우리보다 가진 게 더 많아."

"우리가 10대였던 적이 있었나? 우리 그 나이 때 어땠지?"

"난" 헤레디아 씨가 돌연 미소를 지으며 입을 열었다. "미키 루니[2]였어. 걸을 때는 뒤뚱거리고, 풍선 바지를 입고 다니고, 머리카락 한 다발을 위로 세우고, 앤디 하디[3]처럼 입가에서 말을 하고. 늘 '날려버려'와 '어쩜, 대박' 같은 표현을 썼지."

"내가 기억하는 건," 헤레디아 부인도 웃으며 거들었다. "부기 춤, 그 왜 휴대용 축음기를 틀어놓고 술 마시며 췄던 춤 말이야. 그리고 전쟁 중에 칼라만시를 마시며 파티했던 거야."

"옛날 일로 말하자면 내가 두 사람보다 조금 앞서지." 멘추가 미소 지었다. "1930년대 초반 말이야. 그때는 아직 재즈

---

2 미국 영화배우.

3 미키 루니가 연기한 10대 로맨틱 코미디 영화 시리즈 '앤디 하디'의 주인공.

의 시대였어. 사실 여기서 진짜 재즈의 시대를 맞이했지. 그때 난 보드빌 배우들만 했던 단발머리와 화장을 했어. 그리고 치마를 여기까지 입고 카리오카[4]를 췄지. 그야말로 불타는 청춘이랄까, 우리는 똑똑하고 현대적이었어. 당시 우리가 가장 좋아하던 단어야. 그때 클럽 필리피노나 콜롬비아, 뉴클리오스 같은 곳에는 답답한 상류 사회 계층이 없었어. 나이트클럽도 우리가 제일 먼저 갔지. 트로카데로, 톰의, 론다 레가즈피 랜딩[5]에서는 아침을 먹기도 했어. 그리고 부치도 있었지." 부치는 이혼한 전 남편이지만, 멘추는 망설임 없이 웃으며 말했다. "우리가 대학 다닐 때, 부치는 'And How and Ask Me Another(그건 그렇고 다른 걸 물어봐)' 같은 문구가 적힌 고물 오픈카를 미친 듯이 몰고 다녔어."

연락할 친구가 없던 소피와 미니는 바닥에 주저앉은 채 어른들 말을 재밌게 경청하다 이따금 난감한 표정을 주고받기도 했다. 두 친구의 눈빛이 말했다. "어른들은 미쳤어."

"그래서 젊다는 건" 헤레디아 씨가 소파에서 일어나 건배하듯 맥주병을 들어 올리며 외쳤다. "정말 천국이었어."

---

4 경쾌한 리듬과 빠른 동작이 특징인 브라질 전통 춤. 삼바와 비슷하다.

5 마닐라 산타크루즈 지역에 처음 생긴 나이트클럽.

그러다 양옆을 힐끗 쳐다보며 다시 푹 쓰러졌다. 보나 마나 이제 곧 다시 벌떡 일어나 앉겠지만, 엉망진창이 된 사람이, 바비가 저 문 앞에 나타나면 대응할 수 있을까? '내가 과연 이렇게 말할 수 있을까? 아들아, 집에 들어와 얌전히 살라고? 걔나 나나 지금 똑같이 힘들어. 하지만 바비는 벼랑 끝에 서서 끌려 들어가기 직전이고, 난 그 언저리에서 뒤로 끌려가고 있어. 바비가 있는 곳이나 내가 있는 곳에 배신감이 없다고 과연 말할 수 있을까? 길들지 않은 인데이가 무례하게 맥주를 흔들며 들어온 이 하얗디하얀 대리석 거실은 가정적인 남자의 기념물이자 트로피, 그리고 무덤이야. 하지만 아직 다 갚지 않은 대출금을 얹어야 할까?'

대문 앞에 자동차 한 대가 멈춰 서자, 거실에 있던 어른 셋과 아이 하나가 숨을 죽였다. 그 어떤 일도 더 이상 놀랍지 않은 인데이와 세상이 자신을 위해 돌아간다고 믿는 소피만이 아무 흔들림 없이 태연하게 자기 일을 했다. 탁자 위에 쟁반을 탁 내려놓은 인데이는 몸을 곧추세워 열린 출입구를 빤히 바라봤다. 여기가 고향 집이었다면 엄마는 급히 달려 나가 문제를 일으킨 장본인의 귀를 와락 잡아당기고, 아빠는 그 녀석을 데려온 사람에게 감사 인사를 전하거나 욕설을 퍼부었을 것이다. 하지만 지금 이 집에 있는 사람들은 그저 멀뚱멀뚱 앉아 기다리지 않은 척했다. 바닥에서 일어난 소피가 출입구가 아닌 창문으로 걸어가 창밖을 내다보며 유심히 살폈다. 창밖에 펼쳐진 장면이 왠지 자기 일 같았다. 소피는 이제 무슨 말을 해야 할지 망설이고 있었다.

"바비는 괜찮아요." 소피가 어깨를 으쓱하며 입을 열었다. "택시 안에 있어요. 헨슨 씨랑."

"헨슨 씨는 차에서 내렸니?" 엄마가 침착하게 물었다.

대답 대신 거센 콧김을 내며 멀어지는 택시 소리가 들렸다.

진입로에서 들리던 빠른 발걸음 소리가 현관 계단에서 차츰 느려졌다. 다들 생각에 잠겼다. 이제 출입구에 그림자가 드리워지겠지. 하지만 그림자는 생기지 않았다. 지금은 한낮이었고, 바깥 햇살이 이 하얀 거실에 눈부시게 넘쳐서였을까. 그러다 햇살을 가득 머금은 바비가 출입구에 불현듯 서 있었다. 앞뒤로 둘러싼 빛이 투명하게 관통한 바비의 모습은 마치 공원 조명등에 비친 조각상 같았다.

바비는 새로운 인종 구조를 예고하는 세대였다. 키가 크고, 다리가 길고, 골격도 컸다. 비록 지금은 성장이 너무 빨라 연골이 늘어났을 수도 있고, 늘어난 연골이 긴장감을 보여주는 것일지 모른다. 긴장감이 감도는 얼굴은 그의 아빠 얼굴보다 훨씬 날카로웠다. 코는 더 날렵하고 윗입술은 덜 불룩했으며 입도 덜 튀어나왔지만, 턱은 더 또렷하게 쑥 나와 있었다. 물론 바깥쪽 눈꼬리가 비스듬히 접혀 올라간 갈색 눈은 혈통을 떠오르게 했다. 바비의 왼쪽 눈썹에 있는 X자 테이프는 상처라는 뜻이었다. 눈썹 위에는 10대의 패기가 느껴지는 풍성한 머리카락이 나부꼈고, 그 뒤에는 두터운 머리털 뭉치가 목덜미에서 아주 낮게 일직선으로 잘려 있었다. 바비는 이제야 막 구레나룻과 오리 꽁지 스타일에 맛 들이기 시작했다.

그리고 깃 없는 목과 소매에 빨간 끈 장식이 있는 연회색 비틀스 셔츠, 아랫단이 없는 꽉 끼는 베이지색 바지를 입고, 빨간 양말과 크림색 목 짧은 부츠를 신고 있었다. 바비의 왼손에서 빨간 재킷이 흘러내렸다.

오른손을 바지 주머니에 찔러 넣고 눈을 내리깐 채 서 있던 바비가 마침내 고개를 들어 거실에 있는 사람들을 바라봤을 때, 맥주를 따르는 횟수가 점점 늘어가던 소파 위 세 명의 어른은 깜짝 놀란 바비의 눈빛을 알아챘다. 뭘 상상하며 마음을 독하게 먹었든 바비의 눈앞에는 뜻밖의 장면이 펼쳐지고 있었다. 그래서 바비는 눈을 비비는 척했다. 하지만 그 의아한 표정은 점점 아주 확실한 경악으로 이어졌다. 크게 당황한 바비는 얼굴을 못 알아보겠다는 듯이 주위를 둘러봤다. 그러자 헤레디아 부부가 자리에서 일어나 두 손을 내밀며 앞으로 비틀비틀 걸어왔다.

"바비" 두 사람이 한목소리로 외쳤다.

바비의 얼굴이 내면에서 일어난 세 번째 일을 알려주었

다. 안도의 물결이 온몸을 씻어내고, 굳은 인상을 풀어주고, 구겨진 얼굴을 말끔하게 펴주었다.

바비가 주머니에서 꺼낸 손을 애매하게 흔들었다.

"엄마, 아빠." 바비가 말했다.

집까지 너무 먼 길을 온 탓에 바비는 여기가 진짜 집이 맞나 싶을 정도로 낯설었다.

뜨거운 출입구에 멈춰 선 바비는 자신을 향해 다가오는 부모님의 모습을 지켜보며 할 말을 준비했다. 엄마, 아빠는 말이 아니었다. 엄밀히 따지면 말을 꺼내지도 않았다. 그저 주먹이 부딪치거나 발이 밟힐 때처럼 괜한 호들갑 없이 그 상황을 알리기 위해 몸이 저절로 반응하는 소리였을 뿐이다. 그리고 죄수들은 벽을 톡톡 두드리는 소리로 서로를 알아본다고 들은 적이 있었다. 따라서 엄마, 아빠는 그런 두드림 소리나 다름없었다. 지금은 다 자란 바비였지만, 어쨌든 어릴 적 소리를 사용해야만 서로 알아볼 수 있었다.

지금 와 생각해보니 그 오래된 소리가 이 모든 일의 시작이었다. 처음에는 그 소리에 음정이 맞지 않는다는 걸 알게 되었고, 그다음에는 그 소리와 그 소리가 가리키는 것 사이에 불협화음이 생겼다는 걸 깨달았다. 그리고 점점 더 귀에 거슬리는 잘못된 음들이 튀어나왔다. 바비는 학기나 농구 경기, 또는 캄보[6] 댄스 공연처럼 자기 삶이 전반부와 후반부로 나뉜 것 같았다. 아무 생각 없이 그 소리를 받아들였던 시간도 있었고, 한 발짝 물러나 삐딱하게 귀 기울인 시간도 있었다.

바비는 열일곱 살이 되던 반년 전부터 점점 더 삐딱하게 굴었다. 병원에서 퇴원한 지 오래됐지만, 여전히 아픈 척하는 아빠의 모습을 그저 뒤로 물러나 영화처럼 지켜봤다. 집에서 대화가 끊긴다는 걸 알면서도. 그래서 그 소리가 영화 속 사람들처럼 들리기 시작했다. 다른 아이들이 엄마, 아빠를 스페인어나 타갈로그어로 말할 때, 왜 그들은 영어로 불렀을까? 영화 속 아이들만 엄마, 아빠라고 말했고, 바비는 그 바보 같은 어릴 적 소리를 낼 때마다 끔찍한 카노[7] 영화의 아역 배우처럼 느껴졌다. 그래서 집 밖에서는 절대 그 소리를 내지 않았고, 집 밖에서는 부모님을 타갈로그 속어로 불렀다.

물론 이름이 있었다. 바비가 아는 모든 아이는 바비, 윌리, 보이, 르네, 그리고 수지, 매기, 테스 또는 마리 같은 이름으로

6 프로그레시브 재즈.

7 타갈로그어에서 유래한 속어로 보통 '미국인'을 의미하지만, 여기에서는 필리핀어보다 영어를 주로 사용하는 필리핀 부유층을 가리킨다.

불렸다. 아이들이 부모가 지어준 이름을 그대로 사용하는 이유는 현재 '사회'에서 쓰이는 이름이기 때문이다. 옛날에는 태어난 달 달력에 있는 대로 이름을 지었다고 했다. 바비는 그 이름이 더 깔끔한 것 같았다. 간결하고, 명료하다. 누구나 그런 이름을 가질 자격이 있다. 그 이름이야말로 전적으로 자신만을 위한 것이다.

하지만 이름을 고른 부모들은 그 이름에 바람을 불어넣었다. 그 이름은 자기 것이 아니라 부모 것이었다. 부모가 생각했거나 사로잡은 것, 그리고 바라던 것이었다. 바비라는 아이는 바비라는 이름의 아이가 될 수밖에 없었다. 그 이름은 깔끔하지 않았고, 어떤 집에 사는지, 어떤 피부색인지, 영어 억양이 어떤지 같은 것들로 성가셨다. 그는 바비라고 불리는 게 점점 싫어졌다. 결국 열일곱 살이 됐을 때 달력에서 자신이 불려야 할 호칭을 찾아봤다. 칸디도, 마티르였다. 그날부터 바비의 진짜 이름은 칸디도였다. 그래서 이제는 한 발짝 뒤로 물러설 때마다 이렇게 생각하곤 했다. 칸디도는 저 음정이 어긋난 걸 알아. 또는 칸디도는 저걸 과잉 행동이라고 할 거야.

당시 친구들 사이에서는 과잉 행동이라는 말이 유행했고, 바비는 그 행동을 자신의 성적표로 삼았다. 지금 집에서 불편함을 느끼면, 이게 다 엄마, 아빠라고 말하고, 바비 같은 이름으로 불리고, 평범한 나무가 아닌 하얀 대리석 바닥을 쓰는 과잉 행동 때문이었다. 집에 대해 아무것도 할 수 없었지만, 바비는 구레나룻과 오리 꽁지, 지퍼를 채워야 하고 발목 위로 올라오는 바지 등 이제는 과잉 행동으로 생각되는 것들을 스스로 제거해내고 있었다. 바지는 조여야 하지만, 몸에 꼭 맞는 바지는 과잉 행동이었다. 머리는 길어야 하지만 비틀스식 단발머리는 과잉 행동이었다. 빨간 셔츠는 용기의 상징이었지만, 지금은 그냥 과잉 행동에 불과했고, 셔츠와 양말을 보라색이나 겨자색처럼 튀는 색으로 맞추는 것도 과잉 행동이었다. 물론 이따금 요란하게 입기도 하지만, 과잉 행동이라는 걸 알고부터는 칸디도를 움찔하게 했다. 스쿠터는 재밌어도 오토바이는 과잉 행동이었고, 특히 고글과 헬멧에 검은색 가죽 재킷까지 차려입으면 더욱 그랬다. 술을 마시는 건 남자답게 구는 행동이었지만, 화려한 장소에서 얼음 넣은 스카치를 요구하는 건 과잉 행동이었다. 남자라면 맥주나 마시는 게 낫다. 물론 진짜 술은 진을 섞은 칵테일이지만. 기절은 누구에게나 일어날 수 있는 일이지만, 술에 취해 영화처럼 이리저리 비틀대고 우스꽝스럽게 말하는 건 과잉 행동이었다. 부기춤은 기본이고, 트위스트는 표준이었지만, 다른 모든 춤, 특히 마우마우춤은 과잉 행동이었다. 주니어와 단둘이 있는 건 생물학적이지만, 떼 지어 다니는 건 과잉 행동이었다. 길거리 구석에서 디아헤(diahe, 어머), 테포크(tepok, 때려), 아요스나(ayos na, 괜찮아),

리스 디얀('lisd'yan, 사기 치네)과 같은 말을 하는 건 자연스러운 일이지만, 제정신이 아냐, 꺼져 아니면 좋아해라는 말을 카노 속어로 말하는 건 과잉 행동이었다. 전화 통화를 하고, 농구 경기를 하고, 스쿠터를 타고, 캄보 악단 연주장에서 담배를 피우거나 꽥 소리를 지르는 여자애들, 반바지 차림으로 볼링을 치고, 청바지와 셔츠를 입고 영화를 보는 여자애들도 과잉 행동을 한 것이다. 심지어 이제는 포니테일도 과잉 행동이었다. "난 10대야"라고 외치는 옷차림이나 태도는 모두 과잉 행동이었고, 10대라는 단어 자체도 마찬가지였다. 조끼를 입으면 과잉 행동이었고, 카우보이 부츠를 신으면 과잉 행동이었고, 여름에 바기오에 가는 것도 과잉 행동이었다. NCAA[8]를 즐기는 것도, 특히 술에 잔뜩 취해서 자동차 경주를 하는 것도 과잉 행동이었다. 게다가 텔레비전의 10대 프로그램 출연도 우스꽝스러우며 대책 없는 과잉 행동이었다. 한때 바비와 그의 밴드는 앞니를 검게 칠하고 머리를 뒤로 벗어 넘기고는 〈틴에이저 캔틴(Teeners Canteen)〉이라는 프로그램에 출연해 〈God Knows(신은 알고 있다)〉와 같은 정말 식상한 노래를 부른 적도 있다.

하지만 열일곱에서 열여덟 살이 되던 시기는 더 이상 그

8 필리핀 농구 대회.

렇게 유쾌한 경기를 즐길 때가 아니었다. 〈틴에이저 캔틴〉에서처럼 야만적이지 않은 한, 자랑조차 이제 과잉 행동이었다. 다들 홈팀의 점수에 신경 쓰느라 너무 바빴고, 칸디도가 가족에게 남긴 점수는 부끄러웠다. 팀은 없었다. 서로를 상대하지 않으면 모두 혼자 경기를 했다. 아빠는 자꾸 공을 놓쳐 너무 많은 파울을 범했고, 흔들릴 때마다 지나치게 볼멘소리를 했다(칸디도는 이를 어긋난 음정이라고 했다). 엄마는 비꼬는 듯 척척 해치웠다. 달리기와 패스를 그렇게 많이 하는데도 몸싸움 역시 놓치지 않았다(칸디도는 이를 과잉 행동이라고 했다). 주니어는 관람객 앞에서 뛰는 귀여운 신인이라 형보다 귀여워 보이려고 무지 애썼다. 가족의 귀염둥이로 남아 있어야 원하는 바를 얻을 수 있었기 때문이다(칸디도는 이를 어긋난 음정이라고 했다). 그리고 여동생 소피는 자신이 가장 잘난 줄 아는 선수라 코트와 공을 독차지하며 다들 너무 서툴러 자기 상대가 아니라고, 모든 게 자기가 한 수 위라고 경멸했다(칸디도는 이를 과잉 행동이라고 했다). 심지어 가정부 인데이조차 이리저리 뛰어다녀 혹사당한 노예처럼 과잉 행동을 했다. 주변에 아무도 없거나 지켜보는 사람이 없을 때면 부엌에 늘어지게 앉아 엉덩이를 긁거나 옆집 운전사를 아주 자주 불러들인다는 사실을 바비가 알았기 때문이다.

바비는 이 팀에 몸담고 있는 동안 이 모든 것을 지켜보고만 있어야 한다는 것이 의아하지 않았다. 어제 아침 소피의 생일 파티를 위해 캄보 밴드가 연습하러 왔고 이상한 일이 벌어지기 전까지는. 하지만 오래 고민하지 않았고, 자신이 왜 거리를 두고 있는지 깨달았다.

이 캄보 밴드는 그들의 원조 악단 이름을 따 벌처스로 불렸다. 바비는 드럼, 피트 헨슨은 리드 기타, 윌리 벨스가 리듬 악기, 르네 루나가 베이스를 맡았다. 바비가 프로그레시브 재즈라 부르지 않고 캄보라고 부르는 이유는 프로그레시브 재즈만을 좋아한다고 말하는 건 과잉 행동이었기 때문이다. 어쨌든 아무도 바비의 뜻을 이해하지 못했거나 사실상 바비와 캄보의 연주를 좋아하지 않았다. 벌처스는 인기 밴드도 아니었고, 데뷔 같은 정말 중요한 행사에 초대받지도 못했다. 그도 그럴 것이 그 무지한 애들에게 기대할 거리가 있을까. 그들은 격렬한 연주와 엄청난 소음을 즐겼고, 드럼 연주자는 현란하게 스틱을 굴리며 그저 사람들 눈에 띌 궁리만 했다. 세상에, 게다가 일종의 '무대 연출', 즉 화려한 의상을 입고 연주자 모두가 앞뒤로, 양옆으로 움직이는, 마치 군사 훈련 같은 끔찍한 동작은 두말하면 잔소리였다. 바비는 벌처스의 의상은 물론, 그 끔찍한 무대 연출을 모두 없애버렸다. 각 연주자는 자신이 좋아하는 대로 언제 어떻게 움직이고 다른 연주자가 어떻게 움직이는지 전혀 신경 쓰지 않았고, 그저 음악적 충동에 따라 음악에 몸을 맡길 뿐이었다. 갑자기 모두가 한마음으로 어우러져 공중으로 방방 뛰어오르고 싶다면 그냥 뛰어올랐다. 하지만 그 감정은 진짜여야만 했고, 그렇지 않으면 과잉 행동이었다. 그래서 바비는 쉽게 흥분하는 윌리 벨스를 특히 주시해야 했지만, 그들은 이제 너무 끈끈한 밴드로 성장한 터라 그 충동을 함께 느끼는 경우가 많았다. 딱 동시에 느끼는 건 아니었지만, 한 명이 조금 앞서 느끼면 다른 이도 그 느낌에 물들어 여기서 뛰면 저기서도 뛰기 시작했고, 드럼을 연주하는 바비 역시 마음을 다해 스틱을 두드렸다. 그들이 모두 함께 뛰어오르고, 주위를 휙 바라보고, 윙크하고, 웃고, 노래하고, 놀려대고, 서로 빛을 발할 때까지. 하지만 그들의 신나는 연주는 대부분 연주대 너머에서 인정받지 못하는 사적인 재미였다. 그 멍청한 애들에게 뭘 기대할 수 있을까. 그 멍청이들은 항상 서로 과시하느라 바빠 무대에서 함께 춤을 추기는커녕 서로를 향해 춤을 췄고, 다른 사람들이 꽥 소리를 질러야만 같이 소리를 질러댔다. 만약 대단한 이름값을 하는 캄보였다면 아무 곡이나 연주해도 사람들이 꽥꽥 소리를 질렀을 것이다. 아니면 아무리 지루하게 연주해도 전혀 상관없는 히트곡이 있다면, 도입부가 흐르는 순간 사람들의 비명이 울려 퍼졌을 것이다. 바비는 벌처스가 무대를 함부로 대하고 거드름 피우며 연주하지 못하도록 막아야 했지만, 멤버들이 그렇게 행동해도 탓할 수 없었다. 벌처스는 다 좋은데 활기가 부족하다는 세간의 평가 때문이었다. 세상에, 활기라니. 활기라는 라벨이 달리지 않은 한 사람들은 활기가 뭔지 모른다. 그들은 소음과 그 모든 무대 매너가 활기라고 여겼다. 그래서 바비는 가끔 전기 기타에서 음향 장치를 떼어내도 지글거리는 소리만큼은 계속 들렸으면 좋겠다고 생각다.

어제 아침 벌처스는 소피의 파티를 위해 리허설을 하러 왔었다. 소피는 엄마가 집에 캄보가 와 있는데 문스트럭스를 왜 데려오냐고 말했을 때 입을 삐쭉 내밀었고, 오빠가 오지 않아서 그랬다는 소피의 말에 바비는 모두를 내쫓고 싶었지만, 그날이 여동생의 생일이었기 때문에 리허설을 소집했고, 소피와 소피의 멍청한 무리는 그 바보 같은 마우마우를 들을 수 있었다. 피트 헨슨은 포경수술을 받은 지 얼마 되지 않아 소피의 파티에 못 갈지도 모른다는 생각에 폼포이 모렐을 데리고 가야 했고, 수술 후 셋째 날 밤이 가장 힘들다는 말을 들었지만, 만약 참석하지 못한다면 비록 폼포이가 뱀파이어 멤버이긴 해도 피트 대신 기꺼이 대타를 뛰기로 했다. 대체 왜 열일곱 살이 될 때까지 기다렸다가 포경수술을 받아야 하는지, 피트가 결국 포경수술을 받아야 한다면 왜 굳이 캄보 연주 약속이 있을 때인지, 그리고 대체 왜 하필 폼포이 모렐을 대타로 데려왔는지 바비는 의아했다.

폼포이 모렐은 바비가 과잉 행동으로 여기는 모든 것을 정확히 보여주는 녀석이었다. 바비는 왕왕 폼포이에게 필요한 건 "난 10대예요"라고 적힌 플래카드를 가슴에 달고 다니는 것뿐이라고 말하곤 했다. 폼포이는 비틀스 같은 단발머리에 카우보이 부츠를 신었고, 기온이 조금만 떨어져도 조끼를 입거나 세상에서 가장 빨간 셔츠와 가장 꽉 끼는 바지를 입고 다녔다. 혼다를 몰고 다니며 그에 걸맞은 옷을 걸쳐 입었고, 32도를 웃도는 그늘진 날에는 검은 가죽 재킷을 입었다. 그리고 만약 누군가 "리 잔 시가('Lis jan siga, 양아치, 얘기 좀 하지)"라고 말하면 자기가 아는 모든 카노 속어로 뭉개버릴지 모른다.

하지만 폼포이는 그냥 웃어넘길 만한 바보 같은 양아치는 아니었다. 아주 비열했다. 어떤 여자애와 몸을 비비 꼬며 춤추고는 그 여자애가 머리를 젖히고 천장에 눈 맞추며 한껏 흥이 나서 이성을 잃을 만큼 완전 낚이고 나면, 폼포이는 여자를 무대에 내버려둔 채 옆에서 낄낄대며 지켜보는 무리에 홱 끼어드는 남자였다. 폼포이가 그런 식으로 수치심을 준 까닭에 가엾은 여자애들이 눈물을 훔치며 파티장을 도망치는 일이 부지기수였다. 폼포이는 칼과 총을 지니고, 어린 학생들의 돈을 빼앗고, 농구 시합에서 팔꿈치와 무릎을 사용하고, 당구에서는 속임수를 쓰고, 술 한잔 마시면 추태를 부리고, 리잘 애비뉴 모퉁이를 돌아다니며 차에 태워준다고 여자를 꾀기 일쑤였다.

어떤 여자들이 제정신이 아닌지 다 꿰면서 그곳에 먼저 와 있었다고 우기고, 여자들 이름을 떠벌리며 그들이 무슨 짓을 하고 어디서 정신이 나갔는지 소문냈다. 하지만 모든 남자애를 긴장하게 만든 건 폼포이가 남자애들의 엄마에 대해서도 잘 알고 있다는 거였다. 어떤 녀석 엄마가 폼포이의 지퍼를 만지작거렸고, 아니면 그가 만져보게 했는지 모르지만, 폼포이가 나이트클럽 술 파티에 낄 때마다 폼포이가 그 엄마는 정신 나갔다고 말할까 봐 걱정하는 애들이 있었다.

어제 아침 광장에서 폼포이는 앉지 말고 먼저 들으라는 말에 바로 합류하지 않았고, 그가 양아치 같은 끔찍한 과잉 행동을 하는 동안 벌처스는 그 바보 같은 마우마우 곡을 작업하고 있었다. 바비는 첫 번째 연습 때 서로 리듬이 충돌해 연주할 수 없어 보였던 곡을 어떻게 해야 벌처스 분위기로 바꿀 수 있을지, 그리고 애들이 원하는 리듬으로 작업할 수 있을지 계속 고민했다. 그래서 이번에는 드럼 연주를 여덟 마디가 아닌 네 마디가 끝난 후 시작하겠다고 말할 때 콜라와 샌드위치 먹겠냐는 엄마 목소리가 들려왔고, 뒤를 힐끗 바라본 바비는 홀딱 벗은 채 서 있는 엄마를 발견했다.

숨을 헐떡이며 달려간 바비는 엄마를 다시 안으로 밀어 넣었지만, 아무도 헉 소리를 내거나 놀란 척하지 않았고, 피트와 윌리와 르네는 그저 평소처럼 손을 흔들 뿐, 벌거벗은 몸을 봤다는 표정은 짓지 않았다. 그제야 바비는 소매를 잡아당기고, 벨트를 조정하고, 치맛주름을 탁탁 두드리는 엄마 몸짓에 엄마가 옷을 입고 있었다는 것, 자신만 그 옷을 보지 했다는 걸 깨달았다. 오로지 바비만이 그 옷을 꿰뚫어 알몸을 본 것이다. 엄마는 아들의 드럼 위로 몸을 숙이기 전 잠시 멈칫했다. "잘 되어가니? 바비?" 바비는 엄마를 그렇게 가까이에서 보니 신경이 곤두섰지만, 침착하게 입을 열었다. "전혀요. 오늘 리허설은 관둬야겠어요. 얘들아. 다들 집에 가." 하지만 엄마가 미소를 지으며 말했다. "아니, 왜? 너희 방금 시작했잖아. 나 때문이라면, 신경 쓰지 마. 내가 가마." 하지만 엄마는 서너 명의 뱀파이어와 벌처스와 함께 폼포이가 서 있는 마당 가장자리로 향했다. 다들 옷을 입었지만, 바비 눈에는 엄마만 벌거벗고 있었고, 폼포이는 평소 여자들을 바라보는 특유의 음흉한 시선으로 천천히 엄마를 위아래로 훑어보았다. 바비는 엄마의 알몸을 봤다. 폼포이에게 눈길조차 주지 않았던 엄마가 폼포이의 시선에 반응했다. 실룩거리고, 출렁이고, 살짝 밀치고, 파르르 떨었다. 바비는 안으로 들어가 장롱에서 아빠 총을 꺼낸 뒤 다시 마당으로 달려가 폼포이 모렐에게 총을 겨누었다. "내가 다들 집에 가라고 했잖아. 바로 널 말하는 거야, 폼포이. 너도 여기서 나가!" 하지만 그들은 모두 바비를 응시했다. 바비는 총을 들어 세 발을 쐈다. 그 후 바비는 방 침대에 우두커니 앉아 엄마가 누군가와 애써 침착하게 통화하는 소리를 듣고 있었다.

바비는 생각에 잠겼다. 신이 나를 벌하셨어. 신이 나를 벌하셨다고. 그는 무릎을 끌어안은 채 머리를 있는 힘껏 파묻었다. 평소 그가 여자의 옷을 꿰뚫어 보고 싶은 적이 있었던 걸까? 그리고 그 소원은 저주처럼 이루어졌다. 엄마의 알몸을 본 것이다. 바비는 엄마가 다가오는 발소리에 몸서리치며 공황에 빠졌고, 발소리가 들릴 때마다 발작하며 이 소리를 없애달라고 간청하는 참회의 기도를 시작했다. 갑자기 엄마가 그의 방 열린 문간에 서 있었고, 바비의 심장은 허공으로 떨어져 나갔다. 엄마는 여전히 벌거벗은 상태였다. "바비, 엄마 미사에 갈 건데, 너도 같이 가야 할 것 같아." 그 자리에서 일어난 바비는 신발 속으로 발을 욱여넣으며 거울에 비친 자기 모습을 볼 겨를도 없이 엄마를 따라나섰다.

"아무래도 네가 고해를 해야 할 것 같구나." 교회에서 엄마가 말했다. 고해소에서 무릎을 꿇은 바비는 이 고해가 저주를 풀어주기를 기도했다. 건너편에서 날카로운 목소리의 여자애가 오브라이언 신부에게 긴 죄를 고해하는 소리가 들렸다. 마침내 여자애의 고해가 끝나고 창문이 열렸다. "용서해주세요, 신부님…." 하지만 딱 거기까지만이었다. 바비는 완전히 발가벗은 신부님, 흥분에 휩싸인 신부님의 나체에 말문이 막

혀버렸고, 결국 벌떡 일어나 교회를 뛰쳐나왔다.

그러나 이제 모두의 옷이 떨어져 나가고 있었다. 검은 옷을 입고 즐거운 표정으로 교회 계단을 올라오던 여자가 있었는데, 돌연 그 여자의 검은 드레스가 녹아내리더니 바비는 어느새 한쪽 가슴이 사라지고 다른 쪽 가슴은 부풀어 오른 몸을 보게 되었다. 갈색 바지와 하와이안 셔츠를 입고 양손을 주머니에 넣은 채 생각에 잠겨 걸어가던 남자는 돌연 옷이 스르르 녹아내리자 벌거벗은 몸을 자위하기 시작했다. 바비는 그 광경을 보자마자 두 눈을 꼭 감고 한 손으로 눈을 꾹 누르며 몸을 벌벌 떨었지만, 어디선가 자신의 목소리가 들려왔다. 자, 이게 바로 내가 말하는 과잉 행동이야. 그런데 갑자기, 교회 계단에 서서 몸을 부르르 떨며 눈을 꾹 누르던 바비는 그 말에서 이상한 울림을 느꼈다. 그는 그렇게 말한 적이 없었다. 칸디도는 저 음정이 어긋난 걸 알아. 또는 칸디도는 저걸 과잉 행동이라고 할 거야. 그런데 그가 이렇게 말했다. 이게 바로 내가 말하는 과잉 행동이야.

하지만 그건 바비가 아니었다. 이건 바비답지 않았다.

그제야 바비는 무슨 일이 일어났는지 알았다.

바비는 칸디도가 되었다.

≈≈≈

칸디도의 눈으로 보고 있는 바비는 한쪽 팔로 아들을 잡아당기는 엄마를 둘러봤다. 얼굴의 젊음이 끝나고 몸의 늙음이 시작되는 지점이 한눈에 보였지만, 엄마의 마음속은 주변이 재가 되기 시작한 얼굴만큼 젊게 타오르고 있었다. 택시 안에서 칸디도는 엄마의 이러한 분열에 흐느꼈고, 엄마는 아들이 우는 이유가 자기 때문인지도 모른 채 아들을 위로했다. 반은 젊고, 반은 늙은 엄마가 벌거벗은 채로 애처롭게 앉아 바비의 이름을 계속 부르자, 그는 유감스럽다는 듯 소리쳤다. 난 바비가 아니야! 바비가 아니라고! 날 바비라고 부르지 마!

결국 엄마는 아들을 세상에 데려온 호세 박사에게 향했고, 호세 박사는 바비의 눈을 들여다보고, 목을 검사하고, 살갗을 찌르고, 몸속 소리를 들으며 내내 질문을 던졌다. 박사가 바비의 몸을 검사하고 있었지만, 은연중에 칸디도를 찾는 것 같아 바비는 온몸이 간지러웠고, 요리조리 피하는 칸디도가 느껴져 마치 술래잡기 놀이를 하는 듯했다. 호세 박사가 몸을 이리저리 더듬고 기구를 대며 살피다가 문득 칸디도를 엿본 듯 딱 멈춰서 눈을 반짝이기도 했고, 또는 칸디도의 말을 들은 듯 갑자기 몸을 더 구부려 귀를 기울이기도 했다. 박사가 어리둥절한 표정으로 활보하는 모습에 바비는 킬킬대는 웃음을 참을 수 없어 하마터면 칸디도에게 가만히 있으라고 소리칠 뻔했다. 특히 처음에는 온통 흰 옷을 걸치고 있던 호세 박사가 지금은 회색빛 알몸이고, 알고 보니 만화에서 볼 법한 주술사를 꼭 닮은 데다 동물원 철망에 갇힌 듯 이리저리 뛰어다니며 수다를 떨고 허둥대는 모습이 작은 원숭이 같아 더 우스웠다.

그런 다음 집으로 돌아온 칸디도는 알약을 받아 든 채 방으로 향했고, 잠에서 깨었을 때 침대에 앉아 있는 아빠와 맞닥뜨렸다. 아빠는 무슨 일이 일어났고 왜 그랬는지 물으며, 아들아, 네 장점과 부모가 널 위해 한 일에 감사한 마음을 가져라, 그래, 지금은 어리다는 게 힘들 때니 이 세상이 온통 불확실하겠지만, 혼란스럽거나 걱정되는 일이 있으면 아빠를 찾아라, 아빠야말로 아들의 가장 친한 친구 아니겠냐며 그를 위로했다. 딱 맞는 올리브색 정장과 흰색 셔츠에 점토색 넥타이를 매고 침대 위에 앉은 아빠 모습을 보며 칸디도는 처음에 아빠, 진짜 우리 아빠가 집에 왔나 싶었다. 하지만 어느새 옷이 다 사라진 완전히 벌거벗은 남자를 마주하자, 이 남자의 모든 게 사그라지고 있음을 알게 되었다. 헤어라인을 비롯해 울퉁불퉁한 팔 근육, 탄탄했던 가슴, 불룩한 배, 심지어 남자의 상징까지 힘없이 늘어져 있었고, 자세는 누군가에게 한 대 맞은 사람처럼 구부정했다. 그러다 문득 친구들이 말한 양아치와 상남자의 차이점이 떠올랐다. 어떤 녀석들은 자기가 상남자라고 자부하며 양아치처럼 굴다가 혼이 쏙 빠질 만큼 한 대 얻은 맞고 나면 다시는 자신감을 되찾지 못하지만, 진짜 상남자는 반쯤 죽을 때까지 두들겨 맞더라도 그 이후에는 그저 제정신이 아닐 뿐 인생 뭐 별거 있냐는 식으로 굴었다. "죽일 테면 죽여봐!" 그래서 아빠가 말하는 동안 칸디도는 매력적이고 유머러스하고 활력과 자신감으로 똘똘 뭉쳤던 우리 아빠는 진짜 남자가 아니라 바람에 맞는 순간 풍선처럼 빵 터지는 양아치에 불과했고, 진짜 아빠는 구부정하고 모든 게 움츠러든 벌거벗은 이방인이라는 사실을 눈빛으로 알 수 있었다. 아빠는 실제 그 자리에 있는 게 아니라 그냥 생방송으로 일장 연설만 하는 사람이었다. 거기 없는 사람, 택시 안에서 본 엄마처럼 동정할 수 없는 사람과 어떻게 친구가 될 수 있을까? 엄마를 동정한 이유는 엄마가 계속 분열되고 있었기 때문이다. 엄마는 이미 나이가 들어 모든 걸 포기한 채 마음을 접어버렸다. 칸디도는 왠지 부모에게 버림받고 혼자가 된 것 같았다. 그러다 갑자기 겁이 나 소리를 질렀다. 아, 아빠, 전 어떡하죠? 침대 위 남자는 헛기침을 하며 일어서더니 점심이나 먹자며 뒤로 물러났다.

점심을 먹으러 가던 칸디도는 세 계단에서 멈춰 서서 하얀 바닥, 충전재가 빵빵한 가구, 커튼이 쳐진 창문, 그리고 그 건너편에 노란 곡선 의자가 놓인 반들반들한 식탁을 힐끗 둘러봤다. 그리고 그 풍성한 식탁에 알몸으로 앉은 가족을 보니 바닥은 대리석, 의자는 충전재, 창문은 비단으로 꾸밀 여유는 있어도 몸에는 걸레 하나 걸치지 않은 것이 우스웠다. 사물은 그토록 번지르르하게 차려입고 사람들은 그렇지 않다는 게 우스꽝스러웠다. 어쩌면 사람들이 사물이었는지 모른다. 아빠는 기둥, 엄마는 시계, 소피는 옷 가게 진열장에서 가져온 인형, 주니어는 태엽을 돌리는 장난감, 그리고 인데이는 여기저기 터져 과즙이 흘러내리는 아주 잘 익은 까만 과일일지도. 부엌에 엎드린 과일과 무심코 맞닥뜨린 칸디도는 악 소리를 지르는 과일의 비명에 깜짝 놀라 버럭 화를 냈다.

학교에 가도 된다는 말에 세상으로 나왔지만, 이제는 떨어져 나가는 옷도, 떨어져 나갈 옷도 없었다. 모두가 이미 벌거벗은 상태였다. 물론 신기하게도, 여전히 옷을 입고 홀로 품위를 지키는 사람들이 여기저기 있었으나, 벌거벗은 세상에서 옷을 입은 사람은 그들과 칸디도뿐이었다. 칸디도는 거대한 스트립쇼 공연장이 된 세상과 정신 나간 사람들을 지켜봤다.

학교에 도착했을 때, 바비가 비틀스 셔츠를 입고 왔다며 약간의 소동이 있었다. 교복을 안 입어도 되는 진보적인 학교였으나 부적절한 옷은 명예를 더럽히는 것이었다. 하지만 음탕하게 벌거벗은 사람들이 왜 옷을 제대로 입지 않았냐며 난리 쳤을 때, 칸디도는 이렇게 대꾸하고 싶었다. 아니, 네 꼴이나 좀 봐!

역사 수업 시간에 칠판에 뭔가를 적다 분필을 떨어뜨린 디아즈 선생님이 떨어진 분필을 주우려 허리를 굽혔을 때, 칸디도는 거기서 장미꽃 한 송이를 봤고, 그 장미 위에 피 한 방울이 맺히더니 또 다른 한 방울이 맺혀 주르르 흘러내렸다. 칸디도가 일어나 말했다. “선생님, 피나요.” “바비, 어디서 피가 나니?” “선생님… 선생님 뒤에서요.” 디아즈 선생님은 칸디도를 곧장 교감실로 보냈다. 탈장으로 엉덩이까지 부어오른 칼라랑 교감 선생님이 의자에 앉으며 다리를 꼬자, 칸디도가 소리쳤다. “아, 선생님, 엉덩이 터져요.” 교감 선생님은 칸디도를 교장 선생님에게 보냈다. 퀴슨 교장 선생님은 여윈 가슴에 배는 하얗고 동그랬으며 음경은 일부만 남아 있었다. 교장 선생님이 미국에서 공부할 때 비행기 사고 같은 일을 당했다는 얘기를 들은 기억이 난 칸디도가 물었다. “선생님, 사고로 그걸 잃으신 거예요?” 말문이 막힌 퀴슨 교장 선생님은 벌겋게 달아오른 얼굴로 아빠가 올 때까지 교장실에 있으라고 말했다. 하지만 문을 열어둔 채 사무에서 기다리던 칸디도는 바깥 복도를 분주히 오가는 선생님들을 지켜보며 그들이 서두르는 데는 어떤 강한 의지가 있고 그 늙은 몸에는 일종의 잔인한 의도가 숨어 있다는 생각이 들었다. 저 너머에서 아이들의 비명이 들리자, 이곳은 암울한 곳, 사악한 곳, 아이들을 사고파는 곳이라고 느낀 칸디도는 속이 너무 역겨워 문을 박차고 뛰쳐나왔다. 그 감방에서, 그 감옥에서, 그 고문실에서.

그는 미니의 집으로 향했다. 미니와 데이트 약속이 있었다. 칸디도는 알지 못했으나 바비의 몸은 기억했다. 하지만 그곳에 도착했을 때 끔찍한 글로 라모스가 현관 계단에 퍼져 있었고, 미니의 몸은 잡초로 뒤덮여 있었다. 칸디도가 그 얘기를 하자, 미니는 몹시 흥분했다. 칸디도는 대체 왜 이곳에 왔는지 알 수 없었다. 그가 사랑했던 가엾은 미니는 이제 품에 안아 씻기거나 기저귀를 채워주고 싶은 오줌 싼 아기였다. 미니가 아기처럼 욕실 냄새를 풍기는 알몸으로 치아용 딸랑이를 내밀며 사랑한다고 말했을 때 칸디도는 피식 웃고 말았다. 그는 울고 보채는 미니를 품에 안고 이리저리 흔들다가 야무지게 눕혀놓고 그곳을 떠났다. 지금 아기를 돌보기에는 나이가 너무 많았다.

저녁때가 되었지만, 밤의 불빛 속에서 본 벌거벗은 몸들은 낮보다 훨씬 더 끔찍했다. 그림자마저 무서운 사람들의 추악한 모습에 오싹해진 칸디도는 그 모습을 보지 않으려고, 그들을 향해 시선을 돌리지 않으려고 거리를 달리고 또 달렸다. 불결한 몸, 음탕한 몸, 병든 몸, 기형적인 몸, 썩은 몸, 부서진 몸, 상처나고, 마비되고, 수술 자국이 있고, 동물 같은 털이 났고, 발기되고, 구멍이 있고, 종양이 있는 몸, 벌레가 기어 다니고, 땀으로 기름지고, 오물로 뒤덮이고, 고름이 떨어지고, 피로 얼룩지고, 고통으로 멍든 몸, 끊임없이 일하고, 슬럼프에 빠지고, 꼼짝도 못 하고, 흔들리고, 어수선하고, 긴장하고, 정신이 나가고, 절망에 빠진 몸. 하지만 그들은 마치 깨끗하고 행복하고 아름다운 사람처럼 대중 앞에서 걸어 다녔고, 아무도 그들의 은밀한 곳, 그들의 진짜 모습을 들여다볼 수 없다고 믿었다. 그래서 칸디도는 자기가 본 것을 모두에게 말하고 싶은 충동이 또다시 일었지만 달리기를 멈출 수 없었다.

거리를 달리다가 가게 창문 앞에 잠시 멈춰 여전히 비틀스 셔츠에 베이지색 바지를 입고, 여전히 빨간 양말에 크림색 목 짧은 부츠를 신고, 여전히 빨간 재킷을 어깨에 걸친 자기 모습을 확인할 때마다 칸디도는 안도의 한숨을 내쉬었다. 하지만 외설적 노출이 죄인지 모르는 세상에서 계속 달리고 도망치는 동안 다시 의구심이 들기 시작했다. 집에 갈 수도 없었고, 다시는 집에 갈 수 없을지 모르지만, 거리로 나가는 건 죽어도 싫었다. 그러다 혐오스러워진 세상에서 벗어날 수 있는 단 하나의 피난처를 기억해냈다. 바로 할머니 댁이었다. 그래서 그는 버스에 뛰어올랐고 벌거벗은 끔찍한 몸들에 꽉 눌려 자칫 토가 나올까 봐 차를 탄 내내 눈을 꼭 감았다.

아래층에는 2인용 식탁이 놓인 식당 불만 켜 있었다. 요리사 시아낭이 부엌문에서 불쑥 고개를 내밀더니 위층으로 뛰어올라 할머니 방으로 향했다. 하지만 할머니는 뻣뻣한 옷을 입은 성인들이 계신 기도실에 있었다. "거기 누구죠?" "저예요, 할머니." "바비? 묵주 기도가 곧 끝난단다." 칸디도는 기도실로 들어가는 대신 다시 응접실로 내려가 불을 켰고 흔들의자에 앉아 점점 멈춰가는 몸속 모터 소리에 귀를 기울였다.

이 재미있고 낡은 집에서는 뭔가가 항상 그의 마음에 고여 있었다. 기억을 되짚어보면 이 집은 일상적인 것과 거리가 멀었다. 토요일에 한 주가 끝나고 월요일에 다시 한 주가 시작되었다. 일요일은 모든 고모와 고모부, 사촌들이 모여 할머니가 만든 푸체로[9] 또는 카레를 먹고 늘어지게 하품하며 하루를 보내는 날이라 그 한 주에 끼지 않았다. 1년은 집과 학교에서 보내는 시간이었지만, 휴일은 할머니의 끝없는 의식이 있는 날이라 그 1년에 끼지 않았다. 할머니는 퀴아포 축제에 레예노, 성 금요일에 바칼라오,[10] 만성절에 기나탄,[11] 크리스마스에 삶은 햄을 요리했다. 할머니 집은 늘 최고의 안식처였고, 우리 할머니 집으로 갈 거야라는 말은 가족이 살아온 여러 집보다 더 오래 머물 집으로 간다는 뜻이었다. 칸디도네 가족은 늘 이사를 다녔고, 이사할 때마다 더 나은 집으로 옮겼다. 교외에

9 고기와 채소로 만든 수프.

10 대구 튀김.

11 코코넛 우유를 넣어 조리한 필리핀 요리.

있고 하얀 대리석이 깔린 가장 최근의 집도 분명 아직 최고로 좋은 집이 아니지만, 그들이 이 집 저 집 떠돌 때마다 할머니 집은 그 자리에 그대로 있었고, 집의 가치가 없어져 여러 집이 하나둘 집 구실을 못 하는 동안에도 이 집은 언제나 집이었고 그 가치도 그대로였다. 그래서 지금은 할머니 집에 왔을 때만 비로소 그들이 여전히 가족이라고 느꼈고, 다들 여기서는, 할머니의 조용한 눈빛 아래서는 과잉 행동을 멈췄다. 아빠는 어릴 적 살던 이 집에 오면 마음을 한결 놓았고, 주니어는 그저 평범한 사내아이였으며, 소피는 더 응석받이가 되었고, 심지어 엄마조차 덜 예민하게 굴었다. 어렸을 적 칸디도는 엄마가 이 집을 싫어한다는 걸 알았다. "어떻게 당신은 자기 엄마를 그 쓰레기 더미에, 온갖 잡동사니 속에서 살게 내버려두는 거죠?" 하지만 이제는 엄마의 태도가 바뀌었다. 지금은 엄마가 그 잡동사니를 원한다. 구닥다리 소파와 탁자들, 심지어 칸디도가 가만히 앉아 있는 이 재미난 흔들의자, 뻣뻣한 옷을 입은 위층 성인들, 커다란 금빛 후광이 달린 벽걸이 십자가, 그리고 거울이 달린 현관문 옆에 구멍과 손잡이가 있는 우스꽝스러운 물건까지. 할머니가 말씀하시길 옛날에는 그곳에 모자를 걸거나 지팡이와 우산을 놓았다고 한다. 칸디도는 그 물건을 볼 때마다 양산을 쓴 숙녀와 지팡이를 짚고 모자를 쓰고 수염을 기른 신사가 그곳에 모자를 툭 걸치거나 우산을 기대어두고 거울로 자기 얼굴을 바라보는 모습이 생각났다. 옛날에는 모자를 쓰면 신사로 보였지만, 요즘에는 모자를 쓰면 상남자, 어쩌면 폭력배처럼 보일 것이다.

지금 이 집은 퀴아포의 험준한 동네에 있지만, 일단 안에 들어가면 바깥 소음이 전혀 들리지 않았고, 할머니를 만나고 나면 바깥 소음이 할머니 집에 아무 영향도 끼치지 않는다는 걸 알게 된다. 할머니는 칸디도네 가족이 지금까지 살았던 어떤 집, 하얀 바닥이 깔린 가장 최근의 집과도 전혀 다른 방식으로 그 집에 살고 계셨다. 누군가에게 반쯤 죽을 때까지 두들겨 맞아도 그 후에 다시 일어나 먼지를 툴툴 털어낼 수 있을 만큼 강인하기 때문에 과잉 행동 없이 할머니 자신으로 되돌아가는 데 진심일 것이다. 아빠는 할머니 아들인데 왜 아빠는 할머니한테 있는 게 없을까? 아니면 그저 이 모든 게 상상일까? 아니면 여기서 느끼는 감정도 그저 과잉 행동일까? 할머니가 내려오셨을 때 바깥세상 사람들처럼 벌거벗고 병든 할머니 몸을 보게 되면 어떡할까? 칸디도는 오늘 낮에 침대에 앉아 세상 혼자라는 생각에 와락 겁이 나 울부짖었던 기억이 났다. 아, 아빠, 전 이제 어떡하죠? 하지만 그때 완전히 혼자라고 느끼거나 두려워했던 건 아니다. 마음 한편에 이 집이 있었고, 그의 곁을 지켜주었다. 다른 모든 게 무너져 내려도 이 집은 그 자리에 그대로 있고, 그 가치도 절대 변하지 않을 거라 말했다. 만약 이 마지막 피난처마저 빼앗기면 칸디도는 어떻게 될까?

칸디도는 위층 문이 닫히는 소리와 위층 바닥을 오가는 발소리에 온몸이 뻣뻣해졌지만, 계단을 내려오는 첫 발걸음 소리를 듣고는 벌떡 일어나 문밖을 나와 어두운 골목으로 무작정 달렸고 미란다 광장에 와서야 걸음을 멈추었다.

광장은 귀가 먹먹할 정도로 시끄러웠고, 선거 유세가 진행되고 있었다. 정치인들은 벌거벗은 채 무대에 서 있었으며 환호하거나 야유하는 군중도 벌거벗은 모습 그대로였고, 다들 서로의 알몸을 잘 알아도 다른 데 보는 척하며 서로의 치부를 온갖 감언이설로 덮었다. 무대 위 정치인들이 군중은 위대하고, 군중은 거룩하다고 말했을 때, 칸디도 눈에 보이는 건, 세상에, 겨드랑이에 낀 먼지와 이가 기어다니는 머리카락뿐이었고, 군중이 무대 위 사람들을 기사와 영웅으로 칭송할 때는 그 정치인들이 격렬하게 구호를 외치는 동안 사방으로 줄지어 출렁이는 커다랗고 물컹한 엉덩이, 뱃살, 불알에 속이 뒤집혔다. 그는 어른들이 진짜 이런 식으로 서로를 볼 수 있다면, 그들의 정치가 끝장나게 될지 궁금했다. 솔직히 혐오감을 느끼고 서로 외면하지 않을까? 아니, 떡이 진 털 다발이 뒷구멍에 늘어져 있는데, 어떻게 그 사람을 보며 구세주라고 부를 수 있을까? 사람들이 알랑대는 말 대신 솔직한 혐오감으로 서로를 대한다면, 모든 게 더 정직해질 것이다. 그리고 어쨌든 그 모든 과장된 말은 분명 집어치워야 할 것이다. 무대 위의 사람들은 이토록 불결하고, 여기저기 긁고, 트림하는 군중을 거룩하다며 아첨하지 않을뿐더러, 아마 지금도 그러고 싶을지 모르겠지만, 얼굴을 찌푸리며 코만 잡고 있을 테고, 만약 누군가 알몸으로 엉덩이를 흔드는 사람을 영웅이라고 찬양한다면 군중은 그저 포복절도할 게 뻔하다.

칸디도는 문득 자기만의 군중, 이런 혐오감을 느낄 수 없는 그 패거리와 함께 있고 싶어 좀이 쑤셨다. 그들의 과잉 행동은 사악하지 않았고, 벌거벗은 모습도 익숙했으며, 더러움조차 왠지 깨끗했다. 그래서 지프니를 타고 교외로 돌아와 패거리를 찾아 나섰다. 친구들은 엘비스 당구장에 있었고, 그는 때마침 이곳에 잘 왔다는 생각이 들었다. 할머니 집에서처럼 김이 자욱한 모터 소리가 들리지 않았다. 피트와 윌리, 르네는 로테이션 게임 중이었고, 피트가 마지막 공을 갖고 있었다. 하지만 그 공이 포켓으로 빠지자, 큐대에 손과 턱을 기댄 채 진지한 표정으로 말했다. "바비, 나 할 말 있어." 그러고는 덧붙였다. "일단 나 밥 좀 사줘. 돈도 없고 배고파 죽겠어. 집 나왔거든." 그들은 각자 호주머니를 뒤져 돈을 탈탈 털었지만, 당구비를 내고 나니 겨우 2페소와 몇 센트밖에 남지 않았다.

칸디도와 친구들은 당구장 옆 중국 식당으로 갔고, 피트가 뜨거운 마미[12] 한 그릇과 아도보 닭 다리 한 조각, 그리고 밥 2인분을 먹는 동안 다른 친구들은 그가 먹는 모습을 지켜봤다. 식사가 끝난 후 담배를 문 피트는 폼포이와 화해해야 한다며 이미 준비하고 있다고 말했다. "내 사전에 화해란 없어." 칸디도가 말했다.

"바비, 그렇게 양아치처럼 굴지 마." 피트가 말했다. "이제 뱀파이어와 벌처스가 화해하고 연합한 지 두 달이 지났어. 얼마나 다행이야. 그걸 다 망치고 싶어? 걔들한테 또 전쟁을 선포할 거냐고? 난 이제 그 망할 놈의 패싸움에 질렸어."

"난 폼포이한테 미안하다는 말 안 해. 그 자식 꼴도 보기 싫어."

"걔가 너한테 뭔 짓을 했길래?" 윌리가 물었다. "그 총소리는 다 뭐야?"

"아무것도 아냐! 그 얘긴 하고 싶지 않아!"

"봤지? 넌 그냥 다짜고짜 도발하잖아. 도대체 여기에 왜 온 거야."

"게다가 우리는?" 르네가 말했다. "오늘 아침에 일어난 일로 뱀파이어와 문제가 생긴다면 우리도 연루되는 거야. 진짜 문제가 있었대도 우린 괜찮아. 하지만 넌 그냥 도발하고 싶었던 거잖아. 그러니까 이제 인정하고 함께 해결하자. 친구 좋다

12　필리핀식 고기 국수.

는 게 뭐야."

"폼페이는 몸을 사리더라." 피트가 거들었다. "너랑 만나서 이 문제를 의논하고 싶대."

"그건 그저 폼포이가 잔머리 굴리는 거야. 옛날부터 그랬어. 내 뒤통수칠 기회를 노린다고. 그 자식은 이중인격자야."

"우리가 옆에 있을게. 이미 준비됐어."

의자가 젖혀질 때까지 몸을 한껏 뒤로 한 칸디도는 배 속 가득한 포만감과 허벅지와 발이 무뎌지는 피로감을 느끼며 패거리를 바라봤다. 참 좋은 친구들이었다. 다들 너무 좋았다. 그들이 벌거벗은 채 식탁에 옹기종기 모여 있어도 우습거나 역겹거나 무섭지 않았고 오히려 세상에 유일하게 남은 깨끗한 존재로 보였다. 그래서 어깨를 으쓱하며 고개를 뒤로 젖히고는 담배 연기를 천장으로 훽 날리며 입을 열었다.

"아, 알았어. 너희 하고 싶은 대로 해."

그래서 피트와 르네는 뱀파이어에게 말하러 나갔고, 칸디도와 윌리는 당구장으로 돌아가 캐롬 당구[13]를 쳤다. 그 후 피트와 르네가 돌아와서는 폼포이가 교회 뒤에서 만나 화해하길 바랐고, 뱀파이어 네 명을 데리고 갈 테니 바비도 네 명이 넘게는 벌처스를 데려오지 말라고 했다는 얘기를 전했다. 칸

13 당구의 한 종류. 한국에서 주로 하는 4구 경기가 바로 캐롬 당구다.

디도와 패거리가 벌처스 멤버 리키 가둘라를 대동해 지옥처럼 어두운 교회 뒤에 도착했을 때, 뱀파이어는 이미 그곳에 와 있었다. 처음에는 멀찌감치 떨어진 두 무리 사이에 약간의 고성이 오갔지만, 조롱과 위협이 장난 섞인 놀림과 웃음으로 바뀌면서 분위기가 점점 무르익자, 다들 칸디도와 폼포이에게 다가가 인제 그만 악수하고 지난 일은 잊으라며 다그쳤다. 칸디도와 폼포이가 앞으로 나섰지만, 폼포이의 얼굴과 그 얼굴에 비친 능글맞은 웃음을 보는 순간, 칸디도는 벌거벗은 엄마와 그 모습을 음흉하게 바라보던 폼포이가 떠올라 온 힘을 다해 그 비열하고, 멍청하고, 능글맞은 얼굴에 주먹을 휘둘렀다. 폼포이도 그에 질세라 칸디도에게 달려들었고 바닥에 쓰러진 칸디도를 온몸으로 덮쳤다. 온 세상만큼 거대한 폼포이의 주먹이 왼쪽 눈을 향했고, 세상 전체가 칸디도에게 무너져 내렸다.

정신을 차려보니 칸디도는 당구장 뒷방에 있었고, 피트가 물로 얼굴을 두드리고 있었다. 하지만 그가 눈떴을 때 피트가 자리를 박차고 일어나더니 방에 있던 다른 벌처스에게 향했고, 그들은 칸디도를 등진 채 자기들끼리 뭐라 뭐라 중얼거리며 누가 봐도 넌더리 난 표정을 지었다. 머리가 빙빙 돌아 벤치에 걸터앉은 칸디도는 몸을 숙여 두 손에 얼굴을 묻었다. 이렇게 두들겨 맞은 적이, 정신을 잃을 만큼 두들겨 맞은 적이 한 번도 없었다. 그리고 이제는 그 기억만으로도 무릎이 풀리고 맥박이 허둥지둥 요동쳐서 당장 집으로 달려가 침대로 뛰어들어 이불에 몸을 가린 채 앞으로 359년 동안 집 밖은 얼씬도 하고 싶지 않다는 생각뿐이었다. 얼굴은 두 손으로 꽉 움켜쥐었지만, 부르르 떨리는 몸과 숨이 멎을 듯한 오열은 억누를 수 없었다. 그래서 친구들이 등을 돌린 채 낮은 목소리로 이야기하는 사이 어떻게 하면 몰래 빠져나와 문을 닫은 채 집과 침대에 안전하게 숨어 있을지 고민했다. 하지만 친구들이 문간 바로 앞에 서 있었다. 돌연 벌떡 일어난 칸디도는 곧장 문을 향해 다가갔고 그들을 옆으로 밀쳐내며 당구장을 성큼성큼 걸어 나왔다.

피트가 바비 뒤를 쫓아가 팔로 잡아당겼다.

"야, 어디가!"

칸디도가 무심코 대답했다.

"폼포이 찾으러."

피트는 달려오는 벌처스를 향해 소리쳤다.

"이 자식 미쳤나 봐!"

친구들이 칸디도를 에워쌌지만, 그는 다 뿌리치며 빠져나왔다.

"하룻밤으로 부족해?" 그들이 소리쳤다.

"누구도 다시는 날 막을 생각 마!"

칸디도는 저벅저벅 걸어갔고, 벌처스가 멀리서 뒤따랐다.

폼포이는 두 곳의 볼링장에도, 동네 극장의 로비에도, 리츠 슈퍼마켓 앞에도, 샐리의 핀볼 가게에도, 빌리지 주유소 시멘트 위 롤러스케이트를 타는 사람들 틈에도, 호프집에도, 진을 홀짝이던 림씨네 사리 사리[14] 2층에도, 만남이 있었던 교회의 교인들 틈에도 없었다. 성인 영화를 보여주는 스태그 이발소에도 없었고, 자정이 넘도록 배회하던 시내 길모퉁이에서 대기 중이지도 않았다. 벌처스는 여전히 칸디도를 뒤따라오고 있었다.

친구들의 고함 소리가 밤새 들려왔다.

"바비 헤레디아가 폼포이 모렐을 사냥하고 있다."

새벽 1시쯤, 칸디도가 문 닫힌 리츠 슈퍼마켓 앞 인도에 앉아서 지금은 피투성이 걸레가 된 손수건으로 다시 피가 나기 시작한 눈썹 위 상처를 꾹꾹 누르고 있을 때, 피트가 다가왔다.

"포기해. 폼포이는 이미 집에 갔어."

"그 자식은 이렇게 일찍 집에 간 적이 없어."

"오늘 밤은 그랬어. 네가 쫓고 있다는 걸 들었거든."

"흥."

"하지만 소피 생일 파티에 무작정 쳐들어간대."

---

14 필리핀식 동네 잡화점.

"내일까지 살아 있을지. 애들은 어디 있어?"

"조이 페레즈랑 몇몇 애들은 차 한 대 훔쳐서 개 사냥하러 갔는데 괜찮은 녀석을 하나 잡았나 봐. 갓둘라스네 뒤쪽 공터에서 구워 먹기로 했어. 걔들이 병맥주랑 포도주도 좋은 거로 챙겼대. 패거리도 거기 있어. 자, 우리도 가자. 다들 너 보고 싶대, 바비, 애들이 너한테 감탄하고 있거든. 진짜야. 걔들이 그러는데 넌 가출도 하고, 폼포이도 사냥하고, 진짜 제대로 정신이 나갔다면서 널 축하해야 한대."

칸디도는 빨간 재킷으로 머리를 감싸 피가 나는 눈썹을 덮은 뒤 피트와 함께 공터에 모인 친구들과 합류했다. 그곳은 정글처럼 키 큰 잡초로 뒤덮여 있었지만, 그 중앙에는 친구들이 있는 공터가 있었다. 친구들은 환호성을 지르며 칸디도를 맞이했다. "쓰레기 납셨다!" 삶을 그저 하찮게 날려버리려던 존재가 양아치를 졸업하고 진짜 상남자로 거듭났기 때문이다. 모닥불이 붙었고, 목에 밧줄이 감긴 하얀 개, 사실상 강아지나 다름없는 개는 밧줄을 끌어당기는 르네 루나의 손아귀에서 미친 듯이 낑낑거렸다. 그러자 조이 페레즈가 쇠 지렛대로 두개골을 후려쳤고, 리키 갓둘라스는 부엌칼로 목을 갈랐다. 윌리 벨레스는 그릇에 피를 담았고, 피트 헨슨이 그 안에 진을 부었다. 그러고 나서 다들 그 피를 한 모금씩 들이켰다. 거품이 보글보글한 따뜻하고 짭짤한 피였다. 개의 털을 태우고 난 뒤에는 각자 먹을 만큼 잘라낸 조각을 막대기로 굽거나 그냥 불 속에 던져 검은 연기가 나기 시작하면 바로 건져 먹었다.

얼음 덩어리가 든 대야에 럼, 진, 맥주, 콜라를 섞은 뒤 바비의 축하 파티라는 이유로 칸디도는 국자로 한 잔씩 채워 이 사람, 저 사람에게 건넸다. 모닥불 주변에 옹기종기 둘러앉아 별빛 아래서 낄낄거리며 개고기를 먹는 사이, 어둠이 짙게 깔리고 이슬이 내려앉고 공터의 키 큰 잡초 사이로 찬바람이 불기 시작했다. 고기 맛은 좋았다. 하얗고 부드럽고 기름기도 없어 사체에 붙은 살점까지 다 뜯겨 나갔다. 하늘이 밝아질 때쯤 다들 구토를 했고, 몇몇은 기절까지 했다. 두 녀석은 말다툼을 벌이다 무릎을 꿇은 채 느릿느릿 비틀거렸고 칸디도 역시 여전히 빨간 재킷을 터번처럼 두른 채 비틀비틀 돌아다니며 우스꽝스러운 얘기를 했다. 이 모든 게 과잉 행동이라는 것을 잘 알고 있었지만, 알 바 아니라는 식으로 외면했다. 더는 규칙도 없고, 삶은 버려졌잖아. 나도 마찬가지고.

피트 헨슨이 칸디도의 팔을 끌어당겨 자기 어깨에 걸쳤고, 비틀거리며 공터를 빠져나온 두 사람은 마을을 벗어나 시내를 가로질러 반대편으로 향했다. 피트는 주택 대신 '아파트'가 모여 있는 반대편 마을에 살았다. 칸디도는 문득 엄마가 그 아파트를 보며 중얼거리던 생각이 났다. "아파트마다 이름이 다르다니…." 피트네 가족은 문이 가운데에 딱 하나 있는, 모통이 문조차 없는 막사 같은 아파트에 살았다. 그래서 조용하게 들어갈 수 있었지만, 일단 안으로 들어갔더니, 맙소사, 산 넘어 산처럼 연이어 부딪혔고, 진짜 뭔가가 무너져 내렸다. 계단을 딸깍딸깍 내려오는 발소리에 불이 켜졌고, 바로 그곳 바닥에, 칸디도와 피트가 함께 주저앉았다. 발치에는 떨어진 책장이 있었다. 위를 올려다보니 피트네 부모님이 서성이고 있었는데, (놀랍게도!) 그들은 옷을 입고 입었다. 헨슨 씨는 잠옷을, 헨슨 부인은 긴 흰색 가운을 입고 있었다.

"제가 기, 길을 자, 잘못 봐서요." 피트가 들뜬 목소리로 설명했다. 그러고는 다시 영어로 덧붙였다. "여, 여기가 계단인 줄 알고 책, 책장을 오, 올라가려고 했어요."

"어디 갔었니?" 헨슨 부인의 목소리가 들렸다.

"그냥 재밌게 놀려고. 바비, 우리 어디 갔더라?"

"헤레디아 씨 아들이던데." 헨슨 씨가 말했다.

"재 얼굴에 묻은 게 피니?" 헨슨 부인이 물었다.

"바비가 싸, 싸움을 좀 했어요." 피트가 설명하는 소리가 들렸다. "재, 재가 폼포이 모렐을 죽이려고 했거든요."

"그래서 머리에 빨간 옷을 두르고 있구나." 헨슨 씨가 쭈그리고 앉아 말했다. "잘 들어보렴. 바비 헤레디아. 너도 모르게 종족의 예의를 따랐구나. 우리 조상들은 살육을 선포할 때 자랑스럽게 빨간 띠를 둘렀단다. 네가 아무리 잘난 부촌에 살고 있대도 여전히 그 종족인 거야."

"부모님은 재가 어디에 있는지 아시니?"라고 헨슨 부인이 물었다.

"재 집, 집 나왔어요." 피트가 설명했다.

"다시는 집에 안 갈 거예요." 칸디도가 외쳤다.

"세상에." 헨슨 부인이 말했다. "여보, 얼른 옷 입고 헤레디아 부인께 전화하러 가요."

그러고는 헨슨 부부가 급히 자리를 떴다.

칸디도가 갸우뚱거리며 당황스럽다는 듯 입을 열었다.

"아니— 왜— 너희 아빠는— 전화하러— 가는데— 옷을— 입으신대?"

"무, 문으로 가, 가야 하니까. 우, 우리 집에는 전화기가 없잖아?"

그때 헨슨 부인이 대야를 들고 돌아와 수건으로 칸디도의 얼굴을 닦기 시작했고, 칸디도는 푹 쓰러져 바닥에 누웠다.

눈떴을 때 그는 이층 침대의 아래층에 있었고, 피트네 집 위층에 있었다. 이 방은 대략 예닐곱 명 되는 피트네 형제들이 자는 곳이었지만, 지금은 아무도 없었다. 열린 문 너머에 있는 맞은편 다른 방이 헨슨 부부의 침실 같았다. 부부가 옷을 입고 있는 게 보였고, 그건 그들에게 숨길 게 없다는 의미였다. 칸디도는 이 좁고 어수선한 방에서 편안함을 느꼈다. 남의 방 같지 않았다. 피트는 부모님을 영어로도, 스페인어로도, 심지어 타갈로그어로도 부르지 않았다. 그저 부모님의 별명으로 불렀다. 피트는 부모님이 그렇게 불리길 원했다고 했다.

침대 머리맡 창문에서 비치는 햇살을 보니 늦은 아침이었고, 머릿속 모든 게 가볍고도 맑았고 흐릿한 통증도 전혀 없었다. 피트가 자는 이 방에서 칸디도가 편안하게 누워 있는 동안 다른 방에서는 피트와 헨슨 씨가 대화를 나누고 있었다.

"얘야, 지금은 어떠니?"

"전 괜찮아요."

"그러기 전에 미리 말해줬으면 좋았을 텐데."

"그냥 마음 가는 대로 했어요. 놀림 받는 게 질려서요."

"내가 널 남들보다 뛰어나게 키우지 않았던가?"

"하지만 전 달라지기 싫어요."

"아, 네 결정이니 존중한다만, 패거리 관습에서 벗어나게 해주고 싶었어."

"제가 늘 아빠처럼 될 수는 없잖아요."

칸디도는 두 사람의 대화를 더는 듣지 않고 반대편으로 고개를 돌렸다. 마침 헨슨 씨가 계단을 내려가며 헨슨 부인을 불렀고, 피트가 방으로 들어왔다.

"바비, 일어났구나? 기분은 어때, 친구?"

"좋아. 아빠한테 한 소리 들었어? 아빠랑 이야기하는 거들었어."

"어젯밤 일 때문은 아니야."

"응, 알아."

"우리 아빠는 사고방식이 좀 이상해. 너희 아빠처럼 좀 평범하면 좋겠어."

"피트, 난 너희 집이 좋아."

"뭔 소리야, 너희 집 같은 데서 살면 난 소원이 없겠다."

칸디도는 피트가 포경수술을 받은 게 오랫동안 선생들보다 똑똑하다고 믿은 아빠한테 낙제점을 주는 자기만의 방식이라는 걸 이제야 알게 되었다. 부모님을 별명으로 부르는 게 엄마, 아빠라고 부르는 것만큼이나 과한 행동일까? 칸디도는 이제 이 집에 있는 게 불편했고, 헨슨 씨는 이보다 더 잘할 수 없어 본인을 해방된 사람이라고 여겼다.

"일어나, 바비. 아빠가 네가 집 나온 것 때문에 얘기하고 싶대."

"아, 안 그러셔도 돼, 집에 가기로 했어."

칸디도는 헨슨 씨가 어떤 말을 할지 생각하니 미치도록 소름이 끼쳤다. 여느 때처럼 부촌과 무리의 이상에 대해 은근히 비꼬는 말을 할 테고, 부모님이 네 삶에 더 좋은 걸 해주길 바란다면 적어도 부모님처럼 좋은 무리의 일원이 되어야 하고, 특히 네 삶에서 더 좋은 것이 자동차나 냉장고 등 그런 모든 기기라면 더더욱 아무것도 의심하지 말라고 말할 것이다. 패거리의 아빠 중 헨슨 씨가 가장 흥미로워 칸디도는 듣기 싫은 말들도 이제는 잘 듣는 편이었다. 지금은 그 말이 유리처럼 투명해져서 우리도 너희 집 같은 데서 살면 좋겠다는 불쌍한 피트를 보게 된 것이다. 가난하다는 이유로 출세할 능력이 없었다면 그건 단지 운이고 운명이라 안타까운 일이지만, 그렇게 우월한 척, 기기 위에 있는 척하면서 현실을 정당화해야 할까? 자식들이 노력하면 아빠처럼 실패하지 않고 성공할까 두려워서 자식들한테 쓸데없이 바라지 말라고 해야 할까?

아래층으로 내려가는 동안 칸디도는 벌거벗은 그들의 모습을 보게 될 거라 예감했고, 실제로 그랬다. 헨슨 씨의 몸은 아빠처럼 툭 튀어나온 데가 없어 움츠러든 구석이 하나도 보이지 않았고, 헨슨 부인은 그저 걱정으로 생긴 이마 주름뿐이었다. 칸디도는 폐를 끼쳐 죄송하고 모든 것에 감사하다며 황급히 작별 인사를 했다. "저 집에 갈게요."

"집에 데려다주마." 헨슨 씨가 말했다.

"저 혼자 갈 수 있어요."

"오, 안 된다. 바비. 내가 너희 부모님께 데려다주겠다고 약속했어. 그러니 앉으렴. 아침부터 먹자."

헨슨 씨의 이야기에서 벗어날 방법은 없었다. 아니나 다를까, 부촌과 무리, 그리고 기기에 관한 얘기가 흘러나왔고,

해방된 사람이 아니라면 무리와 함께 있는 게 최선이라는 말을 듣는 동안, 칸디도는 달걀부침과 밥을 억지로 삼키며 구석에 서서 묵묵히 몸부림치는 가엾은 피트를 바라봤다. 정오까지 수업이 없었던 피트는 택시를 불러야 했다.

"하지만, 아저씨. 저 그냥 걸어가도 돼요."

"바비, 나 같은 사람은 너희 동네에 걸어서 들어갈 수가 없단다."

이번에는 헨슨 부인이 당혹스러운 표정을 지었다.

택시 안에서 헨슨 씨는 계속 빈정대는 말을 늘어놨지만, 칸디도는 그저 귀를 닫은 채 헨슨 씨가 왜 이리 배배 꼬였는지 궁금해하며 그의 집 동네를 바라봤다. 세상에, 양철 지붕과 노출된 배관 등 영화에서 보던 것과는 사뭇 다르고 참 진부했다. 그때 헨슨 씨가 말했다.

"아버님이 널 기다리고 계셔."

"아빠는 이 시간에 집에 안 계셔요."

"집에 계셔."

그제야 칸디도는 헨슨 씨가 왜 굳이 데려다주려고 했는지 알았다. 칸디도의 옷은 더러웠고, 얼굴은 엉망진창이었으며, 눈썹에는 바보 같은 테이프가 붙어 있었다. 그래서 깨끗이 씻고 옷매무새를 바로잡기도 전에 아빠에게 이런 꼴을 보여주려 했던 헨슨 씨가 야속했다. 칸디도는 주위를 둘러보며 고양이처럼 악의에 찬 표정을 짓고 있는 그 작은 알몸을 보며 지겹다는 생각이 들었다. 아, 진짜 이게 뭐야….

그러나 문 앞에 다다랐을 때, 칸디도 역시 심술이 날 수밖에 없었다.

"여기예요. 아저씨. 잠시 내리세요."

그 작은 알몸이 당황했다. "아니야, 고맙다, 바비. 난 내 할 일을 다 했어. 널 데리고 왔으니까. 잘 지내렴."

"아뇨, 내려오세요. 엄마, 아빠가 아저씨와 얘기하고 싶으실 거예요."

헨슨 씨의 팔에 손을 얹은 칸디도는 그가 움츠러들고 있다는 걸 깨달았다.

"아냐, 괜찮아, 바비. 사무실에 가봐야 하거든."

다들 헨슨 씨가 실직했다는 걸 알고 있었다. 현재 그는 단지 이 사무실, 저 사무실을 전전했다.

헨슨 씨가 택시와 달아난 후, 칸디도는 헨슨 씨와 별반 다르지 않은 사람들과 함께 있고 싶어 하며 진입로를 서둘러 걸어갔지만, 집에 들어가면 안에서 기다리는 이들의 심판자가 되어 또다시 그들의 알몸을 보게 될까 두려웠다. 그래서 현관 계단 앞에서 서서히 속도를 줄였다. 물론 이제는 그들의 진짜 모습과 살 수 있고 이 공포감도 극복할 수 있을 것 같았지만. 그래도 현관 계단을 올라 문간으로 가는 걸음 수를 재고, 잠시 문 앞에 멈춰 서고, 눈을 아래로 내리깔고, 보는 순간, 판단하는 순간을 최대한 늦췄다. 하지만 막상 고개를 들자, 아무것도 판단할 게 없었다.

옷 입은 사람들에게서 또 다른 층이 떨어져 나가며 벌거벗은 육체 이상의 것이 거실에 있는 칸디도 앞에 드러났다.

≈≈≈

그가 본 것은 의학 서적에 나오는 뇌, 뼈, 동맥, 신경, 인대, 관절, 그리고 내부 장기가 드러난 인체 해부도 사진 같았다. 피부가 벗겨진 인체 사진들은 많이 보았지만, 지금 본 건 그 사진과 비슷하면서도 움직이고 있다는 점에서 달랐다. 그 움직임은 마치 기계의 모습, 즉 본체 없이 태엽만 돌아가는 시계나 차체가 뜯긴 채 달리는 자동차처럼 보였다.

칸디도는 정맥과 뇌, 뼈와 조직, 그리고 다양한 기관들을 알아볼 수 있었지만, 이 모든 것이 엔진과 얼마나 흡사한지를 깨달았으며, 그 모든 장기는 용수철과 바퀴, 차축, 톱니바퀴, 튜브, 실린더, 밸브, 볼 베어링, 피스톤, 너트와 볼트, 전선과 배터리 같았고, 심지어 그 메커니즘을 관통하는 어두운 핏줄마저 모든 세상이 실용적이고, 이성적이길 바라는 휘발유 같았다. 바퀴가 돌아가고, 전선이 번쩍이고, 태엽이 빙글빙글 돌고, 밸브가 뿜어져 나오고, 피스톤이 앞뒤로 흔들리고, 모터가 윙윙거리는 건 기계의 여러 부품이 만들어내는 효과일 뿐이지, 사랑과 증오, 선과 악, 또는 현명함과 어리석음 때문이 아니었다. 모터가 너무 빨리 달리거나, 너무 느리거나, 갑자기 고장이 날 수도 있지만, 어떤 일이든 과잉 행동은 아닐 것이다. 기계는 규칙대로 움직였다.

칸디도는 거실에서 큰 기계 네 대, 작은 기계 두 대 등 총 여섯 대의 기계를 만날 수 있었다. 큰 기계 중 세 대는 카우치에 장착되어 있었고, 한 대는 탁자 옆에 똑바로 세워져 있었다. 작은 기계 중 한 대는 창문에 기대어 있었고, 다른 한 대는 바닥에 접혀 있었다.

판단을 받아야 하는 인간의 알몸에 대한 추문 대신, 도덕을 사용하지 않는 기계의 정밀함을 여기서 발견하게 되어 놀라우면서 기뻤다. 하지만 이내 흠칫 놀랐다. 그 기계 중 일부는 그의 가족이었지만, 누가 누구였을까? 모든 기계는 얼굴도, 성도 없었다.

그러다 이토록 그를 역겹게 했던 벌거벗은 육체는 아직 사람의 모습이라는 사실이 떠올랐다. 엉덩이에 장미가 핀 디아즈 선생님, 불알에 종이 달린 칼라랑 교감 선생님, 그리고 남자의 상징이 불구가 된 퀴슨 교장 선생님의 알몸은 보는 것만으로도 끔찍했지만, 바로 그 끔찍함 때문에 이들을 각각 디아즈 선생님, 칼라랑 선생님, 그리고 퀴슨 선생님으로 구별할 수 있었다. 사람에게서 피부를 벗겨내면 남는 건 익명의 기계 장치뿐이다. 이 사람의 얼굴에 난 커다란 사마귀가 바로 이 사람으로 만드는 것이다. 흉터와 주름, 상처, 종양, 그리고 살점을 훼손하는 모든 것이 인격과 정체성, 이 삶과 이 영혼을 나타낸다.

아, 선생님들이 틀렸어. 칸디도는 이제야 그들 모두가 틀렸다는 걸 알았다. 영혼은 내면 어디에도 없었다. 정신에도, 마음에도, 감정에도. 하지만 사람들이 육체라고 부르는 보이는 살 위에 있었다. 흙투성이의 살, 벌레에 물린 살, 동물의 털이 난 살, 성적인 살. 인간의 살이 영혼이고, 영혼이 살이기 때문에 가장 추악한 벌거벗음은 여전히 거룩한 벌거벗음이고, 그 벌거벗음이 없다면 인간은 그저 영혼과 육체를 구분할 수 없는 기계일 뿐이다.

주머니에 손을 파묻은 칸디도는 자신을 느끼며 진짜 자신이 되고 싶었다. 이제는 칸디도가 아니라 바비가 되고 싶었고, 바비 특유의 머리카락과 눈 모양, 코의 구조와 입의 곡선, 여드름 모양이 있는 바비가 되고 싶었다. 피부색과 키, 체형, 어깨와 팔과 가슴과 배, 성기, 그리고 엉덩이와 다리와 발 크기로 바비가 되기를 간절히 바랐다. 그리고 겁에 질린 채 거실에 있는 기계들을 바라보며 그들에게 영혼과 인간이 되어달라고,

아무리 끔찍한 살이라도, 다시 살을 붙여달라고 간청했다.

그리고 마치 그의 호소에 답하듯, 카우치에 있는 기계 중 두 대가 느릿느릿 서더니 그를 향해 굴러왔다. 바퀴가 돌고, 전선이 번쩍이고, 태엽이 빙글빙글 돌고, 밸브가 뛰고, 피스톤이 앞뒤로 흔들리고, 모터가 돌아가는 모습이, 세상에, 크리스마스 시즌에 보도 위를 걷는 로봇 장난감 같았다.

누가 그들의 태엽을 돌리고 건전지를 넣었을까? 눈에 보이지 않는 거대한 아이가 이 방에서 저 장난감들을 갖고 노는 걸까? 아니면 우주선처럼 무선으로 조종되고 있을까? 혹시 신이었을까? 조종석에 앉은 우주 과학자가? 전원만 켰다 끄고 기계적으로 움직이면서 사람들을 판단했다는 게 지금은 어리석어 보였다. 스스로가 해방되었다고 여긴 불쌍한 헨슨 씨처럼. 경쟁할 배짱이 없다는 이유로 어떻게 그를 비난할 수 있을까? 그건 제트기가 아니라고 자전거를 탓하는 것과 같다. 이제 그 두 로봇 장난감이 칸디도를 향해 홱 달려들었다. 그 로봇들이 어떤 감정으로 카우치에서 일어나 방을 가로질러 굴러가는지는 그저 그들의 상상에 불과하다. 진짜 추진력은 외부에서 왔다. 과학자가 버튼을 눌렀기 때문이다.

하지만 그 로봇들이 가까이 다가왔을 때, 칸디도에게 넘치는 안도감을 주는 목소리가 들렸다. 사람의 소리, 감정의 소리, 입술의 살에서 나는 소리.

"바비."

칸디도는 그 소리로 문제가 생길 수도, 소란이 일어날 수도 있다는 걸 깨달았다. 걱정하는 이도 그들이었고, 알아봐달라고 호소하는 이도 그들이었다. 칸디도는 그들이 내는 소리로 누가 누군지 알아볼 수 있었다. 왼쪽에 높은 기어가 있는 기계는 엄마였고, 왼쪽에 낮은 기어가 있는 기계가 아빠였다. 칸디도는 주머니에서 손을 꺼내 그들에게 손을 흔들며 경계심을 풀었지만, 더 많은 게 필요하다는 것을 알았다. 의사소통을 해야 했다. 하지만 그들은 바비의 언어만 알아들을 수 있었다.

칸디도의 몸에서 옛날 바비의 목소리가 들렸다.

"엄마, 아빠."

두 로봇 장난감이 더 가까이 굴러올수록 불꽃이 튀는 것 같았고, 이제 뒤에 있는 다른 기계들도 식별할 수 있는 소리를 내고 있었다. 창문에는 소피, 탁자 옆에는 인데이, 그리고 지금껏 딱 두 번, 공항과 가족 모임 때 만났던, 카우치에 있는 멘추 이모까지. 바닥에 놓인 작은 기계만이 정체를 알 수 없었다. 주니어일 리 없었다. 울고 있는 것 같았으니까.

그때 엄마 목소리가 들렸다.

"가엾은 미니한테 인사 안 할 거니?"

바닥에 있는 기계가 몸을 펼치며 그를 향해 질주했고, 엄마와 아빠 기계는 미니 기계가 통과하도록 서로 떨어졌다.

칸디도는 미니 기계가 다가오는 모습을 보며 간절한 기도 소리를 들었다. 미니, 다시 살이 되어줘. 아기방 냄새가 나더라도. 욕실 냄새가 나더라도. 미니, 다시 미니가 되어줘. 내가 그토록 어루만졌던 미니로 다시 돌아와줘.

하지만 그의 기도를 조롱하듯 바퀴, 차축, 톱니바퀴, 튜브, 실린더, 밸브, 볼 베어링, 피스톤, 너트와 볼트, 전선, 배터리가 불쌍한 미니에게서 떨어지기 시작했다. 미니가 다가올수록 바닥에 쨍그랑거리고 덜컹거리는 소리만 들릴 정도였다. 결국 미니 기계에 남은 거라곤 뼈대에 불과했다. 하지만 그 작은 뼈대가 키스라도 하려는 듯 그를 향해 해골을 들어 올렸다.

"안녕, 바비."

칸디도는 그 작고 하얗고 매끄럽고 속이 빈 두개골이 짓는 입술 없는 미소를 보는 동안 눈과 코의 큰 구멍을 들여다봤다. 그러고는 곧바로 비명을 지르며 얼굴을 피하고 신음하듯 슬픈 소리를 내며 응접실을 가로지르고 세 계단을 올라 자기 방으로 도망친 뒤 문을 쾅 닫고 침대로 뛰어들었다. 그는 궁극의 스트립쇼를 목격했다.

"박사님이 그러시는데" 헤레디아 부인이 멘추 혼자 커피를 마시며 담배를 피우고 있는 점심 식탁으로 돌아와 말했다.
“독감 기운이 있는 것 말고는 아무 이상도 없대. 하지만 내일 병원에 입원시켜서 검사해보기로 했어. 호세 박사님이 세인트 존스 병원에 괜찮은 정신과 병동이 있다고 하네.”

헤레디아 부인은 바로 앉지 않고 그대로 서서 호세 박사의 차가 진입로에서 출발하는 소리를 듣고 있었다. 드디어 시동이 걸렸다.

“아, 그 늙은 돌팔이. 내가 어쩌다 이런 병을 물려줬을까?”

멘추가 킥킥거렸다. “그 의사 양반 꽤 진지하게 말하더라. ‘오, 박사님, 우리 불쌍한 아들이 왜 이러죠. 왜 이랬다저랬다 하는지.’ 훌쩍, 훌쩍. ‘아드님은 아무런 문제가 없습니다. 숙취 때문에 그래요. 술에 취했어요.’ 세상에, 이넹. 나 웃겨서 죽을 뻔했어.”

“웃을 일이 아니야, 언니. 오늘 밤 파티 때문에 아직 할 일이 많아.”

“어디든 가야 한다면 내가 보초 서고 있을게.”

“그나저나 미니 모타 불쌍해서 어째. 물론 걔가 아직은 그리 매력적인 나이가 아니긴 하지. 하지만 키스하려는 애한테 공포에 질린 표정을 짓는 건 좀… 마치 꼬마 뱀파이어라도 본 것 같잖아… 걔가 평생 상처받으면 어쩌려고.”

“이제부터 먼저 키스하지 말라고 가르쳐야겠어.”

"언니가 여기 계속 머물 거면." 그 후 헤레디아 부인은 침실에서 옷을 갈아입었다. "차라리 편하게 있는 편이 나을 거야. 장롱에 내 가운이 있고, 내 슬리퍼도 한번 찾아봐…."

"바비한테 약 같은 건 먹였어?"

"호세 박사님이 술을 잔뜩 마신 상태에서는 약을 안 먹이는 게 좋대. 그런데 일단 잠을 좀 자야 하나 봐. 나가기 전에 내가 살펴볼게."

"내 생각 좀 들어볼래, 이넹? 네 아들이 작은 꼬마에서 사내 녀석으로 자라고 있어. 날 곁눈질하는 눈빛이 그래. 여자애와 여인을 구분한달까."

"조용히 해. 바비 아직 안 자고 있어." 두 사람은 이제 현관에 있었고, 멘추의 운전사가 이넹을 태울 차를 몰고 왔다. "근데 바비가 조용히 언니랑 할 얘기가 있대. 얘기는 하되 지금보다 더 혼란스럽게 하지 말아줘."

"브라질에서 온 찰리의 이모[15]가 되어주지. 브라질은 견과류가 유명하잖아?"

응접실로 돌아온 멘추는 미국 주택과 필리핀 주택이 어떻게 다른지 찬찬히 살펴봤다. 미국 주택의 문은 항상 닫혀 있다. 필리핀 가정에서는 모든 문을 열어둔다. 심지어 침실 문,

15 1892년 초연된 영국 인기 코미디 연극의 제목.

욕실 문까지. 복도에서 유일하게 닫혀 있는 바비의 방문은 개인의 취향을 반영한 이례적인 경우였다. 멘추는 방문을 톡톡 두드린 뒤 슬며시 안으로 들어갔다. 칸디도는 침대에서 일어나 베개에 몸을 기대고 두 손은 머리 뒤로 깍지 낀 채 이불을 가슴 경사면으로 끌어당겨 앉아 있었다.

"바비? 엄마가 그러시는데 나하고…."

"어서 와요, 이모."

멘추는 허리를 굽히며 입을 맞추려다 꼬마 뱀파이어가 생각나 멈칫했다. 대신 의자를 잡아당겨 앉은 뒤 다리를 꼬면서 초록색 치마를 내리고 옥색 보석을 수줍게 만지작거렸다.

"바비, 너랑 나는 서로를 잘 몰라."

"저한테 장난감들 보내주셨잖아요."

"아, 그건 그냥 친분 유지용이었지. 누구나 어딘가에 속해 있어야 하고 특히 가족의 일원이 되어야 하잖아. 바비, 난 가출해서 가족과 연락을 끊고 살았어. 돌이켜보면 그건 잘못된 행동이었어. 하지만 보다시피 난 집에 돌아왔어."

"집에 돌아올 만한 일이 있었어요?"

"오, 그렇다고 해야겠네! 이 얘기해줄게, 얘야. 난 그곳에 있는 동안 내내 죽은 거나 다름없었는데 여기 오니 다시 살아났어. 내가 사랑하고 날 사랑하는 사람들이 너무 많다는 걸 잊고 있었지. 그 모든 사랑 덕에 내가 젊고, 활기차고, 신나고, 사랑스럽게 느껴지더라. 널 봐서 즐겁고. 내가 나이 든 바위처럼 보이니?"

"아뇨, 이모."

"그럼 내가 어떻게 보여?"

멘추는 미소를 짓고 있었지만, 그 질문은 탐색용이었다. 그래서 몸을 앞으로 숙이고 그의 얼굴을 살피며 녹색 드레스와 옥 장신구를 찬 이모를 봐달라고 넌지시 애원했다. 하지만 무섭게도 그 얼굴에는 이모가 존재하지 않았고, 그 눈에는 사실상 이모가 살아 있지 않았기 때문에 칸디도의 눈에는 의자 위에 보석으로 장식한 해골, 서로 꼬인 무릎, 갈비뼈 사이로 보이는 의자, 두개골의 치아가 무겁게 죄였다 풀리는 모습만 보일 뿐이었다.

"전 사람들이 어떻게 생겼는지 하나도 몰라요." 칸디도가 말했다.

멘추는 재치 있는 조카의 말을 애써 듣지 않으려 했다. 그리고 생각했다. 얘는 뚱뚱한 노파를 보고 있구나.

"하지만 그건 잘못된 거야, 바비! 넌 사람들을 보고, 바라보고, 알아야 해. 왜냐, 인생의 동승자를 보는 게 사는 재미의 반이니까. 속물처럼 굴지 마. 네 나이 때는 주위를 둘러보는 게 신날 때란다. 첫 가운을 입은 여자애들, 거리를 지나가는 똑똑한 여자들, 매력적인 얼굴과 아름다운 몸매로 가득한 세상. 지금 날 보니 한때 미인이었던 것 같지?"

"그런 것 같아요."

두 사람 모두 네모난 민소매 드레스에 짧은 머리를 한 늘씬한 아가씨가 환히 웃는 모습을 본 적이 있었다.

"이모 옛날 사진을 본 적이 있어요." 칸디도가 말했다. 그는 웃고 있는 짧은 머리 소녀를 의자에 앉은 대머리 해골에 고정하려 했지만, 계속 그곳에 고정하기는커녕 이 뼈와 보석 더미를 두 번 봤을 때의 실제 모습조차 기억나지 않았다.

"난 우유처럼 순수하고 장미처럼 아름다웠어." 해골이 관절을 움직이고 뾰족한 사지를 흔들며 말했다. "그리고 파티에서 가장 매력적인 여자였지. 지금이야 파티가 지루해 보이지만, 그때는 나도 젊었으니까. 우린 늘 젊은 시절의 모습을 간직하고 있어. 그 젊은 자아를 벗지 않은 채 그저 다른 덮개를 하나씩 차례로 씌울 뿐이지. 하지만 내면 어딘가에는 우리가 넘어지기 전, 스스로 가리기 전의 모습이 여전히 남아 있어. 그래서 남은 인생 내내 그때로 되돌아가려 노력하고, 잃어버린 것을 찾으려고 하지. 어쩌면 사도신경은 잃어버린 것을 찾지 못한 모든 이를 위해 육체의 부활을 약속하는지 몰라. 나도 그걸 찾기 위해 집에 돌아왔는지도 모르고. 그리고 가끔은 내가 거의 찾았다고 느끼기도 하고…."

멘추는 혼잣말을 하다가 문득 침대에 있는 소년이 쳐다보고 있다는 걸 깨달았다. 그냥 쳐다보는 게 아니라 뚫어져라 보았고, 두려운 시선도 아니었다. 멘추는 여자의 아름다움에 눈독을 들이는 즐거운 시선을 오랜만에 만끽했다.

"바비, 너도 볼 수 있어! 난 뚱뚱하고 사악한 늙은 여자가 아니라 바로 이거야. 우유와 장미, 젊고 순수하고 행복하고 사랑스러운…."

칸디도는 멘추의 말을 거의 듣지 않고 있다가 이모의 두개골에 뚫린 세 개의 갈라진 구멍 속에 돌멩이만큼 큰 세 방울의 눈물을 보고 깜짝 놀랐다. 그리고 멘추 뒤에 있는 무언가를 응시했다. 뼈나 의자 뒤에 무언가가 숨어 있었다. 궁극의 스트립쇼까지 목격했다고 생각했지만, 마지막 조각이 남아 있었고, 숨겨진 그 마지막 조각은 아직 드러나지 않았다. 오로지 이 조각만 저절로 나타나지 않았다. 그는 이 조각을 뒤쫓고, 찾고, 찾아내야 했다. 지금 의자 위 어딘가에 있을 것 같고 저 멍청하고 늙은 해골이 그만 덜컹거리면 좋겠다고 생각했다.

하지만 그의 표정을 간파한 멘추는 눈물이 앞을 가렸다. 손수건을 더듬어 코를 풀더니, 의자에서 벌떡 일어나 바닥을 빙빙 맴돌았다,

"바비, 내가 젊어진 기분이야. 다시 어려졌나 보다. 춤도 출 수 있겠어…."

칸디도는 해골이 빙글빙글 돌며 무릎뼈를 홱 흔들고 발톱

을 달그락거리는 모습을 보며 그 춤의 소용돌이 속에 숨은 무언가가 쫓기고 싶어 하고, 잡히고 싶어 한다는 것을 강렬하게 느꼈다. 그래서 이불을 밀어내고 침대에서 기어 나와 다리가 꼭 끼는 반바지를 주섬주섬 입고는 숨을 헐떡이며 그 소용돌이 안으로 들어가 꼭 잡아야 할 무언가를 더듬었지만 되려 단단한 발톱에 잡히고 말았다.

"그래, 바비, 이리 와서 춤추자, 나랑 같이 춤춰!"

그래서 이리저리 끌려다니고 벗어나려 몸부림치면서도 지금은 여기, 지금은 저기서 빙빙 맴돌고, 시야에서 자꾸 사라지고, 손이 닿는 곳에 있지만 뼈 발톱이 손을 꽉 쥐고 있어 닿지 않는 무언가를 잡으려 낑낑거렸다. 이제는 괴성을 지르는 해골의 모든 뼈가 덜컹거렸고, 맴도는 무언가는 그를 조롱하는 듯 주변에서 빙글빙글 돌다가 다시 멀어지다가 해골과 함께 다시 빙글빙글 돌며 쫓아오라고 손짓했다. 끝내 완전히 좌절한 칸디도는 주저앉아 울음을 터뜨렸다.

"바비! 세상에, 내가 널 너무 흥분시켰구나!"

멘추의 뇌에 맴돌던 음악 소리가 멈췄다. 소년은 오열하며 무릎을 꿇었고, 멘추는 그를 끌어 올린 뒤 방을 가로질러 침대에 눕혔다.

"이제는 잠을 자야 해."

멘추가 그의 턱까지 이불을 끌어당기자 머릿속 음악이 다시 시작됐고, 이제는 거리낌 없이 미소 지으며 조카에게 몸을 숙였다. 눈이 휘둥그레진 칸디도는 거대한 이를 드러내며 씩 웃는 해골에게 키스를 당하고 말았다.

칸디도는 이모가 얼른 방 밖으로 나가기만을 학수고대했다. 하지만 이모가 나가고 방문이 닫혔을 때, 이모의 후회와 자만심이 사라졌을 때, 그 어떤 것도 쫓아오라고 손짓하지 않았다.

방은 텅 비었다.

해 질 녘 잠에서 깬 칸디도는 정원에서 울리는 소리를 들으며 잠시 누워 있었다. 가족들이 파티를 위해 정원을 정돈하고 있을 것이다. 복도와 응접실은 어두웠고, 열린 문틈으로 빈 방이 보였다. 집 안에는 아무도 없었다. 화장실에 있는 동안 테스트, 테스트 소리가 광장에서 들려왔다. 소피는 재즈 대신 디스코를 택했을 것이다. 방으로 돌아온 그는 옷장이 잠겨 있고, 입었던 옷도 사라졌다는 걸 알았다. 부모님 방에 들어갔지만, 아빠 옷장도 잠겨 있었다. 그러다 눈 안에 빨래 바구니가 들어왔다. 바구니 맨 위에 더러워진 비틀스 셔츠와 베이지색 바지가 놓여 있었다. 칸디도는 창밖을 힐끗 내다봤다. 몇몇 해골이 정원에 탁자를 놓고 있었다.

칸디도는 현관과 진입로를 통해 집 밖으로 빠져나왔다. 황혼이 내려앉은 잔디밭과 도로는 그 광택이 더욱 깊어졌고,

이 우아한 거리를 따라 늘어선 집들은 등불이 켜진 모퉁이를 제외하면 실내가 어두웠다. 대문 앞에 콜벳 한 대가 멈춰 섰고, 운전대를 잡은 해골이 현관 기둥 사이에 있는 또 다른 해골에게 손을 흔들었다. 앞 잔디밭에서 배드민턴을 치고 있는 두 해골은 바람이 그물망을 통과하듯 뼈 사이로 자유롭게 부는데도 아픈 기색 없이 소리를 지르고 웃으며 뛰어다녔다. 난간이 있는 제방 위에는 해골 가족이 아무것도 하지 않은 채 일렬로 서 있었고, 그들의 갈비뼈 사이로 가족의 멋진 집이 보였다. 어쩌면 그들은 그곳에 오르기 위해 왔던 길을 되돌아보고 있었는지 모른다. 검문소 없이도 그 부촌에서 벗어났다는 걸 바로 알 수 있었다. 불빛 너머에 있는 집들은 모퉁이뿐만 아니라 집 안 전체를 환히 비췄다.

친구들이 보고팠던 칸디도는 서둘러 엘비스 당구장으로 향했다. 당구대에서 그를 반긴 세 개의 해골은 피트, 윌리, 르네였다. 당구는 치고 싶지 않다고 말한 칸디도는 그냥 서서 친구들을 지켜봤지만, 여전히 배가 고프고 외롭다는 사실을 알게 되었다. 어젯밤 중국 식당에서는 이 친구들을 바라보며 그들을 향한 우정에 마음이 벅찼었지만, 이제는 녹색 천 위를 떠도는 이 세 개의 똑같은 해골에 아무 감정도 생기지 않았다. 그들은 피트, 윌리, 또는 르네가 아니었다. 그저 사물에 불과했다. 그리고 사물과는 우정을 나눌 수 없다. 이제는 육체가 있는 사람이라면 그 누구라도 좋아 보였다. 나체로 줄지어 선 정치인들조차. 칸디도는 다시 어젯밤이었으면 좋겠다는 생각에 마음 아팠고, 수많은 사람 속에 파묻혀 그들의 감촉을 느끼고 싶었다. 그래, 그는 이제 겁먹지 않을 것이다. 그래, 이제는 그들에게서 도망치지 않을 것이다. 그래, 이제는 그들을 증오하거나 경멸하거나 판단하거나 안타까워하지 않을 것이다. 멘추 이모는 틀렸다. 사람들은 사는 재미의 반이 아니었다. 그들 모두가 재밌었다.

육체는 썩어가는 옷이니 당장 벗어던져야 더 큰 사랑을 느낄 수 있다고 배웠던 기억이 났다. 하지만 육체가 없다면, 피트, 윌리, 르네가 아닌 이 세 개의 해골을 보며 아무것도 느낄 수 없을 것이다. 칸디도의 눈에는 그들이 피트, 윌리, 르네로 만들어준 썩어가는 옷을 잃어버린 것 같았다. 감정도 육체였고, 성격도 육체였고, 동지애도 육체였고, 우정도 육체였고, 사랑도 육체였고, 감촉도 육체였다. 칸디도는 종교 시간에 들은 나병 환자의 상처를 핥은 성인의 이야기를 떠올렸다. 그 성인도 자신이 지금 겪는 일을 겪었고, 처음에는 우월감을 느끼며 사람들을 비웃고 모두 과잉 행동이라고 놀리다가 결국 벌받아 밤을 배회하고 육체의 세계에서 추방되어 광물이나 그런 '깨끗한' 것들 사이에서 우정을 찾으려 노력했을 것이다. 그리고 마침내 그가 교훈을 얻고 용서를 받고 정신을 차렸을 때는 그 육체가 마치 나병 환자의 상처처럼 가장 더럽고, 가장 냄새나고, 가장 끔찍하고, 가장 썩어 문드러졌어도, 그는 여전히 깨끗하고, 달콤하고, 아름답고, 신성하다고 봤으므로 기꺼이 무릎을 꿇고 나병 환자의 상처에 입을 맞추고, 그 순수한 숭배심 속에서 신을 발견했다. 비꼬는 멍청이들은 아름다움이나 예절 또는 피부색에 불과한 것들에 대해 계속 떠들어댄다. 그건 그들의 무지였다. 칸디도는 살갗이 모든 것 가운데 가장 깊은 것, 지상보다 깊고, 바다보다 깊고, 우주보다 깊은 것이고, 그 깊이가 인간을 접촉하는 기쁨이며, 만약 신이 조금이라도 발견된다면, 그 깊이에서만 신이 있을 수 있다는 사실을 깨달았다.

이런, 세상에! 멘추 이모가 의자에 앉았을 때, 그리고 춤추는 동안 숨어 있던 게 바로 그거였어. 쫓아오라고 손짓하고 드러나길 원했던 것. 내가 쫓고, 사냥하고, 찾고, 찾아다녀야 했던 게 바로 그것이었어. 신은 모든 다른 얼굴을 지워버리고 내가 그 얼굴, 궁극의 얼굴, 바로 신의 얼굴만 보게 하셨어.

그리고 지금도 신이 여기, 여기 이 당구대에서 손짓하고 있다는 것을 깨달은 칸디도는 머리카락이 쭈뼛쭈뼛 섰다. 그래서 그 자리를 향해 달려가고, 뒤에서 불쑥 나타나고, 다시 그 자리를 향해 달려가고, 아니, 당구대를 가로질러 빙글빙글 돌고, 여기 갔다가, 저기 갔다가 빙빙 돌면서, 세 개의 해골들과 부딪쳤다. "이봐, 바비, 뭐 하는 거야!" 하지만 신을 쫓느라 친구들의 말은 듣지 못했고, 그저 머리카락만 솟구쳤다. 신은 여기 이 끔찍한 곳에 계시다가 이제 문간에 계셨고, 그곳으로 달려가면 이미 길거리 어딘가에 계셨다. 칸디도는 그 뒤를 따라가고, 달리고, 더듬고, 부르고, 때로는 멈춰 서서 냄새를 맡고, 해골들이 매표소에 줄지어 선 빌리지 극장 로비까지 돌진했다. 그러다 해골들이 진열대에서 캔을 까고 있는 리츠 슈퍼마켓으로, 작은 해골들이 롤러스케이트를 타고 소리를 지르며 날아다니는 빌리지 주유소 시멘트 위를 가로질러, 맥주가 들어갈 곳이 없는 줄도 모른 채, 해골들이 병과 유리잔을 연신 깨작거리는 맥줏집으로, 풀밭에 웅크린 한 쌍의 해골이 서로 껴안고, 키스하고, 뼈를 덜덜 떠는 고속도로의 탈라히브 들판을 따라, 모임이 있었고 냄새가 가장 강하고, 가장 깨끗하고, 가장 가까웠던 교회의 갈라진 원 안으로 뛰어들었다. 마이크를 껴안은 밝은 무대 위 해골을 향해 해골 무리가 달려들고, 뒤엉키고, 수다를 떨고, 소리치는 소란 속에서, 뼈와 고함이 난무하고, 숨을 헐떡이고, 땀을 흘리고, 밀고, 울고, 밀치는 폭동 속에서 칸디도는 미친 듯이 싸웠다. 그가 사냥한 건 딱 하나의 해골, 앞에서 까닥거리는 해골이었고, 칸디도는 지그재그로 몸싸움을 벌이며 중심부에 들어갔다가 다시 가장자리에서 빙글빙글 돌며 싸우고 또 싸웠다. 이제는 빌리지 검문소에 계신

신을 따라 숨을 헐떡이며 신의 뒤를 맹렬하게 추격했고, 검문소를 지나, 좁은 공원길을 지나, 차도 위 차들이 거대한 눈을 비추는 잔디밭을 지나, 모퉁이 불빛이 우아하게 반짝이는 어두운 창문을 지나, 쓰레기를 나르는 하녀 해골들을 지나, 줄지어 늘어선 자동차와 담배를 피우는 운전사 해골들을 지나, 마지막 벽을 지나, 자기 집 대문인 줄도 모르고 문 안으로 뛰어들었다. 진입로를 따라 현관을 가로질러, 희미하게 보이는 응접실을 가로질러, 광장 위 불빛과 소음과 움직임 너머로 달려갔다. 칸디도가 문간에 선 그 순간, 돌바닥을 뛰어다니는 어린 해골들, 그가 볼 수 없는 육체의 기쁨을 누리며 웅장한 음악과 형형색색의 조명에 맞춰 뛰어다니는 해골들이 그 자리에 있는 그의 모습에 깜짝 놀라 방방 뛰며 소리쳤다. “와, 바비다!”, “봐봐, 바비야!”, “저기, 바비 왔어!” 그는 이리 끌려가고, 저리 끌려가고, 이리 흔들리고, 저리 흔들리며 춤을 추고, 지금은 그 한가운데 서서 반은 울고, 반은 웃었다. 비록 뼈는 앙상하고 두개골은 비어 있지만, 이건 죽음의 춤이 아니었다. 여기는 신의 나이트클럽이었다. 신은 여기서 춤을 추고 있었고, 손만 뻗으면 잡을 수 있을 만큼 가까이에 계셨다. 신이 광장에서 뛰어내리자, 칸디도는 다시 그를 쫓아 광장에서 뛰어내렸고, 정원을 가로질러, 탁자에서 탁자를 가로질러 뛰어다녔다. 깜짝 놀란 해골들이 그들의 배를 움켜쥐며 웃었다. “바비!” 엄마 목소리가 들렸다. “어디 있었어!”, “바비” 아빠 목소리도 들렸다. “바비”, “누구 찾고 있니!” 이모 목소리도 들렸다. “우리 춤추러 가야지?” 다들 그를 붙잡았지만, 헛수고였고, 그가 이 탁자에서 저 탁자로 잠시 멈춰 서서 미소 짓고 고개를 까딱하며 잠시 바라보고, 그러다 지금은 더 어두워진 정원으로, 모기가 윙윙거리는 대나무 숲으로, 살이 얼얼해지고 머리카락이 뻣뻣해지는 털이 무성한 덤불 속으로 계속 달려갈 때까지 그의 이름을 불렀다. 칸디도는 이제 따뜻했고, 신에 가까워졌다. 마침내 신은 추적당했고, 궁지에 몰렸고, 막다른 골목에 계셨다. 그리고 신은 가시 돋친 마지막 대나무를 잘라내야 하는 그를 기다리고 계셨고, 마지막 나뭇잎 장막을 가르는 그를 기다리고 계셨고, 지금 숲에서 나와 앞에 놓인 벽을 바라보는 그를 기다리고 계셨다. 그곳에는 참으로 신이 계셨고, 벽에 기대어 그를 기다리고 계셨다. 칸디도는 신을 향해 미소 짓고, 행복한 눈빛을 보내고, 두 팔 벌려 신을 환영했지만, 신은 벼락을 손에 쥐고 높이 들어 올렸다. 그러다 벼락이 내리쳤고, 칸디도는 어깨에 붙은 불을 만끽하며 기쁨에 겨워 소리쳤다. 신은 사랑으로 그를 치셨고, 사랑으로 그를 찔렀으며, 사랑으로 그를 불태웠다. 황홀함에 휩싸인 칸디도는 비틀거리며 입가에 미소를 머금었고, 바닥에 쓰러져 밀려오는 어둠을 느낄 때쯤 신의 얼굴에서 폼포이 모렐을 봤다.

"불청객들." 헤레디아 부인이 남편에게 말했다. "법으로 따지면 범죄자일 수 있지만, 걔들도 우리 문화에서는 유물이죠. 불청객 없으면 파티가 완성되지 않잖아요."

"걔들도 주인을 쏴 죽이려 들까?"

"여보, 자기야, 우리 바비는, 그 애가 말했듯이, 폼포이를 사냥하고 있었어요. 그러다 폼포이를 발견하고 그 벽에 몰아붙였을 때, 폼포이가 무슨 생각을 했을까요? 바비가 악수만 하고 싶어 한다는 걸 어떻게 알았겠어요?"

"난 아직도 그 나쁜 놈이 감옥에 갔으면 좋겠어."

"그건 단지 살에 난 상처일 뿐이에요, 여보. 바비도 이 불쌍한 녀석이 벌받는 걸 원치 않잖아요. 폼포이도 면회를 오고 싶어 했지만, 그건 현명한 생각이 아닌 것 같았어요. 어쨌든 바비는 괜찮고, 폼포이는 뉴욕에 있는 자기 엄마한테 가기로 했대요. 지난번 일도 폼포이 할머니가 조용히 넘어갔는데 이번 일로 우리가 소란을 피우는 건 아니잖아요?"

"내 아들이 겪은 일은 어쩌고?"

"일주일 동안 병원에 있던 거요? 어쨌든 입원시킬 거였잖아요. 게다가 그 충격이 아이에게는 좋기도 했고요. 바비는 이제 정상으로 돌아왔어요. 사실, 여보. 이 모든 게 전화위복이에요."

헤레디아 부인은 병원 복도에 서서 턱을 위아래로 움직이는 남편을 쳐다봤지만, 남편은 눈을 마주치지 않았다.

"어머니는 아침 내내 저기 계실 건가?"

"사무실로 돌아가야 해요?"

"바비를 집에 데려다 놓고 가야지."

"둘이서 얘기하게 둬요, 여보. 바비가 어머니를 불렀다면서요."

"그냥 우리가 들어가는 게 어때?"

"아뇨. 이리 와서 내 옆에 앉아요. 그만 화내고."

하지만 헤레디아 부인은 바비의 방에서 나오는 시어머니를 보며 대신 일어섰다. 그러고는 노부인의 뺨에 키스했다. 남편 역시 어머니의 손에 입을 맞췄다.

"어머니, 바비는 준비 다 됐대요?"

"일어나서 옷 입고, 가방 싸고 있어. 그런데 준비라니, 그게 무슨 뜻이니?"

"집에 갈 준비요."

"아, 아무래도 여기서 작은 서열 전쟁이 있겠구나. 얘들아, 잘 들으렴. 너희 아들이 오늘 아침 아주 일찍 날 꼭 만나야 한다며 전화했단다. 오늘 퇴원하는 날 아니냐고 내가 물었어. 바비가 그렇다고 대답하면서 자기가 어디로 가야 할지 의논하자고 하더라. 내가 깜짝 놀라서 급히 병원으로 왔고, 짧은 시간이지만 아주 진지하게 의논을 했어. 얘야, 상황이 안 좋아.

네 아들이 아빠 엄마가 있는 집으로 가기 싫대. 우리 집에 가고 싶다는구나."

"바비가 그런 말을 했군요."

"바비가 그랬단다. 그래서 난 내가 결정할 일이 아니라고 했어. 내가 걔 부모가 아니잖니. 바비가 애원했지만, 기다리기도 싫었단다. 그래서 바비한테 키스한 뒤 뒤도 안 돌아보고 나왔어. 이제 너희가 들어갈 차례야. 난 이 전쟁에서 내 총을 쐈으니까."

노부인의 아들이 말했다. "우리가 다 같이 들어가서 바비를 만나보면 안 될까요?"

"아니, 난 거기 있으면 안 돼. 양쪽이 다 있으니 바비가 불편할 거야. 얘들아, 너희가 직접 말을 해봐. 만약 너희가 그렇게 결정해야 한다면, 바비를 우리 집에 데려오렴. 우리 집은 내 자식들한테 항상 열려 있으니까. 그런데 갈 곳이 없어서 우리 집에 간다면 그건 내가 감당할 수 없는 일이 될 거야. 이해하지?"

"아주 분명히요." 헤레디아 부인이 말했다, "걱정 마세요, 어머니. 바비는 단지 집에 가는 게 부끄러울 뿐이에요."

"내 자식들은 자기 집을 부끄러워한 적이 없었다. 그럴 이유가 없었으니까. 하지만 그건 옛날 스타일이잖아, 그렇지? 바비는 스타일을 잘 알더구나. 어쩌면 바비가 스타일에 너무 까다로운 아이일 수 있지. 그래서 그 정통 스타일을 원하기도 하고. 바비는 할아버지가 있는 게 정통 스타일인 줄 안단다. 그렇다고 부모를 거부해선 안 되겠지. 그게 참 슬펐다. 손자와 얘기하다 보니 나도 슬퍼졌어. 아마 오늘은 기분이 가라앉을 것 같아."

"어머니, 어디 안 좋으세요?" 노부인의 아들이 물었다.

"아, 날 잘 알잖니. 몸이 좀 추우면 침대로 가서 성찬을 먹는단다. 다음 날 아침에는 초콜릿과 아사다[16]를 먹어. 음, 그러면 다시 쌩쌩해지지. 애비야, 신중하게 결정했니?"

"전 이미 결정했어요."

"바비는 이제 어디로 가지?"

"안과에 가요. 의사 선생님 지시로요."

어머니와 아들이 진지하게 서로를 쳐다봤다.

"난 이제 가야겠다." 노부인이 미소를 지으며 말했다.

"같이 내려가요." 헤레디아 씨가 말했다.

복도에 놓인 긴 의자에서 기다리고 있던 헤레디아 부인은 엄마와 아들 사이에 닫힌 파란색 문을 보며 생각에 잠겼다. 그때 남편이 성큼성큼 걸어오더니 미키 루니처럼 어서 와라고 말하며 아내가 따라잡기도 전에, 침대 가장자리에 앉아 있던 소

16 라틴 아메리카 문화권에서 먹는 구운 소고기 요리.

년이 벌떡 일어나기도 전에 잽싸게 방으로 들어가버렸다. 아들이 벌떡 일어섰을 때 부모님은 이미 그를 짓누르고 있었고, 아들의 표정에는 두려운 기색이 역력했다.

"아빠, 엄마." 바비가 말했다.

그리고 바비 헤레디아는 집에 가야 한다는 걸 알았다.

≈≈≈

문제는 파티가 끝난 다음 날 아침 눈을 뜨고 다시 옷의 세상으로 돌아온 순간부터 시작되었다. 모든 사람이 다시 옷을 입고 있었다. 간호사와 의사, 병원 내 사람들과 멘추 이모, 캄버 악단 멤버와 미니, 오브라이언 신부 그리고 또 다른 방문객들까지. 다시 그 세상으로 돌아와 정말 기뻤다. 하지만 벌거벗은 몸을 본 집으로 어떻게 돌아갈 수 있을까? 그는 다시 바비였지만, 바비와는 사뭇 다른 사람이었다. 그날 아침 칸디도는 어떻게 되었는지 궁금해하며 주위를 둘러보았고, 사람들로 붐비는 병실에서 자신을 발견했다. 여전히 비틀스 셔츠와 베이지색 바지와 빨간 양말과 크림색 목 짧은 부츠를 신은 칸디도는 방 한구석에 기대어 팔짱을 낀 채 방문객들에게 의아한 미소를 짓고 바비에게는 윙크를 했다. 그리고 이렇게 말하는 것 같았다. 너무 무리하지 마, 꼬마야. 물론 칸디도의 말은 옳았다. 그가 지금 고음으로 부르는 사랑의 노래는 더 낮게 조절되어야 한다. 사람들을 너무 사랑하는 것과 지나치게 비판하는 것 사이에서 균형을 맞춰야 한다. 병원에서 지낸 일주일 내내 칸디도는 음식 쟁반을 숭숭 피하고, 의료 기구들을 들여다보고, 잡지를 훑어보고, 아니면 그냥 장난을 치는 등 판단력을 잃지 말아야 한다고 그에게 계속 주입했다. 칸디도는 간호사의 독설에 눈썹을 치켜세우고, 의사 바지에 있는 재단사 라벨에 얼굴을 찌푸리고, 소피의 겨드랑이에 코를 찡그리고, 멘추 이모의 겉만 번지르르한 싸구려 장신구에 늑대처럼 휘파람을 불었다.

그곳에서 칸디도는 늘 여기서 어디로 가야 할지에 대한 문제를 제기했고, 오직 할머니 집만이 균형을 배울 수 있는 곳으로 생각했다. 오늘 아침 할머니와 얘기할 때, 바비는 계속 칸디도를 힐끗 쳐다봤지만, 칸디도는 그 대화에서 완전히 빠져 있었고, 할머니가 나갔을 때도 구석에 기대어 팔짱 낀 채 천장을 유심히 살피고 고개를 저으며 오로지 바비만 바라봤다. 칸디도는 물론 다시 옳았고, 할머니도 마찬가지였다. 사람은 벌을 받아야 한다. 하지만 바비는 여전히 집에 가고 싶지 않았다.

그래서 바비는 침대 가장자리에 앉아 부모님을 기다리며 무슨 말을 할지 마음속으로 예행연습을 하고, 격자무늬 셔츠

재킷과 황갈색 바지를 입고, 붕대를 감은 왼쪽 어깨가 불룩해진 채로, 여전히 구석에 있는 칸디도에게, 이 대화에서 빠지지 말라고, 지지하고 사기를 북돋아달라고, 섬광처럼 호소했다. 칸디도가 거기 서서 눈썹을 치켜들고, 얼굴을 찌푸리고, 코를 찡그리고, 입을 오므리면 대화가 더 쉬울 것 같았다.

하지만 그의 부모님이 너무 서둘러 들어오는 바람에 칸디도는 깡그리 잊어버렸다. 바비에게는 문득 눈앞에서 웃고 있는 아빠 얼굴만 보였다.

"안녕, 아들, 준비됐니? 어서 집에 가야지. 가방 챙겼니? 혼자 들 수 있겠어?"

"네, 아빠." 바비는 멍하니 허리를 굽혀 가방을 집어 들고 이미 병실을 빠져나간 부모님을 부랴부랴 뒤쫓으며 중얼거렸다. 작별 인사를 하러 들어오는 간호사는 그들이 갑자기 튀어나오자 깜짝 놀라 뒤로 움찔했다. 그들이 나오는 줄 몰랐다면 원투스리 연속 펀치를 당했을 것이다. 걸음을 재촉하며 앞장선 토통 헤레디아는 복도를 성큼성큼 걸어 오르더니 차 열쇠를 꺼내 손가락에 매달아 짤랑거리고, 책상에 있는 간호사에게 윙크하며 노래를 흥얼거릴 뿐, 보조를 맞추려는 아내와 아들을 거의 쳐다보지 않았다.

두 남자 사이를 비집고 들어간 헤레디아 부인은 킥킥 웃으며 각각의 팔에 한 손을 감았다.

이렇게 부모님에게 연결되어 떠밀려 가던 바비는 다리에 부딪히는 가방의 움직임에만 집중하느라 계단 꼭대기에 이르러서야 칸디도를 기억해냈고, 주위를 둘러보다 복도 아래에서 세 사람이 열린 문에 기대어 함께 있는 모습에 눈썹을 치켜세운 칸디도를 발견했다. 하지만 그들이 계단을 내려갈 때는 칸디도가 발치에서 기다리고 있었고, 그들이 아래로 내려올수록 얼굴을 찌푸리며 의자 팔에 걸터앉아 코를 찡그리고 있었고, 그들이 로비를 가로질러 문 쪽으로 걸어갈 때는 입을 오므린 채 진입로에 있었고, 그들이 그늘진 마당으로 나왔을 때는 나른한 척 잔디밭에 널브러져 있었다. 그들이 차 앞 좌석에 옹기종기 타는 동안, 그리고 그들의 차가 대로변을 따라 바다를 향해 달려갈 때, 바비는 마지막으로 뒤를 돌아봤다. 인도에 있던 칸디도가 어깨를 으쓱하며 아쉬운 듯 손을 흔들더니 바비의 비틀스 셔츠에 단추를 채우고, 바비의 베이지색 바지에 주먹을 집어넣고, 바비의 목 짧은 부츠를 신고서 반대 방향, 차가 붐비고 햇살이 내리쬐는 태프트 웨이로 향했다.

시대를 알리다
— 이야기꾼 닉 호아킨

I

1940년 닉 호아킨의 첫 번째 소설 〈삼대〉가 마닐라 잡지 《그래픽(Graphic)》에 실리기 불과 4년 전, 위대한 독일 평론가 발터 베냐민(Walter Benjamin)은 지구 반 바퀴 떨어진 곳에서 스토리텔링 기법의 종말에 대해 논평했다. 그 이유 중 하나는 경험의 약화와 관련이 있었다. 이야기가 이야기꾼 및 다른 이의 경험을 전달하는 방식으로 구성되면 경험이 줄어들 때 이야기의 전달과 공유가 훨씬 어려워지는 결과를 가져왔다. 대공황, 독일과 이탈리아에 부상한 파시즘, 그리고 늘어나는 세계대전의 위협으로 스토리텔링은 위기에 처했다. 자본주의의 확산, 인플레이션과 경제 침체, 일상생활의 상품화, 전쟁의 기계화, 정치의 도덕적 부패 같은 조건들은 사실 현대의 상당 기간 계속되었고 경험을 사적 상품이나 상투적인 공적 문구로 바꾸며 문화적 특이성과 역사적 특수성을 단조롭게 만들었다. 베냐민은 "이야기를 듣고 싶다는 욕구가 점점 더 많아질수록 사방에서 당혹감을 느낀다"라며 "우리가 양도할 수 없을 것처럼 보였던 것, 우리 소유물 중에 가장 안전한 것, 즉 경험을 주고받을 수 있는 능력을 빼앗긴 것 같다"라고 밝혔다.[1]

태평양 건너, 당시 미국의 유일한 공식 식민지였던 곳에서는 오랫동안 경험의 약화와 더불어 경험을 전달할 수 있는 능력의 위기가 퍼지고 있었다. 필리핀은 1565년 이후 300년 이상 스페인의 지배를 받은 나라로, 세계 제국의 서쪽 끝에 자리한 사실상 최초의 식민지였다. 1898년 미국은 스페인과의 전쟁을 통해 이 식민지를 침략하고 합병했다.[2] 미국이 새로 소유한 식민지 중 필리핀만이 미국의 계획에 격렬하게 저항했다. 스페인과 싸워 승리를 쟁취한 필리핀 혁명군은 독립을 선

1 발터 베냐민, "The Storyteller: Reflections on the Work of Nikolai Leskov", *Illuminations*, 한나 아렌트(Hannah Arendt) 편집, 해리 존(Harry Zohn) 번역(뉴욕: 쇼켄북스, 1968), 83-110. 인용문은 83-84쪽에서 발췌.

2 미 제국주의의 역사는 끝이 없다. 이 주제에 대한 유용한 역사 조사는 폴 크레이머(Paul Kramer), "Power and Connection: Imperial Histories of the United States in the World", *The American Historical Review* 116(5), (2011): 1348-1391쪽 참조.

언하며 공화국을 수립했고, 장기간 게릴라전을 벌여 4천 명 이상의 미국인 사상자와 필리핀에서 가장 큰 루손섬 전체 인구의 6분의 1에 달하는 약 25만 명의 필리핀인 사망자가 발생했다. 1902년 시어도어 루스벨트 대통령이 필리핀에 대한 평정을 공식 선언했지만, 필리핀의 저항은 1930년대까지 이어졌다. 혁명과 전쟁의 여파, 사회적 봉기 가능성이 동시에 존재하는 가운데 미국의 식민지 정책은 소위 자비로운 통치라는 기치 아래 필리핀인들을 중재하려고 했다. 필리핀인을 "작은 구리빛 형제들"로 묘사한 미국인들은 자칭 앵글로·색슨 민족의 문명화 혜택을 나눠주는 은인이자 진정한 자선가라고 주장했다. 이 혜택에는 선거, 자유 무역, 법치, 공중 보건 시스템, 식민지 군대 등이 포함되었으며, 이 모든 건 빈민층의 희생을 바탕으로 엘리트를 포섭하고 흡수하려는 의도로 고안되었다.[3]

3 필리핀 혁명과 필리핀-미국 전쟁에 관한 문헌은 방대하다. 밀라그로스 게레로(Milagros Guerrero), *Luzon at War: Contradictions in Philippine Society*, 1898-1902(만달루용시: 앤빌출판사, 2015); 레이날도 일레토(Reynaldo Ileto), *Pasyon and Revolution: Popular Uprisings in the Philippines*, 1840-1910(케손시: 아테네오드마닐라대학교 출판사, 1979); 테오도로 아곤칠로(Teodoro Agoncillo), *Malolos: The Crisis of the Republic*(케손시: 필리핀대학교출판사, 1960); 비센트 L. 라파엘(Vicente L. Rafael), *White Love and Other Events in Filipino History*(더럼, NC: 듀크대학교 출판사, 2000); 폴 크레이머(Panl Kramer), *The Blood of Gov-*

그러나 가장 효과적인 대반란 프로그램은 식민지 공립 학교 제도의 형태로 나타났다. 1899년부터 미국 정권은 공립 학교 네트워크를 구축했고, 아서 맥아더 총독은 이 제도를 "군도 전역의 평온을 조속히 회복"하는 데 필요한 "군사 작전의 부속물"이라고 불렀다.[4] 공립 학교의 주요 특징은 영어를 유일한 교육 수단으로 채택했다는 점이다. 영어는 식민지를 특징짓는 엄청난 언어적 다양성을 대체하기 위한 것으로, 스페인의 식민 통치 이전부터 존재한 이 언어적 다양성은 현지어로 복음을 전하려 했던 선교사들로 인해 일상에 더욱 스며들었다.[5] 당시는 물론, 오늘날까지도 100개 이상의 필리핀 군도에서 서로

---

ernment: Race, Empire, the United States and the Philippines(채플 힐: 노스캐롤라이나대학교 출판사, 2006).

4 카밀로 오시아스(Camilo Osias) "Education and Religion", 조일로 갈랑(Zoilo M. Galang) 편집, *Encyclopedia of the Philippines*, 제20권(Manila: E. Floro, 1950-58), vol. 9, 126. 식민지 교육의 첫 13년에 대한 다소 비판적인 시각은 글렌 A. 메이(Glenn. A. May), *Social Engineering in the Philippines: The Aims, Execution, and Impact of American Colonial Policy*, 1900-1913(웨스트포트, CT: 그린우드출판사, 1980), 77-126쪽 참조.

5 스페인 통치하에서 기독교 개종을 위해 현지어를 사용한 역사에 대해서는 비센트 L. 라파엘, *Contracting Colonialism: Translation and Christian Conversion in Tagalog Society Under Early Spanish Rule*(노스캐롤라이나 더럼: 듀크대학교 출판부, 1993)을 참조.

다른 언어가 사용되고 있다. 언어 환경이 이토록 복잡해진 이유는 350년간의 스페인 통치에도 불구하고, 가장 부유하고 교육을 많이 받은 식민 사회의 구성원 중 약 10퍼센트만이 스페인어에 능통하다고 주장할 만큼 스페인어에 대한 지식이 제한적이었다. 스페인어에 거의 무지했던 미국인들에게는 오직 영어만이 교육에 적합한 수단이었다. 영어는 곧바로 통치와 교육에 지배적인 언어가 되었다.[6]

II

처음부터 영어를 사용하기로 한 결정은 필리핀의 식민지화와 마찬가지로 모순에 가득 차 있었다. 필리핀인들은 새로운 식민 체제에 통합되는 동시에 대도시 중심에서 계속 멀어졌다. 사회적 불평등을 완화하고 더 민주적인 사회로 나아가기 위해 영어로 대중의 문해력을 달성하려는 목표는 만성적인

6 비센트 L. 라파엘, "*The War of Translation: American English, Colonial Education and Tagalog Slang,*" *Motherless Tongues: The Insurgency of Language Amid Wars of Translation*(노스캐롤라이나 더럼: 듀크대학교 출판부, 2016), 제2장, 그리고 글렌 A. 메이, *Social Engineering in the Philippines* 참조.

자금 부족, 보편적인 학교 교육의 확장 실패, 학생 대부분이 초등학교 졸업 이상의 학력을 유지하지 못하는 어려움으로 단기간에 이뤄지지 않았다. 하지만 1930년대에는 인구의 35퍼센트가 영어를 유창하게 구사하면서 필리핀은 동남아시아 식민지 전체에서 서양 언어를 가장 많이 사용하는 나라가 되었다.[7] 그런데도 학교 교육을 받은 정도에 따라 영어를 거의 혹은 전혀 모르는 사람 또한 여전히 많았다. 그들은 식민지 엘리트 계층의 언어, 영어와 스페인어 아래에서 주로 모국어를 사용하며 계속 살아갔다. 다시 말해, 스페인어와 마찬가지로, 영어라는 식민지 유산은 사회적 서열과 거의 일치하는 언어적 서열을 형성했다.[8]

2차 세계대전 말 필리핀이 미국의 통치에서 독립하면서 이러한 언어적 서열은 더욱 강화되었다. 스페인어에 능통했던 마지막 세대가 세상을 뜨자, 스페인어는 거의 쓰이지 않게 되었지만, 모국어는 가정과 친구들 사이에서, 그리고 상업적이거나 "저급한" 오락 장소에서 친밀하고 격의 없는 언어로 대다수 사람에게 계속 널리 사용되었다. 한편, 모국어는 억압받고

7 레실 B. 모하레스, *Origins and Rise of the Filipino Novel: A Generic Study of the Novel Until 1940*(케손시: 필리핀대학교 출판부, 1983) 참조.

8 라파엘, *Motherless Tongues.*

영어는 특권을 누린 식민지 학교 교육의 직접적인 효과로 그 위상이 높아지자, 영어에 능통한 사람은 상당한 문화적 자본을 부여받았다. 일본에 대한 미국의 승리는 영어의 위치를 더욱 끌어올렸다. 전후 할리우드 영화와 미국 대중음악의 인기, 군사 기지의 확장, 경제적 유대 관계와 문화적 교류의 확장은 전후 및 탈식민지 시대를 맞이한 영어의 입지를 더욱 공고히 했다. 1987년 이후, 마닐라 및 그 주변에서 많이 사용되는 모국어 중 하나인 타갈로그어를 바탕으로 한 필리핀어는 영어의 문화적 지배력에 맞서거나 최소한 완화하기 위해 노력해왔지만, 별다른 성공을 거두지 못했다. 미국 영어는 여전히 국가 공식 업무에 사용되는 권위 있는 언어이자 고등 교육의 지배적인 수업 교육 수단으로 자리 잡고 있다. 세계화의 필요성에 따라 영어는 현재 필리핀 경제의 양대 축인 해외 간병과 비즈니스 아웃소싱 분야 근로자로서의 필리핀인을 양성하는 데 탁월한 언어 상품이 되었다.

미국의 직접 통치 기간과 그 이후 정치, 문화, 경제 권력 구조를 통합하는 데 있어 영어의 역사적 역할은 닉 호아킨이 남긴 문학 유산의 중요성을 가늠하는 데 도움이 된다. 호아킨의 초기 작품은 1935년부터 독립을 향한 10년간의 과도기 동안 미국의 감독하에 군도를 통치한 필리핀 자치 정부 시절에 발표되었다. 하지만 문학사학자 레실 모하레스(Resil Mojares)

가 지적했듯이, 미국인의 언어를 사용한다는 건 필리핀 작가들이 식민지 이전 시대로 거슬러 올라가 미국 통치 초기 수십 년 동안 주목할 만한 르네상스를 겪었던 길고 복잡한 모국어 문학 전통을 고의로 무시해야 한다는 것을 의미했다. 20세기 초 모국어 문학과 저널리즘의 성장은 한편으로는 스페인 통치가 끝난 후 개방된 문화적 공간과 다른 한편으로는 아직 통합되지 않은 미국 영어의 패권 덕분이었다.

언어적 서열이 약해지면서 모국어로 쓰인 작품이 전면에 떠오르기 시작했다. 19세기 후반 스페인 모더니즘 문학과 혁명 민족주의 작품에 영향을 받아 타갈로그어, 세브아노어, 일로카노어 및 기타 방언으로 쓰인 수많은 소설, 단편, 시 등이 책과 신문에 등장했고, 대도시에서는 사르수엘라[9] 같은 연극이 모국어로 공연되었다. 항상 그런 건 아니지만 이러한 작품들은 자본주의와 미국 식민 통치의 유입으로 시작된 계급 차이, 젠더 정치, 친권 약화와 같은 사회 문제의 프리즘을 투영한 민족주의 우화였다. 몇몇 작가는 노동 문제를 해결하는 방법으로 사회주의를 지지하며 독립의 명분을 옹호했다.[10] 그러

---

9 스페인에서 시작된 음악극. - 옮긴이

10 모하레스, *Origins and Rise of the Filipino Novel*, 336-351쪽, 캐롤라인 사이 하우(Caroline Sy Hau), *Necessary Fictions: Philippine Literature and*

나 1920년대 후반 영어 교육을 받은 새로운 세대의 필리핀인들이 등장했고, 이들은 모국어 문학을 철저하게 무시했다. 모국어에 대한 이들의 경멸은 놀라운 일이 아니었다. 그도 그럴 것이 모국어에 대한 억압을 통해 영어를 유창하게 습득하는 식민지 교육의 직접적 결과였다.[11]

실제로, 영어를 사용하는 필리핀 작가들의 정체성은 모국어 작품을 무지한 대중이 즐기는 단순한 오락거리와 상업적 재료라고 헐뜯는 데서 드러났다. 모국어의 본질적 열등감에 대한 미국 식민지 교사들의 인종차별적 주장에 영향을 받은 필리핀 작가들은 진지한 "문학"은 오직 영어로만 가능하다고 인식했다. 게다가 미국 영어로 글을 쓰다 보니 혁명적 아버지들이 쓴 스페인어 문학과 단절되는 대신, 문학적 생득권이 서양 문헌에 있다고 생각했다. 그들은 세르반테스와 도스토옙스키(영어 번역본), 셔우드 앤더슨과 버지니아 울프, 어니스트 헤밍웨이와 윌리엄 포크너, 커밍스와 마리안 무어의 작품을 열렬히 읽는 한편, 프란시스코 발라그타스, 모데스토 데 카스트로, 로페 K. 산토스, 마카리오 피네다, 파우스티노 아길라 및

the Nation, 1946-1980(케손시: 아테네오데마닐라대학교 출판부, 2000) 참조.

11 라파엘, *Motherless Tongues*, 제2장.

기타 훌륭한 모국어 작가들은 무시했다. 심지어 스페인어로 글을 쓴 필리핀의 국민 영웅 호세 리살의 작품도 영어 번역본으로 읽히는 경우가 많았다.[12]

따라서 필리핀 영문학 작가들은 스스로 세대와 계급이 분리되어 있다고 여겼다. 즉, 혁명적 조상보다는 정치적으로 더욱 진보했고, 여전히 모국어 세계에 사로잡혀 있던 사람들보다는 훨씬 더 세련되고 지적인 성취를 일궈냈다. 또한 몇몇 작가는 식민 통치의 근대화 약속을 집약적으로 보여주기도 했다. 근대화 그 자체라는 관용어로 말하고 쓸 정도로 궁극적 독립과 국제적 향상을 향한 약속을 정확히 이행했다. 미국 영어는 필리핀 문학에서 이중적인 의미를 담고 있었다. 식민지 가치 평가의 언어로서 기능했을 뿐만 아니라 다가오는 자유에 대한 새로운 경험을 표현하는 특권적인 관용어로 활약했다. 모하레스가 초기 필리핀 영문학 작가들의 이중성을 지적했듯

12 모하레스, *Origins and Rise of the Filipino Novel*, 336-351쪽 참조, 조너선 추아(Jonathan Chua) 편집, *The Critical Villa: Essays in Literary Criticism*(케손시: 아테네오대학교 출판부, 2002); 솔레다드 라이즈(Soledad Reyes), *Nobelang Tagalog*, 1905-1975: *Tradisyon at Modernismo*(케손시: 아테네오대학교 출판부, 1982); 비엔베니도 럼베라(Bienvenido Lumbera)와 신시아 노그랄레스 럼베라(Cynthia Nograles Lumbera), *Philippine Literature: A History & Anthology*(만달루용시: 앤빌출판사, 1997).

이, 영어는 "작가가 즉각적인 경험에서 어느 정도 벗어나는 매개체가 되었고… 영어의 사용은 소외감을 유발할 뿐만 아니라 예상치 못한 계몽을 가능케 하는 방식으로 감성과 시각을 변형시켰다."[13]

필리핀 영문학 작품의 전개 양상을 이해하는 또 다른 맥락은 필리핀에 대한 미국 문학의 진지한 관심이 상대적으로

13 모하레스, *Origins and Rise of the Filipino Novel*, 348쪽. 또한 N.V.M. 곤잘레스(N. V. M. Gonzalez), "Moving On: A Philippines in the World", 조셉 피셔(Joseph Fischer) 편집, *Foreign Values in Southeast Asian Studies*(캘리포니아 버클리: 동남아시아 연구센터, 1973); 아우구스토 에스피리투(Augusto Espiritu), *Five Faces of Exile: The Nation and Filipino American Intellectuals*(캘리포니아 팰로앨토: 스탠퍼드대학교 출판부, 2005) 참조.

닉 호아킨은 필리핀 작가를 독자의 요구와 의무에서 해방하는 인쇄 영어의 특권적인 역할을 지지했다. 그래서 모국어 문학이 "전통적" 역할, 즉 구어체에 얽매여 있고 더 편협한 관심사에 뿌리를 둔다면 문학이 아니라고 여겼다. 닉 호아킨의 "The Filipino as English Fictionist," *Philippine Quarterly of Culture and Society* 6(3)(1978년 9월): 118-124쪽을 참조하기 바란다. 나는 영어로 된 "현대" 인쇄 문학과 구술로 된 "전통" 구전 스토리텔링을 위계적으로 구분하는 호아킨과 다른 필리핀 영문학 작가들의 주장에 동의하지 않는다. 내 입장은 미국 식민지 교육의 영향으로 영어권 작가들이 고의로 무시한 필리핀 영문학만큼이나 모국어 문학에도 형식과 내용에 대한 실험이 활발했던 모더니즘적 측면이 있었다고 강조하는 레실 모하레스에 더 가깝다. 또한 적어도 호아킨이 선보이는 스토리텔링 솜씨에 관한 한, 모국어 문학과 필리핀 영문학 사이의 깊은 역사적 친화성을 주장한다.

부재했다는 것이다. 미국의 주요 소설 작품이나 영향력 있는 미국 작가 중 그 누구도 미국 통치하의 필리핀에 관해 쓰지 않았다. 필리핀 식민지에 관한 글에는 콘라츠나 키플링, 오웰, 포스터 같은 미국 작가들이 전혀 등장하지 않았다. 식민지 시대와 그 이후의 경험을 기록하는 부담은 필리핀 영문학 작가들의 몫인 것 같았다. 하지만 이들 역시 대부분은 미국 문학 비평가들에게 박대당하거나 무시되었다. 카를로스 불로산(Carlos Bulosan)과 호세 가르시아 빌라(José Garcia Villa)와 같은 아주 드문 예외를 제외하면, 대도시 출판사, 비평가, 그리고 다른 미국 작가들에게 인정받고 검증받은 필리핀 작가는 거의 없었다.[14] 그 결과 독자층을 확장하려는 필리핀 작가들의

14 여기서 캐리 맥윌리엄스(Carey McWilliams), 레너드 캐스파(Leonard Caspar), 그리고 로저 J. 브레스나한(Roger J. Bresnahan)과 같은 초기 미국 문학 비평가들이 떠오른다. 닉 호아킨의 글 몇 편이 미국 잡지에 실리기는 했지만, 대도시 문학계에서는 존재감이 미미했고, 대다수 필리핀 영문학 작가들처럼 소외당하는 운명을 겪다가 빠르게 잊혀갔다. 물론 지금 여러분 손에 들린 펭귄출판사의 호아킨 단편집이 더 넓은 필리핀 영문학 세계에 있는 필리핀 문학 작품에 대한 상대적 투명성을 완화할 수 있을지는 아직 알 수 없다.

그러나 더 최근에, 필리핀계 미국인 문학 비평가들이 마틴 조셉 폰스(Martin Joseph Ponce)의 *Beyond the Nation: Diasporic Filipino Literature and Queer Reading*(뉴욕: NYU 출판부, 2012)를 비롯하여 존. D. 블랑코(John D. Blanco)의 "Baroque Modernity and the Colonial World:

노력에도, 대부분은 필리핀 내에서 서로서로 글을 쓰고 읽어야 했다. 그러다가 이상한 상황이 발생했다. 세계적인 언어로 작업하고 있어도 필리핀 영문학 작가들의 국제적 관점과 모더니즘적 충동은 극적으로 지방화되어 더 큰 영어권 세계로 이동되고 전파되기보다는 신흥 민족 국가의 경계 안에 머물러야 했다. 초기에 부인한 모국어 작품처럼, 결국 변함없이 현지에 뿌리내렸다.

영어가 제시한 식민지 근대화 약속은 더 많은 배신을 할 운명으로 이어졌다. 일본의 필리핀 침공과 점령은 미국의 통치를 갑자기 종식하며 필리핀을 동아시아의 제국주의 궤도 안으로 끌어들였다. 닉 호아킨은 일제 점령기 내내 글을 썼고, 전쟁이 끝났을 때 호아킨의 작품은 눈에 띄게 늘어났다. 1946년과 1965년 사이의 식민지 독립 후 20년 동안, 호아킨은 가장 많은 선집을 발표했고, 그중 11편이 이 책에 수록되어 있다. 바르샤바 다음으로 가장 많이 파괴된 도시, 폭격으로 폐허가

Aesthetics and Catastrophe in Nick Joaquin's *Portrait of the Artist as a Filipino*", Kritika Kultura 4(Mar. 2004) 등 이론적으로 뛰어난 필리핀 영문학을 연구하기 시작했다. 마틴 F. 마날란산 4세와 오귀스토 F. 에스피리투(Martin F. Manalansan IV and Augusto F. Espiritu), *Filipino Studies: Palimpsests of Nation and Diaspora*(뉴욕: NYU 출판부, 2016) 참조.

된 마닐라를 배경으로 호아킨은 과거의 기억을 불러일으키며 혼란스럽고 불확실한 현재를 극복하려 했다. 호아킨에게 있어 전쟁의 가장 파괴적인 결과 중 하나는 베냐민이 언급한 "경험의 전파성"을 상실한 것이었다. 필리핀-미국 전쟁과 태평양 전쟁 사이에서 압박받은 필리핀 사람들은 살아남기 위해 삼대(三代)에 걸쳐 고군분투했고, 호아킨에게는 상실한 것을 되찾을 능력이 필요했다. 그것은 단지 알아볼 수 없을 정도로 파괴된 도시를 재건하는 것뿐만 아니라, 기억하는 자아를 재건하기 위해 스스로 기억하는 능력을 되찾아야 한다는 의미였다. 기억 너머에 있는 것만 기억하는 게 아니라 기억하는 능력과 그 매개를 어떻게 회상할 수 있을까? 도시는 말할 것도 없고, 물리적·도덕적 잔해 속에 파묻혀 사는 게 일상이 된 국가의 이야기를 어떻게 들려줄 수 있을까? 게다가 회복과 기억의 과제를 영어로, 그것도 모국어를 잊으라고 요구한 다른 나라의 언어로 어떻게 수행해야 할까? 과연 누가 듣고 누가 응답할까? 이처럼 이야기꾼의 과제는 끝없는 질문으로 가득 차 있었다.

III

혁명 이후의 많은 중상류층 필리핀 사람들처럼, 닉 호아킨

(1917~2004)은 미국의 통치라는 그늘에 있지만 스페인 식민지 후반 문화와 물질적·가족적 유대가 있는 가정에서 자랐다. 호아킨의 아버지는 변호사였으며 스페인 식민지 시대의 공무원으로 일했다. 그리고 당대의 다른 많은 필리핀 민족주의자와 함께 혁명에 가담해 독립운동 지도자 에밀리오 아기날도의 보좌관이 되었다. 호아킨의 어머니는 일찍이 영어를 배운 학교 교사였으며 자녀들에게 처음으로 영어를 가르친 사람이었다.

호아킨의 아버지가 갑작스럽게 사망하자, 가정 형편이 급격히 기울기 시작했다. 마닐라의 부유한 지역구 파코에 있는 큰 집은 팔렸고, 호아킨은 형 포르피로, 즉 "핑"과 형수 사라와 함께 살 수밖에 없었다. 어린 나이에 호아킨은 온갖 잡일을 하고 지역 잡지사의 인쇄공으로 일했다. 그리고 국립 도서관에 정기적으로 들러 손에 잡히는 대로 무엇이든 읽으면 혼자서 더 많은 것을 배울 수 있다며 14세에 학교를 그만두었다. 영어 텍스트에 대한 열렬한 독서는 걷기에 대한 열정과 손을 잡았다. 호아킨의 형수는 그가 신발이 닳도록 걸어 다니며 도시를 구경하고 다양한 사람과 이야기를 나누며 그들의 이야기를 듣고 마닐라 교회의 공간들과 기록 보관소를 탐험했다고 회상했다. 평생 호아킨은 걷기와 사색을 병행하며 두 식민지 강대국의 경계에서 그들의 언어를 구사하며 고급문화와 저급문화를 탐구하고 신성함과 불경함 사이의 경계를 넘나들었다.[15]

전쟁이 끝난 후, 장학금을 받고 홍콩의 도미니카 신학교에서 잠시 공부했지만, 여러 가지 이유로 학업을 이어갈 수 없었던 호아킨은 마닐라로 돌아왔다. 1950년대에는 언론인으로 일하며 배우들의 다양한 프로필뿐만 아니라 범죄와 정치에 관한 장문의 특집 기사를 썼고, 고위 관리나 예술가, 권투 선수 등 다양한 사회 계층을 찾아가 그들의 삶에서 이상하고 아이러니한 면을 조명했다. 그리고 펄프 소설을 읽고, 극장에서 일하고, 뮤지컬을 외우고, 모든 종류의 영화를 섭렵하는 등 대

---

15 가장 유익한 호아킨 전기를 보려면, 레실 모하레스, "Biography of Nick Joaquin"(1996), www.rmaf.org.ph/Awardees/Biography/BiographyJoaquinNic.htm, 마라 PL. 라놋(Marra PL. Lanot), The Trouble with Nick and Other Profiles(케손시: 필리핀대학교 출판부, 1999)를 참조. 호아킨의 조카와 형수가 쓴 두 편의 자서전, 토니 호아킨(Tony Joaquin)과 글로리아 키스마디(Gloria Kismadi) 공저, *Portrait of the Artist Nick Joaquin*(만달루용시: 앤빌출판사, 2011), 그리고 사라 K. 호아킨(Sarah K. Joaquin), "A Portrait of Nick Joaquin", *This Week*, 1955년 5월 13일, 24-26쪽도 참조.

호아킨의 작품을 최초로, 그리고 지금까지 유일하게 단행본으로 다룬 책은 에피파니오 산후안(Epifanio San Juan)의 Subversions of Desire: Prolegomena to Nick Joaquin(케손시: 아테네오데마닐라대학교 출판부, 1988)이다. 또한 로버트 보어(Robert Vore)의 "The International Literary Contexts of the Filipino Writer Nick Joaquin"(노던일리노이대학교 영문학과 박사 학위 논문, 1997)은 1997년까지 발표된 호아킨의 작품집에 대한 가장 상세한 참고 문헌 중 하나다.

중문화에 심취했다.[16] 1960년대부터 1970년대까지는 국가의 역사, 특히 혁명기에 대한 통찰력 있는 정정 기사를 썼으며, 민족주의와 마르크스주의 역사학의 흐름을 역행했다. 하지만 호아킨의 가장 강력한 작품은 단연 1940년대와 1960년대 중반 사이에 쓴 단편 소설이다. 이 시기 동안 이야기꾼으로서 호아킨의 솜씨는 절정에 이른다. 다른 위대한 이야기꾼들과 마찬가지로, 호아킨은 "사다리를 타듯 (자신의) 경험의 가로대를 오르내리는 자유"를 즐겼다.[17] 그러한 경험은 호아킨 소설의 실체를 형성한다. 이 소설들은 스페인 가톨릭의 정신적 영향, 미국 식민주의의 폭력과 약속, 태평양 전쟁의 심오한 파괴성,

16 호아킨은 보기 드문 자서전적인 글을 쓴 적이 있다. "난 취미도 없고, 학위도 없고, 파티, 클럽, 협회에 소속되어 있지 않다. 하지만 긴 산책을 좋아한다. 모든 종류의 기나탄(코코넛 우유를 넣어 만든 다양한 필리핀 요리. - 옮긴이)을 좋아하고, 디킨스와 부스 타킹턴을 좋아하고, 오래된 가르보 사진과 프레드 아스테어와 관련된 모든 것을 좋아한다 (…) 도미니카 의식을 따르는 오푸스 데이를 좋아하고, 지미 듀란테와 콜 포터의 곡도 좋아한다 (…) 마르크스 형제, 카라마조프 형제, 카르멘 미란다, 바울과 마르크의 서신, 피에몬테 담배를 좋아한다 (…) 어머니의 요리를 좋아하고, 트레시에테를 연주하고, 묵주와 성무일도 기도를 좋아한다 (…) 낚시나 스포츠, 옷 차려입는 건 좋아하지 않는다." 레실 모하레스의 "Biography of Nick Joaquin"(1996), www.rmaf.org.ph/Awardees/Biography/Biography JoaquinNic.htm에서 인용.

17 베냐민, "The Storyteller," 102쪽.

그리고 탈식민지 시대의 격동적인 시작이 종종 극한으로 치달을 때의 모습을 드러냈다. 왜 그랬을까?

IV

예를 들어 〈성 실베스테르의 미사〉(1946)에서, 호아킨은 가장 본질적인 요소인 시간을 전면에 내세운 이야기를 들려주며 줄거리를 전개한다. 이 작품은 로마의 신 야누스의 기독교 버전인 교황이자 "문과 시작"의 수호신 성 실베스테르를 중심으로 그의 축일인 한 해의 마지막 날에 벌어진 이야기를 다룬다. 성 실베스테르는 집무실 열쇠를 들고 다니며 17세기 마닐라를 포함한 모든 기독교 나라에 있는 "대주교좌 도시들의 문을 여는" 역할을 한다. 그러고 나서 기독교 할례 축일인 새해 첫 미사를 기념하기 위해 천사와 여러 성자로 이루어진 천상의 행렬을 이끈다. 전설에 따르면 이 신성한 미사를 목격하는 사람에게는 천 년 동안 천 번 이상의 미사를 목격할 수 있는 시간이 선물로 주어진다. 이 이야기를 들은 원주민 주술사이자 번역가인 마에스트로 마테오는 미사를 보기 위해 음모를 꾸민다. 그래서 최근에 사망한 자의 안구를 훔친 뒤 자기 눈에 끼워 넣고 미사의 눈부신 광경에서 자신을 보호한다. 제단 뒤에 숨어 있다가 칼로 팔을 베어 피비린내 나는 난장판으로 만든 후에는 상처에 라임즙을 뿌려가며 고통을 연장해 정신을 잃지 않으려고 애쓴다. 하지만 눈앞에 펼쳐진 숭고한 광경을 견디지 못한 그는 결국 돌로 변하고, 이후 천 년 동안은 해마다 깨어나 저무는 해의 마지막과 새로운 해의 시작을 알리는 신성한 존재들의 행렬을 다시 보게 된다.

그런 다음 화자는 이 이야기를 미사 중에 잠들지 않도록 부모가 자녀에게 들려주던 일종의 경고성 이야기로 재구성한다. 그리고 이 이야기는 한 세대에서 다음 세대로 전승되며 독자인 우리에게까지 전달된다. 하지만 아무도 소유하지 않고 널리 전해지는 그 이야기를 일종의 선물처럼 경험한다는 건 잔인하게 산산조각이 났다. 2차 세계대전은 도시에 폭탄을 퍼부었고, 어떤 마법사가 불러내는 것보다 "더 실용적이고 효과적인" 마법을 가져왔다. 폐허로 전락한 이 도시는 새해의 시작을 알리는 천사와 성자의 거룩한 행렬을 더 이상 주최하지 않게 되었다. 메시아적 시대의 약속 안에서 시계와 달력의 기계적 횡포를 의식적으로 수용할 장소를 더는 제공할 수 없게 되었다.

하지만 호아킨이 보여준 것처럼, 처참한 폐허 속에서도 한 가지는 계속 살아남았다. 바로 성 실베스테르 미사와 이 미사를 목격하려는 마에스트로 마테오의 음모 이야기다. 이 작품의 화자는 한 무리의 미군에게 이 이야기를 들려주다가 그 중 한 명이 성 실베스테르가 도시로 성대하게 입성하는 모습을 실제로 목격했다는 말에 깜짝 놀란다. 브루클린에서 그 군인의 주소를 찾은 화자는 편지를 보내 현대판 마테오인 그 군인이 본 장면을 얘기해달라고 요청한다. 화자는 미국인의 대답을 재현한다. 군인은 그 행렬을 보긴 했어도 기독교에 대한 언급이나 성자의 이름에 대해서는 잘 몰랐다. 하지만 군인의 시선을 사로잡은 건 고대의 행렬이 지나갈 때 울려 퍼진 음악과 완전히 복구된 도시의 풍경이었다. 이 미국인은 그 장면을 남기려고 최근에 죽은 사람들의 눈 대신 기계적인 눈, 즉 카메라를 꺼내 들었다. 하지만 그가 사진을 찍으려는 순간, 돌연 모든 게 사라진다. 군인은 "군중도, 주교도, 제단도, 성당도 없었습니다"라고 적었다. "저는 폐허 위에 서 있었고 주변에도 온통 잔해뿐이었어요. 고요한 달빛 아래 부서진 돌덩어리들만 사방에 펼쳐져 있었습니다…."

이야기의 시간은 각 이야기를 들려줄 때마다 바뀐다. 처음에는 초기 기독교 시대의 어느 불특정 시점에 성인들이 이교도 신을 계승하는 것으로 시작한다. 그다음에는 16세기 후반 스페인 정복 초기 시절로 재설정된다. 마지막에는 종전 직후 시대에서 이야기를 요약한다. 이 소설은 예배가 아닌 주술로 불멸을 추구하는 인간의 오만함을 비유하며 이야기 본연의 역할, 즉 조언을 제공한다. 얼핏 보면 그 조언이 자녀가 돌로 변하지 않도록 미사 중에 깨어 있으라는 부모의 경고와 관련 있는 것 같다. 하지만 전쟁의 재앙을 겪은 뒤에는 또 다른 반전이 있다. 호아킨은 또 다른 출처인 군인의 편지를 통해 이야기를 다시 들려준다. 이때는 이야기의 교훈이 완전히 다르다. 미사 중에 깨어 있어야 하는 필요성에 관한 얘기가 아니라 겹겹이 남은 폐허 더미 속에서 상실감을 견뎌야 할 이유에 주목한다. 이러한 폐허는 이야기를 기억하는 동시에 그 종말을 회상하는 계기가 된다. 그래서 호아킨은 자기 목소리가 아닌 미국인이자 타인의 목소리로 이야기를 끝맺는다.

도시는 사라져도 다른 무언가는 남는다. 폐허뿐만 아니라 더 중요한 것, 즉 이야기를 기억하고 전달하는 능력을 움직이는 영원한 시간의 힘이 남는다. 그래서 먼 해안과 소외된 환경에 있는 청자도 다시 화자의 위치를 차지할 수 있다. 한 시대에서 다른 시대로 계승되는 선물로서의 이야기는 구세계와 신세계, 시계와 달력의 텅 빈 시간과 메시아적 기대를 향한 의식의 시간을 나누고 이어주며 끊임없이 변화하는 문턱에 머무르는 경험을 맛보게 한다.

V

전후 시대에는 쫓겨나고 부패한 과거가 형체도 없이 잊힌 것처럼 보였다. 하지만 역사를 망각한다는 건 기억의 잔해 속에 흡수되었다는 의미였을 뿐이다. 호아킨은 또 다른 작품에서 과거의 물질적 흔적이 지닌 생산적인 힘에 주목하고자 했다. 희곡 〈필리핀 예술가의 초상〉(1951)에서 호아킨은 마닐라 식민지 중심가 인트라무로스의 한 저택에 살면서 공과금 미납, 형제간의 경쟁, 나약한 아버지 등으로 점점 무너지는 마라시간 가족의 곤경을 그려낸다. 전쟁의 여파로 집 자체가 이미 허물어진 미래 시점에서 전개된 이 이야기는 현대화 세력이 가족의 기반을 허물어뜨리기 바쁜 와중에도 유산을 지키고 옛 생활 방식에 매달리는 가족의 고군분투를 담고 있다. 등장인물들의 중심 관심사는 아버지를 불타는 도시에서 탈출하는 청년의 모습으로 묘사한 유화의 운명으로, 이 그림은 아버지 안키세스를 업고 트로이를 도망치는 아이네이아스의 모습을 암시한다. 죽음에 가까워진 쇠약한 아버지는 스스로 자신을 구하는 모습을 상상한다. 이 우화적인 초상화는 아버지를 돌보느라 각자의 삶을 희생한 두 딸 파울라와 칸디다에게 아버지가 주는 선물이다.

혁명 세대의 일원이었던 아버지는 호아킨의 작품 속에 등장하는 다른 아버지들처럼 이해하거나 통제할 수 없는 식민지와 자본주의 세력에 시달린다. 돈이 필요하지만 수요가 많은 초상화를 팔고 싶지 않은 자매는 미국의 대중문화와 필리핀 납품업자, 정치적으로 타락한 정치인, 빠르게 사라지는 관습에 대한 무모한 향수에 사로잡혀 집 안에 콕 박혀 있다. 그러나 호아킨은 도시가 거의 완전히 파괴된 미래의 관점에서 이야기를 전개하며 역사적 유산, 사유 재산, 그리고 마라시간과 같은 후기 식민지 가족들을 위협하면서도 활기 띠었던 정치 행위를 둘러싼 세대 간 및 세대 내 투쟁을 회상한다. 곧 죽을 운명에 처했는데도 가족들은 그 기억 속에서 구원받는다.

실제로 호아킨은 세대 간, 세대 내의 남성화된 투쟁, 즉 육체의 욕망에 몰두하면서도 죄책감에 사로잡힌 아들과 딸이 희생을 감수하며 아버지의 권위를 폭력적으로 드러내고 끌어내리는 오이디푸스적 진리 추구에 집착했다. 호아킨의 첫 번째 작품 〈삼대〉(1940)에서는 아버지와 아들이 마치 영적 열망과 세속적 의심 속에서 육체적 욕망을 통제하기 위해 고군분투하는 철천지원수만큼이나 비밀스러운 연인처럼 그려진다. 25년 후에 발표된 〈칸디도의 종말〉(1965)도 비슷한 맥락을 따르는데, 이번에는 마닐라 인근의 새로운 개발 지구를 배경으로 회사원 아버지와 부모의 세계에서 완전히 소외된 10대 아들 바비의 관계를 다룬다. 부르주아적 삶의 위선에서 벗어날 방법을 찾던 바비는 달력에서 따온 이름이자 기독교 순교자인 "칸디도"라는 분신에 이끌리게 된다. 〈삼대〉에서처럼, 아들 바비는 호아킨이 10대 용어로 표현한 "과잉 행동"에 매달린 사람이 아니라 자신의 행위를 인도하고 "진정한" 존재로 살아가게 해줄 진실을 찾는다. 칸디도에 빙의된 바비는 마주치는 모든 이의 옷을 꿰뚫고 결국 맨살까지 닥치는 대로 보기 시작하며 극심한 당혹감에 휩싸인다. 진실을 보고 싶었던 바비는 오히려 너무 많은 것을 목격하고, 그가 거부한 비인간적인 사람들의 태도와 인간성에 눈이 멀어버린다.

나약해진 아버지의 모습은 〈배꼽 두 개인 여자〉(1949)에도 등장한다. 한때 널리 존경받는 의사이자 실패한 혁명에 참여한 장교였던 몬슨은 미국의 점령 이후 홍콩 망명을 결심하고 조국이 자유를 찾을 때까지 다시는 돌아오지 않겠다고 맹세하며 아들들에게 고국으로 돌아갈 수 있다는 기대감을 잔뜩 불어넣는다. 전쟁이 끝나고 마침내 조국이 독립했을 때, 돌아온 몬슨을 반긴 건 계단 말고는 완전히 파괴된 비논도 집의 안타까운 모습뿐이었다. 크나큰 충격에 빠진 몬슨은 조용히 홍콩으로 돌아오고 온몸이 굳은 채로 앉아 두 아들의 보살핌을 받으며 지낸다. 가족을 고향으로 돌려보내겠다는 약속을 지키지 못한 그는 정서적 빈곤 상태에 빠진다. 몬슨은 말을 거의 하지 못한 채 아편에 의존하고, 아들들은 물려받은 역사적 저주에 굴하지 못한 채 속수무책으로 방관한다. 마찬가지로 이 이야기 속의 두 여인, 어머니 콘차와 딸 코니는 마닐라와 홍콩에서 더 위험하고 폭력적인 세대 갈등을 겪는다. 두 여성은 두 도시와 필리핀 역사의 두 배꼽, 스페인과 미국이라는 두 식민지 시대를 가로지르며 부패한 정치인 아버지의 배신과 두 사람 사이를 스치는 음악가 연인의 욕망과 그를 향한 욕망을 극복하려고 한다.

성별과 성적으로 굴절된 세대 정치는 호아킨의 가장 유명한 두 작품 〈하지〉(1947)와 〈메이데이 전야〉(1947)에서도 비슷하게 논의된다. 19세기 후반을 배경으로 하는 〈하지〉의 경우, 부유한 필리핀 가정의 가부장적 자부심은 여름 중 가장 더운 날, 하녀 중 한 명인 아마다가 기독교 이전 관습에 뿌리를 둔 열정적인 다산 의식에서 돌아오면서 산산조각이 난다. 반쯤 벌거벗은 하녀의 몸에서 뚜렷이 느껴지는 에로틱한 힘에 돌연 이끌린 세상 여성스러운 안주인 루펑은 유럽에서 갓 돌아온 훨씬 어린 조카의 권유에 힘입어 나이 많고 보수적인 남편 펭의 반대에도 그 의식에 참석하기로 한다. 나이와 계급에 상관없이 열광적인 춤을 추는 여성들 사이로 달려간 루펑은 여성의 생식력이 남성의 소유권 주장보다 우위에 있었던 이교도 관습에 대한 억압된 기억을 흡수하며 변화하게 된다. 집으로 돌아온 루펑은 남편에 당당히 맞서며 남편에게 “개”와 “노예”로서 자신을 숭배하도록 강요한다. 그 잊지 못할 결말에서, 펭은 “고통에 시달리는 거대한 도마뱀”처럼 땅에 엎드려 아내의 쭉 뻗은 맨발을 향해 기어간 뒤 “우악스럽게 입을 맞췄다. 발등, 발바닥, 여리여리한 발목까지 하나도 빠짐없이. 창틀에 기댄 채 입술을 깨물며 고통에 몸부림치는 동안 루펑의 몸은 끔찍한 떨림에 뒤틀리고 부풀어 올랐다. 머리는 뒤로 젖혀지고 느슨하게 늘어뜨린 머리카락은 창밖으로 흘러내렸다. 거대한 달이 태양처럼 빛나고 메마른 공기가 번갯불에 활활 타오르고 평범한 더위가 한낮의 강렬한 열기처럼 불타오르는 하얀 밤, 그 하얀 밤을 유유히 넘실대는 검은 물결처럼.”

〈메이데이 전야〉에서는 한 세대에서 다음 세대로 전해져 내려오는 이야기를 듣는다. 어두운 방에 촛불을 들고 거울 앞에 서 있으면 결혼할 사람의 모습이 나타나지만, 때로는 악마를 불러낼 수도 있다. 이 이야기에 등장하는 주인공 소녀는 신화의 약속을 마음에 새기며 거울을 보러 달려가고 남편이 되기도 하지만 동시에 자신을 억압하는 남자와 마주친다. 수년 후, 딸에게 이 이야기를 다시 들려주며 자신이 본 건 아버지가 아니라 악마 그 자체였다고 말한다. 그런 다음 호아킨은 남자의 관점에서 이야기의 또 다른 버전을 들려준다. 정치 모임을 마치고 집으로 돌아온 남자는 아내를 처음 만났을 때처럼 거울을 바라보며 서 있는 손자의 모습에 깜짝 놀란다. 과거를 재현하는 미래 세대와의 뜻밖의 조우는 남자에게 아내와의 추억은 물론 아내와 나눈 열정적인 사랑과 비참한 삶에 대한 기억을 물밀 듯이 불러일으킨다. 고통스럽게 밀려오는 과거의 환영에 사로잡힌 남자는 창밖을 내다보며 마치 3세대에 걸친 이야기와 현재 보고 들은 이야기를 동기화하려는 듯 소설 초반에 그랬던 것처럼 시간을 알리는 야경꾼의 소리를 듣는다.

세대 내 갈등은 살인 미스터리를 시도한 호아킨의 유일한 작품 〈멜기세덱의 반차〉(1965)에서 두드러지게 나타난다. 1960년대 마닐라 교외를 배경으로 하는 이 작품에서 호아킨은 유엔 업무를 끝내고 뉴욕에서 돌아온 필리핀 주재원이 직면한 일련의 위기를 되짚어본다. 이 남자는 혁명적 개신교라는 명목으로 고대 이교도 숭배 집단을 부활시키려는 음흉한 사이비교도 지도자의 손아귀에서 막내 여동생을 구해달라는 형제들의 부탁을 받는다. 호아킨은 권력과 예배에 대한 식민지 이전과 기독교 이전의 사상을 1960년대 중반 마닐라에서 바티칸 2세 개혁을 수용한 필리핀의 전(全)기독교적인 대중 신학과 사이비 혁명 정치의 특징으로 묘사한다. 마르코스 가문은 막 정권을 잡았고, 비틀스는 영부인 깡패들에게 바로 쫓겨났으며, 아버지의 부정부패로 부를 축적한 신흥 부자의 후손들은 서양식 정장과 저속한 에스닉 스타일 드레스를 입고 움푹 들어간 거실에서 어울려 지낸다. 파문당한 신부는 새로운 선지자로 위장해 신학적인 미사여구와 깡패들을 동원해 방향성을 상실한 부유한 상속녀를 교단에 끌어들이고 외국에서 돌아온 불운한 주재원 오빠는 여동생을 구하려다 실패한다.

VI

젠더화된 세대 정치에 대한 집착과 함께 호아킨은 과거의 시간성, 즉 현재로 휘어지면서 미래로 이어지는 장기 지속성(longue durée)에 대한 관심도 있었다. 〈의장대〉(1949)에서 증조할머니가 착용했던 사라진 에메랄드 귀걸이에 대한 모녀의 대화는 1940년대 후반이 배경이지만, 성모 마리아를 기리는 행렬을 위해 귀걸이를 준비하던 그 할머니는 모녀의 대화를 1860년대에 우연히 엿듣게 된다. 여러 세대를 이어주는 연결고리, 한쪽만 남은 귀걸이는 열정적인 질투로 일어난 치명적 사고의 잔재로, 증조할머니의 이야기는 우연한 사건에 맞서는 선택에 관한 이야기로 펼쳐진다.

호아킨은 과거와 미래 사이의 대화를 통해 미래가 과거에 하지 말아야 할 일, 하지만 어쩔 수 없이 해야 할 일을 말해준다고 설명한다. 돌이켜보면 과거는 피할 수 있었던 일련의 사고들로 이루어진 것일까, 아니면 모든 사건은 꼭 일어나야 할 이유가 있는 운명의 문제일까? 죽음을 가져오는 비극도 사랑과 새 생명을 낳는 기적을 예고하는 것일까? 과거는 미래로부터 배울 수 있을까, 아니면 미래는 과거에 놓친 기회들, 빗나간 분노, 속임수, 그리고 과거의 수치심을 유발한 대가로 비난받아야 할까? 어떤 이야기가 이 혼란스러운 가능성과 세대 간의 얽히고설킨 관계를 말해줄 수 있을까? 모든 결말이 이미 예고되어 있다면 어떻게 이야기를 계속 말하고 들을 수 있을까? 아니면 이야기의 끝이 삶의 종말과 같은 게 아니라 이야기의 사후 세계, 즉 다른 출처가 다른 수용자에게 전달하고, 그 수용자가 또 다른 이에게 얘기할 수 있다는 지속 가능성이 중요한 것일까? 이것이 미래가 과거에 주는 교훈, 즉 피할 수 없는 시간의 흐름을 견디라는 요구일 뿐만 아니라 다른 많은 시간의 공존에 경각심을 가져야 할 필요성일까?

이 질문들은 호아킨의 많은 작품에서 이어지며 당시의 사회적 격변과 초현실적인 정치적 폭력과 부패 속에서 기억되는 탈식민지의 딜레마에 굴절되고 둘러싸여 있다. 전쟁이 도시를 들쭉날쭉하고 혼란스러운 흔적들로 축소했듯이, 냉혹하지만 고르지 못한 재건 과정은 식민지 시대의 과거에 익명성과 동일성을 강요하는 결과를 낳았다. 그 결과 혁명뿐만 아니라 스페인 유산의 복잡성에 대한 인식도 사라져버렸다. 호아킨은 정복과 개종의 초기 시기로 거슬러 올라가 20세기 중반 독자층을 위해 16세기를 언급하는 19세기 전설들을 건져 올렸다.

시간적으로 광범위하게 펼쳐진 이 프로젝트는 서사시적 특징을 부여하는 문장에서 자주 등장했다. 호아킨은 마닐라를 연결하고 나누는 주요 수로인 파시그강처럼 구불구불하고 긴 문장, 대중의 건망증 어귀를 넘쳐흐르는 문장을 자주 사용했다. 예를 들어 〈제로니마 부인〉(1965)의 첫 문장은 이렇다.[18]

> 대항해 시대 마닐라의 한 대주교가 공의회에 소집돼 멕시코로 가는 길에 해적을 만났다. 그런데 배를 장악한 해적이 선실을 약탈하고 선원들을 죽이고 대주교를 돛대에 묶는 와중에 갑자기 폭풍우가 몰아쳐, 해적선과 필리핀의 범선이 둘 다 난파되고 십자 모양의 돛대에 묶인 대주교만 빼고 배에 타고 있던 모두가 익사했다. 성난 바다 위를 표류하던 대주교는 무사히 무인도에 도착했으나, 바닷속 암초의 일부일 뿐인 메마른 무인도라 1년을 물고기와 기도와 빗물과 명상으로 버티며 해변에 세운 십자가 돛대 밑에서 웅크리고 앉아 밤낮으로 깊은 생각에 잠긴 채 황량한 바다에 홀로 살았다. 그러던 어느 날, 지나가는 배가 거대한 십자가에 반사된 신비로운 빛에 이끌려 신기루를 추적하듯 수

18 이 이야기의 배경은 플로렌티노 H. 호네도(Florentino H. Hornedo)의 "The Source of Nick Joaquin's 'Doña Jerónima,'", *Philippine Studies* 30(1982) 542-551쪽을 참조.

평선까지 전진하다 무인도에 이르렀고, 해변에 꽂힌 십자가 돛대와 돛대 밑에 가부좌 자세로 말없이 꼼짝하지 않고 앉은, 등이 굽고 쪼그라든 노인을 발견했다. 알몸에 반쯤 눈이 멀고 석탄처럼 검게 그을리고 머리카락이 허옇게 세고 흰 수염이 배꼽까지 자란 노인은 제대로 서지도, 움직이지도, 말하지도, 움켜쥐지도 못하는 참담한 상태로, 떠난 지 약 2년 만에 원래 살던 도시로 옮겨졌다. 떠날 때는 잘생기고 활기찬, 눈부시게 빛나는 남자의 모습으로 종소리와 음악이 울리고 깃발이 펄럭이고 폭죽이 터지는 시끌벅적한 분위기에서 온 도시의 배웅을 받으며 영광스럽게 떠났으나, 돌아올 때는 끔찍하게 변하고, 끔찍하게 늙고, 피부와 뼈와 거친 눈빛만 남은 쇠락한 모습이었다. 그러나 떠들썩한 종소리와 음악, 깃발, 폭죽은 떠날 때와 마찬가지였으니, 그가 무인도에서 구조됐다는 소식이 이미 도시에 퍼졌기 때문이었다. 무인도에서 살아남은 기적이 전설이 되어 전해지고 십자가의 구원을 두 번이나 받은 데다 엘리야처럼 까마귀가 먹여주고 이스라엘 백성처럼 하늘에서 내려온 만나를 먹고 살았다는 소문이 퍼지면서, 대주교는 그야말로 기적의 인물이 되었고 그를 환영하러 몰려든 사람들은 그가 지나갈 때마다 전율하며 무릎을 꿇었다. 그 시절에는 부서질 듯 앙상하게 마른 외모가 감동을 주고 영혼을 사로잡는 힘이 있어 대중을 홀렸으니, 방랑 시인마다 대주교의 이야기를 시로 만들어 노래했고, 장터에서 팔리는 책치고 그의 그림과 그의 모험에 관한 이야기를 담지 않은 것이 없었다. 그렇게 다양한 방식으로 명성이 퍼진 대주교는 신이 신비로운 은총을 베푼 거룩한 자가 되었고, 드디어 오랜 요양을 마치고 한창때로는 절대 돌아가지 못하나 한결 튼튼해진 모습으로 나타났을 때는 이미 그 도시의 성자로 추앙받고 있었다.

이 대목에서 공간이 시간의 소용돌이 속으로 빠져들면서 필연성이 거부할 수 없는 우연의 급류에 휩쓸린다. 대주교의 삶은 각각 다른 이야기, 다른 시간, 그리고 다른 가능성을 품은 일련의 순간들로 압축된다. 이 작품은 반복적으로 열거해야만 그 특징이 드러나는 사고의 연대기다. 하나의 사건이 일어나면 다음 사건이 일어나고, 각 사건은 이전 사건과 다음 사건처럼 돌발적이고 이렇다 할 동기도 없다. 이 이야기를 흥미롭게 하는 건 죽음에 가까워진다는 것이다. 이 부분은 먼저 발표된 작품 〈죽어가는 탕아의 전설〉(1946)과도 비슷하다. 17세기 필리핀 바다에서 난파되어 심각한 부상으로 거의 죽어가는 방탕한 스페인 병사는 갑자기 성모와 성자의 숭고한 발현을 목격하고, 이후 다른 배에서 온 신부에게 고해 성사를 하며 마침내 죽음을 맞이한다. 두 이야기 모두에서 죽음은 이야기꾼 호아킨에게 무성한 운율로 겹겹이 쌓아 올린 이미지에 길고 숨 막히는 문장으로 삶의 전개를 내다보는 유리한 위치를 제

공한다.[19]

〈제로니마 부인〉에서 죽음이 임박했던 대주교는 십자가에 매달린 그리스도처럼 돛대에 매달린 채 죽을 뻔했지만, 그 돛대 덕분에 구사일생으로 목숨을 건진다. 작은 무인도에 떠밀려 온 대주교는 새로운 은신처에서 물고기와 기도만으로 연명하며 식민지의 정치적 음모와 군사적 모험주의에서 벗어난 또 다른 삶의 방식으로 살아간다. 제국의 시대와 단절되었지만, 또 다른 고립과 명상의 시간으로 물러나 다른 자아로 거듭난다. 운 좋게도 1년 만에 구조되어 식민지로 돌아온 대주교는 살아 있는 전설이 되어 그의 우연한 표류기가 듣는 이들에게 축복을 전하는 기적적인 사건으로 전해진다. 마닐라로 돌아온 후에도 공적인 삶에서 벗어날 수 없었던 그는 거룩함에 대한 평판도 과분하지만 벗어날 수 없는 것임을 깨닫는다. 구원이 아닌 구조는 정확히 그 반대로 이어져 은신처가 되어주던 그 섬은 대중의 찬사라는 지옥에 그를 내맡긴다.

긴 문장은 호아킨의 다른 많은 작품에서도 펼쳐진다. 이 문장들은 실제 사건을 표현하는 게 아니라 일어날 수 있다는

19 그래서 베냐민은 이렇게 썼다. "죽음은 이야기꾼이 말할 수 있는 모든 것의 제재다. 호아킨은 죽음에게서 그의 권위를 대여했다." "The Storyteller," 94쪽.

가능성을 나타낸다. 따라서 실제로 일어난 일이 아니라 일어날 법했던 일을 기억하는 경험을 말한다. 하나의 기억은 삶 전체의 내용을 한 문장이라는 공간으로 증류하는 비자발적인 과정에 따라 촉발된 것처럼 다른 기억으로 이어지고, 그 활기찬 돌진 속에서 과거로 현재를 일깨우는 일련의 충격 효과를 전달한다. 다른 장소의 다른 시간으로 두꺼워진 과거와 현재가 벌컥 터져 나와 친절하게 다른 미래를 맞이하면 미래의 이야기가 다시 시작된다. 여기서 이야기꾼은 특별한 조언을 건네준다. 각 이야기는 일종의 약속이며, 그 약속의 성취는 연속해서 말하고 들을 때마다 계속 미뤄진다는 것이다. 이야기의 의미는 여전히 늘 결정되지 않고, 그 교훈은 여전히 적용되어야 하며, 그 지혜는 전설을 듣고 전승하는 바로 그 경험에 내재해 있다.

VII

발터 베냐민은 스토리텔링의 실용성을 강조한 바 있다. 이야기는 모두 "교훈이든… 실용적 조언이든… 속담이나 격언이든 유용한 무언가를 전달한다. 이야기꾼은 이 모든 경우에서 독자를 위해 조언하는 사람이다." 이러한 조언은 "질문에 대한 답이라기보다 이제 막 전개되고 있는 이야기의 지속에 관한 제안에 가깝다. 이 조언을 구하려면 먼저 이야기를 들려줄 수 있어야 한다. (사람은 자기 상황을 말할 수 있는 범위 내에서만 조언을 받아들인다는 사실과는 별개로) 실제 삶의 구조에 녹아든 조언은 지혜다."[20]

닉 호아킨의 이야기들은 그러한 조언을 제공한다. 식민지와 전쟁의 재앙에 휩쓸린 호아킨은 성 실베스테르처럼 양쪽을 모두 내다봤다. 이미 일어난 일과 앞으로 일어날 일의 문턱에서 벗어나지 못한 채, 역사의 천사처럼 주변에 계속 쌓여만 가는 식민지 재앙의 잔해에 거부할 수 없이 끌려갔다. 잊혀간 전설, 억압된 사건, 결함 있는 아버지, 배꼽이 두 개인 여자, 그리고 몹시 당혹스럽고 현기증을 유발하는 특정 필리핀 역사마다 계속 등장하는 자비로운 성모의 기적에 관한 이야기를 통해 자신과 타인의 경험을 전달하는 수단을 근대화의 폐허에서 되찾으려 노력했다.[21] 우리가 누구든, 폐허가 된 세상이 들려주

20 같은 책, 86-87쪽.

21 성 실베스테르가 행렬을 이끌 때 그를 둘러싼 무수한 천사들의 환영이 보여준 '역사의 천사'의 이미지는 파울 클레(Paul Klee)의 그림 〈앤젤러스 노부스(Angelus Novus)〉에서 따왔으며, 《일루미네이션》 257-258쪽에 실린 베냐민의 "Theses on the Philosophy of History"에서도 논의된 것이다. 나는 위대한 역사 비교학자 베네딕트 앤더슨(Benedict Ander-

는 호아킨의 이야기를 우리 삶의 파편처럼 공유할 수 있을 것이다.

비센트 L. 라파엘(Vicente L. Rafael)

비센트 L. 라파엘은 워싱턴대학교 역사학과 교수로, 동남아시아 역사를 전문으로 연구하고 있다. 필리핀의 정치 및 문화사에 대해 두루 저술했으며, 저서로는 《Contracting Colonialism》, 《White Love and Other Events in Filipino History》, 《The Promise of the Foreign, and, most recently》, 《Motherless Tongues: The Insurgency of Language Amid Wars of Translation》 등이 있다.

son)에게 "현기증을 유발하는(vertigo-inducing)"이라는 용어를 빌려와 세계사에서 필리핀의 결합적 기이함을 설명하는 데 사용했다. 앤더슨, "The First Filipino", *London Review of Books* 19(20)(1997년 10월 16일), 22-23쪽을 참조. 앤더슨 역시 닉 호아킨과 발터 베냐민을 숭배했다.

추천 도서

닉 호아킨의 단편 소설과 희곡

출판일에 따라 작품 목록을 정리했다. 펭귄출판사가 출판한 단편집 《배꼽 두 개인 여자와 열대 고딕 이야기》는 다음 잡지에 실린 글이 아니라 저자의 소유권을 승인받은 앤빌출판사의 편집본을 따랐다.

· 〈삼대〉, 《그래픽》, 1940년 9월 5일.
· 〈죽어가는 탕아의 전설〉, 《이브닝뉴스새터데이매거진》, 1946년 10월 5일.
· 〈성 실베스테르의 미사〉, 《마닐라포스트》, 1946년 12월 29일.
· 〈하지〉, 《새터데이이브닝뉴스》, 1947년 6월 21일.
· 〈메이데이 전야〉, 《필리핀프리프레스》, 1947년 12월 13일.
· 〈배꼽 두 개인 여자〉, 《디스위크》, 1949년 7월 10일.
· 〈의장대〉, 《필리핀프리프레스》, 1949년 10월 1일.
· 〈필리핀 예술가의 초상 — 3장의 비가〉, 《위클리우먼스매거진》, 1951년 9월 28일~11월 23일.
· 〈제로니마 부인〉, 《필리핀프리프레스》, 1965년 5월 1일.
· 〈멜기세덱의 반차〉, 《필리핀프리프레스》, 1965년 12월 10일.
· 〈칸디도의 종말〉, 《필리핀프리프레스》, 1965년 12월 11일.

참고 서적 및 논평[1]

· 발터 베냐민, "The Storyteller: Reflections on the Work of Nikolai Leskov", *Illuminations*, 한나 아렌트 편집, 해리 존 역, 뉴욕: 쇼켄북스, 1968, 83-110.

· 존 D. 블랑코, "Baroque Modernity and the Colonial World: Aesthetics and Catastrophe in Nick Joaquin's *A Portrait of the Artist as Filipino*", *Kritika Kultura 4*, 2004, 5-35, Web, 2010.2.20.

· 로저 J. 브레스나한, *Conversations with Filipino Writers*, 케손시: 뉴 데이, 1990.

· 레오나드 캐스퍼, "Beyond the Mind's Mirage: Tales by Joaquin an Cordero-Fernando", *Philippine Studies(31)*, 1983, 87-93.

_________, "Nick Joaquin", *New Writing from the Philippines*, 뉴욕: 시라큐스 대학교 출판부, 1966, 137-145.

· 펑 체아, *What Is a World? On Post-Colonial Literature as World Literature*, 노스캐롤라이나 더럼: 듀크대학교 출판부, 2016.

· 조너선 추아, *The Critical Villa: Essays in Literary Criticism*, 케손시: 아테네오대학교 출판부, 2002.

· 캐롤라인 사이 하우, *Necessary Fictions: Philippine Literature and the Nation*, 1946-1980, 케손시: 아테네오데마닐라대학교 출판부, 2000, 94-132.

· 플러레티노 H. 호르네도, "The Source of Nick Joaquin's 'The Legend of the Dying Wanton'", *Philippine Studies(26)*, 1978, 297-307.

_________, "The Source of Nick Joaquin's 'Doña Jerónima'", *Philippine Studies(30)*, 1982, 542-551.

1 원서의 참고 문헌 순서를 따랐다.

· 닉 호아킨, "The Filipino as English Fictionist", *Philippine Quarterly of Culture and Society 6(3)*, 1978.9, 118-124.
· 사라 K. 호아킨, "A Portrait of Nick Joaquin", *This Week*, 1955.3.13, 24-26.
· 토니 호아킨(글로리아 키스마디 공저), *Portrait of the Artist Nick Joaquin*, 파시그: 앤빌출판사, 2011.
· 델마 B. 킨타나르, "From Formalism to Feminism: Rereading Nick Joaquin's *The Woman Who Had Two Navels*", *Women Reading: Feminist Perspectives on Philippine Literary Texts*, 델마 B. 킨타나르 편집, 케손시: 필리핀대학교 출판부, 대학 부설 여성학연구소, 1992, 131-145.
· 엠마누엘 A. F. 라카바, "Winter After Summer Solstice: The Later Joaquin", P*hilippine Fiction: Essays from Philippine Studies 1953–1972*, 조지프 A. 갤던 편집, 케손시: 아테네오데마닐라대학교 출판부, 1972, 45-56.
· 마라 PL. 라놋, "The Trouble with Nick", *The Trouble with Nick and Other Profiles*, 케손시: 필리핀대학교 출판부, 1999, 3-15, www.bulatlat.com/news/4-13/4-13-nick.html.
· 셜리 교크린 임, "Reconstructions of Filipino Identity: Nick Joaquin's Fictions", *Nationalism and Literature: English-Language Writing from the Philippines and Singapore*, 케손시: 뉴 데이, 1993, 63-90.
· 레실 B. 모하레스, "Biography of Nick Joaquin", Ramon Magsaysay Award Foundation, Web, June 7, 2010, www.rmaf.org.ph/Awardees/Biography/BiographyJoaquinNic.html.
__________, *Origins and Rise of the Filipino Novel: A Generic Study of the Novel Until 1940*, 케손시: 필리핀대학교 출판부, 1983.
· 로라 S. 올로소, "Nick Joaquin and His Brightly Burning Prose", *Brown Heritage: Essays in Philippine Culture and Literature*, 안토니오 G. 마누드 편

집, 케손시: 아테네오데마닐라대학교 출판부, 1967, 765-792.
· 루르드 부수에고 파블로, "The Spanish Tradition in Nick Joaquin", *Philippine Fiction: Essays from Philippine Studies 1953–1972*, 조지프 A. 갤던 편집, 케손시: 아테네오데마닐라대학교 출판부, 1972, 57-73.
· 엘리자베스 퍼킨스, "Crossing Culture as Identity: Nick Joaquin's '*Portrait of the Artist as Filipino*'", *Crossing Cultures: Essays on iterature and Culture of the Asia-Pacific*, 브루스 베넷, 제프 도일, 사텐드라 난단 편집, 런던: 스쿱, 1996, 225-233.
· 비센트 L. 라파엘, *Motherless Tongues: The Insurgency of Language Amid Wars of Translation*, 듀크대학교 출판부, 2016.
_________, "Mis-education, Translation, and the Barkada of Languages: Reading Renato Constantino with Nick Joaquin", *Kritika Kultura* 21/22, Mar. 2014, 40-68.
· 산후안 E. Jr, *Subversions of Desire: Prolegomena to Nick Joaquin*, 케손시: 아테네오데마닐라대학교 출판부, 1988.
· 빈센츠 세라노, "Wedded in the Association: Heteroglossic Form and Fragmentary Historiography in Nick Joaquin's *Alamanac for Manileños", Kritika Kultura(18)*, 2012, http://journals.ateneo.edu/ojs/kk/article/view/1403.
· 로버트 보어, "The International Literary Contexts of the Filipino Writer Nick Joaquin", 노던일리노이대학교 영문학과 박사 논문, 1997.

감사의 글

닉 호아킨의 가족은 펭귄 클래식이 호아킨의 작품집을 출간할 수 있도록 도움을 주신 개인과 기관에 감사드립니다. 앤빌출판사, 비센트 L. 라파엘, 엘다 로터, 마리아 카리나 볼라스코, 안드레아 파션-플로레스, 빈센트 포존, 빌리 라카바, 호세, 마라 라카바 등과 다른 많은 이의 관대함에 힘입어 전 세계의 더 많은 독자가 필리핀의 영혼을 담은 호아킨의 작품을 감상할 수 있기를 바랍니다. 우리가 닉 삼촌이라 불렀던 천재 작가의 작품을 가까이서 볼 수 있음에 무한한 영광을 느낍니다.

Tales of the Tropical Gothic

닉 호아킨 연보

1917년　5월 4일 마닐라 파코에서 출생. 본명은 니코메데스 호아킨 이 마르케즈(Nicomedes Joaquin y Marquez).

1934년　고등학교 자퇴 후 단편 소설, 에세이, 시 등 본격적인 글쓰기 시작. 《헤럴드트리뷴》지에서 교정자로 일하며 〈라만차의 기발한 기사 돈키호테 경〉이라는 시를 투고해 주목받음.

1937년　첫 단편 소설 〈보드빌의 슬픔〉을 《선데이트리뷴매거진》에 발표.

1940년　호세 가르시아 빌라 표창장 수상. 《삼대》 출간.

1943년　도미니카수도회가 후원한 공모전에서 에세이 〈라 나발 드 마닐라〉로 최고상을 받은 뒤 전국적 명성을 얻음.

1945년　주간지 《필리핀프리프레스》 소설 공모전에서 1등 수상.

1946년　《성 실베스트르의 미사》 출간.

1947년　《메이 데이 전야》, 《하지》 출간.

1949년　《필리핀프리프레스》의 올해 최우수 단편 소설로 〈의장대〉가 선정됨. 《디스위크》지에 단편 소설 〈배꼽 두 개인 여자〉 발표.

1950년　홍콩 세인트앨버트대학에서 2년간 공부한 뒤 필리핀으로 돌아옴. 《필리핀프리프레스》에 입사해 편집자로 일하며 필명 '마닐라의 돈키호테'로 저널리즘 활동.

1952년 첫 시집이자 단편집 《산문과 시》 출간.

1955년 3월 25일 연극 〈필리핀 예술가의 초상〉이 초연됨. 필리핀에서 가장 뛰어난 청년 10인에 선정되어 문학상 수상.

1957년 도쿄에서 열린 국제 펜(PEN) 총회에 필리핀 대표로 참석. 하퍼출판사의 장학 기금으로 장편 소설 〈배꼽 두 개인 여자〉를 집필하며 미국과 멕시코로 진출.

1958년 〈라 비달(La Vidal)〉로 돈 카를로스 팔랑카 기념 문학상 수상.

1960년 실화 범죄 소설 《사포테 거리 위의 집》을 출간하며 문학 저널리즘에 입문.

1961년 단행본 《배꼽 두 개인 여자》 출간, 이 작품으로 제1회 해리 스톤힐상을 받으며 국제적으로 이름을 알림. 공화국 문화유산 문학상 수상.

1964년 홍콩 도미니카수도회의 장학금을 받아 에세이집 《라 나발 드 마닐라》 출간. 마닐라시에서 수여하는 예술과 문화의 지도자상 수상.

1965년 〈제로니마 부인〉으로 돈 카를로스 팔랑카 기념 문학상 수상. 《멜키세덱의 반차》 출간.

1966년 제11회 내셔널 프레스 클럽-에소 저널리즘 어워드에서 '올해의 기자상' 수상.

1970년 《아시안 필리핀 리더》 편집장으로 취임.

1972년 단편 소설집 《열대 고딕 이야기》 출간.

1973년 6월 1일 시토 문학상 수상.

1976년 3월 27일 '필리핀 국민 예술가'로 선정됨. 장편 희곡 〈비아타스(The Beatas)〉로 돈 카를로스 팔랑카 기념 문학상 수상.

1977년 에세이집 《영웅의 질문》, 《조지프 에스트라다》, 《노라 아우노르와 인물들》, 《론니 포와 인물들》, 《연인에 관한 보고서》, 《범죄에 관한 보고서》, 《아멜리아 푸엔테스와 인물들》, 《글로리아 디아즈와 인물들》, 《도브글리온과 명장면》, 《거리의 언어》, 《마닐라—죄악의 도시 및 기타 연대기》 출간.

1979년 《멋진 아이들을 위한 동화》, 《마르코스에 관한 보고서》 출간. 희곡 〈열대 바로크〉 발표.

1980년 《거리의 언어 및 기타 에세이》 출간. SEA 각본상 수상.

1981년 《다섯 전투의 발라드》, 《정치에 관한 보고서》 출간.

1983년 《타를라크의 아키노—삼대에 걸친 역사 에세이》, 《동굴과 그림자》 출간.

1986년 《호랑이 달의 사중주—피플파워가 끝낸 종말의 장면들》 출간.

1987년 《시 모음집》 출간.

1988년 〈문화와 역사—필리핀이 되기까지의 과정에 대한 단상〉 발표. 《인트라무로스》 편집자로 활동.

1990년 〈마닐라, 나의 마닐라—젊은이들을 위한 역사〉, 〈농촌 개혁가 매니 마나한 일대기〉 발표.

1993년 《디엠 게바라 전기》 출간.

1995년 《Mr. F.E.U, 문화영웅 니카노르 레예스 일대기》 출간.

1996년 라몬 막사이사이상 수상. 《국민 영웅 리살의 삶과 죽음—학생 팬을 위한 삶》 출간.

1997년 아테네오데마닐라대학교로부터 '민족의 빛' 수상.

2001년 시나리오 〈시글로 필리피노—국가 오디세이〉 발표.

2004년 《아길라르 크루즈 전기》 출간.
4월 29일 메트로 마닐라 산후안 자택에서 타계.

옮긴이 소개

고유경 영국 카디프대학교 저널리즘 스쿨에서 언론학 석사 학위를 받았다. 오롯이 내게 물들 수 있는 '몰입의 즐거움'을 찾아 번역가의 길을 걷게 되었다. 옮긴 책으로 《나이트비치》, 《그리고 여자들은 침묵하지 않았다》, 《다이아몬드가 아니면 죽음을》, 《웰컴 투 셰어하우스》, 《밤의 살인자》, 《너는 여기에 없었다》 등이 있다. 《배꼽 두 개인 여자》에서 〈죽어가는 탕아의 전설〉, 〈하지〉, 〈메이데이 전야〉, 〈의장대〉를, 《열대 고딕 이야기》에서 〈칸디도의 종말〉을 번역했다.

배효진 서울대학교 영어교육과를 졸업했다. 문학, 인문, 사회 등 다양한 분야의 도서를 우리말로 옮기고 있다. 영어에 대한 깊이 있고 정확한 이해를 통해 독자에게 원작의 매력을 충실히 전달하는 번역을 목표로 한다. 옮긴 책으로 《도플갱어 살인사건》, 《죽음, 이토록 눈부시고 황홀한》 등이 있다. 《배꼽 두 개인 여자》에서 〈삼대〉를, 《열대 고딕 이야기》에서 〈필리핀 예술가의 초상〉을 번역했다.

백지선 이화여자대학교에서 영문학을 전공하고 다큐와 애니메이션, 외화 등 영상물을 번역하다가 출판 번역가로 활동 중이다. 옮긴 책으로 《너의 이름을 빌려줘》, 《나는 샤라 휠러와 키스했다》, 《게팅 하이》, 《다시 인생을 아이처럼 살 수 있다면》, 《온 파이어》 등이 있다. 《배꼽 두 개인 여자》에서 〈성 실베스트레의 미사〉, 〈배꼽 두 개인 여자〉를, 《열대 고딕 이야기》에서 〈제로니마 부인〉, 〈멜기세덱의 반차〉를 번역했다.

열대 고딕 이야기

1판 1쇄 인쇄 2025년 1월 20일
1판 1쇄 발행 2025년 2월 13일

지은이 · 닉 호아킨
옮긴이 · 고유경, 배효진, 백지선

펴낸이 · 백수미
펴낸곳 · 한세예스24문화재단

편집 및 디자인 · 눈씨

출판등록 · 2018년 4월 3일 제2018-000044호
주소 · (07237) 서울시 영등포구 은행로 3 익스콘벤처타워 610호
대표전화 · 02-3779-0900 | 팩스 · 02-3779-5560
이메일 · foundation@hansae.com
홈페이지 · www.hansaeyes24foundation.com

• 책값과 ISBN은 뒤표지에 있습니다.